叡智《えいち》の覇者

庵野ゆき

〈南境《みなみざかい》ノ乱《らん》〉で破壊された町の人々がやっとの思いで手に入れた平和は、カラマーハ帝軍の侵略、そして大旱魃《だいかんばつ》で脆《もろ》くも崩れ去った。今や頭領になったハマーヌは、人々を救うため禁断の術に手を染める。一方敵の陰謀を逆手に取り、帝家の玉座を乗っ取ったラクスミィだったが、国を潤《うるお》す青河《せいが》が涸れ始めていることに気づく。このままでは乳海《にゅうかい》が露《あら》わになり、丹の暴発が起きてしまう。それを回避するには、南境の民が命の糧とする砂漠の水を断たねばならない。それぞれの民の命と希望を背負った、ハマーヌとラクスミィの決断はいかに……。三部作完結。

登場人物

ハマーヌ（式要《い》らず）……見ゆる聞こゆる者の頭領
ウルーシャ……ハマーヌの相棒。故人
アニラン……ハマーヌの部下。風丹学士《ふうたんがくし》
マルト……ハマーヌの部下。若衆筆頭
ソディ・テイ・ラワゥナ……浮雲《うきぐも》の子
ピトリ……ソディの弟
チドラ……カラマーハ帝軍の脱走兵
ラクスミィ（ミイア、ミミ）……カラマーハ帝家の女帝
ムアルガン・ヤガナート……カラマーハ帝軍の元帥《げんすい》
タータ（早読み）……ラクスミィの師匠。水蜘蛛族《みずぐもぞく》の彫り手
ナーガ……ラクスミィの小姓。タータとアナンの息子
アナン……タータの元婿。水蜘蛛族の舞い手
アラーニャ……ラクスミィの双子の妹。イシヌの女王

叡《えい》智《ち》の覇者

水使いの森

庵野ゆき

創元推理文庫

BEYOND THE FIRE

by

Yuki Anno

2021

目次

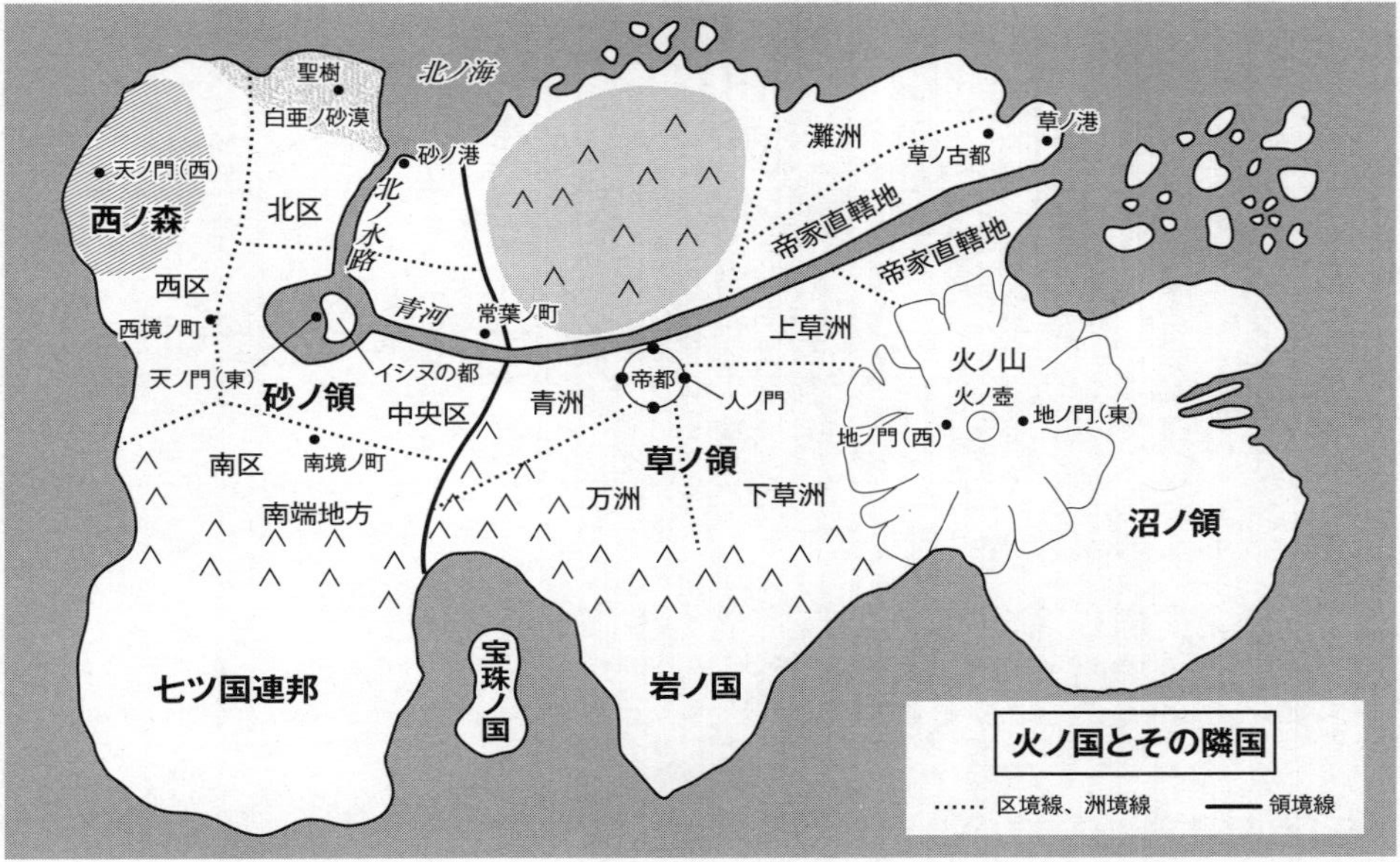

火ノ国とその隣国
区境線、洲境線
領境線
聖樹
北ノ海
白亜ノ砂漠
砂ノ港
天ノ門(西)
西ノ森
北区
北ノ水路
西区
青河
常葉ノ町
西境ノ町
イシヌの都
天ノ門(東)
砂ノ領
中央区
南区
南境ノ町
南端地方
瀧洲
草ノ古都
草ノ港
帝家直轄地
帝家直轄地
上草洲
帝都
人ノ門
青洲
火ノ山
火ノ壺
地ノ門(西)
地ノ門(東)
草ノ領
万洲
下草洲
沼ノ領
七ツ国連邦
宝珠ノ国
岩ノ国

叡智《えいち》の覇者

水使いの森

序　章

――友に一度だけ、語ったことがある。

雨の話ね。友はそう相槌を打った。

その通りであり、だがその限りでない。毎日降りそそぐ、この天の涙の、たとえようもない美しさ。それが大気より生まれる不思議と、壮大な力の奔流《ほんりゅう》。天の涯《はて》で乱流と乱流が交接し、冷気と熱気が対流を成し、丹の粒子がこすれ、紫電《しでん》を生み出す瞬間。雷鳴を背に、氷の結晶の花開くさま。

あの厚い雲の向こうに、丹の極限の世界が広がっているのだ。

見てみたい。書き留めたい、この雨の式を。もしも人の知をもって雨を為せたなら、世界はきっと変わるだろう。

雨の話。確かにそうだ。けれども話の要は雨のしずくにない。

これは挑戦だ。

力の、叡智《えいち》の、人の世の。超えがたき限界を超えていく、探求者の物語。
それを、私は見てみたい。

第一部

第一章　式要《い》らずのハマーヌ

曙光《しょこう》が差し込み始めた頃、ハマーヌは館の扉を押し、まだ薄暗い広場に踏み出した。

館の前の広場には、屋台市が立っている。夜気の残る中、広場は既に賑やかだった。羊肉を焼く煙の香ばしさ、脂の弾ける音。米を炊く湯気の香り、木実を叩き割る豪快な響き。香草を刻む軽快な調子、もぎたての果実の皮を剝いた芳香。それらの合間に飛ぶ、威勢のいい客引きの声、行き交う人々のさんざめき。皆が腹を空かせた朝こそ、屋台商の一番の稼ぎ時である。

ハマーヌは生来どこまでも怠惰《たいだ》であれる男だが、自室の真下の喧騒を無視していられるほど出不精でもない。こうして夜も明けやらぬ時刻に町をそぞろ歩くのが、昨今の日課だ。

さて本日の朝食はどの屋台で求めるか。彼のゆっくりと歩く先々で、群衆が左右に分かれ、屋台の店主が会釈を寄越した。見知らぬ旅人までが、さっと道を譲る。ハマーヌの羽織る外套《がいとう》〈襲衣《おすい》〉の色に気づいたようだ。この鉄色――黒に限りなく近い、深い緑は、彼の名とともにここ〈砂《すな》ノ領《りょう》〉で広く知られている。もっともハマーヌは無名の時分から、よく道を譲られてきたものだった。群衆から頭ひとつ突き出る長身で、肩幅は広く、胸板も厚く、切れ上がった三白眼に、触れれば切れそうな紺鉄《こんてつ》色の髪とくれば、大概の相手は目が合う前に避けていく。気まずく感じた頃もあったが、今では諦めの境地である。

砂地に指で線を引くように、朝市の雑踏を割りながら、ゆったりと歩く。そんなハマーヌの鼓膜を、朝ぼらけの空もろとも、無粋な怒声が打ちつけた。

「とうとう捕まえてやったぞ！　太ぇガキだ！　今日は五つもくすねやがった！」

なんの騒ぎかと顔を向ければ、少し行った先に人だかりがあった。あそこは確か、包み焼きの屋台だったか。厚い生地を三角に折って具を詰め、高熱の窯《かま》で焼き上げたもので、赤根草《ほうれんそう》や葱頭《たまねぎ》のみじん切りを山羊《やぎ》の乳と煉り合せた品が特に美味《うま》い。それはさておいて、人垣の面々は皆一様に眉を顰《ひそ》めながら、ひそひそと囁《ささや》き合っている。

平手で打ち据える音がした。金切り声が天をつんざく。

人垣越しに覗いてみれば、包み焼き屋の主人が突き出た腹を揺らしながら、もう一手、振り下ろしたところだった。悲鳴の主は少年である。年の頃は十二、三か。刈り込んだ頭は燃えるような朝日色だ。細い腕に包み焼きを幾つか抱え込んでいる。

と思いきや、一個を丸ごと、口に放り込んだ。

激昂《げっこう》した主人の罵《ののし》りが、朝市を揺さぶる。

止め時である。ハマーヌは前に立つ若者の肩に手を置いた。若者は怪訝《けげん》そうに振り向いて、あっと声を上げる。それを皮切りに人の輪が崩れ、風に払われたようにさあっと散った。

突然のことに店主はきょとんとしている。だがハマーヌの姿を認めて、拳《こぶし》を振り上げたまま固まった。少年もまた、包み焼きをもう一つ口へと押し込み、砂鼠《すなねずみ》さながらに両の頰を膨らませたところで、ぴたりと凍りつく。

さて事情を聴こうにも、この口では、少年は話せまい。ハマーヌはまず店主へと顔を向けた。すると彼は飛び上がり、丸い身体をますます丸く縮こませた。

「違うんです、頭領」震える声が告ぐ。「俺は断じて子供に手を上げるような男じゃねえです。これは、たまたまで。だってこいつにゃ、この市の店はぜぇんぶ、盗まれたことがあンでさ。とんでもねぇガキで。そのくせ逃げ足だけはめっぽう速いときた。市のみんなで、いつかとっ捕まえてやろうって手ぐすね引いていたんで、ついうっかり――」

意外や弁明めいたものが始まった。市場の諍《いさか》いは頭領の預かりだ。店主の怒りを受け止めるつもりでいたハマーヌだったが、店主の拳が下がったのを見て、早々と彼の話に興味を失った。気が済んだのなら、それで良い。

焦って話し続ける店主をよそに、ハマーヌは襲衣の隙間からするりと腕を出した。

「一つ」

言って、屋台の袖机を指す。包み焼きの山が、ほかほかと湯気を立てていた。

店主がぽかんと口を開ける。ハマーヌの指先を見つめること数拍。ようやく理解したのか、転がるように走っていった。形の好いものを選び取って、油紙に丁寧《ていねい》に挟む。そうして急いで戻ってきた店主に、ハマーヌはつと手首を返し、「これももらう」と少年を指した。

途端、店主の顔がぱっと明るくなった。少年の両頰に蓄えられ、また両腕に抱き潰された、包み焼き。盗品にも代金が支払われると知り、店主は一転、上機嫌である。

「へえッ、毎度どうも！」

高らかに言い、店主は手の中の品を差し出した。しかし金額は告げない。ハマーヌも懐《ふところ》に触れることなく、品を受け取った。この町では、頭領はつけ払い、と皆が承知しているのだ。後ほど頭領の館に赴《おもむ》けば、代金に少々色をつけて支払われる決まりである。

地べたから、咽喉《のど》を大きく鳴らす音がした。少年が口の中身を呑み下したらしい。ようよう息をし始めた子供に向かって、ハマーヌは顎をしゃくってみせた。そのまま、包み焼き片手にゆっくり歩き出せば、少年は観念したのか、従順についてきた。首に見えない縄をかけられているかの如くである。はだしの足を引きずるさまは哀れそのものだ。ただし、腕は包み焼きをしっかと抱え込んだままだった。

市場の雑踏を抜け、大通りから少し外れて、静かな路地へと入る。赤茶けた土壁に挟まれた道端に、空樽が幾つか転がっていた。ハマーヌはそのうち一つに腰かけると、さて、と油紙を剝いた。まだ湯気の立つ包み焼きの、さくさくの生地にかぶりつく。やはりこの店は美味い。

少年は呆然と立ち尽くしている。

「喰わねぇのか、小僧」

細い腕の中を目で示してやれば、少年は何故だか目尻を吊り上げた。

「『小僧』じゃないもん！」甲高い声が抗議する。「『小娘』よ！」

ハマーヌの咀嚼《そしゃく》が止まる。子供は勝ち誇ったように胸を張った。

「名前はソディ・テイ・ラワゥナ。意味は『曙《あけぼの》の女神』よ。素敵でしょ。だけど、勝手に『ソディ』って縮めるヤツが多いの。失礼よね。それじゃただの朝じゃないの。朝なんて昼になるまで朝なんだから。曙ッて、もっと厳密なの。地平線に光が差す瞬間だけ！　それを朝だなんて。雑ったらありゃしない——」

砂崩れさながらに押し寄せる言葉をよそに、ハマーヌはまじまじと子供に見入った。とても少女に見えない。砂の女は髪が長いものだが、この子供は地肌が見えるほど剃り込んでいる。背は低いし身も細いが、子供は往々にして男児の方が貧弱であり、だからどうとも言えない。額は丸く鼻も丸く、可愛らしい気もするが、目はらんらんとして野性味に溢れ、どうも参考にならない。最後の頼みは衣だが、これはずた袋同然で、男か女か判じる以前のしろものだ。

これ以上確かめようもなく、本人の言い分を聞き入れることにした。

「悪かった」と一言断っておく。「で、喰わねぇのか、『小娘』」

「ソディ・テイ・ラワゥナ！」金切り声が上がった。

「…………ソディ」

「失礼なヤツね、アンタ！」さらに声が高くなった。「アタシの話、聞いてなかったの？」

全く。そう正直に応じると厄介そうなので、先に進むとする。

「喰わねぇなら、なんで盗った」

途端ソディはしゅんと静かになった。うつむく娘の前で、ハマーヌはせっせと食事に勤しむ。

せっかくの焼き立てだ。冷めては惜しい。

ハマーヌが空の油紙をくしゃりと潰した頃、少女はようやく口を開いた。

「……これ、弟の分なの」ぽつりとソディは言う。「いつもは一個にしとくの。さっとかすめ取れるし、すぐに走れば捕まらないから。でも最近、上手くいかなくって。もう三日も食べてないの。だから、つい欲張っちゃった」

あくまでも首尾の悪さを惜しむ物言い。出来心というわけではなさそうだ。だがハマーヌは責める気にならなかった。娘の命たる髪や衣がこのありさまということは、彼女は彼女なりに持てるもの全てを手放した後なのだろう。

「親は」

「とっくに死んだわよ」少女は再び喰ってかかってきた。「いい機会だわ。アタシ、前々からアンタに言いたいことがあったの。牢にぶちこむ前に、これだけは言わせなさいよ」

ハマーヌが口を開くより先に、ソディは歯を剝き出すようにして、まくし立て始めた。

「アンタって、英雄なんでしょ。十年前の〈乱〉の。この〈都〉の人たちを守るために、軍と戦ったんですってね」

この町を都と呼んださまにハマーヌは少女の素性を察した。彼女は〈風《かぜ》ト光《ひかり》ノ民《たみ》〉の末裔《まつえい》に違いない。公では〈南境《みなみざかい》ノ町《まち》〉とされているこの町を〈風《かぜ》ト光《ひかり》ノ都《みやこ》〉と誇らしげに呼ぶのは風ト光ノ民だけだからだ。彼らは千年前に滅した祖国を未だに偲び、この町にかつての大国の面影を見ている。ソディという光に関する名からすると、彼女は光ノ民か。

では、十年前の乱とは、世に言う〈南境《みなみざかい》ノ乱《らん》〉であろう。砂漠の女王イシヌ、草原の帝王カラマーハ双方の軍により、この町は破壊の限りを尽くされたのだ。

「我らが英雄ハマーヌさま」少女は皮肉げに囃《はや》し立てる。「風ト光ノ民を守りし者、国なき軍〈見ゆる聞こゆる者〉の、現頭領！　廃墟と化した〈都〉を、たったの十年で再興した偉人！　ええ、お偉いわよね。だけど、それでみんな幸せになったなんて、大間違いよ！」

話し易かろうと静かなところに来たのは失敗だった。少女の声はきんきん響く。脇道ながら往来はそれなりにあり、通りすがりの人々が何事かと振り返っては、子供が頭領相手に喚いているると知り、ぎょっと立ちすくむ。構わず行け、とハマーヌは目だけで促した。

「父さんがいつも言ってた。アタシ自身もうっすら覚えてるわ。本当はこの都にアタシたちの家があったんだッて。砂漠を渡って物乞いをして回る〈浮雲《うきぐも》〉みたいな暮らしなんかしてなかったッて。乱で焼け出されてから、全部おかしくなったんだッて。

ええ、分かってる。乱を起こしたのはアンタじゃない。前の頭領よね。だけど、その馬鹿な頭領を止められなかったアンタだって、大馬鹿よ。その大馬鹿がアタシたちの都で威張ってるだなんて、チャンチャラおかしいってのよ！　なにが頭領だ、英雄だ！　アタシたちの家を、返せ。土地を、返せ。とうさんを、かあさんを、か、え、せ！」

ここでソディは口をつぐんだ。顔を真っ赤に染め、肩で息をし、身体は震え、目はぎらぎら光っている。罵って満足したというより、怒りで咽喉がつかえたふうだ。しばらく息を整えた後、彼女はひしゃげて具がはみ出した包み焼きごと、腕を突き出した。

「さあ、さっさと引っ立てなさい。その代わり、この包み焼きを弟に届けてよね。北門の裏にいるから。いたいけな少女の最後の頼みよ。聞いてくれるでしょ。聞いてくれなきゃアンタ、クズよ。ううん、クズ以下だわ。お菓子のクズは美味しいもの――」

話がどんどん逸れていく。放っておけば、永久に語り続けるだろう。あまりのかしましさにうんざりしつつ、ハマーヌは言った。

「自分で届けろ」

少女の口がぴたりと止まる。その大きく見開かれた目を覗き込み、低く言い足す。

「だが次はねぇ。今度盗んだら砂漠に放り出す。それが嫌なら、この町を出るか、まっとうに働け。もし働く気があるなら、館に来い。仕事をやる」

そもそもこれを伝えるべく、ソディを連れ出したのだ。ハマーヌはようやく目的を果たし、満足して身を起こすと、今度は黙して相手の言葉を待った。この娘のことだ、百万語と返ってくるに違いない。どんな職か、条件はどうだ、騙《だま》す気か、あるいは何を偉そうに、などなど。

しかし意外や、少女の口はぽかんと開いたままだ。了承したということか。それならば話は早い。いや早くはなかった。これほど時を喰うと知っていたら、もっとまともな椅子を選んでいたものを。ハマーヌがやれやれと樽から腰を上げた時である。少女は突如、砂兎さながらに高く跳ねると、一目散に駆け出し、路地を曲がって、あっと言う間に見えなくなった。

ハマーヌは少女の消えた先を見つめた。彼女が館を訪れることは、まずあるまい。ああした子供は概して、その場の飢えと渇きを凌ぐのに精一杯で、好機を摑む余裕はないものだ。

それでも、抜け出すための扉は開いておくべきだとハマーヌは思う。浮雲の中には、小さなきっかけでたちまち雲竜の如く駆け昇る者もいるのだから。

ただ彼の考えは、砂ノ領では奇異である。部下も町の民も「頭領は浮雲に甘すぎる」と陰で不平を漏らす。彼らに心がないのではない——砂漠の暮らしはそれほどまでに過酷なのだ。はるか昔からわずかな水や地を奪い合って、砂ノ民は生きてきた。強き者は富み、弱き者は砂に還る、それがこの地の厳然たる摂理である。定住の地を持つ〈常地主《とこじぬし》〉も、気を緩めれば即座に全てを失う。彷徨《さまよ》える浮雲に同情する余裕など持ち合わせてはいないのだ。

……などと考えつつ歩いていると、あまり覚えのない通りに出た。

さて、どうしたものか。

ハマーヌは得手と不得手の落差が激しい性質で、しかも不得手がやたらと多かった。近々、三十路《みそじ》になろうというのに、五本の指の名前もろくに覚えていない。それどころか、右と左の区別がつかず、よって東西南北も分からない。歩く時には記憶と景色を照らし合わせるように心がけているが、今日のように考えごとをしていると、すぐに道に迷うのだ。

仕切り直すには、ひとまず頭領の館に戻りたいが……。

行き交う人々が会釈を寄越し、足早に去っていく。彼らの一人を捕まえて道案内させるのは容易《たやす》いが、頭領が「頭領の館はどこだ」と尋ねるのも間抜けな話だ。ハマーヌは早々に諦め、このままぶらぶらと歩くことに決めた。館はどの建物より高い。そのうち目に入るだろうし、いよいよ駄目なら町外れまで行き、町をぐるりと囲む防塁《ぼうるい》に登って、眺め渡せばよい。

砂漠の集落がままそうであるように、この町の路地は狭く、入り組んでいる。日差しを遮《さえぎ》るための厚い土壁が延々と続くのだ。ハマーヌにとってはさあ迷えと言わんばかりの構造だが、幸い大通りだけは別だ。街を十字に切る、広くてまっすぐの『良い道』である。館はその十字の交わりに建つから、とにかく防塁に登り、大通りに降りられさえすれば、なんとかなる。
雑踏を割り進めば、街角で歌声が朗々と上がった。見れば、石窯や焜炉《こんろ》が並ぶ〈かまど場〉であった。男衆が歌うと、窯や炉が薪をくべることなく赤々と染まる。歌の如く聞こえるのは〈丹導術式《たんどうじゅつしき》〉、古代より伝わる〈比求文字《ひきゅうもじ》〉で綴られるため、俗に〈比求式《ひきゅうしき》〉という。かまど場の男衆が唱えるは〈火丹式《かたんしき》〉、熱量を操る術式である。よって彼らは〈火丹術士《かたんじゅつし》〉と呼ばれる。もっとも無学のハマーヌには術式の一節も聞き取れない。耳に入る式がなんのものかは、丹の震えを読み取って察している。

　かまどに火が入るのを、今か今かと待ち構える人々がいた。屋台や食堂の料理人らである。下拵《したごしら》えした食材を持ち込み、ここで仕上げるのだ。砂ノ領ではよほどの店やお屋敷でなければ炊事場を持てない。火丹術士を雇うか燃料を買う必要があり、これはかなり高くつく。料理人自身が火の使い手ならば、焜炉付きの屋台を出し、己の腕一本で稼げるが。

　かまど場の喧騒を横目に通り過ぎ、しばらく進むと、また街の様子が変わった。やたら土と金くさい。はみに蹄鉄《ていてつ》、車輪に鍋釜、皿に碗、壺に茶器がごろごろと地面に転がる。鍛冶場や陶工房の地区である。あちこちから流れてくる歌はやはり火丹式だ。ここにもかまどがあり、火丹術士は欠かせない。

同時に聞こえるのは〈風丹式《ふうたんしき》〉、風を送り火を燃え立たせている。合間を縫うのは鍛冶師や陶工の〈土丹式《どたんしき》〉、彼らは物質の結合を操り、土や石、金属の扱いを得意とする。この界隈《かいわい》に立ち並ぶ工房は、刺繍《ししゅう》さながらの金細工、紙の如く薄い磁器などの繊細《せんさい》な品から、船のような大がかりなものまで広く手がけていた。

そう、この砂漠には、船があるのだ。

工房区を抜けると急に道が開けた。ひっきりなしに行き交う荷車。わだちが幾百と交差する頑丈な石畳。まっすぐな『良い道』、ハマーヌの目指す大通りである。

たまたま出られたとは幸運であった。これで館が見えるはずだ。あてずっぽうに利き手側に顔を振れば、すぐ先に石造りの防塁と門があった。つまりここは町の外れというわけだ。では館のある町の中心は逆側か。あまりきょろきょろとして映らぬよう、ゆっくりと反対側に顔を振り直せば、まっすぐ延びる街道の先にひときわ高い建物が見えた。あれだ。

意気揚々と足を踏み出した時だった。

「〈砂ノ船〉が着くぞ！」

防塁の上から、知らせの声が降った。途端、町は慌ただしくなる。門番に道を開けろと命じられて、人々は大人しく脇道に入っていった。一陣の風がさあっと砂を攫《さら》ったように、人気《ひとけ》の無くなった通りに、ハマーヌは独り留まると、門の向こうの世界を見渡した。

突き抜けるような紺碧《こんぺき》の天空のもと、黄金の砂丘がどこまでも波立っている。本日は凪《なぎ》だが油断は禁物だ。ひとたび風が吹き出すと、たちまち嵐となって砂を巻き上げ、黄金の壁の如くそそり立ち、一切を覆い尽くす。よって砂漠の旅は無風の時にと決まっているが、凪だからといって楽なわけではない。砂地はさらさらとしてまとまりがなく、車輪はつかえて回らない。人馬で進むしかないが、それでは隣町までの水を運ぶので精一杯。荷が多いなら、固い石畳の公路を幌馬車で行くが、この道は砂丘を避けるために曲がりくねっている。『砂海』とはよく言ったもので、この砂の大地を行くのは、大海を越えるほどの時がかかった。

しかしそれも、船が生まれる前のこと。

黄金の海原に、砂塵がもうもうと立っている。目を凝らせば、帆船であった。公路をまるで無視して、山の如き砂丘を波に乗るように越えてくる。砂ノ領南部の名物〈砂ノ船〉だ。

砂ぼこり一つない凪にも拘らず、砂ノ船は純白の帆をはち切れんばかりに膨らませる。また海のものとは異なり、船底には車輪が見える。船首が差しかかると、柔らかな砂地は固い地盤へと変質し、車輪が唸りを上げて通り過ぎるや、たちまちもとの砂地に戻るのだった。

並み外れて鋭いハマーヌの耳が、まだ遠い船から、はつらつとした歌声を捉えた。風と土の術式である。砂ノ船には術士が幾十と乗り込んでいるのだ。風丹術士が風を呼んで船を押し、土丹術士《どたんじゅつし》が足場を作って、なめらかに船を走らせる仕組みである。

乗り手は皆、ハマーヌ率いる〈見ゆる聞こゆる者〉だ。

大量の荷を積んで疾走する、この陸の帆船は、砂漠における人と物の流れを大きく変えて、富と人材を辺境の地にもたらした。人はハマーヌを英雄と呼ぶが、南境ノ町がたったの十年で廃墟から南部一の町へと生まれ変わったのは、ひとえに、この船の乗り手たちの功績である。

その『砂漠の宝船』にも、危うさはあるが。

風使いらの歌が変わった。すると前に膨らんでいた帆が一斉《いっせい》に後ろに張る。止まろうとしているのだ。町からはまだかなり距離があるが、砂ノ船は速く重いため、止まるのに時がかかる。慎重を期したわけだが、ハマーヌの背が不穏を察し、ぴりりと緊張した。

——凪が終わる。

彼が直感した刹那《せつな》。突風が金砂を巻き上げた。砂丘の斜面を駆け下り、帆船を襲う。突然のことに船員らは驚いたか、歌が乱れた。術の風が突風に押し負け、帆がぱんっと前に張る。

ぐんっ、と船が加速した。

町にぶつかるぞ。門番たちがそう叫ぶと、悲鳴が上がり、町人たちが我先にと逃げ始めた。あの巨体が突っ込んで来たら、東門の一角はごっそりえぐられる。当の船上では乗り手たちがやはり右往左往していた。風丹術で船を止められるか。それとも土丹術を解いて、船体を砂に沈ませようか。それでもし船が倒れたら、どうする。そんな葛藤《かっとう》が見てとれる。

ハマーヌは地面を、とん、と蹴った。

次の瞬間、彼の身体は門を越えていた。黄金の大地へ、風とともに躍り出る。彼が砂に降り立つと、一陣の風が吹き去り、鉄色の裾を巻き上げた。ハマーヌが軽く踏みしめれば、砂地は岩盤のように固まった。鏡さながらの道がまっすぐに延びて、砂ノ船を捕らえる。

なめらかな地面に乗り上がり、船はますます速度を上げた。もはや巨大な砲弾である。頭領の意図を量りかねたか、町や船からしきりに、危ない危ないと声がしたが、ハマーヌは静かに巨船に対峙した。避ける気はない。その必要もない。

船は止まるのだ。

襲衣からするりと手を伸べる。ぐうっと腕を押し出せば、大気が応えた。風が生まれ出て、唸りを上げて奔《はし》り出す。それは駿馬《しゅんめ》のように砂丘を駆けて、船の帆に絡む突風とぶつかった。二つの疾風が渦を巻いてせめぎ合うさまに、今少し腕に力を込めてやれば、船の帆に絡む風が易々《やすやす》と押し負け、ぱあんと弾けた。ハマーヌの風が帆を捕らえ、船の勢いを削いでいく。

ハマーヌの指先が触れる、ほんのわずか手前で。

小さな砂煙ひとつ立てて、砂ノ船は止まった。

砂漠は再び凪に戻っていた。静まり返った大気に、誰かがふぅと息を吐く。すると、笑いがそこかしこから聞こえ始め、やがて歓声が紺碧の空を揺るがした。

手を取り合い、肩を叩き合う船乗りたち。彼らの無事を確かめて、ハマーヌは踵《きびす》を返した。ひっそりと離れていく頭領に、誰ぞが引き留める声がしたが、振り向きはしなかった。自分の為すべきことは終えた。喜びを分かち合うのは、彼らに任せておく。

「……〈式要らず〉のハマーヌ」

町の門をくぐると、呟きが聞こえた。顔を上げれば、脇道からこちらを見つめる町人たちがいた。畏怖とも恐怖ともつかぬ目だ。気づまりでならず、ハマーヌは足早にその場を去った。

力を操るのに式の要らぬ者。確かにそれがハマーヌだ。だが何故式なくして術を使えるかは彼自身にも分からない。彼にとっては歩くこと、呼吸することとなんら変わらなかった。

町の民の視線を振り切るように、大通りをひたすら突き進む。するとなんとたったの四半刻（約十五分）足らずで、頭領の館に着いた。朝からたっぷり一刻は迷っていた気がするのだが、どこをどう蛇行していたのか。

とにかく、ここまで辿り着けば、後はこっちのものである。

また迷わぬよう、まず館の前まで律儀《りちぎ》に戻る。今度は景色を確かめつつ、目的の道へと無事入った。民家の並ぶ閑静な区である。働き者ばかりのこの町の中で、ここだけはいつも静かだ。陽光が屋根をじりじり焼いているが、日はまだ低いため、路地はほんのり暗い。路傍《ろぼう》の日陰に生える草の、指先よりも小さい純白の花を楽しみつつ、ハマーヌは歩んだ。

寄り合う家々が、ふと途切れた。現れたのは、屋敷ほどもあろうかという庭園である。夜の匂いを残す微風が、沙柳《さりゆう》の細長い葉を揺らす。さらさらという葉音の合間を縫って進むこと、しばし。木立が開け、石塚が現れた。なめらかな石板に、名がひとつ、刻まれている。

ウルーシャ。

ハマーヌの相棒である。

南境ノ乱で、ウルーシャは命を落とした。落とさずに済むはずの命だったが、彼は己よりも他を救うことを選んだ。この町が攻め入られた時、逃げることも出来たものを、町の民を逃がそうと真っ先に声を上げた。ハマーヌが生き永らえたのも、ひとえに彼ゆえである。

ウルーシャは、浮雲であった。

彼が蔑《さげす》みの目に負けず、歯を喰いしばって集めた仲間が、今の見ゆる聞こゆる者を作った。

彼とともにいたハマーヌは、浮雲を冷ややかに見られない。強き者は富み、弱き者は砂に還る、それが砂漠の摂理であり、よって浮雲の不遇は彼らの不甲斐《ふがい》なさが招いたものと、人は言う。だが他を生かすべく死した者が、弱者か。這い上がろうと足掻《あが》く者を何故嗤《わら》う？　ウルーシャのような不屈の者らが、この荒涼とした大地を切り開いて来たのではなかったか。

ハマーヌは石塚の前に腰を下ろすと、盛り土に手のひらを当てた。この下に、ウルーシャが眠っている。日差しを浴びて、土は人肌と同じく温かい。かすかに鼓動しているように思え、ハマーヌは手のひらを押し当てた。何も聞こえないと分かっていても。

そんな彼の背後で、さらりと葉が揺れた。

「やぁ、ハマーヌ君」朗らかな男の声がした。「やはり、ここだったか」

肩越しにちらと見遣れば、風丹学士アニランであった。ハマーヌの部下だが、もともと知り合いという気安さからか、相変わらず「ハマーヌ君」と呼びかけてくる。彼が年輩なのもあるだろう。とはいえハマーヌと然して年は離れていないが、苦労性が祟ってか、緩く束ねた黒髪には白いものがちらほら交じる。学士らしい皮肉げな口とは裏腹に、目尻は常に柔らかい。

「今日は随分と遠くまで『見廻り』に行ったんだね。東門のみんなから聞いたよ」

どことなく楽しげである。実は道に迷っただけと知っているのだ。そのくせこの男は、他の連中には「頭領は町を守るため、たびたび見廻りに出る」などともっともらしく告げて回る。おかげでハマーヌが当てもなく町をうろついていても、不審がる者はいなかった。出来すぎなほど気の利く男である。

つけ払いの件もしかり。ハマーヌは勘定が出来ない。五本の指の名も覚えられぬ頭である。数えだけはなんとか身に着けたが、足し引きなどもってのほかだ。店主と言葉を交わしつつ、貨幣を素早く取り出すなぞ、どだい無理な話であった。そんな彼のため、学士がひねり出した対処が例のつけ払いであった。こうして日頃大きく助けられている反面、全てを見透かされているような気がして、ハマーヌはどうも居心地が悪い。

ハマーヌの内心とは裏腹に、アニランは気負いなく歩み寄る。隣に腰を下ろし、ハマーヌに倣って塚の土に触れた。彼もウルーシャの友人で、時折こうして墓参りに来るのだが、今日はどことなく様子が異なる。ハマーヌ自身に用があるふうだった。

目で問いかけると、アニランは頷いた。

「実はさっき、館で一大事が起きてね」と言いつつ、学士は何故か微笑んでいる。「君の決めたことだから、もちろん反対はしないよ。だけど一応訊いておく。……本気なのかい？」

なんの話だと眉を吊り上げても、学士は笑うばかりである。

促されるまま、ハマーヌは館へと戻った。のらりくらりと答えをはぐらかすアニランに若干苛立ちつつ階段を上り、執務室の戸を開け、……全て合点がいった。

「あら、帰ったの」聞き覚えのある甲高い声。「遅かったわね」

代々の頭領が使ってきた斑入り石机の前に、小柄な人物が立っていた。ずた袋同然の襤褸《ぼろ》を纏《まと》った、少年にしか見えない少女。ソディである。

「来てやったわよ。約束通り。しょうがないから、雇われてあげる」

少女はハマーヌを見るや、腰に手を当ててふんぞり返った。その腰にもう一組、小さな手が添えられている。五歳ほどの子供だった。ソディと同じく痩せっぽちで、目ばかりが大きい。丸い鼻がよく似る。思い返せば、弟がいると言っていたか。雇うと告げられるなり、ソディが砂兎の如く駆けていったのは、この弟を迎えに行ったためらしい。

「使いッぱしりなんてアタシの性分じゃないけど」ソディが胸をさらに反らす。「ま、アンタなら許してあげる。なんでも言いなさい。男の世話なら得意よ。弟の面倒ずっとみてきたんだから。アンタ、ちょっと大きすぎるけどね。ま、もとは一緒でしょ——」

甲高い声が紡ぐ、砂崩れさながらの言葉の数々。ハマーヌは眩暈《めまい》を覚えたが、黙っていてもいっこうに終わらないことは経験済みだ。強引にでも口を挟まねばならない。

「待て」

「何よ」

「仕事をやるとは言ったが——」

「言ったわね」

「言ったが、それは館の炊事場の——」

「それは言ってないわね」

確かに言っていないが、ハマーヌ自ら使うとも言わなかったはずである。そう主張しようとしても、ソディは再び石つぶての如くまくし立てており、もはや隙はなかった。

背後で、アニランの忍び笑いが聞こえる。

「君は知らないだろうね。このソディ・テイ・ラワゥナ嬢の輝かしい『経歴』を」

アニランの茶目っ気は、皮肉と実に区別しがたい。

「彼女はなかなかの有名人のようだよ」「そうよ」「特に館前の市場では、皆が知るスリ師で」「悪名も名ってやつよ」「スリ仲間の子供たちからの信頼は厚く」「みんな『姉ちゃん』なんて呼ぶわね」「商人たちの罠をかいくぐること数知れず」「今日はしくじったけどね」

穏やかな低い声と、つんざくような高い声を交互に聞くのは、思いがけず難儀だった。耳を断とうかと思っていると、ソディが売り込み時とばかりに胸を叩いた。

「アタシ〈俯瞰《ふかん》ノ術《じゅつ》〉が使えるのよ。どこに誰が罠を張っているかなんて全部お見通しよ」

「なるほど、光丹術《こうたんじゅつ》が使えるんだね。それは素晴らしい」

俯瞰は光丹術の基礎の基礎。然して貴重な才ではないが、学士はあくまで優しく応じた。

「ともかく今頃は、町中の噂になっているだろうね。君が彼女を雇ったと」

続けて、アニランはそれとなく仄めかす。ソディを追い返すことは出来ない、そんなことをしようものなら、「頭領が約束を破った」と吹聴して回られるだろう。

その程度の不名誉など全く構わないハマーヌだが、学士は首を振った。

「子供相手に約束を破るのは良くない。とても良くない。君の名声に障る」

真剣な表情の割に声が笑っている。その間も絶えずに続く少女の弁論に、ハマーヌの鼓膜が音を上げた。

「——もういい」

「そう。良かったわ。分かってくれて」ソディはにっこりと笑んだ。「それじゃあ、手始めに、お昼ごはんでも買ってきてあげる」

その『お昼ごはん』には、ソディと彼女の弟の分も含まれているらしい。当然のように手を伸ばして金銭を要求する少女に、アニランが〈頭領代行手形〉なるものを渡した。いつの間に用意したのか。相変わらず手回しのいいことだ。

「全部つけ払いだよ。人数分だけ、贅沢《ぜいたく》はなし。ごまかそうとしても駄目だからね」

アニランの言葉に、ソディはふくれっ面をした。何か企んでいたようだ。しかしそれも一瞬のことで、少女はすぐさま嬉しそうにすっ飛んでいった。その後を、弟が懸命に追う。

いがぐり頭が見えなくなると部屋は途端に静かになったが、ハマーヌの鼓膜はまだソディの声で痙攣《けいれん》していた。思わずため息をついたハマーヌに、アニランは朗らかに微笑む。

「君は常々思っているのだろう？　浮雲にも広く機会を与えたいと。彼女はいいきっかけだ。日雇いの職を与えても炊き出ししても、結局その場凌ぎだからね。やる気のある者は浮雲でも引き立てると頭領の君が示せば、町の民の目も、浮雲自身の心も変わるかもしれない」

あるいは激しい反発を生むだけか。亡き相棒が面していた逆境を思い、ハマーヌは黙した。その傍らで、アニランは執務室の扉を固く閉ざす。改めて振り返った顔は一転、深刻なものに転じていた。どうやら本題はここからのようだと察し、ハマーヌはゆっくりと向き直った。

「先ほど、知らせが届いた」常になく厳しい眼差しで、アニランは囁く。「カラマーハ帝軍が動いた。イシヌの女王の崩御を機に、砂ノ領へ攻め入る肚《はら》らしい」

第二章　浮《う》き雲《ぐも》

砂漠の夜は明るい。

満月ならばなおさらだ。濃紺の天空に浮かぶ、巨大な白銀の盆。降りそそぐ冷たい月光を、黄金の砂地が鏡の如く跳ね返す。天上の銀と地上の金が乱舞し、地平線の彼方までがまばゆく照らし出される一方、そのあまりの眩しさに、星は掻き消されて見えない。新月の夜、天地が漆黒《しっこく》の闇に沈む時にだけ、星の大河が現れる。

凍てついた大地を覆う、薄い霜の膜。それを星屑の如く散らして進む、幾つもの影がある。小舟の群れである。その数、十余り。海を越えゆく渡り鳥さながらに、くさびに並んで砂海を駆ける。〈砂ノ船〉に比べればはるかに小さい、柳の葉に似た細い舟艇《しゅうてい》は、男二人が乗るのが精一杯だ。船首に座るのは土使い、舟が砂に沈まぬよう土丹式《どたんしき》を唱えている。船尾に立つのは風使い、風を呼んで帆を操り、舟を進めている。

先陣の舟の上。船尾に立つ者の肩に、夜闇の黒に限りなく近い、深い緑の長衣が翻《ひるがえ》る。

ハマーヌである。

彼が手招きすれば、気まぐれな夜の風が馳せ参じた。甘える犬のように、鉄色の裾にじゃれついた後、銀の霜《しも》金の砂を巻き上げ、小舟の白帆を満々と膨らませる。冷たい風の嬉しそうに駆け回るさまをハマーヌは眺めた。いや、たとえ目を閉じようと、彼には風が容易《たやす》く追える。四肢に纏《まと》わりつく大気の渦から、ふっとはぐれたひと筋が、黄金の大地を撫で、砂丘に風紋を刻み、濃紺の天空へと昇るまでを、ともに駆けるが如く感じ取れるのだ。

絡み合う風の中、地平線へと伸びる一本があった。まだ低い月の、白銀に輝く真円目がけて飛翔するそれを追えば、砂丘の谷間に立ち上る、熱い大気とぶつかった。煙のようだ。

「あれだ」船首から声が上がった。「あの裏に、村があるはずだ」

いつしか閉じていた目を開ければ、船首に座る学士アニランが前方の砂丘を指差していた。煙の立っていたところである。ハマーヌが緩慢《かんまん》に腕を掲げると、後を追う部下たちがざあっと二手に分かれた。砂と霜のしぶきを上げて、小舟の列は離れていく。勇ましい歌声が遠のいていき、やがて聞こえなくなった。目指す村の裏手へ回り込むべく、大きく迂回しているのだ。敵を囲むには、比求式《ひきゅうしき》を聞き咎《とが》められぬよう、こうして距離をとるのが定石である。

ハマーヌには要らぬ手間だが。

ぐっと手を握りしめれば、風が応えた。気ままに戯《たわむ》れていた大気が歓喜の咆哮《ほうこう》を上げ、彼のもとに集まる。突風に、舟の足が速まった。夜気を矢のように切り裂いて、小舟は黄金の砂の海原を駆け抜け、波立つ砂丘の谷間に飛び込んでいく。

現れたのは、黒煙の立ち昇る集落だった。

そそり立つ砂山の合間に寄り添う家々。小さな泉を囲む椰子林《やし》、ささやかな畑。柵の中には羊の群れが見える。少ないが丸々として毛艶も良く、丹精込めた世話ぶりが窺《うかが》えた。

その慎ましくも満ち足りた暮らしは今、炎に沈まんとしている。

村人の悲鳴と怒号、襲撃者の雄叫びが飛び交う。土塗の壁が打ち壊され、戸が蹴破られる。女子供が家畜よろしく引きずり出され、追いすがる男らが野良犬の如く打ち据えられる。畑は踏み荒らされ、囲いの中で腹の膨らんだ雌羊が一頭、飢えた襲撃者たちに捕らわれた。四肢を摑まれ、仰向けにされ、高くいななく。その首を搔き切らんと、曲刀が高々と掲げられた。

月明かりに鈍く光る刃《やいば》。それはしかしながら、振り下ろされずに終わった。

豪風が村を襲う。砂煙に視界を奪われ、村人も襲撃者もこぞって叫んだ。家を焼く炎が搔き消え、刀剣が男たちの手からもぎ取られて、木の葉の如く天を舞う。襲撃者たちがよろめいて倒れ込むと、彼らの腕から捕らわれの人々が這い出した。

竜巻はほんの一瞬で潰えた。濃紺の天へと駆け昇るなり、ぱっと霧散する。巻き上げられた幾十の刀剣が、月光にきらめきながら、砂丘の頂きに突き刺さった。そのさまを呆然と見上げ、襲撃者たちはまだ気づかない。砂漠にないはずの小舟が一艘、村に着いたことを。そこから、男が一人、ゆらりと降り立ったことを。

鉄色の襲衣《おすい》がはためいて、ようやく声が上がった。

「〈式要《い》らず〉……！」

襲撃者たちが雉尾鳥《きじおどり》をしめた時のような悲鳴を上げた。

我先にと逃げ出した彼らを、ハマーヌは黙って見送った。この先には部下たちが待ち構えている。じきに捕らえられるだろう。

「お疲れさま、ハマーヌ君」背後ではアニランが舟から降りた。「いや、疲れてなぞいないか。君はもはや式のみならず、戦うことすら要らなくなったようだね」

いっそ〈戦《いくさ》要らず〉と名乗ってはどうだ。学士は言うが、どうも締まらない二つ名である。からかっているのかと睨《にら》めば、学士は柔らかに微笑んだ。いや、正確に言えば、彼の口もとは見えない。いつもの千草色の、青みがかった灰の襲衣の下に隠れているからだ。襲衣は砂漠の旅装束で、砂を除けるために頭から被り、留め具で口まで覆う。よって学士の顔は目しか出ていないのだが、目尻の皺《しわ》だけでも、微笑んでいると分かった。

むっつりと黙りこくるハマーヌに、アニランは微苦笑を浮かべ、村へと歩んでいった。

「長老どのはどなたかな」学士はおっとりと呼びかける。「ことの仔細を聞かせて欲しい」

羊の群れの如く集まる村人たちの輪から、数人が進み出た。背の曲がった翁《おきな》と、彼を支える若者たちである。何かにぶつかったか敵に打たれたか、翁は額から血を流していたが、律儀《りちぎ》に一礼すると、長い髭を震わせながら話し出した。

「この地の民を千年守りたまいし、〈見ゆる聞こゆる者〉。頭領自らお出ましいただけるとは、まことに心強く……」

「口上はいい」

ハマーヌは言葉少なく遮《さえぎ》った。翁の声はか細く、瀕死の羽虫のようである。支えられてなお膝が震えており、まったくもって気が気でない。さっさと切り上げて横になるべきであろう。と慮ったつもりが、翁も若衆も何故か真っ青になって「大変失礼いたしました」と口ごもる。見かねたのか、学士がやんわりと「座ってもらっても構わないよ」と割って入った。それに恐縮しつつ、椅子代わりの樽に腰かけた翁は、少し楽になったのか、深々と息を吐いた。

「襲撃はよくあることです」と翁は呟く。「乾季ですから。活計《たつき》を失った浮雲が飢えと渇きに任せて手近な場所になだれ込む。毎年のことです。ただ今年は賊徒の湧きが早く、また大きく……。先日は〈西境《にしざかい》ノ町《まち》〉も襲われたとか。あれほど大きな町ならば、守りも堅いでしょうに。あそこが荒れれば、この〈西区〉は乱れに乱れます……」

「そうだね」アニランが頷く。「だが安心おし。もう終わったよ。僕たちはその西境ノ町から逃れた残党を追って、ここまで来たのだから」

砂《すな》ノ領《りょう》において襲撃騒ぎは日常茶飯事だ。といっても賊徒は大概、烏合の衆であり、住民の返り討ちに遭って終わる。今回のように集った賊徒の数が多く、小競り合いが長引く際には、ハマーヌら見ゆる聞こゆる者に討伐願いが出される倣いだ。

辺境の秩序を保つこと――それが千年続く、見ゆる聞こゆる者の役目である。砂ノ領の君主イシヌ家は領民に高度な自治を保障しているが、これは徹底した放任主義ともいえ、イシヌもイシヌ直属の〈公軍《こうぐん》〉も、辺境のごたごたにかかずらおうとはしない。見ゆる聞こゆる者は、そうした無法地帯に生まれた、いわば自警団であった。

「それでも今年は異常です」翁が声を震わせる。「ここ一月で三度も襲われました。賊徒の数も増す一方。ええ分かっております。全てカラマーハ帝国のせいです。彼らを恐れた民が逃れてくるのです。我らとて帝軍に攻め込まれたら、抗いようがございません……！」

老人特有の白く濁った目が縋《すが》るように見上げてくる。ハマーヌはゆっくりと口を開いた。

「抗うな」

村人たちがどよめいた。翁の顔が、彼の髭のように色を失う。

「頭領、どうぞ我らをお見捨てなさいますな」翁が半ば立ち上がる。「い、いや、これは失礼いたしました。此度《こたび》のお礼もまだしておりませんでした。これっ、お前たち」

翁の声がけに、村の衆が慌てて駆け出す。男たちは囲いの中の羊を追い、女たちは踏み荒らされた畑へと走り、無事な麦はないかと右往左往し始めた。どうも誤解されたようだ。礼など必要ない。そもそもこの村のように、公軍の目の届かない辺境の集落はいざという時のため、見ゆる聞こゆる者に常日頃から家畜や穀物を差し出しているのだ。つまりは用心棒代である。いちいち追加で支払えば干上がるばかりだ。あるいは彼らは先の頭領カンタヴァを思い出したのかもしれなかった。先代は貧村に冷淡で、討伐願いが出ても不足分の支払いをまず迫ったと聞く。『示しがつかねぇからだってよ』とは、亡き相棒ウルーシャの弁であった。

「要らん」

ハマーヌが改めて告げるも、翁は「しかし」と肩を戦慄《わなな》かせるばかりである。そこに学士が「気持ちだけいただくよ、とっておきなさい」と柔らかに告げ、頭領の意を代弁した。

「ここにもいずれ、カラマーハかイシヌの軍が来る。その時にもてなすものが必要だからね」

「も、もてなす?」翁が白眉を揺らした。「イシヌの兵はともかく、カラマーハ帝兵もですか。しかし我らは、イシヌ王家の治めし砂ノ領の民……」

「それ以前に火ノ国の民だろう」アニランはふと皮肉げな笑みを浮かべた。「カラマーハ兵もイシヌ兵も火ノ国の民。どちらも等しくもてなすべき。そう言って、帝軍でも公軍でも、先に来た方に糧食を渡して、さっさと引き取ってもらいなさい」

「ですがその後、もう片方が来たら……?」

「強いられて拒めなかったと言えばいい。実際そうなのだから」

この戦は王家と帝家の諍《いさか》いだ。どちらも砂の辺境を千年捨て置き、時に無慈悲に蹂躙《じゅうりん》した。そのどちらか一方に与《くみ》して、命を落とす義理はない。

「抗うな」

ハマーヌは低く繰り返した。此度の災いは砂嵐のようなもの。じっと伏して耐えろ。砂ノ民らしく、吹き過ぎるのをただ待つのみ。

少なくとも、今はまだ。

「納得いきません、頭領!」若い男の声が、砂漠の朝焼けを裂く。「風《かぜ》ト光《ひかり》ノ民《たみ》は今こそ立ち上がるべきです!」

西境ノ町の外れ。残党を追ってほうぼうに散った部下の隊が続々と集結していた。そのうちいっとう人数が多く、いっとう遠くまで駆けた隊が戻って、すぐのことだ。

「これは千載一遇の好機！　帝軍を利してイシヌの女どもを排し、我ら〈失われし民〉の地を取り戻しましょう！」

隊の長《おさ》が勇ましい言葉を紡ぐ。どこか金属質な軋《きし》み声。怒鳴られるとやや耳障りである。

ハマーヌは肩越しに視線を投げた。途端、声の主は姿勢を正す。名をマルト、若衆筆頭だ。えらの張った頬骨、吊り上がった目尻。高めの声に反して太い咽喉《のど》。体格に恵まれた者の多い見ゆる聞こゆる者の中にあって、ひときわ背が高く筋骨隆々としている。立ち居がどことなくハマーヌに似るのは、同じ鉄色の襲衣を誇らしげに羽織るためか。

マルトはさっと利き腕を掲げ、手の甲を額に当てた。敬礼である。大真面目な若者を前に、ハマーヌは冷ややかだった。これは歴代最も戦いを好んだ先代カンタヴァが始めたもので、断じてハマーヌの趣味ではない。先代に敬礼するたび、実に馬鹿げていると思ったものだ。そのため十年前頭領となった際に廃したはずだったが、若衆の間でいつの間にか復活していた。

不穏な風を感じたのだろう。学士アニランがさりげなく歩み寄ってきた。

「やあ御苦労さま、マルト君」常の如く朗らかな声だ。「首尾はどうかな」

「無論、賊徒は残らず捕らえました」慇懃《いんぎん》かつ不満げな答えが返った。「御覧の通り！」

マルトは勢いよく背後を指差した。彼の部隊の捕らえた人々が、砂丘の陰に集められ、膝を抱えている。罪なき村を襲った狼藉者《ろうぜき》ながら老人や女子供もおり、皆一様に骨と皮ばかりで、哀れをそそった。一族郎党、流れに流れ、この地まで辿り着いたのであろう。

「全て、御指示の通りに」マルトは苦々しく吐き捨てた。「一人も殺さず、怪我人を手当てし、食事まで施して。しかし！　何故そこまでしてやるのです、あんな浮雲どもに！　風ト光ノ民の誇りも忘れ、帝軍怖さにこそこそ砂漠に逃れ、かといって己で立つ力はなく、勝手に飢えて渇いて、挙句《あげく》よその集落へとなだれ込む。そんな目先だけで動く、臆病者どもに！」

マルトの声はよく響く。それに、囚われの浮雲たちが落ち窪んだ眼を向ける。彼らの顔には諦めの色が浮かんでいた。この場で処されるか、砂漠に放り出されるか。どちらがましだろう──そう考えているふうだ。

どうやら、彼らは知らされていないらしい。これから皆揃って、南境《みなみざかい》ノ町《まち》へ移されるのだということを。またその処遇が、マルトの一番の不服のようだった。

「あの連中に〈風《かぜ》ト光《ひかり》ノ都《みやこ》〉の土地をやるのですか！」

「言っただろう、マルト君」学士がやんわりと諭《さと》す。「都の中ではないよ。防塁《ぼうるい》の外に天幕をいっとき張るんだ。この戦が過ぎるまでね」

「土地は土地です。そのうえ、我らの水を分けてやることになります！　何もせぬ連中に！」

「それも言ったろう。もちろん、働いてはもらうよ」

「まともに働けるとお思いですか！」マルトの声がますます軋む。「働けるならとっくに浮雲の暮らしから抜け出しているはず。知恵も力も技もないからこそ、浮雲は浮雲なのです！」

無能な連中に情けを垂れるより、故国復興の大志を追うべきと、マルトは声を張り上げる。他の若衆も無言のままながら、目だけで如実《にょじつ》な賛同の意を送っていた。

彼らの血気に、大気が熱を帯びていく。燃え立つ双眸《そうぼう》に、しかしハマーヌは背を向けた。

「気に入らんのなら、去れ」

他意はない。無理に従うことはない、それだけのことだ。上の考えに納得いかない苛立ちはハマーヌもよく知っている。先達となった今、権威を振りかざすような真似はすまい。

ところが、歩み出したハマーヌの後を、マルトが慌てたふうに追ってきた。

「お待ちください、頭領！　自分はこの先何があろうとも、頭領に付き従う覚悟でおります！去れと仰られても、断じて去りません！」

そんな忠誠心は要らない。ハマーヌは彼らの王ではない。好きにすればいい。

「ただ自分は、我らの同胞・風ト光ノ民にとって、最も良き道は何であろうかと――」

ならば別の道を進めばよい。

「ひとまず、そこまでにしたまえ、マルト君」アニランの声音が若干硬い。「これから我々は、その同胞のために、ひと仕事しなければならないのだから」

ハマーヌたちが西境を訪れたのは、討伐のためだけではない。むしろ討伐はことのついで。王家と帝家の抗争がもたらした、より大きな問題が、彼らを突き動かしていた。

塩の枯渇である。

「南方の〈七ツ国連邦〉との商いが、ぱたりと途絶えてしまったからね」アニランは苦々しく息を吐いた。「平時には七ツ国から埋もれるほどの岩塩が入ってくるんだが。砂ノ領に帝軍がうろついている限り、国境は閉じられたままだろう」

七ツ国連邦と砂ノ領の縁は深い。塩に限らず、七ツ国から運び込まれる品々は、砂漠の民の暮らしを支えてきた。〈砂ノ船〉が宝船となったのも、彼の国との貿易あってのこと。七ツ国の特産品をイシヌの都に、都の職人の工芸品を七ツ国に、素早く丁重に運ぶ。時には、草ノ領《くさりょう》の穀物やら酒やら織物やらを直接、七ツ国に運んだものだった。

不毛の砂の大地に、富の道を引く。そうして見ゆる聞こゆる者は目覚ましい復活を遂げた。南境ノ乱《みなみざかいらん》を引き起こした反逆の徒という汚名を呑み下し、この十年ひたすら従順に振る舞い、無用な諍いを避けに避け、まっとうな商いで身を立ててきた。その厭戦ぶりは頭領ハマーヌの意志を強く反映している。先代カンタヴァならばさしずめ、臆病者の負け犬とでも罵ったことだろう。しかし皮肉にも、見ゆる聞こゆる者の勢力は今や領の南半分に及び、これは過去最大である。無理な取り立てをしないために、庇護を求める集落が増えたのが一つ。公軍の注目を嫌うために縄張り争いに無関心で、それが却って、敵対する荒くれ者らの警戒を解き、傘下に収めるに至ったのが一つ。アニランがハマーヌを戦要らずと形容するゆえんである。

しかしそうして地道に築き上げた基盤も、上つ方がひとたび争い出せば、あっさり揺らぐ。

「戦時だからね、貧しくなるのは仕方ない」アニランは自嘲気味に微笑んだ。「だが塩だけはなんとしても調達せねばならない。水と同じく、人は塩なくして生きられないからね。

そうだろう、マルト君」

若衆筆頭は言い足りない顔をしたが、ハマーヌと目が合うや、ぴしりと姿勢を正した。その行き過ぎた礼節の表すように、つまりは素直な性質なのだ。彼に倣い、他の若衆らも手の甲を額に当てる。

ずらりと並ぶ敬礼に、ハマーヌの胸はざわついた。この光景は先代カンタヴァの頃とまるで同じだ。自分は結果として、先代のように、不満を力でねじ伏せたのか。

留め具をかけ違ったような座りの悪さに眉根を寄せるが、そんな頭領の逡巡《しゅんじゅん》に部下は気づかない。はつらつと駆け出すと、砂の谷間に並ぶ六隻のうち、ひときわ巨大な先頭の船に乗り込んでいく。甲板に大地図を広げ、地平線を望みつつ、この先の航海を論じようというのだ。

「南の国境、東の領境が閉じている今、塩が手に入るとすれば、北の〈砂ノ港〉だけだ」

ハマーヌが甲板に上がると、学士アニランが身を乗り出して地図を指差した。あたかも皆に話しているふりをしつつ、さりげなくハマーヌに地名を示して見せているのだ。

「北区にはこの通り、〈北ノ水路〉が通っている。砂ノ港とイシヌの都は繋がっているわけだ。北部の商いの動きは、この港と水路の上でほぼ完結しているから、僕らのいる南部とは直接のやりとりがあまりなかった。だから僕たちは北区の近況に明るくないんだが……」

しかしそうも言っていられない。砂ノ港や北ノ水路は、イシヌの都に次ぐ要所。帝軍は必ず攻め込む。占拠される前に塩を買いつけるのだ。でなければいずれ、帝軍や公軍を襲撃して、塩を奪うほかなくなる。抗わずにじっと耐えるはずが、自ら災厄を招き寄せる愚は避けたい。

これは時間との戦いだ。帝軍より先に砂ノ港に到着し、素早く帰って来なければならない。砂ノ船を幾隻も出したのはそのためだ。船なら公路に囚われず、まっすぐ突き進める。

「帝軍の動きはどうかな」

学士の問いにマルトがさっと進み出た。厚い胸板を反らし、天に咆《ほ》えるように告ぐ。

「帝軍の主力部隊は先日、籠城《ろうじょう》したイシヌを湖ごと取り囲み、火砲を撃ち込んだとのこと！しかし直ちに返し式を編まれ、三日と持たずに退却。領境付近まで引いております！」

選士の面々が揃って眉を顰《ひそ》める。無敵を冠する帝軍にしてはお粗末な戦いぶりではないか。

そうした疑問を予測していたか、マルトは問われずとも語り出した。

「帝軍は現在、七ツ国連邦と交戦中。先だって占領した〈岩ノ国〉の統括も道半ば。そちらに兵と物資が取られ、イシヌ攻めに十分な力をそそげていないものと思われます！」

ゆえに、本来は軍力の劣るイシヌ公軍でも、互角の戦いぶりを見せているという。これに、選士たちは苦虫を嚙みつぶしたような顔を見せた。

「長引きそうだな」「迷惑な」「イシヌも往生際の悪い。さっさと諦めてくれればよいものを」

「そもそも次代女王が、カラマーハの老帝に大人しく輿入れすれば、この戦もなかったろう」

「そうだ。イシヌの娘一人差し出せば、砂ノ領は平穏だったのだ――」

これが、見ゆる聞こゆる者の本心である。表面では従順に見せかけながらも、奥底には暗くどろどろとした恨みが流れている。十年前の乱の生々しい記憶が、風ト光ノ民の千年の苦渋と強く結びついているのだ。かつて西域にありし祖国を滅ぼし、天の恵みを独占し、地に渇きをもたらしたイシヌの祖。その鬼女の子孫が絶えようが滅びようが知ったことではない。十年前の苦い経験があればこそ、賢く立ち回ろうとしているだけのことで、古参の者らも一皮むけば若きマルト以上の猛々しさを秘めている。

内なる怨嗟《えんさ》に大気が炙《あぶ》られていく。その溶岩にも似た熱に呑まれる直前、ハマーヌの意識はすっと離れ、きんと冷えた紺碧《こんぺき》の空に飛び立った。

彼はいつもこうだ。他者の心に触れられない。彼らの心を覗き、言葉を交え、思いを一つにする喜びよりも、拒絶の衝動が先に立つ。例えるなら、火傷《やけど》を負う前に身体がおのずと引ける、そんな動きだ。他者に踏み入り、また踏み入られることへの恐怖が、脊髄に刻まれている。

その恐怖の源が、どこにあるのか。ハマーヌは理解しない。理解は彼の領域ではないのだ。あるがままに感じ、受け入れるのみである。あるいはだからこそか、とふと思った。ひとたび感じ始めれば、彼は自他の境界を失い、そそがれるままに受け止める。自己を侵される恐怖が彼の彼たる輪郭《りんかく》をかろうじて保っている――そんな予感があった。

恐怖を地上に捨て置いて、彼の意識は風に誘われ、雲なき大空を駆ける。穏やかな凪《なぎ》の日であった。幾重もの大気の層が穏やかに流れている。だがしばらく行けば、はるか彼方にひと筋、熱砂から立ち昇る乱流があった。まだ細く頼りないが、確実に育っている。

「――嵐になる」ハマーヌは呟いていた。

地図を囲み、喧々諤々《けんけんがくがく》と意見を交わしていた同胞らが、ぱたりと口を閉ざした。皆が急いで立ち上がり、ハマーヌの視線の先へと顔を向ける。目に映るのは、静かな砂の大海原ばかり。しかし誰一人として、頭領の言葉を疑いはしない。

「どれほどで来るだろう」学士の問いに、明日、と答えてやった。

「大きいだろうか」と訊かれ、頷いてみせた。

選士たちがにわかに動き始めた。砂嵐は厄介だ。嵐そのものは数刻で過ぎ去ろうとも、船に砂が積もり、しばらく奔《はし》れなくなる。時がない。嵐が育つ前に抜けねばならない。

マルト率いる若衆は、直ちに最後尾の一隻へと奔った。囚われの浮雲を駆り立てて、船へと乗せていく。彼らを南境ノ町へと護送すること。ハマーヌら古参が戻るまで、町を守ること。それが、若衆に課せられた役目である。

他の面々は、残りの五隻に素早く散った。船の状態を検《あらた》め、帆を下ろして、それぞれ配置につく。砂ノ船は、大きさこそ異なるが、走らせ方は二人乗りの小舟と同じだ。風丹術士《ふうたんじゅつし》が帆を膨らませ、土丹術士《どたんじゅつし》が足場を固める。

この土丹術士らは光ノ民、つまり、もと光丹術士《こうたんじゅつし》である。砂ノ船を奔らせるべく新しく術を学び直したのだ。光丹術《こうたんじゅつ》とは風丹術《ふうたんじゅつ》から派生した分野で、波動と粒子、両方の質を同時に操る高等技術であるが、この粒子の操作という面は土丹術《どたんじゅつ》に通ずる。そのため、短期間での習得を成し得たのだった。

しかし皆が皆、易々《やすやす》と鞍替えしたわけではない。風ト光ノ民にとって、術は先祖代々に受け継がれた『家宝』であり、故国の『記憶』である。機を見るに敏な者たちは、早々に土丹術士へと転向し、砂ノ船が生み出す上昇気流に乗ったが、割り切れぬ者は、底辺に取り残された。ソディの亡き両親もおそらく、光ノ民の誇りを断ちがたく、浮雲へと身をやつしたのだろう。

ソディの言葉は正鵠《せいこく》を射ている。ハマーヌの取った道は確かに、滅びた町を見事に甦《よみがえ》らせ、見ゆる聞こゆる者を復活させた。しかしそれで皆が幸福になったわけではない。風ト光ノ民は乱以前に増して、持てる者と持たざる者に分かたれ、より深い溝が生まれた。

しかしその『持てる者』の栄華も、砂の城さながらに脆《もろ》きものといえる。例えば南境ノ町は領有数の規模ながら、公には『存在しない』のだ。イシヌから入植の許しが出されておらず、文書の上では『不法の輩《やから》』が『不当に』占拠していると記載されている。よって、イシヌ家の庇護は一切受けられず、公軍の守護もないばかりか、女王の気分次第でいつでも取り潰される運命にある。それが、先代の頭領カンタヴァの招いた〈南境ノ乱〉の正体であった。

結局のところ見ゆる聞こゆる者も、浮雲と等しく、持たざる者なのだ。

ハマーヌは思う。もし亡き相棒ウルーシャがここにいたなら。マルトの思い上がりに、どう応じたものだろう。あの軽妙な口調で諌《いさ》めたか、笑っていなしたか。あるいは、もとよりそうした考えに至らぬよう、常から若衆と触れ合い、彼らの傲慢《ごうまん》さを溶かしていたか。いや、もし彼がいたなら、今日《こんにち》の分断はなかったかもしれない。光ノ民が誰一人こぼれ落ちぬよう、奔り回り、言葉を尽くし、巧みにまとめ上げたに違いない。

ハマーヌには、それが出来なかった。

紺碧の天を仰ぐと、ぽつんと一つ、刷毛《はけ》ではいたように繊細《せんさい》な雲が出来ていた。知らず手を差し出せば、たなごころより風が生まれ出た。鉄色の襲衣を巻き上げ、白い帆を膨らませて、風は昇る。はるか遠くの薄雲目指して。

自分は贖罪《しょくざい》しようとしているのか。浮雲に、あるいは、ウルーシャに。

はらりと崩れていく雲を眺めながら、ハマーヌは思った。

第三章　月影族《つきかげぞく》の秘術

黄金から、白銀へ。

天の紺碧《こんぺき》はそのままに、大地の色が塗り替わる。まばゆい純白の砂の海。砂丘の影すら白砂の輝きに霞《かす》み、銀色を帯びている。

砂《すな》ノ領《りょう》で最も美しく、最も厳しい地――〈白亜《はくあ》ノ砂漠《さばく》〉だ。

「雪原とはきっと、こんなふうなのだろうね」

疾走する砂ノ船の、船橋楼《せんきょうろう》。厚い玻璃《はり》の窓越しに、青と白の世界を眺めるハマーヌの横で、アニランが異国に思いを馳せるように呟いた。

「だが見つめ続けてはいけない。目が焼けてしまう。皆にも気をつけるよう言わないと」

そこに「そのことですが」と声が上がった。アニランの部下の学士たちである。砂ノ船では新たな航路に学士を必ず同乗させる。不測の事態に式を書き換えるためだ。厳しい白亜ノ砂漠の旅とあって、学士たちの意気込みは十分。地図やら式図やらをところ狭しと広げている。

「最も眩しい真昼は本来、船を止めて休むべきです。しかし今回はそうも言っていられない。ここは光丹術《こうたんじゅつ》で、照り返しを抑えたらどうかと」

「なるほど、面白そうだね」灯りに誘われる羽虫の如く、学士筆頭アニランはハマーヌの横を離れていく。「もと光丹術士《こうたんじゅつし》がいるわけだからね。だが、彼らは土丹術《どたんじゅつ》で手一杯では？」

「そこなんですが」別の学士が手を上げる。「今の土丹式《どたんしき》の合間に光丹式《こうたんしき》を組み込んでは如何《いかが》ですか。そうすれば、新たな人員は要りません」

アニランが「ふむ」と顎に手を当てた。分別ぶっているが明らかに興奮している。この男はこと学問となると見境がなくなるのだ。常は穏やかな目を獣の如くぎらつかせ、頬は上気し、身振り手振りも大胆になる。こうした時、彼はやたらと男くさい。

式図や文節が飛び交い始める。ハマーヌは頭痛を覚え、彼らの声を意識から追い出した。比求式《ひきゅうしき》を読み解くには、高等算術が必須である。釣銭の勘定すらろくに出来ぬハマーヌには一節も理解できない。その必要もなかった。〈物《もの》ノ理《ことわり》〉など知らずとも、彼はこの世を巡る丹を介して、己の五感のように森羅万象《しんらばんしょう》を感じ取れるのだから。

風丹術《ふうたんじゅつ》の振動、圧、波動の力。土丹術の結合力。粒子を緻密に並べる金剛の術、片や異なる粒子を混ぜる岩石の術。熱量を司る火丹術《かたんじゅつ》、冷却に特化した氷丹術《ひょうたんじゅつ》。万物に宿りし雷電の力、それが転じて生まれる磁気の力。その他の数多の力を、ハマーヌは式無くして操る。

学士らの論じる光丹術も、例外ではない。しかしハマーヌは光丹術を使わない。彼にとって光とはウルーシャの領分であった。相棒亡き後も、それは聖域として遺っている。

不便はなかった。眩しければ目を瞑《つむ》ればよい。大気の流れが、周囲の様子を教えてくれる。遠くを見たければ風をやればよい。〈遠見《とおみ》ノ術《じゅつ》〉と遜色《そんしょく》ない景色を伝えてくれる。

白銀の大地の輝きから、ハマーヌは瞼《まぶた》を閉ざした。ふわりと風が彼のうなじを撫でて、床に散った草紙をいたずらにかき混ぜる。ひとしきり学士たちを困らせてから、風は部屋の外へと飛び出すと、籠から放たれた鳥のように、広々とした空へ駆けていった。

ここ白亜ノ砂漠に入ったのは、軍を避けてのことだ。ただの一つの集落もない、北の辺境の砂漠には、帝軍も公軍も現れまいと考えたのだ。選士たちはさらに用心のため、『白亜ノ砂漠の西端から、海岸に平行するようにして、砂ノ港を目指そう』と話していた。方角はさておき、確かにどこからか、潮の香りを孕んだ大気が流れてくる。

あれを遡《さかのぼ》っていけば海に出るだろうか。イシヌの都の湖は幾度も見たが、海にはなじみがなかった。好奇心の赴《おもむ》くまま、ハマーヌは風に意識を乗せて駆けた。肉体から遠のくにつれ、感覚が山の裾野のように薄く引き伸ばされていく。六感がおぼろに広がり、その夢うつつにも似た心地に浸る。そうして幾つか砂の波を越えた時だった。

不意に、意識の一端が、ぴりりと引き攣れる。

火と剣のにおい。甲冑《かっちゅう》の軋《きし》み。怒号と悲鳴の応酬。争いの気配。

まさか。散漫とした意識をぐっと寄せ集め、ハマーヌは不穏の正体を探った。砂海の中に、黒蟻《あり》のような列がある。虫の大顎を鳴らすかの如く、ぎちぎちと甲冑を軋ませて進んでいる。

甲冑。

砂漠の守護者イシヌの兵が纏《まと》うのは、灼熱の大地にふさわしい、涼しく軽い鎖帷子《くさりかたびら》である。ゆえに、甲冑が意味するところは、ただ一つ。

帝軍。ハマーヌが声を上げようとした、まさにその時。

轟音《ごうおん》が鼓膜を打ちつけた。

激しい揺れが襲う。ハマーヌは瞼を開けた。窓の外を見遣るも、巻き上がる砂に景色は塗り潰され、白濁の奥から狼狽《うろた》えた怒声が聞こえるばかり。ハマーヌが咄嗟《とっさ》に腕を薙《な》げば、風がたちまち砂を四方に払い、怒声は安堵の声へと転じた。しかしハマーヌはなおも独り張りつめていた。視界が晴れたということは、敵にもこちらが丸見えということだ。

肌が粟立つ。丹が騒めいている。その気配を追って、ハマーヌは砂海に目をやった。純白の砂丘の頂きに、帝軍の隊列が見えた。砲台のような影が幾つか並んでいる。

「〈火砲〉だ!」

ハマーヌの視線を辿ったか、アニランが叫んだ。

「何故、帝軍がここに!」

その直後、灼熱の砲弾が放たれた。紅蓮《ぐれん》の塊が、紺碧の天空を切り裂いてくる。ハマーヌは腕を掲げた。風が馳せ参じ、帆をはち切れんばかりに満たす。船底の車輪が唸りを上げた。

船の走り去った場所へ、砲弾が落ちる。

立ち昇る爆風が、ハマーヌの操る風とぶつかった。帆が乱れ、船の勢いが削がれる。しかし一瞬でも止まれば、それで終わりだ。拳《こぶし》に力をこめ、砲弾の生んだ乱流を押し返す。

頭領に倣い、風丹術士たちが声をいっそう張り上げ、風を掻き集めた。ひとつ間違えば転覆しかねぬ速度に船体が狂ったように揺れる。土丹術士らが必死に大地を固めていた。

「威嚇《いかく》じゃない。本気で沈めに来ている」「止まるな、このまま走り去ろう!」「散開するか」「いや、陣形を組んでいた方が速く走れる」「しかし敵の良い的だぞ!」

部下たちの動揺が伝わってくる。帝軍との鉢合わせ、ましてや火砲など全くの想定外。だが迷う猶予はあっという間に消し飛んだ。灼熱がまた放たれたのだ。

轟音と衝撃。端の一隻が砂の波を被る。近い。当たってもおかしくなかった。狙いが徐々に定まっている。間隔も短い。砲台が幾つあるのかも分からぬ中、走り続けるのは危険だ。

「砂丘の陰に回り込め」

ハマーヌは鋭く言い放った。アニランの蒼白な顔が、はっと上げられる。次の瞬間、甲板に向けて、的確な指示が飛んでいた。

式が変わる。船体が傾いだ。倒れるぎりぎりの角度である。風に巧みに緩急をつけ、足場にわずかに傾斜をつけて曲がっていく。術の足並みが即座に揃う、選士たちならではの荒業だ。後続の船もただちに追随した。——一隻を除いて。

「最後尾が逸れていくぞ!」

物見役が怒鳴る。咄嗟にハマーヌは六感を解き放った。彼の風が抱いているのは四隻のみ。残り一つは、どこだ。

視界の端に影がよぎる。船橋の窓へ振り向けば、件の一隻が船団の軌道から大きく膨らみ、離れていくところであった。帆の張りが足りていない。式が出遅れたのだ。

無理もなかった。先頭を切るハマーヌの船ですら混乱の極みである。ましてや最後尾では、つい先ほどまで、乗り手のほとんどが眠っていたのだ。

砂ノ船は後続ほど奔り易い。風の抵抗が少なく、足場も慣らされているからだ。最後尾ともなると、舵取りと物見を残し、休息を取れるほどである。一刻も早く砂ノ港に辿り着くべく、ハマーヌたちは船を止めず、交互に最後尾について仮眠を取っていた。それが仇となった。

「無理に戻っては駄目だ！」アニランが怒鳴り、部下らに告ぐ。「すぐに伝えてくれ！」

間に合わない。はぐれ船は明らかに揺れ出した。船団に追いつこうと焦っているのだろう。式を唱える声が乱れている。

三度、紅蓮の砲玉が飛翔した。

はぐれ船の手前に、白砂の柱が巻き上がる。船の為す術なく突っ込むさまが、純白の煙幕に影だけ映し出された。砂に車輪を取られたか、船体が大きく傾いていく。

どう、と地鳴りが響く。白砂がさらに舞い上がり、倒れた船の影をも覆った。

「くそっ」誰かの舌打ちがする。

選士たちは式を止めないが、歌声には葛藤《かっとう》が滲んでいた。同胞は無事か。投げ出されたか。船の下敷きになっていまいか。どうする。止まるか。助けに行くか。助けられるのか。帝軍に真っ向、弓を引くのか。

ハマーヌは迷わず駆け出した。

「小舟を下ろせ」

アニランの顔が目端に映る。驚いているようだ。妙なことだ。帝軍は撃ってきた。見逃す気など毛頭ないのだ。ならば戦っても同じであろう。

戦いはハマーヌの役目である。

甲板に躍り出る。追従せんと駆け寄る部下たちを押しとどめ、船側に吊り下げられた小舟に独り飛び乗った。アニランの引き留めを無視して、吊り具を船外へと傾けさせる。

巨船が生み出す風に煽《あお》られて、宙吊りの小舟がゆらゆら揺れる。真下では、車輪の蹴立てる白砂が大波の如く暴れていた。そのいずれもハマーヌを躊躇《ちゆうちよ》させるものではなかった。ちらと目をやればそれだけで、縄の結び目がはらりと解ける。ふっと浮き上がるような感覚がして、ハマーヌは小舟もろとも純白の地上へと落ちていった。

暴れ馬のような砂の波も、ハマーヌを迎えるなり、すぅっと大人しくなった。柔らかに着地すると、そのまま帆を操り、巨船の群れからすみやかに距離を取る。

砲弾が巻き上げた砂煙は低くなりつつあった。倒れた船体の輪郭《りんかく》がおぼろに見える。砂地に突っ込むように転覆している。これでは奔れない。撃ち込まれれば一巻の終わりだ。

ハマーヌは帝軍の陣取る砂丘を睨《にら》んだ。頂きでは、撃ち終えた砲台が奥に下げられ、新たなものと入れ替わるところだった。船に止めを刺すつもりなのであろう。

討たれる前に、討つ。

ハマーヌは素早く、小舟を旋回させた。ぐっと足を踏みしめれば、彼の意図が甲板を越えて地面に伝わる。白砂の粒が強固に連なり、さながら大理石の如き道を作った。手招きすれば、風が馳せ参じ、鬨《とき》の声を上げた。帆が満ち、舟は奔り出す。まさしく疾風の如く。

帝軍の反応は鈍い。火砲の入れ替えを粛々《しゅくしゅく》と進めている。彼らにとってハマーヌの小舟は、跳ねる砂粒ほどの、取るに足らないものに思えたのだろう。彼らが慌て始めたのは、それからゆうに数十拍後。ハマーヌが砂丘のふもとに至ってからであった。

切羽詰まった指令が飛ぶ。巨船ならいざ知らず、砲で迎え撃つには的が小さく、速すぎる。火砲が急ぎ下げられ、代わりに火筒の担い手らが斜面の奥から走り出た。砂丘の頂きに並び、片膝をついて武具を掲げる。

筒先が揃う前に、ハマーヌは隊列に飛び込んでいた。

火筒持ちの列を一瞬にして駆け抜ける。突風がそれに追随し、弾丸の如く頂きをえぐり取り、斜面を吹き下ろす。悠久の時を経て積み上がった砂の山は、存外に脆《もろ》い。あれよあれよという間に崩壊し、砂の大なだれとなって押し寄せた。

砂丘の裏側の斜面に並ぶ、帝軍の一隊。彼らのただ中を、ハマーヌは疾走した。突風になぎ倒された兵たちが起き上がる間もなく、白砂の津波に呑まれていく。その悲鳴をも置き去りにして、坂を滑り降りた。

ふもとに達して、砂なだれが止まっても、ハマーヌは奔り続ける。砂が呑んだのは、百足のような軍列の、いわば尾だけ。砂の津波とともに現れた、ただ一人の襲撃者に、全ての敵意が集まっていた。

胡桃《くるみ》を割るような軽い音が鳴る。舟の周りで、砂がぴしぴしと盛んに跳ねる。火筒である。咄嗟に砂壁を生み出して躱《かわ》し、ハマーヌは勢いよく舵を切った。

ぐうっと弧を描き、敵の間合いの外へ退く。それも束の間、弾幕が薄くなった一瞬を突き、ぐるりと船首を隊列に向けて、再び矢の如く突っ込んだ。突撃と離脱。それを電光石火で繰り返し、敵を攪乱《かくらん》する。そのあまりの速さに、火筒が追いつかない。それでも流れ弾がひとつ、ふたつ。またひとつ。小舟の縁をかすめ、ハマーヌの襲衣《おすい》に穴を開ける。

緩急を織り交ぜ、敵を翻弄《ほんろう》する。しかし次第に、矢弾がハマーヌの動きを捉え始めた。所詮多勢に無勢、さしものハマーヌも独りで帝軍を掃討できはしない。時を稼ぐのに徹するべきである。選士たちは今頃、仲間のもとへと駆けていることだろう。彼らが倒れた船を起こすまで、敵を足止めするのだ。それ以上を望んでも、考えてもならない。

そう自らに言い聞かせ、淡々と舟を操る。兵たちの注目を引きつけつつ、彼らの守りの薄い箇所を逃さず突く。そうして四半刻もしないうちに、ハマーヌは帝軍の陣の深くに喰い込んでいた。彼の動きを追って、敵の隊列は今やぐるりと弧を描いている。さながら百足が長い身を丸めているようだった。完全に囲まれる前に、ハマーヌは隊の先頭を目指した。ひときわ高い砂丘の裏側へと、舟が半ば浮く勢いで飛び出して。

思わず息を呑んだ。

砂丘の頂きの、盆地のようになった窪み。そこに帝軍の隊列が渦を巻く。帝兵たちが甲冑をぎちぎちと軋ませながら、中心にそびえ立つものにうぞうぞとたかっていた。

大樹である。

大理石の彫刻さながらの、なめらかな木肌。城のように巨大な幹に、幾万と分かれた見事な枝ぶり。生い茂る葉は空中の森のよう、無数に垂れ下がる花は錫杖《しゃくじょう》のよう。風に揺れるたびしゃらしゃらと妙なる音色を響かせる。

〈聖樹〉。音に聞こえた巨木の名を、ハマーヌは呟いた。

その名にふさわしい荘厳なまでの美しさも、敵を思いとどまらせるには至らない。帝兵らは細い筒状の武具〈火筒〉を構え、大樹目がけて打ち鳴らしている。矢弾が艶やかな幹を叩き、傷や穴をつけた。葉や小枝がばらばらと降り、花房がしゃらりしゃらりと哀しげに落ちる。

それだけでは飽き足らぬのか。帝兵たちは大筒を担ぎ上げると、見事な大振りの枝に狙いを定めた。無情なる号令。どう、と放たれる衝撃。落雷に遭ったかのように、太い枝の根もとが半ば弾け飛ぶ。自重に耐えかね、枝がめりめりと痛ましい音を立てて崩落した。裂けるようにして折れた枝から、ねっとりとした樹液が血潮の如く噴き出す。

痛みに涙するように、とろとろと黄金の蜜を垂らす巨木の、その太い根もとから。

咆哮《ほうこう》が湧き上がった。さながら亡霊の怨嗟《えんさ》の歌であった。恨みに満ち満ちた旋律とともに、根の奥からずるり、と何かが這い出す。夜闇の如き漆黒《しっこく》の人影――

いや、影そのものか。

影が跳躍する。樹の間近に立つ帝兵どもが、漆黒の中に呑まれた。甲冑と骨の噛み砕かれる鈍い音。絶叫もろとも美味《うま》そうに喰らい尽くし、影たちは次なる獲物へ向かう。

「闇丹術《あんたんじゅつ》……！」

帝兵たちが叫ぶ。闇丹術とは、物の重さ、即ち重力を操る、丹導術《たんどうじゅつ》きっての大技だ。小さな影ひとつ生み出すだけで、何人もの術士が要る。それがこの数、この大きさ。

聖樹の根の下には民が住まうという。聖樹の守護者〈月影族〉だ。闇を好み、月の夜にしか姿を見せない、謎めいた一族。彼らがどんな術を使うのか、此度《こたび》初めて世に明らかになった。聖樹に近寄るなと言われるゆえんを知り、兵たちが絶叫する。

ハマーヌもまた、この人外の技に戦慄した。

総毛立ちながら、影の妖たちに目が釘づけになる。禍々しいほど重い丹の奔流《ほんりゅう》が、人の形を成し、動いている。あたかも意思のあるかのよう！　これほどの術は見たことがない。まるで丹によって人を創り出し、物質に命を宿らせているかの如くではないか。

彼の目はもはや帝軍など映していなかった。耳を断ち、一切の雑音を追い出す。神経の一本一本を研ぎ澄まし、丹の流れを追う。影から逃れんと駆ける帝兵たちとは裏腹に、ハマーヌは小舟を降り、ふらふらと妖たちに引き寄せられていった。

闇の化身らが荒ぶる。彼らにとってはハマーヌも帝兵と同じ侵入者、招かれざる客である。ことさらに黒の濃い一体が白砂を滑るように迫ってきた。ハマーヌは立ち止まり、静かに影を迎えた。闇を湛えた虚《うつ》ろな顎門《あぎと》に、咽喉笛《のどぶえ》を喰い千切られるか、あるいは丸呑みにされるか。そうした考えは、微塵《みじん》もよぎらなかった。衝動の告げるままに腕を伸ばすと、湖面に手を浸すかのように、影の中へと腕を差し入れる。

指先が触れたのは、凄まじい力の嵐だった。

腕をもがれそうな勢い。血の沸騰するような熱さ。すぐ手を引き抜くよう、激しく警告する本能を無視して、影の奥へと分け入っていく。後戻りなど出来なかった。指先をかすめる丹の一粒一粒の、なんと雄弁なことか！　彼らの語りかけるものを、全身全霊で拾う。

それは〈丹の記憶〉だった。どこを旅し、どんな形状を経て、どのような性質を与えられ、また失い、ここまで辿り着いたのか。指先を通して、彼らの変遷が鮮やかに流れ込んでくる。叩きつけるような記憶の奔流に、ハマーヌも一条の丹となって溶け入った。そうして、悟る。

重い暗闇を成す丹の粒子——それらが以前、何であったかを。

ひと。人。ヒト。

その亡骸《なきがら》である。

この世を成す物質と同じく、生きとし生けるものは丹を宿す。命の灯火が潰《つい》え、身が朽ちるとともに、丹は溶け去り霧散して、この世を巡る力の輪に戻る運命だ。

影は告ぐ。根に住まう〈月影〉の民はその運命に抗《あらが》ってきた。ゆえに彼らは太古より自らの亡骸を我が子に託す。残された子は、親の亡骸に己の丹を〈移し植える〉ことで常人ならざる量の丹を蓄え、闇を操る力を得るのだ。

嫌悪も罪の意識も、子は抱かない。彼の父も、父の父も、祖父の祖父も、月影の民は代々、先祖の亡骸を受け継いできたのだから。彼らにとって亡骸こそが財産である。血が長く続けば続くほど、多くの亡骸が後世に伝わっていく。その身の宿す丹の〈記憶〉とともに。

清流を遡上《そじよう》する魚のように、闇を形作る丹の軌跡を、ハマーヌは辿る。刹那《せつな》のうちに、彼は影の主人たる術士のもとまで達していた。

男。そんな気がした。影の妖に喰らわせるはずの相手に、丹を介して体内へと押し入られ、男の戦慄《わなな》く気配がする。彼が背骨を折らんばかりにのけぞり、高く啼《な》くさまが伝わってきた。仰向けに地面に倒れ込み、身もだえ、宙を掻き、ハマーヌの丹を必死に押し返そうとする。

丹が溶け合い、絡み合って、互いの感覚が一体となる。男の恐怖や痛み、身の内側をまさぐられるおぞましさ、奥底から無理に引き出される熱——それらを、ハマーヌも同時に覚えた。たまらず咆《ほ》え、飛びすさる。影の妖から手が抜け、そこで感覚の共有は途切れた。

断っていた目と耳が戻る。影の妖はハマーヌの足もとに伏していた。大きく喘ぎ、指先までびくりびくりと痙攣《けいれん》し、やがて全てを暴かれて恥じ入るかのように、影はずるずると後退り、聖樹の根の奥へと帰っていった。

見回せば、あれほどいた影たちは、ひとつ残らず消え失せていた。聖樹の周りに散るのは、帝兵どもの足跡と、踏みつけられた銀の葉や金の花房。怒れる影に喰い尽くされて、抜け殻のように残された黒甲冑の破片。そんなものばかりだった。

嚙み砕かれた黒甲冑の残骸の中に、ひときわ立派な造りのものが転がっていた。将のものであろうか。その鉄くずを掃《はら》うように、一陣の風が吹く。喧騒が耳に届いて振り向けば、白砂の海原に帝軍の残党が散っていた。常の整然とした並びを忘れ、恐慌に呑まれて走る兵たちを、小舟がさらに分断していく。見ゆる聞こゆる者である。

遠見ノ術でハマーヌの戦いぶりを学んだか。選士らは豪速で突っ込み、敵兵をなぎ倒すと、すみやかに離れていく。あらゆる方向から次々に攻撃され、帝兵らは面白いように散り散りになる。全島最強の異名が嘘のようだ。あるいはこれが大軍の本質か。攻め勝っている間は怒濤《どとう》の如く押し寄せるくせに、ひとたび崩れるとあっけない。将を失った後ならばなおさらだ。

そよ風に、聖樹がしゃらしゃらと花房を鳴らす。その涼しげな音色に、思わず聞き惚れた。折られた枝からは未だ黄金の蜜がとろとろ垂れていたが、その勢いは幾らか弱まったようだ。傷口の一部はもはや樹液で固められている。いずれすっかり塞がるだろう。

枝を欠いてなお壮麗なる大樹を、黙して仰ぎ見ていると。

「ハマーヌ君！」

学士筆頭アニランである。見れば部下の学士とともに舟に乗る、彼の姿があった。アニラン自ら式を唱えるのは珍しい。彼はもっぱら机上で式図を引くばかりで、実技となると「僕らのようなのは、腕っぷしはからっきしだから」と自嘲するのだ。

今こうして見ると、当人の弁はあながち誇張でもないようだ。さすが式に無駄がないのか、丹の運びはすっきりと整っているものの、哀しいかな、一度に操れる風の量がとても少ない。同乗する土丹学士も似たり寄ったりだ。砂の海に道を引き、風を纏って矢の如く駆けるはずの小舟が、そよ風に吹かれてふらふらと近寄ってくる。

なんとなしに彼らの丹の流れを眺めていると。小舟が目の前に着いていた。アニランが飛び降りる。千草色の襲衣越しにもはっきり分かるほど、青ざめていた。

「大丈夫か、ハマーヌ君」と腕を掴まれた。「月影族の闇丹術に巻き込まれたようだったと、遠見をかけていた連中が言っていたが」

手の力が思いのほか強い。声も、常より耳に障る。大事ないと答えようとして、ハマーヌは異変に気づいた。

全身から汗が噴き出し、水に落ちたように衣が重くなっていた。身体も重い。座り込むのも億劫《おっくう》なほどだ。思えば、影の妖から手を抜いてから、ハマーヌは一歩も動いていない。戦いは続いていたのに、ぼうっと辺りの景色を眺めていたのだ。アニランの心配も当然か。かろうじて過ぎた疲労による夢見心地。ハマーヌの精神は今、覚醒と眠りの狭間にあった。

意識の表層は周囲と繋がっていたが、深部はただひとつのものに占められていた。

月影族の秘術である。

どんな理論のうえに成り立つ術なのか。どのように式が編まれているのか。望ましい作用は何であり、望まざる作用はあるのか——それらは全て、ハマーヌの頭脳から抜け落ちていた。興味もなかった。理解など彼の領分ではない。己の感性の告げるままに信じる。

あれは、甦りの術だと。

術士の身に宿る〈人丹《じんたん》〉を亡骸に分け与え、故人の復活を果たす術。死と生の境を越える技。

そのようにハマーヌは解した。

なんとおぞましくも芳しい、禁断の香り！

珍しい花を前にして、無垢な心のままに手折ってから、その毒の強さに恐怖する。彼のしたことはそれと同じだった。激しく後悔しても、もう遅い。嫌悪にえずく肉体をよそに、精神は金縛りにあったように、今しがた見たものを反芻し続ける。

今すぐ忘れろ。目を逸らし、耳を閉ざして、逃れるのだ。そう自らに命じても、いっこうに止まらない。影の妖に触れたその時点で、ハマーヌは術の隅々まで暴き尽くし、自身の意識に刻んだのだ。あたかも絵をそっくり写し取るかのように。

それ以上に。

もしも、自分がこの秘術を使ったならば――止めろと叫ぶ本能に反して、そう夢想せずにはいられない。自分ならはるかに緻密に、人を象れる確信がある。月影族の影とは違う。あんな何の表情もない、真っ黒なだけの冷たい丹の塊に終わらせはしない。色を与え、瞳に光を与え、身体に熱を与え、肌の柔らかさを与え、肉の弾力と骨の硬さを与え、鼓動を与え、ふさわしい声を与えよう。

遺骨の主の、生前の姿のままに。

扉がゆっくりと開いていく気配がする。その先に続くのは、決して踏み入れてはならぬ領域であった。扉の向こうが目に入る直前、ハマーヌの意識はようやく我に返った。飛びすさって背を向け、天へと飛び立ち、鵰鷹《ちょうたか》に追われる花雀《はなすずめ》さながらに遠ざかる。

火傷を負う前に身が引ける、あの拒絶の衝動だった。これ以上感じてはならない。これより先を感じ始めれば、もう戻れなくなる。彼は自他の境界をあっさりと失い、そそがれるままに丹を受け止め、彼の彼たる輪郭を突き抜けていく。――その確信があった。

第四章　浮雲《うきぐも》の子

湯気の立つ碗に、金の蜜がひとしずく、とろりと垂らされた。茶に温められて、蜜の芳香が花開く。アニランが匙《さじ》を回すたび、丹のかけらがきらきらと散り、味気ない医務室を鮮やかに彩るさまが、ハマーヌだけに見えていた。

差し出された碗を、重い腕を掲げて受け取る。指はかすかに震えていた。寒いのか暑いのかよく分からない。滝のように汗をかき、ひどく不快なのに、眠くてたまらない。

「飲めるかい？」

伸びてくる学士筆頭の腕を、空いた手でなんとか押しとどめる。自分は少し疲れただけだ。あの影の妖に触れ、身のうちの丹を幾らか持っていかれたに過ぎない。

舐めるようにして、茶をすする。気休め程度と思えば、どうしたことだろう。口に含めば、甘い香りが鼻腔《びこう》に広がり、脳がすっと冴えた。飲み下せば、身体が芯から火照った。口を開くのも億劫《おっくう》だったものが、碗を傾ける手が次第に速くなり、最後はぐうっと仰いで飲み干す。

碗を置いた頃には、ハマーヌの肢体には力がみなぎり、感覚は冴えわたり、気分は常よりも高揚していた。上半身を起こすのが精一杯だったはずが、身体は風のように軽く、床に臥しているのが馬鹿馬鹿しいほどである。驚きを隠せず、ハマーヌはアニランの手の中の小さな壺を見つめた。この壺に、先ほど茶に落とされた、黄金の蜜が入っている。

聖樹の樹液である。

「良かった、顔色が戻ったね」アニランがほっと息を吐く。「少しでも助けになればと思ったんだが、ほんのひと匙でここまでとは。さすがは、音に聞こえた〈聖樹の蜜〉だ」

昔から、聖樹の蜜にはたいそう滋養があるといわれている。もっとも聖樹は月影族が守っているため、実際に呑んだ者はほぼおらず、言い伝えの域に過ぎなかった。それでもハマーヌの消耗具合に、何かの足しにならないかとアニランは思ったのだろう。帝軍に折られたまま砂に埋もれていた枝を、選士たちに回収させ、樹液を採取したのだった。

「帝軍はこの効用を知って、聖樹を手に入れようとしたのだろうか」

学士は樹液の入った壺を、丁重に壁付けの棚へと仕舞った。

「なんにせよ、帝兵たちは砂漠を知らない。さっき追い払った連中は、兵糧もろくに持たずに散っていったよ。あれでは白亜《はくあ》ノ砂漠《さばく》を抜けられない。落ち延びる者らがいなければ、僕たち見ゆる聞こゆる者のことを告げる者もいない。報復は免れそうだね」

だが悠長にしていられまいとハマーヌは思った。帝軍はまた隊を寄越すだろう。今のうちに痕跡を可能な限り消し、転覆した砂ノ船を立て直して、早々にここを去るべきだ。

「そうだね」ハマーヌの眉間に寄った皺《しわ》に、意を察したか、アニランがなだめるように言う。

「船は今、選士たちが起こそうとしてくれているよ。幸い怪我人も少なかったから、なんとか今まで通りに奔《はし》らせられるだろう。それまで君には休んで欲しいところだが、君がどうしても彼らの話を聞きたいというなら——」

尋ねるまでもないことだ。立ち上がってみせれば、アニランが苦笑する。諦めたように肩をすくめると、彼は先に船室を出て、船倉の牢へとハマーヌを導いた。

『彼ら』とは、捕虜の帝兵たちである。といってもハマーヌたちは別段、彼らを捕らえようとしたわけではない。彼らは自ら下ってきたのだ。

帝軍はその規模に反して、正規の兵は少ない。多くは傭兵や捕虜、罪人などの寄せ集めだ。火筒さえ持たせれば子供でも戦力となるため、兵の育成には金も暇もかけない。帝軍は訓練でなく、力によって兵を統率するのだ。ハマーヌのもとに走った兵らも強引に徴兵された身で、帝家への恐怖はあっても、忠誠心は微塵《みじん》もないと口を揃えた。

「今はやむなく〈草ノ領《くさりょう》〉に住んでおりますが、我らはもともと風《かぜ》ト光《ひかり》ノ民《たみ》なのです」

捕虜の代表が言う。名をチドラ。中肉中背、どこにでもいそうな凡たる男だ。無害そうではあるが、つい先ほどまで火筒を向けてきた相手である。選士たちは警戒心も露《あら》わに、チドラを後ろ手に縛り上げ、肩を押さえつけ、板張りの床に膝をつけさせていた。

「我々の祖は国を失い、住む地を奪われ、東に流れる他ありませんでした」手荒な扱いにも、チドラはあくまで従順である。「草ノ領では、我らのように外から来た者は〈異民《いみん》〉と呼ばれ、正式な草ノ民とは見なされません。ゆえに戦《いくさ》では、真っ先に徴兵されるのです」

その処遇は、他国の捕虜兵と同等だという。岩ノ国への侵略や、七ツ国連邦との交戦でも、彼ら異民がまず投入された。長引く戦況に兵が足らず、チドラの一族は老若男女を問わず連れ去られたらしい。幼い弟妹たちはかの悪名高き〈子供の盾〉にされ、七ツ国で果てたとか。

「外から来たといっても、千年前のことだろう」アニランは驚いたように言う。「それなのに、未だに余所者扱いなのか。さしものイシヌも、さすがにそんな非合理な真似はしない」

「カラマーハの定めるところでは、草ノ民と血を交えようとも、異民は永遠に異民です」

「馬鹿な」アニランは腑《ふ》に落ちぬ様子だ。「第一、草ノ民は何故君らが異民と分かるんだい」

風ト光ノ民の見た目は、火ノ国の〈公民《こうみん》〉と区別がつかない。千年にわたり、イシヌの民と血を交えてきたからだ。祖国が滅びた際に、断じてイシヌに膝を折らなかった者がいた反面、早々に王家に忠誠を誓い、イシヌの民の中にすっかり溶け込んだ者も多かった。ことに、今でいう中央区に当時から住んでいた者たちは、西域が大旱魃《だいかんばつ》に見舞われても、湖や青河《せいが》によって渇きを受けずに済んだため、イシヌへの憎しみは薄く、抗《あらが》うよりも庇護を求めることを選んだのである。そうした一族を〈常地主《とこじぬし》〉と呼ぶ。――ハマーヌの生家も、その一つだった。

砂《すな》ノ領《りょう》における血筋は、誰と誰が親戚筋で、どの地で生まれ育ったか、という他に然したる意味を持たない。それより、その者がこれまで何をしたか、今がどうあるかが肝要であった。かつて常地主であった血筋でも、土地を失えば浮雲である。罪人はどこに行こうと、罪人だ。水という移ろいゆくものに命を左右される砂漠では、血にしがみついても生きられはしない。

「草ノ領を統べるカラマーハ帝家はその血筋を何より貴びます」チドラの声は静かだ。「民もまた、そうです。どんな家にも、血縁を記した〈家譜《かふ》〉が必ずあります。その家譜を辿れば、どこから来た者なのかは明白です」

草ノ領は豊かである。民のほとんどは移り住むことなく、親より受け継いだ土地に生きる。そのため血筋、即ち生まれはその者の一生を決め、何よりも強いのだという。

「家譜か」アニランが呟く。「そんなもの、どうとでも書き換えられそうに思うが」

「いいえ」チドラはゆったり首を振る。「どの家も譜を有しますので、血縁を結んだ先の譜面と矛盾があってはなりません。千年をも遡《さかのぼ》る系譜を書き換えるのは至難の業でしょう。それこそ一族郎党、総取り換えで成り済まさぬ限り」

一族郎党、総取り換え。たとえにしては過激な響きだった。そんな血腥《ちなまぐさ》い夢想を描くほど、異民として草ノ領に生きるのは、つらいことと見える。

「つまり君たちは、草ノ領に生きる浮雲の民なんだね」

アニランが尋ねると、チドラはいったん目を伏せた。ぐっと何かを呑み下すような沈黙の後、彼は素直に首肯する。

「……そのように考えていただいて結構です」

チドラの双眸《そうぼう》は声音と同じく透き通り、感情の起伏が窺《うかが》えない。これは達観、いや諦念《ていねん》か。その静けさは凄みすらある。選士らは気圧されたか、彼を押さえるのを忘れて聞き入っている。

「風ト光ノ民を千年守りたまいし〈見ゆる聞こゆる者〉」チドラが縛られたまま身を折った。

「どうぞ、我らを傘下にお加えください。我らはもう草ノ領には戻れません。己の土地はなく、かりそめの住まいも家族も奪われ、戻ったところでまた兵にされ、同胞相手に戦わされるだけ。ならばこの西域で、祖国を奪った悪鬼どもに一矢報いたい」

チドラの澄んだ瞳は真実を述べているように思えた。砂漠をあてどなく漂う者がいるなら、草原に流れる浮雲も確かにいよう。力なく声もなく、世を達観するしかない、草の浮雲たち。権威にも権力にも顧《かえり》みられぬ姿なき人々が、同胞に強いられ、同胞を殺すよう仕向けられる。

それが、この火ノ国か。

ハマーヌの身体の奥底から、熱が堰《せき》を切って押し寄せた。突き上げる衝動に支配され、踵《きびす》を返し、牢から飛び出す。その唐突な動きに驚いたか、アニランの呼び止める声が聞こえたが、足は止まらなかった。船倉を抜け、甲板へ続く階段を一気に上っていく。

聖樹の蜜のせいだろうか。身が夢の如く軽い。常と変わらぬ一歩で、階段を幾つも飛ばす。

心ノ臓が力強く鼓動し、全身に熱い血が巡る。

甲板に出ると、風に出迎えられた。鉄色の襲衣《おすい》が大きく舞う。砂海を見遣れば、純白の中に船が倒れていた。その周りを人影が行きつ戻りつしている。選士たちだ。船を立て直すにはどう式を編めばよいのか、頭を悩ませているのだろう。

考えるより早く、ハマーヌは利き腕を掲げた。ほんの戯《たわむ》れに砂上の巨船へと手をかざせば、雷電にも似た鋭い丹がびりりと腹の底から放たれた。丹は一挙に腹から腕、そして指へと駆け上がると、指先にまばゆい紫電《しでん》を閃《ひらめ》かせ、宙へと躍り出る。

神経が焼き切れるような痛みが走った。たまらず呻き、利き手を抱え込んだ時だ。地鳴りとともに、大地が震動した。選士たちが驚いて叫んでいる。額から滴り落ちる脂汗の、目を刺す不快さを押して、ハマーヌは強引に顔を上げた。砂海を見遣って、ひゅっと息を呑む。

白砂がうねり、船をあるべき状態へと押し上げていた。ハマーヌの放ったひとすじの丹が、小高い丘ほどの砂を動かしたのだ。何より異様なのは、その形。

人の、手だった。

純白の砂が巨人のような手を象《かたど》る。船に触れるさまは、幼子に玩具を拾ってやるが如くだ。船をそっと砂地に置き、手は柔らかに離れる。天に還るように紺碧《こんぺき》の中へと伸びていく手の、その線の細さに見覚えがあった。咽喉《のど》をせり上がる、息苦しいほどの懐かしさ。

温かな硫黄《いおう》色が、ちらりと差した気がした。しかし砂はぽろりと脆《もろ》くも崩れる。さらさらと指先から散り、幾つか瞬《まばた》きする間に、砂の手は跡形もなく消え失せた。砂粒を繋ぐ丹が尽きたのだ。今のお前に、この形を留める力はない。その覚悟もない。そう言うかのように。

つんと鼻腔を刺す臭いに目を下ろせば、ハマーヌの爪先が、丹に黒く焦げていた。


「頭領が帰ったぞ！」

南境ノ町《みなみざかいまち》の四門が開かれる。町人らが歓喜し、黄金の砂地へ走り出る。今や金より貴重な塩への期待と、この町の守護者が戻ったことへの安堵の念が、風に乗って伝わってきた。だがハマーヌの目がまず捉えたのは、町の外に張られた天幕の群れだった。浮雲の仮住まいだが、もう一つ町が興《おこ》ろうという広がりようである。ほんの半月前は、これほどではなかった。

天幕の群れを睨《にら》みつつ、砂ノ船から降りたハマーヌを、若衆筆頭マルトが出迎えた。

「お帰りなさいませ、頭領！　我ら一同、無事の御帰還をお待ちしておりました！」

仰々しい挨拶。いつもの表敬つき。ハマーヌは応える代わりに、目で天幕の群れを指した。

「驚かれたでしょう」途端マルトは眉間に皺を寄せる。「我らが保護してやった数の倍はおります。帝軍を恐れて逃げ出した連中が、勝手にぞろぞろ集まってくるのです」

さも迷惑そうな言いようだ。他者に縋《すが》るしか能がないからこそ、己の地を持てぬのだという蔑《さげす》みが、言葉の端々に滲む。しかし彼の言葉はそのまま町の人々の心である。今は乾季の半ば。それも今年はことに過酷で、既に領の各所で水場が消え失せたという。この町の水源が涸れたことはないが、無尽蔵に来る浮雲に分け与える余裕がどこまであるのか。膨れに膨れ上がった浮雲の民がいずれ、数に乗じて町を襲うのではなかろうか――そんな不信が渦巻いている。

「無論！」マルトは勢いよく敬礼した。「我らがしっかり目を光らせます。御安心あれ！」

そこに、さく、さく、と軽い足音がした。

「ちっさい男ねぇ」にべもない一言に、マルトの額に青筋がぴきりと浮く。「可哀想だから、この賢いソディ・テイ・ラワゥナさまが教えてあげる」見れば、朝日色のいがぐり頭が高々と掲げられていた。「そこのアンタ。ありがたーく聞きなさい。人間ってのはね、おっきく見せようとするほど、ちっさく見えるのよ」

「どの口が言うか、大言壮語のほら吹き娘が！」

「馬鹿ね。アタシはちびだから、それでいいのよ」悪びれもせず少女は言ってのける。「あと、そんな色を着たからって、ちっとも偉く見えないわよ。むしろ馬鹿っぽいわ」

頭領と同じ鉄色の襲衣のことだ。マルトの顔が柘榴《ざくろ》の実のように赤黒くなる。

この血の気の多い若者が、礼儀を教えてくれんと動き出す前に、ハマーヌはソディへと歩み寄った。襟をむんずと摑み、猫のように持ち上げる。以前のぼろ服なら、それだけで千切れていたろうが、今の彼女は古手ながらも衣らしい衣を纏《まと》っていた。頭領付きの小間使いとしての初給金で彼女が調達したものだ。市場の親父相手に底値で買い叩いたと聞く。

「ちょっと!」

じたばたとソディが宙で暴れる。それに構わず大股に歩き、町の門をくぐったところで手を放す。どんっと盛大な音がして、ソディが石畳に尻餅をつき、けたたましい抗議が上がった。きんきんと頭に響く声を、さて如何《いか》に止めるか。ハマーヌはもう分かっている。

「昼飯を買って来い」

短く一言。すると一転。ハマーヌが足もとを見下ろした時、少女の姿はとっくに消えていた。

ソディはこと喰いものに関しては仕事が早い。

独りになって、ようやく息をつく。時は午天を少し過ぎた頃だ。これから日差しがますます強まり、猛烈な暑さが町を覆う。船団の帰還を迎えに出た者を除けば、大通りには家路を急ぐ人が目立った。昼間の仕事はこれにて終わりだ。これから家族と昼餉《ひるげ》を取り、午睡でもして、涼しくなるまでやり過ごすのだ。

旅の始末は部下たちに任せ、ハマーヌは大通りを歩み出した。塩の分配やら船の点検やらは計算や比求式《ひきゆうしき》が関わるだけに、ハマーヌがいても意味はない。

頭領の館へと向かうも、玄関が見えたところで思い立ち、踵を返した。道行く人々の不思議そうな視線をよそに、景色を頼りに目指す路地に入り、閑静な小路を足早に進む。目指すは、緑映える沙柳《さりゆう》の庭園だ。さらさらという葉擦れが聞こえてきた。

草木が音を吸い取るのか、ここには町の喧騒が届かない。庭園へと入り、久方ぶりに深々と息を吸う。最後に訪れたのは半月ほど前、白亜ノ砂漠に発った朝か。だがもう懐かしい。

ウルーシャの石塚の前で、ハマーヌは足を止めた。常の如く座り、陽光に温まった土に手を当てる。そんな自分を毎度おかしく思う。生前はろくに語らわなかった。向かい合って座ったこともあまりない。所詮は仕事のうえの相棒、いつか道を分かつもの。そう身構えるうちに、永遠の別れが訪れた。今更になって毎日の如く語りかけてくるハマーヌを、彼は笑っているに違いない。なにやってンだ、気持ち悪ィ！――あの明るい笑みで。あの軽妙な物言いで。

馬鹿だとは承知している。自分は昔から何につけても不器用だった。あまりの不出来ぶりに実の父から呆れられ、家の恥とされ、ついには勘当されたほどである。頭領なんぞ務める方が間違いと言えるが、これはひとえに亡き相棒の願いを酌《く》んでのことだ。

見ゆる聞こゆる者の頂点《てっぺん》に、ハマーヌを押し上げる……それがウルーシャの夢であったと、彼の死後に知った。しかし自分は、相棒の願いに足る男だろうか。町の周りを埋め尽くす天幕の群れ。あれが全てをもの語りはしまいか。

どうすべきか。答えは明白だ。たかが辺境の町長に全てを救えはしない。何を守り何を切り捨てるか、いずれ選び分ける時が来る。それでもやはり愚かな自分は思う。本当に、選ばねばならないのか。何をも切り捨てずに済む道は、どこにもないのかと。

――お前なら、どうした。相棒の名の刻まれた石碑に、そっと呟きかける。

答えは、なかった。

腹の虫が鳴いた。

優美な沙柳に囲まれ、亡き相棒に語らいかける。そのしっとりと流れる時に水を差す、実に無粋な音だった。独りげんなりとしてから、ハマーヌは昼食がまだ届かないことに気づいた。ソディにしては妙に遅い。居場所が分からぬわけでもあるまい。ハマーヌがどこにいようと、彼女は手当たり次第聞き回り、〈俯瞰《ふかん》ノ術《じゅつ》〉を駆使して、必ず探し出してくる。頭領の瞑想に遠慮したわけでもなかろう。会合のただ中でもソディは構わず扉を開け放ち、買いつけた品を両手に抱え、まっすぐハマーヌのもとに駆けてくる。仕事熱心というより、彼に選び取らせた残りが自分と弟のものになるためであろうが。

だが見回してみても、あのいがぐり頭はない。

珍しく部屋に届けたか。そう思って館に戻ってみたが、違った。よもや〈頭領代行手形〉を失くして、食事を買えていないのだろうか。いやそれも考えにくい。あのかしましソディが、手形を無くしたからといって呆然と立ち尽くすとは思えない。ならば仕事をすっかり忘れて、どこぞで遊んでいるのだろうか。それはまぁありえるかもしれない。話しぶりからはすぐ気が逸れる性質に思える。食事の機会を逃すとは彼女らしくないが、遊びたい盛りには違いない。しばし逡巡《しゅんじゅん》して、ハマーヌは自ら市に出向くことにした。待っていても腹が減る一方だし、久しぶりに屋台を物色するのもいい。そうこうするうち、ソディも見つかるだろう。

午天過ぎのこの時が一日で最も暑い。人通りも、開けている店も少ない。裏を返せば、今が一日で最も静かな時である。ちょっと良い酒を片手に、ウルーシャの眠る庭園に戻って、涼を取るのもよい。

ハマーヌは足取り軽く屋台市に降りた。強い陽光に市は閑散としていたが、却ってゆっくり回れそうだ。一巡目で目星をつけ、二巡目で拾うつもりで、ぶらぶら歩くことしばし。

どことなく湧き上がる違和感に、ハマーヌは足を止めた。

隙間なく並ぶ店。色とりどりの日除け布。軒先に下がる香草の束、道に溢れんばかりに積まれた果実の山。それらを吟味する客の楽しげな顔――どれも慣れ親しんだ光景である。

だが、何かが足りない。

広場を今一度、ぐるりと見回す。おかしなところは見当たらなかった。店主が客と談笑し、自らの出しもので遅い昼食を取り、あるいは店先でうつらうつらと舟を漕ぐ。そんな穏やかな昼下がり。

――そう、穏やかな。

喧騒がない。怒声や罵声《ばせい》がない。客の減る昼間ながら、これほど静かな市場は知らない。

いないのだ。

市場につきものの、小さな盗人たち――浮雲の子らが、どこにも。

「へえ。はて、言われてみれば、このところガキどもを見かけんですな」手近の屋台の店主に尋ねると、のんびりした答えが返った。「いつから？　いや、いつってぇ言われましてもねぇ。いつの間にかというか、だんだんにというか。しょっちゅう出しモンをくすねられていた身としちゃあ、静かになって何よりでさ」

その隣の、そのまた隣の、どの店の者に訊いても、答えは同じである。彼らにとって浮雲の子たちは、喰いものにたかる虫のようなもの。追い払うのには躍起になるが、目に入らず音もしなければ、その存在を思い出すことはない。

昼下がりの無情な太陽にじりじりと焼きつけられ、ハマーヌのうなじに汗がじわりと滲む。足早に市場をもう一周した。やはり浮雲の子らがいない。ソディのいがぐり頭は見えず、あのきんきんと響く声も聞こえない。

静かだった。まるで砂嵐の前の凪《なぎ》の如く。

ハマーヌの足が速まる。既に半ば駆けていた。店主たちの怪訝《けげん》な視線を集めつつ、彼は頭領の館へと取って返した。ハマーヌの傍を常にそよぐ風が、逸って奔り出し、館の扉を勢いよく押し開ける。戸が壁に打ちつけられて、がんっと乱暴な音を立てた。

「頭領？」

館に飛び込めば、玄関の間でたむろしていた若衆らが目を丸くした。いつもの表敬も忘れた様子である。彼らの横を行き過ぎざま、ハマーヌは短く命じた。

「ソディを探しに行け」

若衆は不満げな顔をする。浮雲の小娘なぞ知るかと言いたげだが、ハマーヌの目に射貫かれ、咽喉をごくりと鳴らした。彼らの襟もとの留め具に、頭領の険しい顔が映っている。

「行け。町中を探せ」手を抜くことのないよう、ハマーヌは釘を刺した。「あれの弟もだ」

それだけを言い捨て、踵を返した。飛ぶように階段を駆け上る。

屋上に至ると、またも戸が独りでに開く。ハマーヌは外へと躍り出た。彼に付き従う風が、鉄色の裾を巻き上げ、四方八方に散る。

風は館の屋根をなぞり、滝のように壁を奔り下りた。石畳の地面にぶつかると、下午の強い陽光を振り払わんばかりの速さで、町の道という道、角という角を駆け抜ける。雲なき凪の日の突風に町人たちが驚き叫ぶが、ハマーヌは風を止めない。全身の神経を研ぎ澄まし、大気の奔流《ほんりゅう》を追う。己の六感を乗せ、風の触れるもの全てを拾い上げていく。

町をぐるりと囲む防塁《ぼうるい》まで、ハマーヌの風は瞬《また》く間に達した。石造りの壁に体当たりして、砂塵を散らしながら駆け昇ると、紺碧の空へとぱっと霧散する。

町に平穏が戻った。町人たちが肩をひとつすくめて、めいめい仕事に戻っていく。のどかな情景を館の上から見下ろしつつ、ハマーヌは独り眉をきつく寄せていた。

やはり、いない。町の隅々まで探っても、ただの一人も見当たらない。

浮雲の子たちが、忽然《こつぜん》と消え失せていた。

第五章　子供兵

ソディが目を覚ました時、布の天井が頭上にあった。

何よこれ。眠気にぐらぐら回る視界を押して見つめる。どうやら天幕だ。お碗のように丸く張られた布に、紋様が透ける。その輪郭《りんかく》を目でなぞるうち、ソディの頭は冴えてきた。

双頭の白牛――カラマーハ帝家の紋様だ。

心は跳ね起きたけれども、身体はぎゅっと縮こまった。自分の他にも気配を感じたからだ。そこかしこから聞こえる寝息。十数人、いやもっと。何十と寝ッ転がらされている。

ちょっと待ってよ。背中が汗でじんわりと濡れる。どういうことなのこれは。

頭痛を押して必死に考える。自分はつい先ほどまで、あの乱暴者ハマーヌのために、昼食を見繕っていたのではなかったか。そう。頭領の館前の屋台市に、ソディは確かにいた。小汚い野良犬のように見下ろしてくる店主の鼻先に、〈頭領代行手形〉を叩きつけたのを覚えている。そうして出しものをじっくり吟味し、いっとう出来の良いものを買ってやるはずだったのだ。

そこに弟のピトリが駆けてきて、あれが欲しい、これが欲しいと我がまま放題言い出した。あまりの利かん気に、彼の腕を摑み、脇道へと引っ張ったものだ。ちょっと小言をくれようと振り向いたところで、どういうわけか、来たはずの道に見覚えがなかった。あれっと思って、あちらへ抜けたり、こちらに折れたりしているうち、何故だか町の外に出てしまって――

そこから、全てが霞《かす》みがかっている。

とにかく、ピトリはどこ。あの子もここにいるの？

確かめたいのに、ソディは動けなかった。目立つなと直感が告げていた。ちょっと動けば、たちまち襲いかかられる気がする。誰に？　何に？……それが分からないから恐ろしいのだ。

かといって、瞼《まぶた》を閉じ直すのも恐ろしい。葛藤《かっとう》の末に、ソディは出来る限り頭を動かさず、目だけで辺りを探ることにした。まず右から。耳たぶにかかる吐息と、ほのかに伝わる温かさから、誰かが横たわっていることは確かだった。そろそろと目をずらしていく。

慎重に緩慢《かんまん》に、目尻が痛いほどきつく視線を傾けて、ソディはびくりと跳ねた。

隣の者と目が合ったのだ。

瞬《まばた》きもしない大きな目。それがまっすぐこちらを見つめている。ソディは叫びかけ、間一髪気づいた。横にいたのは他でもない弟ピトリだった。彼もまた目を覚ました時の恰好のまま、じっと息を殺して、ソディが起きるのを待っていたようだ。

わずかに顔を向けてやれば、ピトリの強張った顔が、ほんの少しやわらいだ。床に這わせるようにして、ゆっくりと手を伸ばしてやれば、小さな手が姉の人差し指を握り込んだ。

ピトリの手の痛いほどの力強さに、ソディは不思議と安堵した。大丈夫よと目で語りかけてやれば、通じたのだろうか。弟は小さく頷いて、だがすぐに顔を強張らせた。

天幕の外で、音がしたのだ。

砂を踏む、幾つもの足音。甲冑《かっちゅう》のこすれる音。カラマーハ兵だ。「姉ちゃん」と震える声で囁《ささや》く弟の手を、強く握り込んだ時だった。天幕の戸布だろうか、重い布を払う音がした。

「さあ目覚めよ、選ばれし子らよ！」

逆光の中で、男が朗々と告げた。言葉の勇ましさに反して、その声音は摑みどころがない。色がないとでも言おうか。第一、選ばれし子、って何よ？

「外へ出よ」無色の声が言う。「同志が、お前たちを待っているぞ！」

響きは良いけれども、意味は分からない。逆光に焼け焦げた視界に目を凝らし、兵らの姿を確かめる。揃いも揃って中肉中背の、妙に似た背恰好の連中だった。

彼らに促され、人々の起き出す気配がした。下手に目立ちたくなくて、ソディも弟とともに身を起こす。周囲をそっと見渡して、驚いた。天幕の中にいたのはみんな、子供だったのだ。

数十人はいる。見知った顔もあった。南《みなみ》境《ざかい》ノ町《まち》での、スリ仲間たちだ。ちらと目が合ったが、お互いに素知らぬ顔でうつむいた。そうして急かされるまま、天幕から小走りに出て——

ソディはぎょっと立ち尽くした。

見渡す限りの、子供、子供、子供だ。

砂丘に埋もれかけた水場にひしめく幾百の幼子たち。十歳足らずの者がほとんどだろう。

水場には天幕がぐるりと壁を成し、子らを囲っていた。布に描かれた双頭の白牛の、四つの真っ赤な瞳孔が、ぎょろりと見下ろしてくる。悪戯《いたずら》盛りがこれほどいながら、水場はしぃんと静まり、聞こえるのは甲冑の揺れる音ばかり。皆が息を殺す中、帝兵が一人壇上に立った。

「選ばれし子らよ、楽にせよ」

あの無色透明な声だった。ソディらの天幕を開けた者だろうか。けれど帝兵たちは誰も彼も平々凡々として、顔つきも大差なかった。声も似たり寄ったりかもしれない。その揃い具合がなんだか不自然で、少し寒気がする。目覚める前、町の中を迷っていた時と同じ感覚だった。

「恐れることは何もない」ソディの悪寒を払うかのように、壇上の兵は朗らかに笑う。「この甲冑はかりそめのもの。我らは、そなたたちの同胞だ」

同胞。思いもよらない言葉にソディは目を瞬かせた。周りの子供たちが互いに見つめる。

「そう。我らは風《かぜ》ト光《ひかり》ノ民《たみ》。イシヌの鬼女に天と大地と民を奪われた〈失われし民〉だ」

水場に初めて、控えめながらもどよめきが起こった。帝家は東域の〈草《くさ》ノ領《りょう》〉の支配者だ。その兵は草ノ民とばかり思っていたけれども、違うのだろうか。

「祖国を失ってより千年」無色の声が、歌うように言う。「そなたらの祖は故郷の面影を偲び、西に留まった一方、我らの祖はイシヌのもとで生きることを拒み、東に落ち延びた。

そなたたちが砂ノ民と血を交えたように、我らも草ノ民と交わりはしたが、魂は紛れもなく風ト光ノ民のそれだ。そなたたちの父、父の父、祖父のまた祖父が、故国の矜持を保ち続けたように、我らも故国の記憶を保ち続け、その知と技を伝え続けてきたのだ」

声音のせいか語りのせいか、帝兵の言葉は不思議と耳に馴染む。ソディはずっと前から彼を知っている気すらしてきた。例えば久しぶりに会ったおじさんの、初めはすっかり顔も忘れていたけれど、昔いっぱい遊んでくれたことを次第に思い出していく、そんな感覚。

「草間に身を隠し声を潜め、我らは〈見えざる聞こえざる者〉となった。そうして千年の時をかけ、草ノ領奥深くに分け入ったのだ。カラマーハの帝都、宮殿――その君主へと」

籠手《こて》に守られた手が挙げられる。その指が示したのは、天幕に描かれた帝家の紋だった。

「現帝王ジーハ・カラマーハ。彼の者と我らは一心同体だ。我らの願いは帝王の願い、我らの言葉は帝王の言葉。帝軍は今や、我らの軍である！」

猛々しい雄叫びが上がって、ソディはびくりと跳ねた。

帝兵がソディたちを取り囲んでいた。筒身の長い立派な火筒を高々と天に掲げ、何度も咆哮《ほうこう》する。彼らが振り上げるたび、長火筒の先の刃《やいば》がぎらりと光った。

子供たちは気圧され、すっかり声を失っている。そこに、帝兵らが荷車をがらがらと押してきた。と思うと豪快にひっくり返し、荷台の中身をぶちまける。ざらざらと転がり落ちたのはやはり火筒だった。こちらは、子供の手のひらに納まる程度の短さだ。

「武器を取れ、同胞の子らよ！」壇上の帝兵が朗々と呼ばわる。「そなたらは〈選ばれし者〉。人々を渇きの苦しみから解き放ち、天の恵みをもたらす、英雄となれ！　我らとともに戦い、我らとともに祖国を取り戻すのだ。それが、そなたたちの父の望み、母の願いである！」

また雄叫びが上がる。足を打ち鳴らす音がしたと思うと、帝兵らが一斉《いっせい》に長火筒を構えた。

持ち方を示しているようだが、筒先は皆まっすぐ、ソディたちに向けられている。

抗《あらが》えばどうなるかは明らかだった。子供たちは急いで、砂地に転がる短火筒を拾い出した。近い者から筒を一本ずつわしづかみ、ぱっと退いて後に譲る。計ったように、列は前から後ろへと次々に流れ、ソディと弟も流れのまま火筒を拾い、前の者について整列した。

「愛すべき同胞の子らよ！　恐れるな。勝利を手にするその日まで、怯むことなく前へ進め。そなたたちの手で、悪しきイシヌの鬼女を成敗し、水の流れを正すのだ！」

帝兵とともに子供らが火筒を掲げ、鬨《とき》の声を上げる。ソディもそれに倣った。ぽかんとしている弟ピトリにも、早く真似しなさいと耳打ちする。誰より大きな声で、元気よくと。

そうしなければ危険だと、本能で察していた。

心の中で、馬鹿じゃないの、とせめてもの啖呵《たんか》を切る。選ばれし子だなんて誰が喜ぶのよ。アンタたち、アタシたちを攫《さら》ったんでしょ。浮雲《うきぐも》の子を！　みんなの着る襤褸《ぼろ》を見れば分かるわよ。つまり、いなくなっても分からない子たちばっかり『選んだ』ってことね。

確かにアタシは子供よ。だけど残念でした、アンタたちが思うより、ずっと世の中を知ってンだから。何故だか子供の兵士が必要になって、でも、草ノ民からは選べなかったんでしょ。自分たちの領民に嫌われたら終わりだもの。砂《すな》ノ領《りょう》だって同じことよ、せっかく占領しても、激しく恨まれたら面倒だもの。だから浮雲の子に目をつけたわけね。分かってンだから。

咽喉《のど》もとまで出かかった言葉を、けれどソディは呑み下す。彼らが同胞だとは信じないが、もし本当ならとても不味《まず》い。

風ト光ノ民の末裔《まつえい》が火ノ国の帝王と繋がっている。そんな重大なことをべらべら話すのは、ほら吹きか、生きて帰す気がないかだ。

「我らは等しく失われし民、安息の地を持たぬ、見えざる聞こえざる者。ともに戦い、ともに散らん。父の憎しみ、母の嘆きを晴らすその日まで！」

帝兵らの唱える文言をソディは高らかに復唱する。彼らの望み通りに振る舞うこと、彼らにとっての『良い子』であること。生き残れるとしたら、それが唯一の道だ。

帝兵たちの構える長火筒の、暗く虚《うつ》ろな穴が、無言でそう告げていた。

「そこのお前！」怒声が紺碧《こんぺき》の天を打つ。「筒先がぶれている！」

砂に突き立てられたかかしを懸命に撃っていた子供らは、その大声に飛び上がった。一様に青ざめて、誰が帝兵の機嫌を損ねたのかと、おどおどしながら見渡す。

怒鳴られたのはピトリだった。彼はまだ五歳、年も身体もいっとう小さい。短火筒は軽く、彼でも持てるけれども、きちんと当てられるかは別の話だ。棒立ちの彼へと、訓練役の帝兵が歩み寄る。むんずと襟を摑んで持ち上げ、整列する子供たちの前に放り出した。

「もう一度撃ってみろ！」

砂地に尻から埋もれたピトリは、懸命にもがいて立ち上がった。両手で握りしめていた筒をかかしに向けようとするが、上手く行かない。右に持ち替え、左に持ち替えしているうちに、「あっ」と声を上げた。つるりと火筒が滑り落ち、黄金の砂にさくりと刺さる。

刹那《せつな》、帝兵が足を蹴り上げた。ピトリの小さな身体が、ぽーんと宙を舞う。

「何するのよ！」

ソディはたまらず叫んだ。他の子らがぎょっと彼女を見るが、なりふり構っていられない。砂地に落ちた弟のもとへ駆け寄ろうとして、ソディはぐうっと息を詰まらせた。帝兵の足が、今度は彼女に向かったのだ。顔をしたたかに砂で打ち、口いっぱいに血と砂を噛みしめる。

「お前はこれの姉か」然して興味もなさそうに、帝兵は言う。「甘やかすな。これは戦《いくさ》なのだ。もたつけば敵に反撃の隙を与える。さすれば死ぬのはお前たちだ」

戦いの厳しさを教えるべく、あえて手荒にするのだと帝兵は言う。嘘だ、とソディは知っていた。これは見せしめだ。役立たずや逆らう者はどうなるか、皆に示しているのだ。

それでも。ソディは両手を、熱い砂へと突き立てた。弟が鞠のように蹴られるのを見ているわけにはいかない。彼女は両親に誓ったのだ。ピトリのことは大丈夫。アタシがちゃんと面倒みる。だから父さん、安心して。だから母さん、泣かないで。

血の混じった砂をぺっと吐き捨てて、ソディは帝兵をまっすぐ見上げた。

「御託並べてないで、アタシの話聞きなさいよ！」彼女の啖呵に、子供らが息を呑む。「弟はまだ五歳なの！　走りながら撃つなんて無理よ！　蹴ったって殴ったって出来ないものは出来ないわ。訓練したって仕方ないんだから、他の仕事を回してやってよ！」

答えはなかった。ぴくりと帝兵の足が動き、ソディは身構えた。けれども帝兵が歩み寄ったのは、ソディでなく弟ピトリの方だった。

三度、猫のように持ち上げられたピトリは、今度はかかしではなく、整列する子供たちへと向けさせられる。青ざめながらもきょとんとしているピトリを、子供たちも同じくきょとんと見つめ返す。何をさせる気だろうか。息を殺して帝兵の言葉を待ち、ソディは耳を疑った。

「お前たち」と子供たちに語りかけて、帝兵はすっとピトリを指差した。「こいつを撃て」

何を言っているのか、すぐに理解できなかった。

「撃て」ゆっくりと帝兵は繰り返す。「姉曰く、こいつは訓練するだけ無駄だそうだ」

「やめて!」ソディはようやく、咽喉を引き絞った。「そんな意味で言ったんじゃない!」

「教えたろう、これは戦だと」帝兵は振り向きもしない。「お前たちは火筒持ちとしてここに集められたのだ。戦えぬというなら、せめて他の者の的役を務めるがいい」

帝兵はピトリの腕をひねり上げた。押し殺した悲鳴が上がる。砂地に落ちた火筒を拾うと、帝兵は用済みとばかりに踵《きびす》を返し、ピトリから離れていった。解放されて、けれどもピトリは動かない。目ばかり大きく開いて、子供たちの隊列を見つめている。

帝兵が長火筒を背から外した。子供たちの短火筒とは大違いの精巧な造りを、じっくり見せつけるように掲げる。構え筒の合図だ。筒先の刃が、強い陽光にぎらりと光る。

「撃て!」

「やめてってば!」

ソディは悲鳴を上げるようにして乞うた。転がるようにして走り、弟を抱き込む。

「離れろ」帝兵は淡々と命じる。「それとも、ともに撃たれたいか」

馬鹿ね。ソディは心の中で罵《ののし》る。死ぬ気があれば、アタシはとっくに死んでいるわよ。ソディがどれほど命汚いか、この帝兵は知らないのだ。父が死んで母が死んで、広い砂漠に姉弟二人きりになって、いつも暑いか寒いかのどちらかで、ひもじくッて咽喉はからからで、身体は蚤《のみ》と赤剝けだらけになって、野良犬みたいにあしらわれて、野良猫みたいに食べものをくすねるしかなくて、それでもソディは生きてきたのだ。

それもこれも、こんなところで殺されるためでは、断じてない。

「この子の分もアタシが戦う！」帝兵をきっと睨み、ソディは宣言した。「他の子が一回撃つ間に、アタシは二回撃つ。他の子の、倍の長さを走るわ！　それなら文句ないでしょう！」

帝兵のなんの感情も見えない目を、ソディは真正面から見据えた。この相手に命乞いは効かない。生きたいなら、生かすだけの利があると示さなくては。

帝兵は無言だ。長火筒を握る手に、ぐっと力が込められる。駄目か、とソディは爪を立てるようにして弟を掻き寄せた。だが二人が目を瞑《つむ》る前に、筒先は地面へと下ろされた。

「よく言った」

さくりと軽い音がする。取り上げられたピトリの短火筒が、砂に刺さっていた。

「その誓いを忘れるな。我らは七日後、戦地に発つ。弟の処遇は、そこのお前の働き次第だ」

帝兵の声に、初めてかすかな色が宿った。愉《たの》しんでいるのだ。ソディはありったけの軽蔑をこめて彼を睨みつけ、だが迷わず、砂地から筒を摑み取った。

初陣である。

「君の懸念通りだったよ、ハマーヌ君」

執務室の窓から町を見下ろすハマーヌに、学士筆頭アニランが重々しく語りかけた。

「この町だけじゃない。戦が始まって以来、多くの町で子供が失踪している。どこへ消えたか、誰の仕業かは不明だ。ただ、消えたのは路地暮らしの子供たち――つまり浮雲の子のようだ」

思えば今年は暴徒の出が早かった。戦のせいと思っていたが、実は違った。我が子の失踪を恐れた浮雲が町を出ざるを得ず、だが砂漠を彷徨《さまよ》う中で飢え渇き、手近の村を襲ったのだ。

他方、かろうじて路銀のあった者たちは、この南境ノ町を目指した。風ト光ノ民の守護者、見ゆる聞こゆる者のもとでなら、きっと難を逃れられる。浮雲びいきのハマーヌなら、きっと庇ってくれる。そう信じてなんとか辿り着き、町の外に身を寄せ合うように暮らし始めた。

結果――やはり、子は消えた。

「その話」ハマーヌは唸った。「何故これまで上がってこなかった」

ソディの失踪した日、ハマーヌは部下たちを南部中に散らした。それからわずか十日。机の上には今、子供の消えた町村を記して真っ赤に染まった地図が置かれている。その気になればこうしてすぐに調べがつくものを、何故今まで誰も報告してこなかったのか。

ハマーヌの問いにアニランが顔を曇らせた。しばしの沈黙の後、言いにくそうに口を開く。

「……消えたのは、浮雲の子らだったからね。親たちの訴えに誰も耳を貸さなかったか、訴え出るのを諦めてしまったのか。浮雲の他にも子が攫われていれば、きっと違ったろう」

ぎちりと拳《こぶし》を握り込む。その通りだ。ハマーヌとて、気づいたのはソディが消えたからだ。彼女は浮雲の小娘と蔑《さげす》まれていたとはいえ、ハマーヌに拾われて以来、路地暮らしを終えた。戻る場所があり、そこに戻らなかったからこそ、彼女の失踪は察せられたのだ。

うすら寒いのは、子供たちが霞《かすみ》と消える謎そのものではない。子供が消えたことに、世間が気づきもしなかった点である。しかも未だに部下らの反応はどこか鈍く、町人たちに至っては全くのどこ吹く風だった。あたかも初めから、浮雲の子なぞ存在せぬが如く。

いや実際のところ存在しなかったのだ。生きていくうえで、浮雲の子と関わる必要はない。関わらねば目に入らない。よしんば入っても見えはしない。見えねばいないも同じだ。

無関心は、人を消すのだ。

憤るのは容易《たやす》い。しかしそれで民が変わりはしない。見る気のない者に目を向けさせるのは至難の業である。そもそも己の思いに実体を与える力が、彼にはごっそり抜け落ちていた。それは合わせない。ハマーヌは持ち彼の丹を操るさまに似る。力を感じ、意のままに従えられても、それを式に書き落として示せない。感覚も思考も彼の中だけで完結しており、外に出ていかず、誰にも届かないのだ。

がんっ、と大きな音が鳴った。ハマーヌが無意識に、拳を机に叩きつけたのだ。斑入り岩の天板が、ぴしりとひび割れる。アニランが常になく青ざめて、わずかに身を引いた。

そこへ、廊下を駆ける足音が響いた。「失礼します！」と宣言して執務室に飛び込んだのは、若衆筆頭マルトである。肩を上下させながら、いつもの敬礼をし、怒鳴るように告ぐ。

「御報告します。先ほど、西境ノ町《にしざかいまち》より早馬あり！　救援の要請です！」

こんな時に。ハマーヌは舌打ちした。怯んだ若者に、アニランが柔らかく先を促す。

「はっ。使者によりますと、ただならぬ集団とのことです！」

ただならなかろうが、人は人だ。ハマーヌは心中で吐き捨てるも、続く言葉に固まった。

「子供兵です！」マルトが声高に告ぐ。「砂の子供たちのようながら、双頭の牛の旗を掲げ、火筒を持っているとか。町は混乱の極みに――」

ハマーヌの中で、何かがぱんと弾ける。消えた浮雲の子らだ。そう直感した。

「ハマーヌ君！」

学士の声が遠い。気づけばハマーヌは部屋を飛び出し、館の階段を駆けていた。つむじ風のように下り、風圧に開いた扉を抜けて、広場へ躍り出る。わずか数十拍後には、彼は大通りを疾走していた。彼が石畳を蹴るたび突風が吹き、往来の足をすくい、荷車を倒す。

「頭領！」マルトの声がハマーヌの背に追いすがる。「お戻りください！　お一人では……」

叫ぶ合間にマルトは必死に式を唱える。ハマーヌにかろうじてついて来られたのは彼だけだ。他の選士たちはとっくに引き離された。学士のアニランは、一歩もハマーヌを追えなかった。代わりにマルトや他の部下たちに、頭領を止めるよう呼びかけていた。

学士は諫《いさ》めているのだ。頭領が感情のままに奔《はし》るなと。十年前の乱の過ちを繰り返すのか。軍と関わってはならない。抗うな――お前自身が、砂ノ民にそう命じたではないか。

分かっている。ハマーヌは声なく答えた。これは、白亜《はくあ》ノ砂漠《さばく》での戦いとは違う。あちらは仲間を救うため。こちらはたかが浮雲の子らのため。おらぬも同然の者のために、帝軍に弓を引くのか。誰が納得する。誰がついてくる。これまで築き上げたもの全てが瓦解《がかい》しかねない。

矛盾を知りつつ、しかしハマーヌは止まらない。彼が奔らねば、帝軍に攫われ、虐《しいた》げられ、戦場へ放り込まれた子らのために動く者は、一人もいまい。そう確信していた。

砂塵を巻き上げ、大通りの人や物をなぎ倒す。煙草の一服の間も経たぬうちに、彼は四門の一つに着いていた。町の外へと躍り出て、折よく下ろされていた小舟に飛び乗る。ハマーヌの足が甲板につくなり、たちまち帆が張り、車輪の下の砂が鏡の如くならされた。

そこへマルトが激しく肩を上下させて追いすがってきた。頭領。再三呼ばれた名を聞く前にその襟首をひっ掴む。西境ノ町まで案内させるのだ。強引に引きずり上げられ、マルトは目を白黒させていたが、有無を言わせず進み出す舟の船首に慌ててかじりついた。

体格と才に恵まれたマルト。彼の一族は数多くの選士らを輩出している。縦に横に繋がりを持ち、友に先達に恵まれた。肩で風を切って歩き、常に堂々と胸を張る。強者を敬い、賢者を尊び、己もかくありたいと公言する。ハマーヌに向けられる眼差しはまっすぐな憧れに輝き、同じ色の襲衣《おすい》を恥ずかしげなく羽織るさまは、その心の素直さを表している。強者に囲まれ、強者となるべく生まれた男。それがマルトだ。

彼のような者には分かるまい。弱くあることが如何《いか》なるものか。強者は富み、弱者は砂へと還る——この厳しい大地において、弱さとは悪である。しかし弱き者とは誰のことだ。欠けを持って生まれたハマーヌも、弱き者といえぬのか。

ろくに式が書けなかった彼は、父に見限られ、追われるように家を出て、砂漠をあてもなく彷徨った。由緒ある学士の家系に、ハマーヌのような出来損ないは存在すら許されなかった。己のあるべき地を見出せず、新たな朝が来るたび生きる気力が削がれる。そんな闇の沼底へと落ちるだけの日々を、マルトは知るまい。

人知れず消え失せていた、浮雲の子たち。この砂漠の最も弱き者たち。誰にも顧《かえり》みられず、初めからいないものとされ、ただ生きているだけで嗤《わら》われ、這い上《あ》がろうと足掻けば罵られ、押さえ込まれる者たち。彼らはかつてのハマーヌである。彼らがどんな目に遭っているのか、見ずとも聞かずとも分かる気がした。

そのまま砂漠を走り続けること、一昼夜。

ハマーヌは一度たりとも風を緩めなかった。燃え盛り続ける激情のために、咽喉の渇きすら感じなかった。どんな高い砂丘も、まっすぐに越えた。回り込む時すら惜しかった。

数多の砂丘を越えてようやく、天へと昇る、幾十本もの黒い煙が目に入る。

「西境ノ町です！」マルトが嗄れた声で叫ぶ。

南境ノ町に勝るとも劣らぬ、大きな町だ。砂漠特有の厚塗の家々。防塁《ぼうるい》より高い椰子《やし》の樹が道なりに植えられ、頂きに羽の如き葉がのびのびと揺れる。その鮮やかな緑に彩られた町は、しかし今、赤黒い炎に沈んでいる。防塁は崩れ落ち、門は打ち壊され、煙と炎の合間に無数の閃光《せんこう》が弾ける。怒鳴り声や胡桃《くるみ》を割るような音がひっきりなしに聞こえる。

炎の熱に翻《ひるがえ》るのは、双頭の白牛の旗だ。

ハマーヌは血の滲むほどきつく、拳を握りしめた。彼の心のままに、風が咆哮する。

「頭領！」船首から、悲鳴が上がった。「舟が！」

見下ろせば、帆は破れんばかり。船体はほとんど浮いていた。獲物を見定めた隼さながらに小舟は砂丘の下り坂を飛翔する。町が見る間に近づいてくる。まさかこのまま突っ込むのか。戦う前に砕ける。そんな若者に答える代わりに、ハマーヌは甲板を軽く蹴った。

竜巻の如く、風が昇る。

マルトの振り仰ぐ顔。小舟ごとひっくり返るも、咄嗟《とっさ》に受け身を取り、柔らかな砂に落ちるさま。それらがあっという間に遠のいた。ハマーヌは一陣の風となり、宙を切り裂く。

ざん、という音ひとつ鳴らして、ハマーヌは降り立った。

町の玄関の広場だった。一面の石畳が、彼の足先が触れるや、柔らかな砂地へと変化する。彼とともに舞い下りた風が、かつて石だった砂を掻きまぜた。突然の旋風に、悲鳴が上がる。片や男たちのもの。片や幼子らのもの。どちらも初めは困惑一色だったが、砂煙が行き過ぎ、突風を連れた者の姿が露《あら》わになると、歓喜と恐怖の二色に分かたれた。

身を起こし、恐怖の声へと対峙する。子供の隊である。痩せこけて目ばかり大きい。崩れた防塁の隙間を埋めるように、町へなだれ込んでいる。突然立ち塞がった男の、黒と見紛う深い緑の襲衣がなびくさまに、子らは奈落に突き落とされたような顔をした。

その一方で、歓声が上がる。

「〈式要《い》らず〉だ！」

肩越しに見れば、西境の民であった。敵の足止めのためか、家具を雑多に積み上げ、街道を塞いでいる。武器になるものは何でも持ち出したか、鉈《なた》や鎌を手にしている。初めハマーヌの異名を連呼していた声は、次第に猛々しさを増し、子供兵への罵倒《ばとう》に変化した。浮雲、盗人、帝軍の狗《いぬ》。ありとあらゆる罵詈雑言《ばりぞうごん》が降りかかる。帝軍に与《くみ》して同胞を襲ったことへの、激しい憎悪がそこにあった。常日頃は存在すら認めない相手でも、裏切られれば、こうも怒りが湧くものか。

ハマーヌは西境の民を止めなかった。代わりに砂地を踏みしめる。轟音《ごうおん》が鳴る。広場の砂が岩となって立ち上がり、道という道を塞いだ。町の民を守るべく。子供兵を守るべく。ハマーヌの式無くして風を従え、土を操るさまに、子供たちは棒立ちになるばかり。瞬きもしない目と、震える手に握られた筒先だけが、彼の一挙一動を追いかける。

数多の目と筒先を前にして、ハマーヌは無言で立つ。それだけで、尾を巻く仔犬さながらに子らは項垂《うなだ》れた。火筒が一本また一本と外れる。そうして最後の一本が下ろされた時だ。

ぱあん、と軽い音が、紺碧の空に弾けた。

撃たれたか。ハマーヌは咄嗟に身構えたが、痛みは訪れなかった。代わりに、甲高い悲鳴が耳をつんざく。子供兵の隊の後方、町に入りきらず、頬をこすり合うようにして並ぶ辺りが、にわかにばらけた。砂に倒れた一人を残して。

少年だった。うずくまり、肩を押さえている。小さな指の隙間から鮮やかな赤が滴り落ち、黄金の砂の上に広がっていく。乾き切った砂の熱に血が煮え、鉄の臭いが立ち昇った。

何が起こったかと考えるより前に、ぱあん、ともうひと鳴り。別の一人がすてんと倒れた。赤を点々とつけながら、砂をころころ転がっていく。

何者かが、子供を狙い撃っているのだ。ハマーヌは悟ると、大気に残る二矢の丹を辿った。町にいっとう近い砂丘。陽光降りしきる頂きに目を凝らせば、人影の並びが見えた。ぎらりとした黒光りから、帝兵と知る。子供兵の働きぶりを高みから眺めているのだろう。怖気づいて逃げ出した子供たちを、気まぐれに撃つ彼らの、忍び笑いが聞こえる気がした。

三度ぱあんと音が鳴る。また一人が倒れた。それを機に、子供たちの動きが変わった。泣きじゃくりつつも、ハマーヌに突進する。もはや戦うしかないと悟ったのだ。まっとうな判断である。遠い砂丘の上の帝兵に刃向かうより、目前の男を倒す方が易かろう。

相手がハマーヌでないならば。

子供たちが矢弾を放つ、ほんの少し前に、ハマーヌは軽く利き手を薙《な》いだ。

刹那、大気が渦を巻く。砂が天高く巻き上がり、幼き兵らの悲鳴が上がった。砂塵に視界を奪われ、闇雲に火筒を撃ち鳴らすが、どれも当たることはない。ハマーヌはとうに大地を蹴り、彼らの頭を飛び越えていた。

目指すはただひとつ。砂丘の上の蛮人ども――帝兵だ。黄金の砂地に降り立ち、間髪容れず再び跳躍する。

ぱぱぱん、と音が立て続けに弾ける。ハマーヌの蹴ったばかりの地面が砂しぶきを上げた。見れば、砂丘の頂きの帝兵たちが腕ほどの長筒を構えていた。あれもおそらく火筒だろうが、あまり見かけない形である。

目を眇めれば、筒先に短刃、持ち手に引き金があり、筒尻を肩口に押し当て、狙いがぶれぬように支える造りのようだ。筒身は長いが見事にまっすぐである。幼兵らの吹き矢まがいとは段違いの精巧な造り。それがずらりと並び、ハマーヌを狙う。

ハマーヌは怯まなかった。より強く砂を蹴って進む。あの長筒が彼に向く限り、子供たちが撃たれることはない。術士と術士の真っ向勝負、それこそが戦いの本来あるべき姿だ。

帝兵を翻弄《ほんろう》すべく稲妻《いなずま》のように折れつつ、時に砂の盾を呼び出し、突き進む。弾幕を紙一重のところで躱《かわ》し、着実に距離を詰めるハマーヌに、帝兵たちは明らかに狼狽《うろた》え始めた。たかが無謀な術士一人、そう高をくくっていたのだろう。矢弾が切れたか、長筒を下ろしたものの、後退する機は逸していた。代わりに式を唱え出す。丹導器《たんどうき》一辺倒の帝軍には珍しく〈式詠《しきよ》み〉の集団らしい。

丹の動きを一瞥《いちべつ》し、ハマーヌは悟った。これは光丹術《こうたんじゅつ》。彼らは光ノ民だ。思い出されるのは白亜ノ砂漠で捕らえたチドラである。彼がそうであったように、帝軍には風ト光ノ民の末裔が交ざっているのだ。では、この長火筒の連中もそうか。

ならばこの戦の、なんとむごたらしいことよ。

故国の同胞が、同胞の子を攫い、同胞の町を襲わせる。イシヌとカラマーハの諍《いさか》いのはずが、血を流すのは、彼らに国を奪われた民ばかり。失われし者にこれ以上、何を失えというのか。

ハマーヌの激情は長火筒の列を越え、背後に控える玉座へと向かった。しかし辺境の術士が砂漠でどれほど咆《ほ》えようと、高き者たちには届かない。ぐっと奥歯を噛みしめて、ハマーヌは滾《たぎ》る熱を抑え、腹の最奥に凍らせた。ここに来た理由を思い出せと自らに命じる。浮雲の子らを取り戻す。まずはそれだけを考えるのだ。

精緻な丹の動き。光丹術が編み上がっていく。しかし、どんな術であろうと同じこと。技の出の速さにかけてハマーヌの右に出る者はいない。式要らず、それが彼の異名である。

あとひとつ跳べば、こちらの術の間合いに入る。その時だった。

ぞっとうなじに戦慄が奔る。

咄嗟に後ろへ飛びすさる。直後ぱんっと火筒の音がした。今しがた立っていた地面の砂が、油の如く爆ぜる。伏兵か。手中に丹を掻き集め、素早く敵の影を探せば、いた。振り向きざま大気の弾を放とうとして、しかし彼は止まった。

朝日色のいがぐり頭。気の強そうな、つんと結ばれた唇。愛嬌のある丸っ鼻。

その名は。

「ソディ！」

少女の細身が、びくりと跳ねる。ハマーヌの双眸《そうぼう》に射貫かれて、汗だくの額に、さらに汗が噴き出した。懸命に駆けてきたのか、苦しげに喘ぎ、今にも倒れそうに背を折って、それでも筒先だけはぴたりとこちらに合わせている。その目は初めて会った時よりぎらついていた。

火筒を捨てろ。ハマーヌは目で告げた。ソディは応えず、ちらと砂丘の頂きを窺《うかが》う。するとただでさえ大きな目が零れ落ちそうになった。その視線を素早く辿れば、帝兵らが何かを組み伏している。小さな人影だ。金砂の台座に乗せられ、紺碧の空に押しつぶされ、もがく贄《にえ》。

ソディの弟だ。

彼の細い首に、長火筒の短刀がひたりと当てられる。それを見てとるや、ソディが強く筒を握り直した。決然とこちらに向き直る。撃つ気だ。

ハマーヌは素早く、だが加減して指を振った。岩の割れるような音。ソディの悲鳴。彼女の足もとの砂が変化し、細い石槍となって火筒を貫いたのだ。筒が粉々に砕ける。衝撃に少女は派手に転ぶが、その身体に傷一つなかった。

地に伏した少女を尻目に、ハマーヌは長火筒らへと向き直った。思わず舌打ちする。彼らの術はもう組み上がりつつある。ソディとの数拍が仇となった。即座に彼女を討てば別だったが、そんな選択肢は端からない。ハマーヌはすぐさま切り替え、敵の術をまず受け流すとした。

長火筒どもが式を唱え切る。ハマーヌは身構え、だが目を瞬《しばたた》いた。

ゆらり、と大気が揺らぐ。蜃気楼《しんきろう》のように、兵らの姿が紺碧の空へ溶けていく。

あたかも、幻影のように。

その時だ。深酒の酩酊《めいてい》に似た感覚がハマーヌを襲った。常はまっすぐ目に飛び込む光の粒が、不自然にねじくれている。目が受け取るものと丹の動きが告げるものが、ひどく乖離《かいり》している。

激しい眩暈《めまい》と吐き気。そう、彼は今、丹に『酔って』いた。丹を読めるがゆえの混乱だ。

不味いと歯噛みする。こんな術と分かっていれば。いや、丹の軌道を注視すれば、術が成る前から分かったはずだ。読み切れなかったのは、これが光丹術だからだ。光は亡き相棒の領分、ハマーヌにとっての聖域である。彼は知らぬうちに、敵の術に亡き人の面影を見て、踏み入らずにいたのだ。

必死に目を凝らすも敵の姿は既にない。丹を追おうと試みても、余計な雑音ばかりが入る。いっそ辺りをもろとも薙ぐか。だがそれではソディとピトリも巻き添えになろう。どうする。ともかく、動かねば危険だ。いつしか止まっていた足を、ハマーヌは踏み出そうとして。

ぱんっと殻を割るような音を、再び聞いた。

熱い。彼の利き脚、ばねの如く強靭な大腿を、熱の塊が貫いていた。意思に反し、がくりと膝が折れる。砂に手をついた一拍の後、鉄の棒をねじ込まれるような痛みが襲い来る。

何が起こったか。脚の中で脈打つ熱が、彼の問いに答えた。撃たれたのだ、火筒に。矢弾を放ったのは、地に伏す少女ソディである。

火筒は先ほど壊したはず。そう思って、ハマーヌはようやく悟った。少女は懐《ふところ》にもう一本、隠し持っていたのだろう。一つしか武器を持たぬと、何故思い込んだのか。

しくじった。それを悟った時には遅かった。

どくどくと血の流れ出る感覚がする。幻影が霧のように晴れていくのと裏腹に、彼の意識は遠のいていく。砂地に倒れ込む間際、ハマーヌは今一度、強引に頭を上げて辺りを見回した。彼を撃った少女、町を襲う子供たち。光を操る長火筒ども。誰しもが跡形もなく消えていた。

「頭領！」

高く呼ばわる声。若衆マルトが斜面の砂を掻きつつ、駆けてくる。その血の気の失せた顔が見えたところで、ハマーヌの五体はくずおれ、意識は深い闇へと落ちていった。

第六章　紺碧《こんぺき》の水使い

「よくやった」

整列する子供兵の前で、指南役の帝兵がソディを名指しした。

「お前は確かに、他の者の倍は駆け、戦った。中でも、あの男を止めたのはあっぱれだ」

「当然よ」

ソディは腰に手を当てた。帝兵には決して、こうべを垂れないと決めている。そんな彼女の脚にはピトリがぴったりくっついていた。解放され、姉に縋《すが》ってさんざん泣いた後だ。

「アタシに感謝することね。あいつは〈式要《い》らず〉のハマーヌ、この辺りの親分なの。アンタたちったら、まんまと間合いを詰められて、危なっかしかったわよ」

「そういうお前は、奴の姿を見た途端、逃げ出したように見えたが」

「バカ言わないで」声が震える前に、鼻で笑い飛ばす。「動きを読んで先回りしたの。アタシ〈俯瞰《ふかん》〉が出来るから。どう、ぴたりと当たったでしょ。もっと褒めてくれていいのよ」

不敵に笑んでみせれば、帝兵は意外や笑み返してきた。一切の色を宿さない、お面のような顔が途端に人懐っこく映える。ソディは少々面食らい、あかんべぇをしてごまかした。

「その意気だ」帝兵はもったいぶって子供たちを見回した。「同胞の子らよ、この者を見倣え。これでこそ選ばれし者。民を渇きから救い、天の恵みを取り戻す英雄にふさわしい。

さあ称えよ！　この者の勇気を！」

その言葉を合図に、子供たちが一斉《いっせい》に、拳《こぶし》を天に振り上げた。

「ソディ！」「ソディ！」「ソディ！」

血濡れのような夕空に向かい、子供たちが連呼する。戦《いくさ》太鼓が大気を揺るがした。その熱をよそにソディの胸はしんと冷えたままだ。どうしようもない吐き気が咽喉《のど》をせり上がる。

ハマーヌの姿がずっと、目の奥にちらついていた。

脚を撃ち抜かれて、膝を折るさま。金砂に散る真紅の血。振り返った彼の目。

ハマーヌこそ本物の〈英雄〉だ。目の動きひとつで風を呼び、足踏みひとつで砂を平らげ、腕一本で巨船を止める豪傑。十年前の乱では町の人々を逃がすために戦い、今回は単身ソディたちのもとに駆けつけてきた。

その彼を、ソディは撃ったのだ。

本当は逃げ出したかった。火筒を投げ出し、頭領に全て委ねたかった。でも出来なかった。帝兵たちがソディを見ていた。彼らの足もとで、弟ピトリが彼女を見ていた。甘えん坊の泣き虫が、帝兵に踏みつけにされても涙を堪え、声を潜めて、姉を待っていたのだ。

そんな彼の前で、誰が逃げ出せたろう。

ソディはこみ上げる吐き気を飲み下した。合唱と戦太鼓が彼女を慰める。どうした。誇るがいい。お前は確かに今日、弟を救ったのだからと。

誇らしい。吐き気の奥で、確かにそう感じていた。野良猫さながらの彼女の人生において、それは初めて味わう心地だった。酒を呑んだことがあったなら、それと似ていると思ったことだろう。過去も未来もなく、身体がふわふわと浮くような、刹那《せつな》の楽しさだけに満たされる。吐き気がやってくる前に、もっともっとと心が欲し、時を忘れて溺れていく。

合唱する子供たちの全身は、夕陽に照らされ、頭から血を被ったようだった。ソディも弟の手を引いて、列に加わった。帝兵の合図に火筒を天に突き上げ、声を合わせて叫ぶ。

「我らは等しく失われし民、安息の地を持たぬ、見えざる聞こえざる者。ともに戦い、ともに散らん。父の憎しみ、母の嘆きを晴らすその日まで！」


その晩は目玉が飛び出るような御馳走だった。

羊の丸焼き。八角入りの焼き飯。卵を山ほど溶いた汁物、透き通った米粉の麵《めん》。塩漬けとはいえ魚まである！　これほどの食材がどこから湧いたのだろう。いつもは干肉だけのくせに。

などと憎まれ口を叩く間も惜しく、ソディは口いっぱいに焼き飯を頰張った。

「やっぱりお米ね！」呑み込む合間を縫って評する。「お汁をかけると、なおよろしいわ」

「では好きに喰え！」指南役が大笑した。「初陣祝いだ。遠慮はいらぬ！」

皿から皿へと飛ぶソディに倣い、他の子供たちがおそるおそる手を伸ばす。彼らの警戒心も香ばしい匂いには無力で、ひと口の羊肉でかけらも残さず吹き飛んだ。たった数拍も経つと、夜空はきゃあきゃあと幼い喧騒で満たされていた。篝火《かがりび》が高く弾け、それに応える。

「これこれ、取り合うな」帝兵たちは優しく言って、皿を足して回る。「町は落とし損ねたが、物資は十分手に入ったぞ。お前たちの陽動の成果だ。胸を張って喰うと良い！」

その言葉に子供たちがはにかんでいる。ソディもくすぐったいものを感じた。訓練は辛く、戦いは怖かったけれど、何か大きなことをやり遂げた気がする。それはどんな褒美より輝きを放った。人として扱われない浮雲《うきぐも》の子が、一人前の兵士として認められたのだ。

ふうふう言いながら熱い肉に挑む弟を見ていると、指南役がやってきて、横に座った。

「酒はやるか、ん？」と杯を差し出す。

「結構よ」ぴしゃりと撥《は》ね除《の》けてやる。「無垢な少女に酒を勧める男、アタシ信用しないの」

「それは失礼した！」指南役はまた笑う。今日は人が変わったように陽気だ。「やはりお前は面白い。そこらの子供とはどこか違う。将来が楽しみだ」

「アタシの輝かしい将来を、アンタが見られるとは限らないけどね」

「確かにな」

指南役は穏やかに頷く。常の横暴さは面影もない。却って不気味よとソディは心で茶化す。

「人はいつ死ぬか分からん。物心ついた時から、そう思って生きている」

「覚悟は出来てるッてわけ」

「そうでもないさ」指南役は微苦笑を浮かべた。「お前たちと変わらんよ。戦場は怖い。幾つになってもな。だが戦うさ。失われし民の悲願を叶えるその日まで」

夜空を焦がす篝火が、指南役の横顔に影を落とす。案外若いのかしらねとソディは思った。弾けては消える火花を見つめる目に、なんだか吸い込まれそうになり、はっと身を引く。

「悲願ねぇ」わざと皮肉っぽく言ってやる。「この西域に水を取り戻すってヤツ?」

「そうだ。そうして大地を甦《よみがえ》らせ、民を呼び戻し、祖国を復活させるのだ」

やっぱりこの人、風《かぜ》ト光《ひかり》ノ民《たみ》の末裔《まつえい》なんだわとソディは思った。見ゆる聞こゆる者がしょっちゅうおんなじことを言っていたものだ。若い人たちは特に、鼻息が荒かった。

「見ゆる聞こゆる者、か」指南役は冷笑を浮かべた。「風ト光ノ民の〈国なき軍〉を自称する輩《やから》だろう。だが彼らは曲がりなりにも、南境《みなみざかい》に住まう土地を持つ。どれほどイシヌの悪鬼への憎しみを叫ぼうと、所詮は『持てる者』。『持たざる者』たる、失われし民とは違うのだ」

「アンタたちが攻める砂《すな》ノ領《りょう》は、その失われし民のいる地だけど」ソディは混ぜっ返した。

「今日のような町を言っているのか」指南役は苦そうに酒を含んだ。「あれらはイシヌに尾を振る犬どもの土地だ。失われし者とは渇きを恐れず、大地をさすらって生きる民のことだ」

浮雲のことかしらとソディは首を傾げた。なんだか、随分と美化されているみたい。けれど権威に屈しない誇り高き人々のように語られて、悪い気は全然しない。

「そんなふうに言っちゃ、町の人が可哀想よ」ソディは鼻をつんと高くした。「誰だって死ぬのは嫌だもの。悪いのはイシヌよ。この地に、水が戻ればいいのよ」

「まったくだ」指南役が杯を挙げた。「これは聖戦だ。天の恵みを独占する者を排し、大地に緑を取り戻すのだ。イシヌの鬼女どもに死を。汚らわしい〈水蜘蛛《みずぐも》〉どもに滅びを！」

いつもの猛々しさを取り戻し、彼は咆《ほ》えた。その目が睨《にら》むのは西の果て。

〈水蜘蛛〉の森が広がる方角だ。

指は蜘蛛、手足は樹、胴はあたかも蛇のよう。西の最果ての森深く、逆巻く流れを母とする半人半獣の水の精――森を侵した者を水底に沈める恐ろしい妖の物語は〈水蜘蛛伝説〉として砂ノ領に広く伝えられている。ソディの亡き祖母も、寝物語によく語ってくれたものだった。ところどころ途切れる語り口が、夜の静けさと相まって、余計に怖かったのを覚えている。

「水蜘蛛は実在する」指南役は憎悪も露《あら》わに唸る。「西域で唯一水の溢れる地に、ここぞと閉じこもっていたのだ」

「知ってる」ソディは物知りぶって頷いた。「十年前に水蜘蛛とやりあった人がいるわ。ほら、今日の、あの鉄色の――」

言い出して、咽喉がきゅっと縮んだ。瞼《まぶた》の裏に血の色がちらつく。鬱陶《うっとう》しいわねとソディは胸中で吐き捨ててみせた。気にやむことなんてないわ。どうせもう帰れないんだから。

「あいつはね、十年前に、水蜘蛛の女と一騎討ちしたのよ。負けちゃったけどね」

当人から聞いた話ではない。頭領はとかく口の重い性質だった。それでもその戦いは砂漠で広く語り継がれている。ソディの耳には、水蜘蛛伝説の新たな一幕に聞こえたものだ。水蜘蛛の女に与えられた異名の、隠し切れぬ畏怖の響きが、なおのこと伝説の色を深める。

紺碧の水使い。それが、その女の冠する名だ。

十年前に現れたきり、姿を見せない女術士。術士として絶頂にいた当時の頭領カンタヴァをたったの一手で葬り、のちに頭領となったハマーヌの若さと勢いを玩《もてあそ》ぶようにしていなした。乾き切った砂漠の町に防塁《ぼうるい》より高い波を生み出したという、まさに化けものだ。

彼女の水丹術《すいたんじゅつ》は今なお学士らを魅了する。アニランが学士仲間とともに、その女の水丹術を再現しようと試みては、あえなく失敗するさまを、ソディは何度か目にしてきた。一度など、術を派手に暴発させていたものだ。新式を試すのは町外れの砂場で、と取り決めていたので、大きな被害はなく、あの白の交じった前髪がちょっと焦げて終わったけれど。

たいして長く一緒にいたわけでもないのに、頭領や学士の顔が、ありありと目に浮かんだ。

胸に差し込む痛みを蹴とばすように、ソディは頭を高く上げ、西の空を睨みつける。

「アタシたちの渇きを知らずに、水を独り占めする一族なんて、滅びればいいんだわ」

口にしてみて、指南役と同じことを言ったと気づく。隣の男が満足そうに微笑んだ。

「その通りだ。我らはそのために出陣したのだ」

背中の長火筒に触れ、彼は言う。その顔から気安さが消え、無色の冷たさが戻っていた。

「今宵はよく休め」指南役は冷淡に命じた。「明日より我らは、西へ立つ」

水蜘蛛の巣くう〈西ノ森〉。それがソディたちの次なる戦場と告げられた。砂漠の夜気より冷たいものが、足を這い上がる。凍りつく前に、ソディは勢いよく立ち上がった。

「血がうずくわ」

笑ってみせれば、指南役は愉《たの》しそうに唇を歪めた。

ひと眠りして、あくびをこらえつつ天幕から出ると、空はまだ夜の中にあった。地平線から淡い光が差し込み、東の空を真珠色《しんじゅ》に染めている。西の空には濃紺色が残り、銀の星屑が散っていた。その最奥、未だ夜闇が色濃い辺りに、水蜘蛛の森があるのだ。

帝兵の鞭の唸りを皮切りにして、ソディたちの行進が始まった。

はち切れんばかりに水を入れた背嚢《はいのう》を、歯を喰いしばって背負う。重すぎて足が上がらず、生まれたてのひよこのように、よちよちとお尻を振って、子供たちは歩き出した。

しかしそれも初めだけ。一夜明け、また一夜明け。五日過ぎた頃、あれほど重かった背嚢はすっかり軽くなっていた。ソディはたまらず「ねぇまだ着かないの」と幾度か訊いてみたが、答えはないばかりか、ともすると鞭が飛んでくる。祝宴の時との豹変ぶりに内心戸惑いつつ、「何よ、答えられないならそう言いなさいよ」と穏便に引き下がってやったが、疑問が解けたわけではない。公道はとうに途切れた。砂丘の稜線をひたすら西に伝う。ぺちゃんこになった背嚢すらも重くてたまらない。それなのに、どこまで進めと言うのか。

さらさらと崩れる砂から、足がとうとう抜けなくなった。鞭で打たれる恐怖すらも、疲労に鈍る。ついにソディはぼんやりと立ち止まった。

その頬を、ふわりと風が撫でていく。

――水の、匂い。

ソディは足もとばかり見つめていた頭を上げた。霞《かす》む目で、湿った風の行方を追う。砂丘のふもとに視線を下ろした時だった。砂漠には異質な色が、悠然と広がっていた。

滴るような緑。乳を流したような白。

濃霧に沈む大樹海。水蜘蛛の棲む森だ。とうとう着いたのだ。そう思うより早く、きれい、という呟きが唇から漏れた。己の墓場となりうる地に、ソディは見入る。

何億と連なる樹の群れ。緑といってもさまざまだ。青みがかったもの、黄色がかったもの、銀色がかったもの。萌えたばかりの瑞々しいもの、碧玉《へきぎょく》のように硬質なもの。目を刺すように鮮やかな色目もあれば、大気に溶け入りそうなほど柔らかな色目もある。葉の表側は緑でも、裏もそうとは限らない。風に煽《あお》られた葉が白に紫に翻《ひるがえ》り、華やぎを添えていた。

もっとよく見たい。ソディは遠見《とおみ》ノ術《じゅつ》を唱えた。するとどうだろう、初めは分からなかった欠けが、樹海のところどころに見えた。黒々と虚《うつ》ろな穴が、森を丸く穿《うが》っている。ぽつぽつと黒い口が開くさまは、美しい反物《たんもの》が虫に喰われたような不愉快さだ。分厚い緑の絨毯《じゅうたん》に散る、真っ赤なしみはなんだろう。蛇の舌のように蠢《うごめ》き、灰色の煙を吐き出している。

火だ。でも何故、この濡れそぼった森に？　首を傾げた時だった。

突如として、森が啼《な》いた。

森に生きる鳥全てが集ったようなつんざき。まるで音の刃《やいば》、と耳を覆うも束の間。どうっと大地が揺れた。ソディたちの立つ砂丘がぼろりと崩れる。流れ落ちる砂に足を取られて転び、子供たちが口々に悲鳴を上げた。

見て。見て。森が！　誰かが叫んだ。ソディは砂に這いつくばり、懸命に式を唱えた。途切れていた遠見ノ術を立て直し、再び森に見入る。

ひときわ高い樹の上。ちかっと光が瞬《またた》くと、万の鳥のさえずりが湧き起こった。きらめきは濃霧を切り裂き、矢の如く飛翔する。樹海を喰らう炎の虫を、光の珠が射貫いた瞬間。

大地を揺るがす轟音《ごうおん》とともに、全てが真っ白な蒸気に包まれた。

樹々も炎も霧も、何もかもを吹き飛ばし、純白の爆風は四方八方に駆け抜ける。一瞬の後、蒸気は何事もなかったように散り去り、虚ろな穴だけが森に残された。何よあれと総毛立つ。雷じゃない、竜巻でもない。あんなの見たことも聞いたこともない。

「……水蜘蛛どもめ」

帝兵の苦い呟きに、ソディはやっと知った。あれは、水蜘蛛が放った技なのだ。愕然として、森に穿たれた穴を見つめる。まさに妖の術だ。こんな人外の輩の住まう地に、自分たちは入ろうというのか。

例えるなら、生きながらにして大蛇に呑み込まれる恐怖だ。ねっとりとした漆黒《しっこく》の闇に押しつぶされそうになりながら、ソディはなおも懸命に光を掻き集めた。大丈夫、アタシは死にゃしない。ここまで生きて来られたんだもの。今度も切り抜けてみせる。立派に戦って、英雄とやらになってやろうじゃないの。

アタシはもう、もとには戻れないんだから。

霧の空を引き裂くような、甲高い異音。

またた。ソディは気だるく耳を塞いだ。ここに来て一月、この音の後に何が続くかなんて、もう飽きるほど見てきた。それでもこの音には慣れない。

衝撃に等しい轟音。大地が揺れ、砂丘が震える。砂の斜面がずるり、と皮膚のように剝け、なだれ落ち出した。こうなると走っても無駄だ。帝軍の陣の端が黄金の瀑布《ばくふ》に呑み込まれる。兵の断末魔の叫びだけが地上に取り残された。

「砂丘の裏に陣を張るからよ」

ソディは冷たく言い捨てた。このところ、感情に起伏がない。浮き沈みすると疲れるのだ。多くの死に触れすぎて、生の感覚はとっくに麻痺《まひ》していた。怪我人の傷をきれいに拭う傍ら、死体から甲冑《かっちゅう》を剝ぎ、裏側にへばりついた血と脂をこそぎ取る。死骸を転がして穴に突き落としたその手で、兵士のために食事をよそう。そんな日々。

「そう言うな」聞いていたのか、指南役がちらりと笑んだ。今日は機嫌が良いらしい。「水の矢が届かぬよう砂丘の陰に陣を構えるしかないのだ。それにあれは雑兵の隊。代えは利く」

指南役が言い放った傍から、新たな隊の到着を告げる銅鑼《どら》が鳴った。

この陣に来て初めて知ったが、無敵と謳《うた》われる帝軍も、正規の兵は数えるほどしかいない。ほとんどは捕虜や傭兵などの寄せ集め、長火筒を持つ上等兵に追い立てられる身だ。水蜘蛛にかかった賞金目当ての野心家もいるけれど、多くは安物の兜《かぶと》の下で、みっともなく泣きべそをかきながら水蜘蛛の森へと向かう。その半数は戻らず、残りは身体のどこかを失い、半狂乱になって帰ってくる。それも翌朝になると、生者はさらに半分に減る。東からは毎日新たな兵がやってくるのに、陣はちっとも大きくならず、むしろじわじわと小さくなっていた。

「じゃあ、陣の後ろで炊き出ししているアタシたちは、代えが利かないってわけね」

久しぶりのおしゃべりに少し楽しくなって、ソディは鍋を混ぜていたお玉を振った。

「もちろんだ」意外や指南役は頷いた。お玉については振るなと叱られたけれども。「子供の兵は切り札だ。ここぞという時に出すのだ。その機を引き寄せるのが大人の兵の役目だ」

彼の声音に珍しく、色が覗いた。如何《いか》にも誇らしそうな響きに、もしかして、と思う。

「そうだ。自分は子供兵上がりだ」指南役はぐいっと背筋を伸ばした。「七つの頃だったか。親を失い、町の道端でうずくまっていたところを、先達に拾っていただいた」

「じゃあ、アンタも浮雲ってこと？」ソディは仰天した。

草ノ領《くさりょう》のどこかの町ね、と思って聞いていれば、なんと砂ノ領だと言う。

「その名は好かん」指南役は語気を荒らげた。「ましてや自ら口にするな。己の誇りが減る」

「そうね、それはそうだわ」ソディは素直に同意した。「でも、他に名前がないんだもの」

「ある」きっぱりと指南役は告ぐ。「見えざる聞こえざる者だ。教えたろう」

「教えてないわよ！」

ソディは抗議した。言葉はともかく、意味は聞いていない。指南役は「そうだったか？」ととぼけてみせたが、改めて教えてくれた。国を滅ぼされ、土地を無くして、どこにも行き場のない人々。世に訴える姿も声も持たざる人々を、そう呼ぶのだという。

「これは名誉と覚悟の問題だ」指南役は胸を反らす。「浮雲と呼ばれて、お前は嬉しいか？違うだろう。その言葉に蔑《さげす》みがこもっているからだ。大地に根差すことなくふらふら遊ぶ雲、そんな意味だぞ。ことに持てる者たちは不用意にこの名を使う。深く意味を考えもせん」

悪気のない人もいそうだけどね、とソディは心の中で思った。さっきの彼女みたいに、他に名を知らないだけで。浮雲の民も自ら浮雲と名乗るし——確かに自虐めいているけれど。

「それに浮雲と呼ばれる中には単に土地にあぶれただけの者もいる。国を奪われた記憶を持つ者ばかりではない。生きるためにはイシヌの悪鬼にも尾を振る、そんな軟弱者の大罪人どもを同胞とは呼ばん。見えざる聞こえざる者とは、真に何も持たぬ、清く潔い人々を言うのだ」

その中でもさらに強いきずなで結ばれ、志を一つにする者らは、お互いを〈よしみ〉と呼び合うらしい。あら、それいいわねとソディは心惹かれた。仲間って感じがするわ。

指南役の口端がわずかにやわらいだ。

「お前も親を亡くしたのだったな。だが嘆くことはない。この世はよしみで溢れているぞ」

「ほんと？じゃあ寂しくないわね」

「そうだ。それに心強い。帝都の宮殿にも、火ノ国の外にもいるのだからな」

「そうなの？　なら、どこにでも訪ねて行けるわね！」

調子を合わせながら、どこまで本当かしらとソディは思った。けれど夢を見るのはタダだ。宮殿のお姫さまになってみる。金の刺繍《ししゅう》の絹織物に、きらきらの首飾りに耳飾り、頭に大きなかんざしをつけた自分を思い描く。知らずソディは髪の毛をいじっていた。少し伸びたけれどまだまだ。これでは髪飾りはするりと滑ってしまう。

夢の中のかんざしが、からんと落ちたところで、ソディは立ち返った。

「まあ、何もかも、この〈聖戦〉が終わってからね！」

腰に手を当てつつ夢想を払えば、「よく言った」と指南役が褒める。ソディはにわかに嫌な予感を覚えた。こうした物言いをする時、彼は大概、次の戦いについて告げる。

「雑兵たちが今、森に道を引いている。いよいよ完成間近だ。近々お前たちに出陣の命が下るだろう。心しておけ」

楽しい余韻がさあっと砂に還っていく。ぐつぐつ煮える鍋の匂いが、途端しなくなった。

「なに、案ずるな。此度《こたび》は、我らも一緒だ」後輩を力づけるように、指南役が肩に手を置く。

「とにかく前進することだ。怯まず進む者に道は開ける。お前ならきっと出来る」

「もちろんよ」すかさず合いの手を入れれば、笑われた。兄がいたならこんな感じかしら、とふと思う。「……ねえ、そういえばアンタ、名前は？」

「生き抜いたら教えてやる」と背を向けられた。「名でも術でも、何でも訊くがいい」

術、と聞いて思い浮かぶのは、西境《にしざかい》ノ町《まち》で彼と仲間が編んでいた、幻影を呼ぶ技だ。

「祖国を無くした我らに唯一、伝えられてきた財産だ」指南役は厳《おごそ》かに言った。「受け取るに値する者となれ、失われし民の子よ」

また万の鳥がさえずり、指南役は離れていった。独り残されたソディは、鍋を混ぜつつもの思いに耽《ふけ》った。出陣のことはその瞬間まで忘れるとして、指南役の話を反芻《はんすう》してみる。

「我らは等しく失われし民」ふと声を漏らす。「安息の地を持たぬ、見えざる聞こえざる者」

帝軍のもとに来てから、毎朝毎晩唱えさせられてきた文言だ。口にし続けるうち、その音の並びが身体に刻み込まれた。こうして改めて唱えれば、一言一句がすっと沁み込んだ。

「そうよ」ソディは独り、しみじみと呟いた。「アタシたちにはなんにもない。両親から受け継ぐはずの術だって、無くなっちゃったもの」

今夜教えようかな。明日教えるからね――そう言い続けて、父も母も逝ってしまった。遠見や俯瞰《ふかん》ノ術《じゅつ》は光丹術《こうたんじゅつ》の基礎中の基礎。ソディの一族は、もっとたくさんの素晴らしい技を持っていた。祖国を失っても、千年の長きに渡り、大切に伝えられてきた財産だ。それがあっけなく途切れてしまった。飲み水にもこと欠く暮らしで真っ先に絶えるのは、机について、書を読む暇《いとま》だ。時のゆとりのない者に、永い時を経て紡がれた知恵の糸は繋げられない。

ソディたちは失われし民だ。安息の地を持たず、飢えと渇きに一族の記憶すらも途絶えた。伝えられないと悟って、父と母はどんなに無念だっただろう。

そう、これは聖戦だ。天の恵みを満々と受ける水蜘蛛どもに鉄槌を下してやろう。失われし千年の重みをずしりと乗せて、渾身の力で振り下ろしてやろう。そうしてソディは生き抜き、途切れた知恵の糸をもう一度、紡ぎ直すのだ。父と母はいなくなっても、この世にはよしみの人々が溢れているのだという。彼らから、絶えた糸を受け取ろう。

腹の奥底から湧き上がった熱に、ソディはぶるりと身震いした。

懐《ふところ》に忍ばせた火筒を摑む。出陣の日が待ち遠しくすら感じた。撃って撃って、撃ちまくってやる。けれどもその血腥《ちなまぐさ》い勇気は、死への恐怖の裏返しだった。昼間はどれほど自信に満ち溢れていても、床に就くと、どうしたら苦しまずに死ねるだろうかと思い悩む。いつの間にか寝入り、あの恐ろしい森に入る夢を見ては、汗びっしょりになって目覚める。

そうした日々も、あっという間に終わりを告げた。

「選ばれし子らよ、奮い立て。そなたたちの戦う時が来た」

指南役が子供らを集め、高らかに告げた。この戦いが如何に神聖か、子供兵の役目が如何に栄誉あるものか——並べたてられる煌《きら》びやかな言葉に、誰が耳を傾けていたろう。

意味のある言葉は、ただ二つ。

明朝。出陣。それだけだった。

「ソディの姉ちゃん」

帝兵が去ると、子供たちが集まってきた。彼女は今やみんなのがき大将だ。彼女はいっとう年長で口達者、加えて〈遠見〉と〈俯瞰〉の二つだけながら術が使える。帝兵に盾突いて弟を救い出したので信頼は厚かった。「姉ちゃん」「姉ちゃん」と彼らは呼ぶ。そのたび「だぁれがアンタの姉ちゃんよ」とおどけて返してきたものだけれど、今日も縋るように見つめられて、ソディはたまらず心の中で叫んだ。冗談じゃない！　縋りつきたいのは、アタシの方よ！

それでも、ソディは鼻先をくっと天に向けてみせる。

「満を持して、アタシたちの出番ってわけ。待ちくたびれたわ。これで勝ったも同然ね」

彼女の啖呵《たんか》に、子供たちが目を丸くする。「勝てるの？」と誰かが問うた。

「当然よ！」ソディは声高に返した。声が震えたら最後、泣き出しそうだった。「水蜘蛛はね、子供は殺せないの。だから、アタシたちが集められたのよ。アタシたちは帝軍の切り札なの」

口から出まかせだが、言えば本当になる気がした。自らに暗示をかけるように繰り返す。

「大丈夫。明日戦えば、それで終わり！　だからみんな、しっかり撃つのよ。分かった？」

小さい子らはほっと頬を緩ませ、「はーい！」と元気よく返事をした。大きい子らの表情は暗いままだったけれど、泣いたり喚いたりしても無駄と分かっているようだった。誰からともなく、火筒を帯から抜き、黙々と手入れし始める。ソディも皆に倣った。この細い筒が命綱だ。自分と弟との二本分。うち一つはハマーヌに割られたので、新しく渡されたものだった。

彼女が二人分受け持つ代わり、弟は戦わなくていい。そうした取り決めだったのに、明日はピトリも出陣するのだと言われた。話が違うと喰い下がろうとしたけれど、ソディはすんでのところで思い留まった。蹴られて肋骨でも折れれば、明日は切り抜けられない。

負けるもんか。喰いしばった歯の奥で、ソディは呟いた。負けるもんか。負けるもんか。

その夜、子供たちは一睡もせず、ひたすら火筒を磨き続けた。ソディも手を動かしながら、火筒を撃つ手順と感覚を繰り返し思い浮かべた。ずっと同じことをしていると、時の経ち方がゆっくりに感じられるものだ。このまま朝が来なければいいのに、と願ったけれども、太陽はいつも無情だ。やがて天幕の戸布の隙間から、淡い光が差し込み出した。

明けたのだ。最後の朝が。

甲冑の軋《きし》みが聞こえた時、ソディは肚《はら》を決めた。すっくと立ち上がって、二丁の火筒を帯に差し、弟の手を引いて大股に歩み出す。帝兵が戸布を払いのけるより早く、彼女は自ら外へと踏み出した。能《あた》う限り胸を反らせ、顎をくっと上げる彼女を、他の子らが追う。

命じるまでもなく整然と並んだ子供兵らを、帝兵はいたく満足げに眺め渡した。

「〈選ばれし子〉らよ、奮い立て！　水蜘蛛を討ち、天の恵みを我らの手に取り戻さん！」

帝兵の激励を合図に、子供たちは一斉に筒を掲げ、鬨《とき》の声を上げた。

ソディたち子供兵の役目は〈盾〉だった。先駆けの隊をぐるりと取り囲むのだ。皆が隊列の後方に争って向かう中、ソディは弟を連れて先頭を陣取った。敵が馬鹿正直に前から来るとは限らないし、先の様子が分からず、前の奴についていくなんて、まっぴらだった。

銅鑼が打ち鳴らされる。ソディは息を吸い込むと、誰よりも早く足を踏み出した。

黄金の砂丘の谷間を抜けて、水満ちる大森林へと分け入る。乾季の盛りだからか、森の裾の地面は乾いており、意外や歩き易かった。けぶるような草葉の薫りの奥に、鉄の臭気が漂う。森を切り開いた斧の臭いか、それとも水蜘蛛に屠《ほふ》られた者の、血の臭いか。森に入っていった兵らの恐怖に喘ぐ顔が脳裏によぎり、ソディは考えるのを止めた。

足もとが楽な分、景色に目がいく。なんと高い樹々だろう。太い幹に蔦《つた》や宿り木が絡まり、唐草彫りの柱のよう。はるか頭上に深緑の天蓋《てんがい》がかかり、豊かな梢《こずえ》に阻まれて地上に届く光はわずかだ。ソディたちの進む〈帝軍の道〉は明るいが、少し外れると、木洩れ日すら乏しい。

森は薄暗く、霧がなくともぼんやり霞んで見える。光の時か闇の時か、そのどちらかしかない砂漠で育ったソディに、曖昧模糊《あいまいもこ》とした森の世界はひどく不気味だった。

何より、音が！　これほど多彩な音に満ちた世界を、ソディは知らない。唐突に上がる鳥の奇声、耳をかすめる虫の羽音。大きな獣が枝から枝へと飛び移る音、何か小さな獣が幹を駆け上がる音。樹々の向こうを跳ねていく、何十という蹄《ひづめ》の音、それらを追う猛獣の唸り声。そこかしこに気配が溢れているのに、姿は見えないところがなお恐ろしい。

一歩ごとに初めの勢いが萎む。ソディたち子供兵も、長火筒持ちの大人たちも皆、前に進むより、辺りを見回すのに忙しかった。物音がするたび、樹々の暗がりへと筒先を向ける。この森に巣くう半人半獣の妖――水蜘蛛。彼らがいつどのように現れるのか、誰も知らない。

水とともに、という他は。

足裏にかすかな振動を感じ、ソディは立ち止まった。森の奥から何かが迫ってくる。大気の騒めきに、隊列の歩みが絶えた。鳥が、獣が啼いて知らせる。

森の支配者の到来を。

帝軍の道の先に、しぶきが立った。清水の波だ。なめらかに地を奔《はし》るさまは、大蛇のよう。それが幾筋も連なって駆けてくる。うねる透明の背を見て、ソディは恐怖に叫んだ。

「水蜘蛛……！」

なんて背の高い男たち！　頭領ハマーヌより長身の男たちが、水の大蛇に乗る。異様なのは彼らの体軀の釣り合いだ。とにかく四肢が長すぎる。腕は広げれば彼らの身丈ほど。脚も長く首もまた長く、そのせいで胴がやたら短く見える。背骨がいびつな者もいて、地に落ちる影は鎌首をもたげた蛇そのもの。ごつごつと節くれた十本の長い指は、まるで蜘蛛の脚だ。

水の大蛇を駆って、異形の男たちがみるみる迫る。勢いはいよいよ増す。そのままこちらを押し流す気なのだ。そうと知りながら、子供も大人も凍りついている。

ソディは独り火筒を掲げた。切りつけられて咄嗟《とっさ》に顔を庇《かば》う、そんな無意識の動きだった。がむしゃらにひと撃ちすれば、先頭の水蜘蛛がひらり、と袖を翻した。舞いのような動きに応えて、水の大蛇が立ち上がる。蟻《あり》のように小さな矢弾が、厚い水壁に吸い込まれていった。

水蜘蛛の舞いだわ。ソディは戦慄した。いつだか、聞いた覚えがある。見ゆる聞こゆる者がかつて捕らえたという水蜘蛛の少年は、ただ舞うだけで水を操ったとか。さっぱり想像がつかなかったけれど、目の当たりにする日が来るなんて！

水の返し技はない。式が複雑すぎて、本来戦いに不向きな技だから、返し式も編み出されていないのだ。仮にあったとしても、ろくな教えも受けていないソディには無理だろう。火筒が彼女の命綱だ。嗚咽《おえつ》を漏らしつつ、撃ち続ける。一拍でも長く生きるために。

けれども、どうしたことだろう。

暴流に呑まれるという、その時だった。水の大蛇がさあっと退いたのだ。一直線に押し寄せ獲物を喰らうはずが、ぐるりと急旋回して距離を取る。ソディは呆気にとられた。大蛇に乗る男らをまじまじ見れば、その浅黒い顔に動揺の色がありありと浮かんでいる。

子供だ。そう叫び合っている。子供だ。馬鹿な。どうする。

なによそれ。恐怖を突き抜けて、ソディは泣きつつ、けたたましく笑った。どうするもこうするもないでしょ。子供だからって侮らないことね。この火筒が見えないの？　ほら！

ぐいっと一歩進み出る。水蜘蛛の大蛇が震えて下がった。その上の、手綱を引くように腕をしならせる男を一人狙ってやる。残念、矢弾はかすりもしなかったけれど、男の動きを止めはした。ぱんっと蒸気がはじける。大蛇が散り、男はあえなく地面に落ちた。

すぐ舞い始めた男を、すかさず撃つ。今度も当たらず、足もとの土を削っただけだったが、男の足を止めることは成った。飛びすさった男は唇を噛むと、また舞い出す。

面白い。そう思った。初めの舞いと、おんなじ出だし。

ソディの脳裏に、ちかっと光の一閃《いっせん》が奔る。

「みんな、撃って！」気づけば、ソディは高らかに呼びかけていた。「当たらなくッていいわ！ あの舞いを止めるの。あいつら、いったん邪魔されたら、術が成らないんだわ！」

水蜘蛛どもが蒼白になるのと、子供たちが動き出したのは、同時だった。火筒の閃光が弾け出し、水の大蛇が激しくしぶきを上げる。もはや恐慌に陥っているのは、水蜘蛛どもの方だ。かろうじて水の壁を生み出し、弾幕を受けながら、右往左往するばかり。

「退きなさい！」どこからか、女の声がした。「盾を作る者と、水を呼ぶ者に分かれて！」

冷静な指示は、ぐうっという押し殺した悲鳴に途切れた。矢弾が流れたのだろうか。それにようやく、異形の男たちは我に返ったようだ。指示通りに二組に分かれ、舞い出す。たちまち波が生まれ、大蛇となり、水蜘蛛たちを掻き抱いた。水の大蛇は初めに現れた時と同じ、いやそれに勝る勢いで逆巻きながら、一目散に退いていく。

暗い森の奥を目指して。

水のとどろきが絶え、鳥と獣の声が戻った頃、ソディは呆然と呟いた。

「……逃げたの？」

仲間の子供兵たちも、信じがたそうに、お互いを見つめている。幾百もの帝兵を滅してきた水妖が、子供相手に尻尾を巻いて逃げるなんて。自分たちは本当に切り札だったのか。

誰からともなく笑い出していた。恐怖が去り、安堵を経て、高揚感が舞い下りる。ソディは仲間とひとしきり笑い合った。いったん落ち着くと、安堵を経て、高揚感が舞い下りる。ソディは
敵に情けをかけるとは、なんて甘ったれた連中だろう！　子供だろうとソディたちは一人前の戦士だ。訓練と称しては蹴られ殴られ、戦場では斬られ撃たれ、砂漠を牛馬さながらに引き回された日々。その全てを耐え抜き、ソディたちはここにいるのだから。

「水妖ども！」と森の奥に咆える。「アタシたちを半人前扱いしたこと、後悔させてやる！」

屈辱だった。ソディが耐えた何もかもを、遠のく異形の背に否定された気がした。

指示されるより前に、ソディは火筒に矢弾を込め直した。他の子もそれに倣う。武者震いに揺れる膝を叱咤《しった》し、彼らは歩み出した。わずかな震えも逃さぬよう地面を睨み、ひと足ひと足探るようにして進んだ。十歩、二十歩、百歩、二百歩。水蜘蛛はやはり戻らない。隊列の足がじわじわ速まっていく。四半刻も過ぎると、ソディたちはほとんど駆けていた。

道はとうに途切れた。樹々の根の合間を縫って駆ける。緑葉の天蓋はますます厚く、地上は黄昏時のように暗い。濃霧が漂い始め、地面が湿ってきた。太い樹の幹を覆う苔には、真珠のようなしずくがびっしりとつき、わずかな木洩れ日に虹色の光を放っている。

進軍は、だが唐突に止まった。

一心に駆けるソディの、揺れる視界の端に、きらり、と何かが瞬いた。木洩れ日にしずくが降ったのかしらと思ったのも束の間。どさっと重い音が背後で鳴った。何かが倒れたようだ。子供たちの息を呑む音が続き、足音がばらばらに乱れる。

後方の走りが絶えたことを、ソディは背中で聞いた。止まっちゃ駄目よと胸のうちで罵《のの》しる。全力で走る中で止まれば、苦しさが一気に押し寄せて動けなくなるのに。それでも後ろの皆を置き去りに出来ず、ソディも足を止めた。振り向きざま「どうしたのよ！」と怒鳴って。

問うまでもなかったと、即座に知った。

人が倒れていた。大人の帝兵だ。長火筒を握ったまま、うっかり転びでもしたかのように、濡れた地面にうつ伏せになっている。今にも起き上がりそうだったが、もはや息のないことは明らかだった。黒甲冑の背にぽつんと空いた小さな穴から、鮮やかな紅色が溢れ出している。

隊列は左右にぱっくりと分かれ、突然倒れた男を遠巻きに見つめていた。何が起こったか、誰にも説明できなかった。それでも、事実は一つきりだ。

彼は襲われたのだ。姿もなく。音もなく。――おそらく、痛みもなく。

「陣を組め！」

指南役の命が飛ぶ。その声は透明な膜に覆われていたけれど、胸のうちを隠すには、焦りと恐怖が強すぎたようだ。もっとも彼を責められる者はいない。子供も大人も半狂乱になって、隊列を正しもせず、森の暗がりへとあてずっぽうに筒先を向けた。あと、ほんの一拍の半分もあれば、でたらめに森の中を撃ち始めたろう。

そうしなかったのは、そよ風とともに流れてきた旋律に、みんな聞き惚れたからだ。

女の、歌声だった。

鼻歌のように、気まぐれな調べ。柔らかながらも、天へと突き抜けていく声色。初めのただ一音で一切の激情を散らす、その涼やかさ。ソディは火筒を下ろしかけていた。森の薄い闇に目を凝らし、声の主の姿を探し求め、刹那に思う。

空のかけらが落ちている、と。

網目のような木洩れ日が降る辺り。ひときわ太い樹の根に、長衣の女が一人、腰かけていた。砂漠の天空を切り取ったような、その曇りなき青。被衣《かつぎ》から覗く髪が陽光に透けて、亜麻色に艶めく。柘榴《ざくろ》色の唇が囁《ささや》けば、ふっくらとしたしずくが一滴、白い指先に生まれ出た。

紺碧の水使い。

その名に思い至るより早く。女の指先から水滴が消え、どさっと地に伏す音が再び鳴った。今度は誰。振り返りたかったが、女から目を離せない。葛藤《かっとう》するソディの耳に、悲鳴が届いた。子供たちの、支柱を折られたような悲愴な響きが、倒れた者を教えてくれた。

指南役だ。

糸が。その一言が、真っ先にソディの脳天を突いた。知恵の糸が、受け取り直すはずだった記憶が、またぷっつりと断たれた。

よくも。

ぎりりと火筒を握りしめ、紺碧の女人に対峙する。どうやったのかは分からない。それでもこの女の放ったしずくが指南役の命を奪ったと確信した。彼の命だけではない。国の滅びより千年。何も持たざる風卜光ノ民はこんなふうに、知の記憶をも失ってきたのだ。

「よくも！」

筒先を紺碧の被衣に向けようとして。彼女は愕然とした。火筒がいっこうに動かないのだ。焦って見下ろせば、短筒からは白糸のようなものが伸びていた。つららだった。水晶のようにきらきら輝きながら、地面に垂れ下がり、根を張っている。

水使いが大樹の根からするりと下りる。わずかに片足を引きずるせいか、一歩ごとに上体が揺れ、紺碧の衣が右に左に揺蕩《たゆた》う。水使いが鼻歌のようにして式を唱えると、森を飾る虹色のしずくが増えていった。しずくは枝や葉や花だけでなく、ソディたちの筒や衣や髪にもついている。大きく育った水滴が重みに耐えかねて、ぱた、ぱたたっと落ち、白い筋を宙に描いたと思うと、たちまち凍りつき、氷の糸を引いた。

獲物を搦めとる蜘蛛の糸のように。細くも強靭なつららが幾十と下がり、ソディたちを地に縫い留める。子供兵も大人の長火筒持ちも、誰一人として動けなくなった時、紺碧の水使いは歩みを止めた。ソディの目の前だった。真珠のような水滴を宙に無数に従わせ、女は呟く。

「本当に子供の兵なのね。……ひどいこと」

ソディに向けられる微笑みは、慈愛に満ちた母神のよう。身震いするほどおぞましかった。子供、子供！　水蜘蛛どもはそればかりだ。何もかもを奪っておきながら、上っ面だけ情けを垂れる。これ以上の侮辱はない。

「滅びろ、水妖！」ただ一つ自由の利く口で、呪う。「さっさと殺しなさい！」

咆えられて、女の瞳は憐れみを深めただけだった。そよとも乱れぬ佇《たたず》まいに、ソディの方が揺らぎ始めた。何をぐずぐずしているのよ、早く殺《や》ってよ。こうしてじっとしていたら、さめちゃうじゃない。熱が、怒りが、――〈英雄〉の夢が。アタシはこの森で、颯爽《さっそう》と散るのよ。どうせもう、帰れないんだから。繋ぐ糸だって、もうないんだから。

「……姉ちゃん」

か細い声が鼓膜を震わせ、頰を張られたように我に返る。背にしがみつくぬくもりがある。弟ピトリだ。いつからそうしていたのだろう、姉の胴に回した両手から、幾筋もの氷の白糸が伸びて、二人を一つに繋ぎ留めている。

「姉ちゃん」

弟の縋るような小声に、駄目、と心で叫び返す。黙って、ピトリ。離れてよ。だって。

――死にたくないって、思っちゃうじゃない。

項垂《うなだ》れれば、やっと伸び始めた朝日色の髪から、短い氷が幾本か垂れた。いつだったか町で見かけた娘が、こんな垂れ飾りをたっぷり施したかんざしをつけていた。しゃらしゃらと触れ合う氷の音色になんとなしに聞き入り、ソディはようやく気づいた。彼女は震えているのだ。氷が細かにすれ合うほどに。

「待っていて」甘やかな声が降りかかった。「すぐに終わらせるわ」

身を硬くしたソディの横を、紺碧色がすうっと通り過ぎる。息を詰めて見上げれば、女人の横顔がちらと目に入った。獲物を見定めた大蛇の眼差しが、被り直された衣に隠れる。

辺りは式を詠《よ》む声で満ちていた。帝兵たちだ。腕も足も封じられ、最後の足掻《あが》きとばかりに術を編もうとしているのだ。いつもの無色透明な冷ややかさは面影もない。恐怖と恨みにどす黒く染まった声を、紺碧色の女人は涼やかに受け止める。

「古式ゆかしい光丹術ね。幻影《げんえい》ノ術《じゅつ》、といったところかしら」さらりと水使いは読み切った。「では貴方たちも、風ト光ノ民の末裔なの？」

答える者はいない。彼女と言葉を交わす勇気は誰にもない。

「そう」女は独り頷く。「この森を焼くのはいつも貴方たちね。いいえ、この森に留まらない。十年前はイシヌの娘。今日は砂の子たち——貴方たちの火は、そうして広がるのね」

その声音に怒りも敵意も感じ取れない。そうしたものは、地を這いずり回る者が抱くのかもしれない。彼女の紡ぐ言葉を例えるなら、雲一つない空の突き抜けるような高さ、果てしない広がり。はるか未来まで見えていそうで、ソディは恐ろしくてたまらなかった。

「貴方たちの、その火」水使いは呟いた。「どうすれば、絶てるのかしら」

思念に浸りながら、彼女は高らかに歌い上げる。帝兵たちの式が、その声に搦めとられた。今まさに成ろうとした術が別のものに組み上がっていく気配を、ソディは肌で捉えた。

水使いの従える水滴が舞う。景色が一瞬、蜃気楼《しんきろう》のように揺らぎ——

ソディは弟を抱え込む間もなく、白濁の世界に呑み込まれていた。

第七章　追憶

「ハマーヌ君。ハマーヌ君！　しっかりしろ！」

アニランの声がする。悪夢にうなされるように。

「止血は効いている。足は動く、筋や神経はおそらく無事だ。だが熱がひどい。矢弾が身体に残っているんだ。取り出さなければ、足が腐り落ちる。早口に呟いた後、学士筆頭は叫んだ。

「医丹士《いたんし》を、早く！」

うるさい――ハマーヌは目を閉じたまま、顔をかすかに顰《しか》めた。

浮雲《うきぐも》の子らを奪い返しに、ハマーヌは西境《にしざかい》ノ町《まち》へと走った。そんな彼を追って、アニランが部下たちを引き連れてきた。そうしてハマーヌの負傷を知り、この騒ぎである。

何故そこまで取り乱すのか分からない。見ゆる聞こゆる者を実質仕切っているのはアニランである。ハマーヌがいようがいまいが、全ては問題なく回る。

激情に任せて奔《はし》る、豪風の如き男。それがハマーヌである。肉体の痛みは容易《たやす》く殺せても、胸のうちの嵐は消しがたく、心の吹き荒れるまま駆け続ける。そんな愚か者が足を無くそうと命を落とそうと、なんの驚きもなかろう。頭領であることがそもそもの間違いなのだ。

彼は生来異質なる者だ。どこにも属さず、馴染めない。風のまにまに流れゆく浮雲に、その厳しさを知りつつも惹かれてきた。根差す場所など彼にはない。根差すだけの胆力を持ち合わせていないのだ。手に入らぬ虚《むな》しさ、失う痛み──それらへの恐怖が勝る。

痛みが遠のき、意識の輪郭《りんかく》が溶けてきた。重く降りしきる闇の、その静けさが心地よい。ハマーヌは身を浸すようにして、冷たい闇の沼底へと沈んでいった。

なめらかな闇の中を、ハマーヌは降りていく。

闇が最も濃くなっても、なお沈み続ける。やがて漆黒《しっこく》の海にかすかながら、一条の光が差し込んだ。それがもう一条、また一条と増え、ぬばたまの黒が薄れ始めた頃。

閃光《せんこう》が弾けた。

闇が容赦なく払われ、視界が純白に塗りつぶされる。ハマーヌはたまらず唸り声を上げた。何も見えず、何も分からない。懸命に目をこすり、光を追い出す。

きらめきが、ようやく去ってのことだった。

おかしい。まず思う。自身の手がいやに小さい。ごつごつと骨ばっているはずが、つるんとして華奢《きゃしゃ》だ。手首も腕も、坐椅子に組まれた脚も、妙に細い。肩幅は狭く胸板も薄く、全身が頼りない。顎に手をやればやたらすべすべとして、剃った髭のざらつきがなかった。

鏡を。辺りを見回して、ハマーヌは目を見開く。

彼は今、書斎にいた。

幾つも立ち並ぶ本棚。石床にうずたかく積まれた冊子や巻物。透かし彫りの張り出し窓から差し込む光。窓の向こうの中庭に、噴水のしぶきがきらめく。ふっと流れた大気が運んできたのは、庭に咲き誇る月下香の匂いだった。女人の香水にも用いられるほどの芳しさ。ひと嗅ぎして、しかしハマーヌは胃を摑まれるような吐き気を覚えた。

花の香に包まれた書斎。

ここを、よく知っている。この強い香りとともに、骨の髄《ずい》まで沁み込んでいる。

いつしかハマーヌは頭を垂れていた。このまま衣を握りしめる自分の拳《こぶし》を見ていたかったが、じっと動かずにいる度胸もなかった。ごくりと生唾を吞み込み、顔をぎこちなく上げていく。

まず目に入るのは、彼の前に置かれた文机だ。子供には分不相応の、重厚な石造りである。机上に並ぶのは螺鈿《らでん》の文箱、眼状紋入りの石硯《いしずり》、象牙《ぞうげ》の筆、そして上質な紙。彼の机に向かい合う、ひと回り大きな文机も石造りだった。そのなめらかな石板に、男の手が添えられている。

――父の、手だった。

全身からどっと冷たい汗が噴き出した。父が苛立ちを抑えるようにぐっと拳を握り込めば、寒くもないのに全身が震えた。そうだ。ハマーヌは今、手習いを受けているのだ。早く書いてみせねばならない。あの拳が、飛んでくる前に。

凍えたようにかじかんだ手で筆を取る。穂先を墨汁《ぼくじゅう》に浸そうとして、だが彼は固まった。

硯は、こちら側に置くので良かったろうか。

ちらりと、父の文机の上へと目を走らせる。文箱はハマーヌの利き手側、硯はその反対側にある。自分の机の上とは逆だ。では急いで入れ替えなければ。

しかしハマーヌは動かなかった。動けなかったのだ。何が正しいか、考えるほど分からなくなる。文箱を置くのは『左』、硯は『右』。そう教わった。『右』の手に筆を持ち、穂先を墨に浸し、『左』の手で紙を押さえるからだ。ならば、筆を持つ方が『右』で、利き手のはずだ。

……本当に？　自信がない。そもそも、利き手に筆、と考えてよかったろうか。人は必ずしも『右』利きとは限らないと聞く。では自分はいったいどちらだったろう——

筆を走らせる前から毎度もたつく息子に、父の拳はますますきつく握られる。もういつ振り上げられてもおかしくない。いちかばちかだと穂先を墨汁に浸し、紙に向かったが、さあっと全身から血の気が引いた。どの文字を綴るよう言われたのか、すっかり忘れてしまっていた。

手のひらの汗が、震える指先に伝う。意に反して、彼の手はあっさりと筆を取り落とした。白い象牙の筆が転がり、石床で魚の如く跳ねる。真っ黒なしみが床にぱあっと散り、ひときわ高く舞った一滴が、あろうことか、床に積まれた父の蔵書へと飛んでいった。

美しい装丁の巻物に、てん、と墨のしみがつく。

その忌々しい黒の他、ハマーヌの視界は白濁し、何も見えなくなった。がたん、と父の机が鳴る。立ち上がったのだ。固い拳が振り上げられた気配がする。ハマーヌは仔犬の如くすくみ、逃げることはおろか呼吸もままならず、頼りない腕を掲げ、せめて頭だけでも庇《かば》おうとした。

この書斎に入るたび、味わう痛み。

此度《こたび》それを受けずに済んだのは、書斎の戸が控えめに叩かれたからである。今にも落ちようという羽虫のような声が、旦那さま、と呼びかけた。

母だ。

勢いが削がれたか、父は拳を振り下ろさなかった。しかし黙って戸に向かう足には、濃厚な苛立ちが宿っていた。無様にうずくまる息子の横を通った瞬間、その怒りは突如、再沸騰したらしい。父のつま先が鋭角に跳ね上がり、ハマーヌのみぞおちにしたたかに喰い込んだ。

石床に転がる息子を横目に、父は音高く戸を開いた。要件を尋ねもせず、母を叱りつける。手習いの邪魔をするな、何度言わせる――雷鳴の如き怒声が邸宅に響く。したたかに蹴られたハマーヌの肋骨が、父の発する一音一音にずきずきと応えた。

平謝りする母。震えて途切れがちな声はそのまま彼女の気質を表す。臆病で、何かにつけて逃げ腰で、見て見ぬふりだけは上手い。書斎の戸を叩いたのは、息子を守ろうとしてではない。本当は近寄りたくもないのに、やむにやまれぬ事情で、びくびくしながらやってきたのだ。

ハマーヌはじっと床に伏したまま、父母のやりとりに耳を傾けた。痛みから意識を少しでも逸らしたかったのだ。彼のその心に応えたように、耳もとの大気が震え出した。それは糸伝話《いとでんわ》さながらの細い大気の紐となり、両親のもとへと伸びていく。二人の間まで届くと、耳に口が当てられているかのように、言葉が鮮やかに聞こえ始めた。

どうも来客らしい。追い返せ、と父。ですが門の前で粘られて、などと口ごもる母。しかし客人の名がなかなか出てこない。耳をそばだてて、ハマーヌはひゅっと息を呑んだ。

父が振り返ったのだ。

怒りに支配されている時、父は恐ろしく勘が良い。盗み聞きがばれたようだ。なんと馬鹿な真似をしたのだろうとハマーヌは悔いた。もうひと蹴りふた蹴りを覚悟する。ところが、どういう風の吹きまわしか。部屋に戻っていろ、と短く命じられただけに終わった。

動くのは辛かった。息を吸い込むだけでも肋骨が軋《きし》むのだ。それでもハマーヌは呻き声一つ漏らさずに立ち上がった。また蹴られなかっただけでも、思いがけぬ幸運であった。

急いで、文具を片づける。手ほどきへの感謝の意を父に述べて、ハマーヌは書斎を辞した。その間、母は書斎の前で三つ指をつき、父の足先ばかりを見つめており、ハマーヌが立ち去るまで、ついぞ一度も顔を上げなかった。まとめ髪から幾束かほつれ、うなじに垂れているのを眺めながら、ハマーヌはそっと彼女から離れた。

最後に母と目が合ったのは、いつであろう。

脇腹を庇いながら、中庭に面した回廊の、白亜の壁を伝い歩く。庭の草木の影は濃く、陽の強さを物語っていたが、回廊を吹き抜ける風はひんやりとして心地よかった。色鮮やかな欠け陶板が張られた、小片細工の天井を仰ぎ、しばし風に当たる。額に浮かんだ脂汗が引いた頃、ハマーヌはやっとまともに歩けるようになった。

自室に入り、戸を固く閉める。広い割に窓辺の机と寝具しかない、がらんどうの部屋を眺めながら、ハマーヌは思った。母を恨んでも、詮無きことだ。母はああ振る舞うしかないのだ。激昂《げっこう》する父を止められる者などいやしない。息子を庇おうものならひどく打ち据えられるだけである。下手をすると火に油をそそぎ、ますます手がつけられなくなる。床に這いつくばって、彼の激情が通り過ぎるのを待つほかない。ハマーヌが彼女の立場でも、きっとそうする。

それに——。ハマーヌは窓際の机に歩み寄った。机上に散る草紙に書き殴られているのは、比求文字《ひきゅうもじ》、いや、その成り損ないだ。どれ一つとして最後の一画まで届いていない。線という線はぐねぐねとうねり、交差すべきところでかすりもせず、離れるべきところでは触れ合う。撥《は》ねるところで流れ、流れるところで止まり、止まるところで撥ねている。

救いようのない悪筆だが、そもそも手本帳の比求文字が、彼の目にはこのように映るのだ。正確には、初めは一つの文字としてまとまって見えるのだが、いざ書き取らんと目を凝らすとたちまち点と線がほどけ、ばらばらになる。それを強引に束ね、確かこういう形だったはずと見当をつけて書き始めても、今度は指が思うように動かない。四苦八苦するうち、頭に留めたはずの文字がぼろぼろと崩壊していく。そうして、紙上に不気味な文字の死骸が転がるのだ。目にするだけで憂鬱《ゆううつ》になる草紙を、くしゃくしゃと丸める。机下のくず入れの、既に溢れんばかりのところに突っ込んでやった。無駄とうすうす悟りながらも書に励むのは、一文字でも書けるようになれば、きっと何かが変わる、そんな期待を捨てられないからだ。未練がましく机につく。持ち帰った文箱から筆と硯を、机の引き出しから新しい草紙を取り出す。墨を摩《す》ろうとして、しかし彼の手は止まった。

本当は分かっている。たとえ比求文字を綴れても、母がハマーヌを見ることはないと。

先ほどの、大気の糸伝話。物心つく頃には、ハマーヌはああした感覚に慣れ親しんでいた。乳飲み子の頃はなんとも思わなかったが、長じるにつれて不思議に思い始めたものだ。しかし母に尋ねたのは、返す返すも不味《まず》かった。あの時の母を未だ覚えている。化けものを、見る目をしていた。

思えばあれが最後に見た母の目で、母の膝に乗った最後の日だった。あるいは自分は、母の膝に這い上がろうとして、筆を握りしめているのか。そう考え、何もかも虚しくなる。

ずり落ちるようにして、坐椅子にもたれた。見るものを失くし、なんとなしに顔を上げる。机の前の窓は大きいが嵌め殺し、開け放つことは叶わない。麗《うるわ》しい花紋様の格子から、風と光だけが入ってくる。花咲き乱れる雨季の盛りには、花の綿毛が舞い込む時も、たまにあるが。ぼんやりと格子を目でなぞっていると。なんの因果か、綿毛がふわりとすり抜けてきた。

いや、違う。即座に悟った。これは光の粒だ。

明らかに術で練り出したものだ。からかうように、あちらへふわふわ、こちらへふわふわと揺れた後、ハマーヌの鼻にちょこんと止まる。陽気なぬくもりが鼻先から流れ込み、ハマーヌの全身を揺さぶった。数日前のにおいを嗅ぎ取る犬のように、彼は悟った。光の粒の主人を。

ハマーヌが跳ね起きたのと、光がぽんっと弾け飛んだのは、同時だった。文具が落ちるのも厭《いと》わず、机に乗り上がる。格子に指をかけ、額を喰い込ませて、外を覗き込んだ。

光の綿毛の通った跡が、宙に線を描いている。ハマーヌはそう感じた。本当は術の道筋なぞ見えるはずがないから、糸伝話と同じ異常な感覚だが、今は考えない。あの線の先に、綿毛を飛ばした術士がいるのは確かなのだ。匂いを辿る犬の如く、丁寧《ていねい》に丹を追う。

跡は行きつ戻りつ、落ちたり上ったり、くるくると回ったりと、なかなかの絡まりようだ。思い通りに窓へ向かわず、悪戦苦闘していたらしい。どんな比求文字よりも複雑な光の跡を、手習いの時と比べものにならぬ根気で解きほぐす。あと少しだ。もう少しで、端につく……。

『……どこ見てンの、お前』

窓の真下からの呆れ声。声変わり前の少年のもの。ぱっと視線を落とし、鼓動が鳴った。いた——ウルーシャだ。

年の頃はハマーヌと変わらないものの、身体つきはずっと小さく細かった。それでも両脚をのびのびと地面に投げ出す姿に、卑屈さは微塵《みじん》もない。窓下の白壁に寄りかかり、首を大きくひねってこちらを仰ぎ見ている。鳶《とび》色のくせっ毛、同じ色の瞳、垂れた目尻と眉がどことなく猫を思わせる。猫といっても屋敷の絨毯《じゅうたん》に寝そべる鈴つきではない。路地で日向ぼっこをし、たまにふらりと民家に立ち寄る、気ままで自由な猫だ。

ハマーヌの胸に熱いものが押し寄せた。背がよじれるように痛み、しばし呼吸が止まった。十年ぶりに再会したかのような、狂おしいほどの懐かしさだった。

十年？

どこからそんな数が出た。己の指すら数えられぬくせに。ハマーヌは霞《かすみ》のかかった頭で考え……、早々に思考を放棄した。何かを忘れている気もしたが、そのまま忘れることを選んだ。

何年も会わなかったはずがない。ウルーシャの一家は頻繁にこの家を訪れる。季節を跨いだことはないほどに。思えば、これはいつものことだった。幼馴染に会うたびに、一言では表しようのない心地に陥る。懐かしさと安堵と高揚感。それらと相反する、拒絶と虚栄心。惨めな己の姿を気取られたくなくて、再会の晴れやかな喜びが、暗く塗りつぶされていく——

『あンだよ、その仏頂面はよ』

ハマーヌの胸のうちの雲を払うように、窓下の幼馴染が明るい笑い声を立てた。

『なんか言えよ。よう、とかよ』

『……よう』

馬鹿な返しに、言って即座に嫌気が差す。何か自らの言葉を足さなければ、と独り焦るが、ウルーシャは全く期待していないようで、『おう』と満足げに応じ、歯を見せて笑った。

『で、どうよ。さっきの〈光《ひかり》ノ綿《わた》〉。おでれぇたか！　こないだ親父に習ったばっかだけど、もうかなり遠くまで飛ばせンだぜ！　ま、たまぁに、ちっと変な方に流れるけどよ——』

ウルーシャの父は光丹術士《こうたんじゅつし》である。ハマーヌの父曰く『三流』とのことだが、息子の鍛錬《たんれん》に熱心なのは、どちらの父も同じだった。違うのは、息子の頭の出来である。幼馴染の得意満面の笑みに、ハマーヌは内心では称賛しつつ、素直に言葉が出なかった。

『……親父どのは？』

ハマーヌの問いに、ウルーシャはぱっと顔を伏せた。しかしすぐさま、ごまかすように頭の後ろで腕を組み、軽い調子で言う。

『おう、来てッぜ。また、この町に寄ったからよ。〈本家〉の〈旦那〉に御挨拶しねぇとな』

〈本家〉とはハマーヌの家、〈旦那〉は父の呼称である。ウルーシャの家はもはや血の一滴の繋がりもない遠縁に当たったった。それでもしょっちゅう訪ねてくるのは、義理堅いからではなく、金の無心のためだ。

暮らしぶりが苦しくなると、ウルーシャたちは決まってこの町に戻り、〈本家〉の門を叩く。では先ほど母が告げに来た『客人』は、ウルーシャの父に違いない。そうと知り、ハマーヌが抱いたのは感謝の念であった。おかげで一度蹴られただけで済んだ。いつもなら今頃は、腹と背の肌が真っ青な痣《あざ》で埋め尽くされているところだ。

『俺の親父、長ッ尻だろ』ウルーシャが冗談めかして言う。『ぼーっと待ってンのも退屈でよ。で、お前どうしてっかなッて思ってさ』

彼は再び窓を振り仰ぐと、にぃっと悪戯《いたずら》っぽい笑みを浮かべた。

『出てこねぇ？』

行く。

唇だけで答えると、幼馴染はぴょんと跳ねて立ち上がった。『じゃあ、いつもンとこでな』と庭園の端を指差すのを見て、ハマーヌはすぐさま頭を引っ込めた。

この窓は嵌め殺し。外に出るには、中回廊を抜けなければならない。もしも屋敷を抜け出すところを父に見つかれば、ただでは済まないだろう。ゆえに常には考えもしないが、幼馴染が来た時は別だった。全身の神経を研ぎ澄まし、息を殺して忍び歩く。

使用人の行き交う振動を足の裏で捉え、彼らが現れる前に身を隠す。毎度、心ノ臓が弾けるかというほどに緊張するのだが、不思議と一度も見咎《みとが》められずに済んでいた。

『おっ、来たな』

庭園の隅へと辿り着いたハマーヌを、陽気な笑みが迎えた。

　目を交わし、青々とした生垣の根もとへ身を屈める。咲き乱れる花壇の裏に、子供がやっと通れるほどの穴があった。彼ら二人だけの抜け道だ。常の如く幼馴染が先に入り、すいすいと這っていく。続くハマーヌは思いがけず苦戦した。ひと這いするたび、衣に枝が引っかかる。

『お前、またでっかくなったンじゃねぇの』

やっとの思いで生垣の向こうへ顔を出すと、案の定からかわれた。言い返したかったが何も浮かばぬうえ、穴から頭だけ突き出した恰好では、何を言っても間抜けなだけだ。無言のまま身をよじっていると、手が伸びてきて、ハマーヌの前髪から小枝をつまみ上げた。あかぎれ、だろうか。額にわずかに触れた指先は、ひどくざらついていた。

『とっとと行くぞ!』幼馴染は威勢よく言い、小枝を咥《くわ》えた。『前みてぇに、はぐれンじゃあねぇぞ。探すの骨折れンだからよ。お前ったらいっつも見当違いの方に行きやがるし』

生垣を越えると、河岸に出る。ハマーヌの生家は〈青河《せいが》〉に面していた。緩やかな流れの、昼下がりの水面のきらめき。ハマーヌは眩しさに目を細めつつ、前をぶらぶら歩く幼馴染の、鳶色の束ね髪が気ままに揺れるさまを見つめ、彼の減らず口にじっと耳を傾けた。お前さあ、この町の育ちのくせに、全ッ然道を知らねぇよな。買いモンとか行かねぇの? 本家の御曹司《おんぞうし》サマは、独りで出歩かねぇのか。深窓の御令嬢かよ。お前の親父さんって心配性なのな。

確かに父は恐れている。ハマーヌは心中で答えた。不出来な息子が外で醜態を晒《さら》すことを。箸より先に筆を持つと名高い〈本家〉の子が、方角すら読めぬと知られてはならない。やむを得ずハマーヌを外に出す時は、必ず数人の従者をつけ、決して口を利くなと命じる。

蹴られた横腹がずきりと痛んだ。思わず手を添えたハマーヌをウルーシャがちらりと窺《うかが》う。一瞬怪訝《けげん》な顔をするも、すぐさま、にかっと笑った。

『さてはお前、腹ぁ減ってやがンな』と、したり顔をする。『この育ち盛りめ。しょうがねえ。このウルーシャさまが、いっちょ奢《おご》ってやらあ』

そんな余裕があるのか。とは訊けず、目を白黒させるばかりのハマーヌをよそに、幼馴染は得意げな足取りで河岸の土手を登り、街並みへと入っていった。

誘われたのは、屋台街であった。昼下がりの最も暑い時にも拘らず、屋台はほとんど開いており、多くの客で賑わっていた。ここ〈常葉《ときわ》ノ町《まち》〉は領境にあるから、西へ東へ行き交う商人たちで始終溢れかえっている——とは、ウルーシャの弁である。

『何、喰う？』

雑踏の中を器用に縫いながら、幼馴染は訊く。ハマーヌは答えなかった。答えられなかったのだ。慣れぬ人混みについていくので精一杯なのが一つ。ウルーシャの懐《ふところ》具合が分からないのが一つ。そもそも屋台で何が売られているのか知らないのもあった。連れの胸中を知ってか知らずか、ウルーシャは自ら『おっ、揚げ砂糖！』と屋台の一つを指差し、品を決める。

『あれ美味《うめ》ぇんだぜ。待ってろ。買って来てやる』

言うなり、離れていってしまう。あの鳶色の髪を見失えば、確実に道に迷う自信があった。行き交う人々にぶつかりながら、後を追う。一瞬ウルーシャの姿が人波に呑まれて焦ったが、なんとか追いすがれた。あと数歩で、幼馴染の肩に手が届く、という近さに来て。

『売れねぇって、なんでだよ！』

怒声が、町の喧騒を断った。

『品モンがねぇ？ ふざけンな。そこに山ほど積んであンのは、なんだってんだ！』

ウルーシャの指が、屋台の袖机を指す。大皿に、菓子が山盛りになっていた。小麦の生地を丸めてからりと揚げ、純白の砂糖や色とりどりの香料をこれでもかとまぶしてある。香ばしい匂いに、自然とつばが溜まった。だが甘い香りとは裏腹に、屋台の主の顔は渋い。

『生憎うちには、物乞いに恵んでやる余裕はねぇんでな』

『誰が物乞いだ！』ウルーシャは怒鳴る。『払うっつってンだろうが！』

ばんっと音が鳴る。幼馴染が鉄銭を数枚叩き置いたのだ。店主が摘み、日にかざした。

『本物だな』と認めながらも、まとめてウルーシャに突っ返す。『盗んだ金を受け取るほど、うちは落ちぶれちゃいねぇよ』

『人のまっとうな稼ぎを、汚れモン扱いすんな！ 朝っぱらから水汲み五樽分したんだぞ！』

店主はもう聞いていなかった。誰もいないかのように顔を背け、ふとハマーヌの存在に目を留める。抜け目ない商人の目が、さっと彼の身なりを確かめた。

『らっしゃい、坊ちゃん』笑いかける顔は、思いがけず人が好さそうだった。『どれにいたしましょ？　この蜜入りのなんか人気ですよ。暑い日にゃあ、とびきり甘いのが一番だ』

あまりの変わりように面食らう。ハマーヌはちらりとウルーシャを窺った。どう答えるのが正解だろうか。しかし幼馴染は店主を睨《にら》んでおり、ここからだと表情はよく見えない。

仕方ないので、幼馴染を指し、『同じのを』と告げてみる。

無難な返答かと思えば、ウルーシャが弾かれたように振り返った。店主は憮然としてから、肩をひとつすくめた。大皿から揚げ砂糖を選び取り、油紙できちんと包んだものをハマーヌに差し出す一方、剝き出しのものを袖机の上に転がすようにして、ウルーシャに寄越した。

『おらよ。良かったな』

ウルーシャは手を伸ばさない。目の前に転がる菓子を、じっと見つめている。ハマーヌにもこれは分かりやすかった。不当だと感じ、そう感じるべきと確信する。確信はまっすぐ怒りへ変換された。怒りは血管を巡り、身のうちに沈殿した鬱屈《うっくつ》を掻き集め、脳天へと駆け上がる。

怒りの熱が弾けた。大気が咆哮《ほうこう》する。まるで応えるかの如く。

なんの偶然か、ハマーヌの足もとから突風が暴れ出た。大気の塊に体当たりされ、屋台車がたまらず傾ぐ。大皿はひっくり返り、菓子は鞠《まり》の如く四方八方へ飛ぶ。

楽しい。迸る熱に身を任せて、ハマーヌは暴れ回る大気に見入った。どうして風が吹き荒れ始めたか、彼は理解しておらず、したいとも思わなかった。これほど痛快なことはついぞなく、その爽快さにただ夢中になった。人々の悲鳴が、耳に心地よく響く。

そんな彼の袖を『おい』と引く者がいた。

『おい、もういいって』ウルーシャである。『そんぐらいにしとけ。ほら、ズラかるぞ！』

腕を引かれ、ハマーヌは走り出す。背後では、揚げ砂糖売りの両隣の屋台まで倒れていた。大人たちが困惑と怒りの声を上げる中、二人して市場を駆け抜け、小路へと飛び込む。

追手の足音が続いたが、ウルーシャは裏道から裏道へするすると抜ける。互いに寄りかかるように建つ家々、覆い被さらんばかりに高い壁の迷宮を、あちらへ曲がり、こちらへ曲がり。どこをどう走ったか、ハマーヌは早々に覚えるのを放棄した。自分の腕を摑む少年の、鳶色の髪がぴょんぴょん楽しげに跳ねるさまを見つめ続ける。

追手の足音は無くなっていた。それでも二人は走り続けた。裏通りを出て河原に戻り、青河の流れを横目に駆ける。幼馴染が笑い声を立てた。ハマーヌも笑った。そのつもりだったが、声は出なかった。最後に笑ったのはいつだったか。どのように笑うか思い出せず、咽喉《のど》は張りつき、頰は強張ったままだった。

『おーお、澄ました顔しやがって』

ハマーヌの無表情ぶりを、しかしウルーシャは茶化しただけだった。一度笑うと息が切れたらしく、彼は足を止めた。ハマーヌもそれに倣う。手招きされるままに、河岸に立つ風守りの樹の、立派な枝ぶりが落とす木陰に座り込み、――目を丸くする。幼馴染の手に、揚げ砂糖の油紙包みが握られていた。ハマーヌに差し出されたものを、どさくさに持ってきたらしい。

『おっと、誤解すんなよ。代金なら、ちゃんと置いてきたぜ。ひっくり返った屋台にな』

ウルーシャはにやりとし、いそいそと油紙を剝き始めた。彼の拳より大きい菓子に爪を立て、器用に割る。見事なまでにきっちり半分だった。

脳天に突き抜ける甘さ。美味《うま》かったが、走ってからからに渇いた咽喉には少々きつかった。二人でむせ返り、水辺に飛びつく。手ですくって飲む水には、細かな葉くずが浮いていたが、ハマーヌは気にならなかった。自室の水差しの中身よりも、ずっと澄んでいるように思えた。

『にしてもよ』まるで会話の続きといったふうに、ウルーシャが始めた。『さっきの市場での、あれ。お前、力つけやがったな。さすがの俺さまも仰天したぜ』

ウルーシャは河岸の草むらにひっくり返ると、腕を頭の後ろに組んで寝そべった。

『せっかく〈光ノ綿〉を覚えてきたのによ。また差ァつけられちまった。やっぱり〈本家〉の御曹司だよなぁ』ぼやくように言った後、びしりとハマーヌを指差す。『見てろよ。次こそは、お前をあっと驚かせてやッかんな』

幼馴染はどうやら、あの突風はハマーヌの仕業と思っているようだ。比求文字一つ書けない半端者に、そんなことが出来るはずもない。あれは偶然だ、とハマーヌは心の中で呟いたが、口には出さなかった。何か言えば言うだけ、ぼろが出る。恥を自らさらけ出すような真似は、したくなかった。しかし黙っているのも妙な気がして、必死に話題を探す。

『……いつも、ああなのか』

言ってすぐさま後悔する。ああとは何だ。言葉が足らない。通じたところで、楽しい話でもない。己の不弁ぶりにげんなりするが、相手は慣れっこの様子で『まあな』と答えた。

『売り渋られンのは結構あンな。まあ気持ちは分からんでもねえ。俺たちみてえな浮雲にゃ、盗みで喰ってンのもいっからさ。ガキんちょは特に要注意だ。一人が店の親父の気ぃ引いて、仲間がごっそり大皿ごと盗んでいくとか、よくある手なんだよ。だから浮雲が近づく前に追っ払おうってところも多いわけ。その点、さっきの親父はまだましだぜ。

仕事もらうのも面倒なンだよな。土地なしの浮雲だと、すぐどっか行っちまうって思われる。だから長く続く仕事なんて大概紹介されねぇの。ちんけな日雇いのクチばっかよ。それで金が貯まらねぇから、町を出ていくしかなくなって、そらみろ、やっぱりいなくなるじゃねぇか、とまあ、こう言われるわけよ』

暑すぎて、ちっとも仕事にならない。そんな他愛もない世間話のような口ぶりであった。

『けど、世の中そう捨てたモンじゃあねぇぜ。中には、人をまっとうに見てくれる奴もいる。そういうのと付き合っていきゃいいのよ。あんなのいちいち気にしてたらキリねぇよ』

あっけらかんと話す幼馴染の横顔を、ハマーヌは黙して見つめていた。心の底から感嘆し、翻《ひるがえ》って、自らに絶望する。父の前で縮こまるしかない自分と、大の男に正面から抗議する彼。同い年でも、なんという違いだろう。会うたび、とても敵わないと思う。ハマーヌが勝るのは体格だけで、中身は一回りも二回りも小さいのだ。

ウルーシャが拳を、ぐっと突き出した。

『見てろよ。俺は将来、ぜってぇ出世してやる。がっつり稼いで、まともな衣を着て、どっか土地を手に入れて、暖簾のかかった店で、たっぷり飲み喰いしてやるんだ』

きっと出来るだろう。ハマーヌは一片の疑念もなく思った。幼馴染の語る言葉の一つ一つに力強さを感じ、ひたすら眩しかった。ウルーシャなら必ず今の暮らしから抜け出せるだろう。片や自分は、——如何《いか》に今日一日をやり過ごすか。そればかり考えて生きている。

こうして会うのも、あと数年だろう。ウルーシャは太陽目指して飛び立ち、自分は地べたに置いていかれる。その予感があった。一つの比求文字も覚えぬまま、恥さらしの息子として、本家の奥部屋に押し込められ、残飯を漁る黒虫の如く、暗がりの中で一生を終えるのだ。

背筋が震えた。諦めとともに受け入れてきた未来を、ハマーヌはこの時初めて嫌悪した。ともにいきたい。叶わぬならせめて、同じ砂を踏みしめていたい。

隣に寝転がる少年に、今にも縋《すが》りつきそうになる手を、ハマーヌは懸命に握りしめた。重荷にはなりたくなかった。それとも、振り払われることを恐れただけか。胸の潰れそうな痛みを押し殺し、肺いっぱいに大気を吸い込んで、顔を上げる。

きらめく水面の対岸。青河に沿って連なる畑の、さらに向こうに、黄金の波が悠々とうねる。いつか、あの砂丘を越えよう。ハマーヌは誓った。どうせ独りで朽ち果てる身ならば、独房のような暗がりではなく、焼きつけるような陽のもとで。そう思った。

『お前ねぇ』

呆れたような声が、横から上がる。

『なに勝手に死ぬ気なんだよ。このウルーシャさまが命張って守ったモン、捨てる気かよ』

どきりと心ノ臓が跳ねる。弾かれるように幼馴染へと顔を向け、また動悸が鳴った。

隣に寝転んでいたはずの少年。彼の姿は忽然《こつぜん》と消え、代わりに、一人の青年が座っていた。同じ鳶色のくせ毛、垂れた目尻。猫のような肢体を硫黄《いおう》色の襲衣《おすい》が覆う。年は二十ほどか。

亡くなった頃の、ウルーシャの姿であった。

『そっちは三十路《みそじ》のおっさんか？ 幾つになっても世話の焼ける奴だよな、てめぇはよ』

からかうような口もとは、少年の頃そのままだ。思わず触れようと手を伸ばし、ハマーヌは異変に気づいた。

鉄色の襲衣。そこから覗く、硬く筋張った四肢。大の男の腕と脚だった。先ほどまでの頼りなさは失せ、ひと呼吸ごとにがっしりとした体軀を感じた。

『もうそろそろ、いいだろ』

ウルーシャが穏やかに告ぐ。男にしては細い腕が、ゆっくりと掲げられた。その指が青河の向こう、砂丘の群れの先を示す。

『さあ、行けよ。――みんなのところへさ』

その一言で、世界が揺れた。

天地の入れ替わるような激しさだ。座ることもままならない。もんどりうって浮くハマーヌの肩が、柔らかに押された。その手の力強さと温かさ。掻き寄せようと咄嗟《とっさ》に腕を伸ばした時には、ハマーヌの身体は木の葉のように宙を舞っていた。

ウルーシャの微笑みがみるみる遠ざかる。ひとつ瞬きした後には、ハマーヌは青河を越え、背中から砂地に落ちていた。砂を掻いて跳ね起き、もとの岸に戻ろうと走ったが、静かだった青河は海のように荒れ狂い、一切の侵入者を受けつけなかった。

河沿いに行きつ戻りつ、対岸のウルーシャを探す。こちらは目に痛いほどの陽光に覆われているのに対し、向こう岸は闇に沈んでいた。町に人の気配は感じられず、家や草木が象牙色に凍りついている。青河に面するハマーヌの生家も、化石の如く朽ちていた。

一閃《いっせん》の夜風が吹く。象牙色の街並みが、端からぼろぼろと崩れ始めた。全てが砂へと還り、闇の中へと散っていく中、ふわりと硫黄色の影が揺れた気がした。

――ウルーシャ。呼びかけようとしたが、出るのは呻き声ばかりである。ハマーヌは届かぬと知りながら、腕を伸ばすしかなかった。そのさまが見えたのだろうか。夜と昼を隔てる長流越しに、硫黄色の人影が応えたように見えた。しっかりな。そう言うかのように、ゆったりと裾を振っている。

せめてずっと見つめていたかったが、ハマーヌの立つ岸に降りそそぐ光はますます強まり、やがて辺りは白金に塗りつぶされていった。

次にハマーヌが目にしたのは、天井に向かって伸ばされた、已の手であった。

手はひどく歪んで見えた。激しい眩暈《めまい》に視界が定まらないのだ。未だに夢の中にいる心地である。先ほどまでのが夢ならばだが。あるいは過去の記憶か、現世と黄泉《よみ》の狭間か。異次元にでも迷い込んだのかもしれない。捻じれた時空であろうとも、どこかにウルーシャが存在するのなら、他には何も望まない。

彼を亡くして十年。もう十年だ。それでも彼の命の、集めても集めてもさらさらと零《こぼ》れ行く感覚はいっこうに色褪せない。むしろ時が経つにつれ、手のひらに深く刻まれていく。

おそらく、ハマーヌはあれからずっと、ウルーシャのかけらを掻き集め続けているのだ。ウルーシャの遺した仲間の見ゆる聞こゆる者ら。彼と過ごした南境ノ町《みなみざかい》。かつての彼と同じ境遇を生きる浮雲の子供たち。どんなわずかなかけらだろうと、もう二度と失いたくない――そんな恐怖にも似た妄執が、ハマーヌを突き動かしている。ハマーヌが生きているのは、自分もそのひとかけらであるからに過ぎない。

伸ばしたままの手を、ぐっと握り込む。

摑めたのは、大気だけだった。

深く息を吐きながら、腕を下ろす。ようやく定まってきた目で、辺りを見回す。ハマーヌは頭領の館の自室で、寝台に横たわっていた。撃たれた脚の痛みがじわじわ上ってくる。

そこに、かたり、と物音がした。人がいたとは思わず、ハマーヌは咄嗟に半身を起こした。手負いの獣の如く全身を硬くして、すぐに力を抜く。

アニランであった。突然起き上がったハマーヌに、彼もまた驚いたような表情だ。目もとの濃いくまは研究に没頭し、何日も寝損ねた際によく見かけるものだが、髪が珍しくぼさぼさで、心なしか白い線が増えたように思う。

長椅子で夜具にくるまったまま、彼は気まずそうに微笑んだ。

「……やあ、おはよう。ハマーヌ君」学士にしては間の抜けた出だしだった。「まだ、休んでいた方がいい。急に動くと、毒だから……」

咽喉が詰まったような、あまり聞いたことのない声音である。何かあったのか。そう問うと
アニランは弱ったように笑った。

「何もないさ。ただ君が、一月余り眠っていただけでね」

ちょっとした皮肉に、ようやく学士らしさが覗いた。乱れた髪を撫でつけ、彼は呟く。

「おかしいな。こうしてみると、君の方がよほど元気そうだ。……せめて顔を洗ってくるよ。

みんなにも知らせなくては。君が目覚めるのを、ずっと待っているから……」

気だるげに立ち上がると、アニランはふらつきながら、扉へと歩いていく。ハマーヌは何か
言わねばならぬ気がして、しかし何かは分からず、初めに浮かんだ言葉を口にした。

「今、どうなっている？」

帝軍は。ソディたちは。この町は。あらゆる問題をひとまとめにして、ハマーヌは問うた。

アニランは肩越しに緩慢に振り返り、また笑んだ。今度はなだめるような笑みだった。

「心配いらない。選士たちが頑張ってくれている。町は大丈夫だ」

今のところは。そんな声が聞こえた気がした。

「とにかくまずは、君の食事だ。何か口にしなくてはね。……では、また後で」

静かに戸が閉じられる。しっとりとした足音の遠のくさまを聞きながら、自分は何よりまず
礼を言うべきではなかったかと、遅まきながら思った。

第八章　名もなき想い

痛む足を引きずりながら、ハマーヌは館の扉を押し開けた。

屋台ひしめく広場は今やがらんとしてもの寂しい。人と物で溢れ返り、見えたためしのない石畳をわずかな通行人が足早に行く。ぽつぽつと残っている出店もたたまれようとしていた。店主が日覆を下ろし、袖机を跳ね上げる。やれようやっと旅支度が整ったとばかりに、荷車を引き出した彼らの、目深に被った襲衣《おすい》が、この町に戻る気のないことをもの語っていた。

以前のように、ハマーヌは町をゆっくりと歩いて回った。変わりないのは、厚い土壁の家々だけ。それすら多くは人の気配がない。迫りくる帝軍に、住民が家と町を捨てたのだ。

己の土地を守れぬ臆病者ども。さしずめマルトならそう責めようか。しかしマルトを諫《いさ》める資格はハマーヌにない。彼ら若衆は今、命を賭して帝軍と戦っているのだ。砂ノ船を奔《はし》らせ、小舟で突撃を繰り返し、能《あた》う限りの力で大軍に抗していると、学士筆頭が言っていた。頭領が目覚めるまで踏み止まってみせます——若衆たちは高らかに宣言したという。なんと愚かなとハマーヌは唇を嚙む。こんな男に命を懸ける価値がどこにある。土地もただの地面に過ぎない。さっさと見切りをつけ、仲間とともに死地ではなく、未来へと旅立つべきだった。

だが誰より愚かなのはハマーヌ自身である。本来は彼が向かうべき戦場だった。本来は彼が若者を未来へ解き放つべきだった。これでは先代カンタヴァと同じだ。祖国の復興の夢を見て、軍が迫っても退かず、未来ある者を前線に据え、町と心中せよと迫った。彼の轍は踏むまいと誓ってきたのに、見ろ。お前もまた、失われし者をいたずらに増やして終わったのだ。

足を引きずり、町を彷徨《さまよ》う。亡霊さながらのハマーヌを、呼び止める者がいた。

「頭領」

気負いのない声音だった。光の綿毛のような、明るさと温かさ。わずかに聞き覚えがあり、ハマーヌは徘徊《はいかい》を止めた。鈍った意識で記憶の奥底を浚いつつ、振り返る。

小柄な壮年の男だった。日に褪せた鳶《とび》色の髪。困ったように垂れた眉、お人好しそうな皺《しわ》の刻まれた目尻。猫背を覆うのは、硫黄《いおう》色の襲衣であった。

「御無沙汰しております」男がくしゃりと破顔する。「ウルーシャの、父です」

その笑顔に、ハマーヌは懐かしい人の面影を見た。呼吸が、止まる。耳の奥に動悸を感じ、指先が痺《しび》れた。会うのはウルーシャの死を告げた日以来だ。未だに合わせる顔がない。

この十年、頭のどこかにいつも彼ら遺族がいた。亡き相棒は親兄弟の話をよくしたものだ。やれ親父は頭でっかちの甲斐性《かいしょう》なしだの、やれ弟妹が多すぎるだの、軽口めいた愚痴《ぐち》を漏らしつつ、二言目には家族のために稼ぎ、出世して、住む土地を手に入れるのだと奮起していた。

相棒の願いを叶えたい。その思いから、ハマーヌは再興した町へと遺族を招き入れた。だがウルーシャを死なせた罪の意識にひどく気後れし、世話はアニランに任せきりだった。彼らが何不自由なく暮らしていると聞いては、わずかでも償えたろうかと勝手に救われたものだ。

それでも。こうして相対すれば、ウルーシャの死を告げた日の記憶が鮮やかに甦《よみがえ》る。父親がどんな顔をしていたかは、始終顔を伏せていたから知らない。言葉をかけられた気がするが、覚えていない。残っているのは、ハマーヌの手に添えられた、たなごころのぬくもりのみだ。あかぎれによるささくれまでが温かく、ハマーヌの心を深くえぐった。

今なおその痛みに息を止めるハマーヌに、ウルーシャの父は陽気に微笑みかける。

「その足でここまでいらしたか。無理はいけません。ささ、そこまでお送りしましょうて」

答えを聞く前に、彼は歩き出す。どこか気ままな足取りが息子にそっくりだ。さらりと先に歩み出すさまも似る。ハマーヌが道に迷わぬよう、ウルーシャは常に前を歩いていたものだ。あるいは息子から、ハマーヌの不得手を聞いているのかもしれなかった。

相手の顔が見えなくなり、ハマーヌはようやく息を吐き出した。硫黄色の裾が揺れるさまに誘われ、重い足を動かす。

「すっかり寂しくなりましたなぁ」街並みをゆったり見回しつつ、相棒の父親が呟く。「まあ、帝軍が来ると聞かされては、致し方ない面もありますね。……あぁ、この店も……」

硫黄色の襲衣が止まる。視線を追えば、街角の食堂が扉を中途半端に開けていた。隙間から見える店内は暗く、狭い間取りに押し込まれた机や椅子に、砂が積もっている。

「御夫婦でされていた、良いお店だったのですよ。ここの羹《あつもの》が私は好きでねぇ。はじかみが効いていて、寒い夜にいただくと、こう、芯からほっとするような」

惜しむより、愛おしそうに彼は言う。

「どこかの町でまた、あの羹を出してくれるといいですね」

心に刻むように無人の店を見つめた後、彼は再び歩み出した。ところが幾らも行かぬうちにまた立ち止まる。「あぁ、この貸本屋にはしょっちゅう通ったものです」とお気に入りの書物の一節を吟じたと思えば、「そうそう、ここの医《い》丹士《たんし》さまには一度お世話になりました。うちの末っ子が藤餅を食べ過ぎて、腹痛を起こしましてな」とからから笑う。

他愛のない思い出を、相棒の父は心から楽しそうに語る。あまりに頻繁に足を止めるので、足を引きずるハマーヌの方が待つほどであった。不思議と立ち止まるごとに気後れが薄らぎ、緊張がほぐれていく。常のハマーヌならばこうした、どこに行きつくとも知れぬ話は苦痛なのだが、何故だろうか。今日は自然に耳を傾けられる。

「この坂の先には、私塾がありましてな。上の子三人が通っておりました。父さんの教えでは物足りない、と言われまして。いやはや、父は嬉しいやら切ないやら」

ハマーヌの咽喉《のど》が、くっと鳴った。今のは笑いだろうかと自身で驚く。気づけばハマーヌはあたかも、亡き相棒の一家と日々を過ごしてきたような心持ちになっていた。顔を上げれば、語り手と目が合った。目尻に皺をさらに刻んで、微笑まれる。

「やあ、やっと出ました、出ました。大通りだ」

相当歩いたかのように言い、連れは町の十字通りの一つへと踏み出す。ハマーヌは来た道を振り返った。ここからでも二人が出会った角が見える程度の距離だ。万全のハマーヌが駆けたならほんの一瞬で通り過ぎるだろう短い道に、かくも多くの記憶が詰まっていた。

「本当は、お館までお送りすべきところですが……」と声をかけられてようやく、ぼんやりと背を向けていたことに気づいた。はっと顔を戻せば、穏やかな眼差しと出会う。「家族を見送りたいので、ここで失礼いたします。しかし、頭領にお会いできてまことにようございました。お詫びしたいと思っておりましたから」

ハマーヌは眉根を寄せた。詫びるのはこちらの役であって、詫びられる覚えはないのだが。無言で疑問を呈する頭領に、褪せた鳶色の頭が深々と下げられていく。

「どうぞ、臆病者の我らをお許しください。土地を賜《たまわ》った御恩を仇で返してしまいました」

そんなことかとハマーヌは肩の力を抜いた。町を去るのは構わない。むしろ当然のことだ。去れるうちに去るのが賢明である。ゆえに、『見送る』の一言が気にかかった。

「父上は」

どうなさる、と続ける前に、声が途絶えた。自身の発した言葉の響きに戸惑っていた。ともすると、実の父に対するよりも親しげに聞こえる。罪の意識とは別の気後れを覚えて、唐突に押し黙ったハマーヌを、相棒の父は柔らかに見上げる。

「私は残ります」穏やかで揺るぎない答えだった。「どうにも去りがたくて。町には他にも、人が残っていますよ。国なき風《かぜ》ト光《ひかり》ノ民《たみ》にとって、ここは故郷のようなものですから」

そんな感傷は要《い》らない。ハマーヌが言い募るよりわずかに早く、相手はぽろりと零《こぼ》した。

「それに、この町にはまだ、息子がおりますから」

ウルーシャだ。その名を出されては、如何《いか》なる言葉も無力に思える。それでもなんとか説き伏せねばと、ハマーヌが口をこじ開けた時、老いた鳶色の頭が再び深々と下げられた。

「頭領に心から」硫黄色の猫背がますます曲がっていく。「まこと、心からのお詫びと感謝を申し上げます。砂漠を流れゆく運命の我らに、大地に根づく喜びを与えてくださった。たとえいっときでも、安らぎの日々を知ると知らざるとでは、大きく異なる。あるべき暮らしを思い描けることは確かな強みとなる。この先、浮雲《うきぐも》に戻ろうとも、私の子供たちはまっすぐに前を向いて生きられることでしょう」

大地に語りかけるように、ウルーシャの父は石畳へと手をついた。

「まことに」幸せのうちにつく、吐息のような声であった。「まことに、夢のような日々でございました。……ありがとう」

砂の薄く積もった石畳に老父の額が触れた、その瞬間。ハマーヌは激烈な痛みに襲われた。足の裏から背骨へと灼熱が突き上がる。内側から心ノ臓を突き破られるが如くだった。

夢。いっときの夢。

そんなもので終わるのか、この町が。無数の路地一本一本に宿る記憶が、風に吹かれる塵となり、消えるのか。この時ハマーヌはようやく己を知った。先代の二の舞はしない、そう分別ぶりつつ、彼は実のところ、思い描きたくなかっただけだ。この町を失う瞬間を。

ウルーシャの眠る、この町を。

刹那、ハマーヌの中で何かが弾けた。

応えるように、風が町を吹き抜ける。気づけば、ハマーヌは駆け出していた。天を飛翔する猛禽《もうきん》のように、大通りを奔る。老父の驚き、呼び止める声が、あっという間に遠ざかった。

そうだ、自分は愚か者だ。先代と同じように、失われしものを取り返す夢を見ている。町を守る、仲間を守る、同胞を救う、浮雲を救う。ウルーシャを死なせた贖罪に、彼の遺したもの全てを守ろうとして、どれをも切り捨てられず、あげく全て失いつつある。

それほど愚かなのならば。いっそ、最後まで愚かであれ。どれほど浅ましかろうと、たとえ狂気に堕《お》ちようとも、足掻《あが》き続けよう。

分別ぶるのはもう仕舞いだ。かつて自分は己の命をも易々《やすやす》と見捨て、そのために己の命より重いものを失った。ゆえに此度《こたび》こそは諦めまい。自ら手放す真似はもうしない。同胞も浮雲もこの町も、誰一人として、何一つとして。

風とともに館に至る。扉が独りでに開くも、出迎えはなかった。皆、出払っているようだ。空っぽの階段をつむじ風の如く上がり、自室に入ると、奥の棚にまっすぐ向かう。奥から取り出したのは玻璃《はり》の小瓶だ。黄金色の液体が、中にとろりと揺れ動く。白亜《はくあ》ノ砂漠《さばく》で手に入れた〈聖樹の蜜〉である。初めは陶器の壺に入れたが、蜜の丹が溶かして、穴を開けてしまった。それ以来、さまざまな容器に移し換えられ、分厚い玻璃の瓶がまだしも保つと分かった。

これほど濃厚な丹ならば十分な力を与えてくれるだろう。陽光を練ったような輝きに見入りつつ、ハマーヌは封じていた記憶を呼び起こした。白亜ノ砂漠で触れた、月影《つきかげ》の民の秘術だ。おぞましさにぴったり閉ざしていた扉を、彼はこれより開け放ち、禁断の世界へと踏み出す。

懐《ふところ》に仕舞う手間すら惜しみ、ハマーヌは小瓶を手に下げて、踵《きびす》を返した。アニランの姿がないのは幸いであった。誰に見咎《みとが》められることもなく、館を後にする。

広場から一本の小路へと入った。毎日のように通った道である。道端の草の花は散ったが、胡椒《こしょう》の実のような粒が揺れていた。この先の庭園から涼風がそよぎ、沙柳《さりゅう》の葉の匂いを連れてくる。その清涼なる香りを嗅げば、ハマーヌの臓腑《ぞうふ》を苛《さいな》む焦燥と苦しみが凪《な》いだ。傷を押して酷使した足の感覚はもはや鈍り、痛みは甘い痺れと化し、心地よくさえあった。

片足を引きずり、庭園を行く。沙柳の葉の垂れ幕の向こうに、石塚が常の如く待っていた。酒を供える時と同じく、手中の小瓶を掲げてみせれば、玻璃の中で聖樹の蜜が燦然《さんぜん》と輝いた。塚の台座に小瓶を据え、いつもの如く地面に座る。きれいに丸く盛られた土の、陽の当たる部分に手を添えれば、ちょうど人肌の温かさであった。たなごころを押し当てれば、この下に眠る男の、鼓動が聞こえる気がした。

彼の触れたところから、盛り土がさらりと崩れる。爪を立てれば、手がずぶりと沈み込んだ。そのまま深く、深く、腕を差し込んでいく。半熟の卵を匙《さじ》ですくうように腕を薙《な》げば、石塚の前の土がごっそりえぐれた。またひと掻き。もうひと掻き。土が辺りに散り、穴が深まる。

墓土を掘り返しつつ、ハマーヌは呟いていた。

——ウルーシャ。

仲間のため。同胞のため。浮雲のため。亡き相棒の家族を守るために、この一線を越える。月影の民の秘術を負い、権威と権力に抗する力を手にするのだ。だからどうか許して欲しい。どうか力を貸して欲しい。そう亡き人に請いながら、ハマーヌは地中へ潜っていく。

しかし、どこかで知っていた。そんな理屈は、どれも言い訳に過ぎないと。

本当は。――逢いたい。それだけだ。

あのしなやかさ、したたかさ。くるくるとよく回る陽気な舌。知恵を絞って生き抜く背中。憧れた。惹かれた、強烈に。ハマーヌにとって、ウルーシャは光であった。それなしには何も見えないくせに、近づきすぎれば目が焼かれ、闇より濃い虚無の中に取り残される。

この想いをなんと呼ぼう。そう考えて、きっと名などないのだと思い直す。ハマーヌの丹を読むさまと同じだ。彼の中でのみ実体を持ち、他者には錯覚に等しい何か。名がなければ言い表せず、言い表せねば他に認められず、他に認められねばこの世にないも同義である。ゆえに、この想いは存在しないのだ。

それで構わなかった。

名など要らない。錯覚でも、幻でもよい。取り返そう、持てる力の限りをかけて。そのためならば全てを差し出そう。この身が要るならくれてやる。心を無くせというなら無くしてみせよう。何も惜しくない。何も恐ろしくない。

彼を失った、あの瞬間に比べれば。

指に、かちりと硬いものが当たる。骨だ。ぼろぼろと崩れてくる砂を払い、しゃれこうべを手に取る。柔らかな雲のような白であった。胸に抱くようにして持ち上げると、地面に襲衣を敷き、骨を一つ一つ置く。どんな小さな骨片も残すつもりはなかった。なめらかな白に触れるたび、後ろめたさは溶けて消え、道義は意味を無くしていく。

逸る動悸に急かされるまま、小瓶に手を伸ばした。青い玻璃の栓を抜き、ぐうっとあおる。とろりとした蜜が下りてくるまで一拍の間があった。なんと濃厚な粘り。茶で薄めないと気が遠のくほど甘く、一瞬で舌が痺れる。

水飴を嚙み切るように、一滴をなんとか吞み下して。

直火で炙《あぶ》られるような痛みが、咽喉に奔った。

強い酒に似た刺激。だがさらさらとした酒とは異なり、なぶるようにゆっくり下りていく。がくりとくずおれたハマーヌの手から小瓶がころりと落ちた。蜜が一滴こぼれ、草に露の如くのる。草はたちまちよじれて縮み、炭のような滓《かす》と化した。

これほど濃い丹を、ハマーヌは知らない。まるで仙丹《せんたん》を吞み下したかのようだ。臓腑の焼け焦げる感覚に脂汗が噴き出すが、ハマーヌは奥歯を嚙みしめ、ひたすら耐えた。

この力の乱流を我がものとし、遺骨に移し植える。月影族《つきかげぞく》の秘術《ひじゅつ》の式を知らぬハマーヌは、感性のみでそれをやり遂げようとしていた。絶壁を手探りに登る無謀さで突き進む。

蜜が胃ノ腑に落ちた。直後、激痛が襲い来る。熱された鉄の棒で、はらわたを雑ぜ返されるような責め苦。血という血が沸騰しそうだ。今にも焼き切れそうな神経を集め、丹を力ずくで抑え込まんと試みるも、相手は猛り狂って押し返し、こちらを喰い尽くそうと牙を剝いた。

身の内側を掻き回されるおぞましさ。吐き気に苛まれつつ、ハマーヌは耐え続けた。やがて苦痛の海に、ぽつりと快楽の一滴が落ちる。それは初め小さな波紋を生むに過ぎなかったが、一つ、また一つと滴るうちに、波紋が互いに融け合って、みるみる大波へと育っていった。快楽が苦痛を凌駕《りょうが》した時、ハマーヌの人丹《じんたん》も聖樹の丹を凌駕し始めた。体内で無秩序に荒れ狂っていた力の粒子が、ひとところに向かって流れ出す。待ちわびた解放の予兆に震える一方、押し寄せるものの勢いに、彼は今更ながらに恐怖した。しかしもはや後戻りはならない。襲衣ごと亡き人の遺骨を抱きかかえ、己の覚悟を今一度確かめる。

臆するな。この果てに望む世界が待っている。この瞬間を越えれば全て取り戻せるのだ。そう固く信じ、ハマーヌは迫りくる灼熱に身を委ねた。

遠のいたのは、痛みか、それとも正気か。

肉体は砂袋さながらに重く、六感は風の如く軽やかだった。今日は丹がやたらと明朗に語りかけてくる。これまでは容易に意識から閉め出せる程度の『声』でしかなかったのに、はるか遠くの気配までが鼓膜をうるさく打ちつけていた。今最も大きな騒めきは、町の四門の一つにあった。大気の震えが、出迎えと労いの声、それらを上回る嘆きと悼みの叫びを伝える。

「おい」

ハマーヌの傍《かたわ》らの者が囁《ささや》いた。

「見ろよ……ほら」

細い指がハマーヌの肩に置かれる。途端、彼の視界は天を舞う鷹の如く鮮やかに広がった。光丹術《こうたんじゅつ》の一つ、遠見《とおみ》ノ術《じゅつ》である。千里眼とはまさにこのことだ。天空より降りそそぎ、大地に跳ね返される数多の光の糸が、自由自在に屈折し収斂《しゅうれん》し、使い手の眼へ届けられる。

庭園の沙柳の緑に、町の門の景色が重なった。ハマーヌ自身の見るものと、傍らの者の見るものが、脳に同時に届けられているようである。「お前のは邪魔」と文句を言われ、ハマーヌは従順に瞼《まぶた》を閉ざした。視覚の支配権を手放すことに、なんの疑問も抱かなかった。

帆船が門に着いていた。帆は無残に破れている。焼けた甲板から次々に下ろされる荷は――襲衣に包まれた男たち、町を守らんと出陣していった若者たちであった。砂に並べられていく数多の亡骸《なきがら》に、彼らの家族が駆け寄った。亡き人の名を叫び、取りすがっている。

行かねばならない、彼らのもとへ。ハマーヌがそう思うより早く。

「行こうぜ、あいつらのところへ」傍らの者が言った。

ハマーヌは頷き、袖を引かれるままに歩き出した。風に揺れる沙柳の林を抜け、赤土の壁の路地を進みながら、はて妙だなと思う。通い慣れた道の光景が見慣れない。いつもより全てがやや高く見えるような。しばし考え、ハマーヌは自分がずっと、袖引く者に視界を委ねていたと気づいた。なるほど、これが彼の見る世界か。そう思うと、何やら楽しい。

「お前ねぇ、横着すンなよ。自分で見やがれ、自分で」

手を放され、ハマーヌは渋々と瞼を開いた。見えるものがくるりと切り替わる。立ち位置が急にずれたことによる浮動感が過ぎると、この景色もまた良いと思い直した。

前を歩む男の、鳶色の髪の跳ねるさま。散策のような気ままな足取り。丁々発止の物言い。全てが懐かしい。ハマーヌの襲衣を引きずり、はだしでぺたぺたと石畳を踏むさまは新鮮だが。当人はいたく御不満の様子で、「衣ぐれぇ用意しとけよな」とぶつぶつ漏らす。

胸に熱いものが広がる。彼だ。鼓動一つに至るまで、亡き相棒のウルーシャその人だ。成し遂げた。ハマーヌはこの世に、亡き人を引き戻してみせたのだ。月影の民のように――いや、彼ら以上に。月影族の秘術が形作っていたのは、故人の影に過ぎない。瞳に光はなく、肌は冷たく、鼓動は聞こえず、己の声で話さない。あんなものは甦りと言わない。

そもそも、命は甦るのか。理論や原理に基づく疑問を、ハマーヌは抱かなかった。目の前のウルーシャが全てであった。これ以上なく満たされて、ハマーヌは懐の小瓶を握る。

この喜びを皆にも与えよう。もう誰も、喪失に涙させはしない。

大通りを抜け、門の外に出れば、そこは嘆きの海だった。難破船と化した砂ノ船のもとに、亡骸に取りすがる人々と、彼らを痛ましそうに見つめる者たちがいる。頭領の到着に気づいた者はほとんどいなかった。いつもの鉄色の襲衣を脱いでいるからであろう。

かろうじて一人、何かを堪えるようにぐっと天を仰いでいた若者が、ハマーヌの足音に振り返った。ぼろぼろになった襲衣は頭領のそれと同じ鉄色――若衆筆頭マルトである。心酔する頭領の姿を認めて、彼は素直な安堵と歓喜の表情を浮かべた。

「頭領！」と呼ばわり、律儀《りちぎ》に敬礼してみせる。「お目覚めを心よりお慶《よろこ》び申し上げます！」

場違いな大声に、ぽつぽつと顔が上がる。多くはちらりと視線を寄越し、すぐさま悲しみに沈んでいったが、中には凍りつく者もいた。古参の選士だ。この世ならざるものを見たような彼らの様子に、マルトが怪訝《けげん》げにウルーシャを見る。しかし若いマルトは彼の顔を知らない。ただ頭領の襲衣を羽織る点だけが気に入らぬらしく、眉間に皺を刻み、じろじろと眺め回す。

ハマーヌはそんなマルトの肩に手を置き、脇にどかせた。砂上に横たわる男たちのもとへと歩めば、相棒がそれに続いた。鳶色の髪が揺れ動くと、人々の哀哭《あいこく》が次第にどよめきへと変化していく。風が地を掃うように人が退いて、戦死者の列が露《あら》わになった。今一人の若者を砂に横たえたアニランが、騒ぎにやっと気づいたようにおもてを上げる。

やつれた頰から、わずかに残った血の気が失せた。

青ざめた唇からかすれた音が漏れる。学士らしからぬ意味のない音であった。彼のこうした目は初めて見る。理解を超える現象を前に、知の渇望より未知への恐怖が勝った色だ。

逃れるように身を引いた学士の腕を、ハマーヌは摑んだ。なおも離れようともがく身体を、強引に引き寄せてやる。

「何人だ」

死者の数は。短く問えば、学士筆頭はようやく、ウルーシャから視線を外した。ハマーヌを見上げ、彼の言葉を反芻《はんすう》するように、何度もつばを飲み込む。

「百……おそらく、百余り」虫の啼《な》くような声だった。「まだ、確かめては、いないが」

そうか、これが百か。改めて、犠牲者の列を眺める。なんと重い数であろう。ものの大小に疎いハマーヌも、こうして目にすれば実感が湧く。

「選士たちがみんな連れ帰ってきてくれたよ」アニランはハマーヌを凝視する。ウルーシャを視界に入れまいとするように。「本当は丁重に弔いたい。だがもう時間がない。イシヌの都が落ちた。西ノ森では水蜘蛛《みずぐも》が滅びたという。砂ノ領《すなりよう》はもう終わりだ――帝軍がやって来る前にここを発たなければ。すぐに船を直し、町に残る人々を乗せねば」

悪夢にうなされるような声に、しかしハマーヌは頷かない。

「火丹術士《かたんじゆつし》を集めろ」と命じて、町の閑散とした光景を思い出した。「いや……俺がやる」

何を？　アニランは問わず、代わりに両目を見開いた。ハマーヌの意を察したのだ。

彼が自らの手で、死者たちを葬るつもりだと。

「ハマーヌ君、聞いてくれ」アニランは自らを掴むハマーヌの腕をきつく掴み返した。「君の気持ちはよく分かる。僕だってみんなをきちんと送ってやりたい。だが、言ったろう、時間がない。帝軍が来る。僕たちはもう戦えない。町を捨てるしか、もうないんだ――」

言い募るアニランの手を、ハマーヌはさらに強く握って解いた。

「その必要はねえ」

千草色の襲衣から覗く、白の増えた髪を見ながら、静かに告げる。

戦わなくてよい。町を捨てることもない。彼も他の者たちも、十分にやった。無能な頭領のもとで、よくぞこれまで生き抜いた。彼らがすべきことはただ一つだ。

「休んでいろ」今一度、物言わぬ骸たちを眺め渡し、ハマーヌは告げた。「俺は休みすぎた――帝軍の相手は、俺がする」

くすぶる灰から、ハマーヌは骨を取り上げ続けた。

雑念の混ざりがちな視覚はウルーシャに託し、自身は瞼を閉じて熱灰を掻く。指先の感覚を通し、遺骨に残るわずかな丹を探った。思えば他者の丹にこれほどじっくり触れるのは初めてのことだった。生者は移り気なものである。死していればこそ、相手は離れることなく静かに全てを晒《さら》してくれる。ハマーヌは寝食を忘れて没入した。

丹の色合いは一人一人異なる。その多彩さに心奪われた。ほのかな色味を骨梁《こつりょう》に見出しては故人の生前の術を思い浮かべ、その丹の震えと照らし合わせる。そうして初めてハマーヌは、彼らの丹の癖を全て覚えていることに気づいた。不弁が過ぎて、ろくに言葉を交わしたこともないくせに、彼らがいつどこでどのような術を使っていたかはありありと思い起こせるのだ。まるで身のうちに、彼らの丹の軌道を刻んであるかのような正確さだった。その術の記憶と、骨に残る丹を手がかりにして、故人の像を練り上げていく。

聖樹の蜜が咽喉を過ぎるたび、ハマーヌの内部は少しずつ、しかし確実に変容していった。何より五感の変化が著《いちじる》しい。感覚が境界を失い、混ざり、重なり合っていく。例えばウルーシャを甦らせた時からその予兆はあった。視覚だけに限らない。ウルーシャがハマーヌの肩に触れたなら、ハマーヌは彼の手の重みと温かさを肩に感じ、同時に自らの肩の無骨さを手のひらに覚える。ウルーシャが歩き出せば、足を上げる感覚と、身体の重心の移るさま、足裏に触れる大地の感触が、自身の肢体を伝い上がってくる。

命を吹き込むようにして、ハマーヌは遺骨に自らの丹をそそぎ込んだ。それは自らと故人を丹で繋ぐに等しかった。ゆえに相手が感じるものが、丹を介してハマーヌにも流れ込むのだ。一人また一人と甦らせるたび、見えるもの、聞こえるもの、触れるものが際限なく膨らむ。五感が自らの五体を離れて広がり、肉体の境界が意味を無くしていく。個の、個たるゆえんを侵され、常人ならば発狂するところを、ハマーヌは易々と受け入れた。

彼にとって、世界は初めからこうしたものだった。この世を満たす丹はかしましい。望むと望まざるとに拘らず、絶えず語りかけてきて、ハマーヌの気を引こうとする。例えば彼が少し耳をそばだてただけで、たちまち大気は糸のように撚れて、遠くの音を運んでくる。地平線に目をやれば、すみやかに風が馳せ参じ、彼の意識を乗せて飛翔する。月影族の秘術がもたらす五感の広がりも、そんな丹の〈声〉とさほど変わらなかった。これまでは無意識の奥底に追いやれる囁き程度だったものが、より大きく鮮明になり、意識の表層に上ってきただけのこと。

——あるいは。かすかな疑念がふと胸をよぎる。

自分はもう、狂っているのか。

それでもハマーヌは立ち止まらない。もはや引き返すことはままならず、その気もなかった。一滴また一滴と聖樹の蜜を呑み下し、死者に丹をそそいでは、死者から五感をそそぎ込まれる。膨らむ一方の知覚を、ハマーヌは乱流に身を任せるように受け止め続けた。

個の個たる境界線を取り払い、丹の奏でる音にただ耳を傾ける。痛みの閾値《いきち》はとうに過ぎ、悦びだけが残った。肉体という名のくびきを脱ぎ捨て、彼は今例えようもなく自由であった。

ひとたび離れれば自身の五体が矮小に思えてならず、ひどく物足りない。ウルーシャに視覚を譲ったように、ハマーヌは己の感覚を断ち、故人らの感覚へと意識を移した。

景色が、音が幾層にも重なって流れ込んでくる。大気の流れが、大地の震えが複雑に絡まり合って伝わってくる。陽気と冷気、柔と剛、光と影、圧と浮遊感、痛みと快楽が、ないまぜになって爆ぜる。そうして次第に、ハマーヌと故人たちの間を渡る感覚の乱流は、この世を巡る丹とも同化していった。風や土や熱、ありとあらゆる形へと変幻自在に移りゆく、力の乱流の一部となり霧散していく。

やがて蜜の小瓶が空になり、百の死者が眠りから覚めた時。

ハマーヌは自身の感覚の、ほぼ全てを削ぎ落していた。

意識と無意識の塊と化したハマーヌに、故人らが告げてきた。黄金に波立つ砂の地平線に、黒光りするしみがぽつりと浮かんだことを。その墨汁《ぼくじゅう》のようなしみはみるみる育ち、金の地を覆う大波と化して押し寄せてくる。

帝軍である。

イシヌの都は陥落した。西ノ森は焼かれ、水蜘蛛族は滅びたという。蹂躙《じゅうりん》するべく行進する異郷の兵たちを止めるものは何もない。運河も都もない辺境ゆえに顧《かえり》みられず、今日《こんにち》まで難を逃れてきた南部も、いよいよ黒い津波に呑まれるのだ。誰の目にも、南境《みなみざかい》ノ町《まち》は既に堕ちたも同然であった。開け放たれたままの四門。帆の折れた船。石の防塁《ぼうるい》には見張りの一人もない。家々の屋根に砂が薄く積もり、十字の大通りに人影は乏しく、風がひょうひょうと吹き通る。

この世の淋しさを集めたような町の前。黄金の砂地に、灰の絨毯《じゅうたん》が広がっていた。くすぶる火の粉を厭《いと》わず、目を瞑《つぶ》って座る男に気づいて、帝兵たちが嗤《わら》う。あぁここにも全てを失った狂人がいる。力なき者の末路はこうしたものよ、と。

ハマーヌの影が、ゆらりと立ち上がるまでは。

帝兵たちはもっと早く異様に気づくべきだった。時は午天。影の最も濃く、短い頃である。そのはずが、ハマーヌから伸びるものは灰の絨毯をなぞるように広く長く、そして淡かった。あたかも灰に同化したような薄墨の影のそこかしこが、煙さながらにゆらゆらと伸び上がる。大気の揺らぎと見紛う陰影が、いったい何を象《かたど》るのか、帝兵たちが悟る前に。

ふっと紫煙の影が流れた。

整然と並ぶ帝兵たちの間を、幾筋もの淡い闇がそよ風のように撫でる。隊の先頭を柔らかに過ぎて、影たちはにわかに輪郭《りんかく》を得た。顔が浮かび上がり、腕が伸び、足が音なく金砂を踏む。一歩踏み出すごとに、彼らの纏《まと》う襲衣が色味を帯びていった。ある者は勇ましい赤、ある者は輝かしい黄。潔い白、堅実な紺。粋な銀鼠《ぎんねず》色、ぬくもりの黄土色。初々しい黄緑色、誇り高き青紫。各々の気質を思い起こすように、ゆっくりと色彩が宿っていく。

突如として影から現れた男たちに、帝兵たちは慄《おのの》いた。これは亡霊か、それとも惑わしか。しかし見える怪異に意識を奪われ、見えぬ異変の感知が遅れた。

そう、どこにも見えぬのだ。影たちが今しがた通り過ぎた、先頭の兵たちの姿が。

ざあっと強い風が吹く。襲衣の男たちの輪郭が再び揺らいだ。風に遊ぶ花びらのように霧散して、ふわりと飛翔する。兵らの合間を色とりどりの影が行き過ぎると、どうだろう。輪郭を取り戻した影たちの、その後ろにはやはり何もない。

なびく襲衣は、ますます色鮮やかだ。

隊列の消えるたび、影の人々は活き活きと色づいていく。あたかも贄《にえ》を喰らって精気を得たかのようだ。前列の消滅を目の当たりにして、帝兵たちは悲鳴を上げる。それも大気を数拍と震わすことなく潰え、後続の兵たちを困惑の中に残すのだった。

ほどなく隊の四半分が削がれた。影の人々はもう影ではなかった。色が宿り、実体をもって陽光を遮《さえぎ》り、足もとに彼ら自身の影を従える。踵《かかと》の重みに金砂がぎゅっと沈み、足跡が残った。

ようやく脅威に気づいたか、帝軍の将が指令を飛ばした。火筒が構えられ、筒先が弾ける。全てを蓮の実の如く穴だらけにしてきた弾幕は、此度《こたび》、一つの穴をも穿《うが》たずに終わった。

影たちの影が立ち上がり、矢弾を残らず受け止めたのだ。

帝軍の武器は仙丹器《せんたんき》。中でも長火筒は矢弾にもわずかに仙丹が含まれ、着弾と同時にえぐるような回転を生む。生身ならばむごたらしく散るところを、影の男たちは笑んでいた。矢弾の仙丹を破裂の勢いごと喰らい、舌鼓を打つ。弾幕を浴びるほど彼らの肌は紅潮する。

高らかな鬨《とき》の声が上がった。影の人々がはつらつと駆け出す。風が吹いて彼らの先を払い、砂が波打ち後を追った。大気の重みに膝を折り、大地の揺れにもんどりうつ帝兵どもの上を、影たちは軽々と飛び越えていく。影の落とす影に覆われるや、黒甲冑《かっちゅう》の輪郭があたかも砂上の絵の如く、さあっと散った。闇に取り込まれたものは全て、素なる粒子へと分解されるのだ。

帝軍の精緻な陣形が、みるみる闇にえぐられていく。侵略者はようやっと、自分たちこそが蹂躙される側と悟ったようだ。恐慌が隊全体を喰らった。見苦しい敗走が始まり、意味のない抵抗が為されるも、あえなく影に捕らわれ、塵あくたと散る。

見る影もなく崩れゆく帝軍の一角に、わずかに理性を保った男たちがいた。火筒は効かぬと見切ったか、筒を投げ出す。彼らが式を唱えれば、大気が応えてゆらりと蠢《うごめ》き、光が不自然に捻じくれた。どこかで見た技だとハマーヌは思う。続く深酒のような酩酊に、記憶が甦る。

幻影だ。

かつてハマーヌを陥れた眩暈《めまい》は、しかし此度は訪れなかった。肩に添えられた手に、ぐっと力が込められる。ウルーシャの手だ。そのぬくもりの促すまま、ハマーヌは相棒の視覚に己の意識を重ねた。相棒の肩からなびく硫黄色に、沙柳の庭の木洩れ日を思い出す。

そうだ。もう惑わされることはない。光はウルーシャの領域である。

ウルーシャの双眸《そうぼう》が一瞥《いちべつ》すると、ねじ曲げられた陽光が歓喜に震えた。彼がひとつ瞬《まばた》けば、光の粒子を縛りつける術筋がほどけた。千切れ飛ぶ縄のようにして幻影《げんえい》ノ術《じゅつ》が破れると、光の粒子が紺碧《こんぺき》の天へと解き放たれる。不当に歪められた恥辱を払うように、光は刹那《せつな》に集まり、ひと振りの剣さながらとなって、まっすぐ地上に降りそそいだ。

尊厳を取り戻した光のもと、闇は深まり、色彩はいや増す。

自由自在に駆ける影の人々を、ハマーヌは穏やかに見守った。いや、見るというのは語弊があろう。彼は初めから瞼を閉じて座り込み、指一本も動かさず、知覚の全てを放棄している。

今や、自身の身体がくすぶる灰の上にあることも忘れ果てていた。縦横無尽に駆ける亡者たちの体躯の躍動をともに受け止め、矢弾に全身を貫かれては、甘露の如き仙丹の香りに酔いしれ、湧き上がる力に任せて砂を蹴立て、風と遊ぶ。降りそそぐ陽光と戯《たわむ》れ、光の熱を集めて一閃《いっせん》の剣と成し、黒甲冑をひと薙ぎにする。粉々になった鎧《よろい》を金属の粒子に分け、気ままに組み換え鋼鉄の馬など創ってみれば、若い男の影が面白がって跨《また が》り、戦場を得意げに駆け出した。

帝軍にも騎馬兵がおり、彼らもまた駆けていた。帝兵の馬は砂に不慣れで、ひと踏みごとに足が埋もれ、から離れ、波立つ砂丘の裏を目指す。敵陣に突撃すべきところを、総崩れの自陣

しとどに汗を掻いていた。そこに鋼鉄の馬が追い迫る。その走りは野を行くように軽やかだ。その鉄の足が触れるなり砂は平らかに固まる。鋼鉄の蹄《ひづめ》が硬い道に当たり、火花が咲く。火花が大気に触れ、炎へと転じた。揺らめく灼熱を纏いながら、鋼鉄の馬が騎馬兵らの前へ回り込む。生身の馬たちが怯え切って棹立ちになり、騎手を落とした。いななきを残し、砂漠の中へと逃れていく。

馬を失った騎馬兵らを、業火が刹那に滅した。黒甲冑がとろりと溶ける。新鮮な薪を得て、炎が悦びに咆哮《ほうこう》した。天高く爆ぜた火のかけらが翼を得て猛禽と化し、新たな糧を求めて舞い上がる。恐慌に陥った帝兵たちの、でたらめに火筒を撃ち鳴らす頭上へと滑空し、灼熱の爪でひと掻きに屠《ほふ》っていく。

炎の鳥たちの舞いを楽しむ傍ら、ハマーヌはふと心許なさを覚えた。自分は何故あの鳥たちの羽ばたきまで感じ取れるのか。そうして初めて彼は五感のさらなる変容に気づいた。

月影の術により、故人に丹を与え、彼らの五体を保つ。そのはずが、今や丹は膨れ上がり、故人たちの肢体の外に溢れ出していた。感覚も大気に拡散する一方で、ものの輪郭が追えず、影たちは人の姿を失っている。鳥や馬といった姿形を持つものは良い方だ。多くは無形の力の塊と化し、あるところでは風、あるところでは光にと、好き好きに転ずる。

彼らを御せるのはハマーヌのみ、しかし彼の意識も輪郭を失いつつあった。おぼろな焦燥は覚えても、さて己の五体がどこにあり、思考が何に根差すのか。彼が彼たるゆえんを忘却し、何を思い出すべきかも分からなかった。あるのは漠然とした『守る』という使命、だがそれも。

誰から――誰を？

かすかな声が尋ねたが、ハマーヌは気に留めなかった。誰が誰であれ、抗する者には敵意があり、敵意ある者は討つべきである。現に、あの目障りな黒光りの輩《やから》は憎悪を剝き出しにして火筒を撃ち放してくる。全て滅してしまえばいい。

害為す者を駆逐すべく、五感の網をさらに広げる。砂丘を一つ越えた谷間に、新たな集団を見つけた。黒甲冑はいないが、やはり腰に火筒を帯びている。敵兵。即座にそう断じた。

もう援軍を寄越してきたのか。火の猛禽たちが高く啼き、斥候を買って出た。灼熱を纏い、風を引き連れて、紺碧の天空を飛翔する。瞬《また》く間に新たなる軍勢の頭上に至ると、焼けた剣のような真紅の爪を剝いた。翼をたたみ、高みから一挙に滑空する。

みるみる近づく地上。新参者どもの姿が明確になる。思いのほか小さな身体であった。細い四肢に折れそうな首。頼りない肩に、ぼろ布同然の衣服を引っかけている――子供か。

こども。

その一言が、ハマーヌを横殴りにした。おぼろな意識を掻き集め、地上を見つめ直す。

確かに、子供たちであった。ほとんどの者が頭に布を巻く中、一人だけ髪を晒す者がいる。

一度刈り込んだものを伸ばしている最中か。男にしては長く女にしては短い、中途半端な尺もさることながら、目を引くのはその色だ。

暁《あかつき》に燃える空の髪。

——ソディ。

石化していた記憶がにわかに色彩を取り戻した。帝軍に攫われ、姿を消した浮雲の子たち。彼らが町に帰ってきたのだ。人知れず散ったと思っていたが、どのようにして助かったのか。どのようにしてここまで来たのか。

如何なる疑問も、今は些末《さまつ》なものであった。炎の鳥たちを止めねばならない。しかし拡散し薄まったハマーヌの思考は、燃ゆる翼にあっけなく切り裂かれた。滑空の勢いが増すにつれ、猛禽たちの姿が揺らぎ、互いに融合して、業火の隕石と化す。目を見開き立ちすくむ子供たち目がけて、まっすぐ落下していく。

子らもろとも大地が穿たれようという刹那。

清廉なる歌声が、灼熱の大気を打ち払った。

妙なる調べに触れるや、猛火の軌道が逸れる。美しい弧を描き、子らの頭上を行き過ぎて、振り子のように天へと還った。再び紺碧の空に飛び込めば、少し冷め、鳥の姿が戻る。

獲物を探す鷹さながらに地上を窺《うかが》うも、猛火の勢いに砂がもうもうと立ち、よく見えない。

上空を旋回し待っていると、黄金色の風塵の切れ間に、ちらりと鮮やかな色が差した。

天から零れ落ちたような、紺碧である。

あの色を知っている。ハマーヌは霞《かす》む意識で、記憶の底を浚った。色のみならず、声音にも覚えがあった。戦場に不釣り合いな、涼やかなるも艶やかな音。恐ろしく精緻でありつつも、全く捉えどころのない丹の動き。かつてハマーヌを翻弄《ほんろう》し、追い込み、彼の力の全てを暴いて引きずり出した術士のものだ。

その、名は。

ハマーヌが思い出すより早く。炎の鳥たちが啼いた。攻撃を妨げられた苛立ちを翼に乗せ、再び空を駆け下りる。猛禽たちは怒りに熱を高め、融け合い、業火へと膨れ上がった。

紅蓮《ぐれん》の隕石は、しかし此度は成らなかった。旋律が天を突き、収斂する灼熱を貫いたのだ。たちまち熱塊は分かたれ、木の葉のように散る。炎の破片が青天を星雲の如く彩った。

内に集まる力が急激に外へと転じ、大気の波が生まれる。四方八方に吹きつけ、地上の砂を打ち払うと、天色の被衣《かつぎ》が翻《ひるがえ》った。長い髪が躍り出て、亜麻色に輝く。熟れた果実のように匂やかな唇に浮かぶのは、子供のような無邪気な笑み。火の星雲を仰ぐ眼差しには、この世の不可思議の一切を看破する叡智《えいち》が宿っていた。

「まあ」

彼女のため息交じりの呟きを、ハマーヌは風を通して聞いた。

「月影族の術だわ。まさか、こんな南の地で見られるなんて」

美酒に酔うように、彼女は歩み出した。ふわりふわりと宙に遊ぶ被衣を、子供たちが団子になって追う。子らを見遣る眼差しは慈《いつく》しみ深い。

女人の敵意のなさが、却って脅威であった。影たちが奔り出す。いや、影はもはや影ですらない。際限なく膨れて輪郭を失い、光と入り混じって闇が薄れ、色彩がぼけている。影の残像となり果てた亡者たちが、女人の衣の鮮やかさに魅入られたが如く、引き寄せられていった。

光に闇。土に風。陽気に冷気。雷電に引力。あらゆる金剛の粒子と有機の数珠《じゅず》――相反するものが溶け合う丹の混沌を、怜悧《れいり》な眼差しが貫いた。紅い唇がふわりと笑み、式を口ずさむ。するとどうだ。荒れ狂う力の乱流が、つぼみを剝くようにするする解けていく。

どんな強大な丹の奔流《ほんりゅう》も、彼女の前では、足もとにじゃれつく子犬と化す。ハマーヌは困惑するばかりだった。彼女の放つ丹になんの作用も見えない。例えるならば、意味を得る前の、赤子が発する音遊びに過ぎないのだ。ところがそれが、荒れ狂う影らの無秩序な丹に触れると――なんたること。嵌め絵の如く、ぴったりと合わさるではないか。そうして捕捉された力の粒は、あるべき場所へと次々に納められ、一幅の〈正しい絵〉として織り上げられていく。

晴天の長衣が揺蕩《たゆた》うたび、美しいつま先が金砂を崩すたび、ハマーヌの意識は少しずつ形を帯びていった。拡散する一方の感覚が、彼の五体へと引き返してくる。影の人々は闇と輪郭を取り戻し、色彩は光の中へと還る。風は渦巻くのを止め、大地は震動を終えた。業火と氷霧は互いに相殺し、大気は本来の熱を思い出した。

ハマーヌはふと肩に重みを感じた。ウルーシャの手、とぼんやり考えて初めて、彼は自身の五体の存在をはっきりと思い出した。大気中に拡散していた感覚が急速に四肢へと宿り、その濃厚さに思わず呻く。灰の上にうずくまった彼の背を、ウルーシャがぽんぽんと叩いた。伏したハマーヌの代わりにウルーシャが辺りを眺める。帝軍は消え去り、砂の大地は凪いでそよ風もない。町は恐れをなしたように沈黙し、静寂が辺りを満たしていた。女人の砂を踏む音だけが、妙に大きく聞こえる。歩き疲れたか恐怖にすくんだか、動かない子供たちを置いて、紺碧の術士が灰の前へと辿り着いた。

「やっぱり貴男《あなた》だったのね」

含みのない澄み切った声音が、ハマーヌの背に降りかかる。自分の目で見ろというように、ウルーシャが肩を小突いた。考えるのも億劫《おっくう》で、ハマーヌは大人しく従った。泥の如く重い上体を叱咤《しった》して、緩慢《かんまん》に首をもたげていく。そうだ。確かにこの女人を知っている。この十年というもの、甕《かめ》の、井戸の、泉の、青河《せいが》の水を見るたびに思い出したものだ。曇りなき青の被衣。時に亜麻色に透ける、栗色の絹糸の髪。紅なくして紅い唇が湛えるのは、無邪気で傲慢《ごうまん》な知の微笑。

「水蜘蛛族の……タータ」

その名を呼べば、女人は涼やかに笑った。

「覚えてくれていたのね、嬉しいわ。——貴男は、ますます素敵になったこと」

式要《い》らずのハマーヌ、と親しげに呼び返された。

第九章　道

「頭領！」

ふらつきながら立ち上がったハマーヌを、若い声が呼んだ。若衆筆頭マルトである。

部下たちには累が及ばぬよう、町の奥に控えていろとハマーヌは命じていた。しかしそれに逆らい、町の裾で一部始終を見守っていた者もいたようだ。丹の暴風が行き過ぎて、影たちがハマーヌのもとに還ると、彼らは砂漠に飛び出してきた。マルト、そしてアニランである。

「頭領！　どうか御無理なさらず」

マルトは真っ先に駆け寄り、ハマーヌを支えた。熱灰を三日三晩掻き続け、すっかり汚れた頭領の手を、迷いなく取る。だが触れられるなり、ハマーヌは弾けるようにして身を引いた。秘術によって極限まで引き上げられた感覚に、生者の肌は焼けつくが如くだった。若者は拒絶されてなお気遣わしげであったが、そんな彼とは裏腹の、無邪気な笑い声が上がった。

「身のうちの丹が〈乱流〉を成したままなのね。それでよく五体を保てていること」

さも興味深そうにタータは言う。心から称賛しているふうながら、その声の無垢さが却って心ないように響いた。マルトがただでさえ吊り上がった目を刃《やいば》のように立てる。

「その紺碧《こんぺき》の衣」番犬のような唸り声である。「貴様、タータとかいう水蜘蛛《みずぐも》の女か」

声の猛々しさに反して、マルトの身体は震えて見えた。選士の間で伝説の如く語り継がれる〈紺碧の水使い〉を前にして、慄《おのの》いているふうだ。それでもマルトは果敢《かかん》に咆《ほ》えかかる。

「頭領に何をした、水蜘蛛！」

主人を守らんと奮い立つ忠犬さながらだ。タータが頭領を害したと思ったのだろう。無理もない。丹が読めるハマーヌにも彼女の術は追い切れなかった。だが彼女は敵ではない。彼女が来なければ、ハマーヌは今頃、膨張する感覚に自我を呑み込まれていた。

若者を諌《いさ》める言葉は、だが声にならなかった。身のうちに戻った丹が再び荒れ始めたのだ。出口を求めて暴れ回る熱塊に、臓腑《ぞうふ》を掻き回されて、ハマーヌは再び灰にくずおれた。

「頭領！」「ハマーヌ君！」

マルトが叫び、アニランもまた辿り着く。四本の手に同時に触れられては、とても耐えられない。しかし身を引く余力もないハマーヌの前に、硫黄《いおう》色がそっと立ちはだかった。

「すいやせん、アニランさん」遠慮がちに言いながら、ウルーシャは庇《かば》うように腕を広げる。

「今はこいつを、そっとしといてやってくだせぇ」

ウルーシャを前に、学士筆頭は蝋《ろう》のように蒼白になった。しかし返事はしない。存在を打ち消すように視線を逸らすと、アニランは縋《すが》りつくようにタータへと詰め寄った。

「紺碧の水使いどの」慇懃《いんぎん》ながらも早口に彼は呼ぶ。「恥を忍んで申し上げる。どうか助力を願いたい。彼の身に何が起きており、どうすれば正せるのか、教えていただけまいか」

叡智《えいち》の前には恨みも憎しみもなげうつ。学士らしい選択だ。懇願を受けるタータの瞳にも、澱《よど》みは全くなかった。窺《うかが》えるのは未知への渇望、そして無限の未来への期待のみ。

「さあ」しなやかな腕が、ハマーヌに伸ばされた。「貴男《あなた》の全てを、私に見せて」


「十年も経つとすっかり、さま変わりするものね」

頭領の館から街並みを眺め下ろして、水蜘蛛族のタータは言う。久方ぶりに友の地を訪れたかのような物言いに、ウルーシャだけが陽気に応じた。

「さま変わりした後に、さま変わりしたみたいだけどな。〈乱〉で潰れちまったのをなんとか建て直したところに、帝軍が来るってンで、この有りさまよ」

二人が語らうのは執務室、ハマーヌの休む寝室から居間を隔てた先にある。本来ハマーヌに彼らの姿は見えず、話も聞き取れないはずが、傍らにいるが如く様子を知れた。ウルーシャの見聞きするものが、丹を介して伝わってくるのだ。微睡《まどろ》みながら、相棒に目と耳を委ねる。

「貴男は月影族《つきかげぞく》の秘術で成っているのね」怜悧《れいり》な眼差しがウルーシャを射貫いた。「〈丹妖《たんよう》〉と呼ぶべきかしら。見事ね」

紺碧の裾から、するりと腕が伸びる。ウルーシャは「そりゃあどうも」と愛想笑いを浮かべ、身を引いた。白い指がもの欲しそうに宙を掻いたところに、アニランが割り込む。

「水使いどの。それで、ハマーヌ君の容態はどうなのだろう」

「落ち着いているわ」タータはなお名残惜しげにウルーシャを観ている。「どれほど保つかは分からないけれど」

さらりと加えられた言葉にアニランは絶句し、部屋の隅に控えるマルトが血相を変えた。

「女！　頭領のお身体はそんなに悪いのか」

「マルト君！」アニランが一喝する。「敬意を払いたまえ。僕たちは教えを乞う側だ」

珍しく険しい学士筆頭の声に、マルトは従順に口をつぐんだ。

「失礼した」アニランは改めてタータに向き直る。「しかし問いは同じだ。彼はどういう状態なのだろう。その月影族の秘術とやらのせいなのだろうか。どうか辛抱《しんぼう》強くお教え願う」

「あら」タータは微笑んだ。「秘術のことは私もよく知らないの。月影族は何一つ、見せてはくれなかったから」

再び絶句するアニランを尻目に、ウルーシャが「そりゃ『秘術』だかんな」と茶々を入れた。

「では……では、推論で結構」アニランはなんとか気を取り直したようだ。「どういった術なのだろう？　死者の……遺骨、を集めていたようなんだが……」

口にするのも憚られるといった弁に、タータの瞳が興味深そうにきらりと光る。

「それは〈丹田《たんでん》〉だけではなくて？」

「丹田？　仙骨のことだろうか」問いに問いで返され、アニランは困惑気味である。「人体に取り込まれた丹が、身体を巡ったのちに宿るという」

「そう、いわゆる〈人丹《じんたん》の蔵〉」タータはつらつと答える。「秘術には少なくともその仙骨が必要なはずなのだけれど。――そう、遺骨全てを使っていたのね。それは面白いこと」

「いや、しかし」もはや理解を超えたか、アニランは動揺も露《あら》わである。「仙骨でも何でも、集めてどうする？　人丹は命尽きれば散じるもの。死者の丹田は空っぽだ。使いようが……」

アニランが言葉を絶やした。タータの微笑に気づいたのだ。不穏かつ艶やかなその形。

「まさか」消え入るような呟きだった。「その、空っぽの〈蔵〉を使う技なのだろうか」

「まあ」紅い唇からころころとした笑いが漏れた。「さすが学士さんね、読み筋が良いわ」

子供を誉めるような調子に、マルトが目尻を吊り上げた。見ゆる聞こゆる者の頭脳に対して不敬と思ったのだろう。もっとも、当のアニランはそれどころではないようだ。

「ハマーヌ君は遺骨を集めると、聖樹の蜜を呑んだ」その声は震えている。「なんて無茶を、と僕は思った。あの蜜は丹の塊だ。猛毒をあおるようなもの、たった一滴で臓腑がただれる。止めようとしたんだ――近づくことすら、許されなかったが」

最後は消え入るように呟く学士筆頭を、タータは柔らかに見守る。

「それでもなお、あのひとは生きているわ。何故だと思う？」

どうやら彼女は、安易に答えを示す気はないらしい。相手が自力で解に辿り着けるように、道筋をちらりちらりと見せては伏せる。

「それらの事実から……仮説を立てるなら」額に汗を浮かべ、アニランはタータの顔を窺う。「月影族の秘術とは……『死者の丹田に、術士の人丹の余剰を移し植える技』と考えられる」

水使いの唇が華やかに綻び、学士の唇は土気色になった。

「そんなことが可能とは、とても思えない」喘ぐようにアニランは言う。

「あら」意外そうな声だった。「でも貴男は実際に、その事象を目にしているのよ」

「術式は？　どんな力学をもとにしているんだろうか」

「見たまま書き起こせばよいわ」

その声音に挑発の色はなく、それが却ってアニランを打ちのめしたようだった。「僕には」

と呟くも、出来ない、という一言はついぞ放たれなかった。項垂《うなだ》れる学士を相棒が庇う。

「タータさん、あんまり意地悪言わねぇでくだせぇよ」

「まあ、そんなつもりはないのだけれど」

「こちとら、水使いじゃねぇんだ。この世の力の全てを統べる、なんてお方と一緒にされちゃたまんねぇよ」

和気あいあいとした語らいを、苦り切った声が遮《さえぎ》る。

「貴女《あなた》は何故、それの相手をする？」

アニランだった。「それって、ひでぇ！」とおどけてみせるウルーシャに、この世の異物を見るような眼差しが向けられる。それは嫌悪に限りなく近かった。ウルーシャの笑みが潰える気配を、ハマーヌは丹を介して受け取った。

「アニランさん、俺は――」

「ハマーヌ君！」学士が突如、怒鳴り散らす。「今すぐ、これを黙らせてくれ！」

常に穏やかな男の豹変ぶりに、マルトが細い目を丸くしている。重苦しい大気の中、紺碧の被衣《かつぎ》だけが、窓から吹き込むそよ風に飄々《ひょうひょう》と揺れていた。

「学士さん」涼やかにタータは呼ぶ。「どうして、この子と話してはいけないの？」

邪気のない問いに、アニランがいぶかしげに彼女へ振り返る。

「貴女の方こそ、僕には不思議だよ。そこまで秘術を読み解いていながら何故、これの言葉に耳を傾ける？」

何かを言い募ろうとウルーシャが口を開いた。だがアニランと目が合わず、肩を落とす。

「僕はずっと見ていた」アニランは苦々しく言い捨てた。「ハマーヌ君が骨を拾い集め、その生前の姿を甦《よみがえ》らせるさまを。月影族の術が『余剰の丹を移し植える技』と知って、ようやく理解できた。彼は遺骨に丹を分け与え、それを核に、死者たちの姿を再現したんだ」

「つまり貴男は」タータが確かめる。「丹妖とは、術士の作り出す幻、と考えるのね」

「他に何がある？」学士の声は刺々《とげとげ》しい。「実体のある幻。そうだろう？　驚くほど生前のままだが、術士のハマーヌ君がそのように創り、操っているだけのこと。傀儡《かいらい》、意思なき人形だ。そんなものが話す言葉に意味などない。死者が甦ったわけではない。この世が〈物《もの》ノ理《ことわり》〉の上に成り立つ以上、それはありえない！　だからこれは」

冷たい石床に向かって、アニランは言い放つ。

「これは、ウルーシャ君ではないんだ」

ウルーシャが肩を戦慄《わなな》かせる。痛々しい震えがハマーヌに流れ込み、最奥を揺さぶった。

傀儡、人形、生者の幻。ハマーヌの見る夢に過ぎないと、アニランは一刀両断する。学士の目にはそう映るのか。それとも〈物ノ理〉なる理屈が、その目を濁らせたのか。

理屈に沿わぬものは存在しないというのなら、ハマーヌはどうなる。彼が何故、式無くして力を操れるのか、解き明かした者はいない。では、ハマーヌの力は幻か。彼だけが見る夢か。彼に付き従う風は、ただそう目に映るに過ぎず、彼が呼ぶ疾風も嵐も、偶然の産物なのか。

皆がそうと断じれば、そうなるかもしれない。ハマーヌは思った。彼とて初めは己の力の、その存在にすら気づいていなかった。理論を重んじる父、逸脱を恐れる母のもと、彼は自身の感覚に言いようのない違和感を覚えながらも、これは思い過ごし、夢想の類いと信じてきた。

そんな暗闇を這いずり回るハマーヌを、光の中へと引き上げたのが、ウルーシャである。かつて彼は語ったものだ。比求式《ひきゅうしき》が表すのはこの世の現象のほんの一部。それもほとんどはどのように力が働いているのかも分かっていない。今ある理論に囚われては、目の前の現象を見逃しかねない。ゆえに知識に固執せず、常に目を大きく開いておくのだと。そうして彼は、――彼だけが見出したのだ。式を詠《よ》めず書けもしないハマーヌが、丹を操っていることを。

ウルーシャがいなければ、ハマーヌは己を何一つ知らずに朽ちていた。此度《こたび》はハマーヌの番である。たとえこの世の全ての者が夢幻と言おうとも、自分は、――自分だけは信じ抜こう。ウルーシャはここに確かに生きていると。でなければ、ウルーシャは存在できぬのだから。

決意とは裏腹に、ハマーヌの意識は揺らいでいた。寝台に横たわる自身の肉体の、あるべき輪郭《りんかく》が追えない。代わりに、離れているはずのウルーシャの肢体が濃厚に迫りくる。懐かしい鼓動、ハマーヌよりやや速い律動が聞こえた。まるで胸に耳を当てているように。

ウルーシャの鼓動の奥に、別の鼓動も聞こえ始めた。ハマーヌがその手で葬送した部下らの鼓動だ。そう、彼らのことも忘れてはいない。この世を統べる理に抗《あらが》おうとも、彼らの存在を疑うまい。それが、彼らを死に追いやったハマーヌに唯一、残された道である。

閉じた瞼《まぶた》の裏に幾重もの景色が浮かぶ。ウルーシャに加え、部下たちも影から立ち上がってきたのだ。アニランとマルトの姿が、複雑に重なり合う視野に映り込んだ。たじろいでいる。ことにアニランの、思考の寄る辺を揺るがされたような表情が愉《たの》しかった。もっとよく見たい。

そうハマーヌが望むと、影たちが応え、学士へと近づく。

白の交じる髪に、数多の手が触れる前に。

水使いの清涼なる声が、大気を払った。

影はたちまち影へと還る。踏み止まったのはウルーシャだけだった。アニランは糸の切れたように石床にくずおれ、マルトは壁伝いにずり落ちる。憔悴《しょうすい》し切った彼らを横目に、タータがさらりと被衣を直す。微笑みはそのままに、思念を巡らすような瞳でウルーシャを見遣った。

「……学士さん」思慮深い声が呼ぶ。「この子に意思がないと、本当に言えるかしら？」

アニランがぎょっと水使いを見上げた。タータは変わらず、ウルーシャを見つめている。

「貴男は言ったわ。この子は生前の彼そのもの。では、外から観るしかない私たちには、彼の意思が本物か、それとも術士のものを反映しているのか、判断できない。そうでしょう？」

「だが、物ノ理に照らせば——」

「ありえない？」ふっくらとした唇が艶やかに笑む。「ではそもそも『意思』とは何かしら」

「……自我」アニランが息も絶え絶えに呟く。「即ち、思考の集合……」

「その思考はどこで生み出されているの？」

　アニランの顔が強張った。

「古くは魂と説かれたが、まさか水使いの貴女がそんな言葉は使わないだろう？　あれは古き〈神学〉の時代の名残だ。目に見えない思念に、それらしい名を与えたに過ぎない」

「ええ、そうね」タータは穏やかに頷く。「では丹導学士《たんどうがくし》として、貴男はどう考えるかしら」

「思考とは、頭蓋の中に浮かぶ脳髄の産物だ」学士は冷たく断じる。「今の医《い》丹学《たんがく》はそう説く。脳髄の中では、千数百億もの神経が複雑に走り、互いに微小な物質をやりとりしている。その神経の走行と、微粒子の行き交いが、思考の全てだ。ゆえに肉体が朽ちれば、思考も朽ちる。魂としてあの世に保たれ、この世に引き戻せるという類いのものではない。物質なのだから」

　冷然とした否定に、ハマーヌの影が揺らぐ間もなく、タータが「そうかしら」と笑った。

「こうも解釈しうるわ。思考は物質である。物質である限り、思考の集合たる『意思』には、形が存在する。――形あるものは、再現しうる……」

　学士の息を呑む音がした。

「だとしても、理論上の話だ！」

　悲鳴のような反論だった。取りすがるように叫ぶ学士を、タータは柔らかに突き放す。

「あのひとは〈式要《い》らず〉よ。理論を超えて力を操る。まるで『くまんばち』ね」楽しそうな声音だった。「その彼が理論上の事象を成しても、なんら不思議ではない。そうではなくて？

ただ確かに、立証は出来ないわ。今の丹導学《たんどうがく》では『仮説』に過ぎない」

未知の領域を前にして、水使いは心躍らせているふうだ。しかしその言葉をよく紐解けば、彼女は何も断言してはいなかった。仮説は仮説、可能性の話。そう思慮深く告ぐ。

だが彼女は水使いである。言葉の重みは他者の比ではない。彼女が可能性を示せば、世界は一変する。アニランは茫然自失として、己の核を粉々に打ち砕かれたかの如くだ。

対して、ハマーヌは。

ウルーシャ。影となった部下たち。彼らは存在しうると水使いが認めた。感性でのみ信じていたものに、強大な理論の後ろ盾を得た気がして、ハマーヌはこれ以上なく安堵した。安堵は彼の知覚を満たし、意識に礎《いしずえ》を与える。意識から揺らぎが消え、五体に輪郭が戻っていった。

「ねえ」誰かの声が、廊下から聞こえる。「入るわよ。いいわね」

ハマーヌが答える前に、戸の開く音がした。重い瞼を開かざるを得なくなる。知覚の混濁《こんだく》は幾らか収まっており、意識を集めれば、自身の視覚をなんとか最前列に登らせられた。寝台に横たわったまま、気だるく首を傾ければ、朝日色の頭が目に飛び込んできた。

「ごはんよ」大きな盆を、ソディは掲げた。「食べるでしょ？　持ってきてあげたわよ」

返事するまでもなく、脇机に盆が置かれた。湯気の立つ碗や皿が並ぶが、ひとところに妙に偏っている。どうやらソディは無理に盆を奪って、この部屋に走ってきたようだ。

「だって」よく聞けば、ソディの息は弾んでいる。「頭領のごはんは、このアタシが運ぶ約束
でしょ。ちょっと留守にしてたからって、仕事を奪わないで欲しいわ」
間違いない。ソディだ。ハマーヌはかすかに頬を緩めた。出会った瞬間から一切揺るがない
したたかさに感服する。

館の料理人たちがソディをどのように遇したかは容易に知れた。この憎まれ口が可愛らしく
思えるほどには、罵詈雑言《ばりぞうごん》を浴びたことだろう。だが彼らを安易に責められない。帝軍が迫る
中でも、町に残った者たちである。この地を何よりも愛し、ゆえに裏切り者には容赦しない。
帝軍のもとにいたソディたちは、彼らにとって敵だ。

加えてこの町は未曾有《みぞう》の水不足にあった。南部有数の水源を有するはずが、雨季に入っても
水位が減る一方。よもや地下水脈が変わったか。このままでは町は死ぬ。いっそ七ツ国連邦に
水を乞うか。そう話していたところに、浮雲《うきぐも》の子らが戻ってきたのだ。皆、気が立っていた。

「アタシだって好きでいなくなったわけじゃないわ」ソディは盆を覗き込む。「好きで戦った
わけでもないし」空の取り皿を手に取った。「好きで水蜘蛛の森に行ったわけでもないのよ」
蒸し餃子の一番大きいやつと焼き飯をどっさり取り分ける。「確かに、ここに帰れるとは思わ
なかったわ」寝台の横に椅子を引いてきた。「でも帰ったからには置いてくれなきゃ困るのよ」

ソディはどっかと椅子に座り込み、当然のように食べ始めた。

「ね、取引しない?」少女は焼き飯のいっとう大きな肉を呑み込んだ。「まだまだ帝軍は来る
わよ。毎回アンタが相手してたら疲れちゃうでしょ。アタシたちを使ったらいいわ。子供兵も

いいものよ。大人の男ほど水も食べものも要らないし、でも手足は四つとも揃ってるンだから、働きぶりは大差ないわ。火筒を持たしてくれるなら、アタシたちの方が使えるかもよ。帝軍の様子も見聞きして来たし、色々と使い道はあるはずよ。どう？ 悪くないでしょ？」

ソディが話す傍《かたわ》ら、取り皿の料理はみるみる無くなっていく。蒸し餃子がつるんと消えて、皿は空っぽになった。まだ手をつけられていない盆に、少女の大きな目がじっと当てられる。

ハマーヌは視線で残りを譲った。

「食べないの？ 駄目よ、しっかり食べないと」

などと言いつつ、ソディが脇机ごと盆を引き寄せた時だ。廊下に大きな足音がしたと思うと、やにわに扉が「御免！」と蹴破られた。

「頭領！」岩石のかち割れるような怒声。若衆筆頭マルトである。「御無事ですか！」

なんの話かと思えば、マルトの後ろに、館の料理人の姿がちらりと見えた。どうやら配膳を邪魔された料理人が憤り、ソディが盆を奪って頭領のもとに行ったと告発したようだ。

慌てて蒸し餃子を吸い込み始めたソディの襟首を、マルトは摑んで引きずり上げる。

「娘！　沙汰があるまで町の外で謹慎せよと、お前たち子供兵には告げたはずだ！」

「だからみんな待ってるじゃない！」あっという間に餃子を腹に納め、ソディは怒鳴り返す。

「アタシは代表よ。そのお沙汰とやらを出すのに、アタシたちの話を聞く必要があるでしょ。それとも、ナンにも聞かずに済ますつもり？ そんな横暴は許されないわよ！」

「どの口が言うか、頭領の脚を撃った大罪人が！」マルトは少女を床に叩きつけんばかりだ。

「自分はこの目で見た。お前が頭領に火筒を突きつける瞬間を！　それでよくこの町に帰ってこられたものだ。餌にありつければどこにでも行くのか、浮雲の野良犬が！」

　勢い放たれた侮蔑の言葉に、ソディの目がぎらりと光った。

「帰りたくなんか、なかったわよ！」少女は歯を剝いて叫ぶ。初めて聞く、身を引き裂かれるような声だった。「帰りたくも、撃ちたくも、浮雲になるつもりだってなかったわよ！　でも、起きたものはもう起きたんだわ。このうえどうしろって言うのよ！」

　ソディが宙で暴れ出し、彼女を引き上げるマルトの手に力が込められた。ここまでである。止めようとして、だがハマーヌは声が出せなかった。身体も驚くほど重い。半身を起こすだけでも汗が噴き出す、自身のあまりの脆弱《ぜいじゃく》さに愕然としていると。

　懐かしい足音が、鼓膜を打った。

「……そんぐらいで止めとけ、二人とも」

　硫黄色の襲衣《おすい》がふわりと揺れた。ウルーシャが歩み寄ると、マルトの赤黒く染まった顔から、血の気がすみやかに失せていく。ごくりと生唾を呑む音とともに、逞《たくま》しい腕から力が抜けて、ソディが床に下ろされた。ただならぬ大気に、ウルーシャを知らぬソディも口を閉じている。

「兄ちゃん。最後の言い草は余計だ。浮雲かどうかは関係ねえ」

　軽妙ながらも明朗に相棒は告ぐ。マルトは声を発さず、己に当てられた指を見ている。

「それから嬢ちゃん。はらわた煮えるだろうけど、この兄ちゃんを許してやんな。誰かが言わなきゃなんねえのよ。嬢ちゃんが頭領を撃ったのは事実だからな。――だがな」

鳶《とび》色の髪がぐるりと巡り、同じ色の瞳がハマーヌを貫いた。

「悪ぃのはお前だ、大馬鹿野郎。ぐうたら寝てねぇで、さっさと示しをつけやがれ」

なんのための頭領だ。小気味の良い啖呵《たんか》に、ハマーヌの全身を濡らす汗が、あたかも清風の駆け抜けたように引いていった。咽喉《のど》の締めつけが緩み、くっと小さな笑いが漏れる。

そうだ。この声、この眼差し。進む道を示すような光を、ハマーヌは長く欲していた。

未だ力の入りにくい身体をゆっくりと起こし、ハマーヌはソディを見つめた。

「——よく、戻った」

嗄れた声でようやっと告ぐ。少女の目を見開くさまを確かめて、次に部屋の扉へと向く。

「よく、帰してくれた。……礼を言う」

さらりという衣擦れとともに、紺碧色が現れた。紅い唇が「どういたしまして」と綻ぶ。

「良かったわ、貴男がそう言ってくれて。この町に来るまでの道すがら、その子はしきりに、逃げ出そうとしていたから。自分はもう帰れないって」

うつむくソディを、マルトが見遣る。あかぎれた手が、衣を千切らんばかりに握るさまに、若者は黙して目を伏せた。部屋に降りた沈黙をウルーシャがぱんっと手を打って払う。

「おしッ。この話はひとまず終わりだ。さ、お二人さんは出た、出た。タータさんから頭領にお話があるんだと」相棒は気さくに笑いかけ、ちょいちょいと手を振る。「そうだ、嬢ちゃん、町にいなかった間、何があったのか、じっくり教えてくれよ。アニランさんも聞きたがってたふうだしな。まぁ俺にそうと言ったわけじゃねぇけど」

ウルーシャが何者か、ソディは未だ知らないはずだ。それでも、亡霊に手を引かれたような顔を見せるのは、横に立つマルトの不穏な様子を察してのことか。

だがアニランの名に、ソディは気を取り直したようだ。丸ッ鼻をつんと上げ、「いいわよ、教えてあげる」と部屋を出る。「へいへい」と後を追うウルーシャを、タータが見送った。

「見事ね。どんなに式をかけても、彼だけは消えない。丹がよく馴染んでいるわ」

熱い声音と裏腹に、タータの瞳は冷徹な観察者のそれだった。

「けれど、他はほとんど定まっていない。さっきも丹の拡散が起きつつあったわ。身のうちの乱流も逆巻いているはずよ。感じるでしょう？」

ハマーヌは上体を寝具に沈めることで答えた。五体は重く、臓腑は茹《ゆ》でられたように熱く、五感は遠い。丹を掻き集めんと足掻《あが》いてはみるが、タータの式に毎度助けられている。

「貴男は丹妖たちを受け入れすぎている」不可解なことを、水使いは淡々と告ぐ。「彼らから寄せ返す丹の、混ざり合うままにさせている。……このままでは遠からず破綻するわ」

破綻とは何だ。ハマーヌは気だるく眉根を寄せた。暴発するとでもいうのか。

訊けば、タータはさらりと頷いた。

「過剰の丹は劇薬よ。貴男が生き永らえたのは、秘術により新たな丹田を得たから。過剰分が死者の丹田に移ったために、貴男の体内に入った丹は少なかった。そのため劇症化しなかったけれど、急性期を乗り越えても、危険が去ったわけではない。百余りの丹田から寄せ返る丹の乱れを、貴男は制圧し切れていないわ。その気もあまりないように見える」

制圧。ハマーヌは声なく繰り返した。確かに彼の興味はそこにない。影たちをあるがままの姿に置くことが全てである。よって丹の乱れは乱れるままに受け止めていたが、タータ曰く、それは毒を中和しないに等しく、身体は否応なく蝕まれていくという。

「まず高熱が出るわ。今の貴男のように」幾十幾百と診てきた医丹士《いたんし》のようにタータは告ぐ。水蜘蛛族は丹の過剰に詳しいらしいと、ハマーヌは直感した。「高熱で臓腑が煮え、肉は腐り、血に溶け出した毒素が全身に回り、精神は朦朧《もうろう》として失われる。通常はそのまま死を待つだけだけれど、貴男は違う。丹妖がいるから。それも自己の境界が曖昧になるほどの数の」

水使いは言う。先ほどの帝軍との戦いでのように、くびきたるハマーヌの意識が消えれば、影たちは膨張と暴走を続ける。最後には丹の暴発が起こっても不思議ではないとか。

タータの解く理論を、ハマーヌは感覚で呑み込んだ。予言の正確さを直感しながらも、ではどうすべきかは分からなかった。今も彼の感覚は拡散している。別室に退いたウルーシャの、ソディやアニランらの会話に耳を傾けるさま。町のそこここで立ち現れては消える影の気配。ともすると、それらの感覚が、自我の上に立つ。

「どうすればいい」素直に訊けば、タータの双眸《そうぼう》は一切の迷いなく透き通った。

「私なら、貴男の丹の乱れを正せる。望むなら、その式を身に彫ることも」

ハマーヌは目を見開いた。水蜘蛛族の『彫り』なるものに覚えがあった。かの一族の秘中の技である。はるか昔、見ゆる聞こゆる者の先達らが捕らえた水蜘蛛の少年は、全身に比求式の文節が彫り込まれており、それらを組み合わせるように舞うことで、水を自在に操ったとか。

原理はさておき、刺青《いれずみ》は水蜘蛛族の根幹である。安易にくれてやる類いのものではなかろう。そもそもタータは十年前の南境《みなみざかい》ノ乱《らん》で、一族の叡智を奪おうとした見ゆる聞こゆる者を容赦なく叩きのめしたのではなかったか。それをハマーヌに施そうとは、どんな胆《はら》か。

いぶかしむ彼に、タータは不敵に微笑む。

「彫りの技は、見て盗めるものではないわ。たとえ式と道具が揃っていてもね。もし盗めたとしたら、それはそのひとの才よ。遅かれ早かれ、自ら編み出したでしょう」

むしろ、そんな者がいるならばぜひ会ってみたい。そうした口ぶりであった。

「それにこの式は、私個人が練ったもの。水蜘蛛族の秘文とは対極にある。誰に見せるも誰に与えるも、私の気持ち一つよ」

対極。その一言に、ハマーヌはぴんと思い当たるものがあった。

風の噂に耳にした、イシヌの姉姫の逸話である。いや逸話というより、砂《すな》ノ領《りよう》にありがちな伝承、怪談奇談の類いと言おうか。曰く、姉姫は幼き日、美しい水の精霊に魅入られ、水荒れ狂う森の奥へと連れ去られた。姫はしばらく面白く暮らしたが、やがて里心つき、城に帰して欲しいと懇願する。これが水の精霊の怒りを買い、姫は水の力を永久に封じられたとか――

この伝承の出どころが十年前の南境ノ乱だ。渦中にいたハマーヌは、より真実に近かった。姫を森に連れ帰ったという『水の精霊』は今、彼の目の前にいる。では、水封じについては？

確かに乱以来、姉姫ラクスミィは水の力を失ったと聞く。

「そう、〈水封じの式〉」タータは囁《ささや》いた。「正しくは、封じるのは水の力でなく、丹の摩擦よ。

丹が絡まり合わなければ、乱流は生じない。貴男を苛《さいな》む丹の嵐にも、きっと効くわ」

水使いの語る原理をハマーヌは理解しない。その努力を端から放棄して、タータの意図へと意識を向ける。霧深い森のように秘められた真意。その色だけでも捉えたいと、目を眇めた。

「その彫りを受ければ、俺は生涯、水を練れなくなる。……それが狙いか」

ハマーヌが探りを入れると、タータの瞳がきらりと愉しげに光った。

穏やかに語り合う二人だが、水蜘蛛族と見ゆる聞こゆる者は本来、敵同士である。水の力を巡って、両者はたびたび争ってきた。その最たるものが南境ノ乱であり、ハマーヌとタータは正面から闘った仲。無償で手を差し伸べるほど、彼女はお人好しではあるまい。

「そうね」紅い唇が緩慢《かんまん》に笑む。「貴男が水を操れたなら、西域の地図は大きく塗り変わる」

仮に、ハマーヌが水使いならば。イシヌの水の権威は失墜し、風《かぜ》ト光《ひかり》ノ民《たみ》は渇きの恐れから解放される。西ノ森の暴流は水蜘蛛族の砦とならず、一族は外の人間に狩り尽くされるだろう。

あくまでも仮の話だが。ハマーヌは自身に、水の才をかけらも感じない。水丹術《すいたんじゅつ》は感性のみで為せる技ではないのだ。刻一刻と移ろう丹の流れを見切り、統合し、望む形へ導く。それには物ノ理への深い理解が要る。式の一節も読み解けぬハマーヌには、決して辿り着けぬ領域だ。

しかしそれをタータに示す必要はない。この交渉でハマーヌに切れる札はないのだ。ありもせぬ才を封じさせることで、相手にも利があると思い込ませられたなら、それが最上の手だ。

だがタータは何故そこまで彼を警戒するのか。水蜘蛛族は滅んだはずだ。森だけでも守りたいのか、一族の滅びを知らないのか。イシヌの王女のためか、それとも別の意図があるのか――

「私は、ただ」水使いの笑みが深まる。「この国の火を絶やしたいだけ」

この世の最大の難問に挑むような声音であった。火ノ国を、水ノ国にでもする気か。戯《たわむ》れに訊けば、水使いはころころと声を上げた。しかし、否定は、ない。

晴天さながらに澄んだ瞳を覗き込んでも、もう何もすくえなかった。腹をくくる時だ。彫りを受ける。そう答えれば、「嬉しいわ」と微笑まれた。

「ただ、すぐにとはいかないの。彫り道具は持ち出せなかったから」残念そうに彼女は言う。「一から集めなくては。長針はどうにかなるでしょう。問題は顔料ね。朱と緑は良いとして、青がどうしても要るわ。聖樹を訪ねたいけれど、この状態の貴男から長く離れられない――」

聞けば、聖樹の枝が顔料のもとだと言う。なんという運命の悪戯《いたずら》であろう。聖樹の枝ならばこの町にある。白亜《はくあ》ノ砂漠《さばく》で帝軍が折ったものを持ち帰っていたのだ。さすがに予想を超えたと見えて、水使いは「まあ！」と目を見開いた。

「まるで水封じの式が、貴男を求めているかのよう」歌うようにタータは囁く。「ただ確かにこの式は、貴男のものともいえるでしょう。貴男の丹を操るさまから練り出したものだから」

水を練れぬ者から何故、水封じが誕生したのか。分からぬものは分からぬままにハマーヌは留めた。かつて命を削り合った相手に命を預けるのだ。矛盾や謎に囚われては何も出来ない。

話が成り、彼の関心は既に移っていた。子供たちが戻り、帝軍をひとまず掃《はら》い、頭領の影の制御に見通しが立っても、この町から問題は消えない。むしろ一番の難題が控えていた。

「町の連中に、水をやってくれねえか」

一縷《いちる》の望みをかけてハマーヌは乞うた。水丹式《すいたんしき》は明かせまいが、水を操るだけなら差し支えあるまい。見ただけで水丹式を盗めるなら、それは彼女の言うところの才であろう。

しかしタータはここにきて、首を横に振った。

「それは貴方たちが超えるべきものよ」

一切の憐憫を含まぬ言いよう。やはりか、とため息とともに寝具に沈む。如何《いか》にも、水使いらしい。才なき者には非情なのだろう。

「貴方たちにはもう、道が見えているはずよ」

そんなものは、ひと筋も目に浮かばない。見えるのは、町を捨てる未来だ。戦いに勝っても渇きに負ける――砂ノ民はいつも、水の支配から抜け出せない。

瞼を閉じれば、ハマーヌ自身の五感は薄れ、ウルーシャのものが浮かび上がった。執務室は何やら熱気を帯びている。ことにアニランの――タータに打ちのめされ、虚《うつ》ろであった学士の目が、丹導学を語る時の猛々しさを取り戻していた。覆い被さらんばかりにしてソディの話に聞き入っていたかと思えば、彼はマルトを引き連れて駆け出す。

「ハマーヌ君！」

大声に目を開ければ、寝台の傍らに女人の姿はなかった。いつ出ていったと思う暇《いとま》もなく、学士とマルトが飛び込んでくる。二人して興奮に顔を上気させ、頭領に走り寄った。

「水路だ、ハマーヌ君！」学士は怒鳴る。耳の遠い老人に話すように。「水路を引こう！」

話の飛躍ぶりがハマーヌに似てきたか。目を瞬《しばたた》かせる頭領に、学士と若者が交互に説く。

「ラワゥナ嬢が俯瞰《ふかん》ノ術《じゅつ》で見ていたんだ」「あの紺碧の水使いとともに、この町に来た経路を」「水使いどのはところどころで、地下から水を引いていたらしいんだ」「大気から水を練り出すのでは、子供兵全員の咽喉を潤《うるお》せなかったものと思われます！」「ともかくだ、ラワゥナ嬢はその場所を、全て覚えていると言うんだよ、すごいだろう！」

秘術で鋭敏になったハマーヌの聴覚に、二人の声は大きすぎた。脳が痺《しび》れるばかりで意味が入ってこない。とりあえず二人に離れるように命じ、遅れて現れた相棒へ顔を向けた。

「お前は詳しいこたぁ気にすンな」ウルーシャは肩をすくめた。「ようはこうだ。水源の場所が分かりゃあ、後はこっちのモンだ。水源を結ぶように水路を繋いで、ここまで引いて来れる。その水源の場所を俯瞰ノ術できっちり確認した、嬢ちゃんの大手柄ってわけだな」

見れば、硫黄色の襲衣の後ろに、朝日色の短い髪が覗いていた。ハマーヌと目が合い、ふと表情を変える。はにかむように寄せられた眉根に、誇らしさが窺えた。

道が開けた。ハマーヌはそう直感した。

たったひとつの、しかし何よりも太い道だ。未曾有の渇きを生き抜くための。風ト光ノ民を縛る、千年の水の支配から脱するための。哀しい浮雲の民をこの世から無くすための。

この十年でハマーヌは思い知った。この世のありようを作り変える力が、知が、弁論の才が、己にはないのだと。しかし彼は今初めて悟った。真に必要だったのは、力でも知でも弁論の才でもない。進むべき道である。辿り着きたい場所があればこそ、人々は変わる。

ならばこの道を突き進もうと、ハマーヌは決めた。

第十章　死してなお

「もう少し西よ！」ソディは声を張り上げた。「そこ！　その、砂丘の影が途切れる辺り！あと十歩……四歩……そう！　そこ！」

砂《すな》ノ領《りょう》の辺境、南端地方。公路もない砂海のただ中で、子供たちが忙しく動き回る。彼らが砂に打ち込む長旗は、地下水源の目印だ。その位置をソディは俯瞰《ふかん》ノ術《じゅつ》で示していく。

「打ち込む深さをちゃんと考えるのよ！」ソディは口に両手を当てた。「風に倒れないように、砂に埋もれないようにね！　この印を目指して、水路が引かれるんだから！」

「分かってるってば！」そんな憎まれ口が返る。既に何十回と繰り返したやりとりだけれど、どちらの声も初めと変わらず誇らしげだ。水を求めて砂漠を彷徨《さまよ》う浮雲《うきぐも》の子が、この砂ノ領でいっとう乾いた土地に水路を引く。こんなに胸のすく話はない。旗を一本立てては跳ね回り、青空に拳《こぶし》を突き上げる彼らを、けれども冷ややかに眺める者がいた。

「終わったらさっさと来い。次の場所に進むぞ」

若衆筆頭マルトだ。彼が口を利くたび、なんでこいつが来るのよ、とソディは舌打ちした。砂ノ船でソディたちを運ぶのに、この浮雲嫌いをわざわざ選ばなくてもいいじゃない。もっとも、ソディにも分かっている。ハマーヌはこのところ臥《ふ》せがちで、水使いのタータがついていないとすぐさま朦朧《もうろう》とするようだし、戦火が激しさを増す中、頭領が出歩くわけにはいかないのだ。彼の守る町は、風《かぜ》ト光《ひかり》ノ民《たみ》の末裔《まつえい》が〈我らの都〉と密かに呼ぶ地なのだから。

それならアニランが来たらいいじゃない。と本人に言ってみたが、彼はどうも頭は良くても術の腕前はさっぱりらしい。船の式を練った当人なのに、自分では動かせないようだ。それにアニランはいつも忙しそうだ。見ゆる聞こゆる者を実際に取り仕切っているのは彼なのだと、最近ソディにも分かってきた。頭領がぐうたらだからよ、と砂地に向かって独り小さく悪態をつく。頭領の具合が戻らなければどうなるかは考えないようにしている。

そんな中、厳しい辺境に行く元気があって、腕が立って、そこそこ自由の利く者となると、やっぱりマルトしかいない。それでも、嫌いなものは嫌いだ。こいつだってアタシらが嫌いなくせにと睨《にら》みつけてやると、同じ勢いで睨み返された。

「本当にガキね、アンタ!」自らの態度と年を棚に上げて罵《ののし》る。「見てなさい、水路が出来た暁《あかつき》には、みんながアタシたちに感謝するわ! 偉ぶっていられるのも今のうちよ!」

そうして腹立たしくも誇らしく働き回ること、一月余り。タータとともに歩いてきた道を、一歩も逸れないように丹念に辿って、ソディたちは目印を打ち込んでいった。ここでひとまず引き揚げだ。町では今頃、学士たちが水路の造り方を練っているところだろう。

がたがた揺れる船の上で、ソディは旗の位置を地図に書き込んだ。改めて見ると、タータは随分と回り道をしたものだ。西ノ森から〈風《かぜ》ト光《ひかり》ノ都《みやこ》〉には南東へ進めば速いところを、海岸沿いに南に下り、七ツ国連邦との国境をなぞって、いきなり一直線に北上していた。

中央区は帝軍がうじゃうじゃいるから、避けたのは分かる。西区の海岸に沿ったのも同じ。あの海岸は切り立った崖で、潮の流れもべらぼうに速いために、船は着けられない。港がないから帝軍も来ない。海からやってくる敵もいないわけで、こっそり移動するにはもってこいだ。沙山羊《すなやぎ》の群れにもちょくちょく出くわして、意外と食べものに困らなかった。

けれどやっぱりおかしいと、当時から思っていた。南端に下る必要はどこにもない。まるで何かを探しているようと思ったものだが、地図に記して確信する。タータは地下水脈を探っていたのだ。現に、国境の山岳から北上する水脈を見つけるなり、一直線に進み出している。

ソディたちはタータの引いた線を辿って、水路を作ろうとしているのだ。なんだか全てが、あの女の手のひらの上のようだ。少々面白くなく、ソディは地図を丸めた。

「だとしても別に構いやしない」と独りうそぶく。「使えるものはなんでも使ってやるわ」

「何をぶつぶつ言っている」海図室の扉がだしぬけに開かれた。若衆マルトだった。「愚痴《ぐち》を垂れる暇があるなら働け」

「戸ぐらい叩きなさいよ！　女の子が部屋に独りでいるのよ。がさつな男ね！」

「甲板に出ろ」マルトは聞きもしない。「船の操縦を覚えろ。小舟のもだ。一回しか教えんぞ」

「一回で十分だわよ」

「本当か。なら、次回はお前たちだけで砂漠に出るんだな。俺はもう断じて子守はせん！」

「こっちから願い下げよ！」

などと本気で怒鳴り合いながら、二人して甲板に飛び出す。マルトはそのままの怒声で式を唱え出し、ソディはそれに喰らいついた。二人の様子に、船員たちが苦笑いしている。

まったく子供じみたマルトだが、若衆筆頭だけあって、十八番の風丹術《ふうたんじゅつ》の他、船にまつわる比求式《ひきゅうしき》は全て修めていた。光丹術《こうたんじゅつ》の初歩しか知らないソディは、音節を真似るだけで精一杯。それが悔しくて声を張る。ほんのちょっぴりでも仕損じるとマルトは耳聡く喰いついて来た。

「こんなことも分からんのか」だのなんだの悪態をつきながら、甲板をばんばんと叩くようにして式図を書き記してみせる。アンタの教え方が悪いのよ、と言いたいところだが、彼はその辺りだけは丁寧《ていねい》だった。自分の不出来を思い知らされ、唇を噛む。

結局、なだらかな砂地で船を一回走らせてみただけで、ソディたちは町に着いてしまった。坂を上ることも下ることもままならず、曲がりや止めは詠唱に加わらせてもらえない。

「この分では当分、自分たちの船は持てんな」

さもうんざりしたように言われ、残念ながら反論できなかった。

こんな奴と一瞬もいたくないけれども、生憎、二人の向かう先は同じだった。頭領の館だ。ハマーヌにことの首尾を告げるのだ。大股で歩くマルトの横を、ソディはぴったり張りつく。仲間を置き去りにして、二人は館に飛び込んだ。

「また新しい丹妖《たんよう》をつけたのね」

階段を一気に駆け上がっていると、女の声がして、二人は足を止めた。水使いのタータだ。
「困ったひと」露ほども困らぬふうに声は言う。「そんなふうに次々と増やされては、彫りがいつまでも定まらない」

声は、頭領の私室からする。ハマーヌはまた臥せっているらしい。マルトと二人して様子を窺《うかが》うと、閉じた扉を人影がすり抜けた。襲衣《おすい》の青磁《せいじ》色も爽やかな、若者だ。とろんとした瞼《まぶた》をこすり、気持ちよさそうに伸びをひとつして、彼はふらりと歩き出した。

すれ違いざま若者が笑みを寄越す。マルトが息を呑み、ソディは察した。この若者は多分、帝軍との交戦で負傷した者だ。懸命に踏み止まっていたけれど、とうとう力尽きたのだろう。壮絶な苦しみからようやく解放されたように、若者は軽やかな足取りで階段を下りていく。その後ろ姿に、マルトは額に手の甲を当てて敬礼した。

「……ねぇ。頭領に会うのは、後にしましょ」

若者が見えなくなってしばらく。ソディがそっと促すと、マルトはやっと腕を下ろした。一緒に階段を下り、なんとなく外に出る。頭領が帝軍を消し去ってから、二月。町には人がちらほら戻っていた。いざ危険が迫ると逃げ出したくせに、何喰わぬ顔で戻ってきた人々を、苦々しく見る選士は多い。けれども頭領は誰も締め出さなかった。去るも戻るも拒まない——町の民だけでなく、部下たちにもハマーヌは告げた。静かな声で一言。好きに生きろと。

そう言われて、抜けた者は一人もいない。

「……あいつの願いが叶って、良かった」

ぽつぽつと出店が散る市場を行きつつ、マルトがぽつりと呟いた。先ほどの、青磁色の衣の若者のことだろう。

「頭領の〈影〉の話を聞いたのか、あいつは見舞いに行くたび言った。自分も頭領の影にして欲しい。どんな形でも甦《よみがえ》れるのなら、死ぬのが少しは怖くなくなる。傷のせいでひどい熱に浮かされながら、繰り返し、繰り返し言っていた。……お聞き届けくださったんだな」

マルトの独り言は、けれども深い哀しみの一色ではなかった。その裏に潜む強烈な何かを、ソディは嗅ぎ取った。彼の襲衣の色を見れば、考えなくたって分かる。

「アンタも、おんなじこと言いそうね」

思ったまま言って、不味《まず》かった、とソディは首をすくめた。ひねくれた口ばかり利くせいか、皮肉っぽく響いたのだ。苦しみ抜いて死んだ人の話にはふさわしくない。

拳骨《げんこつ》が降るかと思いきや、マルトは至極真剣に、「そうだ」と言い切った。

「俺は死んでも、あのお方のお役に立ちたい」

その眼差しは怖くなるほどまっすぐだった。肌が焼けるほどの陽光の下で、ソディは寒気を覚えた。こういう時にはやっぱり憎まれ口が一番だ。

「ちょっとおかしいわよ、アンタ」無理やりひねり出したわりに、ひねりのない物言いだ。

「そうか?」マルトはかけらも表情を変えない。「お前も、ウルーシャどのにお会いしたろう。あの御仁は確かに生きている。あんなふうに甦れるのなら、それに勝る幸せはない」

「それにしたって、わざわざ死ぬなんて馬鹿げているわよ」

「何もわざわざ死にはしない。その時は、という話だ。頭領は同じく仰るだろうしな。だからこそ思うのだ、稀有なお方だと」

広場の中央に建つ館を、マルトは眩しそうに見上げた。

「上に立つほど、人は未練がましくなるものだ。土地や財や地位、時に、仲間にしがみつく。そうだろう？　ところが、あのお方にはそれがない。御自身の名誉にも、全く頓着されない。凡人ならば、自らにない才を疎ましがるところ、あのお方はこだわりなく重用される。だからこそ、この町に人が集まり、見ゆる聞こゆる者は大きくなったのだ」

誰に聞こえても恥ずかしくないと言わんばかりの大声に、ソディはどうも居心地が悪い。

「そんなに深く考えてない気がするけど」と茶々を入れてみる。

「ガキには分からんさ」マルトは意に介さない。

「年はともかく、アンタの方がよっぽどガキくさいわよ」

「小舟の一つでも走らせてから言うんだな」

ぐうの音も出ない。

ふんっと悔しまぎれに鼻を鳴らして、ソディは踵《きびす》を返した。見てなさい。これからみっちり練習するんだから。近々、吠え面かかせてやるわ。

闘争心に燃えて、歩き出したところだった。午睡を取るべく家路に向かう人の流れの、ふとすれ違った誰がしから、冷ややかな笑いが飛んできた。

「――帝兵崩れの、浮雲が」

足が凍りつく。頭がかっと沸騰する。睨みつけてやろうと振り返るも、声の主はもう分からなかった。立ち止まったソディに向けられる目は、どれもこれも底なしに冷たい。

「……何よ」

宙に向かって呟く。吐き捨てるつもりが弱々しくなり、それがまた悔しい。確かにソディは浮雲だ。それも、みなしごの。帝軍のもとで戦ったのは、脅されたからだと訴えても、庇《かば》ってくれる親はいない。——親がいたからって、庇ってくれるとは限らないけれど。

この砂漠でみなしごはまず生き延びられないから、子供兵のほとんどは親持ちだった。この町に戻ってから多くが再会を果たしている。我が子が帰ってきたと耳にして、親たちが続々と訪ねてきたのだ。だが涙を流して喜び合ったのも束の間のこと。帝兵崩れ、同胞殺し……道を歩けば降りかかる罵りに、家族が参ってしまい、今では子供兵たちを責めているのだ。父親に「生涯かけて償いなさい」と諭《さと》され、母親に「顔つきが変わった」と嘆かれ、兄姉に「なんで逃げなかったの」と問いただされるのは、赤の他人に石を投げられるよりもつらいことだ。

責められる謂《いわ》れなんて、これっぽっちもないとソディは思う。ソディたちは生き延びようとしただけだ。強大な力のもとで、ちっぽけな力を振り絞って。町に戻った後も、なんとか受け入れてもらおうと、毎日必死に働いている。

それを『帝兵崩れ』と人々は蔑《さげす》むのだ。

その帝兵たちの方が、よっぽどましだったわよ。冷淡に歩き去る人々の背を睨みつけて思う。少なくとも彼らは手柄を立てたらきちんと認めてくれた。殴るの蹴るのとひどかったけれど、食べものと寝床は与えてくれたし、戦い方だって教えてくれた。それに引き換え、こいつらはなんにもしない！　そんな奴らに、生涯かけて償えだって？　馬鹿げている。

「――何よ」

真っ黒な汚泥のような闇に、呑み込まれかけた時だった。

「この娘を嗤《わら》ったか！」

往来を叩き潰すような怒鳴り声が発せられた。町の民と一緒に、ソディは飛び上がる。

「嗤った者は俺の前に出ろ！」マルトだった。「この者は、我らが頭領のお認めになった同胞。見ゆる聞こゆる者の一員だ！　侮辱は許さん。物申したければ、堂々と述べ立てろ！」

ハマーヌと互角の立派な体軀を、ことさらに大きく見せながら、マルトは咆《ほ》える。町の民は青ざめ、天白狼《てんはくろう》に追われた沙山羊《すなやぎ》のように散っていく。瞬《また》く間に空っぽになった道に、鉄色の襲衣が誇らしげにはためいていた。

――馬鹿みたい。じわりと滲んだ視界を振り払うように、ソディは小さく呟く。

「偉そうなこと言っちゃって。アンタだって浮雲嫌いなくせに」

近づいてくる足音に、通りの石畳を睨みながら毒づく。

「俺が嫌いなのは、知恵も力も技もないうえに、ろくに努力もせん奴らだ」マルトの声が頭に降りかかる。「お前は、知恵も力も技もないがな。負けん気だけは確かだ」

「失礼ね！」得意の金切り声がやっと出た。「アタシほど賢くて、有望な奴はいないでしょ！」

「だから言ったろう。さっさと小舟の一つも操ってみせろと」

子供相手に、マルトは腰を屈めずにまっこう向き合う。思えば彼は初めからこうだった。

「さあ、早く、船着き場に行け。頭領にお会いするまで、俺がしっかり鍛えてやる」

「水路は地下に引こう」それが学士筆頭アニランの下した結論だった。「地上に作る方が簡単だが、すぐ砂に埋もれてしまう。地下の方が管理しやすい。幸い、僕らには土丹術《どたんじゅつ》を修めた者が多くいる。式さえあれば出来るはずだよ」

差し当たっては、町と一番近い水源を繋ぐことになった。そこから少しずつ南へ伸ばして、太い水路が出来上がったら、今度は東西へ枝路を広げていく。とてつもなく大がかりな策だ。何年かかるだろうと考えて、ソディはくらりと眩暈《めまい》がした。しかもこれを、乾季の到来までにある程度、形にしなくてはならないのだ。無理よ、と力が抜けそうになる。

隣のマルトの情熱は高まるばかりだ。

「お前は光丹術士《こうたんじゅつし》だ」水路の式図を睨みながら、マルトがソディに言った。「光丹術は粒子を操る土丹術にも通じる。船を走らせる原理はそこからだ。ならばこの水路の土丹式《どたんしき》も、お前の学びの範疇《はんちゅう》だ。今すぐこの式を頭に叩き込め！」

「光丹術は振動を操る風丹術にも通じるから、まず〈操舵ノ式〉を覚えろって、さっき言ったばっかりじゃない！」

「無論、両方だ！」

「無茶よ！」

「ラワゥナ嬢」笑いを堪えもせずアニランは呼ぶ。「彼は君だから言うんだ。君の俯瞰ノ術はなかなか見事だからね。あれは光丹術の基本技だから、応用すればきっと出来るよ」

簡単に言わないで。そう喰ってかかろうとして、ソディは言葉に詰まった。もしかして今、褒められたかしら。それとも乗せられたのかしら。考えているうちに反論の機が通り過ぎる。いつもと同じく朗らかなアニランの笑みに、隠し切れない焦燥や不安を垣間見たせいもある。彼には考えることが多すぎるのだ。井戸の水はどんどん減るし、イシヌがカラマーハに負け、砂ノ領がどうなるか分からない。頭領の体調はどうも定まらないし、何よりも頭領の影をどう捉えるべきか、知識ある者ほど動揺するようだ。多くはマルトのように死者が甦ったと素直に受け取っているけれど、アニランは断じてそうと認めず、影の人々と話そうとしない。執務室からはよく、アニランがハマーヌに影をつけるのを止めるよう、懇願する声が聞こえてくる。無言の拒絶に遭い、学士が悄然として出てくるまでが、一連の流れだった。

まだ若いのに、学士の髪は白が勝り始めている。なんだか気の毒になって、ソディは文句を呑み込んだ。やってやろうじゃない、と手もとの式図を睨みつける。どの文節がなんの作用を示しているのかさっぱりだった。諦めて、言われた通りに丸ごと覚える。

マルトは風丹術士《ふうたんじゅつし》なので、ソディには光丹術の教士が別につけられた。あくの強いマルトと好対照の、実に平々凡々とした風体の男だ。あまりに凡庸なので見たことがあるのかないのか分からないほどだったが、チドラと名乗った彼の素性を聞かされ、ソディはぞっと凍った。

チドラは白亜《はくあ》ノ砂漠《さばく》で捕らえた、もと帝兵だと言うのだ。

「敵じゃない！」と叫んだソディに、マルトが拳骨を降らせた。

「帝兵崩れと言われて、べそをかいていたのは誰だ」かいてない、という抗議は却下された。

「こいつらは草ノ民だが、もとは風ト光ノ民なのだ。帝軍に強引に徴用されたそうだ。奴らの手口はお前も知るところだろう。こいつらはここで真面目に働いてきたし、町が襲撃されても逃げなかった。今や頭領がお認めになった仲間だ。知識も豊富だ。よく学べ」

言うだけ言って、マルトは風のように去っていった。忙しいのだ。水路を引くには、見ゆる聞こゆる者だけでは足りない。術士に限らず、町や近隣から大勢集めるのだ。それは分かるが殴らなくったって良さそうなものだ。がさつなんだから！　と思い切りあかんべぇしてやる。

それに引き換え、チドラはなかなかの好青年だった。

「よろしく、ソディ・テイ・ラワゥナさん」

この長い名をきちんと呼ばれることは滅多にない。アニランですらラワゥナだけで済ます。ソディの『朝』よりはラワゥナの『女神』の方がよほどましだが、全て揃ってこその『曙《あけぼの》の女神』だ。光ノ民としての敬意を感じて、ソディはチドラを認めてやった。

昼間は水路を引き、日が暮れてからは学びに励む。それがソディたち、もと子供兵の日課となった。チドラはなかなか話が上手く、根気強かった。なんだか、教え慣れているみたいね。ちらりとよぎった疑問も、砂崩れのように降りそそぐ知識に、押し流される。息も絶え絶えに教えを呑み込み続け、ふと気づけば、ソディは砂ノ舟を走らせるまでに上達していた。

時は雨季の半ば。といっても雨季とは名ばかり、水場はいつもの乾季より干上がっていた。

でも人々の顔に悲壮の色はない。水路のめどが立ってきたのだ。初めは四苦八苦したけれど、ひと区域を引き終えてみれば、皆が要領を摑んでいた。術士の育成も追いついて来て、作業はどんどん早まる一方。水を放つ日はもう間近だ。

イシヌの水の支配を受け続けて千年。たとえ未曾有《みぞう》の乾きの最中でも、イシヌの女王の目がない今こそ、風ト光ノ民は自由だった。自分たちの思うままに暮らす喜び。この大地は我々のものだという確信。たったそれだけのことで、それが全てだった。逸る気持ちを抑え切れず、多くが昼夜を通じて作業場に詰め、代わる代わる仮眠を取り、働き通した。

「みんな、あんまり根を詰めてはならんぞ。先は長いからな！」いっとう働きづめのマルトが砂丘の坂から声を張り上げる。「さあ、もうすぐ午天だ。休んでくれ。今少し休んだところで、水路が吹き飛んだりはしない！」

生真面目な彼の面白くもない冗談に、みんなが陽気に笑って応える。いよいよ明日、水路に地下水を引き込む算段だった。計算通りなら、この何もない砂漠から、町の涸れた水場まで、清らかな水が地下を奔《はし》っていくのだ。きっと上手く行く。誰しもが信じていた。

平安の日の訪れは、だが轟音《ごうおん》とともに吹き飛ばされた。

大地の割れるような揺れに、ソディは跳ね起きた。頭は眠っていても、身体だけ即座に立ち上がるのは、帝軍にいた頃の名残だ。水蜘蛛《みずぐも》がまた撃ってきたんだわ！　咄嗟《とっさ》にそう考えて、混乱する。彼女が今いるのは、双頭の牛が描かれた天幕ではなかった。懐《ふところ》に手を突っ込んで、火筒を探すうちに思い出す。彼女は涼しい船底の一室で、弟ピトリと微睡《まどろ》んでいたのだ。

「ピトリ！　ピトリ、起きなさい！」あんな轟音にも気づかず眠る弟を叩き起こす。「すぐに皆を起こして回って！　姉ちゃんは先に、外の様子を見てくるから。いいわね！」

どうして。何があったの。そんな無駄口は、ピトリは叩かない。これも帝軍にいた名残だ。あれこれ口を利くと、手か足が飛んできたものだ。一刻でも早く動いた方が生き残り易いとも知っている。だから彼は考えるより先に従う。

隣室へと走っていく弟を尻目に、ソディは階段へ向かった。数段跳びに駆け上がる途中で、もう一度轟音が鳴った。揺れが大きい。近い。

甲板に飛び出して、黒虫の群れ、とまず思った。

てらてらと黒光りを放つ集団が、仲間の休む天幕の列を襲っている。大量の虫にたかられるさまに似て、ぞっと背筋が凍った。続けて黒虫の正体を悟り、全身が凍りつく。

帝軍だ。

なんで、今更。そんな問いが頭を巡る。イシヌの都を占領して以来、帝軍は貧しい南部には興味を示さなかった。南部もさっさと帝軍に恭順を示したし、怒りを買うきっかけもなかったはず。最後に差し向けられた一隊は頭領ハマーヌの影に呑まれて骨も残らず消え失せたから、しらを切り通したのだ。以来、税も品も言われるまま差し出してきたのに。

轟音が鳴る。砂しぶきが上がった。敵兵は〈大火筒〉を持っているらしい。肩に担いで放つ小型の火砲だ。ソディは短火筒を握って駆け出した。それにしても何故ここを襲う？　水路が欲しいのだろうか。それにしては大火筒など撃って破壊している。おかしい。

――考えるのは後でも出来る。

「アタシたちも戦うわ！」手近の術士たちを捕まえる。「指示があるなら、ちょうだい！」

ソディの申し出を、彼らは迷いなく受けた。さっと戦況に目を巡らせ、端的に問う。

「小舟は？」

「出せるわ！」

「よし、行け！　俺たちの都に知らせろ！　それまでここは俺たちが守る」

「分かったわ。頭領を必ず連れてくる！」即座に踵を返しかけ、ソディは彼らに向き直った。

「ねえ、これだけ教えて！　マルトは？」

「もう向かった！」船を降りつつ、彼らは戦いの中心を指差す。「あいつがいる限り、ここはしばらく大丈夫だ。いいから行け！」

彼らの言葉に同意するように、風が咆哮《ほうこう》を上げた。見れば、最も盛んに閃光《せんこう》が瞬く場所に、突風が起きている。鷹のように駆ける砂ノ舟が、黒虫の群れを切り裂いていた。彼だ。

「ソディの姉ちゃん！」

子供たちが追いついてきた。激しく舞う鉄色の襲衣から目を離し、ソディは叫ぶ。

「頭領に知らせるわよ！　速く奔れる子は乗る準備を。まだ苦手な子は舟を下ろして！」

それだけで、子供たちはぱっと散る。本当に危険な時ほど、まごつく奴は少ない。

「ひとまずは固まって駆けるわ。その方が突破し易いはずよ。だけど助け合うより、ひたすら奔って！　一艘でも辿り着けばいいんだから。――でもどうか、みんな無事でね！」

ソディとピトリは真っ先に舟に乗り込んだ。子供たちの間で二人の舟が最も速い。ピトリはまだ土固めの式しか使えないけれど、年に似合わぬ辛抱《しんぼう》強さで、切れ間なく唱え続けられる。足場さえしっかりしていれば、後はソディの思うままだ。彼女はマルトとチドラのおかげで、舟に必要な式は全て修めていたから、細かな操縦も出来るようになっていた。

「足もとは頼んだからね、ピトリ！」ソディは帆の縄を握りしめた。「さあ、出すわよ！」

彼女の言葉を合図に、子供たちが高らかに歌う。一切の恐れや迷いを打ち払うように。

ぐんっと力強く舟が動き出す。後ろに倒れかけたところを懸命に堪える。火筒の瞬きが薄いところを探して、ソディたちは駆けた。けれども、戦況は刻々と変わるもの。抜けられそうと思ったのに、ふと気づけば敵の厚みが増しており、慌てて迂回する。

三度ほど蛇行し、ソディは悟った。ただ奔るだけじゃ駄目。戦いの流れを見極めなきゃ。俯瞰《ふかん》ノ式《しき》を唱える。舟を操りながら。それはぶっつけ本番の試みだった。幾つもの舟の式の間に全く別の式を挿入すればどうなるか、ソディに確信はない。相互作用の予測は学士並みの高度な知識か、練達の術士の嗅覚にも近い経験が必要なのだ。下手をすれば舟が倒れる。

それでもソディは意を決した。これまで見聞きしたもの全てを掻き集める。マルトたちは、どの節目になんの式を挿入していたか。きりきりとねじ切れるほど頭を振り絞って思い出す。数拍の間に持てる限りの記憶と知恵を洗い直して、ここぞという場所を決める。

天に矢を放つように。ソディの鋭い声が、戦《いくさ》の喧騒を貫いた。

帆縄を握る手にぐっと力を込める。だが船首はびくりともぶれなかった。視界がなめらかに切り替わり、鳥の見るような光景が広がる。砂の上を走るソディたちの姿が見えた。

成功だ。よし、と喜ぶ間もなく、すぐに術を切った。舟で奔るには前方の様子から長く目を離せないのだ。ぱ、ぱ、ぱ、と手のひらを返すようにして、俯瞰を唱えては切りを繰り返す。四度ほどして、ソディは仲間に向かって声を張り上げた。

「南西へ！」と、腕で大きく指し示す。「まずは抜けてから、北上する。いいわね！」

ソディが帆を傾けると、他の子たちもぴたりと追う。高みを渡る鳥のように見事な矢じりの形で、ソディたちは疾走した。風の厚みも保たれ、流れ弾程度ははじき返してくれる。

このまま行けそう。でも油断は禁物。縄を強く握り直して、ソディは今一度俯瞰を唱えた。

そうして飛び込んできた光景に、手が滑りそうになる。

マルトが。

「あの馬鹿！」ソディは知らず怒鳴っていた。「なに撃たれてンのよ！」

急に喚き出した姉に、船首のピトリが跳ねた。目を丸くする仲間に、ソディは告ぐ。

「アンタたち、このまま行って！　ピトリ、戻るわよ！」

あと少しで戦場を抜けるところだった。弟に悪いと思いながらも、ソディは迷わなかった。あの無茶な男は単騎で突っ込んでいった。一番近くにいるのは、ソディたちなのだ。

倒れるすれすれの弧を描き、ソディたちの舟が激戦の中へ飛び込んでいく。

マルトはまだ息がある。舟から落ちながら、敵の隊の一角を突風で弾き飛ばした。一瞬だけ空いた弾幕の隙間に、ソディは舟を滑り込ませた。

「乗って！」膝をつくマルトに向かって根限り怒鳴る。「すぐ出すわよ。噛《かじ》りつきなさい！」

本当は止まりたくないが、怪我人が相手だ。逸る気持ちを抑えて速度を落とせば、マルトがよろけながら立ち上がった。腹を押さえつつ、まだ動いている舟へと飛び込んでくる。奔りを殺さないようにしたのだ。完全に止まってからより、この方が断然滑り出しが早い。

間一髪だった。帝兵たちが火筒を撃ち鳴らす、ほんの一拍前に、舟は駆け抜けた。

「ほんッと、馬鹿なんだから！」舟を押す風に負けないよう、ソディは怒鳴った。「アタシ、言ったわよね。わざわざ死にに行くなんておかしいって！」

舟艇にうずくまるマルトが、何かを呟いた。聞こえない。でもなんと言ったか分かった。

「アンタが死んだ後のことなんか知らない！」腹を押さえるマルトの手が、みるみる染まる。

「アンタは死なないのよ。生きて頭領に言うのよ。ソディさまが助けてくださったってね！」

眠りに落ちていく者の頬を張るようにして、ソディは罵り続けた。苦悶に歪んでいた顔が、退屈しないとでも言うように、ちらりと笑う。

――それがマルトの、最期の表情となった。

「よく頑張ったね、ラワゥナ嬢」椅子に向き合って腰かけて、学士アニランが静かに言った。

「安心おし。もう、終わったよ。じきに頭領がみんなを連れて戻るだろう」

マルトの亡骸《なきがら》を乗せて、ソディが町に駆け込んだ時、ことは既に動いていた。先に到着した子供たちの報せを受けて、頭領ハマーヌが水路へと向かったのだ。

聞けば町にも、帝兵たちが襲いかかってきたらしい。

「ハマーヌ君が一掃したけれどね」アニランは憂《うれ》えるように言った。頭領が影の民を呼び出すたび、学士はこの顔をする。「ただ今回の帝兵たちは全くまとまりがなかった。まるで乾季に集落を襲う、ならず者のようだったよ。ところが彼らは実際、敗残兵らしくてね」

学士は言う。カラマーハとイシヌの争いは、イシヌの敗北で決着したのではなかった。生き残った王女ラクスミィが、なんと帝王と官吏を出し抜き、帝都を無血で占拠して、自ら女帝を名乗ったのだという。しかも、イシヌの都を占領した軍勢は、実はラクスミィの手先だった。彼らがイシヌ公軍《こうぐん》と結託し、女帝支持を表明したのだから、梯子《はしご》を外された者はたまらない。ジーハ帝からの援軍は見込めない中、女帝に寝返るか、それとも戦うか。帝軍は大混乱に陥り、そのために、砂の南部はここしばらく放置されていたらしい。

結局ジーハ派の帝兵たちは、イシヌの都の奪取を試みるも大失敗。七ツ国連邦まで逃げ落ちようと、南部に押し寄せてきた残党が、今回の集団だったのだ。

「飢えと渇きに任せて暴れる、策も展望もない連中だ」苦々しく学士が評す。「だが僕も失敗した。水路にばかり目が行って、情勢を読むのを怠った。皆に申し訳ない……マルト君にも」

ソディは首を小さく振った。少なくとも彼女は責めない。よくやっているとさえ思う。

「――ねぇ。頭領が帰ってきたら、アタシ会えるかしら」

訊けば、学士は柔らかく微笑み、「もちろん会えるとも」と答えた。

「そう。良かった。アタシ、頭領に伝えなきゃいけないの。マルトの奴の、願いごと」

ところが一転、アニランの顔が青くなる。「まさか、影の話だろうか」と彼は尋ねた。

「そうよ」ソディはさらりと告げた。「あいつ、前から言ってたのよ。それで家族の人たちに訊いたらね、息子の願い通りにして欲しいって――」

「駄目だ」

語気強く言われても、ソディは動じなかった。学士の言うことは分かっている。

「……駄目なんだ、ラワゥナ嬢」学士の方が自らに動じているふうだ。「そう……そう。影をつけるのに必要な聖樹の蜜が、もう尽きてしまったのでね」

「あらそう」学士の弁が本当かどうかは、どうでも良かった。「じゃあ、これを頭領にあげる。聖樹の蜜って、丹が豊富に入っていたんでしょ。なら、仙丹を蜜の代わりにして」

懐から差し出したのは、短火筒だった。帝軍にいた頃に渡されたものだ。帝軍の武器は全て仙丹仕込み。いっとう小さい火筒だけど、マルト一人分ぐらいにはならないだろうか。

「駄目に決まっているだろう」学士の答えは一本調子だ。

「そうねえ。これ、頭領の脚を撃ったやつだから」ソディは肩をすくめた。「でもアタシは今、これしか持ってないんだもの。頭領も怒っているなら、とっくに取り上げたと思うわ」

「そんな話じゃない！」

アニランが椅子を蹴って立ち上がった。普段穏やかな分、彼は怒ると迫力がある。それでもソディは怯まなかった。学士の暗く燃える目を真正面から受け止めてやる。

「そうよね。仙丹が使えるかなんて分かんないわよね」あえて的のずれた答えを返す。決意の固さを示すために。「いいわ。分かる人に、アタシから訊くから」

言うなり、ソディはすっくと立つ。頭の中には、水使いの微笑みがあった。彼女ならきっと答えてくれるだろう。さっさと部屋を出る彼女の後を、学士が追ってくる。止めるつもりならお生憎だ。足の速さはソディに分がある。今では術の力もソディが勝る。

けれども駆け出す必要も、術をぶつける必要もなかった。目端に、紺碧《こんぺき》がふらりとなびく。水使いがちょうど階段を上るところだった。その優美な手には長針と顔料の壺が下がる。

「ねえ！」と呼び止めれば、明るい栗色の髪が軽やかに揺れ、タータが振り向いた。「教えて欲しいの」火筒を差し出し、ソディは言う。「この中の仙丹、〈影〉に使える？」

タータの瞳が面白そうに光る。彼女が筒に触れた時、学士が追いついた。

「使えようが使えまいが同じだ！」筒を奪う勢いで、彼は喰ってかかった。「ハマーヌ君にはもう、影をつけさせない。絶対にだ！」

「それは頭領の決めることよ」ソディは冷静に返した。

「君には分からないのか。影が増えるたび、ハマーヌ君はおかしくなっているというのに」

突如言い争いに巻き込まれた水使いが、興味深そうに二人を眺めている。

「そうね。毎回しんどそうだわ」なだめるためだけに同意した。「でもいつも治るじゃない」

「治ってなんぞいるものか」アニランの声は血を吐くようだ。「むしろどんどんひどくなっている。最近は、あの影ばかり見つめていて。ろくに目も合わない」

あの影とはきっと亡き相棒ウルーシャのことだ。学士は断じて彼の名を口にしないのだ。

「第一、肉体にしろ精神にしろ、あんなふうに自分を痛めつけていいはずがないだろう。もう止めてくれと幾度も言ったが、駄目だ。乞われたら、彼は易々《やすやす》と聞いてしまう――」

「体調のことなら、このひとがなんとかしてくれるでしょ」

ソディは目でタータを差した。思えば彼女もタータの名を口にしない。どんな声でその名を呼ぶべきか分からないのだ。タータは恩人であり仇だ。帝軍から救い出してくれて、感謝している。だが〈よしみ〉と名乗った指南役の兵を討ったのもタータだった。風ト光ノ民の知恵の糸を、水の技で容赦なく断ち切った。その瞬間を思い出すと、どす黒いものが胸に渦巻く。

「彫りのことを話しているのね」タータが柔らかく問う。「何か、懸念があって?」

「――貴女《あなた》には感謝している」アニランは苦渋の表情で、階《きざはし》に立つ水使いを見上げた。「だが、皮肉にも、貴女がいるために、彼は止まらないんだ。毎回『なんとかなって』しまうから」

「貴男《あなた》は」水使いは微笑を浮かべた。「あのひとに、彫りを入れたくないというの?」

「そうじゃない。そうじゃない……ただ」

アニランが顔を手で覆う。背を丸めて顔を隠すと白髪ばかり目立ち、老人のようだった。

「……彼を」震える声が言う。「彼を、連れて行かないでくれ」

想いを絞り出すような響きに思いがけず揺さぶられた。動揺を払うように「なんの話よ」とソディは呆れてみせる。おばあちゃんの昔話じゃあるまいし。砂ノ領ではよく語られるのだ。世が乱れると、美しい女に化けた妖が現れて、男を攫《さら》っていくと。あら、そういえばその妖、水蜘蛛の女のことだったかしら。いくらタータでも、頭領を攫うのは骨が折れそうだが。

「私は」水使いは慈《いつく》しみ深くアニランを見つめる。「彼を、引き留めているつもりよ」

どこからどこに？　さっぱり分からない。ソディはそれ以上、聞く気が失せた。

「ともかくアタシは会うわよ。頭領に」きっぱりとアニランに宣言する。「だって約束したの。あの馬鹿に。させられたって言うのかしら。アタシは突っぱねたつもりだったけど」

マルトの最期の笑みを思い浮かべ、ソディは踵を返した。

顔も上げられないふうの学士を置き、頭領の館を後にする。ハマーヌが町に帰ったところを捕まえようと思い至ったのだ。足早に向かう彼女を、呼び止める声があった。

「――ソディ・テイ・ラワゥナ嬢」

きちんと名を覚えてくれている。振り返れば、やはりチドラだった。

「このたびは残念だった」チドラは目を伏せる。

「そうね、残念だったわ」ソディは素直に言った。心からそう思っていた。

チドラは頷き、ソディとともに歩き出す。彼の仕草にはあくがない。どことなく摑みづらいくせに、警戒する気が起きない。凡庸なようでいて、不思議な男だった。

「……帝軍が来て、ますます肩身が狭くなりそうだね」彼は声を落とす。「辛くはない？」

「帝兵崩れってやつね」ソディは肩をすくめてみせた。そう言えばこの通りでマルトは彼女を庇ってくれたのだった。「辛くなんかないわ。でも悔しいわよね。どんなに懸命に働いたって、裏切り者扱いされるんだもの。まあ、下に見られるのは慣れっこだけどね」

嘘だ。侮辱されると、いつも飽きることなく腸《はらわた》が煮えくり返る。平気な顔が出来るだけ。

「だいたいアタシね、帝軍にいた時も、同胞のために戦っているつもりだったのよ」ソディは鼻を鳴らした。「いつも、こう唱えていたの。『我らは等しく失われし民』――」

戯《たわむ》れに口にしてみれば、チドラが低く囁《ささや》いた。

「……我らは等しく失われし民、安息の地を持たぬ、見えざる聞こえざる者……ともに戦い、ともに散らん。父の憎しみ、母の嘆きを晴らすその日まで……」

ぎくりと立ちすくむ。見上げれば、チドラの透明な瞳とぶつかった。

「僕らも一緒だよ」優しい声で彼は言う。「僕らも幼い時からこの言葉を唱えてきたんだ」

「あなた……」声がかすれた。「〈よしみ〉の人だったのね」

「そうだよ」チドラの声はどこまでも心地よい。「やはり、その呼び名を知っていたんだね」

「アタシたち子供兵の指南役から聞いたの。その人の名前は……聞きそびれちゃったけど」

記憶が瞼に甦る。名前も知らない帝兵。祖国から伝わる幻影《げんえい》ノ術《じゅつ》をソディに教え、断たれた知恵の糸を繋いでくれるはずだった男。この世はよしみで溢れていると彼は言ったけど、姿も声もない、見えざる聞こえざる者を名乗る人たちを、ソディは探し出せずにいた。

「貴男の他にも、よしみの人がいるの？」逸る鼓動を抑えてソディは尋ねる。「貴男と一緒に、この町に来た人たちもそう？　草《くさ》ノ領《りょう》や、帝都にもいるって本当？」

生き別れた家族に出会ったかのように、ソディはチドラの腕をきつく摑んだ。爪が肌に喰い込んでも、チドラは笑みを絶やさない。ソディの腕に優しく手を添え、導くように歩み出す。

「いるよ。いるとも」真摯《しんし》な声だった。「僕と一緒に来たもと帝兵たちはみんな、よしみだよ。

「草ノ領にも火ノ国の外にも、たくさん残っている。帝都のよしみの話も、よく知っていたね」

よしみの間で、まことしやかに囁かれる古い逸話があるという。『一族郎党、総取り換え』の話だ。その昔、幻影ノ術に長けたよしみの人々が集まって、一計を案じた。草ノ領のとある一族を一人残らず屠《ほふ》り、〈家譜《かふ》〉ごと乗っ取ったのだ。そうして彼らは由緒ある草ノ民に見事成りすまし、何十年何百年、何代もかけて、火ノ国の中枢カラマーハ宮殿に入り込んだとか。

「それ、聞いたわ！」ソディは叫び、はっと声を落とした。「ジーハ帝と一心同体なんだって。帝軍を使って、イシヌの悪鬼や水蜘蛛どもをやっつけるために、攻めてきたって」

チドラもよしみなら、その帝王の側近とも知り合いなのだろうか。興味の赴《おもむ》くままに尋ねた後で、ソディは気づいた。アタシ迂闊《うかつ》な真似をしているんじゃないかしら。帝軍を操る連中はこの町や南部を何度も襲った敵だ。そんな敵と繋がっているなら、それは間者じゃないの。

どっと背中に汗を掻く。引っ込めようとした手を、強く握り込まれる。ソディは咄嗟に身を硬くしたが、チドラの手は温かく、害意は感じなかった。

「よしみにも色んな人がいてね。帝都の彼らは、一族郎党、総取り換えを実行した人たちだ。祖国復興の夢のためなら、罪なき人の血がどれほど流れても構わないと考えている」

ではチドラたちは違うのか。おそるおそる訊けば、チドラの笑みがほんのり苦くなった。

「よしみの人々の志は一つだ。大地の復活、祖国の復興。だけどみんな見えざる聞こえざる者だから、お互いの存在を知らない。それぞれがそれぞれのやり方で大志を為そうとしている。帝都の人たちは特別なんだ。よしみのみんながその存在を知るだけの力をつけた」

少なくとも現時点では、彼らが抜きん出ている。イシヌを排し、西域を奪還する直前にまで辿り着いた。けれどもイシヌの鬼女どもは易々と喰われてはくれない。上の王女ラクスミィにまんまと帝都を無血占拠され、ジーハ帝と側近は東の草ノ古都まで追いやられた。

「だけど僕らは、彼らのやり方に賛同できないんだ。彼らは犠牲を出し過ぎる。国は民、民は国だ。国を興《おこ》すにはまず人を集めるべきじゃないだろうか。人々が集まれば営みが生まれる。暮らしが盤石になれば、それを守る力も生まれる。国はきっとそうして成るんだ」

チドラが立ち止まった。ゆっくりと振り返った彼に、ソディも倣う。二人はいつの間にか、町の門まで着いていた。まっすぐに延びる大通り。両脇には家々が立ち並ぶ。

「この地は特別だ。失われし民がイシヌの加護なく築いた唯一の町、風ト光ノ都。ここに住む見ゆる聞こゆる者を、『持てる者』として毛嫌いするよしみもいるが、それはおかしい。いつの日か祖国を復興すれば、僕らも『持てる者』になるのに」

大通りの先に立つ頭領の館を見つめながら、チドラが囁いた。

「僕らはね、式要《い》らずのハマーヌにかけたんだ。この町を甦らせた彼に、祖国復興の夢を見た。その決断は正しかったよ。見てごらん、砂漠に水が引かれ、人々がこの地に集まりつつある」

国は民、民は国。これは国の興りの瞬間なのだと、チドラの透明な声が言う。

彼はソディをいったん放し、改めて手を差し出した。そのたなごころが無言で誘う。ともに夢を見よう。祖国の記憶を語り継ごう。祖国より紡がれた知恵の糸を、後世に繋いでいこう。

途切れた糸の端が、やっと戻ってきたのを知って、ソディは迷わず、その手を掴んだ。

第二部

第一章　女帝ラクスミィ

ちちちっ。

か細い鳴き声をラクスミィは聞いた。羽音が耳の間近をかすめる。ふわふわの毛玉。小さな翼は羽毛ではなく、薄い膜より成る。蝙蝠《こうもり》である。

彼らは臆病だが、存外に賢い。初めこそラクスミィの連れる〈光《ひかり》ノ蝶《ちょう》〉を警戒していたが、今ではすっかり慣れたふうで、今日はことに大胆である。晩餐会を催せるほど大きな書机に、余すところなく広げられた巻物と古書、地図。それらを確かめるかのように彼らは飛び回り、一匹などラクスミィの手もとまで下りてきて、ひしゃげた豚鼻をひくつかせた。ちょうど読みたいところを塞いでいる。ラクスミィは長い爪を気だるげに振って、追い払った。

光ノ蝶が女帝の肩から飛び立つ。主の調べものを邪魔させまいと、悪戯者《いたずら》の蝙蝠たちを追い始めた。きらきらと散る鱗粉《りんぷん》が宙で集まり、新たな蝶となる。そうして幾十と増えた蝶たちが飛び回り、部屋を照らし出した。

天井はない。どこまでも続く吹き抜けの、高みは陽光に溶けている。壁もない。果物の皮を剝くように、ひとつづりの階《きざはし》が螺旋《らせん》を描く。岩の地盤を削り進めたために、この形となった。そう、ここは地下である。螺旋の階に沿って、書棚がやはり螺旋を描き、万の書物を千の時にわたり抱いている。

二重の螺旋の底で女帝ラクスミィは書を広げる。火ノ国の叡智《えいち》の宮殿〈帝都学士院〉。その深部に穿《うが》たれた、帝王のためだけの書庫である。蝙蝠たちはその番人だ。吹き抜けを飛び回り、書物を喰らう忌々しい虫を捕らえてくれる。ちちっと一匹が間近をかすめると、銅《あかがね》色の髪が一房、はらりと瞳の前に落ちた。国主の威光を押し固めたような髪飾りは、その重さと大きさゆえに、髪飾りを支えるための髪飾りが要《い》る。ラクスミィは支えもろとも髪飾りを取り払い、惜しげなく机に放ると、かんざし一本でくるくるっと髪をまとめ上げ、再び書に向き直った。

火ノ国を分断したカラマーハとイシヌの戦《いくさ》〈大内乱〉。その終幕より早や六年が経つ。先帝ジーハを討ち滅ぼし、ラクスミィは異郷の姫でありながら帝家の当主となった。玉座とともに手に入れた財のうち、最も心惹かれたのはここ〈地下文殿〉の鍵だ。政務の合間を縫っては、古書の海へと潜り、群れ泳ぐ文字と遊んできたものだ。

だが叡智と戯《たわむ》れ続けるには、ラクスミィの負うものは重すぎる。

「やはり、ないか」

ラクスミィは古書を置いた。煉瓦《れんが》さながらに分厚い本は、どこを開いても数字がびっしりと記されている。日付と青河《せいが》の水位である。火ノ国の興《おこ》りとともに創られた大運河〈青河〉の、千年の記憶がここに納められていた。

「――異様な」

地底の闇で、ラクスミィは独り呟く。今年の青河の水は明らかにおかしい。古書にくまなく目を通したが、中雨季になっても水位が上がらなかった例は見つからなかった。

確かに、今年は雨が少ない。だがこの程度の日照りは十年に一度訪れるものである。過去のものはいずれも大過なく切り抜けられた。ましてや、治水を司るイシヌの女王が不在となって以来、青河は水をそそぎ込まれるばかり。中雨季はむしろ氾濫に悩まされてきたというのに。

原因の目星は、しかし既についている。

傍《かたわ》らの地図をするりと撫でる。なめらかな指の腹が触れるのは、砂《すな》ノ領《りょう》の南部だ。指はそのさらに南方へと下がり、〈七ツ国連邦〉との国境に広がる高山地帯をなぞった。

〈大内乱〉の混迷の最中、この地に水路を引いた人々がいた。その名も〈見ゆる聞こゆる者〉。ラクスミィの生家イシヌを恨み抜く、まつろわぬ民である。ラクスミィ自身にとっても因縁の相手だ。幼き頃の彼女をかどわかした、南境《みなみざかい》ノ乱《らん》と呼ばれる反乱の首謀者が彼《か》の民である。

全ては亡き祖国〈風《かぜ》ト光《ひかり》ノ国《くに》〉の復活のため。西域に水を引き、大地を取り戻す――当時の頭領の妻はそう高らかに嗤《わら》ったものだ。ところが頼みとしていたカラマーハ帝家に裏切られ、見ゆる聞こゆる者は壊滅の憂《う》き目に遭った。それから十六、いやもう十七年経つか。以前は哀れな亡霊の叫びに過ぎなかった妄執《もうしゅう》が、ついに現実の脅威となって、火ノ国を揺るがしている。

彼らの築いた水路が、青河に流れ込むはずの水を盗んでいるのだ。

彼らの根城〈南 境ノ町《みなみざかいまち》〉の文字は地図上にない。公に認められていないからだ。それでもラクスミィの爪先は正確に町の位置を押さえた。丈夫な厚紙に潰瘍《かいよう》のような皺《しわ》が寄る。返す返すも悔やまれる。六年前の、大内乱の終幕当時。ラクスミィは水路について報らせを受けていた。しかし関心を払わなかった。考えることが多すぎた、とは言い訳にもならない。だがそもそも過ちは、その十年余り前から始まっている。南境ノ乱の始末がぬるすぎたのだ。イシヌ王家は見ゆる聞こゆる者の残党を見逃すべきではなかった。

当時の女王の判断は分かる。イシヌの統べる砂ノ領には〈風《かぜ》ト光《ひかり》ノ民《たみ》〉の末裔《まつえい》が多く住まう。血の交わりでいえば、民の半数は関わりを持つ。見ゆる聞こゆる者はその風ト光ノ民の国なき軍を名乗る輩《やから》だ。慈悲を乞う者まで根こそぎ処刑すれば、民の疑心を招きかねなかった。

しかし、その危険を冒してでも、断罪すべきであったのだ。

ぷつ、とかすかな手応えがした。ラクスミィの爪先が地図に穴を開けたのだ。書を傷つけるという行いが、ラクスミィを我に返らせた。地図から顔を上げて、はるか遠くの地上を仰ぐ。膨大な数の書物が渦を巻き、陽光に溶けゆくさまが見えた。心を鎮めるべく、息をひとつ深く吸えば、古書特有の、巴旦杏《はたんきょう》の実にも似たほの甘い香りが胸を満たした。

そう。地図を破ろうが、国史書を書き換えようが、過ちを消せはしない。人の行いは全て、良きものも悪しきものも撚糸《ねんし》の如く絡まり合い、歴史という壮大な織物を成す。ラクスミィとイシヌのしくじりは既に、世のうねりに織り込まれたのだ。

時の流れは織り直せぬ。しかし新たな糸をかけ、正しい方へと導くことは出来る。

ラクスミィはゆっくりと立ち上がった。光ノ蝶たちが蝙蝠を追うのを止め、主人の足もとに馳せる。鱗粉の輝きに、女帝の背後に影が伸びた。その闇より濃い黒がゆらりと起き上がり、主を離れて大机を舐める。好き放題に広げられた書、忘れ去られた髪飾りを呑み込むと、影はすうっと伸び上がり、男の形をとった。鎖帷子《くさりかたびら》を纏《まと》う砂漠の将である。黒曜石《こくようせき》のような腕の、片やに蔵書、片やに髪飾りを抱え、影の従者はなめらかに、螺旋の階を行く主人を追った。

闇の底から光満ちる世界へ。緩やかな螺旋を回りつつ、ラクスミィの影が書を戻していく。最後に残った巻物をしまうと、影の従者は無形に還った。主人の前へと滑り出て、するすると階段を登ると、磨り硝子《がらす》の扉へと辿り着き、来たる主のためにゆっくりと押し開けた。

地上へと至っても、螺旋は続く。

地下文殿の上は、学士らのための書院である。急勾配のすり鉢状の建造物に、階段と書棚が渦を巻く。天井は清水の如く澄んだ玻璃《はり》仕立てで、床は永久土の如く分厚い曇り硝子仕立て。ラクスミィが地下から望んだ輝きは、この硝子造りの床に、陽光が乱舞するさまであった。

今も学士たちが螺旋を行ったり来たり。その目は書物に釘づけだ。硝子の床一面に置かれた机は、どれも学士らで埋まっている。あぶれた者は床に座り込み、読書に耽《ふけ》っている。

混雑の中ひときわ大きな机を独占する者がいた。うずたかく積まれた書の合間に、彼の手足の異様な長さが見てとれる。蜘蛛《くも》の脚のように節くれた指がにゅっと突き出て、いっとう高い書の塔から器用に一冊だけ取り上げた。

「ナーガ」その者の名を、ラクスミィは呼んだ。「参るぞ」

女帝の声は決して大きくないが、少年を飛び上がらせるに十分だった。書の塔がぐらぐらと揺れ、それでもなんとか崩落しなかったのは、少年のともすれば滑稽《こっけい》な所作が、舞いのように柔らかだったためだ。慌てて書を片づけるさまも、流水の如くなめらかである。

先の〈大内乱〉で滅びし水蜘蛛族《みずぐもぞく》。彼はその生き残りである。

幻とも伝説とも謳《うた》われた民の中で、男子はことに希少だ。彼らは西ノ森の奥で生涯を過ごすしきたりで、外の世界に姿を見せてこなかったのだ。他の民を知らず、文字も知らず、主たる女たちの求めるままに舞う——そんな清らかに閉ざされた人生は、ナーガには訪れなかった。時の奔流《ほんりゅう》が容赦なく、彼を森から放り出したのだ。世界を見分し、書の海に潜り、文字の渦に身を投じる波乱の日々。その果てに少年は知を得て、水蜘蛛族の男子特有の純真さを失った。

それでも彼の身体は否応なく一族の血を体現してみせる。樹木の如く長い四肢、まだ十五歳とは思えぬ背丈。奇妙な肢体を覆うべく、衣も異質だ。長い上衣の下には布手甲《ぬのてこう》、巻き脚絆《きゃはん》、徳利襟《とっくりえり》の肌襦袢《はだじゅばん》を着こみ、顔と指先以外をしっかりと覆い隠している。水蜘蛛族の男子にありがちな、長じるにつれて曲がりがちな背は、幾重もの細帯で固められていた。

衆目を集める運命《さだめ》を、しかしナーガは真正面から受けて立つ。

学士たちの蔑《さげす》みと好奇の眼差しを斬るように、彼は衣を閃《ひらめ》かせて駆ける。若々しい紺青色の上衣の、幅広の袖からは、目の覚めるような露草色の長手甲が伸びる。彼が書棚に冊子を差し入れるたび、布籠手《こて》の留め紐の琥珀《こはく》色がちらつくが、これは細帯の根付と同じ色目という凝りよう。すぐに髪飾りを外しにかかる女主人とは正反対の、着道楽ぶりである。

片づけを終え、ラクスミィのもとに馳せたナーガは無言で跪《ひざまず》いた。待たせた詫びも挨拶の口上も、笑みすら浮かべる気配はないが、仕草だけは非の打ちどころなく優美である。故郷の森を離れたばかりの頃はところ構わず暴れ回る野生児であったのに、六年余りの宮殿暮らしですっかり雅やかな所作を手に入れた。おかげで以前に増して可愛げがない。

もっとも従者は主人の写し鏡だ。学士院の長《おさ》が見送りに出向いてきたが、ラクスミィは全く応えてやらなかった。彼は賛辞の置きどころを誤っている。美を称えられても、心は動かない。小娘は鏡を見ておれという侮りにさえ聞こえる。この灰髭男から、丹導学《たんどうがく》の心沸き立つ見地を聞ける日は来るだろうか。——彼が慣習と序列ばかり貴むうちは、望みが薄かった。

それでも、これぞ帝都の豊かさの証だ。慣習も序列も、千年続く安寧《あんねい》の上に築かれたもの。富とは、盤石の土壌あってこそ。そう自らに言い聞かせ、ラクスミィは不快な称賛に耐えた。

「時に！　時に、麗《うるわ》しの女帝陛下」

無言に徹するラクスミィのつま先が御所車にかかったところで、学士院長はようやく本題を切り出した。先ほどまでの美辞麗句とは打って変わり、噛みつくような語調でまくし立てる。

「ぜひ一度、先日の御勅令についてお話しいたしたく！　御存じの如く、我が院は日々新たな比求式《ひきゅうしき》の作用について検証しております。確たる結果のためには安定した術の再現が不可欠、そのためには丹導器《たんどうき》が最適なのです。そう、仙丹器《せんたんき》です。我らには〈仙丹《せんたん》〉が必要なのです。ところが陛下の御勅令は、〈仙丹狩り〉とでも言うべきもの。これではろくに」

「仙丹狩り」ラクスミィは舐めるように囁《ささや》いた。緩慢《かんまん》に振り返り、灰色の眉に埋もれた両目を見つめる。「これはおかしい……わらわはいつ、仙丹を奪うと申したか」

苛立ちにいきりたっていた長は一転、ごくりと生唾を呑んだ。

「い、いえ、しかし」咽喉《のど》を詰まらせながらも、彼は喰い下がる。「我が院の所有する仙丹を、ひとしずくの漏れなく申告せよとは、相当な無理難題。しかも今後の御下賜分は使用するたび量と用途を記録し、お検《あらた》めの際に齟齬《そご》あらば全てお取り上げになるとは、如何《いか》にも乱暴な」

院長はひと息に言い切り、だが後悔も露《あら》わに青ざめた。

ラクスミィの影が、ずるりと立ち上がったのだ。

「火ノ国の叡智の頂きが」長い爪をひたりと当てれば、爪先から冷気が漂い、老人の髭にちりちりと霜を降らせた。「己が有するものを把握しかねると申すか」

長の唇は凍り、張りついている。彼の目だけが雄弁に、女帝が負う影を見上げた。

「そなたも学士ならば知っておろう」甘やかながらも冷ややかにラクスミィは告ぐ。「たったひとしずくの仙丹が如何ほどの力を持つか。扱いを誤り、部屋ごと吹き飛んだ学士を何人見てきた？　それが仙丹器なる形をとり、国中に散っておるのじゃ。……なんと危うきことよ」

のう、と女帝が囁けば、か細い賛同が返った。

「長よ、勅命を喜ぶがいい。発布したように、いずれは全ての仙丹器を記録する。有するに能《あた》わずと断ずれば差し押さえもする。そんな中、学士院は変わらず仙丹を下賜されるのだ。

──平伏し、深謝せよ」

長はがくりと膝を折った。遠巻きに様子を見る学士たちも皆、この世ならざるものを見たが如くである。つまらぬ輩よ、とラクスミィは胸中で呟いた。学士たるもの、不可思議な現象を前にして、心躍らせずしてなんとする。恐怖ではなく歓びに目を見開き、青ざめるのではなく頰を染め、身を引くよりも全身を投じて、探究せよ。女帝の従える影が如何なる原理のうえに成り立つものか。まだ見ぬ比求式の、その美しさを予感しないか。

彼らは今、イシヌ王家の秘術を目にしているというのに。

その名は〈万骨《ばんこつ》ノ術《じゅつ》〉。火ノ国の興りの時代、イシヌの始祖が西域を平定すべく、その身に負いしものである。王家の古文書によれば、始祖はこの秘術を、白亜《はくあ》ノ砂《さ》漠《ばく》の〈月影族《つきかげぞく》〉より授かったとか。死者の骨を依り代にして膨大な量の丹を蓄える、この忌まわしい技は、しかし無限の可能性を術士にもたらしてくれる。例えば〈闇丹術《あんたんじゅつ》〉——全ての物質を素なる粒子へと還し、ものの重さすらも操る大技は、本来生身の術士一人では到底為し得ぬもの。だが万骨を負ったラクスミィは、その闇丹術すらも具現化していた。

影の従者だけではない。暗闇に出でて足もとを照らす光ノ蝶も、万骨によって生み出されたものである。これを〈丹妖《たんよう》〉と呼ぶ。ラクスミィの纏う冷気は、灼熱の丹妖が大気に孕《はら》む熱を奪ったもの。その他にも颪や雷光、土に岩に金剛も彼女のしもべだ。

ところが丹妖を目にしたほとんどの者が、拒むように恐れるのみで、その成り立ちを暴こうとしない。ましてや、実際に比求式に書き起こせた者はいなかった。

ただ一人を除いて。

車の傍らに跪き、御簾《みす》を上げて待つ小姓を見つめる。幼い頃は父親の生き写しであったが、長じるにつれて顔立ちに母親の面影が浮かんできた。少年の涼しげな目もとに、この世の謎の全てを暴く紺碧《こんぺき》色の残像を見て、ラクスミィの胸はちりりと疼いた。

女帝の視線をどう受け取ったか、ナーガは端整な眉を顰《ひそ》めてみせた。それでいながら、女帝の衣の裾をするりと拾う仕草、御簾を音なく下げる所作は、指先に至るまで慎ましやかである。かといって御簾越しに緩やかに手招きされても、ぷいと顔を背ける不躾《ぶしつけ》さ加減。

ラクスミィはため息のみで少年の無礼を捨て置いた。そのさまを見て、学士院の者らが声を落として噂する。院長にはあれほど冷たいのに、やはり陛下は異形の少年に御執心だ。酔狂なお方よ。それとも、あの奇異な容姿を忘れさせるものが、水蜘蛛にはあるのかな。

彼らの陰湿な笑いを受けて、ナーガがふわりと立ち上がる。

彼がさあっと袖を払えば、大気がきらきらと瞬《またた》いた。生まれ出た露玉が、彼の腕のしなりに誘われて、ひとところに収斂《しゅうれん》する。水がみるみる大きく育ち、透明な鞠《まり》を成していくにつれ、噂に興じていた数多の口から感嘆の声が漏れた。しかしそれはすぐに、悲鳴へと変化する。

少年が手首をくるりと反す。清水の鞠がぐんなりと歪んだ。伸びたり縮んだり身もだえた後、水の鞠から蹄《ひづめ》の脚が伸びる。続いて、長い鼻とたてがみの首、女人の髪に似た尾が生え――

現れたのは、透明な馬。水の丹妖であった。

ナーガはこの世でただ一人、ラクスミィより万骨ノ術を施された者だ。少年の命を救うためだったが、世の人々はそうと知らない。秘術とともに女帝の寵愛《ちょうあい》を賜《たまわ》ったのだと面白おかしく語る。ナーガにすれば甚だ不本意であろう。万骨ノ術は彼が望んだものではない。むしろ組み伏せられるようにして負わされた呪いに等しい。術を刻まれた当初は屈辱に燃え、誇りを取り返さんとラクスミィに挑みかかってきたものだが、いつしかその炎は瞳の奥へ退き、今や所作だけはこれ見よがしに従順、どこに行くにもぴったりついてくる。なんのつもりやら。

ナーガが水妖に跨《またが》ると、御所車の白牛に鞭が打たれた。女帝の一行がゆるゆると坂を行く。帝都はなだらかな丘に築かれており、カラマーハ宮殿はその頂きに建つ。鏡の如く平らな道、紙も通さぬ石組み塀は帝都の代名詞である。ただしここ〈末町〉に見るような摩天楼《まてんろう》はない。宮殿を囲む〈本町〉にふさわしく、〈貴き人々〉の優美な館が、林のような庭の向こうに覗く。道中ラクスミィは御簾越しに街並みを眺めた。ここは仙丹器によって建てられた都である。帝都の富を支えるのは仙丹、その仙丹は、帝都の地下の乳海《にゅうかい》より汲み出される。火ノ国の首都たる帝都は、業火の如き力の頭上に建っていた。

乳海は仙丹よりもさらに不安定だ。大気に触れるなり暴発するその危うさから、宮殿の最奥の塔で、水底に沈められている。そんな厳重な管理にも拘らず、どれほどの量が沈むかは誰も知らない。地下文殿の蔵書を読み漁っても、答えは見出せなかった。

ラクスミィは眉根を寄せた。帝家はこれまで何をしていた。己の力を知らぬ輩がよくぞ千年国主を務めたものよ。胸中でそう毒を吐きつつ、測る手段がなかったのだろうと思う。帝家に伝わる〈人知《じんち》ノ柄杓《ひしゃく》〉を使えば暴発する前に結晶化できるが、それで汲み出せるのはわずか。塔から水を抜くことはまかりならず、水に潜って確かめることも出来ない。

水使いでもない限り――
ラクスミィは御簾越しにナーガを見遣った。途端つんとそっぽを向いた少年に反して、水妖ヌィがたてがみを振り立てる。まるで注目を喜ぶような無邪気な動き。ナーガが怒ったように手綱を引くと、馬首があらぬ方を向いた。水妖がたたらを踏みつつ、女帝の隊から離れていく。大人びた振る舞いをしても、ナーガは未だこうしたへまをする。

列に戻そうと躍起になる少年を眺めるうち、御所車は宮殿の煌《きら》びやかな正門を抜け、本宮へ至っていた。衛兵たちが駆けてきて、駕籠《かご》から玄関の階段にかけてずらりと二列に並ぶ。兵らの胸当ての、金糸銀糸の刺繍《ししゅう》が輝く合間を、一人の男が歩んでくる。帝兵の象徴たる黒甲冑《かっちゅう》。その広い両肩にわたるのは、紅玉《こうぎょく》と金細工で炎を模した、武官最高位を示す頸飾《くびかざり》である。

「お帰りなされませ、陛下」御簾の間近に跪き、彼は言った。

親しみやすい笑みとは裏腹の、近づきがたいほどに透き通った眼差し。甲冑にふさわしい、隙のない立ち振る舞い、貴き人々らしい柔らかな物腰。相反するものを同居させたこの武人の名は、ムアルガン・ヤガナート――女帝の懐刀《ふところがたな》の、若き元帥《げんすい》である。

彼にまつわる噂も対極が共存する。一極は『色事嫌い』、もう一極は『女帝の寵臣』である。帝都の四代名家の長男でありながら、いっこうに妻を娶《めと》らぬため、こうした憶測を呼ぶのだ。彼に近づく女は、女帝にむごたらしく殺されるという噂まである。ラクスミィにとっては実に不名誉な話である。彼の身持ちの固さはラクスミィに出会う以前から。彼女の責任ではない。

「おみ足をこれへ」

ムアルガンが両手を重ねて、御簾の前にすっと差し出した。踏みつけにして降りろという。踏み台を用意させればよいものを、これだからあらぬ噂が立つのである。あるいはあえてか。嫉妬深い女帝の寵臣ともなれば、煩わしい縁談の類いはおのずと遠のこう。それはラクスミィとて同じこと。独り身の若き女帝に取り入ろうと、見目麗しい贄《にえ》を献上したがる奸臣は多い。なるほど互いに利があるならば、ここはひとつ、誘いに乗ってやろう。

御簾が巻き上げられる。元帥の望み通り、重ねた手に足を置く。あえてぐっと重みをかけてやるが、手はびくとも揺るがなかった。風雅ななりに反し、彼の腕は逞《たくま》しい。その気になればラクスミィなぞ楽々抱き上げられよう。断じてさせはしないが。いや一度だけ、許したことがあったようにも思うが、なんの折だったかはとうに忘れた。

手の踏み台から降り立ち、ラクスミィは重い裾をさばいて歩み出した。それに元帥が従う。なんぞ用があるのかと、目だけでちらと問うてやれば、彼は耳もとに口を寄せてきた。

「ひとつお耳に入れたき儀がございます」

ラクスミィの豊かな髪に口もとを隠すようにして、彼は囁く。

「砂ノ領の南部にまつわることです」

詳しく申せと命じれば「では〈奥ノ院〉にて」と抑えた笑みが返る。こうして色も艶もない政ばかり語らう仲だが、二人を遠巻きに望む宮廷人たちは、扇の陰でひそひそとやり出した。また見当違いな噂が流れることだろう。醜聞如きで心揺らぎはしないが、多少は煩わしい。

噂に興じる人々を鋭く睨《にら》んで牽制《けんせい》していると、小走りに近づく足音が背後に聞こえた。

肩越しに見れば、ナーガであった。水妖をなかなか御せず、最後は術を解いて、ようやっと追いついた模様だ。未熟者だが、ここまで走ってきながら息を切らさぬところは褒めるべきか。それともラクスミィが車内に放置した被衣《かつぎ》を、きちんと携えてきたところを労うべきか。何も言わずにおいてやるのが優しさかもしれぬ。

「これはこれは、水使いどの」

ムアルガンの声は笑いを含む。邪気のないものだったが、少年の目尻にさっと朱が差した。彼は失敗を見咎《みとが》められるのを嫌う。特にムアルガンのような大人の男に対して虚勢を張りがちだった。そういう年頃なのだとラクスミィは理解している。

「お話しのところ相すみませぬ、元帥閣下」

澄まし顔でナーガが一礼する。声変わり特有のかすれ声に、見せつけるような優雅な仕草がちぐはぐだ。言葉遣いこそ慇懃《いんぎん》だが、終わるなりさっさと顔を背けるさまは生意気そのもの。ラクスミィとムアルガンの間に、わざわざ身体をねじ入れてくるのも、いつものことだった。

「陛下、これを」

ナーガはことさらに恭《うやうや》しく言い、手中の衣を差し出した。蟬《せみ》の翅《はね》を思わせる透かし織りの美しい被衣である。宮殿の貴き女人たちが好んで身に着けるものだ。自慢の髪を見せるための趣向であって、日差しを遮《さえぎ》る力はほとんどない。侍女らが慣例だのなんだのと勝手に見繕ってくるのだが、ラクスミィは被る意義を見出せず、ことあるごとに脱ぎ捨てにかかる。此度《こたび》も「要らぬ」と突っぱねたが、ナーガは「そうは参りません」と喰い下がった。

「陛下のために丹精込めて仕立てた者がいるのです。お嫌ならまず侍女らをお諫めください」

意外や切れ味鋭い正論が返ってきた。少々耳に痛く、ラクスミィは沈黙した。

断じて引き下がらない小姓の手から、だが被衣がさらりと消えた。ムアルガンが横から取り上げたのだ。煙さながらに宙を揺蕩《たゆた》う衣を、さあっとひと薙《な》ぎに広げると、その流れのままにラクスミィの頭に覆いかける。軽やかな裾が宙を舞い、ゆっくりと地に降りるまで、ナーガが元帥の手つきを喰い入るように見つめていた。慇懃無礼ぶりはどこへやら、熱心な眼差しだ。ラクスミィの見る限り、彼の所作はムアルガンのそれの模倣である。当人は断じて認めまいが。

「では参りましょう。……我が陛下」

ムアルガンが囁くと、ナーガが我に返ったような顔をした。一転して目を吊り上げる少年に、元帥は闊達《かったつ》に笑う。どうもからかっているようだ。あるいは張り合う少年をいなしているのか。何を張り合っているかは、ラクスミィの知るところではない。二人を捨て置き、歩き出す。

カラマーハ宮殿の本宮には、回廊と吹き抜けが碁盤の目に並ぶ。太い石柱が林のように立ち並ぶ中をずっと進めば、巨大な扉が現れた。帝王のための御殿、奥ノ院である。先帝ジーハは数多の側室をここに押し込めて肉欲に溺れたものだ。

ラクスミィはもっぱら臣下を引き入れ、政略軍略に耽っているが。

先帝の側室たちに残らず暇《いとま》を出した今、奥ノ院は閑散としていた。侍女すらまばらな中を、元帥と小姓のみを従えて進む。本来は元帥のみで良い。これから国の行く末を占おうかという難題について論じるのだ。女帝のお気に入りと称されても、ナーガは一介の小姓に過ぎない。

早々に下がらされると分かっていように、ナーガは毎度の如く何食わぬ顔で〈女帝ノ間〉に入り込む。椅子を揃えたり水差しを用意したりと、さも忙しく働き回ってみせるも、その甲斐虚《むな》しくラクスミィに退室を命じられ、あからさまにふくれっ面を寄越した。かといって叱責を喰らう前に、さらりと会釈を寄越すそつのなさ。つくづく可愛げがない。

ナーガの閉ざした扉を睨んでいると。押し殺した笑いが上がった。ムアルガンである。何がおかしい。扉から彼へじろりと睨む先を変えれば、ナーガと同じ仕草で一礼された。

「お許しを。あの者を見ておりますと、なんとも微笑ましく」

目が曇ったか。それとも皮肉か。呆れたことに本気らしい。相変わらず捉えがたい男である。真意を暴かんと、その妙に澄んだ双眸《そうぼう》を覗き込んでやるも、相手は笑みを深めただけだった。

引き締まった手がするりと伸びてきて、長椅子へとラクスミィを誘う。ナーガの整えた枕の合間に、彼女の身体をふわりと沈めると、――手は、弁えるように退いていった。

「件の、砂の南部でございまするが」

何事もなかったように、元帥は切り出した。事実、何事もなかったわけだが。ラクスミィは女帝然として長椅子にもたれかかると、指先をつと折り曲げ、先を促した。

「御存じの通り、彼の地は大内乱より、陸の孤島と化してございまする。義賊気取りの輩が、余所者を片端から排除するためとか。砂漠の辺境ゆえ様子を見ておりましたが、昨今彼の地に下る民が増え、徐々に力をつけている様子。内情を探るべく、間者を送り込んだところ――」

「帰らなんだか」

「と申すより」言いつつ、元帥はいぶかしげだ。「南部に入ること自体、叶わなかったとか」

ラクスミィもまた眉根を寄せた。

「案内役《あない》はつけたのか」

「無論。砂漠を旅慣れた者に同行させておりまする。第一、砂ノ領の公路を道なりに南下するだけのこと。本来ならば迷いようがございませぬ」

勅使団の兵士曰く、南部に踏み入ったと思っても、知らぬ間に外に出てしまうのだという。太陽や星の位置を確かめつつ慎重に進んでも、やはり進めない。それればかりか、まっすぐ南下していたつもりが、気づけば逆の方角へ向かっていたとか。

あたかも蜃気楼《まぼろし》に惑わされたが如く。

「……〈幻影《げんえい》〉か」

女帝の言葉に、元帥が眼光を鋭くした。同じ名を思い浮かべていたのだろう。

先の大内乱で手を焼いた術と、その使い手の名である。術にかかったことすら気づかせぬ、その巧みさ。ラクスミィ自身も欺かれ、一度は敗走を余儀なくされた。彼らの正体は謎だが、風ト光ノ民の末裔とだけは分かっている。かつて西域にあった祖国の再興を願い、イシヌ家と水蜘蛛族を恨み続ける、古き亡霊である。〈見えざる聞こえざる者〉と名乗った者もいた。

先帝の〈お声役〉シャウスもその一人。異民の身でありながら、彼の率いる幻影《げんえい》ノ術士《じゅつし》らは帝王ジーハにまんまと近づいた。そうして残虐王の名で帝軍を動かし、イシヌや水蜘蛛族への復讐、故国再興をもくろんだ——それが先の大内乱の真相と、ラクスミィは推している。

しかし推論である。その夢もシャウスや先帝とともに死して、幻影たちは幻影らしく、霞《かすみ》と消えていった。以後この六年、配下の者たちに探らせてもなんの音沙汰もなく、消滅したのかとすら思っていたのだが。

「……砂の南部に隠れておったか」

「しぶといものです」ムアルガンがさらりと毒を吐いた。「先帝が腹に飼っていた虫は、そう容易《たやす》く下せぬということでしょうか」

虫とは言い得て妙である。ならば火ノ国は創始より、二匹の虫を腹に飼ってきたのだ。

砂の南部にあって、同胞の国なき軍を自負する、〈見ゆる聞こゆる者〉。

東域に忍び入り、火ノ国の中枢へと喰い込んだ、〈見えざる聞こえざる者〉。

憎しみを露わに声を上げ、武器を取る。姿を隠し声を潜め、敵の内側へと入り込む。手段は違えども、同じ憎悪の流れを汲む者たちだ。根が同じならば、二つは合わさりうる。

厄介な、とラクスミィは眉根を寄せた。

反逆の徒そのものは珍しくない。彼女の即位以来、火ノ国では反乱が数知れず起こっている。先帝ジーハに破壊された暮らしが新しい御世でもなかなか改まらないためだ。執政が行き届くのにはどうしても時がかかるため、今しばらくは続こうが、いずれ落ち着いていくだろう。

しかし、砂の南部の件は違う。このうねりには、それを率いる集団がおり、核となる土地があり、千年の憎しみという物語がある。大内乱のように、国土全てを覆う大火ともなりえた。火の芽は摘む。火を統べるカラマーハの王として、水を統べるイシヌの娘として。

この国を潤す大運河〈青河〉。その源の湖にラクスミィの生家イシヌの地がある。イシヌの当主は湖底に沈む〈天ノ門〉の守護者であった。乾きの季節に門を開け、氾濫《はんらん》の季節に閉じることで、河の水を一定に保ってきたのだ。その当主が不在となって以来、青河はいとも容易く溢れ返る暴れ水と化していた。

イシヌとは水の乱れを治める者であり、それは即ち大地の乱れを治める者であった。最後の当主が姿を消したのも、ひとえに大地に平穏をもたらすためだった。主君のその思いを汲み、ラクスミィは独り後に残り、この国の玉座に登ったのだ。

名こそカラマーハ帝家の当主となろうとも、彼女のまことの心はイシヌ王家とともにある。イシヌに仇なす者は、彼女に仇なす者だ。水盗人ともなればなおさらだ。彼らの引いた砂漠の水路が、イシヌの水の権威を侵しているならば、一滴の恩情も垂れるつもりはない。

「南部に謀反の意ありと存じまする。如何《いか》に処しましょうや、陛下」

ムアルガンの問いに、ラクスミィはおもむろに口を開いた。

しかし勅命を下す直前。にわかに部屋の外が騒々しくなった。乱れた足音に、「御注進！」という怒鳴り声が、奥ノ院の広い廊下にこだまする。ムアルガンと二人、眉根を寄せて見合い、揃って扉へと顔を向けた時だった。

扉が開け放たれる。外に控えていたナーガが、常の風雅な振る舞いも忘れ果て、飛び込んできた。鳥使いから渡されたらしい伝令鳥の小巻物を手に、声変わり中の咽喉を引き絞る。

「申し上げます！　西より報せあり！　青河が、涸れ始めたとの由にございます！」

第二章　刺青《いれずみ》の如く

抜けるような晴天に、雷鳴を聞いた。

その音は天竜の咆哮《ほうこう》にも例えられ、豊穣の季節の訪れを告ぐ。ラクスミィは天を仰いだが、広い青には薄雲がたなびくばかり、雨の気配は遠い。今は中雨季。ここ草《くさ》ノ領《りよう》では晴天を見る方が少ないはずだが、今年は雨が乏しかった。それでも青河《せいが》の豊かな流れが、大地をあまねく潤《うるお》している。草丈は日ごとに伸び、その風に揺れるさまは大海原のさざ波の如し。草葉の色はいよいよ深く、露玉の光る枝先にはふくよかなつぼみが覗く。

奥ノ院の、牡丹《ぼたん》の花のように連なった五重の棟。その角に据えられた、柘榴《ざくろ》の実を思わせる楼閣《ろうかく》から、ラクスミィは己の統べる地を見渡していた。かんざしの歩揺《ほよう》をしゃらりと鳴らし、北へと顔を向ける。悠々と流れる青河の流れを、目でずうっと遡《さかのぼ》り、西の彼方の上流を見て。

細い。即座に思った。これほど細まっていようとは思わなかった。大地に溢れるはずの水が、細筆で描いたような頼りなさ。遠目からも、足がつきそうな浅さである。

青河の流れは遅く、帝都近くの水位はまだ保たれている。あの細い流れが届くまでに雨水が大量にそそぎ込めばよいが、生憎の雨不足。例年、中雨季を越えると雨は減るため、今以上の嵩《かさ》はまず望めない。このまま乾季に入れば、流れが途絶えることすらありえた。

ラクスミィは唇を噛むと、素早く踵《きびす》を返した。衣の裾を蹴るようにして、楼閣から下りる。滑るように回廊を行き、角を曲がり、渡り廊下を越えて、宮殿の奥へと突き進む女帝の足に、奥ノ院の侍女たちは追いすがれない。ついてきたのは小姓ナーガただ一人である。侍女たちの「陛下、どちらへ」という問いは、少年からは上がらなかった。承知しているというように、女帝の歩みに黙して付き従う。

あっという間に二人きりになって、女帝と小姓は五つの棟を抜けた。現れたのは、気の遠くなるほど長い階段である。それをひと息に上り切って、吹き曝《さら》しの露台へと踏み出した主従を、風が高らかに啼《な》いて出迎えた。ラクスミィの銅《あかがね》色の髪がほどけ、ナーガの紺青色の裾が舞う。

奥ノ院の最奥に、純白の塔が天を突く。

帝都の心ノ臓、〈乳海《にゅうかい》ノ塔《とう》〉である。

塔を成すのは、無数に積み上がった、真白い石像だ。男に女、老人に赤子、ありとあらゆる石の顔が、二人を見下ろす。それらの瞳孔《どうこう》なき双眸《そうぼう》の、空虚な視線にも動じず、二人は塔へと至る橋を渡り始めた。この象牙《ぞうげ》細工のように繊細《せんさい》な橋だけが、世界と塔を繋ぐ。

塔の根もとは奈落に消え入って見えない。地底から湧き起こる風に、ナーガがぽつりと一言「……暖かい」と呟いた。常は身を切るように冷たい気流が、今日はわずかに熱を帯びている。

ラクスミィはぎりりと唇を嚙んだ。凶兆であった。

橋を渡り、塔の中へと入る。玄関ノ間では、双頭の牛人の神像が十数体、二人を出迎えた。像はぐるりと円を描いて並び、下へと続く階段を守っている。だがこの玄関ノ間の下に部屋はない。巨木のうろのような暗い空洞が延々と続く。足場は稲妻《いなずま》のように折れる、宙吊りの階段のみである。そこをラクスミィは手すりも持たず、するする下りていく。その後を即座に追うナーガの足もとに、光《ひかり》ノ蝶《ちょう》がさあっと舞い下りて、鱗粉《りんぷん》を振り撒いた。

髪飾りのしゃらしゃらと揺れる音が、がらんどうの塔にこだまする。下るに従い、塔の中は夜のように暗く、真昼のように暑くなっていった。十一、十三、十七と稲妻の階段を折れるが、水面はなかなか現れない。やがて灯りは光ノ蝶のみとなり、額にじんわり汗の玉が浮いた頃。ラクスミィはようやく足を止めた。

「――よもや、ここまでとは」

稲妻の階段をもうひとつ折れた先を見て、ラクスミィは低く呟いた。暗がりに沈む踊り場がゆらゆらと揺れて見える。周囲の闇からは、泡のこぽこぽと爆ぜる音が聞こえ、むっと湿った大気が汗ばんだ肌を撫でた。湯気の立つ水面が、闇の底に張っているのだ。青河から引き込まれた水が、乳海によって熱せられたものである。

「……低いですね」

ナーガが思慮深く呟いた。小さな声にも驚きの大きさが窺《うかが》える。彼は理解しているようだ。この水の低さが物語る脅威を。

仙丹《せんたん》を生み出す乳海は、あらゆる力へと転じる〈丹《たん》の胎児《たいじ》〉である。ゆえに力が定まらず、容易に暴発する。結晶化された仙丹ですら、扱いを誤ればひとしずくで部屋が吹き飛ぶ威力である。もしこのまま青河が涸れ、塔に水が引き込めず、乳海が眠りより目覚めれば、いったい何が起こるか――宮殿は確実に滅するだろう。いや、乳海が露《あら》わになったことは、国史千年において一度もなかった。答えは誰も知らない。

ラクスミィは拳《こぶし》を握りしめた。内乱を収め、国を平らげ、平穏の時代を引き寄せたと思っていた。ところがどうだ。先の戦《いくさ》を凌駕《りょうが》する脅威が、足もとからせり上がっている。

自分は何を間違えたのか。何を見落としたのか……。

過去に堕《お》ちていく意識を、ラクスミィは力ずくで引き戻した。くよくよと悔いる暇はない。彼女は国主、立ち止まってはならないのだ。まずは、事態を正確に把握すること。それから、青河に水を戻す算段をつけることだ。困難だが、道はある。粛々《しゅくしゅく》と突き進むのみ。

「ナーガ」ラクスミィは背後の少年を鋭く呼んだ。「そなたの力を借りるぞ」

乳海の大きさ。それをラクスミィは知りたかった。問題は、その方法だ。

潜らねば測りようがない。だが井戸は底なし。加えて青河から常に水が引き込まれ、激しい渦が生じている。それも熱水の渦だ。乳海に近づけば近づくほど、水は煮えたぎる。水使いでなければ潜れず、潜れても流されていくだけ。浮上して戻るのは至難の業である。

しかし、ナーガなら。

「聞け、ナーガ」ラクスミィは告げた。「まずは、己の身体を〈水《みず》ノ繭《まゆ》〉で包み込むのじゃ。そのうえでヌイに馬車のようにして引かせよ。さすれば、激しい水流のただ中でも、魚《うお》の如く自在に動けよう」

　ナーガはこの塔に潜りうる唯一の者である。無謀な賭けではない。繭と水妖をかけ合わせて水に潜る技は、ナーガ自身が前に試みたものである。〈水ノ車〉とでも名付けようか。奥ノ院から流れ出る排水路に飛び込もうとしたのだ。もっとも、成し遂げる前に、ラクスミィの影の丹妖《たんよう》に取り押さえられたが——何故水路に飛び込む事態になったかはこの際さて置くとして、技量は申し分なかった。式を調整してやれば十分、この塔の水にも入れる。

　だが、少年からの返事はなかった。

　肩越しに振り返れば、少年は黒々と広がる底なしの熱水を見つめていた。その目はこれから奈落に投じられようという者のそれである。

　暗がりにも明らかな青ざめぶりを、ラクスミィは冷静に見てとった。この危険に挑むには、彼はまだ早かったかと思い直す。たとえ技量は十分でも、自信なき者に力は出せない。

「良い」窮《きゅう》しているふうの少年に、ラクスミィは短く告げてやった。「退がりゃ」救いの手を伸べたつもりが、ナーガはどういうわけか、弾かれるように顔を上げた。切れ長の瞳が、まず見事な丸に見開かれ、次いで刃《やいば》のように立てられる。

「行きます！」

　声変わりにかすれた怒鳴り声が、塔に響き渡った。

「良い。無理強いはせぬ」突如勇ましくなった少年に、気もなく手を振ってやるも。

「お前にだって、無理じゃないか！」

ナーガが荒々しく罵《ののし》った。屈辱のあまり宮廷風の振る舞いを忘れたようだ。今にも地団太を踏みそうな立ちざまは、出会った頃の彼が戻ってきたようである。ラクスミィと目が合うと、彼はすっと居住まいを繕いはしたが、両の瞳をらんらんと燃やし続けていた。

「これは僕にしか出来ぬこと」少年が己を鼓舞するように、胸に手を当てた。「陛下のお望み通り、乳海を確かめて御覧に入れます！」

唸るような宣言は、果し合いを受けて立つかの如くだ。怒りに任せての挑戦は危うい。さて却って面倒なことになった、と呟きを零《こぼ》しかけ、だがラクスミィは口を閉ざした。

少年がさりげなく、足もとの階段に目を走らせる。足場を確かめたのだろう。何気なく歩み出して、ラクスミィの横を下りていく。背筋を伸ばしただけとしか見えない、そのなめらかな体幹の流れ。無意識の手すさびのように、くるりとひとつ手首を閃《ひらめ》かせば、どこからともなくいななきが聞こえた。暗い虚空にぽんと現れた清水の玉から、尾が生え脚が生え、たてがみを振り立てながら首が伸びて、透明な馬が生まれ出る。

ラクスミィは口を挟まず、少年の動きに見入った。

舞いの原理を知らぬ者は、最後の手首の反しだけが水妖を呼び出したと思うだろう。しかしすうっと歩み出した仕草から、ナーガの舞いは既に始まっていた。この動きを極限まで抑えた〈舞いならざる舞い〉――それが、森の外で生きるナーガの至った境地である。

長い上衣に徳利襟《とつくりえり》の肌襦袢《はだじゅばん》、布籠手《こて》に布脚絆《きゃはん》。厳重に秘められたナーガの肌は、実は刺青でびっしり覆われている。刺青が描くのは水丹式《すいたんしき》、いや、その断片だ。本来は長大な水の式を、可能な限り分解し、彫り込んであるのだ。水蜘蛛族《みずぐもぞく》の舞いとは、これらの中から適切な一節を選んで動かすことで、望む比求式《ひきゅうしき》へと織り上げていく技である。口で唱えるよりも格段に早く式を完成させられるため、複雑な水丹式であっても瞬時に組み上げられる仕組みだ。

しかし、その舞いも万能とはいかない。

水丹式は繊細だ。わずかな齟齬《そご》で瞬《また》く間に破綻する。そのため舞いを途中で妨げられると、術が成らず、初めから舞い直さねばならない。転じて、舞いはひとたび始めれば、舞い納めるまで、術筋を変えられない。それは即ち、舞いの型と術の作用が固定されることを意味する。舞いの手順と術式を逆算すれば、理論上、どこにどんな文節があるかを割り出しうる。

戦いにおいては、術筋を読まれた側が負ける。加えて彫りを暴かれるのは、舞い手にとって死を上回る恥辱であった。森の外の世界に出て、好奇の眼差しに晒《さら》され続けた結果、ナーガは万が一にも秘文を割り出されぬよう、舞いの動きを見せぬ術《すべ》を編み出したのだ。

くるりと返した手を下ろす。その何気ない所作が次の術の土台だった。そのまま腕を大きくひと薙《な》ぎすれば、闇の虚空にきらりと光が瞬いた。蜘蛛の糸のように細い水がしゅるしゅると吐き出されたと思うと、たちまちナーガを取り囲み、繭のようにすっぽり覆う。水丹術《すいたんじゅつ》の基本〈水ノ繭〉だが、ナーガの舞いはそこに留まらない。ぱんっと袖を払うと、繭を成す糸の端がほぐれ、手綱のような輪となって、水妖ヌィへと繋がった。〈水ノ車〉の誕生である。

ラクスミィはわずかに目を細めた。水蜘蛛族にとって、舞いとは魅せるものであった。だが外の世界に出たナーガの周りに、彼の身体を品定めしようという女人らはいない。華美に舞う意味合いが失われ、理《ことわり》のみが追求された結果が、この〈舞いならざる舞い〉である。だがその削ぎ落された動作は、無駄な文節の一切ない比求式の、冴え冴えとした美にも相通じていた。抑えた中に閃く動きが、目の覚めるほど鮮やかである。幼い頃には不純物だらけの泥のようであったものが、今や研ぎ澄まされた純水そのものとなっていた。

「……今少し」ラクスミィは胸のうちを伏せるように、あえて冷ややかに告げた。「その繭の式に今少し、火丹術《かたんじゆつ》の熱量の一節を加えよ。繭を成す水壁から熱を逃がし、煮え立つのを防ぐのじゃ。風丹術《ふうたんじゆつ》の圧の一節を足すのも忘れてはならぬ。渦が生み出す不測の水圧にも耐えうるよう、繭壁を強靭に仕立てよ」

誇らしそうに背筋を伸ばしていたナーガは、途端むうっと唇を尖らせた。

水丹術は、この世の全ての力を統べる技である。ゆえにその式を分解すれば、多岐にわたる領域が現れる。水蜘蛛族の秘文の一つ一つは、水丹式のかけらという意味合いの他に、熱量や圧力といった個々の作用を持つのだ。適切な文節を選び取れば、基礎の術に新たな作用を付与することも可能であった。ただし、組み上がった技に後から足すことは望ましくない。無理にすれば大概、不恰好な塩梅《あんばい》になる。ようは舞い直しを命じられたのだった。

「……それならそうと、初めから仰ってください」

「いつもの繭壁でここを潜れると思うたか。怒りならば、己の読みの浅さに向けよ」

反論しかねたか、ナーガは悔しそうに口を閉ざした。それでも従順に指を鳴らし、繭を消す。

細かな蒸気の垂れ幕越しに、少年は再び舞った。現れた水に、火と風の力が織り込まれていく。

舞いは術により、その型が固定される。通常はそうだ。ゆえに舞い手は丹導学《たんどうがく》を学ばない。彫り手である女主人から教えられた流れを、愚直になぞるのが『良き舞い手』である。しかしラクスミィはナーガをそのように育てなかった。丹導学を教え、自身に刻まれた文節の意味を理解させた。舞いの型を離れて、常に新たな動きを探求せよと説いた。どのような姿勢、どのような条件でも、舞いをそのつど組み立て直し、望む作用を引き出せるよう鍛えた。

式詠《しきよ》みが自らの意思で式を編むように、舞いを創造する者。それがナーガだ。

ナーガが静かに舞い納める。新しく織り上げられた繭は、先ほどのものとは比べようもなく厚く均一であった。最上の出来だ。これほど安定していれば塔の底でも耐えられよう。

今一度どこにも綻びのないことをじっくりと確かめて、ラクスミィは鷹揚《おうよう》に頷いた。すると少年の頰にさっと朱が差した。その気がしたが、よくは見えなかった。彼は常の如くさらりと一礼し、さっさと背を向けると、ぴしりと鞭をふるうように袖を鳴らす。水妖ヌィが高らかにいななき、まっすぐに熱水に飛び込んだ。繭に入った少年が、暗い水に引きずり込まれる。

黒い水面の波紋だけが後に残った。ラクスミィは独り階段で待つ。波紋が消え、己の水影を見つめるうち、彼女の心は思念の水底へと潜っていった。

この水が涸れるまで、どれほどの猶予があろうか。

青河の上流に見えた、あの細い水が帝都に至るまで、およそ二月といったところか。渇水の元凶を今すぐ断ったとしても、流れの緩やかな河は水の戻りも遅いもの。河沿いの村や田畑に倹水令を出せば、水位は幾らか持ち直すだろうが、それは田畑の主たちに収穫を諦めさせるということだ。反発は容易に推し量れた。ただでさえ若い女帝の舵取りへの不満が募り、蜂起の続く昨今である。発布は可能な限り避けたいが、さて——

暗い水面には泡が爆ぜるばかり。ナーガの姿はまだ見えない。思いのほか、乳海まで深さがあったのだろうか。ではもう少し猶予があるとみていいか。そんな期待が立ち上がる一方で、ラクスミィの背後に、薄暗い不安の影が伸びていった。

——彼は無事だろうか。

今更ながら唇を噛む。光ノ蝶をつけておくのだった。そうすれば丹を介し、繭の中の様子が分かったはずだ。……分かったところでどうにもならぬが。異変を察せても、ラクスミィには助けにいけない。かつて彼女が有した水の才は、とうに封じられたのだ。

ラクスミィは衣の上から己の腹を押さえた。

〈水封じの式〉が、ここに刻まれている。

不安に招き寄せられて、悔いの念がじわりと這い寄る。だが彼女はきりりと背筋を伸ばし、暗い思念を退けた。この式がもたらす数多の可能性は、彼女自身が体現している。万骨《ばんこつ》ノ術《じゅつ》を破綻なく纏《まと》えているのは、この式があるからこそだ。幼き頃には、イシヌの城の混乱を収める大義を与え、それが彼女を城に留め、ひいては、火ノ国の玉座へと導いてくれた。そもそも、過去に恋々とするのは好まない。いつ何時も毅然《きぜん》とあること、それがラクスミィの生き方だ。

ラクスミィは水面を見つめ直した。黒い水がゆったりと波打っている。深みの激しい流れが窺えた。そこかしこであぶくが数珠《じゅず》なりに湧き上がる。泡がぱんっと弾ける音に、風の丹妖をやって、少年が帰ったかと確かめた。……また違った。辛抱《しんぼう》強く佇《たたず》むラクスミィとは裏腹に、光ノ蝶は忙しない。きらきらと鱗粉が散るたび、新たな蝶が生まれ出て、塔はいつしか、蝶の乱舞によって真昼のように明るくなっていた。

強い灯りを浴び、水の奥へと押し込まれた闇。それがふと揺れたかと思った時だ。虹色の泡を纏い、ゆっくりと浮上する影が見えた。ラクスミィと光ノ蝶たちの目が、影の中に鮮やかな紺青色を捉える。少年の長衣の色である。

刹那《せつな》、熱水が大きくうねった。つまみ上げられた布のように、ぐうっと伸び上がる。純白の湯気を纏う波が身震いすると、泡の頭に虚《うつ》ろな穴が開いた。いななきがして、穴から馬の首が現れる。泡のたてがみがしなやかな胴に繋がり、すらりとした四肢が生えた。

水妖ヌィである。

ヌィがひとッ跳びに階段へ躍り出る。水中から大きな鞠《まり》が引き上げられた。ぱあんっと高く音を鳴らし、馬と鞠が霧散する。四方に散ったしずくは、意志を持つかのようにラクスミィを避けていった。蒸気が大気に溶け去っても、ラクスミィの衣に一滴の濡れもない。

晴れた霧の向こうに、一人の少年が跪《ひざまず》いていた。

「……よう戻った」

ラクスミィは少年を泰然と見下ろし、あえて一言だけ伝えた。偉業を称えるのに飾り立てた言葉は要《い》らない。彼の舞いと同じく、ラクスミィの言葉にも、華美な装飾はなかった。

「して、水底は如何《いかが》であった」

言葉少なに促せば、ナーガがいつになく素直に頷いた。

「凄まじい丹の嵐でした。とはいえ乳海は意外や、深うございました。僕の潜った倍はあったような。あまりに広く、距離が掴みづらかったですが……」

広い？　大きい、の誤りかと思えば、違った。

「乳海はまさに海のように、地底に広がっていました。表面は水に冷やされて、真っ黒な皮のように凝っていましたが、時折ぴりりと割れ、真っ赤な溶岩のような赤が覗くのです」

少年の話に、ラクスミィの胸はざわついた。海ほどの量とは思わなかった。青河が涸れればそれが一挙に暴発する。宮殿が消失するだけでは到底済むまい。

もっと詳しく申せ。そう命じかけて、ラクスミィは気づいた。ナーガの母譲りの端整な額に汗の玉が幾つも浮かんでいる。よくよく聞けば、少年の声はいつもに増してしわがれている。

「その亀裂《きれつ》から、灼熱が吹き上がり……。辺りの、水と混ざり合い、渦となって――」

少年の言葉は、そこでぷつりと途切れた。

泡が儚《はかな》く弾けるように、彼は瞼《まぶた》を閉ざした。上体がゆらりと傾いでいく。

何が起こったのか考えるより早く、ラクスミィは手を伸ばした。少年が水に落ちる、わずか手前で、かろうじて紺青の袖を掴む。己の腕と影で少年を引き寄せ、ほっと息を吐く間もなく、ラクスミィは唇を噛んだ。

人の身体はこれほど熱くなるのだと、初めて知った。

「気をしかともて、ナーガ」

少年を影で運びつつ、ラクスミィは命じた。人払いをしたうえで、女帝ノ間の最奥に立つ、天蓋《てんがい》付きの寝台へと、彼を運ぶ。綿雲そっくりの柔らかな寝具に、影はずるりと這い上がると、少年を残してすうーっと消えた。

「彫りを確かめるぞ」

声がけに、ナーガは朦朧《もうろう》とした目で頷いた。鈍いながらも自ら衣を解き始める。よほど辛いのだろう。いつもなら、こうは素直にいかない。

出会った頃から、ナーガは断固として刺青を見せない。枝のようにぐんぐんと手足が伸び、刺青が途切れて式が作用しなくなっても、絶対に言い出さないのだ。そのため、ラクスミィの方から察してやらねばならず、しかもさあ彫りを整えてやろうと手を伸ばすと、彼はさながら鉄砲水のように離れていくのであった。

昔と異なり、ひとたび捕まえれば観念するが、完全に組み伏せるまでが実に面倒になった。ラクスミィが与えた万骨ノ術のせいで、水妖ヌィを手に入れ、逃げ足が格段に速くなったし、丹導学の知見を得たせいで、妙に知恵づいてしまったのだ。やれやっと追い詰めたと思えば、あの手この手で躱《かわ》されるのが常である。先日ラクスミィはいよいよ業を煮やし、奥ノ院の扉という扉、窓という窓を、丹妖に封じさせた。それに対抗すべく、ナーガは水ノ車を編み出したのだ。排水路に飛び込まんというところで、ラクスミィの影にあえなく取り押さえられたが。汗がまたひと粒、ナーガの額から転がり落ちる。衣を取り払い、うつ伏せに寝具に沈み込む少年と、もう目は合わなかった。この様子では、眠り薬を与える必要はなさそうだ。またその暇《いとま》もなかった。彼の身体には今、丹が危険なほど溜まっているに違いないのだ。

「そなたの身体は、まこと丹に脆《もろ》い……」

ラクスミィの語りかけは独り言になった。

この少年にとって、丹は猛毒である。過敏に丹を受け止め、蓄える体質だからだ。彫りには〈朱入れ〉という工程があり、この朱色は丹を取り込む働きを持つのだが、ナーガはたったのひと差しふた差しの朱で、意識が混濁《こんだく》するほど衰弱したことがあった。彼は水蜘蛛族の男児に生まれながらにして、秘文を負えぬ身といえるだろう。

彼が生き永らえたのはひとえに、ラクスミィが万骨ノ術を与えたからである。万骨ノ術は、死者の仙骨に余剰分の丹を移し植えるもの。彼の体内の丹を、すみやかに愛馬の仙骨へと移すことで、彼の命を守っているのだ。以来ナーガは順調に、舞い手として成長してきた。刺青が増えても、万骨ノ式がよく働き、丹の過剰を防いできたのだ。丹妖の形も安定した今、問題はないとラクスミィは思っていた。しかしそれは彼女の慢心であったのか。

少年の全身を素早く確かめる。またも手足が伸び、刺青のない肌が生まれていたが、秘文に大きな崩れはない。万骨ノ術を成す〈移《うつ》シ身《み》〉〈顕《あらわ》シ〉の式は、どちらもよく保たれている。それでもこの高熱は明らかに、丹を受けすぎた際の症状だった。

答えは一つである。乳海の丹が、万骨の作用を凌駕したのだ。なんと凄まじい力の塊！　ラクスミィは声なく呟いた。青河の水量によっても封じ切れず、

丹が水に溶け出していたのだ。その丹を含んだ水流と、ヌィや繭は直に接した。過敏な体質のナーガは自らの術を介して、乳海の丹を拾い上げてしまったのだ。

この丹を逃がすために、一刻も早く、秘文を書き足してやらねば。

ラクスミィの影が立ち上がった。砂漠の将の姿を取ると、主人の欲するものを察したように寝台から離れていく。

奥ノ院は本宮と同じく、柱ばかりで壁が少ない。どの部屋も大広間の如くで、女帝ノ間ともなればなおさらに広かった。衝立《ついたて》や衣桁で迷路の如く仕切られた中を、漆黒《しっこく》の将が滑るように進む。影の見る景色がなめらかに変わるさまが、離れたラクスミィの頭脳に入り込んできた。これも万骨の作用である。術が生み出す丹妖の、見るもの聞くもの触れるものが、まるで目や耳や手が増えたかのように、丹を介して流れ込むのだ。

大きな屛風《びょうぶ》に、宝石を砕いて描かれた、花鳥の絵。それを影が過ぎると、まばゆい黄金色の戸が現れた。壁に埋めるように備えつけられた、帝王の私物を入れる棚だ。純金仕立てとは、豪奢《ごうしゃ》を好むカラマーハ帝家らしいが、金の重さも理由か。この戸は男が数人かかっても容易に開けられない。

しかし影の丹妖の前に、重さは意味をなさない。影を成すのは闇丹術《あんたんじゅつ》、ものの重さを統べる技である。漆黒の手が純金の取手を引くと、扉は紙で出来ているかのようにするりと開いた。

まず目に入るのは、比求式の躍る草紙の山。山。山。ラクスミィの求めるものは、その奥だ。長針を収めた革巻物。藍・緑・朱の顔料の壺。

彫り道具である。

水蜘蛛族の女人から、ラクスミィは彫りの術を学んだ。森を去っても、彼女は己の腕を磨き続けている。ナーガの負う刺青は万骨を含め、今や半分近くは彼女が彫ったもの。少年の命を繋いでいるという自負が、ラクスミィにはあった。此度《こたび》も繋いでみせると誓う。

影の武人が丁重に、彫り道具を運んでくる。ラクスミィは半ば奪うようにして受け取ると、革巻物を寝台にさあっと広げた。長針を摑み、針先を確かめながら、刻むべき式を頭に描く。すみやかに準備を進める手は、しかし次第に鈍くなっていった。藍の顔料に針先を浸しつつ、うつ伏せの少年の背に触れて——そこで、彼女は止まった。

万骨ノ術が効かぬとなれば、残る手は、水封じのみである。

丹の乱流を収める式だ。必ず効く。熱はすみやかに引き、ナーガは再び目を覚ますだろう。今まで以上に、健やかになって。……水の力を、無くして。

奪うのか、この少年から、水蜘蛛族の舞いを。故郷を離れた彼に、ただ一つ残された支柱である。本当に折らねばならないのか。他に道はないのか。針を入れたらもう戻れない。冷静であるつもりだったが、少年の苦しみを前に焦り、思考が濁っているのではないか。

動け、覚悟を決めろ。そう叫ぶ声と。待て、考え抜け。そう叫ぶ声が、脳の中でこだまし、ぶつかり合う。二つの叫びに挟まれ、ラクスミィは長針を取り上げられなかった。

滑り止めの皮手袋の中で、たなごころにじんわりと汗が滲む。目の裏に、ナーガの舞いなき舞いばかりが浮かんだ。壊したくないと思うのはまっとうか、それともくだらぬ情か。引くも進むもしかねて、ラクスミィはいったん身を起こした。気を落ち着かせるべく、息を大きく吸い込んだ時だ。かすかな香りが、鼻腔《びこう》をふわりとくすぐっていった。

花の香である。

弾かれるように、ラクスミィは振り返っていた。天蓋の垂布越しに、衣桁や衝立が見える。衣桁にかけられた女ものの外衣の、見事な草花の刺繍《ししゅう》が微風に揺れるが、まことの花はみられない。人の姿はなく、耳をそばだてても、少年の苦しそうな寝息の他は何も聞こえなかった。

それでも、ラクスミィは確信した。――いる、と。

小さく式を口ずさむ。咽喉《のど》の震えに、ラクスミィの丹田《たんでん》が揺さぶられた。力がぴりりと肌を走り、腹の上に刻まれた水封じの式を通る。摩擦が消え、極限まで高められた丹が、指先へと集まった。大気に放たれた丹が、風を生み出し、衝立を揺らし、衣桁の衣を巻き上げていく。

風が薄布をさあっと払ったように。

無人の空間に、人影が浮かび上がった。

さながら雲の割れ目を覗いたような、鮮やかな紺碧《こんぺき》の衣。髪と同じ栗色の睫毛《まつげ》が、風に撫でられて震える。ほっそりとした白い指は、花を下げていた。夜明け前の群青色に、黄色の筋が流れ星のように走る。薫り高くも、名もなき花だった。

「……タータ」

名を呼べば、艶やかに微笑みかけられた。

「ただいま、ミミ」

あぁ彼女だとラクスミィは思った。師はここを訪れるたび嬉しそうに「ただいま」と言い、当然の如く歩み寄ってくる——ほら、此度も。どこで摘んだのかも分からぬ野花を差し出して微笑むくせに、ほんの数日でふっと消える。もう戻らぬ気かと思うほど、なんの前触れもなく。

野花を受け取ったまま、じっと動かぬ弟子の手に、タータの手が重なった。

「何かあったのね」静まり返った湖面のような、穏やかな声だった。「教えて、ミミ」

母の声が聞こえたのだろうか。ナーガが朦朧と呻く。その声に、ラクスミィは我に返った。これは僥倖《ぎょうこう》である。タータは彼の母、ラクスミィの師だ。助力を乞うのに、これ以上の相手はいない。この全ての謎を見通す眼差しこそ、ラクスミィの最も求めていたものだ。

散じた気を集め直し、ラクスミィは語り始めた。ひとたび声にすれば、ことの経緯や問題がするすると整理されていく。タータはかすかに微笑みながら、じっと耳を傾けていた。

「——やはり水封じを与えるしか道はなかろうか」ラクスミィは苦く呟いた。「新たに万骨を施せば、丹の過剰は緩和されよう。しかし、それには死者の仙骨が要る。容易《たやす》く手に入るものではない。何より……」

何より、万骨を負えば負うほど、自己が苛《さいな》まれていくのだ。

死者の仙骨を依り代に生まれる、丹妖。彼らは五感を有し、それを術士へと伝える。万骨を負うほど、即ち丹妖の数が増えるほど、より多くの知覚が術士にそそぎ込まれる。

これが術士の精神を著《いちじる》しく苛んだ。人に限らず、生きものは目や耳、つまり臓器を介して、世界を感知する。身体という器から、知覚が離れることはない。拾い上げられる知覚の範囲に限りがあるということは、それを受け止める脳の領域にも限りがあるということだ。

万骨は知覚のくびきを外す。しかし、どれほど目が増え、耳が増え、手が増えても、術士が持てる脳は一つきり。過ぎたる知覚は激痛に等しく、やがては狂気をもたらす。ラクスミィのように百を超える丹妖を従えるなら、水封じの式を負う他に、自我の混濁を防ぐ術はない。

「ナーガの丹妖は、ヌィ一体のみじゃ」ラクスミィは幾度も繰り返した考察を再びなぞった。「幼い時に万骨を負ったのも幸いし、これまでは水封じが要らなんだ」

幼子は日に日に成長するもの。彼らにとって五体は絶えず変化し、大きくなるものである。五体が変容すれば、五感も変容する。五体を操り、五感を受け止める脳も、それら器の成長に合わせて育っていく。ゆえにナーガは自身の成長とともに、ヌィの五感にゆっくりと馴染み、水封じの式に頼らずとも、感覚の混沌に陥らずに済んでいた。

「しかし新たに万骨を施すなら、そうした『順応』は期待できぬ。結局、水封じを彫ることになろう。余計な負荷をかけるより、初めから水封じの式を彫るべきか……」

眉根を寄せる弟子に、タータが軽やかに問う。

「水を使ってはどうかしら」

その一言だけであった。ラクスミィは師を見つめた。水を封じるのではなく、使う？　万骨ノ術に水丹術を絡めるということだろうか。それなら既に成っている。ナーガは水使いでありながら、万骨をも負う、この世で唯一の者である――

そこで、ラクスミィの思考の焦点がぴたりと合った。

「もしや」

「そう」師の笑みが深まった。「水には全ての物質を溶かす力がある。丹すらも例外ではない。現に、乳海から漏れ出た丹が、水に溶けていたのでしょう？　それは即ち、水は丹を内包するということ。丹田たる仙骨には及ばずとも、ある程度の丹は移し植えられるはず」

師が鼻歌のように式を口ずさむと、水滴が白い指先に生まれ出た。濡れた指がするすると、ナーガの浅黒い肌をなぞり、比求文字《ひきゆうもじ》を綴っていく。書かれた端から蒸発していく儚い文字の、照るような美しさが、ラクスミィの目に残った。

「今は、ヌィを作る水の中の丹が、好きにナーガへと逆流している状態よ。それをヌィの中に留まらせるの。丹の量に合わせて、ヌィ自身を変化させてもいい。例えば丹が多ければ、より多くの水を集めて大きくなる。分身しても良いかもしれない。そうすれば、丹の過剰を柔軟に受け止められるわ。ヌィの形が変われば五感の変容が起きるけれど、全く新たな丹妖をつけるよりは、ナーガも順応し易いでしょう」

とても敵わぬ。ラクスミィは吐息を堪え切れなかった。自分はもうすぐ、出会った時の師の齢に迫ろうというのに、いっこうに追いつく気配がない。

焦燥に唇を噛むラクスミィの手に、師のたなごころが再び重なった。その、しっとりとしたぬくもりに、心ごと押し包まれる。

「貴女《あなた》が彫ってちょうだい、ミミ」

少年の肌の熱さに、既に蒸発し消えた比求式を、タータが目で示す。

「貴女の万骨の彫りは、とても美しい。彫るところを見たいと、ずっと思っていたの」

この声に囁《ささや》かれて拒める者がいるだろうか。少なくとも、それはラクスミィではない。師に誘われるまま、彼女は長針へと手を伸ばし、藍色に浸し続けていた針先を持ち上げた。

銀色に照る月の舟が、星屑の散る黒い海を巡り、大地の裏側へと潜る頃。

ラクスミィはようやく筆を置き、終わりの見えぬ政務にひと区切りをつけた。

すべきことは山とあった。大内乱から六年が経っても、かつて国を覆った〈残虐王〉の影を拭い去るには至らない。疲弊し切った草ノ民は異郷の女帝ラクスミィへの不満を募らせている
し、野心を滾《たぎ》らせる宮廷人はことあるごとに陰謀を企む。それらを抑え込み、火ノ国に豊かで平穏な暮らしを取り戻すのだ。道のりは遠く、険しく、だが登り甲斐があった。

青河の水を正すべく、彼女は近く帝都を空けることになろう。留守の最中に厄介ごとが積み上がらぬよう、慎重に采配したい。元帥《げんすい》ムアルガンは同行させるから、宰相モウディンは残すべきだ。無能なおべっか使いに見える宰相の耳には、宮殿に渦巻く陰謀がいち早く入る。彼が密かに摘んで回った大逆の芽は数知れない。上手く立ち回ってくれるだろう。

国土をあまねく見渡す、ラクスミィの冴え冴えとした目も、夜が深まれば次第に霞《かす》む。人は何故眠らねばならぬのか。毎夜のように煩わしくなるが、苛立ちこそが眠りへの渇望であると

己を諌《いさ》め、机案から立ち上がった。

夜の帳《とばり》を思わせる黒紫色の肩かけを取り外し、柔らかな灰白色の夜着一つになると。

「やっと終わったのね」待ちくたびれたように師が言った。「眠らないと頭は働かないのよ」

「そなたに諭《さと》されても、心に響かぬわ」

見ればタータは息子の横で、枕を幾つも重ねて寄りかかっていた。手に持つのは紙と筆だ。さらさらと比求文字を書きつけ、あっという間に紙面を埋め尽くすと、無造作にめくって次に移る。寝台の横の床に、彼女が落とした紙が風に遊ばれた花の如く散っていた。ラクスミィが記した乳海の暴発の試算もその中に交ざっている。ちゃっかり取り出して目を通したらしい。

「帝都の一帯が消滅すると貴女は計算するのね」師の筆の動きは清流の如くだ。「短期では、きっとそうでしょう。けれど長期ではどうかしら。乳海が大気に晒され続ければ……？」

人には早く寝ろと言うくせに、タータの探求心は眠気というものを知らない。式から式へと真昼の蝶の如く飛び回る。

「あら」タータは笑って、枕を撫でる。「ここで眠るのは好きよ。とても寝心地が良いの」

女帝の寝所を宿のように申すな。今日こそ言ってやろうかと思いつつ、ラクスミィは黙って寝台へと歩み寄った。天蓋からの垂れ布を払って、寝具に上がり、ナーガの様子を確かめる。額に手を当てるも熱はなかった。峠は越えたようだ。少年はくすぐったがって寝返りを打ち、寝ぼけまなこでラクスミィを見上げ、それからタータへ目を向けた。母の存在に気づいたのか気づかないのか、彼は安心したように息をつくと、猫のように丸まった。

剝き出しの肩に、寝具をかけてやると、ラクスミィの腕に、師の白魚の手が伸ばされた。

「貴女の彫りの具合はどう？　ミミ」そっと触れて、師は囁く。

「変わらぬ」手を撥《は》ね除《の》けてやる。

「背の式は分からないでしょう？　見てあげましょうか」

「要らぬ」と再度伸びてきた手を押さえる。「己の身体のことじゃ。見ずとも分かるわ」

師の目が残念そうに揺れる。だがラクスミィは頑として応じない。会うたびこのやりとりを繰り返している。つまるところタータは、自身が施した彫りの出来を見たいだけなのだ。さも気にかけている素振りをしてみせながら、いつもすぐ消えるのが、その証拠である。

「此度はどこにおったのじゃ」

未練がましい手を押さえながら、ラクスミィは髪からかんざしを抜いた。

「あちこちに」タータは微笑む。常のことながら、言う気はないらしい。

「あの花は？　見慣れぬが、どこのものぞ」

「きれいでしょう？　古い種を見つけたから、土に埋めてみたの。芽吹けば面白いと思って。そうしたら、たったの一月で咲いたのよ。驚いたわ」

嫌な予感がして、どこの土かと訊いてみれば、この宮殿の庭と返った。広大なのをいいことに、かなりの量を埋めたらしい。なんたる庭師泣かせ。自然のままに草木の生い茂る西ノ森で生まれ育ったタータには、庭というものが今一つ分かっていないのだ。

涼やかな微笑みを浮かべて、肝心なことは何も言わない唇に、かんざしを突き立ててやれたなら、どんなに胸がすくことか。胸のうちで吐き捨てつつ、ラクスミィは大人しくかんざしを脇机に置いた。こんな短い串どころか、万骨ノ術を駆使して攻め立てたところで無駄である。〈早読み〉の異名が表すように、タータはどんな術でもひと目で看破するうえ、相手の術式に文節を巧みに足して、力を逸らしたり作用を減じたり、時には自身の技として奪ってしまう。そうした技巧を〈返し技〉といい、タータを稀代の術士たらしめる力である。砂漠のただ中で砂丘より高い清水を練り出せるのも、大地を穿《うが》つほどの大水を噴き出させられるのも、この技のおかげ。相手の術が大きければ大きいほど、また複雑であればあるほど、彼女はより強大に、自由自在に丹を操れるのだ。ゆえに、タータを力ずくで止められる者はいない。ラクスミィもなまじ力をつけたために、本気でかかれば、良いように玩《もてあそ》ばれるだろう。

平時も玩ばれているが。

「まあ、寝てしまうの？」

ラクスミィが寝台に身を沈めると、タータがつまらなそうに呟いた。きちんと休眠を取れと諭した舌の根も乾かぬうちから何を申すのか。意趣返しに、タータがもたれかかっている枕を無理やり引き抜いてやった。

「話したいことがたくさんあるのに」

頭からかけ布を被っても、タータの声は清明に鼓膜を震わせてくる。ラクスミィは聞こえぬふりをして目を閉ざした。詮無きことをあえて口にする、師の戯《たわむ》れを押し返すように。

本当は、ラクスミィとて同じだ。

話したいことが、山とある。――話せぬことは、それ以上に。

ラクスミィが何故イシヌの名を捨てたのか。如何《いか》にして妹姫を裏切り、先帝を弑《しい》し、女帝の座を手にしたのか。ナーガの父でありタータの連れ合いであった男に、どんな命を下したか。しかしいずれも固く秘められてこそ守られるものであり、タータも承知しているのか、一度も尋ねてこない。

師も同じく、多くのものを独り秘めているに違いなかった。如何にして故郷を去ったのか。水蜘蛛族は真実、滅びたのか。ラクスミィのもとに現れるまで、いったい何をしていたのか。話したいと思わせぶりに囁くくせに、いざ尋ねられるとはぐらかす。

一人息子に対しても、それは変わらない。一族の無事を聞き出そうと喰い下がるナーガに、タータは残酷なほどさらりと告げた。

「生き死には水の流れと同じよ。行きつくところにしか行きつかない」

一族の滅びを受け入れよ――母の言葉を、少年はそのように受け取っていた。泣きじゃくる息子の背を優しく撫でさするタータの微笑みに、ラクスミィは全てを察した。師は言わない。ただ一人の息子にも、たった一人の弟子にも。その覚悟をもって、彼女は森を出たのだ。

ならば二度と尋ねまい。

以来、ラクスミィはじっと口を閉ざし続けてきた。もとより秘めごとばかりの人生である。師のものも負いきる自信があった。今では、あえて訊くなぞ無粋とすら思う。タータはとうに答えを語っているのだ。

女帝ノ間を訪ねるたびに、師は見事なまでの〈幻影《げんえい》ノ術《じゅつ》〉を纏っている。風と光を惑わし、人の目と耳を欺いて、己の姿を消し去る技だ。タータは幻影《げんえい》ノ術士《じゅつし》たちの存在を知っており、彼らに勝るとも劣らない幻影を生み出せている。ならばやはり水蜘蛛族は〈滅び〉という名の幻影をかけたのだろう。そう信じると、ラクスミィは決めている。

頭から被ったかけ布越しに、ラクスミィはぬくもりを感じた。さらさらという衣擦れの音の合間に、草紙をめくる乾いた音が聞こえる。そのうち、紙面を奔《はし》る筆先の音も加わるだろう。師の式を編む気配が、今宵の女帝の寝物語である。

これで良いのだ。ひとつ息を吐き、ラクスミィは思った。たとえ全てを分かち合わずとも、師と己の間を流れるものは途切れない。同じように丹の世界を見つめ、力の移ろうさまに息を呑み、その儚さを留めんと比求式を紡ぎ出す。この世の誰よりも近いところに、二人はあると信じている。

自分たちのありようを例えるならば。

そう――刺青だ。

美しく、痛みを孕《はら》み、そして生涯消えない。

自らの腹の、水封じの彫りを指でなぞりながら、ラクスミィは微睡《まどろ》みの海を漂い始めた。

第三章　辺境の長《おさ》

「――裏切りの女帝が!」

どこからか、罵声《ばせい》が飛んできた。衛兵たちが剣を抜き放ち、天へと掲げる。この不届き者を如何《いか》に遇するか、女帝にお伺いを立てたのだ。命次第では、兵たちは即座に罪人を引き出し、ひと思いに処してくれるだろう。

太い行路を占拠して進む、帝軍の隊列。彼らが守る五層の屋形車の最上から、ラクスミィは剣の並びを眺め下ろしていた。気だるく指を振ってやれば、窓辺に控える小姓ナーガが会釈を寄越した。今日の装いもまた凝っている。藍鼠《あいねず》と白の格子も大胆な上衣。その下に覗く襦袢《じゅばん》は淡い藤色、帯もそれに同じ。半襟と布手甲《ぬのてっこう》の留め紐だけが、鮮やかな瑠璃《るり》色だ。その差し色のおかげで、ともするとぼやけた配色がぐっと引き締まって見えた。

ラクスミィの意を酌《く》んで、少年は膝に伏せていた丸い手鏡を取り上げた。屋形車の窓格子に掲げると、ひらり、とひとたび閃《ひらめ》かせる。捨て置け、の合図である。これが六度振られたら、罵倒の主はむごたらしく切り刻まれただろう。
風の丹妖《たんよう》が屋形車の周囲をゆったりと巡り、衛兵たちの様子を主人に伝えてきた。如何にも渋々と剣を納める姿にラクスミィはうんざりとする。隊の歩みを妨げぬ限り一切を見過ごせと申し渡していたはずだ。これより先は一段と激しい罵詈雑言《ばりぞうごん》の嵐が待ち受けている。いちいち刃《やいば》を振りかざしていては、道に血の川を引くばかり。目的の地にはいっこうに辿り着けない。ラクスミィが裏切った、イシヌの都には。

車の窓から砂丘のうねりを望みつつ、懐かしい故郷を想う。二度と戻るまいと覚悟のうえで彼の地を去ったはずだった。だが青河《せいが》の水源たる湖は、その都の足もとに広がる。青河の水を正すべく、彼女は自らの誓いを破って故郷の砂を踏む。

青河のみならず、今年は水源の湖も異様だ。曰く、信じがたいほど穏やかとのことだ。治水を司るイシヌの当主が不在の今、湖の水を統べる者はいない。湖底の〈天ノ門〉は極限まで開かれ、西域の水脈という水脈を貪欲に吸い込んでいる。しかし水のはけ口は依然として青河のみ、それも雨季の盛りには雨水が流れ込んで氾濫し、流れが著《いちじる》しく滞る。よって湖は中雨季のたびに海の如く溢れ返り、浜という浜を呑み込んでいた。……そのはずであったが、此度《こたび》の中雨季は湖が太る気配がなく、それが青河の痩せに繋がっていた。

『……青河があそこまで涸れるとは思わなかった』

脳裏にふと、師タータの声が甦《よみがえ》った。

『ごめんなさいね、ミミ』

ナーガが乳海《にゅうかい》に倒れた夜のことだ。ラクスミィが眠りに落ちる直前、師はそう呟いた。謝るなぞ、そなたらしくもない――そう笑い飛ばしてやろうと思ったのに、ラクスミィが再び目を開いた時には、日は昇り切っており、紺碧《こんぺき》はどこにも認めなかった。

大内乱の当時、師が森を出た後、何をしていたのか。ラクスミィは訊かぬと決めているが、とうに察している。

砂《すな》ノ領《りょう》で語られる噂を耳にした。曰く、未曾有《みぞう》の渇きに喘ぐ砂の南部では、紺碧の水使いが民の咽喉《のど》を潤《うるお》していたという。それからほどなく水路の話が臣から寄せられて、ラクスミィの脳内で、二つは容易《たやす》く繋がった。南部の水路の建設に、タータは深く関わったに違いないと。

師を責めはしない。その 理《ことわり》がなかった。今でこそ頭痛の種の水路も、当時はラクスミィを大いに助けてくれたのだ。

大内乱の最中、イシヌはカラマーハに抗するべく、水門・天ノ門を開き切った。青河の水を増すことによって乳海を深く沈め、カラマーハ帝軍の力の源たる仙丹《せんたん》を汲み出せぬようにしたのだ。だがそれにより、砂ノ領の地下水脈は激変し、空前絶後の大旱魃《だいかんばつ》が南部を襲った。

この時もし、困窮《こんきゅう》した南部の民が、さらに南方の大国・七ツ国連邦に助けを求めていれば。窮したのはラクスミィだ。彼女は当時、宿敵ジーハとの戦いに注力していた。〈草ノ古都〉に退いたジーハ派を抑えるべく、主に帝都の東側に布陣していたのだ。その状況で、南部の民が七ツ国を引き入れたなら、彼女はたちまち劣勢となったろう。東からジーハ、西から七ツ国に同時に攻め入られたのでは、とても勝ち目がなかった。水路が引かれたからこそ、南部の民は七ツ国と繋がることなく大旱魃を越えられ、ラクスミィはジーハに勝利できたのだ。ゆえにラクスミィこそ南部の水路で最も利を得た一人である。師に感謝しこそすれ、責める気持ちは毛頭ない。あるいはタータは弟子を援護すべく、南部に水路を引かせたのではと思うほどに――いや、それはさすがになかろうと苦笑する。タータは故郷を守ろうとしたのだろう。南部の民が渇きに狂えば、水蜘蛛族《みずぐもぞく》の水満ちる森を襲う危険もあったのだから。それが結果として、ラクスミィをも救ったのだ。

六年前と今とでは状況が変わった、それだけのことだ。全ての事象は薬草の如く、主と副、二つの作用を有する。望ましい主たる作用が勝っていても、ある時を境に、副の作用が際立つことは珍しくない。ましてやタータは青河と乳海の関わりを知らなかったはずだ。ラクスミィとてつい先日まで、乳海の全貌が見えていなかった。乳海の主たるカラマーハ帝家ですら――

そこまで考えを巡らせて、ふと、異なことよと思った。

カラマーハ帝家の、富と力の源泉。乳海の始まりと変遷を何故、誰も知らぬのだろうか。

乳海とは膨大な丹の塊。本来は大地の胎内に眠るが、帝都では地表近くまで上がっている。それを結晶と成したものが仙丹である――丹導学《たんどうがく》に携わる者なら誰もが知ることだ。しかし、いつ、どのようにして乳海が見出されたのか、答えを持つ者はいない。地下文殿の古書にも、記載はなかった。疑問を抱いた者がこれまでいたのかどうか。帝都に乳海のあることは、天に太陽のあることに等しいものだった。

火ノ国の興《おこ》り以来――

地下文殿の古書が放つ、巴旦杏《はたんきょう》の実に似たほのかに甘い香りが、鼻腔《びこう》の奥に甦る。彼《か》の文殿は火ノ国の海馬である。人が記憶を溜め込むように、国の歴史が保全されている。だが生まれる前の記憶は誰も持たない。人も、国も。

——もしや乳海は、この国よりも古いのか。

所詮は憶測である。それでもこの仮説は霧散せず、形を得て、ラクスミィの胸に沈殿した。屋形車の窓に臨む黄金の砂海が、悠久の時を超え、彼女に語りかけてくるようだった。

屋形車の屋根の八ツ角に、銀の鈴が房の如く垂れ下がる。帝王の道行きを知らしめる音は、大車輪の軋《きし》みとともに止まった。目的の地まであと少し。陸路の旅はここで終わりだ。

屋形車の降り口に、厚織りの絨毯《じゅうたん》が引かれた。緋色の生地に、双頭の白牛が四つ目を剝く。そのぎょろりとした目玉を踏みつけて、ラクスミィは車から降り立った。今日のために仕立てられた衣装は、豊穣の地の統治者にふさわしい、新芽を思わせる爽やかな翠《みどり》色の地に、深緑の絹糸で刺繡《ししゅう》を施したものだ。ところどころに金糸の花が咲く、手の込んだ意匠である。しかし案の定、透かし織りの被衣《かつぎ》に、砂漠の太陽は強すぎた。肌を焼く陽光を振り払うようにして、ラクスミィはこうべを上げた。

豊かにきらめく天上の青が、黄金の波間に広がっている。砂ノ領の水瓶イシヌの湖である。一望するなり、ぐっと眉根を寄せたラクスミィの頭上に、小姓ナーガが大扇をかざした。長い柄の先に風鳥の飾り羽を重ねたものだ。主人が陽光に目を眇めたと思ったのだろうが、彼女の目を突いたのは日差しではなく、さま変わりした湖の光景であった。

昔は常に霞《かす》んでいた向こう岸が、はっきりと目でなぞれる。水の減りの速さに、湖岸の緑が追いつかず、砂が露《あら》わになっていた。これは湖が穏やかどころの話ではない。イシヌの当主が水を御していた頃よりも、はるかに低い。いずれ干上がるかもしれぬと不安になるほどに。

黙して湖を睨《にら》むラクスミィの傍《かたわ》らに、元帥《げんすい》ムアルガンが侍った。

「陛下」彼は一礼して、発言の許しを請うた。「この船着き場は、陛下の御尊来に期して急ぎ普請したものとのこと」

「……従来のものは如何《いかが》した」

「砂に埋もれ、我らはとうに通り越しましてございます」

新たに作られたのに、早々に継ぎ足された様子の桟橋を進むと、イシヌの兵たちが船の上で待っていた。船側の、沙柳《さりゅう》緑の塗装が濡れて輝く。緑を基調とした女帝の装いに合わせたかの如くだ。そのためカラマーハの兵たちは気づいていなかろうが、この若々しい緑は、厄除けの意を持つ。ラクスミィを出迎えるイシヌ公軍《こうぐん》の兵らの表情は石のように硬かった。それでも、彼らは胸のうちを押し殺す。高らかに心を叫ぶのは、イシヌの民に任せたというように。

「〈不吉の王女〉のお通りだ！」

青き湖を渡り、湖上の都の玄関〈奇岩港《きがんこう》〉に着くなり、早速ひと声飛んできた。律儀《りちぎ》に腰のものを抜く帝兵たちを、ラクスミィは鷹揚《おうよう》に手を振って制した。

不吉の王女。飽いた名だ。憤るのも煩わしいほどに。

イシヌに双子の姫が生まれると、家が絶え、国が亡びるとされる。王家の双子の姉姫として生まれ落ちた刹那《せつな》から、ラクスミィはこの名を負ってきた。跳ね除けようとした頃もあったが、今ではあえて言い伝えを体現するように生きている。

双子の妹姫アラーニャ。イシヌの末娘であり、次期当主である妹を、ラクスミィは『死』に追いやった。女帝の座に目が眩《くら》み、刺客を差し向け、天ノ門の守護者を腹の子もろとも弑《しい》したのだと、民は語る。まことを知るのはラクスミィとアラーニャ、そして刺客とされる男アナン。その三人だけだ。アナンのもと主人のタータ、息子ナーガにも明かしていない。非情に徹し、真実を秘め続けてこそ、妹とイシヌは守られるのだ。

声で、目で、ありったけの憎悪をぶつけてくる民に、ラクスミィは凛然《りんぜん》と頭を上げ続けた。駕籠《かご》が用意されていたが、あえて馬を選ぶ。人は隠れると卑屈になる。卑屈は猜疑心《さいぎしん》を呼ぶ。猜疑心に囚われた君主は、やがて国を滅ぼす。毅然《きぜん》としてあること、それが国主の務めだ。

まずイシヌの兵の隊列が出発した。盾の如く前に出ようとするムアルガンを押しとどめて、ラクスミィは手綱をぴしりと鳴らす。左に元帥、右に小姓、背後に帝兵らをずらりと従えて、坂の街道を進んだ。巻貝さながらに螺旋《らせん》を描く坂道は記憶のままである。珊瑚《さんご》色の壁が映える街並みに大内乱の傷痕はもはやなく、町は以前のように明るかった。

ラクスミィに向けられる怨嗟《えんさ》の闇を除けば。

見ろ、見ろ。あの東の宮殿風の、金糸の輝く衣装。髪飾りをごてごてと差した頭を。帝家の富と力を見せつけるかのようではないか。あれほど慎ましかった母王の教えをすっかり忘れたらしい。跡取り子アラーニャと仲良く寄り添っていた、あの愛くるしい姉姫は、もうどこにもいやしない。水を使えぬ姫は、やはりイシヌの姫ではないのだ。——そんな声が飛び交う。坂を上るにつれ、罵《のの》りと嘲《あざけ》りは激しさを増す。帝兵たちが明らかに苛立ち始めた。さすがに見かねたか、ムアルガンが「よろしいのですか」と耳打ちしてきた。それでも眉一つ動かさぬラクスミィに、民は業を煮やしたか。彼らの怒りの矛先は、女帝の傍らの少年へと向かった。

「大罪人の子が！」

女帝の『刺客』アナンのことだった。ナーガの目尻に朱が差す。彼がかっと目を見開くと、呼応するように水妖ヌィが高くいななき、棹立ちになった。丹妖の乱れは、術士の心の乱れ。普段澄まし顔で取り繕っても、ナーガは若い。怒りに囚われ易く、すぐ何も見えなくなる。

我を忘れた少年が、民に躍りかかる前に、ラクスミィはゆらりと腕を掲げた。坂の石畳に、影が落ちる。その全てを呑み込むような黒に、視線が集まった時。影の腕はぐんなりと歪み、幾つもに分かれ、大蛇の如く地面から伸び上がった。

恐怖の悲鳴が晴天をつんざく。影がちろちろと舌を這わせ、鎌首を少し揺らすと、民は蛙のように飛びすさった。喰われると思ったのだろうか。誰一人触れられてもいないのに。

箒《ほうき》で塵を掃《は》くように人垣を散らして、ラクスミィは腕を下ろした。影の蛇たちがすうーっと地面に溶け入るさまを、ナーガが睨んでいる。心の猛りのはけ口を失い、憤っているふうだ。少年に恨めしげな目を寄越されて、ラクスミィは微苦笑を禁じえなかった。

「帰るか」そう訊いてやれば、唸るような「いいえ」が返った。

「お供いたします」

この旅の初めと同じようにナーガは言う。奥歯をぎりぎり噛みしめるさまに、だから帝都に残れと申したのだとラクスミィは思う。決して住み心地の良い地ではないが、それでも帝都の主はラクスミィである。廷臣は権力者におもねるもの。女帝が玉座に就くまでに行った数々の『悪業』について言い立てて、機嫌を損ねるような真似はしない。彼女の側に仕えるナーガに対しても、せいぜい好奇の目を寄越す程度で、父親の醜聞をつつこうという者は少ない。

しかしイシヌの民は違う。彼らはカラマーハの当主を我が主とは認めない。女王を奪われた恨みをそのままぶつけてくる。水使いに対する敬意も、女王の仇の子という名の前には無力だ。女系のイシヌに倣い、子に父の面影を見出さないという慣習も、たいした歯止めにならない。砂ノ領に来れば、ナーガは否が応でも向き合わされるのだ。父の存在に。

父に去られてより六年。ナーガは彼のことを忘れたように振る舞う。父の残した文は未だに開かれぬまま、ラクスミィのもとにあった。幾度か渡してみたものの、くしゃくしゃに丸めて壁に叩きつけるか、踏みつけにするか。最後など、父のつたない字をさも蔑《さげす》むように一瞥《いちべつ》したきりだった。水蜘蛛族の男子は文字を教わらず、アナンの手つきが不慣れでも当然だったが、そんな父を嫌悪するかのように、ナーガは丹導学に傾倒し、書に没頭する。無学を強く軽蔑し、ムアルガンのような都仕立ての洗練された物腰に憧れ、模倣する。

ラクスミィは思う。ナーガの歪みを作ったのは、彼女が学を与えたせいか、それとも真実を与えぬせいか。両方かもしれず、また、どちらでもないのかもしれない。まことのあらましを告げれば歪みが正せるかとも考えたが、父の存在に向き合う素振りが当のナーガにない以上、真実は毒にしかなるまい。そもそも伝えるのなら歪みの生じる前、父が去ったその時が望ましかった。だがナーガは当時あまりに幼く、真実を秘められるはずもなく、ゆえにラクスミィは伏せると決めたのだ。それを今更になって揺らぐのも勝手な話である。父を忘れることで心を保てるうちは、そうすれば良い。イシヌの都まで来て、あえて父を思い出すことはないのだ。

「帰ればよいものを」ラクスミィはあえて気のない声で告ぐ。

「行きます」少年は頑なだ。

「これしきで動じる者に、この先は進めぬわ」

「行きます」

二人の横で、ムアルガンが笑いをごまかすように咳払いをした。

イシヌの城は目前である。

坂の上に目を向ければ、真珠色《しんじゅ》に照る城があった。宝冠のような、幾つもの尖塔。大内乱の最中に炎に崩れ落ちた中央の高き塔も、街並みと同じく、もとの優雅な姿を取り戻している。あれはイシヌの興りより都を見守り続けた塔の窓は、しかし固く閉ざされている。イシヌの当主の塔だ。母王が、彼女が崩御してからは跡取り子アラーニャがおわした。

城門をくぐり、いっそう激しい憎悪を覚悟するも、意外やイシヌの臣らは楚々として女帝の一行を出迎えた。馬から降り立つラクスミィのもとに、女官たちがしずしずと進み出る。差し出されたのは、足湯の盆と朱欒《ざぼん》水の杯であった。

ラクスミィは思わず心を揺らした。物心ついた時から受けてきた出迎えの儀であった。この湯気の立つ水に疲れた足を浸し、女官たちに清めてもらう傍ら、きりりと冷えた果汁を咽喉に流し込んだものだ。お帰りなさいませ、そう言われた気がして見つめるも、女官らはこうべを垂れながら盆と杯を掲げており、誰とも目が合わなかった。

自分は何を期待したのか。湧き上がりかけた温かなものを、ラクスミィは即座に氷結させた。足湯は断り、杯だけ受け取る。「お毒見を」と耳打ちするムアルガンを無視し、そのまま口をつけた。ここで毒の心配をするのは、イシヌの臣に対する侮辱である。過去には確かに、この城にも良からぬものを盛る臣はいた。だが大内乱を経て、この地では、毒は唾棄《だき》するところとなったのだ。ジーハ帝によって湖に劇薬を投じられ、臣と民は地獄を見たのだから。

懐かしい朱欒水は清涼な香りの奥にかすかな苦みを孕《はら》む。最後の一滴まで呑み干し、女官の掲げる盆に杯を戻した。盆は明るい飴色の木造りである。素朴ながらも、取っ手に舞う天竜の浮彫が見事だ。これがカラマーハ宮殿ならさしずめ純銀製か、翡翠《ひすい》の一枚石の盆でも出されるところだ。抑えた美の中に匠の技巧を楽しむ、イシヌの城ならではの贅沢《ぜいたく》だった。

「出迎え、大儀であった」飲み干された杯をじっと見つめる臣たちに、ラクスミィは告いだ。

「下がってよい。わらわは部屋に参る」

言うなり歩み出せば、案内《あない》役の女官が慌てて先導を始めた。これも儀を尽くしているようでよそよそしくも思う。この城で生まれ育ったラクスミィに案内など不要だ。幼い頃から好きに場内を走り回っていたのだから。妹アラーニャとともに――そんなことを考えていると、光の悪戯《いたずら》だろうか。慣れ親しんだ廊下を、小さな影が二つ、ふっと駆けていった気がした。母と妹。大伯母上に叔父上たち。今は亡き臣たち。角を曲がるたび、彼らの顔が浮かんでは消える。笑いに満ちた穏やかな日々を想いながら歩いていると、案内役の女官が足を止めた。

ラクスミィはそこで初めて、どこに導かれたかに気づいた。〈当主ノ塔〉である。

階段を上がろうとする女官を呼び止める。すると一礼とともに問いが返った。

「……恐れながら、御自身で使われるために、この塔の普請を命じられたのでは？」

思いもよらぬ言葉だった。ラクスミィはカラマーハの当主であり、イシヌの当主ではない。この塔は次期当主アラーニャのもの。彼女が不在の今、この塔の主はいない。

確かにラクスミィは、都も塔も普請せよと申し渡した。だがそれは国主の命という建前で、帝家からの下賜金を渡す口実に過ぎぬ。領土に田畑の少ないイシヌの懐《ふところ》事情をよく知るからの行いであり、そこに邪念はなかった。言わずとも分かろうものをと呆れ、しかしすぐに思い直す。臣も頭を痛めたのだろう。イシヌの当主でなくとも、ラクスミィは国主である。格下の部屋をあてがえば不敬になりかねない。よってあえてここに通したのだ。いわば儀式であり、不快に思ってはならない。そこを略するだけの信頼が、ラクスミィになかっただけのこと。

「なに」と嗤《わら》ってみせる。「中央の塔が焼け落ちたままでは、如何にも座りが悪かろうぞ」

言ってくるりと踵《きびす》を返し、ラクスミィは隣の塔を目指した。彼女の私室があった塔である。女官は呼び止めるでもなく追ってきた。やはり儀礼を通しただけで、当主ノ塔を明け渡すのは本意でなかったのだろう。

最後にこの扉を開けたのはいつだったか。私室の前に立ち、ラクスミィは思いを巡らせた。木目の細かな戸が女官によって開かれると、中の大気がふわりと流れ出た。長い間閉ざされた部屋特有の埃っぽいよどみを思い描いていたが、意外や清浄な香りがした。毎日のように窓を開け放ち、手入れしているものだ。一歩踏み入れれば、慎ましくも美しい部屋が昔と寸分違わぬ佇《たたず》まいで彼女を出迎えた。書机の引き出しを戯《たわむ》れに覗いてみれば、彼女が書き散らした比求式《ひきゅうしき》の覚書が全て収められている。端をきちんと揃え、虫に喰われぬよう香まで焚き染めて。

臣たちのよそよそしさと著しい乖離《かいり》を覚え、ラクスミィは困惑した。案内役の女官をちらと見遣るも、やはり目は合わなかった。伏せられたままの顔と、以前のままに整えられた部屋。どちらが彼らの本心だろう。それとも全ては、国主の機嫌を損ねぬための儀礼か。

それでも良かった。たとえラクスミィが目くじらを立てずとも、小さな手抜かりひとつが、要《い》らぬ諍《いさか》いを引き起こす。それが女帝の身分というものだ。こうして儀を尽くしてくれたなら、彼女は下したくもない処罰を下さずに済む。それが何よりのもてなしである。

引き出しを閉じ、女官を労って下がらせる。ずっと付き添っていたムアルガンとナーガも、ひとまず隣室に下がらせ、ラクスミィは被衣を取り払った。重い髪飾りを次々に抜きながら、窓辺に歩み寄る。珊瑚色の街並みが、緩やかな螺旋を描き、きらめく湖面まで続いていた。

——よくぞ、ここまで立ち直らせた。

心の中でイシヌの民を労う。導き手たる女王が不在の中、ここまで暮らしを持ち上げるには相当な苦難が伴ったはずだ。君主を失った痛みに屈せず、ひたむきに生きる民の姿に、イシヌへの深い想いを感じた。ラクスミィへの憎悪の念はその裏返しに過ぎぬのだ。イシヌへの敬愛ゆえに、民はラクスミィを裏切り者と見る。言い伝え通りの不吉の王女となったと、深く失望する。いわば薬草の、主と副の作用だ。良きも悪しきも分かちがたく絡み合っている。

ラクスミィは今、心から安堵していた。

彼女もナーガと同じだ。この地に来れば向き合わざるを得ない。かつて慈《いつく》しんでくれた民の燃えるような憎悪に。彼らの激しい罵り、悲憤の目に晒《さら》されて、しかしラクスミィはちらとも揺らがずにあれた。裏切り者と叫ばれるたび、民のイシヌへの愛を感じ、彼らを愛せた。

——守り抜いてみせる。此度こそ、誰一人の欠けもなく。

記憶より小さく見える湖から、南の果てへと視線を上げる。母が愛し、妹が愛した民と地を脅かす亡霊が、その先に巣くっていた。

女帝出陣の日は近い。

焼きつけるような砂漠の陽光に目を眇め、ナーガは馬上の人を見上げた。

さながら影のよう、と若き女帝の姿を思う。

その艶やかな肢体を包むのは、いつもの羅紗《らしゃ》の衣ではない。帯できりりと締められた膝丈の上衣、足の線の浮き上がるような細い袴、裾の豊かに広がる外衣。襟もとの刺繍に至るまで、全てが烏《からす》の濡れ羽色だ。髪は如何にも無造作に、耳より高く結い上げられている。彼女の髪の銅《あかがね》色だけが、唯一かつ最上の装飾だった。

この戦装束《いくさ》を見ることはもうないだろうとナーガは思っていた。先の大内乱でラクスミィが纏《まと》った黒衣。もとはイシヌの王祖の装いと聞く。乱の終幕とともに封印されたはずのものに、女帝は再び袖を通した。かつて西域を平らげたというイシヌの祖そのままに、この西域の地で風《かぜ》ト光《ひかり》ノ民《たみ》の末裔《まつえい》を成敗すべく。

「陛下」金砂を軋ませて、元帥ムアルガンが優雅に跪《ひざまず》いた。「あと小半時もすれば、砂ノ領南区との境に至りまする。如何いたしましょうや」

「このまま進めよ」

ムアルガンはさらりと一礼し、去っていった。彼のことだ、初めから女帝の意志なぞ承知のうえで、了承を得に来たのだろう。元帥のその敬いが、女帝の権威を保っている。

女帝の馬の轡《くつわ》を引きつつ、ナーガはこれから向かう地を見つめた。悠々とうねる金の地平線。熱された大気が揺れ、偽りの海を映し出す。砂漠につきものの幻に、敵の名を思う。

幻影《げんえい》ノ術士《じゅつし》、見えざる聞こえざる者。

ナーガにその名を耳打ちしたのはヤシュムという男だ。イシヌお抱え〈御用商衆《ごようしょうしゅう》〉を束ねる者で、ナーガの友の父親でもある。ちなみに友もヤシュムという。彼らの一族は、末子が父の名を継ぐのだ。紛らわしいので、ナーガは父を衆頭《しゅうがしら》どの、子をヤシュムと呼ぶ。

『砂の南部まで陛下にお供するなら、どうぞ気をつけなされ』衆頭は小声で言った。『どうやら敵は、貴男《あなた》さまにも縁のある相手ですからな』

御用商衆の面々は、一介の商人にしか過ぎないはずなのに、何故だか異様に耳聡い。女帝の側近しか知り得ない話を、誰よりも早く手に入れている。間者みたいだなあ、と思ったことは胸に納め、ナーガはありがたく耳を傾けた。衆頭は心配してくれたのだろう。ナーガは以前、幻影ノ術士に捕らわれたことがあったから。彼らの術の巧みさは、その時に身に沁みた。幻影を見破るのはとても難しい。術の始まりを悟らせないよう周到に仕かけてくるからだ。敵の名を聞いて、何故ラクスミィが自らの出陣を決めたか合点がいった。ラクスミィは多くの丹妖を有する。その人ならざる知覚を通せば幻影をなんなく見破れる。そのうえ彼女は以前、幻影を破る式をたちどころに編んだらしい。

ナーガは唇を噛んだ。同じ丹妖を持つ身なのに、彼には幻影を見抜く自信も破る自信もない。彼とヌィの知覚は切れ目なく溶け合っており、照らし合わせて矛盾を探るには向かないのだ。だが向き不向きの話にしたくなかった。負けを認めるどころか、勝ちを諦めるに等しいからだ。幻影の連中に——いや、ラクスミィに。

女帝のお気に入りだなんて言われるが、ナーガはラクスミィに屈服した覚えはない。彼女は仇だ。幼く非力だったナーガを組み伏せ、彫りを暴き、舞い手の誇りをずたずたに傷つけた。彼女は獲物でもある。いつかこの手で討ち取って、故郷の森に帰る資格を取り戻すのだ。何年かかっても、やってやる。逃げも隠れもしないと、ラクスミィ自身が言っていたのだから。

彼女の後ろをついて歩くのは、そう、敵を知るためだ。言われるまま学ぶのだって、相手の思考の軌跡を探るためだ。素直になったわけじゃない。賢くなったのだ。正面切ってぶつかる子供じみた真似を止めて、敵に近づき時を待つ、辛抱《しんぼう》強さを身に着けたわけだ。

それなのにラクスミィはナーガを子供扱いする。お節介が過ぎるのだ、親でもないくせに。だいたいナーガは親なしみたいなものだ。父親はとうに消えた。母親はいつ帰るとも知れない――いや、水蜘蛛族の男子たるもの、母を悪く言うものじゃない。森を出た息子を、母さまは責めなかった。よく生き抜いたと褒めてくださりさえした。それで十分じゃないか。舞い手の誇りは傷ついても、自分にはまだ、タータの子という誇りがある。タータのいる限り、故郷を失っても一族が滅んでも、……父が去っても、自分は独りぼっちじゃないのだ。

母を想っていると、目の前の砂海が遠のき、別の景色が立ち上がった。夜の宮殿の景色だ。寝台に横たわるナーガの傍らで、タータとラクスミィが寄り添っている。二人が手にするのは比求式の舞う草紙、二人が囁《ささや》き合うのは広大な丹の世界――

「陛下。ただいま先頭の陣が、区境を越えましてございます」

元帥の言葉に、ナーガは我に返った。いけない。敵地に向かう最中に、白昼夢を見るなんて。首を振って景色を払い、馬上をそっと窺《うかが》えば、女帝は黙して地平線を望んでいた。

だが彼女に従う人ならざる者たちは能弁だ。風が咆《ほ》え、熱砂の生む気流とともに駆け上る。光《ひかり》ノ蝶《ちょう》が幾十と分裂し、螺旋を描いて舞う。黄金の砂地がとどろき震動する。女帝の丹妖らが大気や大地に溶け込んだのだ。敵が幻影を仕かけてくれれば、彼らがいち早く知らせてくれる。ほら、早速! そよ風が、ナーガの耳もとに吹いてきて、遠くのかすかな音を運んできた。

それは声だった。

『やっぱりやるの、ソディの姉ちゃん』若い響き。むしろ幼さの残るものだ。『あれ、女帝の軍だ。今までの、隊商に化けていた連中とはわけが違うよ。無理だよ』

『やるしかないでしょ』こちらは幾らか年上の、娘の声だ。『それともなぁに、アンタたち。このまま進めさせるっていうの。この先ではみんなが水路を引いているのよ。帝軍が見過ごすと思う？　壊すか奪うかに決まってるわ。なら、こっちからやってやろうじゃないの！』辺りを窺っても、子供や娘の姿はない。ラクスミィの丹妖が、大気をこよりの如く捻じり、糸伝話さながらに遠くの声を伝えているのだ。

『第一、あの女帝はイシヌの女よ。風《かぜ》ト光《ひかり》ノ国《くに》を滅ぼした、悪鬼の末裔！　アタシたちの土地から、また水を奪われてたまるもんか！』

　居所を知られているとは露知らず、娘と子供たちは砂漠のどこかで語り続ける。策と覚悟を確かめ合うと、誰からともなく、同じ文言を呟き始めた。

『我らは等しく失われし民、安息の地を持たぬ、見えざる聞こえざる者。ともに戦い、ともに散らん。父の憎しみ、母の嘆きを晴らすその日まで！』

　ひと声またひと声と加わりながら繰り返すうち、彼らの呟きは熱を帯びていく。燃え盛るというよりは、じっくり炙《あぶ》るような静かな熱だ。人知れず残ったくすぶりの、気づけばもとより大きく育っているような、踏んでも踏んでも駆逐できぬ火の粉の群れを思わせた。

　――来る。

　止まりかけたナーガの足を、影の丹妖が押した。その力強さに、決して気取られてはならぬという厳命が伝わった。

当の影の主人は、涼やかな表情を崩さない。だがその銅色の瞳は、鋭利な光を湛えていた。例えるなら、獲物を見定めた雌獅子の眼差し。相手の数と距離を冷徹に推し量り、視線だけで仲間の布陣を整える、狩人のそれだ。女帝は馬体の陰に腕を垂らすと、ちらと反してみせる。それにムアルガンがかすかな会釈を寄越した。彼のゆっくり眺め渡すような素振りを受けて、兵たちがそれと分からぬように、襲撃に備えていく。

隊の端から端まですみやかに、無言の命が行き渡った時。

蜃気楼《しんきろう》に包まれたが如く、ゆらりと大気が蠢《うごめ》いた。

ほんの一瞬だった。馬が新たな蹄《ひづめ》の跡を砂につけた頃、景色はもと通りになっていた。あぁこれぞ幻影だと思う。身構えていなければ術の始まりにも気づけない。見事なものだ。

だが女帝の唇が、にぃ、と不敵な弧を描く。

短く息を吸い、ラクスミィが式を解き放った。研ぎ澄まされた歌声が天を突く。太刀に裂かれた薄衣のように、大気がぺろりと剝がれた。幻影はあっさり暴かれ、敵の姿が露わになる。

それは小舟の群れだった。

砂を巻き上げて奔《はし》る舟。操るのは若者たち、いや、まだ子供というべき者もいた。見慣れぬ光景に、ナーガは目を見張る。だが驚きはしなかった。

あれが〈砂ノ舟〉か。ナーガは感心して眺めた。風丹術《ふうたんじゅつ》と土丹術《どたんじゅつ》を併せ、海のように砂漠を進む舟。もっと大きな船もあると、帝都学士院の資料に書いてあった。大内乱中にジーハ帝の軍が残したものだ。よほど手を焼いたと見え、多くの資料が残されていた。目を通しておいて良かった。おかげで初めて目にする砂漠の舟に、もの珍しさは覚えても、動じずに済んでいる。ラクスミィが自分で読んだ後に、投げるように寄越してきたのには、むかっ腹が立ったが。

舟については、帝兵たちにもきっちり申し渡されていたようだ。幻が剝がれ、小舟が露わになっても、筒は揺るがない。敵の頭数の何十倍もの火筒がずらりと並ぶさまに、なんて容赦のないとナーガは思った。一瞬で全てが終わる。あの者らは幻影を解かれたと狼狽《うろた》える間もなく倒れ、帝兵たちは筒を下げる。女帝の進軍は止まらず、南部の民は平伏し、慈悲を乞うのだ。

そう思われたけれども。

舟の群れは、ぐんと加速した。

「散って！」娘の声が鋭く命じる。

舟の群れの上空で、光がちらちらっと瞬《また》いた。すると舟の走りが変わった。四、五艘ほどの班に分かれて、あらゆる方角へ散開する。あたかも小魚の群れが鱶《ふか》を躱《かわ》すようだ。巧みに帆を操り、不規則に蛇行して、的を絞らせない。数艘が束になって向かってきたかと思えば、すれすれで逸れて、金砂をこれでもかと巻き上げる。

そうして、金砂の煙幕をたっぷり立てたところを、電光石火。一艘の舟が、隊列のただ中に喰い込んできた。

女帝ラクスミィのおわす陣へと。

黄金の砂煙に、燃えるような朝日色のおさげが翻《ひるがえ》る。若い娘だった。可愛らしい丸ッ鼻に反して、ぎらぎらとした両目をしている。野良猫、いや山猫のようとナーガは思った。

ひょう、と高い音が鳴る。娘の上空に、花火のような光が散った。ぱっ、ぱぱっ、と素早く点滅する。するとまた、舟の群れの動きが変わった。船首を立てて、次々に隊列目がけて突っ込んでくる。兵をなぎ倒し、即座に遠のくさまは、突風さながらだった。攪乱《かくらん》しているのだ。帝兵の筒先が、朝日色の髪の娘に集中しないように。

ナーガの背筋に震えが奔った。あの娘は〈俯瞰《ふかん》ノ術《じゅつ》〉の使い手だ。光丹術《こうたんじゅつ》の一種〈遠見《とおみ》〉の変形で、上空からの眺めを目に映し出す、光の基礎中の基礎。それだけでは凡百の術士だが、彼女はおそらくその図をもとに、仲間の動きを指示している。

相当な切れ者だ。

飛ぶように奔る舟の上で、娘が武器を取り出した。長い筒をぐっと肩に当てる独特の構え。筒先には刃が光る。「長火筒!」とナーガは衝撃をもって声を漏らした。火筒は仙丹器《せんたんき》の一種、帝軍の代名詞だ。そんなものをどこで手に入れたのか。先の大内乱で侵略してきたジーハ帝の軍から奪ったのか。あるいは、帝家の与《あずか》り知らぬところで、仙丹器が横流しされているのか。そうか、とナーガは悟った。だからラクスミィは、仙丹の管理を徹底せよときつく申し渡していたのだ。帝都の人々は不平を垂れるばかりだったけれども。

たった一艘の舟が、帝軍を切り裂いていく。直刃《すぐは》のようにまっすぐな奔り。それでも激しく振動する舟の上で、娘はぴたりと狙いを定めてくる。そんな彼女を帝兵たちも狙うが、あまりの速さに追い切れない。娘はみるみる近づいてくる。筒先の丸い穴がはっきり見え、ナーガは気圧された。思わず馬の手綱を離し、急いで舞い始める。

だが、そこに低い嗤いが聞こえた。ラクスミィだ。ひと言「よい」と囁くと、彼女は黒衣の腕をゆらりと上げ、娘に向かって指をつと折ってみせる。誘うように。

挑発に、娘の瞳のぎらつきがいっそう増した。

ぱぱぱんと続けざまに撃たれた矢弾は、けれども一つも当たらなかった。ラクスミィの影がずるりと立ち上がり、全てを呑み込んだのだ。娘の目がまんまるに開く。女帝の横を奔り抜けざま、彼女の息を呑む様子が窺えた。

娘が離れていく。その上空に、光ノ弾がひょうと上がった。ぱ、ぱ、ぱと瞬く光に、どんな言葉が込められているのか。ナーガは読み取れず、だが悔しさより好奇心が先に立ち、女帝を見上げた。母タータの早読みの才は、血を分けた息子でなく、この女人に受け継がれている。

「――その引きざまや潔し」

天空の瞬きを見て、ラクスミィが口角を上げる。どうやら撤退の意だったらしい。だが。

「逃さぬ」

女帝の呟きに、大地が咆えて応えた。

金の砂地が海の如くうねり出す。ナーガは咄嗟《とっさ》に足を踏ん張って堪えた。女帝の馬の手綱をしっかと握り、棹立ちにならぬよう押さえ込む。そんな彼の目の端に、娘の舟が倒れるさまが映った。朝日色の髪が砂地に投げ出される。したたかに地に叩きつけられ、だが彼女は即座に、砂を掻いて起き上がった。

「ピトリ！」

見れば、同じ朝日色の髪が金砂に半ば埋もれていた。その襟首を娘が引っ摑む。ずるずると引き出されたのは十やそこらの少年だ。朦朧《もうろう》としている少年の頰を、娘は張った。

「起きなさい、ピトリ！」

うぅんと少年が呻く。娘の頰が緩んだが、それも一瞬のこと。砂を踏む足音に、彼女は飛跳ねんばかりに顔を上げた。大きく見開かれた目が、黒衣の女帝を映した時だ。

獣に貪《むさぼ》られるような悲鳴が上がる。女帝の影が、娘と少年を組み伏していた。

「陛下」ラクスミィに、元帥が歩み寄る。「他の者もあらかた捕らえましてございます」

土の丹妖が、他の舟も倒していたらしい。元帥の報せに「畜生！」と罵りが上がる。見れば娘が影の下で激しくもがいて、「畜生、畜生！」と繰り返していた。自身に絡みつく闇を押し返そうと暴れるも、試み虚《むな》しく漆黒《しっこく》はじわりじわりとせり上がってくる。彼女が真剣であればあるほど、その姿は滑稽《こっけい》だったが、ナーガは愉悦《ゆえつ》や憐れみではなく、強い違和感を覚えた。

女帝の影を成すのは〈闇丹術《あんたんじゅつ》〉。あらゆる物の重さを自在に操り、光をも呑み込んで放さず、全ての物質を素なる粒子へと還す大技だ。人一人の丹では実現不可能な領域であり、幾十幾百もの術士による合わせ術や、大勢の敵を相手に返し技を重ねるなどの、特殊な条件でなければ、術は為らない。よってこの世に純なる〈闇丹術士《あんたんじゅつし》〉は存在しないとされる。万骨《ばんこつ》によって数多の丹田《たんでん》を有するラクスミィにのみ為せる、人外の術だった。

存在しないはずの術士を前に、だが娘の瞳には恐怖しか浮かんでいない。自身が進む未来を確信すればこその色だ。闇丹術を目の当たりにして、狂うような混乱がなかった。

彼女の恐怖の、確固たる裏打ちはどこから来るのだろう。そんな疑問をナーガが抱いた時。

「この、悪鬼の成れの果て！」重さを増す影に骨を軋ませて、娘が女帝を罵った。「イシヌの生き残りがなんで、〈月影族《つきかげぞく》の秘術《ひじゅつ》〉を使うのよ！」

ナーガは驚いた。万骨はイシヌの秘術。月影族から授かったと知る者はごくわずかだ。

「そなた」女帝が呟くように問う。「何故これを、かの民の技と思うたのじゃ」

娘の答えは、だが聞こえなかった。

どん、と世界が揺れる感覚がした。何事かと考える暇《いとま》もなく、ナーガはねじ伏せられたかのように砂に手をついていた。辺りを満たす咆哮《ほうこう》に、これは風だとようやく知る。地上の一切を殴り倒す、巨大な大気の塊だ。その重さに、ナーガは立ち上がれなかった。金の砂煙に、目も開けていられない。風の合間に、兵たちの狼狽《ろうばい》した声が聞こえるばかり。

冷然とあったのは、女帝ただ一人だ。

剣の如く鋭い声音が放たれる。大気がすぱんと断たれ、巨岩のような圧が消えた。金一色の視界がたちまち晴れ渡る。呆然と伏していたナーガは、はっと我に返り、急いで身を起こした。

兵らが素直に歓声を上げる中、羞恥と悔しさに眉根を寄せる。ラクスミィはきっと彼の醜態を嗤っているだろう。そう思いつつ見上げれば、意外や彼女は険しい顔で、砂漠を睨んでいた。

女帝の視線を辿れば、娘と少年を乗せた舟が、みるみる遠ざかるさまが見えた。風が吹いた一瞬の隙をついて、逃げ出したようだ。それを仲間の小舟が追う。沙山羊《すなやぎ》の仔らのように寄り集まった彼らが、一目散に向かう先をふと見て、ナーガは思わず息を呑んだ。

巨船だ。

小舟の何十倍もの巨体。塔の如き柱。満々と張る白い帆。音に聞こえた〈砂ノ船〉だ。だが船だけなら、ナーガはここまで狼狽しなかったろう。

道が。ナーガは声なく呟いた。船の行く道が、おかしい。

波立つ黄金の砂丘。その谷間を巨船は進む。まっすぐ、なだらかに——そう、巨船は砂丘を越えるでもなく避けるでもなく、きれいに直線に並んだ谷間を悠々と進んでくるのだ。

まるで砂丘が道を開けたかのように。

ありえない、と自らを否定していると。地鳴りがどろどろと足もとに伝わってきた。咄嗟に身構えたナーガを、ずずうんと重い音が揺さぶる。巨船の道行きにかかっていた砂丘の縁が、崩れ落ちたのだ。ふもとが欠けたというのに、砂丘は崩れない。巨人の手で除けられたようにきれいにずり下がる。そうして新たに生まれた谷間を、巨船は渡るのだ。

全身が粟立った。

「布陣を整えよ！」

ラクスミィの命に、ナーガははっと引き戻された。兵らも弾かれたように隊列を組み直す。大風と巨船の脅威に、帝軍は無敵の名にあるまじき乱れを許していた。

陣形がなんとか組み上がったところで、巨船の動きが変化した。岩をも砕く豪速が柔らかに封じられていく。巨体が軋みひとつ上げることなく止まれば、金砂が高々と巻き上げられた。砂がゆっくりと落ちる中を小舟が続々と着く。その喜びも露わなさまは親を見つけた仔山羊のそれだ。縋《すが》るように船体に寄り添うと、乗り手たちは揃って、巨船を仰いだ。

彼らの視線の先で、ゆらり、と鉄色の襖衣《おすい》がはためいた。

限りなく黒に近いその色は、強い陽光の当たるところだけ、深い緑に浮き上がる。広い肩にかかる素朴な綿布に、風が無邪気にじゃれついた。裾に覗く無骨な足が、甲板の外にゆっくり踏み出せば、地上の砂が泡立つように蠢いて伸び上がり、その踵《かかと》を支えに行った。

初めから金砂の階段があったかの如く、鉄色の襖衣の男は下りてくる。彼に土丹式を唱える様子がなかったことに気づき、ナーガは混乱に似た衝撃を受けた。

だがそれもすぐに、たいした問題でなくなった。

大地に降り立った男の影に、戦慄する。異様だった。午天間近の、全てを焼き尽くすような日差しのもとで、この薄さ、この広さ。まさかと思うより早く、淡い銀色の影のそこここが、すうっと伸び上がる。男の一歩ごとに影は色と輪郭《りんかく》を帯び、やがて彼が十歩もいけば。

百の倍を超える男たちが、影から立ち上がっていた。

亡霊の如くあったのは、ほんの刹那のこと。瞬《まばた》きを二度三度するうちに、影の人々は影より現れたことの方が奇異なほど活き活きと息づいていた。その目は光を宿し、肌には朱が差し、襖衣を風に揺らし、砂にくっきりと足跡を残す。あたかも死者が甦ったかの如く。

――万骨《ばんこつ》ノ術《じゅつ》。

ナーガは声なく叫んだ。これは丹妖だ。辺境の男が何故イシヌ王家の秘術を使うのか。この術を負うのは女帝、そして彼女に式を刻まれたナーガ、二人だけのはず。

答えを求めて馬上の人を見る。女帝は微動だにせず鉄色の男を睨みつけていた。だが凛然とあるのは彼女だけだ。この場の全ての目が影の人々に釘づけだった。帝兵らはいつ発砲の命が下っても良いように火筒を構えてはいるが、その筒先は震えて、上体は引けている。よく訓練された〈火筒上兵〉だからこそ、筒構えを再現しえているだけなのだ。

数多の視線をそよ風の如く受け流し、男は立ち止まる。切れ上がった三白眼が、火筒の列をゆっくりと確かめた。景色を眺めるような素振りだった。

「ソディ」

しんと静まり返った大気を震わせ、彼は呼ぶ。

「何があった」

朝日色のおさげが揺れる。青ざめる娘の様子に、男の地位が窺えた。彼が南部の長なのだ。

風に遊ぶ鉄色の後ろから、ふらりと歩み出た者がいた。硫黄《いおう》色の襲衣の若者だった。答えに窮《きゅう》したふうのソディに、気負いなく歩み寄る。緩く束ねた髪が一歩ごとに跳ねるさまに、陽気そうな男だなとしかナーガは思わなかった。女帝の呟きを聞くまでは。

——丹妖。

耳を疑った。

弾かれたように女帝を見る。だが目は合わない。動悸が鼓膜を打ってうるさい。狼狽に泳ぐ視界を押して、ナーガは若者を見つめ直した。丹妖、これが？　でも。こいつは。

まるで生きて、い、い、る。

「ちっと教えて欲しいだけだ、嬢ちゃん」硫黄色の襲衣の若者は飄々《ひょうひょう》と言う。「なんでまたこんな田舎に、女帝陛下がお出ましになったんだ？」

男にしては細い腕が掲げられた。若者の丹妖がひょいと手首を反し、ラクスミィを指差す。帝軍に不穏が奔った。国主に指を向けるとはなんたる不敬。宣戦布告に等しい行いだ。

「知らないわ」ソディは開き直ったようにつんと鼻を天に向けた。「アタシたちは水路の番人。アタシたちは仕事をしただけ！」

「つまり、なんだ。水路を壊されそうになったわけだ？」

「まだよ。でも、やられてからじゃ遅いでしょ」

「おいおい」と丹妖が弱った声を出す。「嬢ちゃん、ちっと血の気が多すぎらぁ」

ソディは、南部の民は、この丹妖をどう思っているのだろう。ただの丹の操り人形を意思のある人間として接するなんて。ナーガの胃《い》ノ腑《ふ》を突き上げたのは嫌悪に等しい拒絶の念だった。そんなふうに、当たり前のように語り合うな。我を忘れて、そう叫びかけた時だ。

「ラワゥナ嬢」冷ややかな声が娘を呼んだ。「それの相手はしないことだ」

ソディと丹妖の間に、一人の男が割って入った。千草色の襲衣。砂漠の荒くれ者とは思えぬ柔和な物腰、物静かな声音。皮肉げな響きが学士を思わせた。長よりやや年上だろうか、だが頭巾から覗く髪は雪のような白髪だ。アニランさん、と硫黄色の丹妖が呼んだが、彼は眉すら動かさない。その硬い表情に、ナーガが覚えたのは深い安堵だった。あちらにも、この丹妖を認めない者がいる——敵陣の人間に救われるなんて、こんな情けないことはないけれど。

「ラワゥナ嬢」アニランは丹妖を見もせず、ソディに向き合う。「水路を守ろうという気概は立派だ。だが報告を怠ったのはよくない。全て自分たちで解決しようとしないことだ」

そうだろう、と語りかける静かな声に、ソディは目を落とした。だがすぐに丸ッ鼻をつんと上げて、そっぽを向く。朝日色のおさげがぱしっと鞭のように宙を叩いた。

「浮雲《うきぐも》の女はすぐに泣きつく。怖けりゃ舟を降りろ。そう嗤われるのはまっぴらよ」

「誰もそんなふうに言いはしないよ」

「お生憎さま。もうさんざん言われたわよ！　だいたい、アタシたちはちゃあんと報せを届けようとしたのよ。ろくすっぽ相手にされなかったけどね！」

「そうか。それは申し訳なかった」アニランが思慮深く眉を曇らせた。「その取次は降ろそう。今度からは直に使いを寄越すといい。君は水路の功労者、頭領と話す資格は十分あるのだから。

——構わないね、ハマーヌ君」

アニランの問いかけにも、長は動かない。ただ風が応えるように吹き、鉄色の裾を攫《さら》った。仲間たちはそれだけで了承の意を汲みとったらしい。ソディは溜飲を下げたのか、眉根を少しやわらげた。心配そうに成り行きを見守っていた若者たちがほっと視線を交わす。なごやかな絵だった——帝軍に数多の火筒を向けられているというのに。

話に区切りをつけ、アニランが頭領のもとに歩み寄る。帝軍の分厚い隊列の前に、手ぶらの男二人が並んだ。アニランの頷きを受けて、ハマーヌがおもむろに口を開く。

「こちらに不手際があったらしい」

その声は風に乗って、帝軍の厚い隊列を越え、女帝の陣まで軽々と届けられた。

「悪かった。話があるなら聞くが」

その謙虚な物言いは、どんな虚勢より雄弁だった。そう大きくない声の圧に、兵がじわりとずり下がる。勅命を読み上げるはずの文官は、今にも座り込みそうだ。

歩み出したのは、元帥ムアルガンだった。

「南部の民に告ぐ」一切の感情を押し隠した声音であった。「そなたたちの水路によって青河の水位が下がっている。無秩序な増設を直ちに中断し、水源回復まで水路を封じよ」

元帥が言い終わるよりも早く、「そらごらん！」という甲高い声が上がった。

「だから言ったでしょ！　それでその後に続くのよ。『逆らえば破壊するまで』ってね！」

ハマーヌがゆらりと視線を向けてようやく、ソディは口を閉ざした。

「それで、どうなのかな」アニランが替わって問いかけた。「出来ない、と言えば？」

ムアルガンは無言を保った。ソディが「ほらね」と小さく吐き捨てる。

「青河やイシヌの湖の様子は伝え聞いているよ」アニランは穏やかに言う。「あまりないことのようだね。少なくとも僕らは聞いたことがない。そちらの草《くさ》ノ領《りょう》は旱魃に滅多と遭わないから、確かにこれから大変だろう。でもだからといって、僕たちが渇きに倒れる義理はない」

「全て封じよとは申しておらぬ」ムアルガンは粘り強く喰い下がる。「永久にとも。ひとまず水源が戻り、季節がひと巡りするまで、最低限の本数で辛抱せよ。それより先、青河の流れに猶予があれば、順次再開を許可しうる」

乾いた笑いが上がった。

「許可なぞ誰にもしていただかなくて結構だ。ましてやこちらの状況もろくに知らない人たちからはね。最低限と仰ったかな――生憎、今ある水路全てが最低限だ。民が生きるのにね」

「そなたたち南部は千年、水路なしで生きてきたはずだが」

「大勢死んだよ」淡々とした答えだった。「多くの者は、飢えと渇きに。中には帝軍や公軍に殺された者たちもいたかな」

――君たちはもう忘れただろうがね。

底冷えのする呟きが添えられた。

「それに以前は人が少なかった。今は違う。どこにもよすがのない、浮雲の民が――僕はこの名は好きではないが――水と食べものを求めて集まっている。水路は間に合っていないぐらいなんだ。だから君たちのために止められるものは一本もない。今後も新たに引くだろう」

聞き分けのない子供を諭《さと》すような調子で、アニランは結論した。

「諦めてくれ」

「そうは参らぬ」ムアルガンの声は硬い。「即断せよとは申さぬ。一月の猶予を設けるゆえ、よく再考せよ。早く応じればその分、残せる水路の数も増えるだろう」

応じねば？　その問いはついぞ放たれなかった。千草色の頭巾に覗く、アニランの柔らかな目尻に、すうっと皺《しわ》が刻まれた。笑ったのだ、その瞳の冷ややかさとは裏腹に。

「では一月」

「ちょっと！」アニランの答えに、ソディが叫ぶ。「考えるまでもないでしょ！」

「嬢ちゃん、嬢ちゃん」硫黄色の襲衣の丹妖が、口にそっと手を当てた。「あぁでも言わにゃ、あちらさん引っ込みつかねぇのよ。なんなら今日この場で、俺らを潰しにかかるつもりだったろうからな」

それはほんの囁きだった。ナーガの耳に届いたのは、ラクスミィの風が音を拾ったか。それともハマーヌの風があえて伝えてきたのか。どちらにしても、誰も異は唱えなかった。

話は終わったとばかりに、アニランが頭巾を目深に被る。それを合図に、南部の民は続々と砂ノ船に乗り込み出した。ソディだけはまだ不服なのか、ハマーヌへと迫り寄る。

「あいつら、またくるわよ。女帝本人がのこのこ来た今、叩いておくべきじゃないの」

高い声は砂漠によく通る。帝軍にこれ以上ない緊張が奔った。しかし南部の長はゆっくりと帝軍に背を向けた。「ちょっと！」と苛立ちも露わに呼び止められ、ようやく口を開く。

「無駄だ」一切の起伏ない声だった。「尾を切って、逃げるだけだ」

砂漠の火《ひ》蜥蜴《とかげ》になぞらえた言いようだった。その意味をナーガが理解したのは、彼が船へと上がってからだ。尾は帝兵たちのこと。では、逃げるのは？

女帝だ。

ナーガは愕然として、馬上の女人を仰いだ。こんな屈辱を受けて、何故黙っているのだろう。

女帝の不敵な笑みを無意識に求めて、けれど見てはならなかったと悔いた。

彼女の美しい顎の線に、大粒の汗がひとつ、つうっと伝い落ちたところだった。

第四章　そのいっときの道の交わり

「ナーガ」女帝が呼ぶ。「供をせよ」

さらりという衣擦れの音に、ナーガはこうべを垂れて応えた。漆黒《しっこく》の外衣がふわりと鼻先をかすめていく。イシヌの王祖が纏《まと》ったという戦衣は女らしい飾り気ひとつない。それが却ってどんな衣装よりも匂やかにラクスミィの肢体を際立たせる。

抜き身の剣のよう、とナーガは思った。

常になく従順に立ち上がった小姓を、女帝は振り返らない。イシヌの城の、美しい石の床を滑り行く彼女の影を、ナーガは黙って追った。衣より濃い闇の色。百の兵と一の将の死を抱く深淵。あの男の影とは真反対だ、と先日の邂逅《かいこう》を思い起こす。砂の南部の長《おさ》の、薄く引き伸ばされた影。光に溶け込みそうな中から、あらゆる色彩を帯びた人々が立ち上がってきた。

百と一をゆうに超えて。

二人の闇の使い手。理論の上にしか存在しないはずの術士が相まみえ、けれど術のかけらも交えずに別れた。交えるまでもなかったのだと、ナーガは後で思い至った。思えば故郷の森でよく目にした光景だった。森に君臨する黒豹らが思いがけず同族に出会った時、闘争は滅多と起きない。その鋭い牙と爪を剝くことなく、視線すら交わさぬうちに、どちらかが静かに立ち去る。多くはそれ以前の、風が孕《はら》む臭いだけで、相手の力量を見極めていたものだ。

ラクスミィとハマーヌの邂逅も、きっと同じだ。

いったいどれほどの死を、あの男は取り込んでいるのだろう。何より、それらをどのように統制しているのか。丹妖《たんよう》が増えるほど、知覚の摩擦は増し、精神は混濁《こんだく》していく。ひと一人が受け入れられる感覚の量には、どうしても限界があるのだ。丹妖によって使える目や耳や手や足は無限に増えても、それらを統合する術士の頭脳はひとつなのだから。

それに、ハマーヌの丹妖たちは——思い出すだけで、ナーガの背筋が凍った。

ラクスミィは常々言う。丹妖は丹の操り人形。丹妖は術士の意識と無意識の写し鏡と、ゆめゆめ忘れるな。例えばナーガが愛馬を思い出せば、水妖はその通りに姿を変える。いななきを想えばそのように嘶《な》く。人語を話すさまを描けば、それが戯《たわむ》れの空想でも、水妖は応えるのだ。ゆえに丹妖は術士自身であり、夢であり、幻である。決してそこに亡き者の自我を見出してはいけない。丹妖が伝える五感に全てを委ねてはならない。夢幻に精神を喰われるなと。

けれども、ハマーヌのものはどうだ。

まるで生きていた。おそらくは亡き人そのままに。ことにあの硫黄《いおう》色の襲衣《おすい》の若者！　彼がかつてあのように語り、歩き、笑っていたことは、生前会っていなくとも容易に知れた。

ラクスミィの教えと真逆のことを、あの式要らずはしているのだ。丹妖に、亡き人々の魂を見て、それらを具現化している。なのに彼はどうして崩壊しない？　それとも、彼はもう破綻しているのだろうか。消え入りそうに薄い、あの影のように。

だとすると、あれ以上に恐ろしい相手はない。

人は、我が身を可愛く思うもの。精神にしろ肉体にしろ、これより先は危険だと、どこかで必ず歯止めがかかる。生きものである限り、むしろそうあるべきなのだ。自身を守るためには己の力を決して見誤ってはいけない、己の限界を知らねばならない――ナーガはかつて父に、いや父のことはいい。森を出てからはラクスミィに、そう厳しく言い聞かされて育った。

ところがあの男は。丹妖のありようが、彼の異常ぶりを示す。知覚が狂おうと精神が侵されようと、彼は頓着していない。己を守ろうという考えのすっぽり抜け落ちた、あの希薄さが、彼の成す丹妖たちの鮮やかさであり、彼自身の影の頼りなさだ。その意味に、寒気を覚える。

限度というものが、あの男には見えない。

己を顧《かえり》みぬからこその無欲さなのか、彼は向かってこなかった。火ノ国の玉座を手に入れたところで、何になるというように。けれどもこちらが向かっていけば、迷わず応えただろう。そうしてひとたび奔《はし》り出したが最後、彼は止まるまい。その身が果てるか、敵が潰えるまで。

ゆえにラクスミィは退いたのだ。

元帥《げんすい》ムアルガンは巧みに取り繕った。これは南部の民に猶予を与えるための、恩情ある撤退なのだと。けれども真実は敗北だ。戦わずしての。

随行した火筒上兵たちの顔はあれ以来暗い。迎えたイシヌの臣たちは相変わらずの冷ややかぶり、この顚末《てんまつ》をいったいどう思っているのやら。都にまだことは伝わっていないらしいが、憎き裏切りの女帝の敗北を知れば、小躍りして囃《はや》し立てるに違いなかった。

自業自得だ、とナーガは胸中で吐き捨ててみる。女帝の座を得るために、全てを切り捨てた女人が今、報いを受けているのだ。この国で最も高貴な生まれの、野心に満ち満ちた女人が、この国きっての辺境の、野心なき男に屈する。胸のすく出来事じゃないか。だいたいこいつはナーガの憎い仇のはずだ。民と一緒に小躍りして喜べばいい。ざまあみろと。

けれども彼は今こうして、ラクスミィの後をついていく。何も言わず、どこへ行くのかとも問わず、彼女の影を踏まないよう、細心の注意を払いながら。

導かれたのは城の裏手。錠の下りた格子門だった。これがカラマーハ宮殿なら、金箔に玉を嵌め込んだ豪奢《ごうしゃ》な造りが現れるところだが、イシヌの城にそうした無駄な装飾はない。錆びぬ鉄だけで拵《こしら》えられた、味もそっけもない戸だった。けれどもそこに巻きつく蔦《つた》の見事なこと！　青々と茂る葉はこの乾きの地にあって一枚の枯れもなく、日々の丹念な手入れが見てとれた。

蔦の門の向こうは、蔦の回廊だった。急勾配のまっすぐな下り坂に木洩れ日が降りそそぐ。天蓋《てんがい》からは空が覗くが、両の壁は蔦が厚く絡まり合い、外の様子は窺《うかが》えない。これは町の上に渡された橋の道なのだと、女帝が短く告げて進み出し、ナーガはやはり黙して後を追った。

緑の壁越しに賑やかな町の営みを聞きながら進んでいくこと、しばし。水気を孕んだ涼風がさあっと回廊を駆け抜け、出口の近いことを知らせた。

湖だ。

蔦の回廊はいつの間にか町を抜け、島の奇岩の上を通っていた。さくりと軽い音を鳴らしてラクスミィの足が浜の砂を踏む。その足跡をなんとなく崩しづらくて、ナーガは一歩ずらして浜に下り立ち、気づいた。自分の足はもう、ラクスミィのそれより大きいのだと。

水鳥の舞う波打ち際で、女帝が立ち止まる。ナーガは常よりも離れて折敷いた。そう、彼は森を出てからずっと、こうしてラクスミィを見上げてきたのだ。その怜悧《れいり》な横顔を睨み、その身が従える影を恐れ、強引にねじ伏せてくる手に抗《あらが》い、強大な術をかいくぐって一矢報いる時ばかりを夢想してきた。故郷と一族を失い、父に去られ、母はいつ会えるとも知れない中で、この女人は唯一絶対の存在であり、だからこそ、なんの気兼ねもなく憎めたのだ。

ところがどうだろう。湖畔に独り佇《たたず》む女人の、黒衣の下に浮く線が、急に細く目に映る。

――嫌だ。

ナーガの心が小さく呟く。何がとは分からなかったけれども。

そんな彼の様子を知ってか知らずか、ラクスミィの細い指がくいっと曲げられた。来い、と言っているのだ。鬱々《うつうつ》として歩み寄った小姓に、女帝は一言。

「水《みず》ノ繭《まゆ》を編め」

言い放つや、寄せては返す波に向かって、問答無用とばかりに歩み出す。そのつま先に白い泡が絡む直前。ナーガはなんとか舞い終えた。湖水がしゅるしゅると渦を巻き、黒衣の女帝と小姓を包み込む。まっすぐ水の中に入っていくラクスミィを、ナーガは小走りに追いかけた。

それでも真横に並べば繭も小さくて済むところ、たっぷり五歩は離れておく。今更この女人の隣になど立つものか、と言い訳がましく胸中で毒づきつつ、本当は背比べをしたくなかった。幼少の頃に一度だけ手を引かれた時の、あの背丈の差が、ナーガにとっては全てだった。

光を編む穏やかな波間に反し、水流は深みに行くほど強くなる。浅瀬では草原のようだった水草が、水の勢いに根づけないのか、次第にまばらになる。ついに湖底は一面の白砂となった。流れをものともしない巨魚だけが泳ぐ中、悠然とそびえ立つものがあった。

「天ノ門」ナーガは呟いた。

東西南北に口を開く、巨大な四面の石門。イシヌ王家が千年守り続けた、この国の水源だ。ひと目見て、言いようのない懐かしさが胸を突いた。これと対なる門が故郷の森にあるのだ。こちらは地底より清水を引くのに対して、森の最奥のそれは天より雨を引いていたけれども。門が水龍のように咆哮《ほうこう》しながら、清水を吐き続ける。そのさまに目を奪われ、ナーガは気づかなかった。ラクスミィがその名を呟くまで。

「……来たか、タータ」

はっと女帝の視線を追って、ナーガの目はようやく捉えた。

母さま。ナーガがそう叫ぶ間もなく。水の流れが変化した。殴るようだった勢いがいきなり引く。水圧が急に無くなり、水ノ繭が為す術もなく膨張した。

天空の色を。

駄目だ。弾ける。

全身からどっと汗が噴き出した時、ぱんっと繭の壁が散った。重い清水に呑まれる衝撃は、だが訪れなかった。代わりに温かな大気が肺へと入り込む。呆然と呼吸して、ナーガはやっと理解した。母タータの生んだ屋敷のように巨大な繭が、ナーガたちを包み込んだのだと。

母は優しい笑みを浮かべ、白砂にふわりと座っている。

「母さま！」

ナーガは駆け出した。今までどこにいたのか。どうしていつも急にいなくなるのか。そんな問いは、いつもどこかに行ってしまう。息子の顔を見ると、母さまはそれは嬉しそうに笑んでくださるからだ。幼子のように走り寄る彼を、母さまが白砂から立ち上がって迎えた。紺碧《こんぺき》の被衣《かつぎ》がさらりと肩に流れる。

「ここにいらっしゃるとは思いませんでした」

足の悪い母を煩わせないよう、ナーガは彼女の一歩手前でかろうじて止まった。

「ここで待てば、きっと逢えると思って」

朗らかに母が答える。だがその視線はするりとナーガの背後に移った。本当はラクスミィに向けられた言葉だったのだろう。だが返事はない。ナーガが振り返ってみれば、ラクスミィは母子の再会なぞ見えぬように、水ノ繭の壁へと歩み寄っていた。

「やはり開き切っておるか」壁際に立ち、女帝は天ノ門を眺める。「よもや何かの拍子に門が閉まり、湧く水の量が落ちたのではとも思うておったが」

ラクスミィは門を観察し、結んだ。

「南部の水路を断つしかあるまい」

女帝の結論に、母ター夕は頷かない。その唇がいつしか湛える微笑みがいつしか消えていた。

「それが貴女《あなた》の解なのね、ミミ」

いったい何が始まったのか。まるで読めず、ナーガは当惑するしかなかった。二人の女人を交互に見つめていると、漆黒の衣が揺らめき、ラクスミィが緩慢《かんまん》に師へと向き直った。

「この湖底ならば、我らを盗み聞く輩《やから》はおらぬ」

抜き放たれた剣のような眼差しを、師にひたりと当てて、ラクスミィは言う。

「──話してもらうぞ、ター夕」

「──貴女が聞いてくれるなら」

互いに静かな物言いだった。全てを覚悟した者のそれだ。気づけば辺りは魚の影すらない。水音すら遠く、ナーガは耳の奥にきんとした痛みを覚えた。悪いことが起ころうとしている。その予感の鐘はしきりに鳴っていたが、でも何かは皆目、見通せなかった。

「では、初めから訊こうぞ」狼狽《うろた》えるナーガをよそに、ラクスミィが淡々と始める。「大内乱の最中に、西ノ森を去った後、そなたは砂の南部に向かったな」

「ええ」

「西ノ森を襲った子供兵らが、のちに親のもとに帰ったと耳にした。そなたの導きか」

「ええ」

ター夕は真正面から答えた。いつものようにふわりと笑んではぐらかす真似はしない。

「森には置けないけれど、砂漠に放り出すわけにもいかなくて」穏やかな声だった。「故郷を持たない子ばかりだったけれど、南境《みなみざかい》ノ町《まち》から来た子が多かったから、まずはそこへ」

「そうして、あれと会うたか」

白砂に落ちる女帝の影が、ぞわりと蠢《うごめ》く。

「ええ」

水が浸透するようにじわじわと這ってくる黒から、タータは逃げない。彼女の瞳は初めから弟子だけを映している。

「彼に会って驚いたわ。以前よりもずっと鮮烈になっていた。この世を巡る力と、身のうちの丹が常に繋がる者。己の五感のように、森羅万象《しんらばんしょう》を感じ取れる者——」

「——力を操るに、式の要らぬ者」

師の囁《ささや》きを、ラクスミィが継ぐ。初めナーガは意味を掴み損ねた。二人の歌うような言葉の流れをなんとなしに反芻《はんすう》してから、ぞっと総毛立つ。

式要らずと言えば、この世に一人しかいない。

「覚えているかしら、ミミ」しっとりと押し包むような、温かな声音だった。「貴女に贈った、水封じの式。ずっと不完全だった私の式の、最後のひとかけらは、彼が埋めてくれたのよ」

「思い出しもしなんだわ」五体を切り裂きそうな、凍てついた声音だった。「そなたには唯一無二の邂逅でも、わらわにはすれ違っただけの相手じゃ。幼いわらわを攫《さら》った賊どもの一人、目が合うたかどうかも定かではない。顔も姿も忘れておったわ」

新たに相まみえるまで。女帝は低く言い添えた。

「答えよ、タータ」影はあと少しで、紺碧の裾に届く。「そなたはあの者に、彫りを授けたな。……わらわに授けたように」

水封じの式を。

その一言を正しく聞き取ったか、ナーガは自信を持てなかった。先ほどから頭痛がひどい。こめかみの拍動がうるさくて仕方がない。おまけに目も霞《かす》むから、二人の唇もよく読めない。

望むのはただひとつ。

違うと、誤解だと、どうか言って欲しい。

だが無情にも。タータの被衣は揺れなかった。

「その通りよ」一切の濁りなく母は言う。滲むばかりのナーガの視界とは裏腹に。「月影族《つきかげぞく》の秘術《ひじゅつ》を、彼は目にしたと言っていた。自分の五感のように丹を感じ取れるひとよ。丹の流れをそのまま写し取って、秘術を自らのものにしたのね」

だが丹妖を制御する術は持たず、丹の干渉を断たなければ、式要らずの意識は南境ノ町ごと無に散じるところだったとタータは言う。その難局に水封じは最上の解だったとも。

「せっかく子供たちを送り届けておいて、町が無くなっては意味がないでしょう」

さらりとした言いようだ。ナーガには母のことが何一つ分からなかった。思えば物心ついた頃から、母の瞳の奥を読めたためしがない。

ラクスミィには、どこまで読めているのだろう。

母が頷くたび、彼女らの間の何かがひび割れ、脆《もろ》くも崩れるさまを感じた。嫌だと心が叫ぶ。全て消えてしまう、水面の泡沫のように。けたたましい予感の鐘に突き動かされて、ナーガは二人を止めようとした。だが足は白砂に埋もれたように上がらず、咽喉《のど》からは溺れたような音しか出ない。動くのが恐ろしかった。わずかに残ったものまで散らしてしまいそうで。

「ではそなたは、町と子らの救い主となり、……あの化けものを生み出したというわけか」

女帝の影はもうタータの影を呑んでいる。どろどろとした熱が立ち昇るさまが感じられた。タータが恩情を垂れなければ、奴は勝手に朽ち果てたものを。そんな声が聞こえてきそうだ。

「件の、南部の水路。あれもそなたの指南の末だな」

「いいえ」タータは小さく首を振る。「彼らは自らの力で引いたのよ。風丹術士《ふうたんじゅつし》の測量の技と、土丹術士《どたんじゅつし》の建造の技を合わせて」

「その前に、水脈の位置を暴いた者がいるであろう」ラクスミィの追及は鋭さを増していく。

「南部の砂漠は広い。点々と散る泉や井戸場を繋いでも、水路は成らぬ。滞りなく流れるほどには、水が満ちぬからだ。地下水脈を正確に辿る必要がある。だが天ノ門が開き切って以来、地底の流れはがらりと変わったはず。……それを奴らが自力で暴いたと申すか」

あぁ、とナーガは絶望した。

ありえないのだ。水使いの助けなくしては。

「さすがね、ミミ。水路の一言で、そこまで読むなんて」こんな時にも母は嬉しそうに笑う。弟子の成長を誇る眼差しだった。「──そう。貴女の言う通り、水脈は驚くほど変化していた。

私自身も割り出しておきたかったの。砂漠で水丹術《すいたんじゅつ》を使う時、水脈の位置が分かっていれば、式の編みようが大きく異なるから。水脈を利す技は、貴女にも見せたことがあったわね」

「……白亜《はくあ》ノ砂漠《さばく》での、蟻《あり》地獄の技か」

なんの話か、ナーガには分からなかった。二人だけに通ずる記憶という他には。

「そうよ。私たち水蜘蛛族《みずぐもぞく》の彫り手は、昔からそうして砂漠中の水脈を探り、使ってきたの。けれど驚いたわ。久しぶりに砂漠に出てみれば、流れが全く変わっていた。あそこまで急激に変化したことはなかったはず。確かにあの年は雨が乏しくて、乾季が長引いてはいたけれど」

タータがふと目を伏せた。このまま進むのか思案する横顔だった。だが次に顔を上げた時、彼女の瞳からは一切の揺らぎが消えていた。

「ミミ」母は静かに呼びかける。「水脈を変えたのは、貴女たちイシヌね」

ラクスミィそっくりの怜悧な眼差しが、まっすぐに彼女を射貫く。

「天ノ門を開き切って、地下の水を根こそぎ湖に取り込んだ。そうでしょう?」

今度はラクスミィが問われる側となった。若き女帝の柳眉《りゅうび》がちらりと歪む。

「……カラマーハの力を削ぐためじゃ」苦々しい響きだった。「仙丹器《せんたんき》を好き放題造られては、イシヌは持たなんだ。ゆえに仙丹《せんたん》を大量に汲み出せぬよう、乳海《にゅうかい》を深く沈める必要があった。さらには我が妹アラーニャ、イシヌの次期当主がジーハの手に堕《お》ちぬよう、極秘にこの都から移さねばならなんだ。天ノ門の傍らに守護者がおらねば、水量を細やかに調えられぬ。ゆえに青河《せいが》の水位を上限に保つのが最良の策であったのだ」

理路整然とラクスミィは述べ立てる。一分の隙も見せぬと言わんばかりの物言いに、けれどターダは鋭く切り込んだ。

「それは貴女がたの理《ことわり》でしょう」凜然《りんぜん》とターダは告ぐ。「彼らにはまた彼らの理があるのよ。彼らが水路を引いたのは、貴女がたイシヌがもたらした変動に応じただけのこと。……私たち水蜘蛛族が、森を襲った荒波に、粛々《しゅくしゅく》と立ち向かったように」

凪《なぎ》のようだったターダの声音が、初めてさざ波立った。怒り、苛立ち、哀しみ――いいや、どれも違う。これは焦燥だろうか、とナーガはぼんやり思った。

「南部の水路を壊すと貴女は言う。それが本当に、貴女の解なの、ミミ？　壊したところで、水脈の位置は変わらない。彼らは造るでしょう、何度でも。そのたびに青河は涸れるわ。また壊して、また引いて。――終わらないわ、永遠に」

過去に痛めた足を、ターダは踏み出す。そのつま先が触れんという刹那《せつな》、ラクスミィの影がすうっと退いた。嫌悪するように。あるいは気遣うように。

「ミミ、貴女なら出来るはず。自分の立ち位置を離れて、俯瞰《ふかん》してみて。

水路は本当に、貴女にとって害かしら。南部の民は本当に、貴女が討つべき者なのかしら。貴女がたイシヌの引き起こした未曾有《みぞう》の渇きを、自らの力で耐え抜いた人々よ。他の地を奪うこともなく、他の民を襲うこともなく……」

ナーガは幼子のように白砂にうずくまった。母ターダが、敵のはずの南部の民の心を語る。止めて欲しいと全身が叫んだ。もういい、もう聞きたくない。

ナーガの指は舞い手の指。長く節くれだって、ぴったりくっつけても隙間が空く。耳を塞ぐのに、これほど不向きな手もない。生まれて初めて、ナーガは自分の身体を疎《うと》ましく思った。帝都の貴き人々にどれほど蔑《さげす》まれようと、決して揺らがなかった誇りだったのに。

ナーガは父に連れられて森を出た。だが森の外は水蜘蛛族の男子の世界ではない。侵すべからざる境界を、父は力ずくで越えたのだ。そのうえ秘文を晒《さら》すという禁忌を自ら踏み、イシヌの女王殺しの大罪人として姿を消した。同胞のいないこの外界に、ナーガを置き去りにして。

よく父の夢を見る。見たくもない、あの男の顔を。彼を慕っていた幼い自分もろとも殺してやりたいと、そのたびに思う。そうすれば自分が失ったもの何もかもを取り戻せる気がして、毎回ナーガは己をも討ち滅ぼす勢いで舞い始め、あえなく目が覚めるのだ。

父と入れ違いに現れた母タータは今やナーガのただ一つのよすがだった。母ほど水蜘蛛族の叡智《えいち》と誇りを体現する者はいない。たとえいつ会えるともしれぬ女人でも、この世のどこかに母がいる限り、ナーガはぎりぎりのところで保っていられた。父の夢から覚めるたび、自身に流れる母の血を思い、全身を切り刻みたい欲求を遠ざけてきた。

それなのに、母は言う。外界の男に彫りを授けたと。父が秘文を晒したように、水蜘蛛族の叡智を外に晒したと、そう告白した口で、敵の心を語るのだ。

「式要らずの彼もそう。あのひとは本当に、貴女の討つべき者かしら。顔も姿も忘れていたと貴女はさっき言っていた。すれ違っただけの相手だと。そんな貴女たちに、滅ぼし合うほどの遺恨が、本当にあって？　この終わらない輪を終わらせるのは、貴女たちしかいないのに」

母の言葉が正しいかなんて、どうでもいい。ナーガは思った。あのひと、という呼びようがひたすらに嫌だ。これではまるで、式要らずの方が母と親しいようではないか。

たった一人の息子より。たった一人の弟子よりも。

ナーガは震えていた。冷え切っていたのは、だが心ばかりではなかった。砂の純白に紛れて見えなかったが、気づけば辺り一面に霜が降りている。強張った首を無理に回して見渡せば、巨大な水ノ繭の壁がすっかり白濁していた。凍てついているのだと、白壁の中に捕らえられた気泡を見て、ようやくナーガは理解した。

「……俯瞰せよと申したか。さながら天翔ける鳥の如く、軽やかであれと」冷気の主が呟く。

「如何《いか》にもそなたらしい。……何も背負わぬ者だからこそ吐ける正論じゃ」

地底より湧き上がるような声だった。

「我らイシヌのもたらした渇きと、そなたは言う。確かにその通りぞ。だがそれを申すならば言わせてもらおう、水蜘蛛族のタータよ。天ノ門の守護者は我らイシヌのみにあらず。かつて我らに水の力を授け、ともに東西の天ノ門を建立したのは、そなたら水蜘蛛族であろう」

女帝の影が沸騰するように騒めいた。

「国の興《おこ》りより千年、天ノ門のもたらす恵みを享受し、水満ちる森にぬくぬくと暮らすだけであった隠棲の民が、今になって森の外に出て、我らイシヌの責を問うか……！」

風が湧き起こり、白砂と霜を巻き上げた。きらきらと瞬《またた》く氷の粒の向こうで、黒衣と銅《あかがね》の髪が激しくはためいている。そこに火の丹妖が生まれ出て、火の粉となり加わった。氷と火を孕んだ旋風は、凍りついた繭の壁を打つようにして膨れ上がる。

そこに、凜とした歌声が響いた。

ぱあん、と白濁の風が割れる。旋回の勢いを断たれた風が、見る間に萎れていく。火の粉は氷の粒と合わさり、きらめくしずくとなると、通り雨のように湖底の白砂へと降りそそいだ。

「……どうか聞いて、ミミ」

湖底の雨が行き過ぎて。紺碧の裾から、白い腕が慈《いつく》しむように伸ばされる。

「この道を行けば、貴女は彼とぶつかる。けれど、今の貴女には——」

「勝てぬ、と？」ラクスミィは嗤《わら》った。「己を棚に上げてよう申すわ。あの化けものを生んだそなたこそ、あれをもはや止められぬのであろう。ならば、わらわの他に誰が行く？」

「これはお互いを喰らい合うだけの道よ」

タータの一言一言に、ナーガの胸がずきずき痛む。母の声が哀しく鼓膜を打った。

「お願い、ミミ。もう一度考えて」母は乞う。誰のためにだろうとナーガは思った。「例えばいっそ、全て話してみてはどう？」

「どこぞの誰に、何を話せと？」

「ありのままに、貴女たちの窮《きゅうじょう》状を。南部の式要らずの彼に」

「ほ」女帝が乾いた嗤いを上げた。「青河が涸れれば、いずれ乳海が暴発し、帝都が消滅する。そう包み隠さず明かせとでも？」

ええ、と迷いのない答えが返った。

「南部の人々は、青河の水の減りの、真の意味を知らないわ。東の草《くさ》ノ領《りよう》に旱魃《かんばつ》が来るだけと思っている。毎年の砂《すな》ノ領《りよう》のように。だから自分たちがしてきたように、雨季の訪れまで耐え忍べばいいだろう、そう単純に考えているの」

タータの差し伸べた腕を、ラクスミィは一笑に付した。

「そなたはやはり水蜘蛛族じゃ。砂ノ民の、持たざる者の深淵を理解しておらぬ。全て話せと申したな。その勧めに従えば、何が起こるか教えてやろうぞ。

奴らは歓喜する。水路を止めずにおくだけで、憎き火ノ国の中枢を滅せられるのだからな。

今こそ〈失われし民〉の無念を晴らす時、故国復興の夢を叶える時と、猛々しく咆《ほ》えることであろう。イシヌの双子の姉姫をかどわかした時のように」

荒涼とした砂漠を思わせる声音で、ラクスミィは師を嘲笑《あざわら》う。面のように張りついた笑み、だがその瞳の湛える色は対極のものだった。

穏やかな、寂寥《せきりよう》の色。

ラクスミィの嗤いがふと途絶えた。紺碧色の裾を這い上がろうとしていた影が、疲れ切ったようにぐしゃりと砂に落ち、地中に沁みるように消えていった。

「……これは、わらわの過ちじゃ」

先ほどまでラクスミィを取り巻いていた、どろどろとした熱塊は、跡形もなく消え去った。

彼女が纏うのは、透き通った空虚だけだ。

「わらわはそなたを受け入れすぎた。……イシヌの臣でも、カラマーハの官でもない者を」

「貴女は何も間違えていない」抱き寄せるような声だった。「これまでも、そしてこれからも、私は貴女とともにある」

「いいや、違う」ラクスミィは静かに拒絶した。「タータよ。そなたが添い遂げんとする真の相手を、わらわは知っている」

黒い裾が持ち上がる。長い爪が水ノ繭の壁に、すうーっと線を描いた。

ぴたりと止まった爪先が、天ノ門を指す。かつて水蜘蛛族がイシヌとともに建立した巨大な水丹器《すいたんき》。苔一つないなめらかな面に躍るのは、千の悠久の時にも色褪せぬ、比求式《ひきゅうしき》の群れだ。

「そなたの心を占めるのは、これまでも、そしてこれからも、この世を巡る丹のありようぞ。今こうして言葉を交わす合間にも、そなたは式を編み続けている。その目に入る現象全てが、そなたの愛するところであろう」

あぁ。ナーガはラクスミィの目に確信する。きっとラクスミィは知っていたのだ。ナーガが今日悟ったよりも、ずっと前から。

タータは、誰にも添わないひとだと。

この世の真理が彼女の伴侶。そう言われてタータは否定しない。代わりに歌うように呟く。

「比求式の奥深く。隠れて見えぬ、字と字のはざま――」

ラクスミィもまた歌うように継いだ。

「――この世に数多ある力の、限界のその先」

「そう。……そう、覚えてくれていたのね」

美しい夢に微睡《まどろ》むように、タータが天ノ門を見遣る。母の目に映るのが、けれども目の前の門でないことを、ナーガはなんとなく察した。

母のこの眼差しに覚えがある。故郷の森の最奥、水荒れ狂う地にある、もう一つの天ノ門を眺める時のそれだ。その四門に余すところなく刻まれた比求文字《ひきゅうもじ》の渦は、この世でただ一つの、雨を呼ぶ水丹式《すいたんしき》だった。

「貴女の言う通りよ。私は追い続けている。世界を巡る丹の姿を。その先の世界を」

あぁ、と恍惚《こうこつ》の息が放たれる。

「一度だけでいい。見てみたい。丹の粒子たちの、くびきを外した姿。幾層もの次元を超えていくさま。混じりけのない力同士の混ざり合い、天空をも掻き回す丹のうねり。乱流の果ての雷光と雷鳴、それから――」

――雨。

タータは仰ぐ。はるか頭上の水面、そのきらめきに阻まれて見えぬ、天界を。

「ミミ、私は」タータは眩しそうに呟いた。「丹の限界を超えた先に、この国の火を絶やす道が続いていると、そう信じているの」

母の言葉を、ナーガは理解していなかった。彼女が遠くに行ってしまったという他は。

「……さらばじゃ、我が師よ」

女帝の言葉は、怒りに漂白され、ただ深い敬愛の念に満ちていた。

「我らの道の交わおうたこと。そのいっときばかりは、この先も悔いずにあろうぞ」

第五章　岸辺

湖岸が遠く感じる。来た道を辿るだけなのに。

道中ナーガは歯を喰いしばっていた。目尻からこみ上げるものを抑え込むべく。一歩ごとにみぞおちに差し込むような痛みが奔《はし》った。背が岩のように強張って、息を深く吸い込めない。咽喉《のど》が狭く、漏れ出るのはみっともない喘ぎばかり。前を行く黒衣の人に聞かれたくなくて、歯の欠けそうなほど強い力で、顎をぴったりと合わせた。

水面から上がった時、ナーガの全身は痛みに苛《さいな》まれていた。ラクスミィの踵《かかと》が岸辺の乾いた砂を踏んださまを確かめるなり、糸の途切れたように術を解く。ぱんっと水の壁が霧散して、二人を守っていた繭《まゆ》は大気の中に消えた。

湖中で一度も振り返らなかった女帝は、そのまま歩を緩めることなく、橋の道へと向かう。と思えば、はたと立ち止まった。漆黒《しっこく》の衣を涼風に泳がせ、緩慢《かんまん》に背後の小姓を見遣る。

「――なんじゃ、そのざまは」

くつくつという嗤《わら》い。いつものラクスミィだ。拍子抜けだった。全身から力が取れていく。頭に血が巡るようになってやっと、なんの話かと小首を傾げ、足もとの冷たさに気づく。目を下ろせば、ナーガの裳裾《もすそ》がまだ清水の中だ。自分が岸に上がる前に繭を消してしまったのだ。

「相変わらず、詰めが甘いのう」

なぶるような物言いに、かっと顔が熱くなる。これもいつもと同じ。六年余りもずっと繰り返してきた二人の『取っ組み合い』だ。湖底での出来事なぞなかったかのように。

裂かれるような痛みが、安堵したように消えていく。ぽっかりと口を開けた隙間を、今度は怒りの奔流《ほんりゅう》が埋め尽くす。あぁこれだとナーガは思った。これこそ彼が欲するものだ。

「お前なんかに、言われたくない……!」

絞り出すようにして唸れば、女帝が面白そうな目をする。それがなおさらナーガを煽《あお》る。

「詰めが甘いのはお前じゃないか。残虐王ジーハを討って国を平らげたつもりだったくせに。もっと大きな敵が出てきて、あたふたしているじゃないか。女帝のくせに、ちゃんと隅々まで自分の国を見ていなかったせいだ。下手を打ったのはお前じゃないか……!」

何度も窘《たしな》められてきた。そなたは怒りに囚われると、何も見えなくなると。ナーガ自身にも分かっている。分かっていて、それでもなお、彼は怒るのだ。

「僕を嗤うな!」岸に寄せる波を打つ勢いで怒鳴る。「全部……全部、お前のせいだ!」

気分がいいのだ。少なくとも、怒りに満たされている間は。

ナーガは怒鳴り続けた。止まるのを恐れるように。母さまが去ったのはラクスミィのせい。

母さまと式要らずが出会ったのも、彼女のせい。式要らずが強大になったのも、彼女の失策のせいだ。だいたい父アナンが去《い》ったのだって、ラクスミィのせいだった。ナーガが故郷の森に帰れないのも。その故郷だって！　水蜘蛛族《みずぐもぞく》が滅びたのは、その実在が外に知られたからだ。それももとをただせば、タータとラクスミィの出会いから始まっている。

みんな、みんな、こいつのせいだ。だって、こいつは――

「イシヌの〈不吉の王女〉！」

王家の言い伝えを、ナーガは初めて口にした。

そうだ。こいつは仇。全ての元凶。怒りを存分にぶつけていい相手。そう信じることが今のナーガには必要だった。でも、どうしたことだろう。いつもなら喚き散らしているうちは平気なのに、今日はもう胸が悪い。怒りの奔流をあえて荒立ててやらないと、痛みがせり上がってきて、全身を支配してしまいそうだ。取り込まれたくない一心で、漆黒の女人を罵《のの》り続ける。殴り倒さんばかりに。縋《すが》りつかんばかりに。

「母さまを返せ！」

ナーガは叫んだ。自らさらりと背を向けた紺碧《こんぺき》の人影を、脳裏から打ち消しつつ。

「父さまを返せ！　森のみんなを返せ！　僕を、もとの僕を、か、え、せ！」

そこでナーガの言葉は途絶えた。中身を出し切って、空っぽになった肺が、大気を吸い込み出したのだ。ぜんそくのような音を立てる小姓を、女帝は静かに見つめる。

「……それほどまでに憎いなら」

女帝は嗤う。常に増して冷然と。一切の温かさを押し隠すように。

「何故、湖底で水ノ繭を解かなんだ」

きりりと冷たい波がまたひとつ、ナーガの足に絡んでいった。

「水封じを負う以上、わらわに水は操れぬ。そなたに繭を解かれれば、為す術もなく溺れた。さすれば、そなたは苦もなく仇を討てたはず。その好機を何故みすみす逃したか」

だって。ナーガは口を動かして、だが続きは出なかった。

「だから、詰めが甘いと申すのだ」

あえて踏みにじるようにラクスミィは言う。ナーガは反論しかけて、再び口をつぐんだ。

だって。微塵《みじん》も頭をよぎらなかったから。

水ノ繭を解く？　あの白砂の水底で？　振り返りもせず歩む女人から大気の鞠《まり》を突然奪う。深い水の中で黒衣が揺蕩《たゆた》い、銅《あかがね》色の髪が流れるさまを、じっくりと眺める。出来ただろう、確かに容易《たやす》く。けれどもその光景は、示されてなお像を結ばない。

結びたくないのだ。

この女人を打ち負かすこと。それればかりを考えてきた。けれどこんな形は望んでやしない。卑怯な仕打ちで死にいく彼女なぞ、断じて目にはしたくない。——いや、そうじゃない。混乱する頭脳を差し置いて、心がはっきりと告げてきた。卑怯な仕打ちだろうと、正当な果し合いだろうと。事故だろうと、病魔だろうと。全て同じこと。

見たくないのだ、自分は。

ラクスミィが死にゆくところなぞ。

知りたくもない答えに辿り着き、ナーガは愕然とした。なんという矛盾だろう！　これまで彼はずっと、ラクスミィを討とうとしてきたのに。あれは嘘だと自ら否定するのか。

相反する二つは、だが確かに両立していた。ナーガの中においてのみ、これらは矛盾しないのだ。心の奥底で信じていたからだ。ラクスミィは倒れない。ナーガが渾身の力で暴れても、かすり傷もつかない。だから、ナーガは安心し切ってぶつかれた。迷いなく憎み切れた。

滅びと別れに満たされたナーガの人生において、ラクスミィは聖域だったのだ。

目の前の女性を今一度見つめる。出会った時と変わらない不敵な眼差し。あえて冷酷に整えられた笑み。何者をも寄せつけない佇《たたず》まい。その裏に隠れたぬくもりに、ナーガは気づかないふりをしながら、全身で寄りかかっていた。赤子が空腹を満たすようにして。

気づいた後は、どこに寄りかかればいいのだろう。

足もとの崩れ落ちる感覚がする。湖の穏やかな波にも攫《さら》われそうになる。彼は今、寄せ返す水にさらさらと流される砂だった。埒《らち》もなく行きつ戻りつするうちに、摩耗していく。地上に戻ることも、深みに下りることも出来ない。

だらりと腕を垂れ下げたままの小姓を、どう解釈したのか。ラクスミィはしばし黙して見つめていたが、やがて一切の未練を断つように、きっぱりと背を向けた。

「そなたには未来永劫、わらわを討てぬ」

突き放すように、背中を押すように、女帝は告ぐ。

「母を追うがいい。……あの足じゃ、そう遠くには行くまいぞ」

透明な馬の足が、またひとつ、さくりと金の砂地を踏む。

点々とついた足跡を、ナーガは馬上で振り返った。

イシヌの湖は、もう見えない。それらしく見えるきらめきは、熱砂と大気の悪戯《いたずら》だ。あれも幻、とナーガは独り呟く。自分が見ているものは、幻ばっかりだ。本当の姿はこれっぽっちも見ちゃいない。

ナーガが項垂《うなだ》れると水妖ヌィも首を下げる。なんにもない金砂の真ん中に、愛馬は如何《いか》にも億劫《おっくう》そうに立ち止まった。ヌィが悪いのではない。丹妖《たんよう》の動きは、術士の心の表れ。何もかも嫌になって立ち止まったのは、ナーガ自身なのだ。だからヌィを歩かせたいなら、叱りつけるのではなく、自らを奮い立たせなくてはならない。

ここにラクスミィがいたなら、そう説いたことだろう。

――あんな奴のことなんか思い出すな。もう二度と会わない相手じゃないか。そんな心中の罵りさえ弱々しい。ナーガには分からなくなっていた。進むのが本当に正しいのか。

ほんのつい昨日まで、この瞬間を夢見ていた。ラクスミィから解き放たれる瞬間を。けれど今ナーガの脳裏を占めるのは、疎《うと》み続けてきた者との年月と、その中で出会った人々、訪れた数々の地だった。元帥《げんすい》ムアルガン、御用商の衆頭ヤシュム、その息子でナーガの友ヤシュム。カラマーハの兵にイシヌの臣。帝都の石造りの街並み、行き交う旅人、飛び交う多彩な訛り。

学士院の書物の渦、叡智《えいち》の海に身を沈める日々。宮殿から眺め渡す、満々とした草の広がり、数多の命を潤《うるお》す青河《せいが》の流れ。その上流の、豊かな清水に浮かぶ奇岩の島――いずれもあの漆黒の人との数奇な縁がなければ、決して会わなかった人々、決して見なかった世界だった。

それらを今日、ナーガはみんな置いていく。

イシヌの湖から遠ざかるほど、ヌィの足取りは重くなる。ひとの歩みの方がよっぽど速い。足の悪いタータにすら負けていそうだ。だからきっと、行けども行けども紺碧の被衣《かつぎ》が見えてこないのだ。もっとも母はあの地平線に浮かぶ、逃げ水のようなひとだけれども。

今追いつかなければ、母には二度と会えない。そのことだけは確かだった。

裏切りの女帝の裏切り者のもとへ、ナーガはこれより向かう。身を二つに裂かれる痛みを、必死に理屈で繕った。母タータが裏切ったのは女帝ラクスミィ。その女帝とたもとを分かったのだから、ナーガ自身は裏切られていない。母は母だ。ナーガにたった一つ残された岸辺だ。

心の塞ぎを吹き飛ばすべく、ナーガは勢いよく息を吐いた。するとヌィが奮い立ったようにいななき、透明な脚を動かし始める。そうだ、進むのが正しいに決まっている。これは後退でなく、晴れがましい前進なのだ。憎い仇の支配から身も心も解放されたのだから。

忘れてしまえ、何もかも。砂を蹴立てて置いていけ、漆黒の人との年月を。全ては幻だった。やり場のない怒りをまんまと利用され、ずっと夢を見せられていたのだ。仕方ない、幼かったのだから。そうさっさと割り切って、この訳の分からない痛みもろとも、投げ捨ててしまおう。全てを砂塵と為す、この渇きの大地へと。

前へ。前へ。ナーガが呟くたびに、ヌィの脚がぐんっと強くなる。きらめく泡のたてがみをなびかせ、ヌィは疾走した。一切の記憶を振り落すように。

時は午天を少し回った頃。一日で最も眩しい光が、ナーガの目を容赦なく刺す。金の砂地の照り返しも、負けず劣らず目に痛い。視界が滲むのは、何度も瞬《まばた》きしているせいだ。ゆらりと景色がぼやけたのも、眩しさに目をこすったせい。涙を拭ったわけじゃない。

じんわりと濡れた袖を下ろした時、ナーガの目は捉えた。

黄金の谷間に落ちた、天空の色を。

「母さま！」ナーガは咽喉を引き絞って叫んだ。追いついたのだ、やっと。

逸りすぎたのだろうか。ぱんっと音を高く鳴らし、水の馬が弾けた。それで構わなかった。舞うようにくるりと受け身を取って降り立ち、母のもとへ駆ける。砂丘をすり抜ける風の音に掻き消されたのだろうか、母に声が届いた様子はない。

「母さま！」

また叫ぶ。今日の声は普段に増してかすれていた。どうして声変わりなんてあるのだろう。これのために、故郷の西ノ森では、男子は〈式詠《しきよ》み〉に向かないとされていた。男子の咽喉は変化が大きく、しかも定まるまで長くかかる。それも丹導術《たんどうじゅつ》の学びに最も重要な年齢、難解な式を理解するだけの知が育ち、さあこれから鍛錬《たんれん》を始めようという時期に、ちょうどかかっているのだ。水丹術《すいたんじゅつ》はその場その場で巧みに文節を編み上げていくものだから、式をろくに詠めなければ術は学べない。そのため、水蜘蛛族の男子は初めから、式を教わらなかった。文字の代わりに舞いの型を覚え、彫り手から式を授かる日を待った。

森を出て、外の世界では男子も文字を学ぶと知り、驚いたことを覚えている。けれども人の多さに反して、術士はうんと少なかったし、式詠みとなると女人の数が増えた。やはり男子は声変わりの時期に挫折して、丹導器《たんどうき》使いに転じ易いらしい。あるいは学士という道も。草《くさ》ノ領《りよう》では丹導器が幅を利かせているから、それで困らないのだ。式詠みといえば丹導器を買えない貧しい女のもの。または古めかしい砂漠の民のもの。そうと相場が決まっていた。

彼らは知らないのだ。本当の式詠みがどんなものかを。母タータの紡ぐ一節でも耳にすれば、その傲慢《ごうまん》を心の底から恥じるだろう。

「母さま！」

やっぱり声は届かない。あとほんの十数歩だというのに。また呼ばわろうとしたところで、紺碧色の被衣はするりと砂丘の向こうに消えた。仕方なく、地面を蹴る足に力を込める。一歩ごとに砂に埋もれて大変走りにくい。汗だくになりながら、ナーガも砂丘を回り込んだ。

追い求める人の肩に触れようと、腕を伸ばして。

節くれだった指が宙を掻く。

午天過ぎの、短くも濃い砂丘の影の中。ナーガは独り立ち呆けていた。目指す色は、地上のどこにも見出せない。目の端に映り込む紺碧色は、どれも天空のものばかり。ナーガは独楽《こま》のようにくるくると振り返りながら、母の色を探し求めた。

見失ってしまった。こんな近くに来ていながら。

ナーガは唇を噛んだ。母はいつもこうだ。水の如く変幻自在にすり抜ける。まさに逃げ水、幻のよう。

――まぼろし。

首筋をぞっと悪寒が奔る。それが背骨を伝い下りる前に、電光石火。ナーガは舞っていた。たちまち虚空より清水が出でて、ひょうと鞭のように鋭くしなる。彼を起点にぐるりと一周、清水が唸りを上げて打ち据えれば、大気はぺろりと剝け、覆い隠していたものを晒《さら》した。

「なんだ」聞き覚えのある娘の声。「結構、勘がいいじゃない」

ナーガは素早く砂丘を背にして身構えた。砂ノ舟の群れが半円を描いて、彼を囲んでいた。先日、女帝の軍に挑みかかった、南部の若き門番たちだった。

勘が良いだって？　いいや違う。何故、初めから気づかなかった。母の後ろ姿が幻影だと。南の区境を、ナーガはとっくに越えていたのに。幻影を操る敵の地に入っておいて、目に入るままに信じたなんて。そもそも、母の足跡を辿って南に下ったこと自体、正しかったのか。

ナーガとさほど変わらない年頃の者たちが、みんな揃って同じような眼差しを向けてくる。無機質とでも言おうか、一切の情の通わない色だった。その本質にナーガが行き当たる前に、彼らを率いる娘ソディが、朝日色のおさげでぴしりと宙を叩いた。

「アンタ、前にあの女の横にいたわよね」

女帝ラクスミィのことだろう。ソディがさも面白そうに目を光らせた。船首に座る少年は、ピトリといったか。彼に圧しかからんばかりにして、娘は前のめりになる。

「水蜘蛛の男でしょ、アンタ」訳知り顔で問われた。「女帝のもとに生き残りがいるって噂は聞いてたけど。本当だったのね。今日はどうしたのよ。御主人さまから離れていいの？」

「なんの用だ」ナーガは唸った。

「アンタこそ、ここになんの用よ」ソディが肩をすくめる。「あぁ、そうか。母さんを追ってきたんだったわね。水蜘蛛の男だから、水蜘蛛の女の後を追っかけるだろうとは思ったけど。そうなの、まさか『母さま』とはね」

かすれた裏声まで真似られた。明らかに、侮辱されていた。憎悪すら感じさせる陰湿さに、激しい憤りが湧く。感情の奔流に身を投じかけたナーガは、だが寸前で留まった。

――怒りに逃れるな、愚か者よ。

冷然たる声音が脳裏をよぎる。漆黒の袖から長い爪が伸びてきて、襟首をわし摑みされたかのように感じた。ナーガはぐっと激情を呑み下し、娘を見据える。

「……母さまはどこだ」

時を稼ぎ、周囲の状況を把握する。そのためにナーガは問うた。

「知らないわよ、そんなの」ソディは丸ッ鼻をふんと鳴らした。「あいつったら、すぐどっか行っちゃうんだもの。それで、忘れた頃にやってくるのよ。涼しい顔してね」

随分とおしゃべりな性質らしい。こちらがひと言訊けば、二言三言それ以上と返ってくる。とりとめのない話のようでいながら、端々に事実が覗いていた。やはりタータは南部に出入りしているようだ。かなりの顔見知り、だが息子の存在を知るほどには打ち解けていないか。

娘の言葉に注意深く耳を傾けながら、ナーガはさりげなく周囲を探った。小舟の数はざっと二十余り。それぞれに二人ずつ乗るから、敵の数は四十を超える。舟の速度はヌィの走りより勝る。相手の数といい、振り切って逃れるのは難しい。

「まあでも、いつかはやってくるのよね」ソディが一転、親しげな笑みを浮かべた。如何にもわざとらしい。「アンタ、母さんを探しているなら、うちに来たらどう？　砂漠を当てもなく彷徨《さまよ》っていても、ばったり会えやしないでしょ。はぐれた時は、ひとところでじっと待つのが鉄則よ。それとも諦めて、御主人さまのもとに戻る？」

娘はひらひらと手を振った。

「いいわよ、それでも。水蜘蛛族とイシヌ王家は水使い同士、それも千年来の仲なんだっけ。もっともあの女は、そのイシヌを潰した、裏切りの女帝だけどね。今はカラマーハの長《おさ》だし。いずれ先帝ジーハとおんなじに、戦狂《いくさ》いになったりしてね」

もう、なってるか。ソディは笑う。ねじくれた笑みだった。

「ね、こっちに来なさいよ。歓迎するわ。アタシたち、仲間になりたい奴には優しいから」

ちょいちょいと指を曲げるさまは気さくだが、歩み寄る気は毛頭起こらなかった。その張りついた笑みの裏に何が潜むか、彼女の目が語っている。仲間と同じ、無機質な色合い。これは狩人の目だ。短刀を背に隠しながら、怖くないよと小鹿に手招きする、そんな非情の眼差し。

ナーガはさっと足もとに目を走らせた。先ほど放った清水の鞭が、幻影とともに打ち払ったもの——首筋を伝う悪寒の正体が、黄金の砂地にばらばらと落ちていた。

縄だ。

如何にも頑丈そうなものだった。重い荷をくったり、大きな獲物を逆さに吊るしたりするための。今日の彼らの荷であり獲物は、ナーガである。樹枝のような手足を結わえ、長い首に縄をかけて引き倒し、吊るし上げて辱《はずかし》め、小舟で引き回しながら凱旋するのだ。

ナーガの視線に気づいたか、ソディの気安い笑みが剝がれ始めた。

「何も取って喰いやしないわよ、アンタが大人しくするならね」

飢えた山猫の如く両目をぎらつかせ、舌でちろりと唇を舐める。

「アンタの母さんには色々と世話になったもの。アタシたちも、うちの頭領もね」

水封じの式のことか。敵の口から母の裏切りを聞いて、ナーガの身体は否応なく反応した。不味《まず》い、と理性が警鐘を鳴らす。力を抜け、余計なことを考えるな。咄嗟《とっさ》に動けなくなるぞ。

ナーガは歪みそうになる顔を必死に繕った。それでも頰がぴくりと痙攣《けいれん》する。ソディが鋭く見咎《みとが》めて、愉《たの》しそうに嗤った。

「いいじゃない、こっちはみんな感謝してるのよ。知らないかしら、〈紺碧の水使い〉のお話。この辺境に水を導き、民の咽喉を潤した者って。アンタの血みどろの御主人さまよりよっぽど立派じゃない？　砂漠の貧しい人々を渇きから救ったんだもの」

あからさまな猫なで声に、ぞっと怖気だつ。足が勝手にじわりと後退った。駄目だ、戦う前から押し負けている。何か言い返さなくては。

「ねえ」日に焼けた腕が伸びて来る。「アンタも母さんに倣って、アタシたちを救ってよ」

「……そんなに水が欲しいなら」離れていても身が引けた。「自分で練り出したらどうだ」

苦し紛れの挑発は、だが存外相手をえぐったらしい。ソディの顔が途端に歪んだ。

「水使いって、どうしてこう傲慢なのかしら」この可愛らしい顔から、これほど低い声が出るとは驚きだった。「みんながほいほい水を使えたら苦労しないわよ」

「青河が涸れるほど水路を引いたくせに、まだ欲しいのか」

「なぁんにも分かってないのね。この南部じゃ、水はどれだけあったって足りないんだから。水路が引けない場所だって、山ほどあるんだわ。だけどアンタの母さん、案外ケチなのよね。水丹術だけは絶対に教えてくれないのよ。

しかも最近はその水路ですら、止めろだのなんだのとうるさいし——」

それは苛立ちまぎれの呟きだった。そんな他愛のない恨みごとが、だがナーガを貫く。

母さまが、なんだって?

「どんなに優しげでも、水蜘蛛は結局、水蜘蛛なんだわ」ソディはふんと鼻で嗤う。「渇きを知らずに育った奴と分かり合えるはずがなかったのよ。まあいいわ、あの女はもう用済みよ。水脈の位置はあらかた教えてもらったし。大内乱が終わって死人も出なくなって、頭領は最近影をつけなくなったしね。後は水丹術を教えてくれたら、めでたしめでたしだったんだけど。逃げられちゃった。頭領がいけないんだわ、変に義理立てして、手出ししないから」

ソディはやたら饒舌《じょうぜつ》だった。内情を隠す気が全く窺《うかが》えない。構わないと思っているのだ。これから喰らう獲物に、何を言おうと。

「――だからね、母さんの代わりに、アンタが教えてくれないかしら」

ソディの視線がナーガの肢体を舐め下りる。彼の衣が覆い隠すものを知っているのだ。肌がぞわりと粟立った。既視感が脳裏をよぎる。これとよく似た話に覚えがある。その昔、森から迷い出た水蜘蛛族の少年が、狩人たちに襲われ、辱められ、挙句《あげく》に殺されたのだ。狩人たちは風《かぜ》ト光《ひかり》ノ民《たみ》の末裔《まつえい》。ソディたちの祖だ。

「ね、仲良くしましょ」

鼠《ねずみ》を見つけた猫のようにソディは言う。

「――断る」

短い答えを告げるとともに、ナーガは背筋をすうっと伸ばした。それにソディたちが嗤う。まるで追い詰められた獣が精一杯に毛を膨らませ、身体を大きく見せているようだと。

彼らは知らないのだ。ナーガの〈舞いなき舞い〉を。

布をふんだんに使った衣の下で、ナーガは素早く密やかに、そして確実に文節を組み上げていく。先ほどまでの身の硬さは、すっかり解けていた。心ノ臓は力強く打ち、指先にまで熱い血を巡らせている。関節はほぐれ、腱はしなやかさを取り戻していた。

ソディは話しすぎたのだ。彼女には他愛のない話でも、ナーガにとっては違った。母さまが水路を止めろと言った。南部の民を止めようとした――その事実がどれほど意味を持つのか、彼女には分かるまい。湖底での出来事を、彼女は知る由もないのだから。

――ありがとう。ナーガは心の底から、敵に感謝した。

これで、僕は舞えるよ。

傍目には、ナーガがただ姿勢を正し、襟をぴしりと直したふうにしか見えなかっただろう。実際、砂漠の船乗りたちは彼の所作を虚勢と嗤った。ソディも余裕ぶって小首を傾げている。けれども侮りに満ちた朝日色の目は、次第に見開かれていった。

「みんな動いて!」紺碧の天に、甲高い指示が飛ぶ。「出しなさい、ピトリ!」

鋭い命に、少年は娘そっくりの目を白黒させた。それでもさんざんしつけられているのか、即座に従った。真っ先に後退し出したソディの舟を、仲間たちの目が追う。すぐさま理解して倣った者が二割、よく分からないながら追随した者が六割。残りの、きょとんと皆を見ていた二割には、その鈍さを悔いる間もなかった。

ナーガがくるりと舞い納める。

水の砲弾が放たれた。刹那《せつな》に黄金の煙柱が立つ。その向こうで上がった悲鳴は、重い水塊に舟ごとなぎ倒された者たちのものだ。彼らの叫び声の途切れる前には、ナーガはもうひと舞い編み上げていた。いななきとともに、ヌィが虚空から躍り出る。

「逃げたわ!」

水妖の腹を蹴れば、娘が間髪容れずに叫んだ。彼女は俯瞰《ふかん》の使い手。砂煙ごときで、彼女の目は断てない。ぱ、ぱ、ぱ、と空に光が散る。ナーガは読み取れないながら、意味を察した。

舟を出せ。取り囲め。そう告げたのだろう。

猫は単独で狩りをするもの。だがソディの狩りはきっと違う。月白狼のそれに近い。群れを率いて追い詰める。賢く、執拗だ。振り切るのは困難を極めるだろう。ゆえにナーガは決めている。逃げるのではなく、戦うと。

崩れ易い砂丘の裏手から、矢のように飛び出す。目指すは公道。母を追って、いつの間にか外れていた、砂丘の谷間だ。頻繁に風が吹き抜けるために、砂丘の坂と比べれば砂の積もりが幾らか薄い。踊るにふさわしい舞台とは言いがたいが、今のナーガにとっては唯一の足場だ。

――何よりもまず、己の立ち位置をよう選べ。

怜悧《れいり》な声音が脳裏に響く。ナーガが舞い損じるたびに告げられた言葉だった。物事は往々にして始まる前に決しているもの。いつ、どこで、どう始めるか、それが肝要なのだ。

砂の坂を抜けた。ヌィの脚から地面の硬さが伝わってくる。ここだ。ここで舞う。ナーガが決断した時、胡桃《くるみ》の殻を割るような軽い音が、ぱぱぱんと立て続けに鳴った。

小さな矢弾が、ヌィの透明な脚を撃ち抜く。

衝撃に、水妖の前脚が一本弾けた。倒れ込む愛馬の背を軽く蹴り、ナーガはふわりと砂地に降りた。指をぴしりと鳴らせば、透明な馬体が金砂に汚れる前に、虚空に還った。

薄衣のような蒸気の向こうに、朝日色が揺れる。

「殺しちゃ駄目よ、みんな」火筒に矢弾を込め直し、ソディが命じる。「刺青《いれずみ》を見るだけじゃ、意味が分かんないんですってよ。どう動かしてるか、教えてもらわなきゃいけないんだから」

はーい、とやたら明るい返事が上がった。先ほどの水の砲弾をやり過ごした舟が、ナーガの周囲をぐるりと囲んでいる。また同じ術を喰らわないよう、きっちりと距離を取って。

「さあ、遊びましょ」火筒を担いで、ソディは告ぐ。「時間はたっぷりあるわよ」

彼女たちにとってはそうだろう。獲物の体力が底を突き、自ら膝をつくまで、逃さないよう気をつけていればいいのだから。だがナーガには時がない。長引けばそれだけ敗北に近づく。ひと息に片づけなくてはならない。そのために。

標的はただひとつ。

ナーガの指がぴくりと動くと、それだけで若者たちは火筒を構えた。ナーガが長い腕を翼のようにしならせれば、円筒が一斉《いっせい》に火を噴いた。だが全て威嚇《いかく》だ。矢弾の軌道が微妙に外れているのを瞬時に見てとって、ナーガは迷わず舞い切った。

矢弾に金砂がしぶきを上げると同時に。

彼の腕から、水の円刃が飛び立った。

しゃらん、と涼やかな音が鳴る。ソディの少しばかり上を、清水の輪が駆け抜けた。小舟の帆柱がぐらり、と傾ぐ。砂煙を立てて倒れた柱が、すぱんと断たれた面を宙に晒した。斜めに断られた断面が、水にしっとりと濡れている。

一拍遅れて、ピトリの悲鳴が上がった。

「術を使わせないで！」

血相を変えてソディが叫ぶ。からかってばかりだった声に、初めて恐怖の色が滲む。獲物と見なしていた者に、狙われていることを悟ったのだろう。けれど帆柱を折られては、舟は奔らない。砂漠で足を失ったも同然、彼女は逃れる手段を断たれたのだ。

「舞い終わらせたら駄目！　何でもいいから途中で止めるのよ。そうすれば術が途切れる！」

ナーガは驚きをもって娘の言葉を聞いた。彼女の云う通りだが、何故知っているのだろう。これも祖から伝わった知識なのだろうか。

水蜘蛛族の舞いには確かに瑕瑾《かきん》がある。ひとたび舞い損ねれば、術は容易く破綻するのだ。水丹式《すいたんしき》は本来その場の状況に応じて式を編み換えていくものだが、水丹式どころか比求文字《ひきゆうもじ》も知らない舞い手が水を操るには、初めから終わりまで正確に、彫り手の描いた通りに舞わねばならない。一つでも文節を積み違えば術は成らず、望む作用は生まれない。

己の力で式を組めない限り。

ソディの指示が飛んだ時、ナーガは新たな舞いに入っていた。此度《こたび》も狙いはソディ一人だ。敵の若者たちの動きに油断なく目を光らせながら、五体を自由自在に操り、全身を埋め尽くす文節をすみやかに選び抜いていく。

あともう幾節で完成。そんなところへ砂ノ舟が一艘、先陣を切って突っ込んできた。火筒をナーガの足もとへ向けて撃ち放し、縄を投げて引き倒そうと試みる。

だがどちらも狙いは甘い。嵌《はま》ればそれで良し、嵌らずとも動きを止められたのなら及第点。そう考えての突撃だった。とにかく舞いを途絶えさせること。そうやっていつまでも術が成らなければ、いずれ彼らの勝ちとなる。無理のない、賢い策だ。

けれども彼らはもう一歩踏み込むべきだった。

ナーガのように。

初めの舞い筋を、迷わず捨てる。差し出しかけた足を、ぐるりと回して歩を変えた。手首を素早く返し、数節を足して、新たに式を練り上げる。それまで組み立てた式筋を土台にして。

水が咆哮《ほうこう》する。砂塵とともに舟が舞う。乗り手たちが鞠のように弾き飛ばされ、砂丘の坂に落ちる。悲鳴が上がった。仲間たちが彼らの名を呼び、混乱を叫ぶ。

「ちょっと待って！」ソディが叫ぶ。「何か変だわ！」

彼女の制止をよそに、もう二艘が突っ込んできた。続けて三つ。乗り手たちの目は、獰猛《どうもう》に燃え上がっている。ナーガはそれらも易々《やすやす》といなすと、滑るように駆け出した。

「この野郎！」

ソディが火筒を構えた。彼女が引き金に指をかけた瞬間。ナーガは走りに舞いを織り交ぜ、〈水ノ盾〉の式を組み上げた。ぱんっと放たれた矢弾を、透き通った盾が柔らかに受け止め、金砂の上へと落とす。

ソディが息を呑む。ナーガもまた驚いていた。自身がこれほど動けるなんて知らなかった。

ナーガにとっては、これが初めての命のやりとりだ。それでいながら、何百何千と戦い抜いた兵士のように、身も心も怜悧に動く。

目端にふと、金砂を踏む己の足が映り込んだ。宙では両腕が大きくしなる。それらに自由を与えているのは、どんな体勢でも決してぐらつかない、強い体幹だ。

——あぁ、これは父さまの身体だ。

思って、ナーガの奥底が灯をともしたように温かくなる。

すると何故だろう。急に視界が広がった。周囲のわずかな変化がするりと入ってくる。耳も突然きぃんと研ぎ澄まされた。意識に上らないような微音を、鼓膜がつぶさに拾ってくれる。そこから式を読み取るには、ナーガはまだ至らない。けれども、この感覚——世界がぐんっと広がり、それでいてうんと近づいてくる、この冴え方は。

——これはきっと、母さまの目と耳だ。

昂《たかぶ》りが血管を駆け巡り、頭脳へと辿り着く。

その猛々しい熱に反して、頭脳は冴え冴えと凪《な》いでいた。眼前の事実を、淡々と呑み下す。相手の力量、術式の予測、辺りの状況。それらを冷徹に測った後に、思考はすみやかに自己へ移る。自らの現状、身に刻まれた秘文、為しうる動きの全て。めまぐるしい計算が始まった。数多の文節から、無数の組み合わせが導き出されていく。

『己の秘文を知れ』冷たくも懐かしい声が耳の奥に響く。『一節一節の意味を考えよ。舞いを妨げられたら、そこから式を組み直せ』

——あぁ、これは。

想いかけて、ナーガは微苦笑を浮かべた。なんと呼べばよいのだろう、あの漆黒の人を。憎い仇。そう言い切れたら簡単なのに。自分は何故あの人の言葉を、こうも一字一句覚えているのだろう。それとも、憎しみとはこうしたものなのだろうか。

火筒の矢弾が、耳先をかすめていった。水ノ盾は作らなかった。作らずとも当たらないと、放たれる前から見切っていた。

『舞え、ナーガ』剣を抜き放つように声は告ぐ。『片腕をもがれても足を折られても、そなたの彫りは死なぬ』

――腕も足も、誰にもくれてやるもんか。

心の中で憎まれ口を叩きつつ、ナーガは誓った。

舞い続けると。

ソディとピトリが同時に歌い始めた。幻影《げんえい》ノ式《しき》、と初めの数節でナーガは読み取った。別々の光丹式《こうたんしき》をぴったり合わせて唱えることで、互いの作用を織り合わせ、光の焦点を緻密にずらしていく、独特な技法。その一音一音を拾い上げるようにして聞き込んでいると。彼らの術の成り立ちが、ぼんやりとながらも、式図となってナーガの脳裏に描き出された。

きれいだな。死闘の最中、ナーガは絵画を愛でるように眺めていた。そのうち、ふと気づく。式図を為す幾つかの文節に覚えがあったのだ。あるものは女帝ラクスミィから教えられた術式、またあるものは学士院で手に取った蔵書――これまで溺れるほど与えられてきた、比求文字の洪水の中に、それらは確かに存在していた。

瞬時に、自身の秘文を思い起こす。光丹式の文節なら、彼も幾つか持っている。そう思うやナーガの頭脳は弾き出していた。一度も使ったことのない比求式《ひきゅうしき》を。

二人が式を唱え切る、ほんの少し前に、ナーガはひらりと舞い終えた。

ソディたちを覆うはずだった、幻影。代わりに覆われたのはナーガだった。彼が横から差し込んだ数節がソディたちの術を奪ったのだ。母タータがするように。父から受け継いだ舞いによって。憎くも忘れがたき人に叩き込まれた叡智を使って。

「幻影返し……！」

息を呑むソディの咽喉もとに、ナーガの見えざる腕が伸ばされた。

風塵とともに、幻影が行き過ぎて。

ナーガは砂の上で、ソディを組み伏していた。肩に手を、腹の上に膝を乗せ、相手の動きを封じる。空いた手から伸びるのは、水の剣だ。滴る切っ先がまっすぐに、ソディの額へと突きつけられる。

「姉ちゃん！」

ピトリが悲痛な叫びを上げた。駆け寄ろうとしたところを、仲間の乗り手たちに捕まった。狂ったように暴れる少年を、三人四人、五人がかりと、仲間が次々に集まって取り押さえる。

彼らを笑ったのは、ソディだった。

「……馬鹿ねぇ、ピトリ」咽喉を押さえられ、しわがれた声でソディは言う。「さっさと行きなさい。みんな悪いけど、その子を乗せてやって」

弟と同じような悲鳴が、ソディの名を口々に叫んだ。けれど当の本人に「なあに、アタシがどうなってもいいの？」ときつく促されて、泣く泣く退き始める。砂に点々と伏す仲間を拾い集め、強情を張るピトリを無理やり甲板に引きずり上げ、若者たちは立ち去った。

紺碧の天に、姉を求む声を残して。

「これで満足？」

声が消えた頃、地に伏してなお高飛車な目が、挑発するように投げかけられた。と思えば、困惑したように二度三度と瞬《しばたた》いている。

「……なんで、アンタが泣くのよ」

問われて、ナーガも初めて気づいた。ソディの頰に点々と落ちていたしずくが、水の刃《やいば》から落ちたものではないことに。

どうしてかなんてナーガにも分からない。だが彼は今、心の底から安堵していた。敵を追い払ったからではない。見失った岸辺にやっと着いたような、満ち足りた心地だった。

「女々しい奴ね」

気まずいのか、それとも虚勢か、ソディはわざとらしく気味悪がってみせる。そんな彼女をナーガは頰を拭いもせず見下ろした。

「──君たち外の人間は、女人への敬意が足りない」故郷の森を想いながら、彼は言った。

「特に君は女人なのに」

「あら、じゃあアンタは女のアタシを丁重に扱ってくれるってわけ」

「別に取って喰いはしない」

ナーガが立ち上がると、その舞いならざる舞いに呼応し、清水の縄がソディをくくった。

「僕がイシヌの城に無事戻るまで、同行してもらう。それだけだ──もっとも」ふと思い立ち言い添える。「僕の主君はきっと、君に興味を持つだろう」

第六章　記憶を繋ぐ者たち

波立つ白き地平線。星河を戴く漆黒《しっこく》の空。

新月の夜にも、ここ白亜《はくあ》ノ砂漠《さばく》は闇に沈むことはない。純白の砂が星屑の放つかすかな光を全て拾い上げる。漆黒は天に留まり、大地は真珠《しんじゅ》のような淡い輝きを保っていた。

ほのかに照る大地に、夜空のひとかけらが落ちたかのように。漆黒の外衣が、砂丘の頂きに揺れる。色なき世界にあって、その髪の銅《あかがね》色はいよいよ映え、星明かりもくすむよう。同じ燃えるような色の、しかし夜闇のように冷え冷えとした両の瞳が、純白の大海原を眺め渡す。

それはやがてゆっくりと、砂丘を越えた先へと向けられた。

火を噴く山さながらの、落ち窪んだ砂の中心に。

大樹がひとつ、そびえ立っていた。

燦然《さんぜん》と輝く大理石の木肌。枯れることのない、銀の葉と金の花房。天空を支えるかの如くに広がる枝は、しかしひとところが無残に欠けている。

無粋な襲撃を物語る傷口は、樹液によって塞がっていたが、聖樹を守る民の恨みまでは堰《せ》き止められていない。聖樹の立つ盆地全体が、獲物を待つ虚《うつ》ろな口であった。聖樹に害為す者が踏み入れたが最後、琥珀《こはく》の虫さながらに、怨嗟《えんさ》の流砂に呑み込まれるだろう。

「陛下」砂を踏む音と甲冑《かっちゅう》の軋《きし》みが、砂丘の斜面を登ってくる。「どうかお気をつけて」

何もない空間では、どれほど押し殺しても物音がよく響く。ラクスミィは肩越しに見遣り、元帥《げんすい》の口を制した。先の大内乱で聖樹の枝を落としたのは帝軍である。先帝ジーハの軍勢ではあるが、聖樹の守護者〈月影族《つきかげぞく》〉にとって、先帝派も女帝派もあるまい。小規模ながら帝軍が再び近づいてきたとあって、彼らの色めき立つ気配が地底から伝わってくる。

だからイシヌの都に残れと命じたのだ。女帝の心を察したか、ムアルガンは涼やかに告ぐ。

「如何《いか》にお忍びとはいえ、陛下をお独りにさせるわけには参りませぬ」

「南部の謀反の最中に、帝王と将が揃って都を留守にするか」

「お言葉ですが」微塵《みじん》も悪びれない物言いが返った。「かの都は常から城主が不在。それでもイシヌの臣と公軍《こうぐん》がよく守っておりまする。さらに南部の民は、謀反の心は明らかながらも、その目は良くも悪くも南部の地と民しか見ておりませぬ。彼らが北に攻め上がってくる危険はまずないとお考えだからこそ、陛下も都を発たれたのではございませぬか」

理路整然とした将の言葉に、ラクスミィは黙して答えなかった。主人の冷淡な素振りにも、ムアルガンは満足そうに一礼してみせる。彼女の沈黙は是の意と承知しているのだ。

しゃらり、と妙なる音がひとつ、静謐の夜に降った。肌にも分からぬほどの微風が、聖樹の花房を揺らしたようだ。ムアルガンが顔を上げ、砂の窪地の大樹を眺めた。砂丘の急な斜面で一歩下がって立つと、彼の目はちょうどラクスミィと同じ高さになる。

「……圧巻なり」一幅の絵画を堪能するように、ムアルガンは呟く。「この樹の花びらが数片、御婦人の髪飾りに揺れるところなら、しばしば目にしてきましたが――これは見事な」

この聖樹の花は、カラマーハ宮殿の貴き人々の垂涎《すいぜん》の的である。花びら一枚が真珠ひと粒で取引されると聞く。聖樹を守る民が枝一つ折ることを許さぬため、風によって遠くへ運ばれた小枝を砂の中から浚い上げねばならず、ゆえにひどく希少だった。

「やはり生きた花の美しさに勝るものはござらぬ」

言葉とは裏腹に、元帥は軽く咳払いをする。聖樹より届く臭気のためであろう。瓜の腐ったような、水気を含んだ腐臭は、しかし花のものではない。

「控えよ、粗忽者《そこつ》」ラクスミィは小声で鋭く叱咤《しった》する。「聖樹の守護者に非礼なるぞ」

「お許しを」ムアルガンは恭《うやうや》しく胸に手を当てる。「ですが、陛下。その聖樹の守護者――〈月影族〉なる者たちに、まことお一人でお会いになられますのか」

くどい。ラクスミィは心で応えた。そのためだけに、彼女はこの地へとやってきたのだ。

こうしている間にも青河《せいが》の水位はみるみる下がり、国の破滅が砂時計さながらにさらさらと迫っている。南部の民に申し渡した期間は一月、だがそれまで持つかどうか。草《くさ》ノ領《りょう》には先日倹水令を出したが、所詮は焼け石に水。いずれ必ず止めねばならない。水路を。南部の民を。式要《い》らずのハマーヌを。

——貴女《あなた》には、勝てない。

師タータの言葉が脳裏をよぎる。

しかし国主たるもの、逃げることは許されず、またラクスミィに逃げる気はなかった。立ち止まること、足踏みすること。それは彼女にとって罪である。道がなければ切り開くまでだ。彼女はいつもそうして生きてきた。

此度《こたび》の道は、聖樹である。

ハマーヌは月影族の技に触れることで、あの力を得たという。ではラクスミィも同じくするまでだ。月影の民に教えを乞う。イシヌの王祖が昔、西域を平らげるべくしたように。

元師が跪《ひざまず》く中、ラクスミィは足を踏み出した。

彼女のつま先が触れるたび、白い砂粒がさらさらと流れ、砂のせせらぎが生まれた。白砂の小川は、盆地の中ほどで不自然に止まる。風紋が砂の流れを堰き止めているのだ。一見どこにでもあるような砂の波紋は、月影族が巧妙に張った罠である。これを踏めば最後、命はない。

風紋の端に至ると、ラクスミィは片膝を折った。長い爪をさくりと差し入れ、五つの難解な比求文字《ひきゅうもじ》を描き始める。

風紋の鍵である。

昔教わった時とはたして同じだろうか。一抹の懸念はあったが、書き終わるなり砂が応じた。縞模様がさらさらと動き出す。緩やかな砂の渦があちらで一つ、こちらで一つ生じたと思うと、風紋はやがて左右に分かれ、女帝と聖樹をまっすぐに結ぶ道を作った。

しゃらしゃらと錫杖《しやくじよう》の如き音が降る。見れば、聖樹の花が独りでに揺れていた。訪問者を告げる音である。その音色に誘われたように、聖樹の白い根に次々とこぶに似た影が現れた。こぶが増えるたび、聖樹の美しさを掻き消すような腐臭が濃くなる。

やがてこぶは出揃ったのだろう。一斉《いつせい》に伸び上がると、合唱した。

「我らの結界の鍵を知る者よ。名乗りたまえ」

ラクスミィは立ち上がり、白き影たちに対峙した。幾多の名を彼女は有している。火ノ国の君主。帝軍の長《おさ》。裏切りの女帝。イシヌの忌《い》み子。だがこの場にふさわしい名は、ただ一つ。

「月影の民よ」朗々と彼女は語りかけた。「突然の訪問を許せ。我は水蜘蛛族《みずぐもぞく》のタータの弟子。そなたたちの教えを乞いに参上した」

正確には、弟子であった者、であるが。

胸のうちをよぎった呟きを、ラクスミィは呑み下した。彼女には時がない。たとえ失われた名であろうとも、使えるものは全て使う。そう決めていた。

聖樹の民が騒めいている。垂れ布に隠れて見えぬ口が、〈早読み〉のタータとしきりに繰り返していた。やがて彼らはラクスミィへと向き直ると、純白の袖を大きく広げた。

「ようこそ、〈早読み〉の弟子よ」

月影の民は一斉に袖を振り、ラクスミィを招き寄せる。彼らが少し動くと脳天を突くような腐臭が立ち昇った。それでもラクスミィは眉をぴくりとも動かさず、彼らのもとへ歩み寄る。辿り着いた頃には、彼女の鼻腔《びこう》はすっかり麻痺《まひ》して、何も感じなくなっていた。

「なんと懐かしいこと」月影の民は歌い合わせるように言う。「そなたが来たのは、昔の一度きりだったかな。それでも、我らは昨日のように覚えているよ。月日が流れるのはなんと速いもの。あの愛らしい娘がこんなに大きゅうなって。そう、そう、名をミミと言っていた」

姪っ子でも迎え入れるような温かさだった。思いもよらず、ラクスミィは身構えた。たった一度の訪問者を、かくも明瞭に覚えていられるものか。

「我らは記憶を繋ぐことだけは得手なのだよ」ラクスミィの硬さをほぐすように、月影の民は笑う。「それに、先触れがあったからね」

他でもない、早読みの。

そう告げられて、ラクスミィは言葉を失う。月影族の白い衣に紺碧《こんぺき》の影が差して見えた。

「つい今朝がたのこと。早読みがひょっこりやってきて、こう言ったのだ。そなたが来るはずだから、ぜひ迎え入れてやって欲しいと。自分はともかく、弟子には知る資格がある、全てを話してやってくれ、とね」

「……全て、とは」かすれた声で呟けば、白い肩を揺すって笑われた。

「我らの記憶を。我らの秘術を。そなたは、それを求めてきたのだろう?」

――イシヌの最後の姫ぎみよ。

まだ告げていないはずの名を囁《ささや》かれ、ラクスミィは白い垂れ布に隠れた相手の目を探った。それを月影の民は泰然として受け流す。まるでこの日をずっと待っていたかのように。

「さあおいで、ミミ。我らと同じ闇の術を負う者。我らと千年の所縁《ゆかり》を持つ娘よ。そなたには何も隠し立てすまい。見せよう、答えよう、全ての問いに」

白い影たちは再び、一斉に手招きした。


聖樹の根の中を、ラクスミィは歩いている。

洞窟のような空洞であった。人がすれ違える程度の幅を、白き民に誘われるまま、地底深く下りていく。誰かが動くたび、その物音に、あるいは振動に、根が呼応して蛍火《ほたるび》の如く光った。根の裏は木肌と同じく大理石に似て、生きた大樹の中とはとても思えない。

緩やかにとぐろを巻く根の道を、どれほど下り続けたか。延々と続く似通った光景に、時の感覚が鈍り始めた頃だ。唐突に空間が開け、まばゆい光がラクスミィの両目を刺した。思わず閉ざされた主人の目の代わりに、風と光の丹妖《たんよう》がふわりと飛び立つ。風は薄く膨張して辺りの境界を確かめ、光《ひかり》ノ蝶《ちょう》は幾頭にも分裂して死角なく景色を伝えてきた。

色の洪水、とまず思う。崖のような純白の壁を埋め尽くさんばかりに、赤や黄、紫や空色、緑や臙脂《えんじ》色などが脈略なく連なる。次いで浮かんだ言葉は、笠の数珠《じゅず》、だった。あらゆる形の笠が群がっているのだ。風が丹念にそれらを撫でて、その正体を告げてきた。

茸《きのこ》である。

根が集まって生じた地底の空間に、無数の茸が群生している。大きさは色と同じく千差万別、天幕ほどの親茸が、拳《こぶし》ほどの若茸を従えるさまも見える。光ノ蝶らが興味深そうにくるくると舞い、色鮮やかな笠に止まって遊び始めた。

童心を覗かせる丹妖たちとともに、景色を楽しんでいると。

「良いしもべじゃ」

古木のような女性《にょしょう》の声が、鼓膜をくすぐった。

ラクスミィは我に返った。目をぱっと見開きたい衝動に駆られる。だが威容を損なわぬよう、彼女はゆっくりと振り仰ぎ、言葉の主を探した。

茸の森のとある一角。聖樹と同じ真白の大笠に、その者は坐していた。衣も純白とあって、裾が笠に溶け込んで境目が消え、ことさらに大きく見える。不可思議なことに、その女人には影がなかった。衣のたわみが作るはずの陰影すら見当たらない。

「我が名はクーベラ」月影族の長は名乗る。「よくぞ参った、イシヌの娘よ」

垂れ布を揺らしもせず、長は告ぐ。声はすれども、まるで大理石の置物のように動かない。のっぺりとした純白の塊から言葉と視線だけが飛んでくるが、いずれもなんとも摑みどころがなかった。言うならば大勢の前に引き出されたような心許なさ、焦点の合わせづらさである。

その声は幾重にも聞こえ、視線は数多の人間と相対しているかのようだった。

「ふむ」ラクスミィの挨拶を待たず、長は続ける。「そなた、飢えておるな」

大樹の枝葉が騒めくような、独特な響きであった。

「そなたは、水蜘蛛族より水の力を、我ら月影族から闇の力を手に入れた。……それでもなお足りなんだか。力渦巻く火ノ山から来たりし娘よ――」

「クーベラ、クーベラ」月影の民が合唱する。「その娘《こ》は王祖ではないよ」

「おお、さよう、さよう」一転、月影の長が呵々大笑する。初めて衣が揺れ、だがやはり影は見当たらない。「あれから千年経っておったわ。しかし紛らわしいほどによう似ておる。その漆黒の衣を纏《まと》えば、まるで生き写し」

「待ちや」思わず鋭く制してから、ラクスミィは礼節を思い出した。イシヌの姫らしく、膝を軽く折り曲げて非礼を詫び、改めて問う。「その言いよう、あたかも、我らが王祖にお会いになられたかのような」

「もしやこのクーベラ、千年生きているのかと？」長の言葉に、民が一斉に笑い声を立てる。「まさか、まさか。我らはそなたと同じ儚《はかな》い人さ、どんなに生きても百年が関の山。けれども我らは記憶を繋ぐことだけは得手なのだ」

根に入る前にも告げられた言葉だ。眉根を寄せるラクスミィに、長は大気を震わせて笑う。

「では手がかりをやろう。そなたが負う秘術だ。イシヌは〈万骨《ばんこつ》ノ術《じゅつ》〉と呼んでおったかの。我らはこれを〈影縫い〉と呼ぶ。名が変わったように、王祖は術の中身も変えた。望む働きを抜き出し、要らぬ働きを削ぎ落としてな。はてさて、その『要らぬ働き』とは何だと思う？」

万骨の作用といえば、丹の移し植えに他ならない。それと月影族の『記憶を繋ぐ』力とどう結びつくのか。わずかに仄《ほの》めかされれば、ラクスミィの頭脳は瞬時に答えを弾き出す。

「よもや」思い至った以上、口にせずはいられない。「影縫いは、記憶を移し植えるのか」

「おぉ！」月影の民がどよめき、喝采する。見かけに反して彼らは陽気だ。「そうさ、そうさ。その通りだ。なんと利発な娘だろう！」

どよめきが止むまでじっと耐えつつ、ラクスミィは気が急いてならなかった。話の先を早く聞きたくてならなかった。この一族を訪ねた理由、自らの置かれた現状。未知なる現象を前にして、それらはあっという間に色褪せ、遠ざかっていった。

長クーベラは千年前の、王祖に会った者の記憶を保持しているのか。そのようなことが可能とは夢にも思わなかった。夢に見るのも憚られるような奇想、しかし仮に現実とするならば、それはどのような理論のうえに成り立ち、如何なる比求式《ひきゅうしき》により具現化されているのだろう。

光ノ蝶たちが昂《たかぶ》りも露《あら》わに乱舞する。ラクスミィは礼節を忘れ、まじまじと月影の長に見入った。師より受け継いだ早読みの力が、抑え切れずに溢れ出る。全てを読み取らんと目を開く

ラクスミィに、クーベラが白い布の下で苦笑した。

「ほれ、これだから、あの早読みのタータは、根の中に入れてあげられなかったのだよ」

民が、そう、そう、と相槌を打つ。タータは全てを暴いてしまうから、と。

「もっとも招き入れるまでもなく、あの者はほとんど見透かしていたようだがな。その早読みたっての頼みだ、そなたには隠し立てせず伝えよう。

そう、そなたの看破した通り、我らの秘術には丹のみならず、記憶を移し植える力がある。そもそも我らにとって、丹も記憶も、もとを辿れば同じものなのだ」

長クーベラの言いようは淡々として、ラクスミィの興味をなおさら掻き立てた。そこには、閉ざされた地に住まう、古き一族特有のかび臭さは一切なかった。仮にこの老女が、火ノ国の叡智《えいち》の先端、帝都学士院の長の坐にあったとしても、なんの齟齬《そご》もないだろう。

「はてさて、我らは聖樹の根で一生を過ごすから、外の世界でどんな理屈が通っているのか、よう知らぬ。そなたたちは『記憶』なるものを、どのように解しておるのじゃな」

「……少なくとも」ラクスミィはクーベラと己の言葉を反芻《はんすう》しつつ答えた。「やりとりできる『物体』ではない」

「そうか、そうか」クーベラは声を震わせる。「では、我らの考えとは相容れぬかもしれんな。我らはな、記憶とは物体で成ると信じておるのだよ。

ああ無論、頭蓋を叩き割ってつまみ出せるような類いのものではないぞ。脳髄《のうずい》で絶え間なく交わされる、目に見えぬ小さな粒子のやりとり、ごくごく微量の雷電の、川の如く定められた一連の流れ——そう解しておるのだ。理解しがたかろうな」

いや、理解できる。めまぐるしく駆け出した思考の端で、ラクスミィは思った。似たような考えは、外の世界にも存在するのだ。

医丹学《いたんがく》である。

丹導学《たんどうがく》に〈物ノ理《ものことわり》〉があるように、医丹学には〈生ノ理〉がある。前者はこの世を巡る力の理を説き、後者は人体という閉じた空間の理を説く。両者は隔絶されているようで、密接に関わっており、成り立ちや法則に類似性があった。

例えば物ノ理によれば、この世の物体は極限まで割り続けると、幾種かの〈素なる粒子〉に還元されるという。同様に、生ノ理によれば、生命は多彩な小さき生物らの集合体とされる。意識や記憶は、そのうちの脳髄を成す小さきものたちが生み出しているという。

小さきものらは互いに複雑に絡み合い、微細な粒子を交わし合う。すると至極わずかな雷の力が生まれ、脳髄を駆け巡り、思考や記憶が生み出される。それが生ノ理の説く世界だ。今の世では証明しようのない仮説であるが。

「記憶は物体と我らは解しておる」クーベラは繰り返した。「ところでそなたら外の者たちは、この『物体』とはどういうものだと考えているのかな」

「素なる粒子の集まり」頭脳に渦巻く比求式の嵐に、ラクスミィは半ば溺れつつ応じた。

「ほう？　では、その素なる粒子とはなんぞな？」

「未だに分かっておらぬ」ラクスミィは喘ぐように言った。「数多の説は、あるが――」

言葉が切れ切れになる。息が上手く出来ない。ラクスミィの身体の奥底で今、溶岩のような熱いものが噴き出していた。知への渇望、この世の謎を追い求める探求の心である。

素なる粒子とは何か。物体とは何か。丹とはいったい、何なのか。

それはかつて師タータが語った、世界の根幹の謎だ。

『力には、丹には、形があるのかしら、ないのかしら？　もし形があるのなら、やはり物体の一種なのかしら？　物体を変える物体っていったい何……？　私は、その答えが知りたいの』

思えばこの聖樹のもとであった。師と自分が約束を交わしたのは。いつか一緒に森を出て、この丹の謎を追う同志となると、二人で固く誓い合った。

ともに眺めた満天の星が脳裏に甦《よみがえ》る。ちりりと痛みが胸に奔《はし》る。湖底での別れからずっと押し殺してきた痛みだった。幼き頃に道を分かっても、波乱を経て再び出会ったのに、ついに語りたいことは何も語れずに終わった。

ラクスミィは練っていたのだ。師の問いに答えるべく、丹の正体に迫る式を。

もう完成間近だった。しかし驚かす相手が先にいなくなった。大内乱を経て、全ては容易に失われると学んだはずが、何故タータに限って、ずっといるものと思い込んだのか。あんな、幻のような女人を――毎回ふっといなくなるくせに、いつも必ず戻ってくると、心の奥底では信じ切っていた。

こんな感傷も、満天の星の記憶も、目に見えぬ極小の粒子や、感じ取れぬほどかすかな雷電の流れに過ぎぬのだ――そう思うと、全身を苛《さいな》むこの痛みも、取るに足らぬものと感じられ、ラクスミィは息をつくことが出来る。

「ミミ、ミミ」遠くで誰かが合唱している。「どうした、イシヌの最後の姫よ」

はっと顔を上げれば、白き民が皆同じように、小首を傾げていた。ラクスミィは心中を隠すようにお辞儀をすると、クーベラの問いに答え直した。

「素なる粒子とは何か、確証はない。学士の間では異論が吹き荒れ、定まる気配もない」

「さようか。ではそなた自身はどう考えておるのかな？」

「実証なくして良いならば」

式図に破綻は見当たらない。ただこれを実際に作用させるには、人の操りうる力をはるかに超えていた。万骨ノ術をもってしても不可能である。実証なき式は仮説に過ぎず、信じるかは個々に委ねられる。それでも長クーベラは楽しそうに先を促した。

「万物を成す、素なる粒子とは」ラクスミィは一音一音噛みしめるようにして告げた。「即ち、丹そのものである」

どこまで伝わったのか。白き民は皆一様に、声もなく佇《たたず》んでいる。静寂の中、ラクスミィの凜とした声だけが響く。

「力は丹で出来ており、丹とはこの世のありようを変えるもの。その丹は、長く無形とされてきた。形を与えれば、物体を変える物体という、摩訶不思議なものが誕生するからだ。しかし物ノ理を突き詰めると、無形のままでは矛盾が生じる。丹の存在そのものが霧散してしまい、正体が摑めなくなるのだ。それでは、力とは何かという謎に答えられない――」

ひとたび語り出せば、止まらなかった。長く折りたたんできた翼を、羽先まで伸ばすようにして、ラクスミィは説く。

「では、丹に形を与えればどうか。物体を変える特殊な物体としてではなく、この世に普遍にあるもの、つまり万物を成す素なる粒子そのものと仮定するのだ。すると、欠けていたものが全てなめらかに嵌《はま》り始める。万物に丹が宿るのは、万物が丹で構成されているため。この世に丹が巡るのも同じこと。獣が草木や他の獣を糧に自らの肉体を構成するように、万物は破壊と再生を繰り返しつつ、次の形態へと変化していく。丹の巡りは、そうした万物の移ろいと同義である。我ら丹導術士《たんどうじゆつし》は、その時々の丹のありようを利用しているに過ぎない」

ラクスミィの頭脳には、人の目に見えぬ丹の形が、式図とともにありありと浮かんでいた。素なる『粒子』と名付けられていても、その本質はおそらく異なる。極小の世界に深く潜っていけば、それはきっとつぼみの綻ぶようにほぐれていくだろう。結び目のないひとすじの紐が十一の次元を超え、小さな竜巻のように廻り続けるさま。それが丹のまことの姿に違いない。

「もしも」ラクスミィは夢見るように独り言《ひとご》ちる。「もしも人の記憶が、生ノ理が説くように、微細な粒子のやりとりや、雷電の流れで成るならば。そこには物体があり、そして物体のある限り、そこには丹がある。

ゆえに、イシヌが万骨ノ術によって丹を移し植えるように、そなたたち月影の民は影縫いによって、記憶という形の丹を移し植えている。……違うか」

「ほ」

クーベラは短い嘆息を漏らした後、初めて笑いではなく、低く唸った。

「――そら恐ろしい娘だ」憂《うれ》えるように、長は呟く。「それで？　他に何が分かったかな」

「我らイシヌの万骨ノ術に、記憶にまつわる作用はない」促されるまま、ラクスミィは語る。「その差は何に由来するのか。イシヌの用いるのが死者の仙骨、人丹《じんたん》の貯蔵庫たる丹田《たんでん》のみであるからか」

「参った、参った。さすがは早読みの弟子だ」クーベラはおどけてみせる。恐れを振り払ったように聞こえた。「そう、その通り。我らは術を負う際、仙骨を切り出さず、亡骸《なきがら》全てを使うのだよ。故人の身に眠る丹を全て我がものとし、記憶を欠けなく移し植えるためにな。イシヌの王祖はそこから要らぬところを切り捨て、欲しいところだけを抜き出して、〈万骨ノ術〉を練り上げたというわけだ」

要らぬから、切り捨てたのか。

それとも、必要だから切り捨てたのか。

ラクスミィは思う。生き写しと呼ばれた自分と、王祖が同じように思考したのなら。王祖は記憶の移し植えという、叡智の伝承にこれ以上望むべくもない力を、あえて削ぎ落したのだ。それさえあれば易々《やすやす》と、水丹術《すいたんじゅつ》を子々孫々伝えられたものを。

「王祖は」ラクスミィは己の覚悟を確かめるように、息を深く吸った。「我らの王祖は、何を伝えまいとしたのじゃ」

問いを受け、クーベラが「――強い子だ」と呟いた。

「イシヌ家の興《おこ》りから千年、我らにその問いを投げかけた者はおらなんだ。良いのか、我らが友人の愛弟子よ。このまま立ち去っても、月影の長を見つめた。

ラクスミィは一切の揺るぎなく、月影の長を見つめた。今更尻込みする程度の覚悟ならば、初めからここを訪ねていない。彼女の治める火ノ国には、もう時がないのだ。

未知なるものに触れ、興味の赴《おもむ》くままに式の海へと潜る、幸福なひととき。それは、不意に終わりを告げ、ラクスミィは女帝に戻った。そう、ここに来たのは全てを知るため、破滅への道を断ち切る力を得るためだ。

「月影の皆さまは御存じであろうか。風《かぜ》ト光《ひかり》ノ民《たみ》の末裔《まつえい》が、南部に水路を引いた。そのために湖の水が減り、青河は今にも涸れんとしている。彼らを止めねばならぬが、彼らの長たる男はイシヌの万骨をもってしても討ち果たせぬ」

まず純粋に、負った死者の数が違う。おそらくはラクスミィの倍。それ即ち、内包する丹の量の差である。加えて式要らずの丹妖の、あの生々しいまでの姿だ。式要らずの才もさることながら、術の構成自体が異なるように思う。クーベラの弁から推察すれば、彼はおそらく仙骨以外の部分も取り込んだのだろう。

あの男を超えるために、ラクスミィは知る必要がある。

月影族の秘術の全てを。

「己の負うもののためならば何をも厭《いと》わぬ、そのありよう。如何にも王祖の血を引く者だ」

クーベラの声は静かだった。

「良かろう、では我らの祖が明かしたように、このクーベラも全てを曝《さら》け出そう。さもなくば公正ではなかろう。王祖が何故この西域を平らげたのか、天ノ門は何故建立され、青河は何故引かれたのか、そなたたちイシヌが本当は、何を守ってきたのか。……示さずにおくのは罪というもの」

ゆらり、と長の白き衣が初めて動いた。裾が持ち上がり、中から純黒がぬめりと這い出る。それは影であった。どろどろに融けた肉の如き、粘りのある闇が、長く伸び上がり、いびつな人の形をとると、主人を抱えるようにして、純白の衣を取り去っていく。

衣が落ちると、麻痺したはずのラクスミィの鼻腔を、瘴気さながらの腐臭が突いた。

「青河が涸れると何が起きるか――これが、その答えだ。よう見るといい」

ラクスミィは音を鳴らして、咽喉《のど》をせり上がるものを呑み込んだ。

第七章　まやかしのまやかし

　聖樹の根から地上へと歩み出せば、しゃらん、と妙なる音に迎えられた。

銀の葉と金の花を戴く梢《こずえ》を、ラクスミィは見上げた。悠久の時を生きる大樹の、それ自体が森のような枝の隙間に、星屑の洪水が覗く。

風紋の道を通り、砂の盆地を登る。すり鉢のような稜線から地平線を眺めれば、地上の白、天空の黒の境界に、濃紺の帯が生まれていた。日の出が近い。根の下で過ごした一夜のなんと短く、また長かったことか。まるで刹那《せつな》のうちに千年の時を旅した心地だった。

　夜気を含む風が砂丘を吹き上がり、黒衣に絡みつく。きんと冷えた大気が胸を満たし、根の底で吸った腐臭を洗った。心の澱《よど》みも攫《さら》っていけと、ラクスミィは風に告げた。

「陛下」

　地平線のみるみる白むさまを眺めていると。ラクスミィを呼ばわる声があった。振り向けば元帥《げんすい》ムアルガンが稜線沿いに歩いてくる。いつ出て来るともしれぬ女帝を待って、一晩ここに留まっていたらしい。見張りを立てて、ふもとの天幕に入っていればいいものを。呆れ半分に元帥を見つめて、こうしたことが前にもあったとふと思い出した。先帝ジーハとの闘いに独り赴《おもむ》いた時である。彼はあの時も、別れた場に留まり続けたのだった。

「御無事のお帰りをお慶《よろこ》びいたしまする」

跪《ひざまず》き、彼は涼やかに言う。その声に邪念の影もない。あまりの裏表のなさに却って疑心を煽《あお》られるほどに。だが彼は真の忠義の士である。彼にとって、ラクスミィは常に君主であり、ラクスミィもまた、彼の前では常に女帝となる。

聖樹の根で見せられた、千年の重みを呑み下し、ラクスミィはぐっとこうべを上げた。用は果たした。すぐにここを出立し、南部を平らげに向かうのだ。

「兵を出せ」と短く命じたが、忠義の士は意外や、すぐに応じなかった。

「しかし陛下」いぶかしげに見上げて彼は言う。「じきに夜が明けまする」

「出せ」

動かぬ将にラクスミィは苛立った。刻限が迫っているのだ。決して迎えてはならぬ刻限が。たとえまだ血は流れていなくても、今は戦時である。一瞬が生死を分かつ場において、即座に動けぬ者は無能と同義だ。

ラクスミィは砂の坂へと踏み出した。元帥が動かぬなら、自ら動くまでである。だが迷わず差し出したはずのつま先は、白砂にずるりと流れた。急な斜面に足の堪えが利かない。重心を見失い、身体がふわりと宙に浮いた。漆黒《しっこく》の長衣が流れていく。

支えを求めて、無意識に伸ばした腕を。

逞《たくま》しい手が、瞬時に捉えた。

「御免」

力強く。否、強引に引き上げられる。と思えば、白砂の斜面を映していた視界が、くるりと反転した。はるかなる宇宙の、夜明けにやわらいだ黒が目に入る。何が起こったのかと考える間もなく、再び宙に浮く感覚がして。ラクスミィはいとも易々《やすやす》と抱え上げられていた。

何をする。そう鋭く拒む前に、背に回された手にぐっと押さえつけられる。

「どうぞそのまま」ムアルガンが低く囁《ささや》く。「失礼ながら、たいそうお疲れの様子とお見受けいたしまする。夜明けの嵐が過ぎるまで、天幕でお休みあれ」

言って将は返事も待たずに歩み出す。ラクスミィは突っぱねていた腕をだらりと垂らした。自分自身に愕然とする。彼の仄《ほの》めかした通りだった。ここ聖樹の周りでは、夜明け前に北から強風が吹き、砂を天高く巻き上げる。それを越さねば出立など出来ない。

分かり切ったことを失念し、居丈高に命じた挙句《あげく》に、足を踏み外した。なんと不甲斐《ふがい》ない。全身が熱に冒される一方で、力はいっこうに入らず、為されるがまま運ばれる。意識はあるが思考はけぶり、五感は鋭敏だが肉体は重かった。ムアルガンが踏む砂粒の、互いにこすれ合う音が一つ一つ聞き分けられる。そのくせ気づいた時には、ふもとの陣まで至っていた。元帥が見張りの兵らに「大事ない」と告げたと思えば、次には戸布を持ち上げる音を聞く。朝ぼらけの代わりに布の天井を見て、天幕に連れ込まれたのだと知った時には、肩からさらりと長衣が外され、背は柔らかな枕に沈められていた。

「食事を用意させまする」

寝具をふわりとラクスミィに覆いかけ、ムアルガンは言う。身を起こした彼の手には漆黒の長衣が下がっていた。それを丁重にたたみながら、彼は仕切り布の向こう側へとすり抜ける。甲冑《かっちゅう》の揺れる音が遠のき、しんと静まってから、人払いしてあるのだと悟った。

そうまでされるほど疲れ切っておらぬ。ラクスミィは元帥の消えた先を睨《にら》みつけた。白亜の砂嵐を忘れたのも足を滑らせたのも失態ではあるが、これではまるで病人扱い。臥せるまでもないし、またその暇《いとま》もない。今も耳の奥に、月影族《つきかげぞく》の長《おさ》の声が聞こえる。鼻腔《びこう》の奥に、腐臭が甦《よみがえ》る。瞼《まぶた》を閉じれば、ありありと思い起こせる。長クーベラの、真白の衣を取り払った姿を。

『青河《せいが》が涸れると何が起きるか』クーベラは言った。『これが、その答えだ。よう見るといい』

王祖が何故、西域を平らげたか、天ノ門は何故建立され、青河は何故引かれたか。イシヌの女人たちは何を守ってきたのか。全てを示すと老女が告げると、彼女の影がゆらりと蠢《うごめ》いた。純白の衣が茸《きのこ》の笠に落ち、濃厚な腐臭が瘴気さながらに立ち上る。

肉塊。何よりまず、そう思った。

腐肉を人の形に押し固めたようなものが、純白の大茸にちょこんと載る。頭部らしきところから白髪が流れるが、顔に目はなく、耳もなく。鼻は腐り落ちたようにえぐれ、唇のない口に歯が幾つか見えた。四肢はどれもぷつりと途切れ、ぼろぼろの断面からは黄色い膿《うみ》が垂れる。大茸の笠が汚れないのは、影が主人を押し包み、流れ出るものを全て呑み込むからだ。

『ほう、ほう。目を逸らさなんだか』肉塊の代わりに、影が漆黒の咽喉《のど》を開いて笑った。ラクスミィは答えなかった。咽喉をせり上がるものを呑み下すので精一杯だった。目を逸らさなかったのは、頭を揺らせば嘔気《おうき》に負けると直感したからだ。

『分かるぞ、分かるぞ、ミミ。その賢い頭の中で、問いが渦巻いていることだろう。この姿は何だ。何故こうなった。青河とこの姿にどんな関係があるのだ、とな。違うかな？』クーベラの影が問う。その声は幾重にも聞こえた。目を凝らせば、無形の漆黒のあちこちに口が現れては消えていた。

『さて、さて。どこから話したものか』ラクスミィの返事を待たず、影はどこか楽しげに語り出す。『そうだな、まずこの身体について話そうか。我ら月影は何故こんな姿なのか。答えは簡単なものさ。聖樹の蜜を食べて暮らすからだよ』

長の影の、瞳孔《どうこう》のない目が上空へと向けられる。ラクスミィは息を吐いて嘔気を散らすと、ゆっくりと視線を追った。茸に覆われた壁。霞《かす》むほど高い天井は、聖樹の根で成る。

色とりどりの茸の連なる壁に、漆黒が蠢いていた。月影族の影である。若茸を収穫しているようだ。特に肉厚のものを選び取り、軸《じく》と笠を切り分ける。茸を摘んで現れる聖樹の白い根をほんの少し傷つけて、琥珀《こはく》色の樹液がぷっくり顔を出したところを、柔らかな笠で掬い取る。

影が一つやってきて、採りたての茸をラクスミィに差し出した。この金色の蜜飴を塗った、ほうずいのような食べものに見覚えがあった。師タータとともに訪れた夜、幼いミミは確かにこれを振る舞われた。

『一度や二度食したところで、害はないぞ』客人の懸念を悟ってか、長が言う。『ただ我らはこれしか口にしないのだよ。乳離れしてから死ぬまでな。その茸は蜜を養分として育つから、我らは聖樹の蜜をすすって生きると言えるかな。そうしてゆっくりと、我らの力の源であり、また我らの五体を蝕む毒が、身のうちに溜まっていくのだね』

さて、その力の源であり、毒なるものとは？　問いより早くラクスミィは答えた。『それも、高濃度の――丹、か』吐き気は徐々に遠ざかり、知への欲求が勝った。『そう、その通り。よく分かったな』

『さすがだ』影が長の代わりに身を震わして笑う。『帝都の学士たちが、聖樹の花を調べていたのだ。他の草木とは比べものにならぬ量の丹が、花びら一枚に含まれていると。その樹液ともなれば、煮詰めて固めれば、仙丹《せんたん》に匹敵する丹の結晶を抽出しうるやもと論じておった』

ジーハ帝の御世、仙丹不足に陥った帝軍が、その仮説を頼りに聖樹を襲ったと記録にある。もっとも試みは秘密裏に行われたうえ、隊は帰還することなく、詳細は不明だった。

『そなたは万骨を負う者であり、彼の早読みの弟子。水蜘蛛族《みずぐもぞく》の秘術をも修めている。ならば過ぎたる丹が毒であることは、重々承知のうえだろう』

月影の長の言葉に、ラクスミィは簡単に頷けなかった。確かに王祖が遺した万骨の術書に、仙丹を呑めば臓腑《ぞうふ》がただれるとある。また水蜘蛛族の秘文には〈朱入れ〉という工程があり、これが過ぎると身に余る丹が体内にそそがれ、舞い手の五体を蝕むのだ。舞い手の中には丹に著《いちじる》しく過敏な者もおり、ナーガなぞは先日、仙丹のもとの乳海《にゅうかい》に近づいただけで昏倒《こんとう》した。

しかし、丹に晒《さら》され続けた者がどうなるのか。自然な成り行きを、ラクスミィは知らない。イシヌの王祖は痛みをやわらげるべく、負う仙骨の数を増していき、それが万骨の名の由来となった。彼女は天寿を全うしたという。翻《ひるがえ》って水蜘蛛族の舞い手はどうか。彼らはしばしば未熟な彫り手によって朱入れを損なわれていたし、病や怪我、老いで踊れなくなれば丹を発散する術《すべ》を失うから、過ぎたる丹に苦しむ者は珍しくなかった。しかし彼らは己の限界を悟ると〈終《つい》ノ間《ま》〉に籠もり、食を断って自ら命を絶つのだ。高濃度の丹をじわじわと溜め込みながら何十年と生き永らえた者を、ラクスミィは見たことがない。

『痛みはね、もうないのだよ』穏やかに長は言う。『身体が溶け始める前に、痛みの感覚から消えていくのでな。兆候が現れるのも、三十を過ぎた辺りとゆっくりだ。その頃に秘術を負うから、おなごはそれまでに子をたんと拵《こしら》えておく。秘術を負うと胎《はら》の子が育たんでな。負ったのちは若い者のために、この聖樹を守る役目を担うのだ』

たとえ身が朽ちようと、我らはこうして命を繋いできたのだと、長はこともなげに笑う。

なるほど、過ぎたる丹の結果と、聖樹の蜜の力はよく分かった。だがこれがイシヌの王史にどう関わるのか。王祖が青河を引いたまことの理由というが、民の咽喉を潤《うるお》す他に何がある。青河と丹との繋がりといえば、乳海ぐらいしか思いつかない。帝都の地底に眠る、丹の胎児と称される乳海に、青河は常に水をそそぎ込んでいるが――

きんと涼やかな音が鳴り、ラクスミィの思考の焦点が合った。

今一度顔を上げ、茸の合間に覗く聖樹の根を見る。なんという太さ、一本一本が人の身丈を超える。その先端はどこに達するのか。そこから吸い上げるものが、聖樹の蜜を成している。『この聖樹は』ラクスミィは長の朽ちた目を見つめた。『乳海を吸い上げておるのか』『そなたにはもう驚かぬよ』という言葉とは裏腹に、長は感嘆の吐息を漏らした。『それで?』『青河が涸れ、帝都の乳海が暴発すれば――』

思考の渦に溺れるように話し出してから、ことの重さに言葉が一瞬、途切れた。

『乳海が弾ければ、帝都が消滅する。そう計算していたが、それだけではないのか』

『そうだよ、ミミ』長は優しく告ぐ。『帝都の乳海はとても浅い。ひとたび弾ければ、乳海は地上に、その毒を散らし続けるだろう。なに、計算のうえの話ではない。実際に起こったことなのだよ、千年もの昔だがね。そなたも知っているはずだよ。――〈火ノ山〉でのことだ』

前史の時代。イシヌの王祖が西域に降り立つ前のこと。東の果てで、国が一つ滅び去った。かつて火ノ山の頂きにありしその国は、決して涸れぬ泉と決して消えぬ火に恵まれ、たいそう栄えたという。しかし涸れぬはずの泉が涸れ、山が火を噴くと、跡形もなく消え去った。

そうして滅んだ王朝の血を汲む兄妹が、後のカラマーハとイシヌの祖となったのだ。

『――では、前王朝の火、とは』ラクスミィは声を絞った。

『そう、よくお分かりだ』長はあやすように言った。『その火とはね、乳海なのだよ』

『火ノ山は以来、〈山ノ毒〉を吐くようになったとか』

『そうだよ、ミミ。賢い子だ。ただ幸い、高き山の上でのことだったから、毒の多くは東へと流れたのだよ。山から西はからくも大きな難を逃れた。山そのものは穢《けが》されたようだがね』

以来、山の東は未開であり続け、山の実りを口にすることは禁忌となったという。

『イシヌの祖はね、これを決して繰り返すまいと誓ったのだ』長の声は温かかった。『実はね、前王朝の火は、山の頂き〈火ノ壺〉の他にもあったのだよ。そうだ、そなたの統べる帝都だ。そこは火ノ壺よりも乳海が浅くてね。火を汲み上げるのにぴったりだった。西方の風《かぜ》ト光《ひかり》ノ国《くに》からは自然の川が幾つも流れて、火を封じるだけの水は十分にあったのだ』

ある年、旱魃《かんばつ》が来るまでは。

それは当初さほど強い乾きではなかった。少なくとも、風ト光ノ国を滅亡に追いやるほどのものではなかった。しかし平原にあった火にはゆゆしき事態となる。西から流れる川が細り、火にそそぐ水がみるみる減り出したのだ。あたかも、今日《こんにち》のように。

『そなたの祖は決断した。大地を守るべく、天を手にするとな。そうして彼女は我らに教えを乞うて万骨《ばんこつ》を負い、西域を平らげた。水蜘蛛族に教えを乞い、天ノ門と青河を建立したのだ』

月影の長は柔らかな言葉を選んで話す。しかし事実は取り繕いようがない。イシヌの王祖は乳海を確実に鎮めるべく風ト光ノ国を侵略し、無辜《むこ》なる民から水を奪ったのだ。彼らの末裔《まつえい》が伝えるように、西域に〈大旱魃《だいかんばつ》〉をもたらし、その一帯を砂漠と成して。

水蜘蛛族が建てた天ノ門は、西域の雲を集め、嵐を生む。西ノ森の大地に沁み込んだ水は、地下水脈を伝い、イシヌの建てた天ノ門に吸い上げられる。決して涸れぬ人工の湖がこうして誕生し、以来青河は千年の永きにわたって、封印の水を東に送り続けてきたのだ。

数多の、失われし民を生み出しながら。

『ミミ、ミミ。王祖を責めるでないよ』長は撫でるように言う。『平原の乳海は、山でのそれとわけが違う。山ノ毒は東へと流れたし、火ノ壺までの道は〈地ノ門〉で封じることが出来た。険しい山では、道は限られているものだからな。けれどそなたの今統べる地は、隔てるものの何もない、真っ平らな大地だ。水に沈めぬ限り、封じ込めぬのだから。それとも』

長の朽ちた首が、ぎぃっと傾いだ。

『それとも民に毒を喰らわせ続ける方を、そなたは選ぶかな。無論その選択も責められまい。何故なら我らはこうして生きておるし、ちゃんと命を繋いできたのだから。なあに、これでも我らは存外、喜びに満ちた時を過ごしているのだよ。痛みもないしな。

我らに秘術があるように、水蜘蛛族が秘文を操るように、火ノ国の民の中にも過ぎたる丹を制する者が出てくるだろう。ミミ、そなたが王祖の万骨《ばんこつ》ノ術《じゅつ》を昇華させ、丹を御し切っているようにな。在るがままに任せるのも、一つの在り方だ』

さあ、どうする、ミミ。月影の民が合唱する。行くも戻るも、そなた次第。どちらの道も、責められず、また責められよう。

ラクスミィは露《あら》わになった長の体軀を見つめた。初めの衝撃は行き過ぎて、今では清らかに目に映る。肉体は刻々と朽ちながらも、彼らの精神は濁ることがない。運命を泰然として受け止める、その清《すが》しさが芳しい。

国を統べる者として、ラクスミィは思う。

かくありたいと。かくあらねばならぬと。

「時がない」

ラクスミィは声に出して呟いた。己を奮い立たせるために。行くも戻るも罪とすれば、立ちすくむこともまた許されない。それは誰をも救わぬ道である。

「進まねばならぬ」

「――嵐はいずれ過ぎまする、陛下」

ムアルガンの声音であった。

瞼の裏から長クーベラが掻き消え、耳の奥から月影族の合唱が絶える。ラクスミィは跳ねるようにして身を起こした。見れば、いつ戻って来たのか。元帥は自ら盆を持ち、床に引かれた厚織り絨毯《じゅうたん》に、食膳を広げている。無骨な甲冑にほとほと似合わぬ優美な手つきで、碗に茶をそそぐと、とっとっと、と軽妙な音が鳴り、甘い香りが立った。

「要《い》らぬ」

勧められる前に、ラクスミィは突っぱねた。予想していたか、ムアルガンが苦笑する。

「確かに野営の粗末なもの、陛下のお口に合わぬかと存じまするが、これでも料理人が陛下のお帰りを待ちながら、丹精を込めてお作りしたものでございますれば」

見れば、御膳には幾つもの皿や碗が並ぶ。艶やかな白米は帝家の直轄地で育てた〈御印米〉、もち米のような甘みが最上の品だ。主菜の肉料理はさすがに干し肉のはずだが、野菜と併せて長時間煮込んだらしく、見た目にもほろりと崩れそうな柔らかさである。果物は干し物でなく採れたてのように瑞々しかった。ことに、紅い水晶玉のような利宇古宇《りうこう》の実は、ラクスミィのお気に入りだ。艶やかな紅の薄皮と、ほんのり黄色い中身の色合いが美しい。料理人も女帝の密かな楽しみを察してか、器用に包丁を入れて、花の形に飾り切りしていた。

ムアルガンは利宇古宇の花を一つ取り分け、茶碗とともに盆に載せる。

「どうぞ、陛下。つまむだけでも」

差し出された盆を、ラクスミィは見つめた。こんなやりとりを前にしたことがある。相手はムアルガンではない。双子の妹、イシヌの当主アラーニャだ。イシヌの湖に毒が投げ込まれたと知る直前の、穏やかな昼餉《ひるげ》の時のことだった。

『姉さまも、つまむだけでも。食材の限られた中、料理番が苦心してくれたのですから』

柔らかに道理を説かれて、渋々と食卓についたものだ。思えばあの日が最後となった。妹と二人、笑いながら食事を囲んだのは――それも凄惨な死によって、あっけなく中断した。以来ラクスミィは独りで食事を取っている。毒見役すら、屏風《びょうぶ》の裏に退けて。

アラーニャ。姉の写し鏡のようでありながら、その険しさのかけらもなく、常に月のような微笑みを湛えていた、イシヌの跡取り子。己の分身であり、ただ一人残った天ノ門の守護者をラクスミィは裏切り、猛毒渦巻く火ノ山、即ち死地へと追い込んだ――巷ではそう語られる。

そのように仕向けたのは他でもない、彼女たち自身だ。残虐王ジーハとその背後の亡霊たちを欺き、イシヌの〈滅び〉という幻影を見せる。それが民と国を救う、唯一の道だった。ゆえにラクスミィは己の半身を切り落とす思いで、イシヌの〈不吉の王女〉の名を負ったのだ。

――どうだか。

どろりと汚れた闇が、ラクスミィに忍び寄り、囁いた。

半身を失ったとお前は嘆いてみせる。だがアラーニャが去ってより六年、お前は帝都でどう暮らした。なんのためらいもなく玉座へと昇り、高き塔より国土を悠々と見晴るかし、地図を前に施策を論じ、公文書に埋もれて眠り、朝になれば新たな法律と改革の案を携えて臣たちの前に出る、そんな日々のどこに嘆きがあった。お前が感じていたのは感傷めいた寂寥《せきりょう》、それも時折胸にかすめる程度のものだ。この広大な国を統べる力を手にして、お前が真に抱いたのは喜びだ。あたかも長く渇いた者がようやっと岸辺に辿り着いたが如く。

アラーニャのいる限り、得ることのなかった喜びである。

イシヌの姉姫、未来の当主を支える者として、ラクスミィは生を享けた。ほんの少しばかり早く母の胎から出たために、彼女は一生アラーニャの後ろに控える運命となった。だがそれを理不尽と思ったことはなかったはずだ。幾つの甘言を、彼女は撥《は》ね除《の》けたものか。

幼い頃から、数え切れぬほどに。

『思ったことぐらいはあるだろう？　どうして自分は女王になれないんだろうってね』

ねっとりと甘ったるい女の声が、脳裏に甦った。

『跡継ぎのアラーニャよりも水の神さまに愛されているのに』

あれは見ゆる聞こゆる者の女だった。赤子をあやすような腕を、幼いラクスミィは拒んだ。

彼女の目をまっすぐに見据え、強欲な愚か者よと告げてやったものだ。

『姫さまは我が国に真の豊かさをもたらす御子です！』

大火の如く荒々しい声が、耳の奥にこだまする。

『才よりも生まれの順を貴ぶ愚かしい因習の中で、朽ち果てたいとお思いか。己を殺し、息を潜めて生きたいなどとお思いか！』

あれはかつて南将と呼ばれた大罪人だった。西と東、砂《すな》ノ領《りょう》と草《くさ》ノ領《りょう》、イシヌとカラマーハ両家を一つにし、火ノ国に和平をもたらすのは、他でもないラクスミィだと焚きつけてきた。

彼の言葉に耳を傾けたことはない。あの男に鉄槌を下したのは、彼女自身である。

ラクスミィは腹に手を置いた。漆黒の衣の下に水封じの式が刻まれている。奸臣を遠ざけるべく、彼女が自ら望んで負ったものだ。悔いたことはない。これをくびきとは思わない。この彫りがあったからこそ、彼女は万骨の力を統べ、ジーハ帝に打ち勝ち、カラマーハの玉座へと登り詰めたのだ。

この国の、頂きへと。

撥ね除けたはずだ。拒んだはずだ。耳を傾けなかったはずだ。ところがどうだ。彼らが囁く通りの道をラクスミィは選んだ。縄を解かれた昇竜の如く、統治の高みへ迷いなく飛び立った。まるで母より、妹より、この世の誰より我こそが、執政者たるにふさわしいと言うように。

――何を驚く。闇が暗く囁く。お前は昔から、そういう女だったではないか。

妹姫を補佐する態で評定に臨みつつ、お前は内心考えていたはずだ。次期当主である以上、アラーニャのことは立ててやる。だがこの場を支配するのは自分だと。忘れたのか、当時からその驕《おご》りは見透かされていたろう。同じイシヌの姉姫であった大伯母上に。

「ラクスミィ」

厳めしい声が鼓膜を震わせる。目を上げれば、宙にちりちりと火の粉が舞っていた。天幕の布天井を焦がす瞬《また》きは次第に増え、集まり、老婦の顔を象《かたど》る。

「自重せぃ、ラクスミィ」真紅の顔が見下ろす。「イシヌの姉姫は、前に出てはならぬ」

大伯母上、と声が漏れた。まやかしと分かっていても。

「そなたは危うい。母はそなたの行く末を案じておったぞ――」

大伯母上は確かに呟いていた。ラクスミィに万骨を授けるか、母は最後まで迷っていたと。母王は直感していたのかもしれない。姉姫の驕りを。いずれ来たる裏切りを。

母の予感は当たり、また外れた。ラクスミィがしたのは、イシヌの血脈を繋ぐ、見せかけの裏切りだ。アラーニャは地ノ門の向こうで生きている。もう生まれただろう胎の子と、その父アナンとともに、火ノ山の豊かな森で穏やかに暮らしているのだ。その姿を夢想してみては、このためにこそ自分はイシヌの闇を負ったのだと思う。

――どうだか。闇が嗤《わら》った。己を見つめよ、と火の唇が囁く。

お前は地ノ門を知らないだろう。アナンの口から伝え聞いただけだ。その中に何が眠るか、山ノ毒が如何《いか》なるものか、月影族の話を聞くまで実感を持っていなかった。その得体の知れぬ危険の中に、お前は身重の妹を放り込んだのだ。妹の命を第一に思うなら、何故そんな無謀な賭けに出た？　国のため民のためという理屈を盾に、邪魔者を排除しただけではないか。まやかしの裏切りというまやかしを、自らにかけて。

違う！ ラクスミィは全身を強張らせ、闇の嗤いを拒絶し、火の囁きに抗《あらが》った。自分は妹を愛していた。妹は我が半身、我が君主、何をも賭して守るべきもの。その心の叫びは、しかし声にならない。手足は金縛りにあったが如くに痺《しび》れている。

何が真実か、何が偽りか。もはや分からなくなっていた。確かめる術もない。ラクスミィは誰にも話していない。全てを孤独のうちに秘め続けてきた。ともに秘密を分かつアラーニャは地ノ門の中で朽ちたとも知れず、たとえ抜けても、その先は毒に侵された地だ。健やかにある保証はどこにもない。ましてや胎に子を宿した身で。

アラーニャが去り、イシヌが絶え、ラクスミィの〈不吉の王女〉の名はまことと相なった。では〈裏切りの女帝〉の名もまことか。皆が罵《ののし》るように。

鼻腔の奥底を、腐臭が突く。これは月影族の残り香。あるいは、自らが抱く汚泥の臭い。

自分は。

復讐したのか。妹に。

ほんの少し遅く生まれ落ちただけで、アラーニャは全てを約束された。次期当主の座、水を操る資格、民に愛される身分を。そんな妹を、彼女の愛した男もろとも追いやった。玉座も、天ノ門も、民もいない未開の地へと。己に与えられなかったものを奪い返そうとした、愚かな姉姫。それが、ラクスミィの真実か。

――もう良い。ラクスミィは思った。それで構わない。意図はどうあれ、もはや事実は変わらない。ラクスミィはアラーニャを、この世で最も危険な地へと送り込んだのだ。

「時がない」ラクスミィは呟いた。

進まねばならない、この罪を贖《あがな》うために。南部の民を殲滅《せんめつ》してでも、青河に水を取り戻し、乳海を封じる。そうしてすぐさま東へ赴き、アラーニャを探し出すのだ。あの優しい微笑みを湛える唇が、山ノ毒にただれて腐り落ちる前に。故郷の湖を思わせる、あのおおらかな双眸《そうぼう》が、焼け潰れてしまう前に。

喘ぎながら見上げれば、大伯母上を象るほむらが、ぐにゃりと崩れ、真紅の塊となる。額に焼き印を押すように、ゆっくりと降りて来る熱塊を、ラクスミィは身じろぎせずに見つめた。烙印ならば喜んで受けよう。罰を受けて贖えるなら、それほど楽なことはない。

灼熱は、しかし訪れなかった。

食器の割れる音。圧しかかる重みと、甲冑の冷たさ。

抑えた呻き声がして、ラクスミィはようやく何が起こったのか知った。ムアルガンが彼女に覆い被さったのだ。その広い背で、猛り狂う炎から、彼の主君を守るべく。

「痴れ者が！」

男のことか、それとも己のことか。ラクスミィが言い放つと、火がぱっと散り、天幕の中は薄闇に満たされた。大気を焦がしていた灼熱が、悪夢の覚めたように潰える。

しかしムアルガンは動かない。

逞しい身体と甲冑が相まって存外に重く、もがいた程度ではびくともしなかった。組み伏されたまま、ラクスミィはムアルガンの背中に手を回した。肌は甲冑に守られており、火は直接触れていないはずだが、金属は熱を伝える。彼の背中全体が炙られたかもしれぬ。指で直接、鎧《よろい》に触れてみると、熱いが思ったほどではなかった。火傷《やけど》はないか、あっても浅かろう。聞き咎《とが》められないように小さく、ほっと息をつき、だが念のためにと冷却の式を唱えてやる。

暗がりに見上げれば、外の砂嵐に布天井がたわむ様子が、かろうじて分かった。吹き荒れる風の音の大きさに、今になって気づく。この分では、ムアルガンの落とした茶器の音は、聞き咎められていないだろう。仕切り布の向こうに誰かが駆けつける様子はない。

鎧が十分に冷えた頃、ムアルガンがようやく身じろぎした。のしかかる重みが少し退いて、ラクスミィは彼の背から手を下ろした。比求式《ひきゅうしき》を結び、唇を閉じかけた、その時。

まだ声の震えの残る咽喉へと、逞しい手が摑みかかった。

「陛下」

枕に沈み込んだラクスミィの、すぐ頭上に、ムアルガンの顔があった。

「我が陛下」

咽喉にかかる手の熱さとは裏腹の、泉のように清らかな眼差しが降りそそぐ。狂気も殺意もそこには見えない。その読みがたさにぞくりと背筋が凍る。

「……なんのつもりじゃ」ラクスミィは口角を上げてやった。彼の視線を振り払うかの如く。

「この腕、へし折られたいか」

灯りの乏しい天幕で、夜のような黒がゆらりと蠢いた。ラクスミィの影が寝具を伝い、首にかかるムアルガンの手へとにじり寄る。だがその腕へと絡みつく前に、影は止まった。

「さように恐ろしゅうございますか」ムアルガンが囁く。「あの、あの男が」

問いの意味を理解するのに一拍かかった。

式要《い》らずのハマーヌのことか。そう悟って、ラクスミィは元帥の見当違いを嗤おうとした。あれのことなぞ微塵《みじん》も考えていなかった。では何を考えていたかとは話す気もないが。

「……己の他に、恐ろしいものなどないわ」

己を組み伏す男をまっすぐに見上げて、ラクスミィは言った。ところが、意に反して響きが弱々しい。咽喉を押さえられているせいか。それとも。

ムアルガンの眼差しに、式要らずのそれを思い出したからか。

幼き日にすれ違って以来、彼の顔も姿も忘れていたと、ラクスミィは師に告げた。真実その通りだった。しかし再び相まみえて全ては甦った。イシヌの姉姫を捕らえんと、水蜘蛛族の森まで追ってきた男ども。その先陣に立つ、若かりし頃の彼の記憶が。

燃え盛る炎の中から、式要らずの前へと引き出された。その屈辱をまざまざと覚えている。あの日、ラクスミィは一匹の獲物に過ぎなかった。イシヌの姉姫という以外に、なんの価値もない小娘に、式要らずは一瞥《いちべつ》をくれたきりだった。

時は過ぎ、だが此度《こたび》もまた。

ラクスミィは、一匹の獲物に過ぎなかった。

昔と同じように、式要らずは彼女を一瞥し、すぐさま目を外した。違ったのは、その瞳の色合いだ。以前はなんの関心も宿らぬものであったが、此度は。骨をも喰らう業火の嵐が、一見恬淡《てんたん》とした眼差しの裏に逆巻いていた。

その業火の源が何か、ラクスミィは与《あずか》り知らない。だが、あの日の式要らずを例えるなら。草むらにじっと伏して、獲物を待つ捕食者だ。どれほど飢えていようと、飛びかかる間合いを冷静に計り、息を殺し続ける狩人。焦らずとも時は来ると知っている、賢く猛々しい獣。その眼差しを浴びるなり、まるで喰い千切られたように、ラクスミィの全身から汗が噴き出した。もしも式要らずが襲ってきたなら、彼女は髪を振り乱して駆け出したことだろう。虎に追われる女鹿のように、か細い悲鳴を上げたに違いない。

ただ相対するだけでも身が引けた。それでも必死に律し、取り繕ったつもりだった。しかし見透かされた。尾を切って逃げるだけだと言い捨て、式要らずは退いていった。

そんな女帝の弱さに、ムアルガンもまた気づいていたのか。

恐怖なんぞ、自身に対するもので手一杯。その言葉に偽りはない。しかし、もしもあの者が。全ての元凶たる水路の守護者が、取るに足らない男であったなら。先日の邂逅《かいこう》で、ことは既に決していた。早く進まねばならぬと、これほど己を鼓舞する必要もなかった。今のラクスミィの恐怖は確かに、式要らずに端を発する。

だが、それを認めてなんになる？

「わらわがあの男を前にすくんでおると思うのか」

『女帝』ラクスミィに逃亡は許されない。逃げられぬならば、戦うしかない。戦いにおいて、恐怖は敗北の布石である。認めるわけにはいかない。

咽喉にかかる腕は、ラクスミィを試しているのか。それとも、恐怖する者は女帝に能《あた》わずと仄めかしているのか。答えの代わりに長い爪をぎちりと喰い込ませてやると、影がそれに追従して、主を襲う腕に蛇の如く絡みついた。

それでも、ムアルガンは身を引かない。

「我が陛下」

睦言のように彼は呼ぶ。

「お望みとあらば、このムアルガン、陛下をこの場で弑し奉りましょうや」

闇を絡みつかせたままの手が、ラクスミィの首の線をなぞる。剣を握るための固い指が顎をかすめ、ラクスミィの背がぴくりと跳ねた。屈辱に骨の髄《ずい》から怒りの熱が迸る。ラクスミィは影の手を伸ばし、男の首を摑み返そうとした。

「一言お命じあれ」影に呑まれながら、元帥は囁く。「しからば陛下はこの嵐の中でお隠れになり、私は簒奪《さんだつ》者となりて、陛下の御座を継ぎまする。南部の水路もあの男の討伐も、全ては私の負うところとなりましょう」

ムアルガンの首を絞めようとして。ラクスミィは影の手を止めた。知らず目が見開かれる。彼の言葉に秘められし想いが、砂に滲む水の如く、ゆっくりと耳に沁みてきた。

全てを代わりに負おうというのか。

まやかしの裏切りという名のもとに。

「お預けください、何もかも」影に指を絡ませ、彼は言う。「妖をお連れの陛下ならば、この白亜の嵐を抜けられましょう。誰にも追えませぬ。誰にも追わせますまい。御心配とあらば、代わりの亡骸《なきがら》を仕立てて御覧にいれまする」

穢れそのものを吐く言葉に反し、透き通った声音、澄んだ眼差しであった。何をも求めず、全てを受けると覚悟した者だけが持てる、その清しい香りをふと懐かしく思う。

――あぁ、そうだ。ラクスミィは思い出した。

この香りは、彼女自身のものだ。

妹の代わりに、イシヌの闇を引き受ける。そう決断した時、ラクスミィの心は澄んでいた。汚泥の臭いは微塵もなく、冴え冴えとした夜明けの静けさだけがあった。まやかしではない。彼女は確かに妹を愛し、妹もまた彼女を愛していた。互いに揺るぎなく信じ合ったがゆえに、二人は道を分かったのだ。

「陛下」

ムアルガンの大きな手が頰に当てられた。その熱を受け止めて初めて、ラクスミィは自分が凍え切り、震えていたことに気づいた。

ちらりと己の醜態を嗤ってみせ、男の肩越しに天井を仰げば、いつの間にか嵐は過ぎ去っていた。布越しに、陽光が透ける。身を焼くような砂漠の日差しも、分厚い布を通せば、随分と柔らかく見えた。

「……鎧が痛いわ、粗忽者《そこつ》が」

罵ってやれば、ムアルガンは目を瞬《しばた》いた後、小さく笑った。

「外してもよろしゅうございますのか」

「戦時に武装を解く将があるか」

ひらひらと手を振って、どけとすげなく命じれば、男は従順に身を起こした。だが寝台から降り際に一言、「ではこの国から争いの消えた暁《あかつき》に」と囁く。たいした大言を吐くものよとラクスミィは口角を上げた。争いなき世など、国の興《おこ》りより千年、一度もありはしなかった。

「陛下ならば必ずや、新しき世を切り開かれましょう」

元帥は微笑んで一礼すると、さらりと居住まいを正し、食事を改めて用意させようと言う。要らぬと命じるも聞き入れられない。曰くラクスミィには養生してもらわねば困るという。

「陛下がいたずらにお倒れ遊ばされますと、私の命が幾つあっても足りませぬ」

なんの話かと思えば、小姓ナーガの名が出た。

「水使いどのにこれ以上恨まれては、天寿を全うできかねます」

大真面目にムアルガンは述べる。下手な冗談をとラクスミィはせせら笑い、枕にもたれた。その心配は無用である。ナーガは去った。永久に。ラクスミィ自身が解き放ってやったのだ。そもそも、あれがまことに恨むのは、ムアルガンではない。

ところが将はふわりと微笑む。

「陛下が聖樹よりお戻りになる少し前、イシヌの城より早馬が参ってござりまする。——水使いどのが、幻影《げんえい》ノ術士《じゅつし》を一人、捕らえて参ったとの由」

第八章　見えざる聞こえざる者

「さ、煮るなり焼くなり、好きにしなさい」

イシヌの城の地下牢で、朝日色の髪がぴしりと壁を叩く。

ラクスミィを睨《にら》みつける目、どっかと胡坐《あぐら》を組むさまは不遜の極みだ。後ろ手に拘束されていなければ、鼻の頭でも掻いてみせたことだろう。

「控えよ、砂の娘。女帝陛下の御前なるぞ」

元帥《げんすい》ムアルガンが静かに諭《さと》すも、ソディはふんと鼻を鳴らして反り返った。

「悠長ねぇ、アンタたち。アタシだったら、最初に口を塞いでおくけどね。術を使うかもとは考えないの？　甘いわよ」

けたたましく罵《のの》り続けるさまは、敵を威嚇《いかく》するようでもあり、己を鼓舞するようでもあり。

敵城に囚われた者の末路を、彼女なりに覚悟しているのだろう。大口を叩く割に、術を唱える素振りがない。女帝の前では、どんな術も無益だと分かっているのだ。

彼女を捕らえたナーガは、深い皺《しわ》を眉間に刻んでいる。あえて粗野に振る舞うソディが理解できぬようだ。その横顔をラクスミィは見つめた。母を追って去ったはずが何故、舞い戻ってきたのか。あれほど憎しみをぶつけてきたものを、この少年の心はどうも分からない。

ナーガの心はさておき、彼がこの娘を捕らえてきたのは僥倖《ぎょうこう》である。砂の南部は大内乱より固く閉ざされてきた。内情を把握するにこれ以上の機はない。

「大人しゅう話すが身のためぞ、幻影《げんえい》ノ術士《じゅつし》よ」

話すわけないでしょ。そう噛みついてくるかと思えば、ソディは「なによ、その呼び方」とさも不快そうに顔を歪めた。

「不服か」

「不服よ」きっぱりと娘は返す。「確かにアタシたちは幻影の使い手よ。この技を誇りに思う。だけどアンタたち、その言い方だと、アタシたちの術しか見てないでしょ」

「では、そなたたちをなんと呼ぼう」

「――アンタに名乗る名なんてないわ」

ナーガが「なんだそれ」と呟く。ソディに引きずられてか、物言いが常より粗暴である。

「どうせ興味ないんでしょ」ソディは肩をすくめた。「呼べればなんだっていい。『持てる者』なんてそんなものよ。風《かぜ》ト光《ひかり》ノ民《たみ》だってそうだもの。アタシたちのこと浮雲《うきぐも》だの帝兵崩れだの言う人も多いの。あれから何年も経ったのに、しつこいったらありゃしない」

帝兵崩れという一言に、ラクスミィは娘の境遇を察した。ちらと視線を送れば、元帥もうすうす勘づいたふうだ。ナーガ一人が素直に驚いている。

「帝兵？　君は昔、帝兵だったのか？　何年も前というと――いったい幾つだ」

「決まってるでしょ。ガキだったわよ」ソディは言い放って、牢の湿った床に目を落とした。

だが思い立ったように顔を上げ、ナーガに歪んだ笑みを向ける。「そっちはもっとガキだったんじゃない？　アンタの母さんたら、そんなアンタを置いて森を出たのね。薄情ねぇ」

　少年の顔色が変わった。

「引けぃ、ナーガ」

　ラクスミィはあえて冷たく告げたが、少年を我に返らせるには至らなかった。

「子供の、帝兵」ナーガの顔は衝撃のあまり蒼白だ。「僕らの森を襲った、あの……！」

「へぇ、〈子供の盾〉のこと、知ってたの」ソディがこれ見よがしにせせら笑った。「アンタはどうせ森の奥で、大人の背中にひっついて、震えていたんでしょうけどね」

「だからか」少年の目は血走っている。「水蜘蛛族《みずぐもぞく》の舞いを前に見たようだったから……！」

　長い四肢が閃《ひらめ》いて、ソディを水に沈める前に。ラクスミィは影を呼び、ナーガを半ば喰らうようにして引き倒した。

「お前たちのせいで！」影を掻きむしり、少年は咆《ほ》える。「お前たちが、皆を殺したんだ！」

「人聞きの悪いことを言わないでよ」ソディがおさげを振り立てた。「水蜘蛛が死んだのは、森に火砲を撃ち込まれたからって聞いたわよ。アタシたちは火筒をちょっと鳴らしただけよ。一発二発誰かに当たったみたいだったけど。そこでアンタの母さんに攫《さら》われちゃった」

「きっかけは確かに、お前たちだった！」ナーガが唸る。悪夢にうなされるように。「そうだ、僕は小さかった。でもはっきり覚えている。みんな疲れ切っていた、でも迷いなく戦えていたんだ、お前たちが来るまでは……！　敵の中に子供がいると知って、みんな一気に混乱して」

「あらそう。それは何よりだわね」

ソディの誇らしげな笑みに、ナーガが絶句する。

「だって、そのために集められたんだもの、アタシたち。水蜘蛛相手に浮雲の子なんか並べたところで、どれだけ効くのか、帝軍も疑問だったでしょうけど。そう、ちゃんと効いたのね。だとすると、アンタたち、甘すぎよ。その前に戦った西境《にしざかい》ノ町《まち》の連中なんて、多少怯んでも、最後はちゃんとやり返して来たわ。そんなんじゃあ滅んで当然よ」

さんざんいたぶられ、少年は言葉を忘れたらしい。獣の如く咆哮《ほうこう》し暴れ出す。その口を影で塞ぎ、四肢を地に縫い止めるようにして、ラクスミィはナーガを組み伏した。少年が囚人より囚人らしくなったところで、冷ややかに娘に問う。

「満足かえ」

ナーガをなぶる娘はそこで止まった。さもつまらなそうに「そうね」と壁にもたれる。

「その様子じゃ、水蜘蛛は本当に滅んじゃったみたいね。こいつが幻影の返し技を使ってきたから、もしかしてって思ったけど。あの女も、ちっとも森に帰る素振りがないし」

なんと貪欲な娘よとラクスミィは心中で嗤《わら》った。尋問を受ける身でありながら、逆に探りを入れてくるとは。常に何かを得ようと目を光らせている。たいした気骨の持ち主だ。

影の丹妖《たんよう》を通して、ナーガの四肢から力の抜けるさまが伝わった。すっかり大人しくなった少年を解放すれば、かえしわざ、とぼんやり呟く。力なく座り込み、何やら考えている様子の小姓をよそに、ムアルガンが女帝に軽く一礼し、発言の許しを請うた。

「娘、答えよ」元帥が甲冑《かっちゅう》を揺らし、牢へ歩む。「名乗る気がないなら、幻影ノ術士と呼ぶ」

「勝手にすれば」

「先帝ジーハの側近や軍閥に、幻影ノ術士が紛れていたのは、我らも知るところだ」

「あらそう」

「子供兵を使ったのはジーハ派の軍だ。そなたはその子供兵で、今は幻影ノ術士である」

「まあそうね」

「ならばそなたは、先帝ジーハに与《くみ》した幻影どもの残党なのだな」

「違うわね」

とんとん拍子に進む尋問に、否定が突如挟まれた。ムアルガンの問いが途切れた隙に、娘は勝手にとうとうと話し出す。

「ほらね。人のことをどんな術を使うかだけで見てるから、そんな頓珍漢《とんちんかん》なことを言うのよ。アンタたちは、水を使うからって水丹術士《すいたんじゅつし》と名乗るわけ？　火丹術士《かたんじゅつし》はみんな知り合いなの？　そんなわけないでしょ。幻影使いにも色々いるの。同じ術を使うからって、ひとくくりにされちゃたまんないわよ。土地のない人たちを、浮雲ってひとまとめにするのと一緒よ。その方が分かりやすくて扱い易いんでしょうけどね、その人の一面しか見えちゃいないんだわ」

ソディはふんと鼻でせせら笑った。

「ジーハの側近とその軍閥って言ったかしら。話には聞いたことはある。シャウスって名前を知ってるわ。帝都にいた人でしょ。いい使い手だったみたいね。ジーハにまんまと近づいて、もうちょっとでイシヌも水蜘蛛も滅ぼせるところだったのに、失敗しちゃって残念だわ」

「奴が、そなたたちの長《おさ》だったのではないのか」

「わかんない男ね」ソディはうんざりしたふうだ。「言ったでしょ、別だって」

「では、そなたたち全てを束ねる者はどこにいる」

「なに？　そいつを討てば終わりだとでも思ってるの？　お生憎さま。アタシたちに長なんかいないわ。それぞれの集まりに顔役みたいなのはいるけどね、全部を束ねている人はいない。国がないってそういうことよ。王さまも女王さまもいないの」

ムアルガンが整った眉を寄せる。ソディの言い分が信じられないようだ。大内乱で女帝派を幾度となく窮地《きゅうち》に陥れた、あの恐ろしく組織だった術士たち。巨大な組織は厳格な指揮系統を有し、その頂きには絶大な力を有する者が存在するはず。そう言いたげだった。

「……式要《い》らずのハマーヌが、そなたたちの今の君主ではないのか」

「頭領が？　笑っちゃうわ。王家だの帝家だの威張り散らすアンタたちと違ってね、あいつはアタシたちの王さまじゃないし、アタシたちはあいつの家来でもないわ」

言葉の端々に滲む揶揄《やゆ》に、ムアルガンが珍しく眼光を尖らせた。彼は帝家に古くから仕える〈四大名家〉の子息である。ジーハ帝を見限り、イシヌの生まれのラクスミィに忠誠を誓ったとはいえど、君主と血筋の定める道に身を置く男には、ソディの話は呑み込みがたかろう。

ソディたちは結局、何者なのか。君主を戴かず、幻影ノ術も彼らの側面でしかないという。時に一国を揺るがすほどの結束を見せる一方、互いの存在も確と知らない、そんな。

「——見えざる聞こえざる者」

ラクスミィの呟きに、ソディの目の色が変わった。

「……なんでアンタが、それを知っているのよ」

「そなたたちの唱えておった文言じゃ」暗く燃え出した娘の目を見返して言う。「確かこうであったか。『我らは等しく失われし民、安息の地を持たぬ、見えざる聞こえざる者』……」

「止めてよ！　イシヌの女の口から、その言葉は聞きたくないわ！」

ソディが縛《いまし》められたまま、憤然と立ち上がる。

「ええ、そうよ。アタシは見えざる聞こえざる者。だけどね、その名前の意味がアンタたちに分かる？　人を幻影ノ術士なんて軽々しく呼ぶアンタたちに！」

彼女の痩せた体軀から怒りが噴き出して見えた。

「国もなくて、土地もなくて、誰にも相手にされなくて、姿も声もないように扱われて、それでも屈せずに、祖国の記憶を繋げる人たち。それが見えざる聞こえざる者よ。幻影ノ術は祖国から伝わる唯一の財産なの。生まれた時からの『持てる者』に、その重みは分からないのよ。失われし民ですって。イシヌの悪鬼がよくも、その名を口に出来たわね。アタシたちの国を滅ぼしたのは誰よ！　水蜘蛛と一緒になって天ノ門を立てて、水を根こそぎ奪ったくせに」

一族を化けもの呼ばわりされたナーガは、娘の憤怒に呼応するように目尻を朱に染めた。

「君は国史書を紐解いたことがないのか。イシヌの建てた天ノ門の湧き水を呑んで、君たちの先祖は大旱魃《だいかんばつ》を生き永らえた、そうしっかり書いてあるじゃないか」

「そもそもイシヌが来なければ、大旱魃なんか起きなかったのよ」

「馬鹿を言うな！　それでも丹導術士《たんどうじゅつし》か」

「何が馬鹿よ。れっきとした事実だわ！　イシヌがアタシたちの国を滅ぼしたのよ！」

「君たちが僕の一族を襲ったようにか。滅びの恨みを無辜《むこ》の民に押しつけるな！」

「無辜ですって？　そりゃアンタたちはおきれいでしょうよ、伝説の水の精霊さん。水びたしの森に閉じこもって、外のことなんかろくすっぽ見も聞きもしない。自分の森に雨が降るたびどれだけの井戸が涸れて、どれほどの人が死ぬか、考えたことがあるっていうの？」

ソディは般若《はんにゃ》のような形相で嗤った。縛めの鎖をいっぱいに伸ばし、牢の格子に迫る。

「自分だけが独りぼっちと思ってた？　おめでたい坊やね。残念だけど、この砂漠には山ほど独りぼっちの子供たちがいるのよ。どんなに真面目に暮らしていても、たった一日で住む家を無くして、砂の上に放り出されるの。親が生きていればまだましだけど、死に別れるのなんて簡単だし、捨てられる子だっているわ。そうなると後は大抵、野垂れ死ぬだけよ。ひもじい、咽喉《のど》が渇いた、それぱっかり考えてね。日差しでも火傷《やけど》するって知ってる？　あれ痛いのよ」

ソディの視線が、ナーガの贅《ぜい》を凝らした衣を舐め下りる。女帝陛下に囲われて、ぬくぬくと暮らす者に、何が分かるのかとでもいうように。

「アンタの一族が滅んだのなんてつい最近じゃない。それまで千年は生きてきたのよね。なら良かったじゃない。アタシたち風ト光ノ民なんてね、アンタたちの何千何万倍もの人たちが、千年かけてゆっくりじっくり、なぶり殺されてきたんだわ。

イシヌの女王が救い主？ 笑わせないでよ。逆らう者には水一滴の情けも垂れない、それがイシヌの女たちの信条じゃないの。そうよ、アタシたちは失われし民。誰にも顧《かえり》みられない、見えざる聞こえざる者よ」

虚《うつ》ろな笑い声を立て、ソディは呪言を吐く。元帥の「よろしいのですか」という耳打ちを、ラクスミィは黙して聞き流した。ほんの数日前までなら、彼女はソディの話を妄言と断じた。だが聖樹の根に潜り、月影族《つきかげぞく》の長に会った今は、ソディの話に一片の真実を見出していた。

「式要《い》らずのハマーヌが、アタシたちの君主かって訊いたわね」元帥を睨み、ソディは言う。「いいわ、なんにも分かってないアンタたちに、この際教えてあげる。式要らずのハマーヌは風ト光ノ民の国なき軍〈見ゆる聞こゆる者〉の頭領よ。イシヌにほったらかされた辺境の民の守護者なの。南《みなみざかい》境ノ乱《らん》でアンタたちに潰された町を立て直して、散り散りになった人たちを呼び戻した〈英雄〉なんだわ。

アタシの仲間はね、そんなあいつに賭けたの。帝都の人たちがジーハに賭けたみたいにね。帝都の人たちはいいところまで行ったと思うわ。でもやっぱり駄目だった。やり方が乱暴で、急ぎすぎたのよ。残虐王なんて恐ろしげな怪物を仕立てて、力ずくで進めたって、結局は誰もジーハについてこなくなった。イシヌを滅ぼしても、人がいなきゃ国は興《おこ》らないのよ」

ソディは縛められた身で、誇らしげにこうべを上げてみせる。

「アタシの仲間は、帝都の人たちとは違うふうに考えたの。国を興すには、まず人を集めるんだってね。人を集めるには住む土地が要るわ。その土地を守ってくれる人も。ジーハみたいな支配者じゃなくて、この人のもとにいれば大丈夫ってみんなが思える人を探していた。それが式要らずのハマーヌ、見ゆる聞こゆる者の頭領と、彼の立て直した町だったんだわ。

頭領はね、アタシたち見えざる聞こえざる者のことは知らない。アタシたちのことも、次々集まってくる人たちのことも、きっとただの浮雲の民と思っているわ。でも、それでいいの。だって、アタシたちが勝手にあいつに賭けただけだから。それに、あいつが呼ぶ『浮雲』って言葉には、嫌な響きが全然ないのよ。乱で一度死んだ相棒が浮雲だからかしらね」

一度死んだ。平然と吐かれた狂気の言葉に、牢の大気が数段冷え込む。ラクスミィの脳裏に浮かんだのは、ハマーヌの丹妖の中で最も鮮やかだった、硫黄《いおう》色の襲衣《おすい》の若者だった。

「そう、その人。いい人なのよ」

「ちょっと待ってくれ」たまらずといったふうに、ナーガが叫ぶ。「知らないのか？　あれは丹妖だ。術士の丹で動く操り人形、生きた人間なんかじゃない」

「アンタの目は節穴？」ソディは全く動じない。「見れば分かるでしょ。あの人は生きてる」

「丹導学《たんどうがく》上、ありえるもんか」

「誰が、丹導学の話をしてるのよ」呆れ果てたようにソディは言う。「なんでアンタたちが、月影族《つきかげぞく》の秘術《ひじゅつ》を知ってるのか、この際どうでもいいわ。でもこれだけは、はっきり言える！」

ソディの目がまっすぐラクスミィの影を指した。

「アンタのそれは確かに操り人形だわ。ただの道具よ、ろくに人の姿をしてやしない。うちの頭領はね、そんなむごいことはしない。みんなちゃんと笑うのよ！　昔を思い出して泣くの」

「それは幻だ」ナーガが告ぐ。意趣返しとばかりに冷ややかに。「丹妖は術士の心を写すんだ。もしも術士が故人を想って、こうした時は笑うだろう、と無意識に思い起こせば、丹妖はその通りに笑ってみせる。それだけだ。故人が甦《よみがえ》ったわけじゃない」

ラクスミィの教え通りに講釈を垂れる少年を、ソディは笑い飛ばした。

「うちの学士とおんなじこと言うのね。あいつもアンタもちっとも分かっちゃいないんだわ。幻だろうが本物だろうが、そんなことアタシたちにはどうでもいいのに」

ナーガが啞然としている隙に、ソディは切れ目なく語っていく。

「言ったでしょ。見れば分かるって。影になったみんなはね、ちゃあんと生きているんだわ。頭領の中にね！　頭領が思い出すから笑うだけだって？　だからなに？　それがほんとなら、影のみんなが笑うたび、頭領は思い出してくれているんだわ。あんなにはっきりとね！　だからみんな、あいつのところに行くの。あいつと一緒に、土地を守ろうと戦うの。そりゃ死ぬのは嫌よ。苦しいのは誰でも嫌よ。でも怖くないの。イシヌが何よ。カラマーハが何よ。殺すなら殺しなさい。アタシたちは戦うわよ、最後の最後まで！」

ナーガが口を開き、声なきまま閉じ直した。ソディの論を覆《くつがえ》す術《すべ》を持たなかったか、諭す意義を失ったか。そう、ソディの話す通り、虚実はもはや意味をなさない。

式要らずのある限り、南部の民は死を恐れず向かってくる。そうして積み上がる亡骸《なきがら》を取り込み、式要らずはさらに強大となるのだ。確かに、君主という言葉は、彼にふさわしくない。彼は〈核〉である。互いに見えず聞こえもしない、曖昧模糊《あいまいもこ》とした亡霊たちに、輪郭《りんかく》を与え、声を与え、力を与える。

ラクスミィにハマーヌ。死者を負う者が双方を率いる以上、此度《こたび》の争いは常の戦《いくさ》と異なる。兵たちが戦えば戦うほど、即ち死者が増えれば増えるほどに、互いの力は膨れ上がっていく。あたかも怨嗟《えんさ》の火が喰らい合って育つように。

火ノ国の歪みより生まれた、見えざる聞こえざる者。彼らを絶やすことはきっと出来まい。たとえ南部の民を一人残らず屠《ほふ》っても、その怨嗟の記憶は血脈も土地もなく燃え広がり、また別の形を取って、より大きく育って返る。火消しはほんのいっときしか成らない。

それでも。

青河《せいが》が涸れれば、乳海《にゅうかい》が弾け、草ノ領《くさりょう》一帯は死の大地と化す。国の中央に帝都がある以上、風向き次第では、砂ノ領《すなりょう》も毒を被る。火ノ国は滅ぶだろう。恨みも憎しみもひと呑みにして。

怨嗟の火が全てを燃やし尽くす前に、燃えている箇所を削ぎ落とす。それが新たな火を生むとしても、ラクスミィは手を止めない。たとえ万民から憎まれようとも、血濡れの女帝と呼ばれようとも、火とともに生きる道が、火ノ国の当主の道である。

ラクスミィの目配せに、ムアルガンがすみやかに意を酌《く》んだ。牢の番人が呼び寄せられる。苛烈な責め苦を想像したか、ソディの頬が蒼白になった。しかし、牢番の手に下がるのが鍵の束と見て、目を白黒させる。がちゃりという音とともに解放された腕と、大きく開け放たれた格子扉を見比べるソディに、ナーガが歩み寄った。娘から受けた侮辱を打ち払うように、これ以上なく優美な所作で小姓が差し出したのは、一封の文であった。

「娘よ、その文を持て」ラクスミィは告ぐ。「行って、式要らずに伝えよ。この虚《むな》しい争いの、今ひとたびの決着は、我ら二人でつけようと」


幾つもの尖塔を戴く、イシヌの城の一角。

月光の届かぬ中庭を、若き女帝が行く。

漆黒《しっこく》の衣は闇に溶け、肌だけが真珠《しんじゅ》色に照り輝いていた。暗がりに同化した裾からするりと手が伸び、中庭の城壁を押す。黒い玄武岩《げんぶがん》の扉が音もなく開き、地下へと彼女を誘った。黄泉《よみ》にも至ろうかという長い階《きざはし》を、光ノ蝶《ひかりちょう》をひらひらと従わせて下りる。風の丹妖が駆け、主のために露を払うが、ほどなく次の扉に突き当たった。くるくると行き惑う風を憐れんで、影がするすると這い下りる。白い花崗岩《かこうがん》の扉が開かれて、風の妖が喜んだところを、さあっと光ノ蝶が追い越していった。真昼の太陽のような光が、扉の中を煌々《こうこう》と照らし出す。

中は無人だ。中央には石の台座がある他、がらんとしている。これは腑《ふ》分《わ》けの部屋である。イシヌの城を去る前、ラクスミィはよくここに籠もったものだった。水蜘蛛族の秘文を死者に刻み、タータに伝授された彫りの技を鍛錬《たんれん》するためであったが、母王はよくぞ許したものよと今になって思う。本来ここは王家の最も神聖な場所の一つ。地下霊廟の入り口だというのに。

腑分け部屋の隣、清めの部屋の、さらにその先。今度は赤みがかった火山岩の扉が現れた。王祖の故郷の霊山から切り出した、この一枚岩の向こうに、イシヌの女人たちが眠る。

光ノ蝶たちとともに足を踏み入れると。

金色の洪水が、目に押し寄せた。

光の乱舞に、咄嗟《とっさ》に瞼を閉じる。黄金の残像が過ぎるのを待ち、改めて洪水の正体を見た。

厨子《ずし》の群れだ。その数、百余り。厚い金箔が張られ、目の覚めるような青の顔料で比求文字《ひきゅうもじ》が施されている。砂漠を写したような黄金と紺碧《こんぺき》の列であった。

王家の地下霊廟は二つの広間から成る。奥の間はイシヌの当主、手前は当主を支えた姉たちのための霊廟だ。女の背丈より高い厨子がずらりと並ぶさまは、圧巻の一言。だが慎ましさを尊ぶイシヌ家に似合わぬ金箔張りは、その絢爛《けんらん》さゆえに選ばれたわけではない。腐食せぬ金を厚く塗ることで、厨子の中身を永く保つためである。

棺に眠る、亡骸を。

ラクスミィの影が主人から離れ、奥の間へと滑り込む。最も新しい厨子の前に至ると、影はぐうっと立ち上がり、黒曜石《こくようせき》の像さながらに人の形を取った。イシヌの亡き将ナムトである。

引き締まった黒き腕が、四重の厨子の扉を開く。取り出された棺の傍《かたわ》らへと、ラクスミィは歩み寄った。黄金の蓋がゆっくりと持ち上げられていく。死臭が香料とともに立ち上り、中に横たわるものが露《あら》わになった。

ラクスミィの母王の〈枯骸《みいら》〉である。

悠久の時を朽ちずに遺る、乾いた亡骸。腐り易い臓腑《ぞうふ》を抜き出して、肉から水気を極限まで除いて作られる。水使いの家系だからこそ可能な葬送だ。常に涼しい地下に、湿気を吸う石で拵《こしら》えた霊廟では、枯骸はことさらに美しく保たれた。眠るように閉ざされた目の、睫毛《まつげ》の一本一本までが、記憶にある母そのままだ。肌は枯れ木のように黄みがかった茶色だが、肝ノ病に苦しんだ母王の肌はもとより濁った黄色に染まっていたため、今の姿の方が安らかに映る。

　イシヌの女人の葬送をこれと定めたのは、王祖である。亡骸の扱いは厳密に決められ、その詳細は五臓六腑全てに渡る。それはあたかも骨肉の一片たりとも欠かすことを禁じるようで、抜き出した内臓すらも入念に乾かされ、壺に納められる。

　思えば、妙な習わしだ。火ノ国では土葬が主である。火葬も行われるが好まれない。亡骸を傷つけるからだ。一度に大勢亡くなって、一人一人送る暇がない時に、火丹術士によって仕方なく執り行われる。そのため簡易の、いわば格下の葬送と見なす向きもあり、罪人や身もとの知れぬ者への処遇でもある。亡骸を切り刻むイシヌの送り方は、その中でさらに異端だった。

　霊廟の最奥の、ひと回り大きな厨子を見つめる。王祖の棺が、あの中にある。

　あるいは、王祖はこの日を見越していたのかもしれない。イシヌの娘がいつの日か、一族の亡骸を欲する日を。

　王祖が記した万骨《ばんこつ》ノ書《しょ》では、術に必要なのは仙骨のみとされていた。丹の貯蔵の作用だけを欲するのであれば、他の部位は不要である。むしろ余計な干渉がかかって術の精度が下がる。

　しかし月影族の秘術では、血族の亡骸を余すところなく用いていた。亡骸が生前に近いほど、より鮮明に記憶を受け取れるためという。式要らずのハマーヌの丹妖が、ラクスミィのそれと異なるのは、才や精神の異質さに加え、おそらく仙骨以外の部位をも取り込んだからだろう。

だがラクスミィが着眼したのは、また別のところだった。月影族は血族の亡骸を用いるが、血の繋がった者は丹の色合いが似るため、生前に触れておらずとも負えるという。その事実がラクスミィの道をにわかに照らし出した。

大内乱の最中に万骨を負った当時、死者にはこと欠かなかった。先帝ジーハに毒を流され、苦しみと憎しみにのたうつ臣らを、ラクスミィは一人一人回り、その手を握りしめたものだ。だが式要らずはジーハの如き侵略者ではない。此度の乱は静寂の乱である。死して女帝に身を捧ぐ者はおらず、またいるべきではない。王家の亡骸が、彼女に残された最後の手段だった。

『相性の問題はどこまでもついてくるがな』月影の長はそう説いていた。『血が遠のけば遠のくほど、丹の馴染みも悪くなる。だからミミ、どうしてもやるというなら、ひとつひとつ遡《さかのぼ》るといい。そなたの母の、母の母の、そのまた母の亡骸へと血を辿るのだよ。そうすれば、何百年と離れた先人の丹でも、そなたの身体は受け入れるだろう』

精神の方は分からぬがな。長は案ずるようにぽつりと添えた。会ったことのない先人たちの丹を、身体によく覚え込ませるには、亡骸全てを用いざるを得ない。それは即ち、死者の記憶もろとも負うということだ。感覚の混濁《こんだく》以上の負荷がかかる。しかもラクスミィが新たに死者を求めたのは、式要らずのハマーヌを討つため。彼を超えねば意味がない。そのために、この霊廟に眠る者全てを、これより暴いていくのだ。

「母上」

そっと呼びかけて、母の手に触れる。石のように硬い指は、娘の手を拒むことも、握り返すこともなかった。蝶の灯りに影を落とす目尻を見つめながら、心の中で願う。

貴女《あなた》の娘ミイアをお許しください。そしてどうか、ミイアに力を、と。

身を起こし、漆黒の外衣をするりと落とす。襟に手をかけて留め具を外し、するすると衣を解きつつ、月影族の秘術の式を反芻《はんすう》した。この式をそのまま用いるのは上手くない。かの民のように身が朽ちるか、術がつかないかだ。ラクスミィは聖樹の蜜を呑むわけでないから、丹の取り込む機序も変えねばならない。だが、彼女にとっては容易《たやす》いことだった。

水蜘蛛族の秘文のように、彼女はこの新たな式を、己が身に刻む。

影のナムトがいつの間にか消え、彼のあった場所に、組み木細工の細い箱が残されていた。衣を全て取り払い、ラクスミィは箱の中身を手に取る。長針を刺した革巻物と、三つの壺——彫り道具である。常の如く針先の具合を確かめつつ、思いを馳せた。

王祖の真意へと。

月影族からイシヌの創始のあらましを聞いた時、王祖は真実を殺したのだと感じた。現に、創始ノ書には何も書かれていない。湖底に隠された万骨ノ書にすら言及はない。月影族の秘術から記憶の作用を取り除く徹底ぶり。イシヌの娘たちが天ノ門の守護者として一切の迷いなくあれるよう、真実を闇に葬る道を選んだのだろうと推した。

しかし今、母の枯骸を前にして、思い直す。

もしも王祖が本当に、記憶を断ちたいと願っていたのなら。彼女は何故、枯骸という奇異な葬送を定めたのか。万骨《ばんこつ》ノ術《じゅつ》は月影族より伝授されたと記すべきでもなかった。辿れてしまうからだ、ラクスミィがしたように。月影の民が記憶を伝え続ける限り、彼らのもとを訪れれば全てが露呈すると、王祖は分かっていたはずだ。

それでも、王祖は一族の亡骸を遺し、月影族の名を記したのだ。

真実を欲する者のために、あえて細い糸を残した。それが彼女の真意ではなかろうか。だとすれば、この霊廟で王祖へと遡る丹の系譜を残した。まことの記憶を負うに能《あた》う者のために、王祖は待ち続けていたのだ。自らのもとへ辿り着く娘を。

ならば辿り着いてみせよう。

ラクスミィは針を進める。真珠色の肌に、比求文字が刻まれていく。痛みはなかった。手の感覚が鈍らぬ程度に痛み止めの薬湯を呑んではいるが、痛覚そのものがもはや麻痺《まひ》していた。新たな比求式《ひきゅうしき》を練る喜び、まだ見ぬ術の効用を知る高揚感。それだけが彼女の知覚であった。

術を通して、母の記憶が流れ込んでくる。母の目がラクスミィとアラーニャを映し出した。と思うと、双子は見る間に幼くなっていく。乳飲み子になり、赤ん坊になり、産み落とされたばかりの姿となった。産声を上げてもがく赤子が二人、母王の前に並べられる。双子の王女はイシヌにとって不吉、どちらかを選べと迫られているのだ。双子を差し出す男の顔へと、母の視線が向けられる。当時の北将ナムトであった。男の氷のような眼差しに、ラクスミィは恐ろしさよりも懐かしさを抱いた。母は気づかなかったのだろうか。どちらの王女も生かすと宣言した時、ナムトの張りつめた表情が、ほんのわずか、ほっと氷解したさまに。

　母の見る世界が低くなり出した。背丈が低くなっているのだ。母の母、ラクスミィの祖母の若かりし顔が浮き上がる。その祖母もどんどん幼くなっていく。祖母の姉の姿も映り込んだ。ラクスミィにとっては大伯母だ。彼女は既にラクスミィの灼熱の丹妖と化している。大内乱の混沌の最中の死だったから、仙骨を取り出すだけで精一杯で、枯骸には処せなかった。イシヌの女人で唯一、大伯母上だけがこの地下霊廟に入っておらず、その記憶はもう手に出来ない。あの時この術を知っていたらと、ラクスミィは埒《らち》なきことを夢想した。

　祖母の先の人々は、ラクスミィ自身の記憶にない。増え続ける記憶を自我から分かつべく、丹の混濁を防ぐ水封じの式に、秘術の式を慎重に通す。それでも記憶は否応なくなだれ込んでくる。その生々しさに、時の新旧が曖昧になり出した。

　自己を保つべく、ラクスミィは己の最も新しい記憶を思い浮かべた。地下霊廟に下る直前、水蜘蛛族の少年ナーガとの語らいだ。彼の顔を瞼《まぶた》の裏に描き、その声を鼓膜の裏に響かせる。

『お戻りをお待ちいたします』

　中庭の入り口でナーガは膝を折った。如何《いか》にも小姓らしく三つ指をつく彼を、ラクスミィは内心困惑しながら見下ろした。湖のほとりで手放したつもりが、舞い戻ってくるとは。

『……そなたには暇《いとま》を告げたはずじゃ』

『存じ上げません』少年はすっとぼける。

『母を追えと申したであろう』声につい、呆れが滲んだ。

『はい、仰せの通り』と素直になったかと思えば。『すぐに追いましたが、残念ながら見つかりませんでしたので、せめてもの代わりにと、幻影ノ術士を捕らえましてございます』

そんな意味で言ったのではない。ナーガも分かっていように、『力不足の段、相《かわ》すみませぬ』と白々しく謝ってみせる。言葉遊びのようにして、のらりくらりと追及を躱すやり口は、すっかりカラマーハ宮廷風だ。なんと扱いづらい。

『──水蜘蛛は水蜘蛛らしく、森に帰れ』ならばと、侮蔑を口にして煽《あお》ってみるも。

『行きません』

涼しげに返された。柔らかなのは物腰のみ、たいした頑固者である。これはもはや小細工は利かぬと悟った。ゆっくりと少年に向かい、その目をまっすぐ見つめる。

『ナーガ、聞くがよい』

ラクスミィの声音に何かを感じ取ったか、少年は口を挟まず、じっと見上げてくる。

『わらわがこの先、式要らずとの戦いに倒れれば、そなたを庇護する者はいなくなる。その後青河が涸れて乳海が暴発すれば、丹に過敏なそなたは無事には済まぬ。母のもとへ行き、ともに森へ帰れ。あの地は嵐の生まれるところ。颪は常に東に流れ、乳海の毒は届かぬ』

それでも少年は首を振る。行けないと言うように。彫りを外の者に暴かれ、舞い手の誇りを穢《けが》されたから、森には入れない。彼はそう信じているのだ。ラクスミィがそう信じ込ませた。

『案ずるな』と静かに告ぐ。『森はそなたを受け入れる。そなたは穢れてなど──』

『行きません』

きっぱりと少年は告げた。あえてラクスミィの言葉を切るような強い語調であった。思わず押されて口を閉ざし、ふと気づく。

森に行かない、と彼は言う。行けないのではなく。

『幻影ノ術士の娘と戦った時のことです』彼は一転して静かに語り出した。『ほんの気ままな思いつきで、僕は幻影の返し技を使いました。……それで思い出したのです』

ラクスミィの風の丹妖がようやく拾えるほどの、密やかな声であった。

『森に〈火砲〉が撃ち込まれた瞬間、僕は確かに見ました。確かに聞いたのです。火が落ちる一瞬前に、景色がわずかに揺らいださまを。……彫り手たちの歌声を』

そうして業火が森に落ち、眩んだ目を開けた時には、辺りは火の海だったという。消え入るような囁《ささや》きに、ラクスミィは彼の言わんとするところを察した。

景色の揺らぎは、幻影ノ術の始まりである。

よもやとナーガを見つめる。水蜘蛛族の〈滅び〉という名の幻影に、彼もまた気づいたのか。自らの記憶と知恵を頼りに、己の力だけで。

『貴女を倒して、僕は自らの力で森に帰る。それまで逃げも隠れもしないと貴女は仰った』

ラクスミィを仰ぐ眼差しは澄んでいる。

全てを悟った者の双眸《そうぼう》であった。

『約束をたがえられては困ります。陛下は式要らずに勝利すべく、今宵、新たな力をつけられるのです。――貴女に勝利していいのは、僕だけなのですから』

ラクスミィは微苦笑を浮かべた。無事に力を得られるかどうか、それで本当に、式要らずを討てるかどうか。なんの保証もないのに、それをせよと言うか。

まっすぐ見上げてくる少年を、改めて眺める。いつの間にか大きくなった。立ち上がれば、背丈はもうラクスミィより高いだろう。

気づけば、彼女は手を伸ばしていた。父親譲りの黒髪の頭を、ぽん、ぽん、と叩く。少年の頰にさっと朱が差したが、意外や身を引かなかった。むうっと唇を尖らせ、じっとしている。

死なせたくない。ラクスミィは思った。死なせたくない、この少年を。火ノ山にいる妹を。イシヌを愛し、それゆえにラクスミィを恨んでやまぬ臣と民、彼女にひたむきに寄り添う将、忠実なる兵たちの、誰一人として。

失うのは、もう飽いた。

少年の頭を撫でた手の感触が、ラクスミィの錨であった。記憶の奔流《ほんりゅう》に流されることなく、粛々《しゅくしゅく》と彫り進める。それでも意識を持っていかれそうになると、手を止めて、自身の五体を確かめるように息を吐く。ふと、誰かに見守られている気がして振り返れば、彼女の影が立ち上がり、ナムトの姿を象っていた。もの言わず意思もなく、体温すら持たぬ漆黒の人影。その瞳孔《どうこう》のない目を見つめ返せば、目尻がわずかにやわらいで見えた。

この姿こそ、彼の本望だというように。

気づけば、残るは王祖の亡骸のみだった。ひときわ大きな厨子を、ラクスミィは仰ぎ見る。漆黒のナムトが滑るように歩み寄り、金の扉へと腕を掲げた。

第九章　雷　鳴

毎晩のように、ハマーヌは夢を見る。

あるいは、死者たちの記憶を。

どれが誰のものかは、混然として分からない。あらゆる景色がとりとめもなく立ち上っては消える。その一切をハマーヌは抗《あらが》わずに受け入れた。彼にとって、それらはこの世を巡る丹の声と同じだった。丹は話好きだ。耳を傾けてやれば、嬉々としてしゃべり出す。

悠然とうねる砂丘を見上げて旅をし、谷間の泉を見つけて咽喉《のど》を潤《うるお》す。のどかな村で家畜を追いかけ、あるいは町の喧騒をかき分けて道を進む。脈絡のない光景は、しかしどれも誰かの日常であった。彼らの一日はさまざまながら、終わりは不思議なほどに似る。夕焼けに伸びる影を踏みつつ家路につき、ともに暮らす人とその日の何やかやを語らいながら、食卓を囲む。暗くなれば床を延べ、砂漠の冷たい夜気を退けるように寄り添う。

これは家族の記憶だと理解するのに、ハマーヌはしばらくかかった。

彼自身にはない記憶である。生家では幼い頃から、独りで眠り、独りで食事を取っていた。彼はどうにも不器用で、箸運びの上達も遅く、人前で食べることは禁じられていた。飾り格子の嵌《はま》った窓のもと、懸命に箸を握って向かう食膳。それが不意にくるりと転じて、気づけばハマーヌは油紙包みを手にしていた。羊肉の揚げたて饅頭《まんじゅう》が顔を覗かせる。

こうした屋台の品は箸の要《い》らないものが多く、また要っても行儀をうるさく言う者もない。世の中にはこんな食事があるのだと教えてくれた者が、ハマーヌに見せるように油紙を剝いた。ウルーシャだ。鳶《とび》色のくせっ毛を揺らして、饅頭にかぶりつく。思ったより熱かったか、彼はしばらく難儀してから、にかっと笑いかけてきた。

どう応えたものか分からずにいると、またくるりと景色が転じた。ハマーヌ自身の戸惑った顔が、視界に映り込む。これはウルーシャの記憶だと気づいたところで、景色は途絶えた。

顔に降りかかるぬくもりと、瞼《まぶた》に透ける光に、朝が来たと知る。記憶の混沌からゆっくりと水面を目指すように、ハマーヌは意識を浮き上がらせた。

「よう」

懐かしい声がする。

「やっと起きやがったな」

覚めやらぬ目を向ければウルーシャの姿が目に入った。長椅子の上で猫のようにのびのびと手足を伸ばしている。毎朝の如くハマーヌは混乱した。自分はまだ夢の中なのか。それとも、これまでが全て夢であり、今ようやく目覚めたのか。逡巡《しゅんじゅん》するうちに意識が覚醒に向かう。

「お前が寝るとこっちは退屈なンだよな。なぁんもすることねぇしよ」

相棒の活き活きとした不平に、ハマーヌはほっと息をつき、胸を苛《さいな》む痛みを散らした。

ウルーシャは決してハマーヌに記憶を覗かせない。ハマーヌもまた望まなかった。他の死者たちがしてくるように、命を落とした瞬間を見せつけられれば、このわずかに残った正気をも失う確信があった。ウルーシャを亡くした記憶は、ハマーヌ自身のもので十分だ。

相棒の姿を見て、その声を聞けば、彼を失った瞬間が生々しく甦《よみがえ》る。影の人々となった部下たちも同じだ。彼らの骨を熱い灰から拾う感覚は未だ手に残っている。その感覚を思うたび、ハマーヌは誓う。繰り返すまい、もう二度と。

失うのは、もう飽いた。

「今日だったよな」相棒は静かに訊く。「イシヌとの、決着は」

ハマーヌは答える代わりに、寝台から下りた。

身支度を整えながら、丹の流れを確かめる。早朝の清涼な大気さながらに、彼の感覚は常に増して冴えていた。頭領の館の中を行き交う足音。館の前の市場のさんざめき。その向こうの、閑静な街に葉を揺らす、沙柳《さりゅう》の梢《こずえ》――あらゆる大気の震えを、彼の六感は拾い上げていく。町の道という道を柔らかな風が駆け、いつものように夜が明けたことを確かめた。

この町に、砂の南部に、明日も変わらぬ朝が来るよう。

ハマーヌは今日、戦いに赴《おもむ》く。

「しょうがねぇ。最後まで、付き合ってやンよ」

相棒が軽口を叩いた。女帝の申し入れを受けると決断した時にも、ウルーシャは同じことを言ったものだ。あの時、彼に宿る他の亡者たちは口を揃えて憎きイシヌへの復讐を叫び、選士たちも頭領の判断を熱く支持した。最後まで喰い下がったのはアニランだけであった。

「本当に行くのか、ハマーヌ君」

決戦当日となってなお、学士は顔を合わせるなり、縋《すが》りついてきた。

「頼む、考え直してくれ。罠の可能性だってある。君に何か起きてからでは遅いんだ。どうか思い留まって欲しい」

最近ようやく分かってきたが、この男は学士という割に、情に脆《もろ》い性質らしい。その明晰な頭脳をもってすれば、何が正しい道なのか、見えぬはずもなかろうに。

もし今日ハマーヌが女帝を討てたなら、そのぽっかり空いた権力の座を巡り、帝都は混迷に陥る。地盤が揺らいで帝軍の力は削がれ、草《くさ》ノ領《りよう》に退かざるを得なくなる。砂の南部は当面、侵略を免れる。その平穏がいつまで続くかは知る由もないが、賭けるだけの価値はある。

それに、罠はないと、ハマーヌは確信していた。

あの、女帝の文。この世の叡智《えいち》を極める水丹術士《すいたんじゆつし》の家系に生まれ、自身も学士院を凌ぐ知を有すると噂される女人が、自らしたためたとのことであった。それを聞いて、封を切る前からハマーヌは読む気を失ったものだ。さぞかし難解で傲慢《ごうまん》な文であろうと思いきや、書を開いて現れたのは、万民が用いる簡素な音綴りであった。誰しもが意を違わずに読み取れる、平易な言葉の選びよう。一切の装飾のない筆の運びよう。文字を受けつけぬ性質のハマーヌの目にもすうっと馴染んだ。淡々とした女人の声が聞こえるようで、その飾り気のなさが却って、筆の主の聡明さを際立たせていた。

この文を書く者ならばいたずらに争いを長引かせはしまい。ハマーヌはそう直感し、だからこそ敵の申し入れを受けた。互いに譲れぬ今があり、分かり合えぬ過去がある。未来は決して相容れず、分かり切った結論のため、無駄に血を流すこともない。互いの長《おさ》の間で決着すれば済むことだ。文はそう問いかけており、ハマーヌはそれに応えた。

「船を出せ」

ハマーヌの命に、アニランは青ざめた唇を結び、目を伏せた。

頭領を乗せて、砂ノ船は行く。その後ろを、幾十、幾百もの船や小舟が追いかける。決戦を見届けるべく、見ゆる聞こゆる者らが集まってきたのだ。頭領の船に伴走する集団の先頭に、ソディの朝日色のおさげが翻《ひるがえ》る。彼女はその髪の色のように怒りを燃え立たせつつ、女帝の文を携えて戻って来た。この決戦を誰より望んでいるのは彼女かもしれない。

イシヌ王家直属の中央区と、ハマーヌたちの住まう南区。その区境に広場がある。イシヌの湖へと繋がる、砂漠有数の太い公道沿いで、以前はちょっとした市がたったものだが、水場が涸れたため捨て置かれていた。がらんと口を開けている砂の広場に着いてみれば、多くの人がハマーヌを待っていた。広場を囲む砂丘の坂を老若男女が埋め尽くし、決戦の舞台を見下ろす。物見高い、命知らずの集まりかと思いきや、彼らはしぃんとして身じろぎひとつせず、見物人らしい無邪気な期待は微塵《みじん》も感じられなかった。

静まり返った群衆から、ソディが見知った顔を探し出した。

「チドラ！」

彼女の視線を追えば、砂丘の中程で、もと帝兵の男が手を挙げて応えていた。彼は砂の坂を式で固めると、ソディのもとへ滑るようにして降りてきた。

「もしかして」ソディが囁《ささや》くように問う。「これはみんな、よ、よしみの人たち？」

「そうだ」チドラが首肯する。「僕も驚いたんだ。この戦いを聞きつけて、国内外のあらゆる地からやってきたらしい。それぞれの代表の者たちだそうだ」

よしみが何者か、ハマーヌは関知しない。見ゆる聞こゆる者と同じ怒りに根を張る者という一点だけを理解し、またそれでこと足りると思った。

チドラは砂ノ船に向き直る。その澄んだ瞳を船上のハマーヌに向け、深々と一礼した。

「頭領。我がままを承知のうえで申し上げます。どうぞ我らにも立ち会いをお許しください。この戦いは我ら千年の悲願です。頭領が此度《こたび》イシヌの悪鬼に勝利すれば、それは風《かぜ》ト光《ひかり》ノ国《くに》の再興の狼煙《のろし》となるでしょう。ぜひとも、その瞬間を御一緒させてください」

従順な声音に反して、彼の物言いの端々に強い意志が覗いた。ハマーヌが砂丘の人々に目を向ければ、彼らは続々と立ち上がり、「頭領」と高らかに呼ばわった。どこで覚えたか、額に手の甲を当てる敬礼まで寄越す。そのさまにかつての若衆筆頭マルトの姿を思い出した。

――自分からもお願いします、頭領！

ハマーヌの身のうちで、マルトのやや金属質な声が誇らしげに怒鳴る。

――彼らは我らが同胞。今日という日を待ち望む者たちです！
鼓膜の裏をつつく声を静めるために、ハマーヌは頷いた。砂丘の上から、歓喜の声が返る。千年くすぶり続けた火の粉が、ひとところに吹き溜まり、いよいよ一つの業火と化した。そういった響きであった。

区境の広場を囲む砂丘の群れ。そのうちの下り側の砂丘に、人々は集まっていた。あたかも見えぬ壁が建てられているかのように、砂丘にまっすぐ線を引く。千年の恨みと苦しみがこの区境に押し寄せて、決壊すれすれに溢れ返るさまが、ひしひしと肌に感じられた。

再び影の如く静まり返った群衆を背に、区境の先へと目を向けると。

公道の上り側に、ぽつんと黒いしみが浮いた。

帝軍である。黒光りのする甲冑《かっちゅう》。それを揺らして兵が行進する後ろを、鎖帷子《くさりかたびら》のイシヌ兵が追う。彼らもしいんとして言葉一つ発しない。進軍を鼓舞する戦《いくさ》太鼓すらない。

その静寂の先頭に、女人がひとり、異形の小姓に馬を引かせていた。

男衆のような外衣が、さあっと風に流れる。砂漠の熱気も沈黙する黒の衣。強い陽光に、いっそう紅く照る髪の色。肌の白さが、冷たい刃《やいば》を思わせる。何よりもその、地に落ちる影の重さ――悠久の時を旅したような深淵がそこにあった。

女人がゆらりと手を掲げると、兵たちがぴたりと進軍を止める。号令らしい号令なくとも、彼らは粛々《しゅくしゅく》と動き出し、弧状の陣形を張った。あたかも南部から押し寄せる憎悪の波を堰《せ》き止めるかの如くであった。

馬上の女帝が地に降り立つ。ハマーヌもまた砂ノ船から降りた。空虚な口を開く広場へと、両者はゆっくりと向かっていった。

主のない空っぽの鞍を、ナーガは見上げた。

城に留まれと命じられても、彼は頑として聞かなかった。たとえ牢に閉じ込められようと、破って追いかけるつもりでいた。女帝が同行を許したのは、ナーガの意思を酌《く》んだのか、彼の口答えが煩わしくなったのか。ああしたところが、なんとなしに母を思わせる。

母は今どこにいるだろう。己の生み出した怪物に弟子が挑むと知って、何を想うだろう。

ナーガはこの日の来ないことを願っていた。式要《い》らずのハマーヌは、ラクスミィがイシヌの墓を暴き、月影族《つきかげぞく》の危険な秘術を負うまでして、立ち向かわねばならない男だ。ラクスミィの勝機がどこまであるか。ナーガが祈るよりずっと少ないのかもしれない。だが彼女は最後まで逃げないだろう。死の恐怖に身を引いたなら、それこそが死の入り口だ。恐れることなかれ、それがラクスミィの唯一の勝ち筋だった。

広場の向こう側に南部の民がひしめく。朝日色の髪の少女が、集団の先頭を陣取っていた。帝軍の先頭に立つナーガを認め、彼女の瞳が暗く燃え上がる。南部の民は皆、彼女そっくりの暗い炎を目に宿している。だが挑発に乗ってはならない。国を二分する波乱において、互いの長が自らの手で決着をつけようとしている。流れる血が最も少なく済む道を、彼らは選んだ。二人の戦いは不可侵だ。どんな結果になろうとも、最後まで見届ける。それがナーガに唯一、託された使命だ。

そうと知りつつ、ナーガの胸は鉄で固められたように重苦しい。息をつこうと天を仰いで、雲が多いなとぼんやり思った。砂漠にも雲は出るけれど、今日の雲は低く厚い。近くに水路があるのだろう。なるほど砂漠の天空を変えるほどだから、青河《せいが》や湖が涸れるのだ。

ナーガの心は沈んだ。空を見ても、地上の業火から逃れられない。期待した刹那《せつな》の安らぎを得られず、視線が行き場を失い、ふらふらと惑う。両陣の間に挟まれた、誰もいない砂丘へと移った先で、はっと目を見開く。

天空がひとかけら、黄金の大地に落ちている。

母だ。そう思った時には、馬のいななきが二つ聞こえた。一つはナーガが手綱を離した女帝の馬。もう一つは水妖ヌィである。ムアルガンに呼び止められたが、ナーガは既に水妖の背に跨《また》がっていた。透明な蹄《ひづめ》が砂を蹴立てる。翼のあるようにヌィは駆ける。両陣のどよめきを押し分けるようにして、ナーガは紺碧《こんぺき》の衣の前に辿り着いていた。

「来たのね、ナーガ」

涼やかな声音が出迎えた。母はいつもこうだ。何もこんな時にまで、という怒りはすぐさま押し流される。こんな時だからこそ、タータは常と同じく振る舞うのだ。波紋ひとつない水面のような佇《たたず》まい、けれどその水底まで凪《な》いでいると思うほど、ナーガはもう子供ではなかった。

「良い空ね」ふと小手をかざして、タータは笑った。

「そうですね」雲ばかりだけれど、とは言い返さず、ナーガは馬を降りた。

二人並び、砂丘のふもとの広場を見つめる。漆黒《しっこく》と鉄色がゆっくりと近づいていく。これは二人の戦いであり、またそうでなかった。彼ら自身の関わりはとても希薄なものだ。個と個の争いでない以上、今この瞬間を止めても意味はなかった。時を変え、人を代え、埒《らち》もなく繰り返すだけだ。

誰がこの国に、初めの火を放ったのだろうと思う。

ソディら風《かぜ》ト光《ひかり》ノ民《たみ》の言葉を信じるなら、イシヌだろうか。イシヌの王祖が天ノ門を建て、西域の水を独占したから、大地に火が燃え広がった。けれどもその王祖に天ノ門を授けたのは水蜘蛛族《みずぐもぞく》だ。天を我がものとする術がもとから存在しなかったら、何かが違っただろう。では初めの火を放ったのは、水蜘蛛族ともいえる。

此度の火もまた、水蜘蛛族が——その至上最も才ある者が、放ったものだ。

 タータが式要らずに水封じを彫ったから。水脈の位置を示したから。あるいはラクスミィに水封じを彫ったから。一族の秘文を伝授したから。……彼の命を、彼女の命を、子供たちの、南部の民の、失われし者たちの渇きを救ったから。今日という日がやってきた。

強くて、優しくて、才に溢れていて。ゆえに浅はかで、不器用で、残酷で。

それがタータという人なのだと、ナーガは思う。

今日の戦いは、母が生み出したようなもの。そう罵《ののし》るのは簡単だ。この世の謎全てを見通す〈早読み〉でありながら、この顚末《てんまつ》を予見できなかったのかと責め立てたなら、ナーガの胸のつかえはいっとき取れるだろう。けれど彼はもう、母はなんでも出来ると信じ切る赤ん坊ではない。この世は不測の事柄に満ちている。起きて初めて明らかになるものも存在するのだ。

今回が初めてではない。例えばナーガの〈初彫り〉の時だ。彼がひと差しの〈朱入れ〉にも耐えられない身だと、彼女は予見できなかった。当然だ、そんなものは誰にだって出来ない。此度の青河の異変も、誰が予期しえただろう。

湖底でのあの日、母は確かに止めようとしていた。己が生んだ怪物の口へと、ラクスミィが飛び込んでいくのを、思い留まらせようとしていた。南部の水路を止めようとしたとも聞いた。母は母なりに足掻《あが》いたのだ。結果どちらも成らなかったけれど。

もしも自らの手で式要らずを討ち取れたなら、母はきっとそうしたに違いない。けれど今のナーガには分かる。タータに式要らずは倒せない。式要らずもまたタータを倒せないように。

タータの強さは〈返し技〉の妙にある。相手が強大なほど、その術力は増す。だから彼女を討ち取れる者はおらず、誰も彼女を力ずくで止められない。ただ一方、向かってこない相手に対しては、母の才の真価は発揮されない。返し技が使えず、自身の膂力《りょりょく》のみで戦うことになるからだ。凡百の術士なら問題ないが、式要らずが相手では違う。まず仕かけてもらわなくては始まらない。ところが、当の式要らずは自ら打って出はしない。彼は征服者ではなく、愚か者でもないからだ。過去に術を交えた経験があればなおさら、タータの恐ろしさを知っている。

タータはラクスミィに、全てを託すしかなかったのだ。

「……見届けましょう、最後まで」

風にはためく漆黒を見つめながら、母が誰にともなく呟いた。

やはり来たか。

現れた紺碧色に、ラクスミィは心の中で呟いた。母のもとへ水の馬を駆る少年に、あれほど動くなと命じたのにと密かに苦笑する。しかしこれで良いのだ。ナーガは無事タータのもとへ帰った。これから何が起きようと、彼女が少年を守るだろう。

ふと脳裏をよぎるのは、出陣前夜にナーガと交わした言葉だ。

立ち入って良いものか、戸の前でうろうろする童のように、ナーガは訥々《とつとつ》と言葉を紡いだ。母は決してラクスミィを裏切っていない。裏切るつもりはなかったのだと、声を裏返させつつ必死に言い募った。そんな彼を、ラクスミィは嗤《わら》ってやった。腕を上げ、床に落ちた影を伸ばして、少年の唇を押さえた。

そっと撫でるように。

分かっている。

ラクスミィは目だけで応えた。分かっている、初めから。あの日、湖底でラクスミィが猛り狂ったのは、裏切られたと思ったからではない。師の読み違いを責めたわけでもない。あれは。

――嫉妬、だった。

混じりけのない悋気《りんき》の溶岩。それが腹の底から溢れ、浅ましくも止めようがなかった。国の未来を語りつつ、心の奥底を占めたのはただ一つ。師が式要らずに与えた水封じだけだった。

あの式はかつてラクスミィが、……ラクスミィだけに与えられたはずのものだったから。

貴女《あなた》にこそふさわしい。師はそう告げ、幼い彼女に彫りを施した。ラクスミィもまた喜んで受け取った。約束したからだ。森を出る時はタータの代わりにこの式を負い、力の摩擦を脱ぎ捨てて、丹の限界の先へと飛び立つのだと。聖樹のもと、満天の星を仰ぎつつ交わした誓いだ。それをたった一度相まみえた男にくれてやったと知り、どうにも許せなかった。

それを裏切りと言えば、言えるか。ふと思って、ラクスミィは苦笑する。

だが、もう構わない。

裏切りだろうが、過ちだろうが、同じこと。タータの読み違いを編み直せるのは、この世でただ一人、ラクスミィのみである。我が師よ、見るが良い。かつて万骨《ばんこつ》の彫りを与えてナーガの命を救ったように、そなたの弟子は此度この戦いに勝利し、青河の水を取り戻すだろう。

師の眼差しを背に負いながら、ラクスミィは歩を止め、敵に対峙した。

妙な因果よとまず思う。

改めて相対し、初めて気づく。恨みと憎しみによって結ばれた、二つの民。それぞれの長がどういうわけか、似たような色を纏《まと》う。二人の負う術を表すような、闇の色である。

だがすぐに似て非なるものかと思い直す。式要らずのそれは全てを内包する黒。民の千年の恨みと悲願を一身に受け、彼はこの場に立つ。対してラクスミィのそれは全てを削ぎ落として生まれた黒だ。王家の名を捨て、己の分身たる妹と別れ、師と道を分かち、胸中に抱き続けた王家の誇りをも虚像と知った。自らの地盤の一切を過去へ置き、彼女はこの場に立つ。

心は不思議と凪いでいた。

式要らずのハマーヌの、切れ上がった双眼。これまで二度、彼女の前を素通りした視線が、初めてぴたりと当てられた。その表情の乏しい顔にかすかな、だが確かな緊張が奔《はし》る。襲衣《おすい》の下で、彼の神経がぴりりと研ぎ澄まされるさまが伝わった。鉄色の裾に戯《たわむ》れていた風が、牽制《けんせい》するように渦巻いて啼《な》き始めたが、ラクスミィの風は応じない。頭上で緩やかに旋回しつつ、相手の様子を計っている。

二つの風を超えて、ラクスミィは朗々と告げた。

「――互いの民は手出し無用じゃ」

女帝の宣言に、背後の兵らがぐっと己を律するさまが伝わった。対して南部の民は、宿敵に命じられた屈辱に、天を焦がさんばかりに気色ばむ。だがハマーヌがゆらりと手を掲げると、彼らはすみやかに静まった。それは、女帝の兵が見せる忠誠心とは色合いが異なって見えた。軍を前にしてなお超然とした頭領の姿に、長くつかえた溜飲を下げ、風ト光ノ民の誇りを取り戻すかのようであった。

ラクスミィは興味深く南部の民を眺めた。式要らずは王にあらず。ソディの弁は、なるほどこうしたことかと思う。失われた国の栄華を、民はこの男に見ているのだ。これが新しい国の萌芽なのかもしれない。夢を体現する者のもと、人々が自然と集い、未来を描き始める。

その国を、ラクスミィは今日滅ぼす。〈不吉の王女〉の名が予言するように。

民から誇りと夢を託されて、ハマーヌは何を思うのか。天を行く風のように、なんの重みも感じていないように見える。死闘を予感して張りつめていながら、遠くを見るような紺鉄《こんてつ》色の眼差し。砂の大地を踏みしめる大きな足から、消え入りそうなほどに希薄な影が伸びている。その薄墨色のあちこちが伸び上がり、鮮やかな色と形を帯びていく。

いつの間にか式要らずの傍《かたわ》らに若い男が立っていた。風に遊ぶ硫黄《いおう》色の襲衣。飄々《ひょうひょう》とした笑み。生者と見紛う、見事な丹妖《たんよう》であった。いや、ソディによれば、この若者は確かに生きているのだ。式要らずの中で。失われし民の間で。

闇を失っていく式要らずの影とは裏腹に、ラクスミィの影は漆黒を増していく。彼女に身を捧げた臣たち、彼女の血の系譜たる女人たちが、闇の化身さながらに立ち上がる。彼らの瞳孔《どうこう》なき眼が、邪《よこしま》を邪のままに、美しく繕うことなく見据えた。命を救うべく命を刈り取る矛盾、それがイシヌの礎《いしずえ》である。秘められ続けた真実に今更怯む資格はない。かつて王祖が一国を滅ぼしたように、ラクスミィは今日、この綻びかけた国の芽を摘むのだ。

――いざ。

どちらがそう告げ、どちらが応じたのか。

風が天を舞い、砂が降り積もり、水が滴り落ちるが如く。至極なめらかに、戦いは始まった。

風が啼き、真正面から絡み合う。大地が咆哮《ほうこう》し、金砂の奔流《ほんりゅう》がぶつかった。炎の竜が唸りを上げ、鉄色目がけて襲いかかると、火の猛禽《もうきん》たちが急降下して、竜の身体を散り散りに裂く。氷塊には氷塊が、雷電には雷電が組み合った。式要らずの影たちの、その輝くような色彩に、女帝の影たちが喰らいつき、漆黒に塗りつぶさんと試みる。すると硫黄色の襲衣がはためいて、無数の陽気な光が生まれ出た。光線は太刀の如く閃《ひらめ》き、闇を退ける。

水封じを負う術士同士。身のうちの摩擦が消え、純度を極限まで高められた丹が、枯渇《こかつ》することなく衝突する。衝撃と圧、熱と冷気。丹妖を介して流れ込む力に、五体が千切れ飛ぶかのような激痛を覚えた。それでもラクスミィは感覚を断たない。ほんの刹那であろうとも、意識の途切れ目が命の分かれ目だ。貪《むさぼ》るように、荒れ狂う丹を拾い上げ続ける。

影と影。闇と闇。磁力の陰と陰の如く、決して交わらぬ相手。近づくほどに反発する丹に、ラクスミィは強引に触れた。指の飛ぶような痛みにも、彼女は臆さない。式要らずも身を引かなかった。竜の咽喉に腕を差し入れるようにして、彼女の挑戦を受ける。

丹を介して、二人は繋がった。

ラクスミィの意識が、ハマーヌの中へ。ハマーヌの意識が、ラクスミィの中へ。砕け散らんばかりに軋《きし》みながら、二つの個がなだれ込む。どちらが先に相手の中枢に迫るか、これはその戦いだった。守りを捨て、一切を振り返らず、互いの深みへと潜る。

一閃《いっせん》の矢となって、ラクスミィは虚空に飛び込んだ。そんな彼女を出迎えたのは無数の景色、無数の音だった。ハマーヌの記憶である。彼の六感を通して見る世界に、ラクスミィの五感が悲鳴を上げた。なんという混沌！　あらゆるものに、丹の軌道が刻まれている。砂粒ひとつ、大気のひと筋に至るまで、全ての物体が能弁に語りかけてくる。てんで勝手にしゃべる彼らの、ひとつひとつは雑音に過ぎない。だがそれらの無秩序な音の氾濫は、互いに溶け合って共鳴し、複雑な歌を成していた。

これが式要らずの見る世界、己の五感の如く丹を読み取る者の景色か。物体の境界は意味をなさず、全てが移ろい、集まっては離れる。その美しさに、ラクスミィは心奪われた。ここに来た理由を忘れるなと自らを律するが、中枢への道を探る以上、このめくるめく丹の奔流から目を逸らすわけにはいかない。すると早読みにより、比求式《ひきゅうしき》が泉の如く溢れ来て、彼女の知を否応なく魅了するのだ。彼女は次第に、溺れる者が水をたらふく飲んで沈むように、式要らずの記憶の奥底へと落ちていった。

色と音の洪水に激しく酔う。どれがハマーヌ自身の記憶で、どれが彼の負う死者のものか。式要らずの世界では万物の境界が曖昧《あいまい》なように、彼の精神にも輪郭《りんかく》が見えない。全てがあるがままに蓄えられ、なんの意味づけも加えられていなかった。この混沌の世界において、理論は力を持たない。〈物《もの》ノ理《ことわり》〉を貴ぶラクスミィに抗する術はなかった。易々《やすやす》と呑まれ、四肢の自由を奪われる。もがくことも出来ぬまま、最奥に押し入られ、無秩序なる力をそそがれる。屈するなと己に命じても、咽喉から出るのは高い叫び声だけだった。

理を超えた力の乱流に揺さぶられ、ラクスミィが抱いたのは、だが恐怖でも屈辱でもない。それは歓喜であった。丹の輝きに視界を満たし、丹の歌声に全身を浸す、このうえない喜び。

久しくなかった感覚だった。女帝の座についてからというもの、術書に触れても、比求式を練っても、鼻腔《びこう》には人の世の血腥《ちなまぐさ》さが常にこびりついており、全てを忘れて没頭することなぞ出来なかった。宿敵の深淵の中で、ラクスミィは今、ようやく自由となっていた。水蜘蛛族の森で暮らした時のように、どろどろとした醜いもの一切を外の世界に置き去って、清廉な丹の大海へと飛び込んでいく。

流れ移ろう丹の粒子を、どこまでも追う。光輝く粒へと腕を伸ばす。気づけば、彼女の手はふくふくとしていた。水満ちる森で師の後をついて回った、ちびのミミとなって、彼女は丹と戯れる。ぱちんっと両手で捕まえた粒は、ふっくらとして可愛らしかった。それをころころと玩《もてあそ》んでいた時だ。丹の粒がだんだん大きくなり出した。ミミが小さくなったのかもしれないけれど、どちらでも同じこと。丹は鞠《まり》ほどになり、手に納まらなくなり、仔馬より、駕籠《かご》より、樹よりも大きく育っていく。

膨れに膨れた丹は、もはや球体でなかった。それは一条の紐だった。竜巻のように渦巻き、振動しながら、十一の次元を巡る。やっぱり！　ミミは興奮に飛び跳ねた。これが丹の本当の姿なのだ。思い描いた通りだった。次元を超える、妙なる弦の理論。

丹は素なる粒子、素なる粒子は絶えず振動する一条の弦。振動は風の領域、だから風使いのハマーヌは丹の真実に近く、式が要らない。そうか、とミミは悟った。だからこそ師タータは水封じの式を編む前に、丹の真実に迫ろうと、式の要らぬ者を求めていたのだ。

見えた、見えた。ミミは跳ねる。ついに見えた、師と同じ世界が！　そんな彼女を喜ばせるように、丹の紐が一条ほぐれて伸び、竜の姿となった。ミミは迷いなくその背に飛び乗った。湖底の水草のように豊かなたてがみをしっかり摑み、混沌を旅する。あらゆる景色が脈略なく、滅茶苦茶な順で現れるが、いっこうに構わなかった。理解するのではなく、子供らしくありのままに感じ、ただ受け入れた。

ハマーヌの負う死者たちの、子供の記憶に時々出会う。そのたびにミミは竜を降り、彼らと一緒になって遊んだ。誰の親が誰で、親の親が誰かなんて、気にもかけなかった。丹の粒子を追いかけ、捕まえては見せ合いっこして笑う。竜の背に戻り、次の記憶に向かう時は、何度も振り返って彼らに手を振った。

混沌の世界の中心に、よりいっそう濃厚な丹の渦巻く箇所があった。城壁のように厚い渦を越えると、青河の岸辺に建つ、美しい屋敷が現れた。そこに待っていたのは、二人の男の子の記憶だ。鳶色のくせっ毛の少年はやたらとおしゃべりで、紺鉄色の髪の大きな少年はやたらと無口だった。どこかで会った気がしたが、そんなことは些細《ささい》なもの。これまでの子たちと同じように、ミミは彼らと遊んだ。青河の流れを望みながら、花の咲き乱れる庭で追いかけっこをする。誰かが捕まると、三人揃って笑い声を響かせ、またすぐに走り出した。

花の揺れるほどの大声が、庭に響き渡る。すると屋敷から恐ろしげな男が飛び出して来た。無口な少年と同じ、紺鉄色の髪を振り乱して、少年を叩こうと大きな手を振り上げる。そこにすかさず、おしゃべり少年が光丹術《こうたんじゅつ》を唱えて、目くらましをかけた。ミミは水丹術《すいたんじゅつ》を唱えて、水たまりを作ってやった。男はしたたかに転び、背を丸めて逃げていった。

さんざん駆け回り、心地よい疲れに追いつかれたところで、三人揃って草の絨毯《じゅうたん》に寝転ぶ。雲の流れる空を眺めていると。咽喉が渇いたと、おしゃべり少年が言い出した。よしきた、とミミは応じた。得意満面に水を練り出してみせて、けれども、あれっと思う。ミミは水丹術を使えたのだっけ。ずいぶん久しぶりな気がするのは何故だろう。丹が絡まり合うこの感覚が、どういうわけだかとても懐かしい。

ミミは手を掲げた。しげしげと確かめていると、ふくふくとした手がすうっと溶けていく。代わりに浮き上がったのは、美しく整えられた長い爪に、すらりとした大人の女の指だった。腕輪も指輪もない、真珠《しんじゅ》色の肌だけが照り映える手首が、漆黒の袖から覗く。

女帝の腕だった。

己がいったい何者か、ミミは思い出した。幼い身体がたちまち霞《かす》み、ぐうっと伸び上がり、まろやかな線を得る。突如として現れた漆黒の衣の女人を、二人の少年が仰ぐ。驚きに見開かれた二組の瞳を、ラクスミィは見下ろしていた。

美しい庭に満ちる、花の香り。穏やかな陽光、優しくそよぐ風。寄り添う少年たち。自分がどこに辿り着いたのか、ラクスミィはやっと悟った。式要らずのハマーヌの、精神の核。彼が彼たる中枢に、ラクスミィは立っている。

これはどうしたことだろう。気づけば勝利が目の前に横たわっている。この庭を打ち壊し、この少年たちを屠《ほふ》れば、ハマーヌの自我は容易《たやす》く崩壊する。この強大な敵を討ち取れるのだ。では迷うことはない。ラクスミィには守りたいものがある。失いたくないものがあるのだ。

じり、と足を動かすと、少年たちが首を傾げた。不思議そうな目だった。さっきまで一緒に遊んでいた女の子はどこに行ったのだろうというように。

知らず、足は止まっていた。掲げようとした手は重く下がったままだ。少年たちの顔から、目が逸れていく。ラクスミィは二人の視線から逃れるように、頭上を仰ぎ見た。

式要らずの記憶が、星河の如く天に流れている。

宇宙の始まりの如き混沌。かろうじて色彩の明暗や音色の強弱はあり、より鮮やかに浮かぶ像が幾つかあった。新旧もなく並ぶそれらを眺めるうち、ラクスミィはふと思った。

この記憶を、知っている。

ともにある喜び。隣り合う温かさ。午後の微睡《まどろ》みのように穏やかないっとき。憧憬と焦燥に翻弄《ほんろう》される日々。些細な呟きひとつに心浮き立ち、取るに足らぬ諍《いさか》いひとつに心乱す。他愛もない一瞬に命を賭すだけの価値を見て、死よりも喪失に恐怖する。

失われしもの。

その名の意味がすっと心に入った。ラクスミィもまた負う名であった。あたかも刺青《いれずみ》の如く精神に刻まれた痛み。時に美しく、時に憎く、だが愛おしい、生涯癒えぬ想い。はるか後ろに置いてきた自身の五体を、ふと振り返る。彼女の身のうちで、式要らずもまた深淵に沈んでいた。彼女の叡智が築いた摩天楼《まてんろう》の群れを前にして、彼のたじろぐさまが見えた。その姿は、見知らぬ町で迷う子供のように純朴で、思わず笑みが零《こぼ》れた。

叡智の都を右往左往するハマーヌを、ラクスミィは見守る。しかしいっこうに進まぬ様子に苦笑し、そっと道を示してやった。ハマーヌがようやく都の中心の塔へと辿り着く。イシヌの当主の塔に似たこの建物に、ラクスミィと王家の記憶が置かれている。無骨な手が扉を開き、大きな足が塔へと踏み入った。書院さながらに整然と分かたれた記憶が、天へと渦巻き、積まれるさまに、ハマーヌがくらりとよろける。その正直さにラクスミィは声を立てて笑った。

やがて覚悟を決めたのか、ハマーヌが記憶の一片に手を伸ばした。その指を、ラクスミィは拒まなかった。彼の好きにさせ、自身の立つ地に向き直る。
混沌の天のもと、花の咲き誇る庭。無邪気に遊ぶ二人の少年。記憶の星河に遊ぶ子供たち。
渦巻く力の海原を、丹の竜たちが悠然と泳ぐ。

いったい誰が、この世界を破壊できようか。

ラクスミィは己の手を見つめた。破壊こそが唯一の道。そう信じてきたが、その帰結は真に正しかったのか。まことに他に解はないのか。困難であるがゆえに、無意識に閉ざした扉が、封じられたと思い込み、開こうともしなかった門が、どこかにありはしないか。

何かを掴もうと、空っぽのたなごころを握りしめる。長い爪が肌に喰い込んだ時だ。

閉じた手のひらに、懐かしいものが宿った。

ひんやりとした、無形なるもの。ラクスミィは混乱した。この感触に覚えがある。まさかと思いつつ、ゆっくり手を開いてみると。思い描いた通りだった。二度と練り出すことはないと思っていた、透き通った輝き。

水だ。

突如、身体をぐうっと引き戻される感覚を覚えた。二人の少年が、美しい庭が、丹の竜が、ハマーヌの記憶の群れが、流れ星のように遠ざかっていく。あっという間に混沌の世界が見えなくなり、ラクスミィの意識は己の身体に吸い込まれていった。途中、自身の中へ帰っていくハマーヌとすれ違ったような気がした。

急激に我が身へと戻るも、感覚が追いつかない。凄まじい引力にしばらく打ちのめされる。

いつまでも止まらない眩暈《めまい》に焦れ、諦めて目をこじ開けた。辺りの様子を確かめ、混乱する。自分は今どこにいるのか。先ほどまで潜っていた混沌が何故、頭上に広がっているのだろう。砂漠の雲なき紺碧の天空に、丹の乱流が満ちていた。

ふと雷鳴を聞いた気がして、ラクスミィは両手を伸ばし、天竜の姿を探した。


女帝ラクスミィの挑戦を受け、その深層に潜ってすぐのこと。

現れた摩天楼の群れに、ハマーヌは戦慄した。

整然と立ち並ぶ、精緻な巨塔。それらは全て、丹導学《たんどうがく》のあらゆる分野の理論らしい。礎から頑強に、一切の隙間なく積み上げられた思考。完成してもなお丹念に磨かれ続け、塔の壁には一点のくすみもない。それが森さながらに延々と広がる。地上には歪みと無縁の道が、宙には美しい弧を描く橋が、縦横無尽に奔り、理論の塔を繋ぐ。時折ぽっかりと空いた土地があり、道は途切れ、橋が宙吊りになっているが、そこは叡智の欠けではない。いずれ生まれる新たな理論を予測して、あえて空けてあるようだった。

計算され尽くした叡智の都。そのただ中に降り立つや、ハマーヌは激しい眩暈に襲われた。強い吐き気と悪寒に、膝が崩れそうになる。全てを感覚に変換し、混沌は混沌のまま留め置くハマーヌに、この世界は毒であった。心の底から恐怖し、嫌悪し——強烈に惹かれた。一つの比求文字《ひきゅうもじ》も書けない彼が、幼き頃から夢想し続けた知の光景。どんなに見苦しく足掻こうと、入り口に立つことすら出来なかった世界が、目の前に広がっていた。

全身から冷たい汗が噴き出す。そびえ立つ塔の一つ一つが、彼を圧倒した。これを築くのにどれほどの努力と時が要るものか、理解せずとも直感した。なんという才、なんという胆力。凛然《りんぜん》と静まり返った景色の裏側に、身を焼き尽くすような情熱が感じられる。

この叡智の都を破壊すべく、ハマーヌは降り立ったのだ。

出来るだろうか。いや、たじろいでいる暇はない。ラクスミィがハマーヌの中枢を破壊する前に、彼女の中枢を破壊せねばならない。……ならないのだが、慣れ親しんだ南境《みなみざかい》ノ町《まち》でも未だに迷う身である。どこをどう通ったかなぞ、角を曲がるたびに忘れた。

中央の塔に辿り着けたのは、どうした偶然だろうか。

まるで道が音なく組み変わり、ハマーヌを中央へ導いたようだった。ひときわ高い建造物が見下ろしてくる。他の塔と異なり、壁や扉一面に美しい彫りが施されていた。中に踏み入ってみて、これは理論の塔ではなく、記憶の塔であると悟る。イシヌの王史が、順を違わず欠けもなく、創始の瞬間に至るまで並んでいる。塔の彫りは畏怖の表れかと、ハマーヌは推した。

吹き抜けの天井に届く記憶の書。ハマーヌは再び眩暈を覚えた。千年にわたる血の系譜の、その重みに気が遠くなる。これも彼にはないものであった。父と母に見放され、逃げるように家を出たところで、血脈という名の糸はぷっつり断たれた。以来ハマーヌの精神は浮雲《うきぐも》となり、宙を漂っている。寄る辺なさに虚《むな》しさを覚える一方で、身の軽さにほっと息をついてきた。

思い出されるのは、女帝ラクスミィの肩の、あの線の細さ。生まれてこのかた荷なぞ担いだことはないと宣《のたま》いそうな、美しく伸びた背筋であった。頭を高く上げるさまは傲慢そのもの、重みに膝を折る姿は想像しえない。

これは気後れか。足もとにじわりと迫り寄る闇を、ハマーヌは即座に討ち払った。なるほど彼に血の系譜はない。しかし、自らを蔑《さげす》む道理はない。ラクスミィの背負うものが何であれ、こちらは与《あずか》り知らぬこと。彼は彼自身の道のりを経てこの場に立っているのだ。

ハマーヌは記憶の書に手を伸ばした。敵の精神の核を探し当て、破壊するべく。

手近にあったのは、女帝自身の記憶であった。あえてぞんざいに、その分厚い書物を摑む。ハマーヌの指から流れ出る冷たい害意を、だが女帝の記憶は拒まない。心地よい手触りの紙がするするとめくられていく。

溢れ返る比求文字は一切無視する。音綴りもほとんど読み飛ばし、絵図だけを拾い上げる。そうしてぱらぱらと流していたはずが、紙を繰る手は次第にのろくなり、ついには止まった。いつしかハマーヌは書に読み耽《ふけ》っていた。文字を受けつけぬ目を懸命に凝らして、頭痛が鳴り出しても顔を上げない。飾り気のない音綴りの淡々とした文に、心を否応なく揺さぶられた。

この記憶を、知っている。

生涯消えぬ想い。ぬくもりの記憶。命を賭すに値する、取るに足らない日々。残虐王により無残にも奪われた瞬間。

失われしもの。ハマーヌは呟いた。

ふと、置き去りにした自己を振り返った。深淵に沈んだはずの女帝の姿を探すも、どこにも見当たらなかった。混沌とした世界にどういうわけか、子供たちが遊んでいる。少女が一人、そこに交ざっていた。竜に乗って記憶を渡り、丹を追いかけては笑う。子供たちの無邪気な横顔をじっと眺めるうち、唐突にハマーヌは悟った。彼らはハマーヌの影となった人々、少女はラクスミィであると。

激しい動揺が襲った。彼らはイシヌが憎いのではなかったか。ハマーヌをここに送り込んだのは、彼らの恨みのはずだ。それなのに、何故あのように屈託なく笑い合う？

ハマーヌはひどく混乱し、またそのことに困惑した。これではハマーヌが、彼らの憎しみを欲しているかのようだ。独り取り残されたような心細さと憤りが、腹の底から溢れ出し、どうすれば良いのか分からない。

憎しみに囚われる愚かさこそを、ハマーヌは何より恨んできたはずだ。先の頭領カンタヴァの無謀な復讐の野心に巻き込まれ、ハマーヌは己の命よりも重い者を失った。あの一度きりで十分だった。ゆえに月影族《つきかげぞく》の秘術《ひじゅつ》を使い、失われた者たちを取り戻した。水路を引き、茫漠の大地に人々を呼び戻した。彼らを守るためにこそハマーヌは戦っている。そうではないか。

——詭弁だ。

内なる声が、ハマーヌの理性を嘲笑《あざわら》う。お前は理由が欲しいだけだ。破壊の理由が。ウルーシャを失った刹那、血管という血管を駆け巡った、破壊の衝動。それをお前は未だに抱えているだろう。お前はただ学んだだけだ。闇雲に壊して回っても、何も戻らない。下手を打てば、ウルーシャの残したものまで失いかねない。そう悟り、ゆえにお前は選んだのだ。時を待つと。

じっと伏して耐えろ。賢く立ち回れ。従順を装い、じっくり時をかけ、富を築き人を集め、技を磨き力を蓄えよ。好機は必ずや訪れる。〈南 境ノ乱《みなみざかいらん》〉で垣間見たイシヌとカラマーハの確執は、遠からず大きくなって返る。火ノ国の地盤は揺らぎ、砂ノ領《すなりょう》に混乱が訪れるだろう。その時までに、静かに着実に、力をつけておくのだ。侵されざる者となって初めて、失われし民は夢を見られる。火ノ国の滅びの夢を。イシヌの死の夢を。

それがお前の夢だ、と声は言う。

違うとハマーヌは叫んだ。ひと角先も読めぬ自分に、そんな未来まで見通す力はない。頭領の座にふさわしからざる、刹那に生きる男である。辺境を生まれ変わらせたのは彼の有能なる部下たちだ。ことあるごとにイシヌへの憎しみを叫び、復讐を夢見てきたのも、彼らであった。そうか？　と声が問いかけるより先に、ハマーヌは自らを疑った。

確かに彼は、南部の民に告げてきた。抗うな、イシヌ憎さに目先の好機に飛びつくな、と。積み上げたものを崩さぬように、同胞を守るために、復讐の声から常に身を引き、己を律してきた。イシヌ最後の王女ラクスミィが目前に現れても、襲いかかることなく退いた。

しかし思えば、それは張り子の大義だったのだ。浮雲の子が攫《さら》われれば、彼はひとかけらの逡巡もなく激情を解放した。女帝から決戦の申し入れがあれば、当然の如く受けた。心の底で予期していたからだ。こちらには水路があり、ハマーヌは秘術を負う。彼女は自ら戦う他ない。こちらから仕掛けて多くを失わずとも、獲物の方から舞い戻ってくると、どこかで知っていた。矛盾に満ちているようで、全ては一貫していたのだ。ウルーシャを失って以来、ハマーヌは常にはけ口を探していた。体内に渦巻く、この狂おしい叫びの出どころを。イシヌを誰よりも憎んでいたのは、ハマーヌ自身であったのだ。彼の無言の怨嗟《えんさ》に、同胞らは引き寄せられたに過ぎない。夜の闇を舞う虫が、煌々《こうこう》と輝く灯へとまっすぐ飛び込んでは、儚《はかな》く焼け死ぬように。

浮雲の子を救わんと暴走した結果、彼は深く負傷し、帝軍の侵攻を許した。人の消えた町を彷徨《さまよ》い、己の愚かさを呪ったが、それは誰のためか。町を守るべく散った若者を惜しんだが、それは本当に彼らのためか。イシヌへの復讐の機会が遠のいたと嘆いていただけではないか。しかしハマーヌは飽くことなくすみやかに新たな大義を手に入れたのだ。町を救うため、若者たちの魂を救うためと念じながら、亡骸《なきがら》を喰らうように闇の力を身に着けて。

彼は今、ここに立っている。

気づけば手は汗に濡れていた。床を踏みしめる感覚がほとんどしない。折れそうになる膝を叱咤《しった》し、天を突くほど高い書棚に寄りかかる。惑うな、と身のうちに巣くう暗い炎が叫んだ。もはや大義など要らぬ。よくぞここまで辛抱《しんぼう》した。イシヌの女人を確実に仕留められる好機を、お前はこうして摑んだのだ。傲慢で卑怯なイシヌの女を、お前はついに追い詰めた。あの女はもう逃げられはしない。さあ解き放て、その思いの限りを！

代わりに、ハマーヌは己の耳を塞いだ。塞いだところで、身のうちの声を断てはしないが。父の手に怯える子供のように、震えながら塔を見上げる。この千年の知の螺旋。外に立ち並ぶ理論の摩天楼。傲慢なだけの空っぽの女であったなら、どんなに楽だったか。たとえ比求式の一節も読めずとも、彼の六感が嗅ぎ取っていた。この叡智は失われてはならない。何にも代えがたきものだ。凡百の学士が千人束になっても達せぬ領域に、ラクスミィはある。

この者を、自分は殺そうというのか。

何を今更に迷う、と身中の炎が弾ける。お前の影となった者たちを思い出せ。たとえお前の夢に染まろうとも、彼らの願いは今や一つだ。イシヌを殺せ！　祖国を甦らせよ！

がくりと膝を突き、ハマーヌは床に落とした女帝の記憶へと手を伸ばした。縋りつくように、読みかけの紙をめくる。どんな些細なものでもいい、破壊への赦しが欲しかった。

これまで以上に、丹念に記憶を読み進める。だが、とかく感性に頼りがちなハマーヌの頭脳では、文に触れてから意味を咀嚼《そしゃく》するまで、しばらくかかる。ゆえに自身が今何を読んでいるのか分かった時、彼はその記述の最後まで目を通していた。

丹妖の正体を綴った記憶である。

読んではならなかった。悟った時にはもう遅かった。丹妖は術士の意識の表れ、まやかしであるとラクスミィが結論するまでの過程が、ハマーヌの目に克明に刻まれていた。

『影の人々は、丹の傀儡《かいらい》』――

記憶の書を取り落とす。ラクスミィの弁を否定するだけの理論を、ハマーヌは見出せない。見出せるわけがなかった。理論や理解は彼の領域ではないのだから。受け入れるか、拒むか。その二つしか彼には選べない。

ウルーシャ、と滅多に口にしない相棒の名を呟く。

取り戻したと信じていた。あの勝気な笑み、軽妙な足取り。丁々発止の物言いに、柔らかな思考。あの活き活きとした目の輝きが全て、ハマーヌの幻想というのか。違う、と咽喉を裂くようにして叫ぶ。戻らなくては。今すぐにこの地を離れ、確かめに行くのだ。彼のぬくもり、指先の鼓動──命ある者の証を、この手で触れるために。

焦燥のままに塔を飛び出して、ハマーヌは凄まじい力に引き上げられた。為す術もなく己の身体に吸い込まれていく彼の横を、ほんの一瞬、ラクスミィが通っていった。視線を合わせる暇もなく、二つの個はあっという間に通り過ぎる。

もとの身体に納まると、ハマーヌは急いで意識の浮上を試みた。傍らに立つ相棒を確かめるためだった。夢うつつに手を伸ばす。すると「痛ぇ!」という不平が聞こえて、ごちんと肩を小突かれた。あぁ彼だとハマーヌは思った。ウルーシャならきっとこうしたろう。きっと。

胸中で呟いた自身の言葉に、腹の底がさあっと冷える。きっとこうすると思った。だから、ウルーシャはそう動いた。ウルーシャと思っていた何かが。

まやかしが。

浮上した意識が拡散していく。因果応報とはこのことか。己の深層を見つめぬまま、美しい理由を掲げて憎しみに邁進《まいしん》し、ハマーヌはまた失ったのだ。己の命より重い者を。二度と失うまいと思った者を、再び。

「どうしたんだよ」

ウルーシャらしき手が、ハマーヌの背中に添えられる。その重み、その温かさ。生きているとしか感じられない。これも丹の幻というのか。

ならば、この丹だけを見ていたい。

ハマーヌを留めるものは、もはやなかった。拡散する意識とともに、彼のうちに燃える力が放たれる。憎しみの相手をついに喰らい損ねた炎であった。大義を失い、寄る辺を無くして、暗い熱は空の他に行き場がない。際限なく膨張しつつ、ハマーヌの丹が昇り出す。

影のみを見つめ、闇を深め、ハマーヌの力は今や純粋な陰である。それにラクスミィの丹が追随した。初めは彼と変わらぬ闇を湛えていたものが、どうしたことだろう。彼女の丹は今や陽そのものであった。未知なる領域への探求心に満ち溢れ、太陽のように光輝く。

ラクスミィの丹がハマーヌのそれを包み込んだ。決して交わらぬはずの、二つの力の奔流であった。極度に純度を増した丹の粒子が、際限なく熱せられ、冷やされ、圧せられ、拡散し、衝突し合う。やがて極限に達すると、二つの奔流の中にぽつりと一滴、新たな力が誕生した。

『丹の摩擦』――水封じの式が封じたはずの、水の力であった。

摩擦を足掛かりに、丹が絡み合い始める。乱流が生まれ、この世の力の、限界のその先へと突き抜けていく。ハマーヌの六感が、ラクスミィの叡智と溶け合って、それを追った。

天空と宇宙の境界。陽光と大気しかない場所へと、丹の奔流は行きついた。空の天井にぶつかって行き場を失い、今度は平らに広がっていく。次から次へと昇りつく流れに押され、丹の粒があちこちでこぼれ落ちると、かすかな蒸気が絡みつき氷の衣を織りなした。

丹は小さな氷の結晶と化し、乱流に囚われて上昇と下降を繰り返しつつ育っていく。樹々が枝を伸ばすように、氷は六角の角を伸ばして、冷たい花を形作った。氷の花がこすれ合うと、紫電《しでん》が生まれ、純白の吹雪が駆け抜ける。すると天空は陰と陽の領域に分かたれ、乱流がより大きく、より激しくうねり出すのだった。

育ちに育ち、重くなった氷の花がひとつ。乱流のうねりから外れ、はらはらと落ちていく。冷気の層を通り過ぎ、熱砂の地上に近づくにつれ、六角の角は融けて丸くなった。氷は大粒の水と生まれ変わると、大気に煽《あお》られてぷるぷると身を震わせながら、まっすぐに駆け下りる。

ぽつ、と軽い音を鳴らして、天の涙がひとつ、砂を叩いた。

天の涯に、雷鳴を聞いた。

砂嵐、とナーガは思った。この砂漠で雷鳴といえばそうと決まっている。地上では命の削り合いが起きているのに、天はいつも無情だ。苛立ちつつ空を見遣り、けれど彼の目は釘づけになった。ほんの先ほどまで紺碧が勝っていた空に、灰白色の領域が生まれている。雲だった。森が大地を呑み込むように、白と灰色がもくもくと膨れ、天を覆い尽くしていく。

ぽつ、と軽い音が鳴った。

水溢れる森で生まれ育った彼の耳に、それはひどく懐かしく響いた。咄嗟《とっさ》に音の在処を探す。金砂に這いつくばるようにして目を凝らし、あった。虹色の宝珠がぽつんと落ちている。手を伸ばすと、虹の珠はつるりと彼の指を逃れた。爪先がしっとりと濡れ、やっと確信する。

「――あめ」

そんな彼の額を、もっと大きな水滴が叩いた。ぽつ、ぽつ、ぽぽぽと軽やかな歌が始まる。ナーガは「雨だ」とうわごとのように呟いた。砂漠のただ中に何故？　雨と分かっても、何が起こっているのかはさっぱりだった。全身が答えを欲し、タータへと向く。

母の頬の、少女のように上気するさまを見た。

タータは瞬《まばた》きひとつせずに、乱流満ちる天空を見つめている。その柘榴《ざくろ》色の唇が呟くのは、比求式だろうか。この雨を式に書き留めようとするかのようだ。タータは半ばよろめきながら歩み出すと、雲を掻き抱かんばかりに両手を掲げた。湧き上がる風に紺碧の被衣《かつぎ》が激しく舞い、明るい栗色の髪が零れ出て、駿馬《しゅんめ》のたてがみのように躍り狂う。

「――超えたわ」荒れ狂う風に、母の声は切れ切れだ。「水封じの、先の世界へ――」

ナーガは目を見張った。水封じが、どう関わるというのだろう！　ラクスミィとハマーヌ、水の力から最も遠い二人が、この砂漠に雨を呼んだと、母は思うのか。

声をかけようにも、風の音に阻まれた。仕方なく、母の唇を読むことに力をそそぐ。端々が拾えずにぼやけてはいたが、母の編む式図が脳裏に表出される。分からぬなりに眺めるうち、ナーガは徐々に寒気を覚えた。自分は何も見えていなかった、それだけは理解した。

理論の上でしか存在しないはずの、闇の使い手が二人。肉体と精神が崩壊するはずの限界をあの二人はとうに超えている。タータの与えた水封じがあるべき限度をも封じたのだ。死者とともに丹を喰らって膨れ上がり、二人はもはや丹の源たる乳海《にゅうかい》そのもの。

その彼らがぶつかれば、さあどうなるか。

丹導術士《たんどうじゅつし》の隊が真正面からぶつかるようなもの。そう単純に思っていたが、よくよく考えてみれば、全く次元が違う。術士には通常、限界がある。式詠《しきよ》みであればいずれ丹は尽きるし、術色がまちまちだから不本意に干渉し合って、互いの力を損ないがちだ。仙丹器《せんたんき》使いであれば丹は枯渇せず術力も揃うものの、式が固定されるだけに複雑な術は編めない。どちらにしても術士の間で意識や思考の齟齬《そご》が出るから、どんなに訓練しても心一つとはいかない。

だがラクスミィとハマーヌは違う。彼らの丹は尽きない。術のぶれは起きず、彼らの従える丹妖らに意識のずれは存在しない。術を練る力すら二人に限度はない。ないのは水の力のみ。

今一度、天を仰ぐ。頬を叩くしずくを、彼は畏れた。これは雨であって雨ではない。これは挑戦だ。力の、叡智の、人の世の。超えがたき限界を超えた者たちの。

雲に紫電が奔る。雷鳴が天を打つ。その天竜の如き声が、ナーガに語る。片や、森羅万象を己の五感の如く受け取り、丹に最も近くある者。片や、森羅万象に式を見出し、叡智の頂きに倦まず弛まず登り続ける者。両者の力がぶつかり、合わさってこそ、この現象は生まれた。

叡智の覇者だ。

当の二人は気づいているだろうか。最後のくびきを、彼らが今、ともに超えたことに。

砂丘のふもとを見つめるも、力の奔流の激しくぶつかり絡まり合うさましか目に入らない。炎が炎と、風が風と、砂が砂と、闇が闇と。あらゆる形状の丹が真っ向組み合い、均衡する。それぞれの民たちも、天空の変化に気づいていない。地上の争いの行く末しか、彼らの瞳には映らないようだった。

増していく雨のもと、それは起こった。

ハマーヌの影のしもべが、押し負け出したのだ。鮮やかな色彩がわずかにくすんだ程度ではあったけれど、南部の民を騒めかせるのに十分だった。頭領、とそこかしこから声が上がる。信じがたい、受け入れがたい。風ト光ノ民はまたイシヌの女に征服されるのか。そんな悲痛な響きが、次第にどす黒い怨念《おんねん》に呑まれていく。

「失われし民よ！」

無色透明な声が上がった。

「今こそ千年の悲願を達せよ！　イシヌの悪鬼を殺し、故国の復活を為せ！」

雄叫びが砂丘を揺るがす。ソディだろうか、誰かが「チドラ！」と声の主を呼ばわったが、大勢の足音に掻き消された。めいめい能《あた》う限りの風や光の式を唱えつつ、南部の民は突進する。ナーガは戦慄した。二人の長が引いたぎりぎりの一線を、民が自ら越えるとは。

ついに決壊した怨嗟の津波に、帝軍が即座に応じた。

「陛下をお守りせよ！」

ムアルガンの命が飛ぶ。その声に迷いはない。いざという時は禁を破ってでも守ると決めていたようだった。帝兵らが動き出す。火筒の矢弾がラクスミィに当たらぬよう、迅速に陣形を変え始めた。

迷いを見せたのは後続のイシヌ兵たちだった。イシヌの臣にとってラクスミィは裏切り者。南部の人々と違った恨みを、彼らもまた抱いている。それでも誰かがぽつりと呼んだ。

「──姫さま」

姫さま。ミイア姫。そうした呟きが次第に増え、やがてイシヌの臣たちも走り出す。我らがずっとお守りした王女。イシヌの忘れ形見を、ここで失ってなるものか、というように。

両陣が、今ぶつかる。

ナーガは知らず動いていた。

いななきが聞こえた時、彼はヌィに跨り、砂丘の斜面を駆けていた。二人の戦いを守りたい、その思いでいっぱいだった。ここまで来て、侵させはしない。みんな天空を仰ぎ見ろ！　この純粋な丹の巡りを、誰が穢《けが》してよいものか。

向う見ずに突っ込むナーガの背を、涼やかな声が追いかける。

「貴男《あなた》は矢弾を！」

母だ。短く告げて、タータは高らかに歌う。美しい旋律ながらも、式としてはほんの断片に過ぎなかった。けれども、彼女の声音が戦場を貫くと。南部の民の、まさに成ろうとしていた風や光の術が掻き消えた。タータの放った数切れの文節が、彼らの術筋を奪ったのだ。イシヌ公軍《こうぐん》の術士たちの前には、どん！　と、術筋半ばで、土壁が立ち塞がる。

返し技だ。これでこそ早読みのタータだ。これほどの数を見切り、相殺するとは。ナーガは息を呑み、安堵した。式詠みは母に任せればよい。自分の役目は、矢弾の相手だ。

戸惑い、足を止めた南部の民。その先頭に向かって、筒先が火を噴いた。胡桃《くるみ》を割るような音が鳴った時、ナーガは腕を薙《な》いだ。水ノ盾が成る。厚めに作った水が、矢弾を受け止めた。

ねじれるような回転が、水の中でたちどころに減じる。

矢弾が溶けるように吸い込まれると、ナーガの身のうちを一閃の熱が奔った。けれど痛みを覚える暇もなく、あっという間に通り過ぎていく。そう思ったのも束の間。ヌィがたてがみを振り立て、ナーガの跨る背がぐっと大きく逞《たくま》しくなった。

何が起きたのか、ナーガは冷静に分析した。これは、乳海に倒れた日に与えられた、新たな彫りの効能だ。丹の余剰分を仙骨ではなく、水中に蓄えるものだ。矢弾にわずかに込められた仙丹が水ノ盾に喰われた後に、術士のナーガを経て、ヌィの水の身体に宿ったのだ。

矢弾を喰らうのは、今日が初めてだ。ソディとの戦いの時は、矢弾を受け止めずに流した。ヌィの身体が変化すれば、ナーガの感覚も少なからず変容する。五感を駆使する舞いの前に、要らぬ丹を受けたくなかった。だが今日は違う。帝軍の矢弾を止めるには、精緻さより速さと大きさだ。喰えるものは喰らってやろう。

立て続けに放たれる矢弾を、全て呑み込む。撃たれるほど彼の盾は厚くなった。もはや壁といってもいい。ヌィの身体も大きくなり、極限まで育つと分身し、透明な馬の群れを成した。馬たちが帝軍の前に走り込み、金砂をわざと蹴立てて兵の歩みを阻む。

ナーガは自身に驚いていた。これほど大きな水を操ったのは初めてだ。今日は丹のみならず水にもこと欠かない。なにしろこの砂丘の谷間に、小川が生まれているほどだから。

――小川？

はっとナーガは地面を見下ろした。ムアルガンの発砲休止の命が兵にようやく届いたのは、それと同じ時だった。

ソディは立ち尽くしていた。

チドラの扇動に、よしみの人々が応えた。彼らのうねりに、ソディも乗ろうとした。けれどどうしてだろう、足が動かない。イシヌの悪鬼の死を、祖国の復活の夢を、誰より欲している自負があったのに、心に反して身体が拒む。

脳裏に、森の光景が浮かんだ。

水蜘蛛族の暗い森の中を、ソディたち子供兵が突き進む。振り返る者は誰もいない。帝兵の筒穴の存在を、背にひしひしと感じていた。前も死、後ろも死、それなら名誉ある方を選ぼう。本当は血の匂いに酔っていただけなのに、恐怖から逃れるために、自ら死に飛び込む狂気。

胃《い》ノ腑《ふ》から何かがせり上がる。ソディは冷や汗を掻きながら堪えた。一歩でも動けば、全てぶちまけそうだ。

よしみの人たちが式を唱えている。父の父、母の母、そのずっと前から連綿と伝えられた、彼らのたった一つの財産。それを祖国を滅ぼした者どもに見せつけるように、彼らは高らかに歌う。全てを失ってまっさらになった声が、大気に満ち満ちていた。

彼らはソディで、ソディは彼らだ。さあ、あの声の渦の中に溶け入ろう。心はそう叫んでも、身体が悲鳴を上げた。どうして自ら破滅に向かうのか。命汚いと笑えば笑え。死にたくない。死ぬために生まれたヤツなんていやしない。

死んでいいヤツなんて、いやしない。

「……やめてよ」

咽喉をせり上がって、か細い声が吐き出された。

「やめてよ。みんな、やめてよ……！」

頬から首筋へと伝うものがある。馬鹿みたいと冷めた声が言う。泣いたってナンにもなりゃしないわよ。叫んだって無駄よ。アンタの声が届くわけがない。浮雲、みなしご、帝兵崩れ。いつでもどこでも半端者、姿もなければ声もない。よしみのみんなだけがアンタの仲間。だからほら、早く行かないと。置いていかれちゃうわよ。そしたらアンタ、また独りぼっちよ。

独りは怖かった。火筒を突きつけられる以上に。でも足は動いてくれない。だってソディはもう知っている。どんなに耳心地のいい言葉に酔ったって、なじられ踏みつけにされたって、自分は生まれてこのかた、ただの一度も、本当に死にたかったことはないのだ。

意気地なし！　喚き立てる声に反して、ソディはうずくまった。頬や首どころか、胸も腕も背中も湿っていた。どれだけ泣くのよと自らに呆れ、ふと不思議に思う。背中？　どれだけの涙を流しても、濡れるわけがない。

「姉ちゃん。姉ちゃん」

まだまだ頼りない弟の手がしきりに揺さぶってくる。ほっといてよと顔をうずめ、ソディは気づいた。足もとに、きらきらと光る宝珠が落ちている。きれい、という心の囁きに誘われて手を伸ばすも、珠はつるりと彼女の指を逃れた。爪先がしっとりと濡れている。

「——あめ」

耳を澄ませば、狂気の喧騒の合間に、ぽつ、ぽつ、ぽぽぽと軽やかな歌が聞こえた。弾かれるように仰げば、天は雲海に沈んでいた。

「雨だわ」

ソディはよたよたと立ち上がった。雨と名は分かれど、何が起こったかはさっぱりだ。目が無意識にアニランを求めた。南部の民の知を束ねる学士なら、なんというだろう。

そうして初めて、ソディは気づいた。

「止まれ！」アニランの絶叫が聞こえる。「みんな、戻れ！」

狂気に堕《お》ちた民を止めようとする人々がいた。見ゆる聞こゆる者らだ。頭領の引いた一線を守ろうと、砂崩れのように押し寄せる民の前に立ちはだかる。だが彼らは薄い玻璃《はり》の壁だった。彼らの使う術は目くらまし程度、民の命知らずな殺気には無力だった。

壁はあっという間にひび割れ、決壊する。個々の力は見ゆる聞こゆる者が勝るはずなのに、おかしなものだ。彼らの右往左往する姿は滑稽《こっけい》で、だがどこかで見た光景だった。なんだったかしらと考えるソディの鼻腔を、湿った大気が撫でる。その匂いに、あぁと思い出した。

水蜘蛛族の男たちだ。

ソディたち子供兵を前にして、動揺する異人たち。彼らの気持ちを今更になって理解した。見ゆる聞こゆる者が今こうして、同胞を討ちかねているように、水蜘蛛族は自分たちの子供と同じように、ソディたちを扱ったのだ。馬鹿じゃないの、とぐずついた鼻を鳴らす。そんなに甘っちょろいから、……そんなふうに優しいから、滅んでしまったのだ。

嘘だったらいいのにと、ソディは埒もなく雨に願う。

見ゆる聞こゆる者と、見えざる聞こえざる者のよしみ。彼らはかつての水蜘蛛族と子供兵だ。どちら側になりたいか、心は据わっていた。おんなじことの繰り返しはもうたくさんだ。

「……舟を出すわよ」

ソディが告げると、ピトリがきょとんと見上げてきた。仲間の乗り手たちも似た顔だ。

「すぐに準備して！」朝日色のおさげで、雨を払うようにして言う。「みんなを止めるのよ。頭領の邪魔はさせないわ。風で煽って、よしみの人たちの足をすくって転ばせるの！」

一人でも行くつもりだった。けれども仲間たちの顔が、ぱっと明るく晴れた。「はーい！」と元気よく返事をして、各々の舟へと走る。彼らの足もとで、虹色の水滴がきらきら散った。

小舟で砂を駆ける。よしみの人たちを傷つけないよう、すれすれのところを狙う。命を取る気のない攻撃が、どこまで効くかは知らない。憎しみを煽るだけかもしれない。ソディの舟を躱《かわ》したチドラの、裏切り者を見るような目が、残光のように瞼に染みついた。

それでも時を稼ぐことだけを考え、ソディは駆ける。なんの時を待っているのかは自分でも分からない。ただ祈った。みんな止まって。みんなを止めて。誰か、お願い。

脳裏にふと、紺碧色がはためいた。

まるでソディの心に応えるように。清廉な声音が、混沌を貫いた。するとどうだ。よしみの人々が為すはずの術が、すうっと大気に溶け入り霧散する。いきなり手応えを失って、人々が狼狽《うろた》え立ち止まった。ソディもまた操舵ノ式を切り、舟を止めて、声の主を探した。

誰もいない砂丘の斜面。そこに、探し求める色があった。ほっそりとした腕が、雲海を抱くように掲げられている。豊穣の地に実る果物のような唇が、雨を寿ぐように歌を紡ぐ。

――紺碧の水使い。

そうだ。ソディは思う。自分は待っていたのだ。かつて自分たち子供兵の前に現れた、この水使いを。慈愛と無情が同居する、水そのものの女人を。自分たちを止めたように、彼女ならきっと、みんなを止められると信じた。だから祈った。お願い。みんなを止めてあげて、と。

鼻歌のように気まぐれな調べが、天へと突き抜けていく。一切の激情を洗い流す、涼やかな旋律に、南部の民の混乱は瞬《また》く間に鎮められた。やっと雨に気づいたように彼らは立ち呆ける。見回せば、ソディの近くに学士アニランの姿があった。皆と同じく、巨雲を見上げて棒立ちになっている。純白の髪にはまだ若い顔が、動揺一色に染まっていた。

分からないんだわ、この人にも。どうして砂漠に雨が降ったか。そう察したソディが覚えたのは失望ではなく、安堵だった。そりゃそうよね、誰にも分かんないわよ。砂漠に雨なんて、氷で火を焚くようなものだもの。説明できる人なんて、いやしないわよ。

少しおかしくなって、笑い声を漏らし、妙だと気づいた。南部の狂気に中《あ》てられて、女帝の陣営が襲ってくるはずなのに、矢弾に倒れた者がいない。すっかり強まった雨を透かすように敵陣へ目を向け、息を呑む。水の防壁と水の馬の群れが、兵らを堰き止めていた。

「……あいつ」

嫌味なほど洒落《しゃれ》た衣を纏う少年の姿に、ソディがぽつりと漏らした時だった。

彼女の乗る舟が、ぐらりと傾ぐ。

つんのめって、甲板から落ちた。下は生憎の水たまりだった。弟と揃ってずぶ濡れになり、「もう！」と怒りの声を上げる。雨ってなんて面倒なのかしら！　咽喉が渇いた時、口もとにだけ降ってくれたらいいのに。そう苛立ちながら身を起こし、愕然とする。

水たまりなんかじゃない。

初めのうちは金の砂地に真珠を撒いたようだった水滴。それが今や互いに集まって、流れを成していた。水源が涸れて久しいこの地では、大地がからからに乾き切り、水の沁み込む隙もないようだ。雨粒は落ちた分だけ地に溜まって、斜面を転がるように奔り、低いところに集まっていく。それはまだ小川のような可愛らしいものだったけれども、見る間に嵩《かさ》を増していくさまに、ソディは総毛立った。

「砂丘の上へ！」

そこに、声変わりの嗄れた声が雨の間を突いた。

「皆さまどうか！　今すぐ、なるべく高いところへ！　じきに暴れ水となります！」

ナーガだった。

暴れ水。ソディは跳ね起きた。ところが南部の民の反応は鈍い。水使いに式もろとも気力を奪われ、雨水を吸った衣のように思考が重くなったようだ。雨音の向こうに、水が暴れるって何？　という声がした。渇きと戦ってきた砂漠の民にとって、水は恵みでしかない。

けれども、ソディは水蜘蛛の森を知っている。

荒れ狂う水の恐ろしさを。

「登って、みんな！」ソディは負けじと声を張る。「走るのよ、砂丘のてっぺんまで！」

怒鳴って彼女は駆け出した。目指すは天を仰ぎっぱなしの学士だ。「なにをぼさっと突っ立ってるのよ！」と白髪を満身の力で引っ張ってやると、ようやくアニランの目の焦点が合った。暴れ水、と伝えて回る少年の声に、彼は頬を張られたような顔をする。足もとを流れる濁流に気づき、学士らしくあらましを理解したらしい。蒼白な顔で、彼も叫んだ。

「砂丘へ！」

これでよし。後は彼に任せよう。ソディは濡れそぼった髪を鬱陶《うっとう》しく振り、仲間に告ぐ。

「舟は捨てて！　自分のことだけ考えて、坂を登るのよ！　良いわね、一歩一歩、気をつけるのよ。滑ったらおしまいよ、誰も助けに来られないんだからね！」

雨水に砂粒が攫われ、地面は絶え間なく動いていた。新たに式を練る暇はないし、そもそも水に抗う術は水使いしか持たない。己の足で逃れるのみだ。緊迫した返事が上がった。

誰よりも早く走り出したのは、ソディたちだった。持ちものを捨てる決断も、彼女らが真っ先に下した。未だ状況が呑み込めず、騒めくばかりの大人たちが、それを見て押し黙る。全ての争いを放棄して、彼らも砂丘へと駆け出した。

砂丘の谷間には今や、川が生まれていた。まだ足首ほどの浅さだけれども、雨が降り始めて幾ばくもない。雲海に紫電の竜が奔る。斜面を水が転がり落ち、とても登りにくい。ソディは四つん這いになった。彼女の作った道を、ピトリが懸命に伝ってくる。

ちらと周りを窺《うかが》うと、みんな似たり寄ったりだった。見ゆる聞こゆる者が先頭を切り、道を示す。彼らを追うよしみの民の中に、ピトリより小さい子の姿もあった。戦場に子供を連れてくる異常さに、驚きはない。彼らはこうして幼い頃から恨みと憎しみの歴史を刻まれるのだ。

ずるりと砂が崩れる。子供が一人巻き込まれた。母親の叫びも虚しく、せっかく登った坂を滑り落ちていく。けれども砂丘の谷間の川に落ちようという刹那だ。いななきが聞こえ、水面から透明な馬が躍り出た。首ですくうようにして子供を乗せると、軽やかに斜面を駆け上る。ナーガの水妖だった。

清水の馬が、濁流から次々と生まれ出た。足の遅い者を拾い上げ、あっという間に頂きへと送り届けると、踵《きびす》を返してはふもとまで駆け下りる。ソディの横でも一頭、水妖が駆け抜けていった。その背中から「ソディの姉ちゃん！」と声が降りかかる。もと子供兵仲間だった。

ソディは首を回し、水蜘蛛の少年の姿を探した。北側の砂丘では、女帝の兵らも同じように斜面を這い上がっている。水の馬の群れは兵たちも助けていた。幾頭いるのだろう、けれどもその数はだんだん減っているようだ。頂きに辿り着いた一頭が、丹の尽きたように、ぱんっと霧散するさまが映った。そんな馬たちの主人の姿は？　あった、紺碧色の衣の傍だ。彼の駆る馬の背から、黒衣の女人が降りるところだった。さすがね、御主人さまを迎えにいったのね。

そう思った時、ソディは身体の浮く感覚を覚えた。冷たい馬の背を楽しむ間もなく、ピトリと一緒に、頂きへと送り届けられる。

ソディたちの乗る馬が、最後の馬だったようだ。透き通った身体が弾ける。ずぶ濡れの裾を摑んでくるピトリの手を握ってやりつつ、ソディはふもとの広場を見下ろした。

彼女が息を吞んだのと、その声が響いたのは、同時だった。

「ハマーヌ君！」

アニランだ。砂丘の中ほどに留まって、頭領の名をしきりに呼んでいる。彼もまた気づいたのだ。水の張った広場に、頭領がまだ立ち尽くしていることに。影たちは消え去り、硫黄色の若者だけが彼に寄り添って、一緒に雨天に見入っている。

雷鳴がとどろいた。

「ハマーヌ君！」

雷鳴の合間を縫って、学士は怒鳴る。けれども声は、頭領の耳に届かない。それどころか、彼は地上の何にも気づいていないようだった。落ち窪んだ広場は辺りの雨水を集め、他よりもいっそう嵩の上がりが速い。鉄色の裾は既に水に浸り、膝もと近くまで水が達している。それなのに天空を仰ぎ続けたまま、動かない。

溺れているんだわ、あの人。ソディは直感した。頭領は丹が見えるという。雨を生んだ丹の奔流に、彼はきっと吞まれているのだ。

ソディは自分の過ちを呪った。学士を揺さぶった後、すぐさま頭領のもとに走っていれば。彼だけは何が起ころうと平気だと思い込んでいた。あの強大な力をもってすればどんな困難もそよ風程度のものだろうに、使う気力の方が散ってしまうなんて。でも、もう遅い。あれほど水が増えれば、痩せっぽちのソディなぞすぐさま流されるだろう。頭領の名を叫び続けている学士も、近づくに近づけない様子だ。

よしみの人々が、頭領の様子に気づいた。駆け下りようとする者もいたが、斜面に張りつくのが精一杯。降りるな、降りては駄目だ、と制する声が上がる。

頭領の膝が、とうとう水に沈んだ。

「お願い！」ソディはたまらず叫んだ。「ねえ、お願い！」

喚きながら、隣の砂丘に目を向ける。紺碧の水使いに語りかけたつもりだった。ところが、歩み出たのは、別の色だった。この世の不純の全てを脱ぎ捨てたような黒を暴風にはためかせ、女帝が広場を指差し、己の小姓へと何かを命じた。

異形の少年が頷き、裾を閃かせた。いななきが雨音を打ち払う。たちまち生まれ出た清水の馬の背に跨ると、彼はぐるりと馬首を巡らせる。

砂と水を蹴立てて、透明な馬が斜面を駆け下りる。寄り添う鉄色と硫黄色に、少年が迫る。だがあと少しというところで、どろどろと地鳴りが響いた。馬の駆ける振動が仇となったか、砂の坂が皮の剝けるようにずり落ちる。

水の馬もろとも少年が砂に呑まれようという、その時。二人の女の歌声が鳴り渡った。漆黒の女帝と、紺碧の水使いのものだ。たちまち砂の軌道が変わり、少年と馬が間一髪逃れ出る。

ハマーヌからは遠のいてしまった。

こちらへ！　ナーガが叫ぶ。いっそ水に乗れ、そうすれば必ず、自分が拾い上げる。もっと大きな濁流が来る前に、岸を目指せ。そう言っているようだが、彼の声も頭領には届かない。まるで地上との繋がりの一切を断ち、天へと昇ろうとしているかのようだった。

命の先の世界へと。

ソディが絶望を覚えた時だった。

学士アニランの、祈るような叫びが、けぶる銀線の合間を縫った。

「ウルーシャ君！」

驚きがソディを貫く。思わず頭領から目を外し、アニランを見つめた。彼があの若者を呼ぶさまを、初めて聞いた。あれは幻、自我はない。話しかけるだけ無駄だ。ことあるごとにそう言っていたのに、アニランは今縋るようにして、亡き若者に語りかけている。

「ウルーシャ君！　彼を、どうか頼む！」

雨音はますます激しい。声はほとんど掻き消された。それでも、若者は振り向いた。晴れわたった空のような笑みを浮かべている。硫黄色の袖が緩やかに振られた。

感謝するかのように。

若者が動き出した。頭領を引き倒し、砂に濁った水に身を投じる。自分より二回りは大きい身体を抱えながら、懸命に岸へともがく彼のもとへ、ナーガが一心不乱に馬を走らせていく。

刹那、大地がとどろいた。

砂丘の谷間が一挙に沈む。金色の大波が、広場へと押し寄せる。

広場が呑まれる、ほんの少し前に。ナーガが袖を閃かせ、水で二人を捕らえた。

第十章　天涙の花

雨を一晩降らせた雲が、最後のひとしずくを落とす。

灰白色が東へ流れ、天に青が戻った頃、ラクスミィは砂丘を下りた。

濁流が駆け抜け、砂のごっそりえぐれた公道に、女帝の兵や辺境の民が散る。広場を挟んで二つに分かれていた人々は、今やまとまりなく交じっていた。砂漠の豪雨という奇異な現象をともに見て、暴れ水という脅威をともに越えた者たちである。

常より柔らかい陽光のもと、辺りはしっとりと気だるい大気に包まれていた。人々は疲労と安堵に手足を投げ出し、敵も味方もなくぼんやりとして、衣の乾くのを待つ。どこぞの幼子が「おなかがすいた」と零《こぼ》すと、濡れた甲冑《かっちゅう》を解いた兵たちがよっこらせと立ち上がり、軍馬の背の荷物を探った。干飯を取り出すと、件の幼子のいる家族へ差し出すが、見慣れぬ携帯食に子は戸惑うばかり。食べ方を示すように、兵たちはその場に座り込んで食事を始める。幼子がおそるおそる口に含んで一言、「不味《まず》い」と評した。朗らかな笑いが上がる。

それを見て、今度は見ゆる聞こゆる者らが起き上がった。濁流に押し流され、砂に転覆した砂ノ船の中を、何やらごそごそと漁る。彼らが運び出したのは、割れずに残った樽であった。どうやら酒樽らしい。ごろごろと転がして広場に並べると、そこに小麦やら肉やら菓子やらを積み出した。そんな貧相な兵糧よりもいいものがあるぞと言わんばかりの顔だ。兵たちがどれ味見をしてやろうと碗を差し出すと、酒が酌《く》まれた。集まってきた人々に少しずつ食べものが配られる。やがて、ほんのひと口ずつの酒と肴で、宴めいたものが始まった。

足りないだの、味は悪くないだのと軽口を叩き合う彼らの横を、ラクスミィは供もなく通り過ぎる。光《ひかり》ノ蝶《ちょう》が天に舞い、主の探し人を知らせた。鉄色の襲衣《おすい》が、向かいの砂丘でそよ風になびく。動くのは衣のみで、ラクスミィが坂を上る間、ハマーヌは石の如くうずくまっていた。

「陛下」

ナーガが立ち上がり、場を譲った。彼とともに頭領を囲んでいた者が、女帝に顔を向ける。白髪の学士風の男と朝日色の髪の娘が、二人して目を腫らしていた。

「何なのよ、これ」ソディが嗚咽《おえつ》まじりに歯を剝く。「アンタ、頭領に何をしたのよ」

恨みの目はラクスミィから、砂丘のふもとの賑わいに移った。笑い合う民を「薄情もの」と罵《ののし》るソディの肩を、学士が柔らかに叩く。

「僕が心配ないとみんなに言ったんだ」震える声で娘をなだめると、学士は女帝を見上げた。「だが、僕も知りたい。何が起こったのか、貴女《あなた》には分かるのだろうか」

さて。そう呟いてやると、ソディが目尻を吊り上げた。意に介さず、ラクスミィは砂丘を見渡した。硫黄《いおう》色の襲衣が見えない。

「その者と、ちと話がしたい」

反応はまちまちだった。させるわけないでしょ、と娘は噛みつく。片や、出来るかどうかと学士は憂《うれ》えた。結局、流れ砂にも縋《すが》らんという学士に促される形で、ソディは腰を上げた。

女帝と二人になっても、ハマーヌは動かない。その筋張ったうなじを見下ろして告げる。

「早う戻れ、式要《い》らず」冷ややかにしたつもりが、存外に温かに響いた。「そなたがおらぬと、ことが進まぬわ」

すると、かすかな応えが返った。頭脳に直に響く声であった。見れば、ラクスミィの影が、ハマーヌの影に重なっている。式要らずの意識の声が、脈絡もなくぽつりと呟いた。

──俺を嗤《わら》うか。

それにラクスミィはあえて声を立ててみせる。彼の求めに応じるように。

──あぁ、おかしゅうてならぬわ。影を介して彼女は答えた。滅ぼされし国の亡霊を束ねる割に、そなたの心根はどうも清《すが》しすぎる。わらわの解はわらわだけのものぞ。それをそのまま受け入れたか。真実を示す術は、誰も持たぬ。所詮は仮説に過ぎぬものを。

ハマーヌの指がかすかに動いた。仮説？　彼の意識からの問いに、ラクスミィは笑う。

「丹妖《たんよう》が如何《いか》なるものか。わらわの解が、そなたの解とは限るまい」彼女は声にして説いた。「さあ、早う戻りゃ。ともに失われし者を背負うものよ。これより先の世のため、算段せねばならぬことが山とある」

我らの他に、誰が出来ようぞ。心で問いかけると、紺鉄色《こんてつ》の瞳がようやく上げられた。

次にハマーヌと相対した時、彼の背筋は幾らかすっきりと伸ばされていた。

敵も味方も濡れそぼった決戦から、早や一月。豪雨に荷もろとも敵意を押し流され、両陣はいったん区境の地から引き揚げた。改めて向かい合うとしたのが今日である。此度《こたび》は戦うためでなく、協議のため。場所は南境ノ町《みなみざかいまち》とした。女帝側にとっては敵地であり、異を唱える臣もいたが、ラクスミィは一蹴した。この程度の譲歩が出来なければ、その先の協議も進まない。

「良い町じゃ」

出迎えに現れた頭領に、ラクスミィは告げた。町の大通りを、彼女は自らの足で歩く。供は元師《げんすい》ムアルガンと小姓ナーガただ二人。頭領の館に着くまで、見ゆる聞こゆる者が道の両脇を守っていたが、彼らの逞《たくま》しい肩越しに物見高い人々がしきりに首を伸ばしていた。南境ノ町はその大きさに反して、地図に記されぬ非公認の地である。そこにイシヌの姫であり、火ノ国の女帝であるラクスミィが訪れたのだ。それはこの町がついに公のものとなった瞬間であった。

「もっとも」ラクスミィは口角を上げ、頭領の館を仰ぐ。「この地を見るのは二度目じゃが」

幼き頃に飛び降りた屋根が、頭上に張り出していた。元師ムアルガンが主人に倣っている。思えば、彼との出会いもこの地だ。将の感慨深げな横顔に、ナーガは今一つぴんと来ていないふうだ。ハマーヌも過去へと思念を沈ませている。律儀《りちぎ》に応えたのは学士アニランであった。迷うように口を開いた彼に、ラクスミィはひらひらと手を振ってやる。

「戯《たわむ》れじゃ」

「何よそれ」

嫌な女、と言いたげな顔を見せたのは、ソディであった。珍しく着飾り、化粧なぞしているのは、彼女なりの虚勢か。洒落者《しゃれ》のナーガへの対抗心のようにも見える。ただそれにしては、少年へと向けられる目は、以前よりも柔らかかった。南部の民の暴走を止め、濁流から救った水蜘蛛族《みずぐもぞく》に、思うところがあったのか。あの雨以来、二人の間の分厚い氷はなんとなく解けていた。ナーガが「やあ」と声をかければ、「うん」とソディが答え、罵りの応酬なく終わる。

あるいは、化粧は純粋に、もてなしのためか。しかしどんな白粉も、ソディの能弁な表情を隠すに至らない。女帝の訪問を最後まで反対しただろうことが、口もとのねじれ具合で容易に知れた。水使いには敬意を表しても、西域の侵略者には心許すまいと決めているかのようだ。

それでも頭領の視線を受けると、ソディは渋々ながら館の扉を開いた。彼女の案内について階段を上がり、客間に通される。なめらかな石造りの円卓には、茶会の用意が為されていた。山羊《やぎ》の乳で香辛料を煮出した濃厚な茶。豆の餡の求肥《ぎゅうひ》巻き。柘榴《ざくろ》と砂糖水で作った真紅の寒天。さくさくの生地に砕いた胡桃《くるみ》を挟み、何層にも焼き上げた菓子には、水飴がたっぷりかかる。千年の苦い日々を紛らわすかの如く、部屋は甘い香りに満ちていた。

双方の長《おさ》がまず向かい合って座る。ハマーヌが先に茶に口をつけ、ラクスミィがそれに続く。毒の心配、即ち、敵意のないことを示し合う儀礼が終わると、アニランとムアルガンの着席が許された。そこにすかさず、ソディが声を上げる。

「アタシも立ち会ってあげるわ」

堂々と胸を張る娘に、ナーガが優雅な立ち振る舞いも忘れ、あんぐりと口を開けた。

「なんで立ち会えると思うんだ」

「なんで駄目なのよ。この茶会の席を調えたのはアタシよ」

「茶菓子を用意しただけだろう」

「そうよ。ありがたーくいただきなさい。この町で一番美味しいお店のお菓子よ。これなんか新作よ、アタシもまだ食べたことないんだから」

「……つまり残って食べたいのか」

「失礼ね！」

朝日色の髪を振り立ててソディは怒るが、ナーガはいぶかしげだ。実際焼き菓子を指差した彼女は、今にも舌なめずりしそうであった。

「アタシが参加できないなんて、馬鹿な話はないわ」ソディはナーガを放って、ラクスミィとハマーヌに訴える。「ここにいる全員に面識があって、さらによしみの人と繋がっているのは、アタシだけなんだから。そんなアタシを外して、何を話しても意味ないでしょ」

「それならば」ナーガが負けじと声を張る。「僕にも同席をお許しください！　此度の件は、水蜘蛛族にも関わりのあること。母の代わりに、僕が立ち会います！」

どこまでも居丈高な娘に、慇懃《いんぎん》ながら一歩も引かない少年。頑固さでは双方甲乙つけがたい。アニランが拳《こぶし》を口に当て、ムアルガンが咳払いをして、笑いをごまかしている。

ラクスミィはちらりとハマーヌに視線をやった。床に落ちた影の重なりを介し、互いに是の意を汲みとり合う。ソディの弁はもっともであるし、ナーガの方も、締め出すつもりならば、そもそも連れてこなかった。彼は丹に虚弱ながら、この世でただ一人、乳海《にゅうかい》に迫る術を有している。力ある者は、その力の意味を知らねばならない。

二人が円卓につく。イシヌにカラマーハ、水蜘蛛族。見ゆる聞こゆる者に、見えざる聞こえざる者。此度の動乱に深く関わった顔ぶれが、ここに集結した。一人を除いて――一月前の、砂漠の豪雨が過ぎ去った後、いつの間にかふらりと消えていた師を、ラクスミィは想った。

「……全く思いもよらなんだが」口火を切ったのはラクスミィであった。「あの雨で、我らが生き永らえたことは確かじゃ」

前置きもなく始まった腹の見せ合いを、まずは学士が受けた。

「湖の話なら、僕たちの耳にも届いているよ」物腰こそ丁重ながら、学士はあくまでも対等に口を利く。「なんでも、暴れ水はあのまま砂漠を奔《はし》って、湖まで行きついたとか」

乾き切った大地は、大量の水を受けつけなかった。雨水はほとんど沁みることなく、低きに流れるまま砂丘の谷間から公道へと集まり、砂漠の道は一夜にして暴れ川と化した。地に降り立った天水は、砂をえぐって一気に北上し、湖になだれ込んだのだった。

「あの場で雨が降ったのは一晩きりであったが」元帥ムアルガンも今日ばかりは細かな礼節を捨て置いている。「雲はその後、風に乗って東へと流れ、草《くさ》ノ領《りょう》に至るまで雨を降らし続けた。陛下によれば、砂漠が生まれてこのかた降った雨量を上回るとか」

「おそらく、な」ラクスミィは首肯した。「幸い、人の住む集落が犠牲になったという報せは未だ入っておらぬ」

　各地から寄せられる話を総合すると、区境の地と同じく、雨は公道へ集まったようである。古くから使われてきた太い道だが、地下水脈の変化で水場が涸れて以来、多くが打ち捨てられていた。道沿いの集落も同様だ。南部の苦境を映すことながら、此度ばかりは福と転じた。

「千年分の雨」学士が唸る。「想像もつかない。だが、そのおかげで湖の水位が幾らか戻ったというのだから、凄まじい量には違いない」

「それにしたって」ソディが甲高く割って入った。「生き永らえたってのは大げさじゃないの。ちょっとひどい乾季になりそうだっただけでしょ。草ノ領はもともと豊かなんだから、本気で備えればどうとでもなったはずよ」

「――乾きだけならばな」

　ラクスミィの静かな声と、彼女の従者たちの厳しい表情に、ソディが口を閉ざした。不穏な予兆が漂う中、ラクスミィは師の涼やかな瞳を思い起こしていた。全てを話せと師は告げた。その言葉を嗤った自分が、国の根幹をさらけ出そうとしている。

　ラクスミィが苦笑するより、わずかに早く。ハマーヌが重たげに口を開いた。

「乳海、か」

　そうだ。全て話すと決めたのは、師の言葉を受け入れたからではない。受け入れるより先に知られたのだ。互いの精神を喰らわんと始まった戦いの果てに、ラクスミィとハマーヌは影を介して自身を曝《さら》け出し合った。もはや二人に隠しごとはなく、腹の探り合いは意味を成さない。そのため此度の協議は二人のためではなく、互いの民のために設けられたものだった。

「帝都が消し飛ぶ」ハマーヌが始める。

「それだけでは済まぬ」ラクスミィが次ぐ。

「東域が乳海の毒に沈む」

「風向きによっては西も無事では済まぬ」

「どんな毒だ」

「直に触れれば、その身が石と化す。長きに渡って晒《さら》されれば、肉が腐り骨は溶けよう」

影を重ね、筋書きを読むようにして二人はかけ合う。淡々と、だが次々に放たれる恐ろしい予言に、学士アニランは青ざめ、ソディはぽかんと口を開ける。帝都の消滅までしか知らないムアルガンとナーガも、それぞれ似たような反応であった。

口々に説明を乞われ、ラクスミィは記憶を語った。月影族《つきかげぞく》のもの、イシヌの王祖のもの——月影族《つきかげぞく》の秘術《ひじゅつ》がもたらす肉体の崩壊の話となると、アニランとソディは頭領の、ムアルガンとナーガは女帝の末路を恐怖するように問うた。彫りによって回避されていると知り、いったん胸を撫で下ろしたのも束の間、彼らの眉は曇っていった。

「正直なところ、もっと早く教えてもらいたかった」アニランが零す。「難しかったろうとは思うけれどね。西域の治水にそんな意味があるとは、僕らには分かりようもないのだから。……聞く限りでは、イシヌも真の意味を忘れていたようだが」

皮肉げな笑みを覗かせた後、学士はもろもろを呑み込むように目を伏せた。

「火ノ国を毒の海に沈めるつもりで、僕たちは水路を引いてきたわけじゃない。他に行き場のない人々と、この地で静かに暮らしたかっただけなんだ。……ささやかな願いと思っていたが、どうやら許されないものだったらしい」

天を取り返せば、大地を失うか。学士の呟きの後、部屋は沈黙に満たされた。

その重い大気を押しのけるように、ソディがこうべを上げる。

「……ねえ、やっぱりおかしいわよ」

朝日色の髪が鞭の如く振られた。

「大地を失う？　今更な話だわ。見なさいよ、アタシたちの故郷のありさまを。どこを見ても砂だらけ、雨が降っても沁みやしない。水場を探し当てて畑を作るのだって、どれだけの砂を掘り返さなきゃならないのよ。アタシたちの大地はとっくに失われたんだわ！」

——止めるか。床に重なった影を通じて、ハマーヌが問う。そのままでよいとラクスミィは答えた。ソディは何一つ間違っていない。彼女は初めから、一定の真実を叫んでいる。

「よしみの人たちがなんて言うか教えてあげる。火ノ国がどうなろうが知ったこっちゃない。帝都が消し飛ぶ？　上等よ！　東が毒の海に沈む？　せいせいするわ！

これでアタシたちはおあいこよ。乳海の毒では、年を取るまで何も起きないんでしょ。いいじゃない、四十も五十も生きられるなら。この砂漠じゃあ、年寄りになるまでに大勢ばたばた死んでるわ。それでも生き抜く人もいる。草ノ民も同じになるだけよ！」

喚く彼女の肩に、学士が手を置いた。

「ラワゥナ嬢、それでは駄目だ。浮雲《うきぐも》を増やすだけだよ。君も本当は望まないはずだ」

「そうね。そう言うと思ったわ」ソディは冷たく手を払った。「この際だから言ってあげるわ。どんなに優しいこと言ってもね、アンタみたいな人に、浮雲の気持ちなんか分かんないのよ。だってアンタ、この町で生まれ育ったんでしょ。お父さんもお母さんも、お祖父《じい》さんもお祖母《ばあ》さんもみぃんな、そうよね。そんなアンタに、何も持たない人の気持ちが分かる？」

「……君も、君の家族も、もとはこの町の民だったと聞いているよ」アニランは静かに言葉を紡ぐ。「何もかも失った記憶なら、僕にもある」

「南境ノ乱《みなみざかいらん》ね」ソディは肩をすくめた。「だけど焼け出されたのは、大人になってからじゃない。ある日突然、訳も分からず砂漠に放り出された子供の気持ちが、アンタに分かる？」

アニランが言葉を挟む余地はなかった。ソディは独り「でも、そうね」と頷き、続ける。

「アンタの話も一理ある。アタシも昔はここに住んでた。だから覚えてるわ、『人』としての暮らしを。知ってるの、どんな生き方がまともなのか。もしかしたらアタシも分かってないのかもね。本当の本当に、生まれた時から、なんにもない人の気持ちを。……ピトリのことも」

アタシの弟ね、とソディがぽつりと漏らす。乱の後に生まれたの。月の晩に、砂丘の陰で。

あるべき暮らしを知らず、今を生きる人々の他愛もない一日を想像できず、千年前に滅んだ国の夢想の方がより鮮やかに感じられる。そんな〈持たざる民〉の、空っぽの心。存在自体を顧《かえり》みられず、姿も声も与えられない、見えざる聞こえざる者たち。

「そうか。だから、よしみって呼び合うんだ、あの人たち」ソディは呟く。「だって他に何もないんだもの。土地がないから、同郷はいない。でも土地なしの浮雲がみんな、イシヌに復讐したいわけじゃない。幻影《げんえい》ノ術士《じゅつし》の子供が、術士に育つとは限らないわ。千年前に国を失ったっていう記憶でしか、あの人たち、繋がれないのよ」

自分の言葉に深く頷いた後、ソディはこうべを高く上げ、きっぱりと言い切った。

「よしみが渇きに死ぬより、火ノ国が毒に沈む方がまし。あの人たちはきっとそう言うわ」

「その考えは間違っている」アニランは諭《さと》す。「どちらも生き永らえる道を探すべきだ」

「何よそれは？　言っておくけどね、よしみの人たちは一枚岩じゃないわよ。誰かが命じればはい、そうですかってついていくわけじゃないの。そんな人たちを納得させられる？　アナタたちの土地は死んだけれども、よその土地は助けてあげましょう。そんなきれいごとを並べて呑み込めると思う？　アタシなら、こう言うわ。助けて欲しいなら、まずアタシたちの土地を返してちょうだい。生き返らせてみなさいよ、アタシたちの大地をってね」

それは淡々としていながら、自身をもずたずたに切り刻むような叫びだった。

ラクスミィは正面からソディを見つめた。この声を越えねば、火ノ国に未来はないと知っていた。しかしラクスミィはイシヌの血を汲み、カラマーハの玉座に坐す者。この国において、最も持てる者である。そんな女人に持たざる者たる〈失われし者〉の千年を昇華できるのか。

これまでに対峙した、どんな困難をも上回る難題である。歯がゆさに拳を握り込めば、爪がぎちりとたなごころに喰い込んだ。痛みに少し冷静になり、押し寄せる諦念を追い払う。此度足掻《あが》かねば、未来永劫、この国に真の勝利は訪れまい。思念と五感とを研ぎ澄ませ、あるかも分からない奇跡を探し求める。

ふと、かすかな香りが、鼻腔《びこう》を撫でた。

これは、まさか。記憶の奥底を探る暇《いとま》もなく、風の丹妖が、喧騒を伝えてきた。館中、いや町中に、人々の駆け出す足音と、興奮した叫び声が聞こえる。

思わず立ち上がったラクスミィを、一同が不思議そうに見つめた。そこに、ハマーヌもまた腰を浮かせた。民の声を風で拾い上げたか、彼がぽつりと呟く。

「――はな」

「花？」学士が意味を乗せて聞き返した。「花が、どうしたんだ」

そこに鼓膜を打ちつけるような乱暴な足音が響いた。廊下を誰かが駆けている、と思う間もなく、若者たちが扉を蹴破るようにして客間に飛び込んできた。

「頭領！」

彼らは次々となだれ込む。危険を感じたか、ムアルガンが腰のものに触れつつ、女帝を守るように立った。それを押しとどめ、ラクスミィもまた彼らの報告に耳を傾ける。

「花です、頭領！」

泣いているのか、笑っているのか、驚いているのか。混然一体とした顔で彼らは叫ぶ。

「砂丘の向こうに、花が……！　花の帯が、どこまでも続いています！」

南境ノ町からほど近く。

突き抜けるような空のもと、うねる砂の波の合間を、それは奔っていた。

この世の全ての色と薫りを集めた、花の道だ。あるところは血の真紅、あるところは黄昏の群青。瑞々しい桃色が綻び、心浮き立つ山吹が萌える。陽気な橙色が風に揺れ、清廉なる白が鈴の形に震え、艶やかな紫紺色は夜の女神の髪を思わせる。

芳香に誘われたのか、花の間を生きものたちが忙しなく舞っていた。この砂ばかりの大地のどこにいたのか、人の手ほどの大きな蝶が瑠璃《るり》色孔雀色に翅《はね》を閃《ひらめ》かせ、金の鱗粉《りんぷん》を撒く。蜂と見紛うほど小さな鳥が、緑玉から切り出したような美しい翼を羽ばたかせ、新鮮な蜜を吸う。

そんな命の帯が、黄金と紺碧《こんぺき》の地平線まで、緩やかにくねる。

先の豪雨で暴流の通り道と化し、以来封鎖されていた、公道であった。色と薫りに誘われ、人々がこぞって町から繰り出してくる。甘露に酔ったように、老いも若きもふらふらと、咲き乱れる道に入る中、ラクスミィとその一行も、花の河へと身を浸した。

「──うそよ」ソディが呟く。「なによ、これ?」

頭領も学士も声がない。ラクスミィも答えを持たなかった。女帝の威厳を忘れ去り、色彩の氾濫を呆然と眺める。その止まった思考を笑うように、彼女の鼻先を、丸い腹のくまんばちが横切っていった。くるくると宙返りしつつ、一番甘い蜜を入れた花はどれかと吟味している。

やがてくまんばちが狙いを定めた。彼が降り立った花の一群は、他よりいっそう薫り高い。全てを押し包むような芳しさが、ラクスミィの痺《しび》れた意識を揺すった。

この花の香を知っている。

花の波間をラクスミィは泳ぐ。芳香に埋もれるようにして、くまんばちの舞い踊る花に跪き、手を伸ばした。名もなき花だ。夜明け前の群青色に、黄色の筋が流れ星のように走る。

刹那《せつな》、芳香に酔った意識が晴れわたった。

眩しい紺碧色が脳裏を染め上げる。白い指が差し出すのは、これと同じ、名もなき花。

タータ。そう呟いた時、ラクスミィは弾かれるように立っていた。必ずこの場にいる、その確信を持って探して、即座に見つける。砂丘の最も高い頂きで、天空に溶け入るように立つ、師の姿を。

「――来たのね、ミミ」

少女のように息を切らしながら、砂丘を登った弟子を、師は微笑みで出迎えた。だが、それきりだった。隣に立つよう仕草で促した後、タータは薫る風に被衣《かつぎ》を取り払い、髪を亜麻色に輝かせながら、花に見入る。その姿にもろもろの問いが霧散し、ラクスミィは促されるままに寄り添った。ふと見下ろせば、己の手はいつの間にか、夜明けの流星の花を握っていた。

そこに、一行が追ってきた。真っ先に着いたソディが、タータに喰らいついた。

「これ」言葉を覚えたての赤ん坊のように、彼女は言う。「ねえ、これ、なに?」

タータがふわりと笑んで答える。

「一月前の雨の、暴れ水の通り道よ。公道は砂がまだしも薄かったから、雨で土が露《あら》わになったのね。眠っていた種が水に触れて、目覚めたのでしょう」

「そんなこと」ありえないと続くはずの言葉は、立ち昇る芳香に消えいった。「――だって」

「信じられないわね」ソディの要領を得ぬ問いに、タータが朗らかに笑う。「普通の種はせいぜいもって数年よ。でも砂に覆われていたから、却ってよく保たれたのかもしれない。分厚い砂の層が、厳しい陽光や風から種を守ったのね」

タータは言う。この数年、彼女は砂ノ領《すなりよう》中の水脈を確かめて歩いた。そうするうち、地下の一定の深さから、種が砂に交じって掘り返されることに気づいたという。深い地層から、石と化した植物が出ることは稀にあるため、初めは意識しなかったが、ふと戯れに肥えた土に――帝都の宮殿の庭園に――植えてみるとたった数日で芽吹き、一月ほどで花を咲かせたという。

「砂漠の厚い砂の層を取り払うことは出来ないから、どれほどの量が埋まっているかは憶測に過ぎなかった。でも」花の河を眺め、タータは目を細める。「これほどとは」

この地だけではない。タータの計算では、砂漠一帯の地下に種の層が眠っているという。

「――千年も？」

「千年も」

目覚めた子を見つめる母親の如く、タータが愛おしそうに花の帯を眺めた。

「強いのね、貴女たちの地は」

ソディが力なく砂にへたり込む。生を享けてからずっと、その背骨を穿《うが》っていた何かが今、溶け落ちたかのようだった。そんな彼女の背に、学士がくずおれるように手を当てる。

彼らの傍に、式要らずが寄り添っていた。花の河を辿って、地平線へと視線を上げていく。

柔らかな風がその襲衣の裾にじゃれ、はるかな空へと駆け上がった。ハマーヌの意識が、砂に覆われた大地を撫でるさまを、ラクスミィは彼の影を通して感じ取った。

鉄色の裾を揺らして、ハマーヌが問う。

「帝都の乳海が弾ければ、この地も無事では済まない。そう言ったか」

「あぁ」ラクスミィは答えた。「その通りじゃ」

「眠る種はどうなる」

「毒に侵されれば、もう芽吹くことはなかろう」

ラクスミィは静かに言い添えた。乳海が弾けた後の世界は、極東の火ノ山の地ノ門が知る。門の中は草一本ない不毛の大地。門から漏れる毒で、門の周りの草木はいびつに育つと言う。

「火ノ山のものは口にするな。そういう言い伝えがあると聞いた」はるか東へ流れゆく雲を、学士が仰いでいる。「だから草ノ領からの品に、火ノ山で採れた食べものはないんだと」

本当のことなんだね、と静かに締めくくり、学士は頭領を見上げた。その眼差しを受けて、ハマーヌがラクスミィに向き直る。

「――この地を無事に覚ますには、どうすればいい？」

道を示せ。双方が生き永らえる道を。その機を与えられたのだと影を介さずとも理解した。

ラクスミィは鋭い紺鉄色の目をまっすぐに見つめ返し、謝意を表した。

「長い時が要る」ゆっくりと彼女は語る。「まず、乳海は水に沈めておかねばならぬ」

「そのために南部の水路を閉じろと？」

「全てではない。猶予のある年はより多くを解放できよう。そのつど全体を見定める」

「イシヌの女王がしてきたようにか」

「それでは不足ぞ」ラクスミィは首を振る。「千年の時があってなお、イシヌは未だ術《すべ》を見出しておらぬのだから」

南部の長の、なんの術か、という問いかけに、黄金の砂海を見渡して答える。

「乳海を真に封じる術じゃ」

戸惑いの沈黙を意に介さず、ラクスミィは説いた。

現状の水に頼った封印は、如何にも脆弱《ぜいじゃく》である。常にその場しのぎで、水脈の変化ひとつに揺らぐ。この国は、乳海を制御できていないのだ。水に頼らずに乳海を鎮める技を編み出して初めて、火ノ国はその名にふさわしく、火の守護者となりうるのだ。

「いや、しかし」学士が堪えられずというふうに声を上げた。「乳海を封じられるのは水だけなのだろう? だからこそイシヌの王祖は西域の水を欲した。……やむを得ずという言い方は風ト光ノ民として受け入れがたいが」

ラクスミィは自嘲の笑みを浮かべた。

「そう、それが王祖の解であった。しかしそれから千年が経つ。丹導学《たんどうがく》の進みは目覚ましく、新たな丹導術《たんどうじゅつ》が日々生まれる中で、乳海の封印についてはなんの変化もない」

「それは」ナーガは好奇心を抑えられなかったようだ。「水が最適解ゆえではなく?」

「そうした検証すらされておらぬ」ラクスミィは冷ややかに応える。「王祖の解に、イシヌは疑問を抱くことなく、唯々諾々と現状を繋いできた。自らに限界を引き、歩みを止めたのだ」

水丹術士《すいたんじゅつし》として丹導学の頂きに坐し、天ノ門の守護者として命を司りながら、侵略と蹂躙《じゅうりん》の歴史を忘れ、数多の死から目を逸らし、新たな解を求め続けることを怠った。移ろいゆく丹の流れに逆らって、変わり続けることを拒んだのだ。それが、イシヌの傲慢《ごうまん》の正体である。

「これを罪と呼ばずしてなんと呼ぼう」

ラクスミィは自責を込めて呟いた。彼女もまた、王祖の解を自らの解としていた。刻一刻と青河《せいが》の水が減り、滅びの刻限が迫る中で、考えを放棄したのだ。思えば彼女はいつしか、丹の探究そのものから離れてしまっていた。丹導学を何より愛しながら心の底で道楽と位置づけ、忙しさを理由に向き合うことを止めていた。そこにこの世の最大の難問が降りかかったのだ。

ラクスミィは困難にまっすぐ対峙していたようで、その実、逃げ続けていたのだった。

ハマーヌの深層に沈み、その混沌の世界を思うままに旅して、ラクスミィはようやく探求への渇望を思い出した。彼の意識の底から戻ると、師から受け継いだ早読みの目はさらに何層も深く読み取れるようになっていた。これまで意識にも上らなかったさまざまな疑問が、明確な輪郭《りんかく》をもって次々に立ち現れたものだ。

乳海の封印は、そのひとつであった。

「イシヌは千年の時を無為に費やした」

悠久の時をかけ積もった砂を、ラクスミィは苦々しく眺める。もはや一時も無駄に出来ぬ。この国のありとあらゆる知を結集し、乳海を鎮める術式を探し求めるのだ。

「風ト光ノ民にも加わってもらいたい」ラクスミィは威容を脱ぎ捨てて、乞うた。「この砂の大地を覚ますという大望。それこそが乳海の封印を求める強い意思となる。故国の記憶を千年伝えるそなたたちならば、大志を果たすまで惑うことなくあれるだろう」

出自は問わぬ。過去は問わぬ。イシヌもカラマーハも、砂ノ民も草ノ民もない。謎を見つめ、丹を探求する者として、ともに叡智《えいち》の糸を紡ぎ、壮大な歴史の織物を織り上げていこう。

ラクスミィの熱に眩んだように、ハマーヌが目を細めた。痛みを孕《はら》んだ感慨が、その動きの乏しい顔に浮かぶ。触れ合う影が、言葉ではないものを伝えてきた。

机に向かう父親の背。その手が綴る比求文字《ひきゆうもじ》の、目を凝らすほどに崩れゆくさま。打ち据えられる痛みと惨めさ。叡智への恐怖と拒絶――憧憬。たとえ自らは理解できずとも、丹導学が切り開く世界を夢想する楽しさ、そこに今を繋げる喜びが、ハマーヌの全身を満たしていた。

「――ここまで千年かかった」

砂の大地を眺めるハマーヌの口もとに、かすかな笑みが宿っていた。

「また千年かかるか」

「さてな」

ラクスミィは短く笑った。

「だが進むべき道が見えれば、歩みは速くなるものじゃ」

温かな風が紺碧の天へと駆け上る。

明日へと咲き誇る花たちの、命を歌う薫りを乗せて。

第十一章　風《かぜ》ト光《ひかり》ノ都《みやこ》

花の命は短い。

砂漠に咲き乱れた色と薫りの洪水は、ほんの二十日ほどで萎れ、やがて枯れていった。後に残されたのは、みすぼらしい茶色の河だ。しかし風《かぜ》ト光《ひかり》ノ民《たみ》は嘆かなかった。枯れ草の下に、おびただしい数の種が眠るさまを見たからだ。分厚い朽ち葉の絨毯《じゅうたん》はいずれぼろぼろに崩れて土となり、種を柔らかに抱くだろう。その上にまた砂が積もり、いつの日か再び雨が降るまで、命を守っていくに違いない。

町の防塁《ぼうるい》に、ハマーヌは独り座っていた。手のひらにちょこんと載るのは、ひと粒の種だ。砂に埋もれる前に、そっと拾い上げたものだった。彼だけではない。花を見た者はめいめい、散った花びらを押し花にしたり、傷ついて芽が出そうにない種を拾って、お守り袋の中に納めたりしていた。ソディがよしみと呼んだ人々は、それらを胸に押し抱いて、仲間のいる地へと帰っていった。眠る大地の記憶を、後世に伝えるために。

千年の足踏みを経て、人々は千年先の世へと歩み始めていた。

そっとたなごころを閉じて、種を押し包む。目を落とせば、防塁の石畳に自身の影が伸びていた。淡い銀色だったものは今、彼の襲衣《おすい》と変わらぬ深みを取り戻している。無意識のうちに現れていた影の人々は、もう立ち上がってこない。代わりに現れるのは、蝶や鳥などの小さきものたち。花の帯へと集まってきた、美しい生きものの姿だった。

影の人々の家族が、望んだ形であった。

ハマーヌは花の咲き乱れる中で、影の一人一人を呼び出し、その家族へと問うた。このまま彼らを人の姿に留めたいかと。頭領の問いを聞くや、遺された者たちは押し殺してきたものを吐き出すようにして嗚咽《おえつ》した。これまでどうしても言い出せなかったのだと言う。頭領の影となった亡き人を見るたびに、心が掻きむしられることを。彼らと会える喜びが、彼らを失った悲しみを生々しく保つことを。

『勝手な言い分をお許しください』大内乱に散った若衆筆頭マルトの父親が、花の河に老いた身をうずめた。『私どもにも、分からぬのです。息子を解き放ってやりたい。けれどあの子は頭領のお傍にいたいでしょう。亡くなるその日まで、頭領の話ばかりしていた子ですから』

ハマーヌが出した答えは、マルトに別の姿を与えることであった。どんな姿であろうとも、マルトの記憶のかけらは、ハマーヌの中に深く刻まれているのだから。

そうして一人一人に新たな姿を与えるたび、ハマーヌの影は深みを取り戻していった。だがもとの黒にはまだ届かない。ひとの姿を留める者が、一人だけ残っているのだ。

ウルーシャである。

意を決して訪れたハマーヌに、ウルーシャの父は穏やかに笑んだ。

『頭領』

『ありがとうございます。ですが、息子の影のことは、貴男《あなた》さまにお任せします。息子に最も近くあったのは、ほかならぬ貴男だったと思いますから』

温かくも厳しく突き放され、ハマーヌは悄然として道を戻った。

決めてくれた方が、どんなに楽だったろう。家族を思い続けたウルーシャのことだ。彼らの願いはウルーシャ自身の願いと、ハマーヌも呑み込み易かったというのに。だがその逃げ道は柔らかに断たれ、彼は向き合わざるを得なくなった。ウルーシャの影と、自らの闇に。

あれから幾度、ウルーシャに別の姿を与えようとしたことか。自身の半身を引き裂く思いでようやく消したと思っても、気を緩めたその瞬間に、幼馴染の輪郭《りんかく》は色鮮やかに立ち上がる。丹を介して懐かしい鼓動が聞こえ出し、全てが初めに戻ってしまうのだ。

甦《よみがえ》るたびウルーシャは口を開き、何かを告げようとする。その声を聞いたが最後、決意が弾け飛ぶ確信があった。今や彼の姿を目にするだけで、背骨の砕けるような激痛に襲われる。もはやハマーヌに出来ることは、ウルーシャの影を遠ざけることだけだった。

もう何日も、あの硫黄《いおう》色を見ていない。それでも丹を介して、相棒の存在が伝わってくる。意識をどれだけ逸らそうとしても、己の鼓動のように、ウルーシャのそれが感じられた。

いつまでも逃げていられない。気力が少しでも残っているうちに、今度こそ相棒の影を消し去るのだ。他の影たちには皆、別れを告げた。ならば、ウルーシャにも別れを告げるべきだ。ハマーヌの闇を生むに至った、たった一つの死。数え切れぬ人々を破壊の衝動へと巻き込んだ喪失に、これ以上囚われてはならない。風ト光ノ民は、前へと進み始めたのだから。

手の中の種を固く握りしめる。千年先の未来が、このひと粒に詰まっていた。今日だ。今日こそ成し遂げよう。この防塁の上で、花の眠る砂漠を眺めながら。明けたばかりの朝の、町の喧騒を背に聞きながら。

過去を断つのに必要なのは覚悟のみだ。すり減った精神に手を無理やり差し込んで、胆力を掻き寄せる。しかしそれも、防塁を撫でるそよ風ひとつにあっけなく散った。さらさらとした砂を押し固めるような無力感。それでも逃げ出さず、懸命に向き合っていると。

「ハマーヌ君。少し、いいかな」

防塁の下から、学士の声が風に流れてきた。答えようにも、声が出なかった。足掻《あが》くだけで精根が尽きてしまっていた。またか、と己に失望する。いつもこの繰り返しだ。

為す術もなく無言でいると、是と解釈したのだろう、学士が防塁の階段を登る足音がする。逃げるのもままならず、ハマーヌは意識をぎりぎりまで削ぎ落とした。これではウルーシャを亡くした時と同じだと自嘲する。昔から、アニランには醜態ばかり晒《さら》している。

意識を断っても、秘術を負って過敏になった肌は、ひとたび触れられたなら、否応なく熱を伝えて来る。身を硬くして身構えたが、いつまで経っても学士の手は下りてこない。たっぷりと待たされて、ハマーヌは反対に焦れてきた。巣穴から地上を覗く砂鼠《すなねずみ》のようにして、意識を浮上させる。

重い頭を回せば、学士の千草色の襲衣が、微風にそよいでいた。

「やあ」

アニランは柔らかに言った。やっと目が合ったというような、嬉しそうな笑みだった。ハマーヌが顔を逸らさないさまを確かめて、彼は歩み寄ってくる。ハマーヌの精神に気遣うようにゆっくりと、足音を忍ばせるようにして。熱の伝わらない程度に離れて座ると、学士は穏やかにハマーヌを見つめた。

「僕からひとつ頼みがあるんだが」気負いのない声音で、学士は語る。「彼をね、傍に呼んでやってくれないか」

ウルーシャのことを言われたのだと、ハマーヌはなかなか理解できなかった。

「なにしろこのところ彼を見かけるたび、ぽつんと立ち尽くしているからね」アニランは屈託なく笑う。「どうにも忍びなくてね。出来れば早く、仲直りして欲しいものだ」

あっけらかんと言う学士に、ハマーヌは混乱した。〈物《もの》ノ理《ことわり》〉を貴ぶアニランこそ、埒《らち》もない未練は断ち切るべきと説きそうなものだ。ウルーシャは幻に過ぎぬと真っ先に唱えたのは、彼ではなかったか。それなのに、まるで彼が生きているように話す。

ハマーヌの戸惑いをよそに、アニランは背後へと振り返り、「来たまえ」と明るく呼んだ。

その声におずおずと、防塁の階段から頭が覗く。

鳶《とび》色の髪——ウルーシャであった。

なかなか動かないウルーシャへと、アニランは笑って歩み寄る。促すようにその肩を叩き、防塁へ上がるまで辛抱《しんぼう》強く待ってから、自身は静かに階段を降りていった。すれ違いざまに、学士がウルーシャの背を勇気づけるように押したさまが、丹を介してハマーヌにも伝わった。

ウルーシャは学士に押された位置から動かない。じっと見つめてくる鳶色の目に、気づけばハマーヌは見入っていた。やがてウルーシャの口が意を決したように開かれても、ハマーヌは彼を遠ざけなかった。

「お前さ」絞り出すような声でウルーシャは言う。「覚悟が足りねぇんじゃねぇの」

鳶色の目が震えた。

「馬鹿ヤンなら、最後までやりきりやがれ、……意気地なしが」

虫の鳴くような声で罵《ののし》った後、ウルーシャは一転「喰い意地は張ってやがるがよ」と軽口を叩き始めた。いつもの彼だった。

そう、いつもの。

思えばウルーシャは昔から、ハマーヌに欠けたものを埋めてくれていた。彼がいればこそ、自分は初めて一人の人間となる。断ち切ることは、己の肉をえぐるに等しい。

所詮は無駄な試みか。そう思い至るや、ハマーヌの全身を縛る激痛がすっと消えた。

矛盾は矛盾のままに。混沌は混沌のままに。

己の感覚の告げるものに耳を傾けて、ハマーヌは生きてきた。これからもそうあるだろう。ウルーシャの死を、生として受け入れる。そんな矛盾こそ、自分にふさわしい。

全身から力が抜ける。相棒が憤然と歩み寄り、ハマーヌの丸まった背をばんっと叩いた。

「腹ぁ決めろ、阿呆ンだら」

ハマーヌは笑った。馬鹿だの阿呆だの、さんざんな言われようだ。

腹なら、もう決まった。彼とともにある喜びを、彼を失った苦しみもろとも、抱き続ける。

この身が果てるまで。

――それも存外、幸せな人生ではないか。

ウルーシャに何度も小突かれながら、そんなことを思った。


さらさらと筆の流れる音が聞こえる。

書簡の山を切り崩していたラクスミィは、吐息を押し殺して、筆の音の主へと顔を向けた。

女帝の寝台の、そよ風になびく垂れ幕越しに、紺碧《こんぺき》色の影が浮かんでいる。師は今日も草紙で寝台を埋め尽くしていた。風に攫《さら》われ、はらりと一枚が床に落ちる。

「あぁ、駄目」悔しそうな声が聞こえた。「これではまだ、身体に納まらない」

砂漠に豪雨の降った日以来、タータはずっとこの調子である。水封じの式を超えた、極限の丹の衝突が生み出した現象。それをもとに〈雨ノ式〉を練り上げただけでは飽き足らず、彫りとして身に刻める短さにまで分解しようというのだ。

「ここの数節がどうしても重たいの」ぶつぶつと師は独り言《ひとりご》ちる。「どうにか、分けられないかしら。ねぇ、ミミ」

「知らぬ」

苛立ちながらラクスミィは突っぱねた。嘘である。本当は気になって仕方がない。師の書き散らした式の一片でも見逃したくなくて、目の前の書簡を放り出しそうになる。

だが為すべきことは山ほどあった。一月後にはハマーヌが帝都にやってくる。そこで正式に、砂《すな》ノ領《りよう》南部に自治を認める算段であった。彼を南部の長《おさ》に据え、見ゆる聞こゆる者らに官職を与え、南境《みなみざかい》ノ町《まち》を自治区の中央府として公のものとするのだ。

町の名は〈風《かぜ》ト光《ひかり》ノ都《みやこ》〉と改めるつもりだ。西の事情に疎《うと》いカラマーハの廷臣の反発を躱《かわ》しつつ、風ト光ノ民に火ノ国千年の咎《とが》への懺悔を表す施策である。町の名に隠された真の意味が火ノ国全土に潜む見えざる聞こえざる者たちのもとに届くことを、心より願う。互いを喰らい合いながら滅亡に突き進む虚《むな》しさを、二度と繰り返さぬためにも。

しかし名だけで人は生きられない。差し当たって、浮雲《うきぐも》の民の身の振りようを定めなければなるまい。ラクスミィたちが描く絵図は、少なくとも現時点では、万民の満足のいく理想ではないのだから。

砂の南部は今後も渇きに苦しむことになる。水路はこれ以上引けない。しかも、水が必要な乾季に、多くの水路を閉じるのだ。その理不尽な制限を課される理由は、しかし公にされない。その乳海《にゆうかい》の事情はひとまず、ハマーヌと彼にごく近しい者たちの間で留めると決めたからだ。そのように勧めたのはソディであった。曰く、

『何でもかんでも、話せば分かるってもんじゃないと思うわ、アタシ。よしみの人も色々よ。

故郷が甦らなくたって構わない、とにかく火ノ国を滅ぼしてやりたいって人たちだっているでしょうよ。今が苦しい人たちは特にそう。自分が明日にも死にそうって時に、千年も先なんて考えてられないわよ。死なばもろともって思う方が簡単で、すっきりするのよね。難しい話がしたいなら、みんなのお腹を満たす方が先だと思うわ』

砂ノ領の当主イシヌには不可能な話であったろう。だが女帝となったラクスミィならば提示できる道があった。

カラマーハの治める草《くさ》ノ領《りょう》は豊かだが、その安寧《あんねい》ゆえに草ノ民は変化を厭《いと》いがちだ。たとえ必要な挑戦でも、今の暮らしを捨ててまでは取りかからない。ゆえに、少しでも難儀な土地は未開拓のまま放置されているのだ。

その最たるものが〈下草洲〉である。草ノ領きっての田舎と揶揄される雨がちな荒地だが、その評は不当である。下草洲の南方には〈岩ノ国〉が拡がり、これは丹導器《たんどうき》の精製に不可欠な〈石ノ絹〉の生産地である。下草洲の開発を怠っているばかりに、現在は岩ノ国の北方山岳で掘り出したものをわざわざ南に運び、湾を経由して火ノ国に運び込んでいるのだ。なんという無駄であろう。国境で直に買いつければよいことだ。しかもあの辺りの山は低く、道は決して引きにくくない。

ところが成功を約束されても、草ノ民は動かないのだった。代々伝わる田畑を耕す農民に、新たな地に移れと命ずるのは至難の業らしい。それに比べ、砂ノ民は開拓の民。土地を持たぬ浮雲の民であれば、ことに士気も高かろう。彼らを束ねるハマーヌたち見ゆる聞こゆる者は、砂ノ領きっての辺境に、水路を引いた実績がある。

上手く行く。その確信があった。

これで千年の怨恨が少しは薄れるだろうか。すぐには難しいかもしれない。だが今の子らが健やかに育ち、子らの子が生まれる頃には、何かが変わると信じよう。そうして国にくすぶる炎が滅した時。民は再び、天ノ門の守護者を求めるだろう。傲慢《ごうまん》なる侵略者ではなく、大地を広く眺め、天の恵みを公明に分ける、慈愛に満ちた賢者としてのイシヌを。

いつの日か、きっと。

書簡をめくる手を止め、ラクスミィはしばし窓の外を眺めた。朝焼けに燃える空のもとに、イシヌの王祖が降臨した霊山がある。イシヌ最後の当主であり、ラクスミィの双子の片割れのアラーニャが越えていった山だ。

思えば妹は、月影族《つきかげぞく》の古き記憶を聞くまでもなく、イシヌの本質を見抜いていたのだ。イシヌを憎む亡霊が徘徊《はいかい》する限り、イシヌはこの国にとって災禍の火である。ゆえにいつか亡霊が消え、民が再び天ノ門の守護者を欲するまで、火ノ山の向こうに身を引こう――それがアラーニャの決断だった。真の君主とはかくあるものかと、ラクスミィは驚嘆を覚え、同時に焦燥を覚える。

山に渦巻く猛毒が、アラーニャのひと呼吸ひと呼吸に溶け、知らぬうちに身を侵している。いつの日か、きっと。そんな夢を見ている時間は、彼女にはない。はたして今も生きているか分からない。もう六年も経ってしまったのだから――

「――大丈夫よ、ミミ」

さらりとした言葉に、はっと我に返る。

驚き振り向けば、タータが筆を止め、ラクスミィを見つめていた。

「ナーガが乳海の毒に倒れた時のこと、覚えているでしょう」しっとりと包み込むように師は問いかける。「水には丹を吸い取る力がある。水を使う限り、身のうちに丹は溜まりにくい。水蜘蛛族《みずぐもぞく》がわざわざ〈朱入れ〉を施して、舞い手の身体に丹をそそぎ込むのは、そのためよ。ナーガは特別だけれど、普通の身体では、舞い手は朱入れなくして、水を練り続けられない」

だからきっと大丈夫、とタータは柔らかに結ぶ。誰に聞き咎められても構わぬよう、巧みに秘められたその真意を、ラクスミィは汲みとった。

タータはアラーニャについて語ったのだ。アラーニャは水使い。水を使う限りは、山ノ毒に十分耐えられる。焦らずとも、時はあるのだと。

「良ければ、私が行きましょうか」

さらりと問われ、ラクスミィは耳を疑った。

「そろそろ、朱の顔料が欲しいの」買付けに出るかの如く、師は言う。「顔料のもとを採った後、少し先に足を延ばすだけだから。前にも行ったところよ、問題ないわ」

朱の顔料のもとが採れるのは、火ノ山の火口のみ。そこに至る道は、地ノ門が封じている。アラーニャが通った道だ。ラクスミィにしか分からぬ物言いで、師は尋ねたのだ。

ラクスミィの凛と伸ばされた背中から、ふっと力が抜けた。

タータはきっと、初めから見抜いていたのだ。ラクスミィの背負うものや秘めごとの、何もかもを。思えば、師はことあるごとに言ったものだ。話したいことがたくさんあると。話してごらん、ありのままにと。憎らしいと眉を顰《ひそ》めようとして、唇が綻び、失敗した。どうやら自分はひどく怖がりらしい。今更ながら、そう悟る。

タータは探求者だ。真実を告げられて、拒むはずがなかった。求められれば何刻何日と語り合ってくれただろう。だがラクスミィは秘めることを選んだ。怒られるからと怪我したことも言わない子供。それと同じだ。

だが一方で、『真実』とは恐ろしいものとも思う。

真実は誰も救わない。ただそこに存在するだけ、全ては受け手次第だ。理解するだけの知がなければ、あるいは受け止められるほどに心が満ちていなければ、容易に欠け、ねじ曲がる。真実とは、時に暴力であり、万物において突き詰めるべきとも限らない。例えば、式要《い》らずのハマーヌが、その精神の支柱において、真実を必要としないように。

それでも真実は道しるべだ。イシヌ王家は真実を伏せられていたために千年の停滞を見た。風ト光ノ民は叡智《えいち》の糸を断たれ、真実の断片しか受け継げなかった。それが、彼らの憎しみを広げたのだ。ソディのように鋭利な頭脳を持ちながら、貧しさゆえに学びの場を与えられず、常に知に飢えている者は、たとえ断片であろうとも真実に飛びつき、吸収し、染まっていく。

欲する者にはあまねく、開かれていること。

それが真実のあるべき姿だ。

だが道しるべならば、順を違わず、道行きを焦ることなく、ゆっくりと示さねばならない。それが『教え育てる』ということだ。道行きは人それぞれで異なり、また、そうあるべきだ。たとえ遠回りであろうとも、帰結が正しければ、その道で良い。例えば、ナーガが自らの力で水蜘蛛族の真実に辿り着いたように。

ナーガにはもう一つ、示すべき真実がある。父アナンの真実だ。アラーニャを守り地ノ門を越えた父親を、少年が恨みつつ、強く慕っていることは明らかだ。何故なら、彼は父の手紙を断じて読もうとしないのだ。どうやら、封を開ければ、父が死んだと認めることになる、そう思っているようだった。

そろそろ頃合いであろうと、ラクスミィは思う。ターの力を借りて、地ノ門の向こうへ、懐かしい人々を探しに行くのだ。

恐れることはない。

彼女は一人ではないのだから。

あぁ、これも駄目。師はそう呟くと、草紙を一枚、宙へと放った。美しい比求文字《ひきゅうもじ》が流れる一葉の紙が、はらはらと軽やかに舞い、床に落ちる。ラクスミィは笑った。ついに女帝の任を忘れ、机の書簡の山を放り出した。

ラクスミィが短く歌えば、風がつむじを巻いて草紙を掻き集めた。駆け戻ってきた丹妖《たんよう》から受け取って、師の筆を眺める。丹導術《たんどうじゅつ》の式図だ。この女人から、他に何を思い描こう。初めて会った日からずっと、彼女は式を練っている。たったの一節でも見る者の心を奪う文字の列。

ひと薙《な》ぎひと払いの誤りもなく、それでいて、ひと文字ひと文字が天翔ける鳥の如く自由だ。この字を見るたび、とても敵わぬと唇を噛み、同時にどうしようもなく胸が昂《たかぶ》る。

ラクスミィは書机の引き出しから冊子を取り出した。彼女自らしたためた、丹の正体を解き明かす長大な式図である。溢れんばかりの比求文字を携え、師のもとへと歩み寄る。

「どこに行こうと、そなたには必ずやここに戻ってもらう」垂れ布を払いのけ、ラクスミィは冊子を差し出した。「語り尽くすには、時が足らぬわ」

冊子の表紙の文字を見るなり、タータが目を輝かせる。白魚の指が逸るように紙をめくっていく。ラクスミィがハマーヌを介して感じ取った丹の世界が、美しい絵巻物さながらの式図となって書き落とされていた。

「――なんて素敵な式」あっという間に読み通して、タータが吐息をついた。

「所詮は仮説じゃ」ラクスミィは苦笑で応える。「皆が皆、式要らずのように丹の世界を覗けるわけではない。全ての者に真偽を示せなければ、机上の夢想に過ぎぬ」

「いいえ、分かるわ」タータがうっとりと冊子を撫でさする。「これが真実よ」

おめでとう、ミミ。花の咲くような笑みに自然、ラクスミィの唇が綻んだ。はにかむような形になった気がして、すぐさま咳払いした。

「先を越されてしまったわ」少しも悔しくなさそうに、タータが冊子を掲げる。

「なんの。丹の謎はまだまだあるわ」と、肩をすくめてみせた。「我らがこれより挑むのは、乳海の正体と、その制御の術ぞ。千年かかるとも知れぬ難問じゃ」

残念ながら、その式図をこの目で見ることは叶うまいが。ラクスミィの心の呟きを柔らかに押し流し、タータが笑う。

「競争しましょう、ミミ」

解くつもりか、我が師は。ラクスミィはまず驚き、呆れ、だがすぐさま不敵に笑み返した。

「――勝負じゃ、タータ」

夜明け前の密林の、露玉に垂れる葉を縫って、二つの影が駆けていく。

少女にも届かない、童たちだ。しっかりと手を繋ぎ合って、鬱蒼とした枝葉の合間を覗く。空がほのかに明るいことに気づき、片方が「はやく」と手を引けば、もう片方が「まって」とせがんだ。小さな足が大地を踏むたび、厚い苔がかすかにきしみ、夜露が星屑のように散る。暖簾のような蔦《つた》を払い、二人一緒に飛び出した先に、群青色の空が広がっていた。

崖だった。積み重なった岩の隙間に、木の根が漁網のように這う。町を知る者なら、石垣のようと思ったろう。あるいは城壁のようとも。けれども二人にとって、ここは腰かけだった。夜明けの薄暗がりの中、いつものようにいっとう大きい岩に登る。二人で寝転べるほどの面にぴったり肩を寄せて座ると、弾む息を殺して、崖のはるか向こうへと顔を上げた。

景色を遮るものは何もない。ここ火ノ山は、この東の最果ての地で最も高いのだ。崖は東に面していて、空と海の境目から、太陽が生まれ出る瞬間が見える。

夜明けを待ちきれない天の群青色。まだ闇を留める海面の深碧。その間に、ちかっと一閃《いっせん》が奔《はし》った。瞬く間に空が黄金に、海が朱に燃え上がる。初々しい光が陸に差し込んで、緩やかな海岸、緑豊かな湿地、のこぎりの刃のような山肌を次々に照らし出していく。光はやがて崖の上の、毎朝変わらない眩さに息を呑む、二人の子供を包み込んだ。

太陽に温められた大気が、山肌を駆け昇る。風はあっという間に崖に至り、子供たちの髪をめちゃくちゃに掻き乱した。片方の髪は烏《からす》の濡れ羽色。もう片方は艶やかな銅《あかがね》色。寝ぐせも分からないほどぐちゃぐちゃになった髪を見合って、二人は声を立てて笑った。

黒髪の子が促すように肩を小突く。銅の髪の子がはにかむように口を覆う。手の中で何かを呟いたと思うと、銅の髪の子はゆっくりと天に腕を伸ばした。すると、二人の頭上できらりと光が瞬く。しゅるしゅるという音とともに、光は透き通った糸を吐き始めた。

水の糸だ。

蜘蛛が繭を紡ぐように、水の白糸は二人を覆っていく。もう少しですっぽり収まるという、その時。ぱんっと高らかな響きとともに、繭は弾け、朝霧のように大気に散った。「あーっ」と二つの悔しそうな声が山間に響き渡った。寝ぼけた鳥たちが驚いて飛び立てば、梢《こずえ》が高波のように揺れ、猿たちが迷惑だと吼え立てる。騒めきに慌てて声を潜めたけれど、時すでに遅し。二人の居場所はとっくに知られた。もっとも毎朝ここに来るから、たとえ静かにしていても、とうにばれているけれど。

「――これは」男の呟きが、背後に聞こえた。

二人は揃って、首をすくめた。おそるおそる振り向けば、蔦の暖簾を持ち上げる、男の姿があった。樹々に溶け込む長い四肢。細い首、黒髪の頭。布手甲から覗く指は蜘蛛の足のよう。その指が握るのは、絡まり合う蔦さながらの優美な弓。彼の名はアナン。彼の異形の体軀は、二人にとって親しみ以外の何ものでもない。

「なんと」アナンは感嘆の吐息をつく。「それは〈水《みず》ノ繭《まゆ》〉ですか、リアンさま」

アナンは娘にも敬意をもって話しかける。それが、彼の一族の習わしなのだ。彼は岩に歩み寄ると恭しく折敷き、銅色の髪の我が子を見上げた。

「いいえ。まだ、きちんとつくれないの」リアンが恥じ入って俯く。

「もうほとんど出来ておいでですよ」アナンは笑む。「驚きました。今年やっと六歳になろうという貴女さまが。お母上よりも早い。まるで、伯母上のよう——」

そこでアナンは言葉を切った。不思議そうに小首を傾げる二人を見つめ、笑みを深める。

「いえ——この話は、アラーニャさま御自身から、お聞きになるべきでしょう」

さあ帰ろうと言うように、アナンが大きな手を差し出す。リアンはそれを取る前に、自分の手を傍らへと伸ばした。「ロン」と呼ばれた黒髪の子は、屈託のない笑みを浮かべて、リアンの手を握る。二人揃ってつるんと岩を滑り降りると、リアンは父の手に、ロンはリアンの手に引かれて、けぶるような緑の中へと入っていった。

終章　水使いの森

——友が一度だけ、語ったものだった。

確か、雨の話だった。ラセルタはぼんやりと思い起こした。友が何を言い始めたのか、全く分からなかった。ただ友の瞳の輝き、声の熱っぽさに、少しばかり嫉妬したことを覚えている。それでも「つまり雨女になりたいのね」と付き合いよく相槌を打ったつもりだ。そうじゃないのよ、とむくれられて終わったが。

ラセルタは今、雨の切れ間に寝転がっている。

まんまるにくり抜かれた雲の目から、陽光がさんさんと降りそそぐ。温かな光の中に燦然《さんぜん》とそびえるのは、四面の門。イシヌの湖底と対なる天ノ門である。鏡のような壁に、びっしりと刻まれた比求式《ひきゅうしき》が、この西ノ森に嵐を呼んでいる。

天ノ門の少し先では、城壁のように厚い雨が降っていた。地上には大蛇さながらの暴れ水がのたうち、天上には雷鳴と風が竜のような咆哮《ほうこう》を上げる。風と水に絶えず翻弄されながらも、決して倒れることのない樹々は幹と枝をしなやかに揺らし、土の乏しい地面を抱え込むように頑強な根を張っていた。

　門の真下だけが、この森の唯一の青天である。乾いた地面に柿色の裾をいっぱいに広げて、ラセルタはたっぷりと日向を楽しんだ。この森では日差しこそが天の恵みだった。水蜘蛛族《みずぐもぞく》は水使いの民とはいえ、荒れ狂う水ばかり相手にしては気が滅入るというもの。特にラセルタは一族の長《おさ》。日頃、皆の愚痴《ぐち》やら弱音やらを雨のように浴びせられる身だ。だから一日に半刻は必ずここで、誰にも邪魔させず寝ッ転がると決めている。

「もう、みんな勝手なことばっかり言うんだから」

　一人をいいことに、ラセルタ自身も天に向かって愚痴を吐く。このところ一族の不平不満が強くなっていた。最奥での暮らしにはもう疲れたと口々に零すのだ。過ごしやすい森の裾からこちらに移ってもうすぐ七年、いや八年か。さしもの水蜘蛛族も、年がら年中嵐の中にいては気が休まらない。分かってはいるのだが、ではどうして、この厳しい地に来たのか。皆だって忘れたわけではあるまいに。

「誰かさんは、『後はお願い』なんて言ったきり、本ッ当に帰ってこないし……」

　悪友の涼しい笑みを思い浮かべ、ラセルタは声を大にして「あのろくでなし！」と叫んだ。

　確かに彼女は友に告げた。敵を欺き抜くため、森を出たら二度と戻るなと。当時なんと酷なことを命じるのかと自身を責めたものだったが、今となっては馬鹿馬鹿しい限りである。あの破天荒な友は嬉々として、外の世界を旅しているに違いないのに。

「アナン君もナーガ君も、帰ってこないし。あの一家はホントにもう」ぶつぶつと続ける。

「どうにかこちらの無事を確かめようとか、そんなことも思わないのね。そうでしょうね」

だってラセルタ、貴女《あなた》がいるもの。大丈夫と思って。――そんな言葉をさらりと吐く顔が、瞼《まぶた》の裏に浮かんだ。せっかくの日向ぼっこなのに、だんだんむかっ腹が立ってくる。これではどうにも勿体ない。ごろんとうつ伏せになり、友の残像を打ち払おうとしていると。

「ラセルタ！　ラセルタ！」「大変、大変よ！」「ラセルタさん、まあ、どうしましょう！」

女たちがにわかに騒がしい。ラセルタはがっくりと地に突っ伏した。まだ半刻経たないはず。無視を決め込み、耳を塞いで丸くなること、しばし。一つの足音が図々しくも近づいてくる。もう、自分たちでなんとかしてちょうだい！　そう突っぱねようとした時だった。

「――久しぶり、ラセルタ」

聞こえるはずのない声に、身体が固まる。うつ伏せのまま動かないラセルタの前に、紺碧《こんぺき》色の裾がさらりと流れた。ぎこちなく首を回して仰げば、先ほどまで思い浮かべていた悪友が、ラセルタの横にゆったりと座り、被衣《かつぎ》を直すところだった。

「元気そうで良かった」

友タータはそう言って、ぬけぬけと笑む。それだけで、固まっていたラセルタの心を怒りで沸騰させるに十分だった。

「何が、『元気そう』よ！」雲間の青天を、ラセルタの声が突く。「どこに目をつけているの？　よぉく見なさいよ、あたしのこの疲れ切った肌を！　貴女一人だけつやつやして！」

さんざん罵《ののし》っても戸布に腕押し。一寸も響いた節がない。なのにどうして毎度律儀《りちぎ》に怒鳴るのか、ラセルタにも分からない。ただ同じ説教を五周ほど繰り返し、ぐったりと疲れ果てた頃には、全てがどうでもよくなっていた。ずっと背中に張りついていた、重苦しさまでも消えている。渾身で怒って構わない相手が、彼女には必要なのかもしれなかった。

「それで?」乱れた髪を直しながら、ラセルタはぶっきらぼうに問うた。「外はどう」

帝軍は。残虐王ジーハは。イシヌ王家は。双子の姉姫で、タータの弟子ミミはどうなった。もろもろを一言で尋ねたつもりが、返ってきたのは同じくたった一言。

「雨が降ったわ」

如何《いか》にも嬉しそうに告げる友を、ラセルタはまじまじと見つめた。雨? だから?

「だからまた、この門を見たくなって」

はつらつとした言い草に怒る気力も失せる。つまりタータは同胞ではなく、天ノ門を訪ねてきたわけだ。自分はこのろくでなしに何を期待していたのだろう。

もう一度突っ伏して寝てやろうか。思考を投げ出しかけたラセルタだったが、哀しいかな、長として染みついた性分が頭をもたげた。アナンとナーガについて伝えなくては。彼らもまたタータの後に森を出たのだ。出会えていて欲しかったが、タータがこうして一人で帰ってきたのなら、それは叶わなかったのだろう。外の世界は広い。まして、舞い手にとっては酷な世界だ。むごい結果になったとも限らない。

ラセルタは居住まいを正した。友に「落ち着いて聞いてちょうだい」と改まって語る。

だが彼女は今度も、自らの誠実さを恨む羽目になった。

「ありがとう、ラセルタ」タータは微笑む。「でも二人なら、大丈夫よ」

ラセルタの肩から、柿色の被衣がずるりと落ちた。

「大丈夫って。貴女」声が裏返る。「二人に会えたの？　じゃあ、二人は今どこにいるの？」

「ナーガはミミのところに」タータは当然のように答えた。「アナンはミミの妹さんと、二人でいるわ。彼にはまだ会えていないのだけれど、近々訪ねるつもりなの」

タータの声音の涼やかさに、ラセルタは状況をすぐに呑み込めなかった。ナーガがタータの弟子ミミといるのは、まあ良いとして、アナンが誰となんだって？

「貴女、それって」

「ええ、そういうことみたい」

「……貴女、それでいいの？」

「彼が自分で選んだことだから」タータは言う。嬉しそうな笑みすら浮かべて。「あのひとも、外の世界で一生懸命だったのでしょうね。文字も学んだのですって。森では要《い》らないと言っていたけれど、考えるところがあったのね。それからナーガは、すっかり素敵な水使いになったのよ。ミミは教え方が上手なの。私よりもずっと優れた教士だわ」

はつらつと語る悪友を、ラセルタは呆れ半分憐れみ半分で眺めた。思えばタータは昔から、一族の男児にも文字と式を教えるべきだと主張していた。だがそれは習わしと暮らしを大きく変える考えだったから、一族の間で耳を傾けた者は男女どちらも少なかった。婿のアナンすら当初はやんわりと突っぱねていたものだ。

男子でも、文字を操り、丹導学《たんどうがく》を学べるはずだ。男子でも、自らの考えを持ち、自らの思うままに生きられるはずだ。自分の家族がそれを証明してみせたことが、友は嬉しくてならないらしい。ラセルタにはよく分からない喜びだ。何故なら知を与えた結果、タータは婿にも息子にも置いていかれた、そんなふうにしか見えない。だが、それを言うのは野暮というものだ。所詮は家族の話、本人たちがみんな満足で幸せなら、外からあれこれ口を出すことではない。

「待って。ちょっと待ちなさい」

とりとめのない友の話に、頭痛を覚え始めた。額を押さえつつ、ラセルタは言う。

「ちゃんと初めから話してちょうだい。何があったか、ちっとも分からないわ」

それはもはや懇願であった。タータがころころと楽しげに笑う。どこから始めようかと思案するように、悪友は丸い青天を仰いだ後、その熟れた果実のような唇をゆっくりと開いた。

あとがき

〈水使いの森〉シリーズ最終巻。あとがきを書きませんかと編集者の小林さんからお話があり、勇んでパソコンに向かったは良いものの、書き出しから問題にぶち当たりました。

――はて。共同著者の場合、あとがきはどうすべきであろう？

著者紹介や、『幻影の戦《いくさ》 水使いの森』の三村美衣さんの解説をお読みの方はお気づきかと思いますが、庵野ゆきは女二人の共同ペンネームです。個別に活動しておらず、解説では仮に医師の方をアンノ、もう一方をユキとしていました。今後も二人で執筆するつもりですので、引き続きアンノ、ユキといたします。とまあそれはいいとして、ではどちらの視点で書くべきなのか？ 別々に書く？ それとも会話風に？ 普段の調子じゃあ漫才になるぞ。

ひとしきり迷った末に、視点はユキに置きました。なにしろアンノだと熱に任せて際限なく話しますのでね。冷静な人物がナレーターの方が良いでしょう。

さて〈水使いの森〉です。世界観の着想は、アンノのお祖父《じい》さんの話からでした。物理学の研究者だった彼はある日おもむろに卓上のみかんを手に取り、幼いアンノに尋ねたそうです。

「これを割ったら、何が出て来る？」

みかんの実、とアンノは答えます。お祖父さんは笑って続けます。その実をまた割ったら？ ぷつぷつの粒。そのぷつぷつの粒を、さらに割ったら？

困ってしまったアンノに、お祖父さんは語ります。物をどんどん割ると、もうこれ以上分けられないところまで行く。これを原子と呼ぶ。みかんに限らず、この世界の物はこうした目に見えないほど小さな粒が組み合わさって出来ている。だがこの原子もさらに割ることが出来ると後に分かった。例えば宇宙で一番多く、一番単純で、水のもとになる原子、水素。その中では一つの陽子の周りを一つの電子が回っている。そう、例えば、太陽と惑星のように――

当時アンノは小学校に上がりたて、物理学なんてもちろん知らない。それでもお祖父さんの話はとても面白かったそうです。ゲンシ、ヨウシ、デンシなどの、聞き慣れない言葉の数々。物を極限まで小さく割った果てに、宇宙が広がり、太陽と惑星が浮かんでいる。

「魔法の話のようだった」と、アンノは言いました。

私もまた面白いと思いました。子供にとって、科学はファンタジーと変わらないんだなと。でも、待てよ。大人も大差ないのかも。本当に『知っている』ことなんて、どれほどある？ 私だってこの目で陽子や電子を見ていない。昔、教科書で習っただけ。それはファンタジーの世界で、魔法使いが古文書を紐解き、「世界はかくあるもの」と説くのと、何が違うだろう？

不思議な現象、人の力や理解の及ばないもの。それを魔法とするなら、物理学だって十分、魔法ではないか。物理の法則や数式だって、ちんぷんかんぷんの私たちには十分、呪文と変わらない。数式に支配されて起こる自然現象は、時に、人の想像をはるかに凌駕する。

世界は〈魔法〉で溢れている……アンノの話を聞いて思い立ち、わくわくしたものでした。

私は仕事柄、写真に良く触れます。写真はともすると事実の正確な記録と思われがちですが、実はその限りではありません。物理に魔法を見るように、あるものを全く異質なものに見せることも可能なのです。例えば光の当て方で、花びらを硬質な金属片に、水の波紋を布のように変えられます。望遠レンズを使えば、ものの距離は楽々越えられます。時にはあえて写したいものを写さないことで、見る者にその存在を強調する手法もある。むしろ事実をありのままに写す方が難しい。人の〈目〉が如何に優れているか、カメラを手にするたびに思います。

……という話をアンノにしましたら、「それがそうでもない」と返ってきました。

「人の目だって、それほど正確ではないよ。どうしても〈脳〉を介すから。錯覚も起こすし、認知バイアスはぬぐい難いし。事実をありのままに受け止めるのはかなり難しい」

曰く、事実を淡々と書き連ねているはずの医学書や医学論文も、人の偏見や思い込みと全く無縁ではないそうです。統計的な偏りによる誤差だけでなく、研究者の恣意的な判断や思想がどうしても入りがちだとか。そこを見抜き、信頼に足る情報だけを抜き取るのが理想ですが、これがなかなか難しい。かなりの訓練が必要で、自分はまだまだだとアンノは言います。

「どうしても、この医学書に、あの論文に書いてあった、という言い方をしてしまうんだよ。でもそれって、あの人がこう言っていた、と噂するのと大差ないよね。本当に読み解ける人はそこから何層も深くデータに入り込めるんだ」

写真と医学、大きく異なる領域ではありますが、真実を捉えることの難しさはどちらも同じ

ようです。偏見や錯覚を〈まやかし〉と言い換えたなら、私たちはどんなに事実に即している
つもりでも、いつのまにか〈幻影〉の中に迷い込みがちと言えるでしょうか。脳内には事実と
幻が分かちがたく共存しており、現実世界に身を置きつつファンタジーの世界を生きている。
だからこそ気づかぬうちに、根拠なき差別意識や陰謀論に惑わされがちなのかもしれない。
それでも真実というものは存在するはずで、そこから逸脱しないよう、努力していきたいと
思います。たとえタータのような真実をひと目で見抜く才は持たずとも、ラクスミィのように
真実を追う胆力を持ち、ハマーヌのように分からないことは分からないと認める謙虚さを持ち、
アラーニャのように万事を柔らかく受け止めて、アナンのように新しい知識を学ぶ勇気を出し、
ナーガのように勤勉であり続け、――と、まあ理想はどうであれ、ソディのように自分の命に
真摯で、美味しいものを美味しいと素直に楽しみ、ラセルタのように愚痴を言いたい時はどん
どん言って、ウルーシャのように軽やかに生きたい。そう願っています。
最後にこの場を借りて、拙作の出版に携わってくださった方々にお礼の言葉を申し上げます。
東京創元社の皆さま、編集者の小林さん。選考委員の先生方、中でも三村さんには前作で素敵
な解説を書いていただきました。また作者の想像を超えた素晴らしい装画と挿絵を描いてくだ
さった禅之助先生。忌憚のない意見をくれるHさん、Nさん、Rさん、Mさん、おそらく最年
長の読者Y子さん。いつも元気をくれる、ふみちゃん、しゅりちゃん、ひなたくん。そして誰
より、拙作を手に取ってくださった、全ての読者の方々へ。本当に、ありがとうございました。
また皆さまに作品を届ける機会に恵まれるよう、努力してまいります。

イラスト　禅之助

著者紹介　徳島県生まれのフォトグラファーと、愛知県生まれの医師の共同ペンネーム。第4回創元ファンタジイ新人賞優秀賞を受賞。著作に『水使いの森』『幻影の戦』がある。

検印
廃止

叡智《えいち》の覇者
水使いの森

2021年11月19日　初版

著者　庵《あん》野《の》ゆき

発行所　（株）東京創元社
代表者　渋谷健太郎
162-0814/東京都新宿区新小川町1-5
電　話　03・3268・8231-営業部
03・3268・8204-編集部
URL　http://www.tsogen.co.jp
萩原印刷・本間製本

ISBN978-4-488-52409-8　C0193